中国新闻奖作品选

中华全国新闻工作者协会 编

2023年度·第34届

新华出版社

图书在版编目（CIP）数据

中国新闻奖作品选. 2023年度. 第34届 / 中华全国新闻工作者协会编. -- 北京：新华出版社，2024.11.
ISBN 978-7-5166-7735-3

Ⅰ. I253

中国国家版本馆 CIP 数据核字第 2024VB4743 号

中国新闻奖作品选. 2023年度·第34届

编　　者：中华全国新闻工作者协会
出 版 人：匡乐成　　　　　　　　责任编辑：王依然
封面设计：赵释然
出版发行：新华出版社有限责任公司
　　　　　（北京市石景山区京原路8号　邮编：100040）
印　　刷：三河市君旺印务有限公司

成品尺寸：165mm×230mm　1/16　　印张：54.5　　字数：850千字
版　　次：2024年11月第1版　　　　印次：2024年11月第1次印刷
书　　号：ISBN 978-7-5166-7735-3　定价：90.00元

版权所有·侵权必究
如有印刷、装订问题，本公司负责调换。

微店

视频号小店

抖店

京东旗舰店

扫码添加专属客服

微信公众号

喜马拉雅

小红书

淘宝旗舰店

目录

特别奖 4件

消息

Xi Jinping unanimously elected Chinese president, PRC CMC chairman
（习近平全票当选中国国家主席、中央军委主席）
　　　　集　体 ···（002）

评论

增强实现中华民族伟大复兴的精神力量
　　　　集　体 ···（008）

新闻直播

选举新一届国家机构领导人
　　　　集　体 ···（026）

消息

东部战区组织环台岛战备警巡和"联合利剑"演习
　　　　樊　斌　陈　利 ·······································（028）

一等奖 75件

消息

习近平同美国总统举行中美元首会晤
　　　　集　体 ···（032）

首次发现"野外灭绝"的长江鲟在野外产卵出苗
　　　　集　体 ···（033）

江苏发出第1000万户个体工商户营业执照
成为全国首个在册个体工商户总量破千万省份
　　　　杭春燕　许海燕 ·······································（034）

1

这一步走了73年 马英九回湖南祭祖寻根
　　魏波 鲁超 郑晓 ……………………………………………………（036）

中美乐团上演"茉莉香飘《茉莉花》"
　　李超 徐蕾 朱智红 ……………………………………………………（037）

"江西造"在沙特点亮中国品牌之光
　　朱彦 林雍 宋思嘉 ……………………………………………………（040）

评 论

钟华论：民族复兴的领路人亿万人民的主心骨
　　集体 ……………………………………………………………………（043）

让大地赋我们无穷力量——写在全党大兴调查研究之际
　　集体 ……………………………………………………………………（051）

年轻干部既要德配其位也要才配其位
　　何忠国 …………………………………………………………………（069）

经济随笔｜中央经济工作会议精神的深层逻辑
　　集体 ……………………………………………………………………（072）

再造一个新广东
　　丁建庭 王庆峰 …………………………………………………………（074）

筑牢"大国粮仓"端稳"中国饭碗"
　　高攀 关瀚 ………………………………………………………………（081）

通 讯

两名基层干部的"鸡毛信"
　　张武军 张佳莹 …………………………………………………………（083）

瞭望·治国理政纪事｜建设牢不可破的北疆绿色长城
　　刘紫凌 何晨阳 马丽娟 …………………………………………………（088）

高陂抗击台风攻坚战：惊心动魄的五天五夜
　　祁雷 李赫 徐林 等 ……………………………………………………（099）

外卖小哥一通电话，北京这个小区154个单元楼装上新号牌
　　孙宏阳 邓伟 ……………………………………………………………（100）

防止脱实向虚
　　集体 ……………………………………………………………………（102）

新闻专题

习近平的"艾奥瓦老友记"
　　集体 ……………………………………………………………………（109）

从延安到红旗渠
　　　　集　体 ……………………………………………………（111）

四天三夜，被困门头沟列车乘客大救援
　　　　集　体 ……………………………………………………（113）

独家：50部朝鲜战争电影揭露美国意图
　　　　张　勤　王潇怡　张绮薇　等 …………………………（115）

诺言
　　　　集　体 ……………………………………………………（117）

新闻纪录片

《通向繁荣之路》第一集 大道同行
　　　　集　体 ……………………………………………………（119）

白鹤之约
　　　　周　东　余　超　王　艳　等 …………………………（121）

系列报道

"了不起的青春小店"系列报道
　　　　集　体 ……………………………………………………（123）

隐形冠军
　　　　集　体 ……………………………………………………（138）

《总书记的回信》第二季
　　　　集　体 ……………………………………………………（140）

提奥的天鹅地图
　　　　李　伟　崔　潇　孔　毅　等 …………………………（142）

《百姓话思想》第三季
　　　　卢芳明　赵明亮　叶　宇　等 …………………………（143）

新闻摄影

特写："您认识这位年轻人吗？"
　　　　李学仁 ……………………………………………………（144）

（杭州亚运会）男子个人花剑：中国队陈海威晋级决赛
　　　　杜　洋 ……………………………………………………（146）

新闻漫画

丝路行旅图，带你穿越千年
　　　　集　体 ……………………………………………………（148）

副刊作品

歌声起太行
　　张　健 ……………………………………………………………（150）

新闻访谈

鲁健访谈｜对话《流浪地球 2》（上下集）
　　集　体 ……………………………………………………………（169）

中国好儿女
　　于　硕　柳春迪　丽　珠　等 …………………………………（171）

新闻直播

杭州第 19 届亚运会开幕式直播
　　集　体 ……………………………………………………………（173）

Live: Latest developments in Palestinian-Israeli conflict on day eight
（第一现场火线直击：关注巴以冲突现场报道）
　　张施磊　李　萌　李　响　等 …………………………………（175）

新闻编排

（亚洲共此时）2023 年 9 月 23 日《浙江新闻联播》
　　集　体 ……………………………………………………………（180）

陕西日报 2023 年 5 月 20 日 4-5 版
　　龚凌燕　辛　刚 …………………………………………………（179）

解放日报 2023 年 11 月 30 日 2 版 要闻
　　周扬清　范志睿　张　看 ………………………………………（181）

新闻专栏

第一观察
　　集　体 ……………………………………………………………（183）

学习小组
　　申孟哲　姜忠奇　龚文静　等 …………………………………（185）

World Watch（世界观察）
　　纪　涛　陈智明　安百杰　等 …………………………………（187）

金视角
　　集　体 ……………………………………………………………（200）

玉渊谭天
　　集　体 ……………………………………………………………（204）

向前一步
　　集　体 ……………………………………………………………（206）

今晚
  集　体 ··· （208）

新华时论
  集　体 ··· （210）

亲历
  集　体 ··· （212）

第一眼
  集　体 ··· （227）

新闻业务研究

"爆款长红"的探索与思考
  董　阳 ··· （229）

主力军全面挺进主战场　构建媒体深度融合新生态
  集　体 ··· （235）

重大主题报道

人民的选择——写在习近平同志全票当选国家主席、中央军委主席之际
  杜尚泽　李建广　王昊男 ··· （250）

人民江山
  集　体 ··· （263）

以中国式现代化全面推进中华民族伟大复兴
——习近平总书记今年以来治国理政纪实
  集　体 ··· （275）

"全面深入学习贯彻习近平强军思想"系列评论员文章
  集　体 ··· （276）

万桥飞架——山水间的人类奇迹
  集　体 ··· （277）

互动视频｜跨越35年的"双向奔赴"
  高容峰　郑少炜　余晋雨　等 ······································· （279）

国际传播

A decade of BRI: From vision to reality（"一带一路"十周年：从"大写意"到"工笔画"）
  王　恬　倪　涛　梁培钰　等 ······································· （281）

东西问
  集　体 ··· （283）

"新华社五论中美关系"系列评论
  叶书宏　谢彬彬　郝薇薇　等 ······································· （285）

Nation's export curbs on key semiconductor materials seen as fair
（中国对关键半导体材料的出口限制符合公平、公正原则）
　　马　思 …………………………………………………………………（300）

出海记·走进非洲
　　集　体 …………………………………………………………………（302）

ISRAEL–PALESTINE CONFLICT（战地纪实：巴以一线报道）
　　集　体 …………………………………………………………………（307）

典型报道

伊莎白——我的选择是中国
　　高　松　王红芯　彭阳洋　等 …………………………………（309）

先生
　　集　体 …………………………………………………………………（313）

丝路上的中国医生
　　集　体 …………………………………………………………………（315）

"候鸟教授"团队：攥牢"红莲稻"种 心怀农业"中国芯"
　　张　俊　张云华　田　程　等 …………………………………（316）

舆论监督报道

"部分中小学生课间10分钟被约束现象调查"系列报道
　　集　体 …………………………………………………………………（317）

填坑？挖坑！
　　席　鸣　付　鹏　崔辛雨　等 …………………………………（323）

一颗老鼠头为何要省级调查组才能查清？
　　集　体 …………………………………………………………………（325）

融合报道

风雨落坡岭
　　徐　丹　陈相如　刘　畅　等 …………………………………（327）

顶级实验室｜在地下700米捕捉宇宙中的"幽灵粒子"
　　集　体 …………………………………………………………………（329）

看！《我们亚洲》，雄风更劲！
　　徐壮志　王清颖　饶力文　等 …………………………………（331）

应用创新

"福通五洲"出入境信息服务平台
　　曹智鹏　高佳丽　何玉钦　等 …………………………………（333）

二等奖 109件

消息

人来了，外地考的证却不认
　　北梦原　刘小燕 ………………………………………（336）

国际性自行车赛走进古城拉萨　百余名骑手竞逐雪域高原
　　集　体 ……………………………………………………（339）

从孤羽七只到万鸟竞翔　濒危朱鹮保护创造生态奇迹
　　王　冬　李　阳　况元媛　等 …………………………（341）

吉林粮食连续三年超800亿斤　盐碱地成重要增长极
　　滕树华　毛元翰　严　磊　等 …………………………（342）

全国首个GDP破5000亿元县级市诞生
　　朱新国　占长孙 …………………………………………（344）

台湾品牌首次拿到大陆"老字号"
　　吴　佳　林　润 …………………………………………（346）

大桥西移四十米，为崖沙燕留个"家"
　　周　洁　霍晓丽 …………………………………………（348）

Nation unveils plan on crewed moon mission（中国披露载人登月任务方案）
　　赵　磊 ……………………………………………………（350）

"智能石头"保安澜 黄河"进"电脑更近一步
　　朱圣宇　付天喜　付艳波　等 …………………………（355）

"我的人生因共建'一带一路'而精彩"
　　黄培昭 ……………………………………………………（356）

重磅！国产首艘大型邮轮命名交付
　　何宝新　刘志良 …………………………………………（359）

评论

支持民营企业从还欠账做起
　　单士兵 ……………………………………………………（361）

"第二个结合"是又一次的思想解放
　　集　体 ……………………………………………………（364）

"网红"干部"出圈"更要"出彩"
　　魏春生 ……………………………………………………（374）

白鹤恋农田,生态真的好吗?
　　赵洪潭　欧阳敏　王师娥 …………………………………（376）

把调查研究的"自行车"骑到基层一线
　　贾梦宇　张博 ……………………………………………（378）

唱衰中国经济者注定失望
　　金观平（熊丽）……………………………………………（381）

乡村体育火爆：是乐子，更是路子
　　余孝忠　王丽　李丽 ………………………………………（384）

通讯

"不拘一格地选拔人才"
——习近平同志在河北正定工作期间推出"人才九条"的实践与启示
　　集体 ………………………………………………………（387）

榆柳巷里，一场主人缺席的中秋家宴
　　肖春飞　魏永贵　热依达 …………………………………（404）

"我们看不见，就让更多人看见我们"——盲人全国人大代表王永澄履职记
　　张永定　肖春道 ……………………………………………（408）

训时甘苦与共 战时生死与共
　　刘建伟　宋子洵　陈利 ……………………………………（410）

"千万工程" 20 年实践激发世界回响
　　何玲玲　方问禹　张晓洁 …………………………………（414）

清退 362 个工作群 为基层干部"松绑"
　　杨溢　陈梦娇 ………………………………………………（420）

为了机匣不再"卡脖子"
　　付毅飞 ……………………………………………………（423）

山上种树　心底开花
　　谢志娟 ……………………………………………………（427）

从"第一滴水"开始——西藏用心呵护长江源
　　赵书彬　曲珍 ………………………………………………（435）

新闻专题

一张写了 8 年的公约
　　刘雁军　闫征　李晓丹　等 ………………………………（441）

盐碱地上的新粮仓
　　范林　马婉琳　杨壹景 ……………………………………（443）

揭穿视觉贫困谎言
　　集体 ···（445）

跨越世纪的鼓岭声音
　　刘　学　阮　怡　高　蓉　等 ··（447）

我国空军首批歼-11B战机女飞行学员顺利单飞
　　许　毅　赵　健　闫　超　等 ··（449）

来了！丝路新画卷
　　马小宁　曹鹏程　孟祥麟　等 ··（451）

守护"最近的遥远"
　　沈　滟　廖辛举　洪　伟　等 ··（453）

绿水青山的回响
　　集体 ···（454）

山区学子的强军梦
　　王　云　袁杜丹　胡　军　等 ··（456）

新闻纪录片

东西岔三年（上下集）
　　张　洁　安同庆　毕英汉　等 ··（457）

巅峰
　　集体 ···（459）

落坡岭——受困旅客救援全纪录
　　集体 ···（461）

系列报道

"起底美国"舆论斗争系列报道
　　赵　晖　黄顺达　田　睿　等 ··（462）

花开中国——百家融媒体"枫桥经验"60周年调研行系列报道
　　集体 ···（475）

我从山中来
　　梁　鋆　范　凡　刘晓宇　等 ··（490）

数字时代，如何回应劳动者新期待
　　卢　越　张　菁　车　辉 ··（492）

微光·小店
　　刘天绪　刘　洁　原　睿　等 ··（504）

"入境游问题调查"系列报道
　　孟　飞　张　雪　曾诗阳　等 ··（506）

一线调研·经营主体看活力
　　　　白之羽　杨文明　林　琳　等 ……………………………………（516）

中国"枫景"系列微视频
　　　　集　体 ………………………………………………………………（531）

文学里的村庄
　　　　杨又华　曹　辉　易禹琳　等 ……………………………………（533）

新闻摄影

暴雨中转移群众
　　　　朱燕林 ………………………………………………………………（559）

候鸟栖息地竟"长"出连片捕鸟网
　　　　董天健 ………………………………………………………………（561）

成都成就梦想
　　　　魏晓旻 ………………………………………………………………（563）

海中寻"碳"
　　　　张　茂 ………………………………………………………………（564）

同爱同在　情动亚运
　　　　集　体 ………………………………………………………………（566）

新闻漫画

末路
　　　　罗　杰 ………………………………………………………………（568）

准备直播
　　　　鲁　楠 ………………………………………………………………（570）

副刊作品

秦岭为媒，长江黄河"牵手"
　　　　魏　伟　赵杨博　高振博 ………………………………………（572）

山泉村的"大儿子"——一位乡村振兴"探路者"的15年
　　　　薛颖旦　冯圆芳 …………………………………………………（586）

新闻访谈

大国人物志｜张雨霏的冠军之路
　　　　李姝婧　周　欣　昊均丰　等 ……………………………………（597）

蔡英文"过境"窜美"倚美谋独"　解放军亮剑 统一大势不可逆！
　　　　饶铁男　李钦帅　李梦媛　等 ……………………………………（599）

李东宪：我怕台湾人忘记回家的路
　　　　赖　晗　李　丞　吴俊锋　等 ……………………………………（600）

章金媛：心跳不停止 永远不退休
　　　　邓丽青　袁权　徐婧　等 …………………………………………（602）

新闻直播

大江奔流，千年回响——湖北、浙江、四川三省
交通广播探源长江文明特别直播
　　　　集　体 ……………………………………………………………（603）

中国高铁"出海"刷新纪录 直击雅万高铁正式启用
　　　　集　体 ……………………………………………………………（604）

100小时不间断直播 直击台风"苏拉"
　　　　刘彪　岳阳　顾铭　等 …………………………………………（606）

新闻编排

经济日报2023年1月6日8版
　　　　王智　胡文鹏　李瞳 ……………………………………………（608）

2023年7月23日《新闻晚高峰》纪念抗美援朝战争胜利70周年特别节目
　　　　集　体 ……………………………………………………………（610）

大众日报2023年6月5日4-5版
　　　　梁旭日　姚广宽　巩晓蕾 ………………………………………（612）

江南都市报2023年12月27日T01-04
　　　　集　体 ……………………………………………………………（614）

新闻业务研究

共情，新闻评论的流量密码
　　　　刘文宁 …………………………………………………………（617）

主流媒体"账号化"发展现状、挑战与对策
　　　　邵晓晖　王永连 …………………………………………………（626）

媒体融合背景下"广电＋文旅"创新发展路径研究
——宁夏广播电视台探索与实践
　　　　张仁汉 …………………………………………………………（635）

聚焦"六个维度"，推动党报事业高质量发展
　　　　李伟 ……………………………………………………………（646）

携手"出圈"，"小屏"挑大梁
　　　　胡信松　孟姣燕 …………………………………………………（657）

重大主题报道

《求是》杂志学习贯彻习近平新时代中国特色社会主义思想主题教育系列评论
　　　　集　体 ……………………………………………………………（663）

奔腾之路——"一带一路"大型全媒体报道
　　集　体 ··· （665）

中国共产党为什么能始终代表最广大人民的根本利益？
　　戴　凡　杨　丹　李虹霖　等 ··· （668）

人不负青山，青山定不负人
　　王世琪　沈晶晶　严粒粒 ··· （671）

新时代首都发展巡礼·生态治理
　　集　体 ··· （686）

大型互动融媒产品｜我们向前 中国向上
　　集　体 ··· （689）

苏皖两个相邻山村的岁月嬗变——关于乡村振兴的调研
　　集　体 ··· （691）

"数说两会"融媒体报道
　　赵子忠　张曙红　姜　范　等 ··· （715）

吉林开年建设农业强省一线观察系列报道
　　郎秋红　薛钦峰　张力军　等 ··· （717）

台籍火车司机：深知离别苦 方晓团圆甜
　　龙　敏 ··· （731）

新马可·波罗游记
　　黄　宇　易　华　宋　卫　等 ··· （734）

国际传播

"千万工程"系列报道
　　集　体 ··· （736）

沿着运河看中国
　　集　体 ··· （738）

探宝觅踪——寻找湾区民间文化力量
　　集　体 ··· （740）

PLA in Every Minute（时刻·中国军队）
　　董兆辉　李　玮　王昕娟　等 ··· （742）

出海游戏遇上三星堆
　　集　体 ··· （744）

回家 SAVING DOLPHIN CHESS
　　黄　丹　叶　微　吴　凤　等 ··· （746）

"我们找到在鼓岭的根"
　　林　丹　吴　维　张　晶　等 ··· （748）

黑脸琵鹭
  孙　晖　杨丰鸣　刘钦铁　等 ……………………………………………（750）

我在敦煌做研究
  集　体 …………………………………………………………………（752）

京之轴 Beijing Central Axis–The Legend of A Line
  严　崴　沈鹏飞　左　博　等 ……………………………………………（754）

典型报道

演出之后
  杨川源　杨　柯　谢熙瑶　等 ……………………………………………（756）

大国重器——北大荒打造"中国饭碗""农业航母"记
  集　体 …………………………………………………………………（758）

黎明师傅闯关记
  集　体 …………………………………………………………………（777）

穿越千年的陶阳里
  郑文娟　王小平　徐　倩　等 ……………………………………………（779）

舆论监督报道

六问：河南南阳收割机为何无法下高速？
  汪　宁　余京津　刘保奇 …………………………………………………（781）

山东莱荣高铁被举报：偷工减料暗藏重大安全隐患
  王文志 …………………………………………………………………（783）

3·15特别报道·江西—江苏—山东：养殖虾当成野生卖？
消费者质疑网络主播带货"虚假宣传"
  刘嘉伟　杨　卿　余　宽　等 ……………………………………………（787）

融合报道

一束照进生命的光
  董瀚文　李桢楠　苏璐萍　等 ……………………………………………（788）

沉浸式交互H5|深海之锤
  集　体 …………………………………………………………………（790）

送你一张机票！
  曾　晗　曹曦晴　吴博军　等 ……………………………………………（792）

甲骨文申请上两会
  集　体 …………………………………………………………………（794）

"破四唯""立新标"有多难？
  孙金行　陈海波　齐　芳　等 ……………………………………………（796）

我家住在长三角

  郑晓敏 耿 磊 程玉涵 等 ……………………………………（798）

应用创新

全国首个少先队员劳动教育实践网上平台——红领巾劳动吧

  集 体 ………………………………………………………………（800）

"星城"移动服务

  彭 勇 潘开政 何 超 等 ………………………………………（802）

附录一 第34届中国新闻奖、第18届长江韬奋奖评选结果揭晓 ………（804）
附录二 第34届中国新闻奖获奖作品目录 ………………………………（806）
附录三 中国新闻奖、长江韬奋奖评选细则 ……………………………（835）
附录四 第34届中国新闻奖、第18届长江韬奋奖评委名单 …………（843）
附录五 第34届中国新闻奖审核委员名单 ……………………………（848）
附录六 第34届中国新闻奖、第18届长江韬奋奖评选会工作人员名单 ………（851）

特别奖

4件

2023年度
第34届

Xi Jinping unanimously elected Chinese president, PRC CMC chairman
（习近平全票当选中国国家主席、中央军委主席）

集 体

Xi Jinping was unanimously elected Chinese president on Friday at the ongoing session of China's national legislature, leading the country of 1.4 billion people onto a new journey toward modernization.

He was also elected chairman of the Central Military Commission (CMC) of the People's Republic of China (PRC) by a unanimous vote.

A total of 2,952 deputies were present at the third plenary meeting of the first session of the 14th National People's Congress (NPC) on Friday morning, to exercise their constitutional right to elect China's state leadership.

The voting was anonymous.

Thunderous applause broke out across the Great Hall of the People when the results of the elections were pronounced.

Xi, donning a dark suit with a burgundy tie, rose from his seat and bowed to the lawmakers.

Born in 1953, Xi joined the Communist Party of China (CPC) in January 1974, and became the Party branch secretary of the Liangjiahe Brigade in rural Shaanxi Province, later the same year.

He then embarked on a journey across China that saw him work in different provinces and municipalities and rise from the grassroots level to the helm of the Party and the state.

Xi was first elected general secretary of the CPC Central Committee and named chairman of the CPC Central Military Commission in November 2012. He was elected Chinese president and CMC chairman of the PRC in March 2013.

"Over the past 10 years, we have overcome one obstacle after another, and created miracle upon miracle. Most importantly, the people are happier, feel safer than ever, and have a stronger sense of fulfillment under his leadership," said NPC deputy Chen Zhen, head of the Sanjiang Dong Autonomous County in Guangxi Zhuang Autonomous Region.

The CPC has established Xi Jinping's core position on the CPC Central Committee and in the Party as a whole and established the guiding role of Xi Jinping Thought on Socialism with Chinese Characteristics for a New Era. The decision was made at the sixth plenary session of the 19th CPC Central Committee in 2021.

Experts believe the decision has been further consolidated by the elections of Xi to be Chinese president and chairman of the PRC CMC.

The solemnity of Friday's assembly was underscored by a ceremony of Xi and other newly elected state leaders pledging allegiance to China's Constitution.

After a chorus of the national anthem was sung by all present, Xi placed his left hand on a copy of the Constitution and held up his right fist.

"I pledge my allegiance to the Constitution of the PRC to

safeguard the Constitution's authority, and fulfill my legal obligations, be loyal to the country and the people, be committed and honest in my duty, accept the people's supervision, and work for a great modern socialist country that is prosperous, strong, democratic, culturally advanced, harmonious, and beautiful," Xi said.

Under Xi's leadership, the world's second-largest economy is marching on a model of modernization that has not been seen before.

In the past decade, China's GDP has grown to 121 trillion yuan (about 17.37 trillion U.S. dollars) from 53.9 trillion yuan in 2012.

The Chinese economy has come to account for over 18 percent of the world economy over the past 10 years, and its contribution to the world's economic growth has averaged over 30 percent.

The country has eradicated absolute poverty and built the largest education, social security, and healthcare systems in the world.

The average life expectancy of the Chinese has increased from 74.8 to 78.2 years over the past decade, and there have been historic, transformative, and comprehensive changes in ecological and environmental protection.

China has also joined the ranks of the world's innovators, and achieved an overwhelming victory and fully consolidated the gains in the fight against corruption.

The country's military has been through an all-around revolutionary restructuring, becoming a much more modern and capable fighting force.

China has also created a miracle in human history, in which a highly populous nation has successfully pulled through a pandemic while maintaining social stability and steady economic development.

Observers believe Friday's elections will inject greater certainty into

China's modernization drive.

"The elections will ensure that there is a steady hand at the helm, which will serve China well, particularly in this new era of new challenges," said Josef Gregory Mahoney, a professor of politics at East China Normal University.

"President Xi has already led us out of poverty," said Peng Xiaying, a villager in Shenshan Village of Jiangxi Province. "Now we put our faith in him to bring an even better life for all." Enditem

BEIJING, March 10 (Xinhua)

在中国最高立法机关周五举行的全体会议上，习近平全票当选国家主席、中央军事委员会主席。他将带领14亿多中国人迈上中国式现代化新征程。

2952名出席十四届全国人大一次会议第三次全体会议的全国人大代表依据宪法赋予的权力投票选举国家领导人。

投票是匿名进行的。当选举结果宣布时，会场报以长时间热烈掌声。

身着深色西服和紫红色领带的习近平数次起身，鞠躬致意。

习近平生于1953年，1974年1月加入中国共产党，不久后担任梁家河大队党支部书记。从那之后，他经历了从基层到中央各层级的工作锻炼，足迹遍及大江南北，直至成为党和国家领导人。

2012年11月，他首次当选中共中央总书记并担任中共中央军委主席。次年3月，他当选国家主席和中央军委主席。

"过去十年，总书记带领我们闯过一道道难关坡坎，创造一个个人间奇迹。最可喜的是人民的获得感幸福感安全感显著提升。"全国人大代表、广西三江侗族自治县县长陈震说。

2021年，中共十九届六中全会宣告确立习近平同志党中央的核心、全党的核心地位，确立习近平新时代中国特色社会主义思想的指导地位。

理论界认为，习近平再次当选国家主席、中央军委主席标志着"两个确立"的进一步巩固加强。

庄严的宪法宣誓仪式在全体会议后举行。全场高唱国歌。随后，习近平左手抚按宪法，右手举拳，庄严宣誓。

"忠于中华人民共和国宪法，维护宪法权威，履行法定职责，忠于祖国、忠于人民，恪尽职守、廉洁奉公，接受人民监督，为建设富强民主文明和谐美丽的社会主义现代化强国努力奋斗！"

过去十年，在习近平带领下，世界第二大经济体走出了一条全新的现代化道路。

中国的 GDP 从 53.9 万亿元增至 121 万亿元，经济总量占全球比重超过 18%，对世界经济增长平均贡献率超过 30%。

中国消灭了绝对贫困，建成了世界规模最大的教育、社保、医疗卫生体系；生态环境保护发生历史性、转折性、全局性变化，人均预期寿命从 74.8 岁增长到 78.2 岁。

中国跻身创新型国家行列，反腐斗争取得压倒性胜利并全面巩固。中国军队实现整体性革命性重塑，现代化水平和实战能力显著提升。中国还创造了人类文明史上人口大国成功走出疫情大流行的奇迹。

在许多人眼中，周五上午的选举为推进中国式现代化注入了更大确定性。

"习近平再次当选意味着一双稳健的手将继续掌舵中国，这将帮助中国更好地应对新时代的诸多挑战。"华东师范大学教授约瑟夫·格雷戈里·马奥尼说。

"习主席已经带领我们摆脱了贫困，"江西省神山村村民彭夏英说，"我们希望他继续带我们过上更好的生活。"

（新华社 2023 年 03 月 10 日）

申报资料实录

作品简介：这是2023年全国两会期间海外关注度最高的一条消息。稿件准确把握政治方向和舆论导向，聚焦核心，叙事流畅，内容凝练，突出对外针对性，用白描手法记录下民族复兴进程中具有历史意义的时刻。报道以快讯形式抢得全球首发，并在滚动发稿中不断充实内容，添加背景解读和对人大代表、基层官员群众和外国专家的采访内容，在有限的篇幅内充分阐释过去十年总书记如何带领中国取得历史性成就和历史性变革，彰显"两个确立"在强国建设中的决定性意义。

社会效果：美联社、华尔街日报、阿联酋通讯社、肯尼亚广播公司、巴林通讯社、马来西亚《星报》等120家次媒体采用，海外社交媒体上阅读量超30.5万，互动量3300次，评论积极正面。有网友评论："祝贺主席先生！你对中国做出了卓越的贡献。中国和中国人民发展得越来越好。""事实证明习近平主席是一位优秀的领导人。"

初评评语：这篇稿件用清新地道的文字对历史性时刻进行镜头式记录，以清晰的逻辑梳理新时代党和国家事业令世人瞩目的成就，有力展现总书记大党大国领导人形象。

增强实现中华民族伟大复兴的精神力量

集 体

（一）

这样的使命贯通历史、现在和未来——

"在新的起点上继续推动文化繁荣、建设文化强国、建设中华民族现代文明，是我们在新时代新的文化使命。"

这样的担当铭刻定力、远见和卓识——

"要坚定文化自信、担当使命、奋发有为，共同努力创造属于我们这个时代的新文化，建设中华民族现代文明。"

……

2023年6月，中国历史研究院。习近平总书记出席文化传承发展座谈会并发表重要讲话，从党和国家事业发展全局战略高度，对中华文化传承发展的一系列重大理论和现实问题作了全面系统深入阐述，为坚定文化自信自强，更好担负起新时代新的文化使命，扎实推进中华民族现代文明和社会主义文化强国建设，指明了前进方向、提供了根本遵循。

回望波澜壮阔的历史，中国共产党是具有高度文化自觉的党，党的百年奋斗凝结着中国文化与时俱进的历史。中国共产党是中国先进文化的积极引领者和践行者，是中华优秀传统文化的忠实传承者和弘扬者，也是中国精神的重要贡献者和示范者。

立足日新月异的现在，从北京冬奥盛会展示新时代中国自信、包容、开放的大国形象，到大唐芙蓉园的梦回千年展现中华文化包容四海、兼纳百川的精神风貌，再到北京中轴线、京杭大运河等一大批文化遗产绽放新韵……泱泱中华，万古江河，今天中华文化更加蔚为大观，中华文明更加光彩夺目。

迈向光明宏大的未来，习近平总书记在党的二十大报告中围绕"推进文化自信自强，铸就社会主义文化新辉煌"作出重大部署，强调"增强实现中华民族伟大复兴的精神力量"。站在这片古老而神奇的土地上，吸吮着中华民族漫长奋斗积累的文化养分，眺望强国建设、民族复兴的壮阔前景，在以习近平同志为核心的党中央坚强领导下，在习近平新时代中国特色社会主义思想科学指引下，中国人民坚持走自己的路，具有无比广阔的时代舞台，具有无比深厚的历史底蕴，具有无比强大的前进定力！

"问渠那得清如许？为有源头活水来。"

实践已经证明并将继续证明：习近平新时代中国特色社会主义思想，坚持把马克思主义基本原理同中国具体实际相结合、同中华优秀传统文化相结合，是当代中国马克思主义、二十一世纪马克思主义，是中华文化和中国精神的时代精华，为丰富发展马克思主义作出了原创性贡献，为传承发展中华优秀传统文化作出了历史性贡献，为推动人类文明进步作出了世界性贡献。

（二）

文者，贯道之器也。观乎人文，以化成天下。

强调"只有坚持从历史走向未来，从延续民族文化血脉中开拓前进，我们才能做好今天的事业"，指出"没有高度的文化自信，没有文化的繁荣兴盛，就没有中华民族伟大复兴"，明确"全面建设社会主义现代化国家，必须坚持中国特色社会主义文化发展道路，增强文化自信"……党的十八大以来，习近平总书记准确把握世界范围内思想文化相互激荡、我国社会思想观念深刻变化的趋势，不断深化对文化建设的规律性认识，提出了一系列新思想新观点新论断，是新时代党领导文化建设实践经验的理论总结，为做好宣传思想文化工作提供了根本遵循。

以梦想为帆，用奋斗作桨。新时代十年来，在以习近平同志为核心的党中央坚强领导下，在习近平新时代中国特色社会主义思想科学指引下，我们坚守中华文化立场，把文化自信和道路自信、理论自信、制度自信并列为中国特色社会主义"四个自信"，坚持马克思主义在意识形态领域的指导地位，坚持以社会主义核心价值观引领文化建设，在守正创新中构筑中华文化新气象、激扬中华文明新活力，为新时代坚持和发展中国特色社会主义、开创党和国家事业全新局面提供了强大精神动力。

——今天，中国人民更加自信，前进动力更加强大。

文化是一个国家、一个民族的灵魂。习近平总书记强调"意识形态工作是为国家立心、为民族立魂的工作"，提出文化自信"是更基础、更广泛、更深厚的自信""是一个国家、一个民族发展中最基本、最深沉、最持久的力量"，指出"一个国家、一个民族的强盛，总是以文化兴盛为支撑的，中华民族伟大复兴需要以中华文化发展繁荣为条件"。

新时代文化建设成就非凡、文化自信夯基铸魂。从全国宣传思想工作会议，到文艺工作、党的新闻舆论工作、网络安全和信息化工作、哲学社会科学工作座谈会和全国高校思想政治工作会议，再到中国文联、中国作协代表大会……在一系列重要会议上，习近平总书记就文化建设提出的新思想新观点新论断，在正本清源中廓清了理论是非，校正了工作导向；从建立意识形态工作责任制，到推动媒体融合发展，从开展党史、新中国史、改革开放史、社会主义发展史宣传教育，到培育和践行社会主义核心价值观，一系列激浊扬清、固本培元的重大举措，在全社会唱响了主旋律、弘扬了正能量。

"70后、80后、90后、00后，他们走出去看世界之前，中国已经可以平视这个世界了"。2021年3月，习近平总书记在全国两会期间的一席话，令人感慨万千。"平视世界"的自信，源自新时代我国发展取得的历史性成就、发生的历史性变革，源自世界潮流浩荡向前的"时与势"，也源自中华文化独一无二的理念、智慧、气度、神韵。

当《长津湖》《我和我的祖国》《觉醒年代》《流浪地球》这些浸润着中华文化、饱蘸着中国精神的精品力作在海内外热播；当收藏在博物馆里的文物、陈列在广阔大地上的遗产、书写在古籍里的文字日益走进人民群众心中；当历史学家汤因比预言的"人类的未来在东方，中华文明会成为世界的引领"正在变为现实，我们没有理由不自信：中华民族创造了源远流长的中华文化，中华民族也一定能够创造出中华文化新的辉煌。

——今天，中国人民更加自立，奋斗精神更加昂扬。

难以忘记，庆祝中国共产党成立100周年大会礼序乾坤、乐和天地，"请党放心、强国有我"的誓言久久回荡；难以忘记，"共和国勋章""七一勋章"颁授仪式现场热烈庄重，"崇尚英雄才会产生英雄，争做英雄才能英雄辈出"成为时代强音；难以忘记，北京2022年冬奥会开闭幕式精彩呈现二十四节气、黄河之水、中国结、迎客松、折柳寄情、雪花主题歌，"中国式浪漫"吸引全世界的目光……

统筹推进"五位一体"总体布局、协调推进"四个全面"战略布局，文化是重要内容；推动高质量发展，文化是重要支点；满足人民日益增长的美好生活需要，文化是重要因素；战胜前进道路上各种风险挑战，文化是重要力量源泉。指出"每一种文明都延续着一个国家和民族的精神血脉，既需要薪火相传、代代守护，更需要与时俱进、勇于创新"，传承中华优秀传统文化，让珍贵文物"活起来"，让经典古籍"火起来"，让城市留住记忆，让人们记住乡愁；强调"要充分运用红色资源，深化党史学习教育，赓续红色血脉"，弘扬革命文化，形成以伟大建党精神为源头的中国共产党人精神谱系，革命文物保护利用成效显著，革命文物资源传承红色基因、激发爱国热情的独特价值持续彰显；要求"坚持社会主义先进文化前进方向，用社会主义核心价值观凝聚共识、汇聚力量，用优秀文化产品振奋人心、鼓舞士气"，发展社会主义先进文化、广泛凝聚人民精神力量，为国家治理体系和治理能力现代化提供深厚支撑……新时代十年来，以习近平同志为核心的党中央把文化建设摆在全局工作的重要位置，坚持举旗帜、聚民心、育新人、兴文化、展形象，繁荣发展文化事业和文化产业，为人民提供了更多更好的精神食粮。

时光定格东方大国的奋进雄姿，更彰显中华文化、中国精神的奋发昂扬。在习近平新时代中国特色社会主义思想科学指引下,在中华优秀传统文化、革命文化、社会主义先进文化的感召和滋养中,中国人民坚持独立自主、自力更生,坚定民族自尊心和自信心,焕发出前所未有的历史主动精神、历史创造精神。一道拼、一道干、一道奋斗,党和人民的奋斗精神,贯穿在"不获全胜决不收兵"的脱贫攻坚战中,激扬在"勇攀世界科技高峰"的雄心壮志里,挥洒在"人生能有几回搏"的体育赛场上,镌刻在"如期全面建成小康社会"的历史丰碑上。

——今天,中国人民更加自强,必胜信念更加坚定。

这是疫情防控重大决定性胜利!这是人类文明史上人口大国成功走出疫情大流行的奇迹!2023年的春天,北京故宫游人如织、上海黄浦江轮船穿梭、武汉"光谷"创新提速、广交会参展企业数量再创新高,拨开三年多疫情阴霾,神州大地焕发出新的旺盛生机。回顾抗疫斗争伟大实践,习近平总书记指出:"社会主义核心价值观、中华优秀传统文化所具有的强大精神动力,是凝聚人心、汇聚民力的强大力量。"三年多抗疫何其艰苦卓绝,大战大考何其惊心动魄!从"爱人利物之谓仁"的生命救援,到"青山一道同云雨"的守望相助,正是14亿多中国人民形成的生命至上、举国同心、舍生忘死、尊重科学、命运与共的伟大抗疫精神,铸就起团结一心、众志成城的强大精神防线。

唯有精神上站得住、站得稳,一个民族才能在历史洪流中屹立不倒、挺立潮头。新时代十年来,有涉滩之险,有爬坡之艰,有闯关之难。强调"中华民族生生不息绵延发展、饱受挫折又不断浴火重生,都离不开中华文化的有力支撑",指出"我们党强调理想信念是共产党人精神上的'钙',强调'革命理想高于天',就是精神变物质、物质变精神的辩证法",提出"中国特色社会主义文化积淀着中华民族最深层的精神追求,代表着中华民族独特的精神标识,是中国人民胜利前行的强大精神力量"……习近平总书记关于文化建设的新思想新观点新论断指引亿万人民,从新时代伟大实践中汲取奋发进取的智慧和力量,从中华优秀传统文化中感悟千年传承的浩然之气,不信邪、不怕压,知难而进、迎难而上,攻克了一个又一个看似不可攻克的难关，创造了一个又一个彪炳史册的人间奇迹。

历史是精神的大写与展开，思想是文明的凝结与升华。

前不久落下帷幕的第三十二届阿布扎比国际书展上，《习近平谈治国理政》阿拉伯文版引发广泛关注。这部让外国政要感叹"政治抱负、治国理念、宏大规划和真情实感"的著作，不仅在法兰克福、伦敦、纽约等各大书展上深受欢迎，也走进美国高端智库、塞尔维亚国家图书馆、埃及国民教育体系。美国前国务卿基辛格说："这本书为了解一位领袖、一个国家和一个几千年的文明打开了一扇清晰而深刻的窗口。"

进入新时代，中华优秀传统文化为什么能焕发出独特魅力？中华文明为什么能展现出新的蓬勃生机？答案十分明确：习近平总书记关于文化建设的新思想新观点新论断，从增强历史自觉、坚定文化自信、实现民族复兴的高度，为赓续中华文脉注入固本培元、立根铸魂的思想力量；习近平新时代中国特色社会主义思想，把马克思主义基本原理同中华优秀传统文化相结合，推动中华优秀传统文化创造性转化、创新性发展，使中华文明在新时代再次绽放出夺目光彩，极大增强了亿万人民的精神力量。

（三）

河南安阳西北郊，洹河静静流过殷墟。刀笔留痕，甲骨呈奇，印证数千年信史，记录方块字源头，彰显中华优秀传统文化的根脉。

"中华文明源远流长，从未中断，塑造了我们伟大的民族，这个民族还会伟大下去的。"党的二十大后，习近平总书记来到这里考察，强调"我们要坚定文化自信，增强做中国人的自信心和自豪感""更深地学习理解中华文明，古为今用，为更好建设中华民族现代文明提供借鉴"。

比之为"根和魂"，喻之为"精神命脉"，视之为"中华民族生生不息、发展壮大的丰厚滋养"，习近平总书记高度重视中华优秀传统文化，语重心长地指出："经济总量无论是世界第二还是世界第一，未必就能够巩固住我们的政权。经济发展了，但精神失落了，那国家能够称为强大吗？"党的十八大以来，在培育和践行社会主义核心价值观的基础工程中，在贯彻治国理政新理念新思想新战略的生动实践中，在提出"构建人类命运共同体""共建'一带一路'""全球发展倡议""全球安全倡议""全球文明倡议"等中国方案中，莫不体现出对中华优秀传统文化的深刻认识与创新发展，也莫不印证着这样的判断——"没有文明的继承和发展，没有文化的弘扬和繁荣，就没有中国梦的实现。"

长河浩荡，在文化的轴线上，把握历史、现实与未来；高山巍峨，在精神的维度中，把握时代精神、民族精神与核心价值。习近平总书记关于文化建设的新思想新观点新论断，融民族性与时代性于一体，融中华文化和中国精神于一体，为实现中华民族伟大复兴确立了文化坐标、精神旗帜。

——中华优秀传统文化是我们党创新理论的"根"。习近平新时代中国特色社会主义思想，是中华文化的时代精华。

这是宏阔的文化视野。实现中华民族伟大复兴的中国梦，昭示"自强不息""刚健有为"的气质；坚持以人民为中心的发展思想，展现"以百姓心为心"的品格；全面深化改革的实践，折射"苟日新，日日新，又日新"的奋发；构建人类命运共同体的理念与行动，蕴藏"协和万邦""天下一家"的智慧……习近平总书记关于文化建设的新思想新观点新论断，深深植根于中华优秀传统文化的丰厚沃土，深刻汲取了中华优秀传统文化的丰富哲学思想、人文精神、道德理念，使马克思主义的理论主脉和中华民族的精神血脉内在贯通，使历史中国的深厚底蕴与现实中国的崭新气象深相融通，形成了中华民族智慧的最新表达和理论上的最新概括。

这是复兴的文化气象。指出"要善于从中华优秀传统文化中汲取治国理政的理念和思维"，强调"中华优秀传统文化是中华民族的突出优势，是我们最深厚的文化软实力"……习近平总书记把中华文化传承发展与中华民族伟大复兴联系起来，将中华文化融入中国式现代化的伟大实践中，融入实现民族复兴的伟大梦想中。高度的文化自觉、深沉的文化自信、勇毅的文化担当，把中华文化发展推向新阶段，激励着亿万人民铸就社会主义文化新辉煌。

——中国精神是凝心聚力的兴国之魂、强国之魂。习近平新时代中国特色社会主义思想，是中国精神的时代精华。

这是沉淀历史智慧的精神瑰宝。"惟改革者进，惟创新者强，惟改革创新者胜"，是伟大创造精神的集中表达；"幸福都是奋斗出来的，奋斗本身就是一种幸福"，是伟大奋斗精神的庄严宣示；"14亿多中国人心往一处想、劲往一处使，同舟共济、众志成城，就没有干不成的事、迈不过的坎"，是伟大团结精神的一脉相承；"实现中华民族伟大复兴，就是中华民族近代以来最伟大的梦想"，是伟大梦想精神的时代共鸣。结晶于五千多年中华文明积淀的历史河床之上，蕴藏在中华民族的生生不息、薪火相传之中，中国精神必将在复兴征程上不断发扬光大，在实现中国梦的道路上如天行健、如地势坤。

这是引领民族复兴的精神航道。"实现中国梦必须弘扬中国精神。"党的十八大以来，习近平总书记提炼了一系列内容丰富、气韵生动的中国精神，构筑了绵延中华民族历史、纵贯民族复兴进程、赓续民族精神血脉的精神谱系，为实现中华民族伟大复兴提供了源源不断的精神力量。聚焦于实现中华民族伟大复兴这一主题，习近平总书记关于文化建设的新思想新观点新论断，充分彰显了中国精神的鲜明特征，集中体现了中国精神的风格气派，赋予中国精神以崭新的时代意蕴，使中国精神得到与时俱进的历史升华，在时代的回响中迸发出更加持久饱满的精神能量和实践能量。

习近平总书记强调："只有植根本国、本民族历史文化沃土，马克思主义真理之树才能根深叶茂。"习近平总书记关于文化建设的新思想新观点新论断，坚持古为今用、推陈出新，不断推动中华优秀传统文化创造性转化、创新性发展，贯穿于中国式现代化道路的推进拓展之中，融汇于创造人类文明新形态的社会实践之中，体现于中华民族伟大复兴的历史伟业之中，让我们更加坚定历史自信、文化自信。

回望历史，中华民族是世界上古老而伟大的民族，创造了绵延五千多年的灿烂文明，为人类文明进步作出了不可磨灭的贡献。

在近代中国最危急的时刻，中国共产党人用马克思主义真理的力量激活了中华民族历经几千年创造的伟大文明，用深刻的文化自觉唤起了亿万同胞的伟大觉醒。马克思主义以对社会发展规律的揭示、对人类理想社会的追寻、对实现人类解放的实践，切中了中华文化的深沉脉搏，促进了中华民族的复兴进程，激励受剥削受压迫的劳苦大众浴血奋战、百折不挠，激励站起来的中国人民自力更生、发愤图强，激励改革开放大潮中的亿万人民解放思想、锐意进取，激励新时代的中国人民自信自强、守正创新。

文化如水，浸润无声；文明如潮，浩荡弦歌。

新时代新征程上，一个重大论断引发强烈共鸣——中华文明具有突出的连续性、突出的创新性、突出的统一性、突出的包容性、突出的和平性。中华优秀传统文化是中华文明的智慧结晶和精华所在，是中华民族的根和魂。在几千年的历史流变中，中华民族从来不是一帆风顺的，遇到了无数艰难困苦，但我们都挺过来、走过来了，其中一个很重要的原因就是世世代代的中华儿女培育和发展了独具特色、博大精深的中华文化，为中华民族克服困难、生生不息提供了强大精神支撑。

从过去到未来，一条脉络鲜明浮现——马克思主义真理力量激活了中华文明的强大生命力，使中华文明再次迸发出强大精神力量。习近平新时代中国特色社会主义思想是中华文化和中国精神的时代精华，标志着中华民族和中国人民的文化自信、文化自觉达到了新的历史高度。以文化之光铸时代之魂，以文化之风扬强国之帆，我们必将在中华文化发展繁荣的进程中迎来中华民族伟大复兴。

（四）

"崇龙尚玉"红山遗址、"文明圣地"良渚遗址、"最初中国"陶寺遗址、"华夏主脉"二里头遗址、"古蜀之光"三星堆遗址……5月27日，"何以文明——中华文明探源工程成果数字艺术大展"上线，借助沉浸式、数字化的方式，展现中华文明起源发展的历程，让大众更加直观、形象地体验和感受中华民族悠久的历史、灿烂的文明。

何以文明？何以中国？万物有所生，而独知守其根。

留住历史根脉、传承中华文明，习近平总书记在地方考察时，多次调研传统文化保护传承，阐述弘扬优秀传统文化、保护历史文化遗产、坚定文化自信的重要性。

2014年，习近平总书记在首都博物馆强调"让文物说话、把历史智慧告诉人们，激发我们的民族自豪感和自信心，坚定全体人民振兴中华、实现中国梦的信心和决心"；

2019年，习近平总书记在甘肃敦煌研究院指出"只有充满自信的文明才能在保持自己特色的同时包容、借鉴、吸收各种文明的优秀成果"；

2021年，习近平总书记在福建朱熹园感慨"如果没有中华五千年文明，哪里有什么中国特色？如果不是中国特色，哪有我们今天这么成功的中国特色社会主义道路？"

……

"我们从哪里来？我们走向何方？中国到了今天，我无时无刻不提醒自己，要有这样一种历史感。……中国有坚定的道路自信、理论自信、制度自信，其本质是建立在5000多年文明传承基础上的文化自信。"党的十八大以来，习近平总书记饱含深厚的文化情怀，以高度的历史自信、坚定的文化自觉，推动中华文化在新时代焕发出新的光芒，激扬中国精神、凝聚中国力量，引领亿万人民迈向复兴之路。

习近平总书记指出："在五千多年中华文明深厚基础上开辟和发展中国特色社会主义，把马克思主义基本原理同中国具体实际、同中华优秀传统文化相结合是必由之路。这是我们在探索中国特色社会主义道路中得出的规律性的认识，是我们取得成功的最大法宝。""两个结合"是推进马克思主义中国化时代化的根本途径，我们要深刻理解"两个结合"的重大意义，深刻把握"结合"的前提是彼此契合、"结合"的结果是互相成就、"结合"筑牢了道路根基、"结合"打开了创新空间、"结合"巩固了文化主体性。

中华优秀传统文化源远流长、博大精深，其中蕴含的天下为公、民为邦本、为政以德、革故鼎新、任人唯贤、天人合一、自强不息、厚德载物、讲信修睦、亲仁善邻等，是中国人民在长期生产生活中积累的宇宙观、天下观、社会观、道德观的重要体现，同科学社会主义价值观主张具有高度契合性。这种契合性，造就了一个有机统一的新的文化生命体，让马克思主义成为中国的，中华优秀传统文化成为现代的，让经由"结合"而形成的新文化成为中国式现代化的文化形态。

党的十八大以来，以习近平同志为核心的党中央高度重视对中华优秀传统文化的传承和发展，以对文化在历史进步中的地位作用的深刻认识，以对文化的精神特质和历史传承的正确把握，以对文化复兴和文明进步的不懈追求，开辟了马克思主义基本原理同中华优秀传统文化相结合的新境界。"第二个结合"，是我们党对马克思主义中国化时代化历史经验的深刻总结，是对中华文明发展规律的深刻把握，表明我们党对中国道路、理论、制度的认识达到了新高度，表明我们党的历史自信、文化自信达到了新高度，表明我们党在传承中华优秀传统文化中推进文化创新的自觉性达到了新高度。

习近平总书记关于文化建设的新思想新观点新论断，立足中华民族伟大复兴的现实要求，深刻阐述中华优秀传统文化的历史渊源、发展脉络、思想精华、鲜明特质，进一步明确中华优秀传统文化作为根基和命脉的时代价值。"第二个结合"是又一次的思想解放，让我们能够在更广阔的文化空间中，充分运用中华优秀传统文化的宝贵资源，探索面向未来的理论和制度创新。

——把马克思主义思想精髓同中华优秀传统文化精华贯通起来，筑牢了我们在世界文化激荡中站稳脚跟的根基。

2021年3月，武夷山九曲溪畔，习近平总书记走进朱熹园，看到墙上"国以民为本，社稷亦为民而立"的朱熹民本思想经典论述，驻足凝视良久。2018年6月29日，习近平总书记主持十九届中共中央政治局第六次集体学习时，引用的正是这句古语。

陕北打坝种地，吟诵范仲淹的名句"先天下之忧而忧，后天下之乐而乐"；正定走村入户，感悟郑板桥的心声"些小吾曹州县吏，一枝一叶总关情"；宁德翻山越岭，体味寿宁县令冯梦龙的为民举措，还有"三言"中的警句箴言……新故相因、道理相承，人民领袖深沉的人民情怀、笃定的人民至上理念，植根历史的中国，也源于马克思主义群众观与中国传统民本思想的结合。

习近平总书记强调："要把坚持马克思主义同弘扬中华优秀传统文化有

机结合起来,坚定不移走中国特色社会主义道路。"进入新时代,习近平总书记以护文明之火种、传永续之文脉的崇高使命感,全方位、多角度阐释中华文化的独特创造、价值理念、鲜明特色,展示了对待中华优秀传统文化的科学态度。习近平总书记关于文化建设的新思想新观点新论断,既从中华优秀传统文化中汲取治国理政的理念和思维,又以马克思主义引领中华优秀传统文化在当代的传承和发展,让中国特色社会主义道路有了更加宏阔深远的历史纵深,拓展了中国特色社会主义道路的文化根基。中国式现代化赋予中华文明以现代力量,中华文明赋予中国式现代化以深厚底蕴。

一条陆路,一条海路,2013年秋,在世界版图上,两条始自中国的交通大动脉壮阔而恢弘,绵亘万里的古丝绸之路重现世界视野。近十年来,共建"一带一路"已吸引全球超过3/4的国家参与,为共建国家创造42万个工作岗位,高质量共建"一带一路"成为造福沿线国家和地区人民的大事业、深受国际好评的大平台。

和羹之美,在于合异。习近平总书记指出:"中华民族历来讲求'天下一家',主张民胞物与、协和万邦、天下大同,憧憬'大道之行,天下为公'的美好世界。"构建人类命运共同体理念,正是对中华优秀传统文化价值观念和精神血脉的现代化、时代化,形成共建美好世界的最大公约数,成为引领时代潮流和人类前进方向的鲜明旗帜。

今天的中华文化,正展现出更旺盛的生命力、更强大的感召力。在相互贯通中,习近平新时代中国特色社会主义思想因汲取中华文化精华而更具中国特色、中国风格、中国气派,中华文化因融入伟大时代精神而更好地跨越时空、超越国界、展现永恒魅力。

——把马克思主义思想精髓同人民群众日用而不觉的共同价值观念融通起来,凝聚起在新时代新征程上团结奋斗的力量。

浩浩江河水,巍巍民族魂。"自胜者强,自强者胜""千磨万击还坚劲",映照自强不息的进取精神;"仰不愧天,俯不愧人,内不愧心",彰显高尚坦荡的精神境界;"留取丹心照汗青""苟利国家生死以",昭示忠诚坚贞的理想信念……在漫长的历史长河中,中华民族形成了秉持仁、义、礼、智、信，推崇格物、致知、诚意、正心、修身、齐家、治国、平天下，追求真善美的价值导向。

习近平总书记强调："核心价值观是一个民族赖以维系的精神纽带，是一个国家共同的思想道德基础。如果没有共同的核心价值观，一个民族、一个国家就会魂无定所、行无依归。"以社会主义核心价值观引领文化建设，弘扬以伟大建党精神为源头的中国共产党人精神谱系，注重用中华优秀传统文化、革命文化、社会主义先进文化培根铸魂，广泛开展中国特色社会主义和中国梦宣传教育，推动理想信念教育常态化制度化，完善思想政治工作体系，培养堪当民族复兴重任的时代新人，建立健全党和国家功勋荣誉表彰制度，深化群众性精神文明创建，建设新时代文明实践中心……党的十八大以来，以习近平同志为核心的党中央从巩固全党全国各族人民团结奋斗的共同思想基础、巩固党的执政地位的战略高度，把培育和践行社会主义核心价值观作为凝魂聚气、强基固本的基础工程，作为一项根本任务，使之像空气一样无处不在、无时不有，成为全体人民的共同价值追求，成为我们生而为中国人的独特精神支柱，成为百姓日用而不觉的行为准则，理想信念的根基更加牢固，精神文明的花朵愈发灿烂。

从挖掘阐发中华优秀传统文化精华，推动创造性转化、创新性发展，到推进文物和古籍保护利用工作、实施中华优秀传统文化传承发展工程，从大力推动文物资源数字化转化、数字化共享，到推动中华文明探源，将中国文明历史研究引向深入……在新时代伟大变革中，中国特色社会主义文化建设气象一新、格局一新，中华文化的"一池春水"被彻底激活，在新时代展现出蓬勃生机、焕发出巨大活力。中华优秀传统文化的风骨神韵、革命文化的刚健激越、社会主义先进文化的繁荣兴盛在新时代伟大实践中融为一体，为全面推进中华民族伟大复兴提供了更为主动、更为强大的精神力量，也为人类文明进步提供了正确精神指引。

2023年5月，中国与中亚五国领导人"长安复携手"。在赠送中亚国家元首的礼品中，有一件"何尊"。西周何尊铭文"宅兹中国"，是"中国"一词迄今发现的最早来源。从昔日的汉唐气象、万国衣冠，到今天的大国风范、命运与共，一个千秋岁月、日新月异的中国，一种亘古亘今、推陈出新的文化，正以兼收并蓄、海纳百川的开放胸怀，展现在世界面前。

（五）

升平修典，盛世修文。2022年金秋时节，重大文化工程《复兴文库》出版发行。皇皇巨著，致敬一代代仁人志士追寻复兴的百年求索；字字千钧，回响着一个古老民族走向复兴的铿锵足音。

"修史立典，存史启智，以文化人，这是中华民族延续几千年的一个传统。"习近平总书记亲自为《复兴文库》作序，发出"坚定历史自信、把握时代大势、走好中国道路"的时代强音。

凯歌而行，不以山海为远；乘势而上，不以日月为限。党的二十大擘画了全面建设社会主义现代化国家、以中国式现代化全面推进中华民族伟大复兴的宏伟蓝图。建设社会主义文化强国，铸就中华文化新辉煌，必须立足于全党全国人民的中心任务，立足于强国建设、民族复兴这个大局。新征程上，我们要从历史长河中看待文化推动人类文明进步的重要功能，在时代大潮中把握文化引领社会变革的重要作用，在人的全面发展中发挥文化创造美好生活的重要价值，增强实现中华民族伟大复兴的精神力量。

以奋斗扬志气，书写复兴伟业的新篇章。"功崇惟志，业广惟勤。"习近平总书记强调："我们是中华儿女，要了解中华民族历史，秉承中华文化基因，有民族自豪感和文化自信心。"今天，我们比历史上任何时期都更接近、更有信心和能力实现中华民族伟大复兴的目标。越是任重道远，越要志存高远；越是万水千山，越要壮志如山。前进道路上，我们要以国家富强、民族复兴、人民幸福为己任，立鸿鹄志、做奋斗者，树立在继承前人的基础上超越前人的雄心壮志，勇于战胜前进路上的"拦路虎""绊脚石"，跨越复兴途中的"娄山关""腊子口"。不管是雄关险隘，还是风高浪急，都压不垮奋斗志，难不倒中国人！

以斗争壮骨气，打开事业发展的新天地。"人无刚骨，安身不牢。"习近平总书记强调："一个民族之所以伟大，根本就在于在任何困难和风险面前都从来不放弃、不退缩、不止步，百折不挠为自己的前途命运而奋斗。"今天，我国发展进入战略机遇和风险挑战并存、不确定难预料因素增多的时期。前进道路上，我们要拿出"狭路相逢勇者胜"的气概，发扬"越是艰险越向前"的精神，保持"乱云飞渡仍从容"的定力，练就"踏平坎坷成大道"的本领，在有效应对重大挑战、抵御重大风险、克服重大阻力、解决重大矛盾中冲锋在前、建功立业。

以发展强底气，创造无愧时代的新业绩。习近平总书记指出："千百年来，中国人民就以生命力的顽强、凝聚力的深厚、忍耐力的坚韧、创造力的巨大而闻名于世，我们都为自己是中国人感到骄傲和自豪！"今天，中国、中国人民、中华民族的未来无限广大。时与势在我们一边，这是我们定力和底气所在，也是我们的决心和信心所在。前进道路上，我们要树立和坚持正确的历史观、民族观、国家观、文化观，不断增强经济实力、科技实力、综合国力，不断增强人民群众的获得感、幸福感、安全感。

日月经天，江河行地。习近平总书记指出："我们要建设的社会主义现代化强国，不仅要在物质上强，更要在精神上强。"身处前所未有的伟大时代，推进前无古人的伟大事业，善于从中华民族世世代代形成和积累的优秀传统文化中汲取营养和智慧，延续文化基因，萃取思想精华，展现精神魅力，保持对自身文化理想、文化价值的高度信心，保持对自身文化生命力、创造力的高度信心，才能创造属于我们这个时代的新文化，建设中华民族现代文明。

奋进新征程，让我们坚定文化自信，更好担负起新的文化使命。习近平总书记强调："14亿中国人民凝聚力这么强，就是因为我们拥有博大精深的中华文化、中华精神，这是我们文化自信的源泉。"中国式现代化是物质文明和精神文明相协调的现代化，深深植根于中华优秀传统文化，是一种全新的人类文明形态。我们要坚持中国特色社会主义文化发展道路，立足中华民族伟大历史实践和当代实践，用中国道理总结好中国经验，把中国经验提升为中国理论，实现精神上的独立自主。要把传承和弘扬中华优秀传统文化同培育和践行社会主义核心价值观统一起来，使中华民族最基本的文化基因与当代文化相适应、与现代社会相协调，不断增强中华民族的归属感、认同感、尊严感、荣誉感，构筑中华民族共有精神家园。

奋进新征程，让我们增强文化自觉，努力建设中华民族现代文明。习近平总书记指出："我们有本事做好中国的事情，还没有本事讲好中国的故事？我们应该有这个信心！"中华文化既是民族的，也是世界的。中华文明自古就以开放包容闻名于世，在同其他文明的交流互鉴中不断焕发新的生命力。我们要秉持开放包容，坚持马克思主义中国化时代化，传承发展中华优秀传统文化，促进外来文化本土化，不断培育和创造新时代中国特色社会主义文化，以守正创新的正气和锐气，赓续历史文脉、谱写当代华章。要进一步增强中华文明传播力影响力，把中华优秀传统文化的精神标识提炼出来、展示出来，把中华优秀传统文化中具有当代价值、世界意义的文化精髓提炼出来、展示出来，加快构建中国话语和中国叙事体系，讲好中国故事、传播好中国声音，向世界阐释推介更多具有中国特色、体现中国精神、蕴藏中国智慧的优秀文化，展现可信、可爱、可敬的中国形象，深化文明交流互鉴，推动中华文化更好走向世界，让世界文明百花园姹紫嫣红、生机盎然。

纤纤不绝林薄成，涓涓不止江河生。这是一个国家澎湃恢弘的文化气象，这是一个民族矢志复兴的精神图景。

（六）

文化兴国运兴，文化强民族强。

"没有先进文化的积极引领，没有人民精神世界的极大丰富，没有民族精神力量的不断增强，一个国家、一个民族不可能屹立于世界民族之林"；

"要坚持中国特色社会主义文化发展道路，推动中华优秀传统文化创造性转化、创新性发展，继承革命文化，发展社会主义先进文化，激发全民族文化创新创造活力，建设社会主义文化强国"；

"文明是现代化国家的显著标志""发展文化事业是满足人民精神文化需求、保障人民文化权益的基本途径""'十四五'时期，我们要把文化建设放在全局工作的突出位置，切实抓紧抓好"；

"围绕举旗帜、聚民心、育新人、兴文化、展形象建设社会主义文化强国，发展面向现代化、面向世界、面向未来的，民族的科学的大众的社会主义文

化，激发全民族文化创新创造活力，增强实现中华民族伟大复兴的精神力量";

"只有全面深入了解中华文明的历史，才能更有效地推动中华优秀传统文化创造性转化、创新性发展，更有力地推进中国特色社会主义文化建设，建设中华民族现代文明";

……

弘扬中华文化、坚定文化自信、建设文化强国，始终是习近平总书记念兹在兹的大事。习近平总书记关于文化建设的新思想新观点新论断，既是源自历史的深刻洞察，也是昭示未来的卓识远见。站立在浸润优秀传统文化的中华大地上，拥有14亿多中国人民聚合的磅礴之力，手握科学真理，脚踏人间正道，沐浴文明辉光，继续把中华民族伟大复兴的历史伟业推向前进，我们信心十足、力量十足！

巍巍华夏，壮丽山河。翻开历史长卷，在水墨丹青中感受"弦歌不绝"的传承，在龟甲木牍里激发"思接千载"的心绪。数千年传承不息、一代代薪火相传，博大精深的中华文化在时间的长河中融入中国人的血脉，成为心灵深处的文化基因。一种文明"亘古亘今"，一个民族"日新又新"，能量正蕴于此，奥秘正藏于此。

文以化人，文以载道；文明立世，文化兴邦。让我们更加紧密地团结在以习近平同志为核心的党中央周围，全面贯彻习近平新时代中国特色社会主义思想，深刻领悟"两个确立"的决定性意义，增强"四个意识"、坚定"四个自信"、做到"两个维护"，坚定历史自信、增强文化自觉、担负起新的文化使命，以强烈的历史主动精神，在新的起点上继续推动文化繁荣、建设文化强国、建设中华民族现代文明，为实现第二个百年奋斗目标、实现中华民族伟大复兴的中国梦提供强大的价值引导力、文化凝聚力、精神推动力。

赓续千年文脉，共襄千秋伟业——

"当代中国共产党人和中国人民应该而且一定能够担负起新的文化使命，在实践创造中进行文化创造，在历史进步中实现文化进步！"

(《人民日报》2023年06月04日）

申报资料实录

作品简介：2023年6月2日，习近平总书记出席文化传承发展座谈会并发表重要讲话，对中华文化传承发展的一系列重大理论和现实问题作了全面系统深入阐述。《人民日报》在会后第一时间刊发本文，紧紧围绕习近平总书记关于文化建设的新思想新观点新论断，深入阐释习近平新时代中国特色社会主义思想是中华文化和中国精神的时代精华，开辟了马克思主义基本原理同中华优秀传统文化相结合的新境界，深入阐释中华文明的突出特性、"两个结合"的重大意义等会议精神，全方位、多角度阐释中华文化的独特创造、价值理念、鲜明特色，激励广大读者增强文化自觉、坚定文化自信。文章视野开阔、纵横捭阖、情理交融，贯通历史、现实与未来，逻辑严密、层次分明、文风鲜活，兼具思想性和可读性。

社会效果：文章刊发后在舆论场形成传播声势，社会反响热烈，为广大干部群众在新征程上更好担负起新的文化使命，扎实推进中华民族现代文明和社会主义文化强国建设凝聚起奋进力量。文章刊登前一天发新华社通稿，见报当晚总台央视《新闻联播》重点摘播，1141家媒体转载，重点新闻网站在显著位置制作标题链接，众多网友分享点赞转发。文章在人民日报客户端点击量超过254万，仅在今日头条的话题阅读量累计超过5000万。

初评评语：文化关乎国本、国运。立足全面系统深入学习习近平新时代中国特色社会主义思想，这篇文章第一时间吃透、消化、吸收会议精神，第一时间阐释、解读、宣传习近平总书记关于文化建设的新思想新观点新论断，胸怀大局、把握大势、对接现实，实现了权威性、精准性、及时性、可读性的统一。作品展现出任仲平这一传统政论品牌历久弥新的生命力，充分发挥了党报评论在舆论上的导向作用、旗帜作用、引领作用，让党的声音传得更广更远，让重大时代议题更加深入人心。

选举新一届国家机构领导人

集 体

作品请见中国记协网 http://www.zgjx.cn。

（中央广播电视总台 2023 年 03 月 10 日）

申报资料实录

作品简介：2023年3月10日上午9时，十四届全国人大一次会议在人民大会堂举行第三次全体会议。中央广播电视总台对大会重要议程进行了实时播报，对习近平当选国家主席、中央军委主席并进行宪法宣誓进行全程直播，全景呈现历史性时刻。节目以丰富的电视新闻表现方式，通过最新消息实时播报、演播室嘉宾访谈等，充分展现此次会议重要而深远的意义；节目编排逻辑明晰、节奏感强，新闻标题准确凝练、铿锵有力，风格大气庄重。首次嵌入礼兵与仪式大屏同框画面，卡点切换礼兵入场镜头、强化沿途拾音效果等，极大提升了节目质感。

社会效果：新闻直播《选举新一届国家机构领导人》收视表现突出。播出当天，39个上星频道累计观看人次超过5500万，并机总收视率0.92%。总台下属新媒体及国内外多个主要互联网平台引用、转发，传播效果良好，受到社会各界和海内外广泛好评。

初评评语：该直播报道内容设计精心，信息丰富，节奏流畅，氛围感强烈。现场直播开始前的演播室部分，为现场直播做了有效的信息铺垫，烘托了举世瞩目的期待感。现场部分，尤其是宣布选举结果和宪法宣誓环节，镜头的构图、组合、切换凸显了民主选举和国家仪式的神圣感与庄严感。整个直播过程既注重呈现宏大场面，也注意放大生动细节，全景式、立体式记录了十四届全国人大一次会议选举产生新一届国家领导人，习近平全票当选国家主席、中央军委主席和进行宪法宣誓的历史时刻、珍贵瞬间。直播中习近平主席进行宪法宣誓的镜头设计寓意深刻，立意高远，彰显了人民领袖风采。

东部战区组织环台岛战备警巡和"联合利剑"演习

樊 斌 陈 利

4月8日至10日,中国人民解放军东部战区按计划在台湾海峡和台岛北部、南部、台岛以东海空域组织环台岛战备警巡和"联合利剑"演习。东部战区新闻发言人施毅陆军大校表示,这是对"台独"分裂势力与外部势力勾连挑衅的严重警告,是捍卫国家主权和领土完整的必要行动。

东部战区联合作战指挥中心下达行动指令后,战区陆军远箱火、海军驱护舰、岸导突击群,空军歼击机、轰炸机、加油机,火箭军常导火力单元等任务兵力快速向预定区域机动集结,展开行动部署,按计划演练联合夺权行动。从地面指挥机构到空中指挥枢纽,从陆上火力单元到海空作战平台,指挥信息高效流转,任务兵力密切协同。

正在东海、台海和东南沿海一线执行任务的东部战区海军多个水面舰艇编队、岸导突击群和电子对抗、观通等部队,依令完成战备等级转进。多艘驱护舰高速向台岛周边海域慑压进逼,灵活机动抢占有利阵位,根据现场态势组织近距突击、远域慑阻、防空反导等课目演练。

在夺取制空权演练中,东部战区空军多批多架歼-16、歼-10C战机挂载实弹紧急升空,协同海上驱护舰、地空导弹等兵力联合编组行动,构建岸、海、空一体制空作战体系。

与此同时,多批多架轰-6K战机位预定空域建立多个发射阵位,在海军、火箭军等兵力协同支援下,对"敌"舰船实施模拟精确打击,夺取目标海域制海权。飞行员杨阳告诉记者，此次演练行动，突出"侦、控、打、评"全流程检验联合突击、精确毁伤水平，进一步锤炼实战本领。

当天，东部战区陆军多个炮兵旅、火箭军多个常规导弹旅依令进入预定作战地域，各发射单元迅即占领发射阵地，展开发射准备，协同海空突击力量，对预定目标实施模拟联合打击，检验联合作战体系支撑下火力快反和远程精打效能。

今天的演练，重点检验联合作战体系支撑下夺取制海权、制空权、制信息权能力，任务部队同步组织环台岛战巡进逼，塑造全向围岛慑压态势。

(《解放军报》2023年04月09日)

申报资料实录

作品简介：针对中国台湾地区领导人蔡英文以"过境"为名窜美并与美国会众议长麦卡锡见面，4月8日至10日，中国人民解放军东部战区按计划在台湾海峡和台岛北部、南部、台岛以东海空域组织环台岛战备警巡和"联合利剑"演习。解放军报记者第一时间赶赴演练现场，全程跟踪报道。稿件以时间为轴，报道诸军兵种部队的战斗演练情况，充分展现了人民解放军坚决捍卫国家主权和领土完整，绝不为任何形式的"台独"行径和外部干涉留下任何空间的坚定立场。

社会效果：稿件及时回应了人民群众关切，有力彰显了解放军捍卫国家主权、安全、发展利益的战略能力和决心，稳定了国内舆论走向，同时向国际社会表明了中国人民解放军的立场态度。国内外主流媒体第一时间全文转载，境外多家媒体和社交平台进行转载，多名国际政治撰稿人、军事观察家对此发表评论。

初评评语：该稿件在重大敏感时机和重大敏感题材中准确体现了时度效的要求。在新闻舆论风暴中，展现出主流媒体"定音鼓"作用。凭借独家信息、坚定立场和准确表达，汇聚起强大的传播势能，有力把握住国内、国际两个舆论场话语权，是一柄舆论斗争重剑。

习近平同美国总统举行中美元首会晤

集　体

作品请见中国记协网 http://www.zgjx.cn。

（中央广播电视总台2023年11月16日）

申报资料实录

作品简介：主创团队全流程生动记录拜登总统热情迎接习近平主席、同习近平主席会谈、邀请习近平主席一道在庄园里散步并送别等场景。该片以庄重沉稳的叙事风格塑造大国领袖风采。

社会效果：该报道全面展现习近平主席以深远历史眼光、高超政治智慧在重大历史关头把稳中美关系发展方向，回应两国和世界人民共同期待。报道播发后，产生较大影响力和传播力。

初评评语：主创团队紧紧围绕新闻性，用最佳视角、最快时效、最好效果，精彩完美呈现中美元首会晤盛况，精准报道习近平主席在会晤时的重要讲话精神，传递稳定改善中美关系的鲜明主张，生动展现大国领袖的超凡智慧和魅力风采。

首次发现"野外灭绝"的长江鲟在野外产卵出苗

集 体

作品请见中国记协网 http://www.zgjx.cn。

（四川广播电视总台 2023 年 03 月 27 日）

申报资料实录

作品简介：长江鲟时隔 23 年首次在野外产卵出苗，为长江鲟实现自然繁殖、恢复重建野外种群带来了新的希望，是"共抓大保护、不搞大开发"理念结出丰硕成果的有力例证。2021 年 4 月起，作品主创团队历时近两年，跟随中国水产科学研究院长江水产研究所等研究机构的专家，持续深入采访重建长江鲟野外种群的人物故事、科研进展，并于 2023 年 3 月完整记录了"野外灭绝"的长江鲟在野外产卵出苗的"历史性时刻"。

社会效果：改作品推出后，多家新闻媒体转发，全网点击量超 2000 万，网友相继留言"重大突破""见证历史了""真真实实看到了中国科研人员的付出"。

初评评语：作品生动鲜活，时效性强，新闻价值高。长江鲟野外产卵巢搭建、在天然水域被监测到产卵等一系列场景画面，现场感强，展示了中国日益向好的生态环境和从不言弃的科研精神。

江苏发出第 1000 万户个体工商户营业执照
成为全国首个在册个体工商户总量破千万省份

杭春燕　许海燕

3月30日9时55分，在南京市雨花台区市场监管局雨花分局，南京市民张康领到了全省第1000万户个体工商户营业执照。这标志着江苏成为全国首个在册个体工商户总量破千万省份。

《中华人民共和国民法典》第五十四条规定："自然人从事工商业经营，经依法登记，为个体工商户。"1978年，江苏仅有个体工商户23907户。1979年，国家对其恢复登记管理后，个体工商户的发展逐渐迈入快车道，1982年全省个体工商户突破10万户，1993年突破100万户。党的十八大以来，个体工商户发展更是日新月异，江苏在册总量从2012年底的348.2万户到如今突破千万户，仅用10年左右时间。

"秤砣虽小压千斤"。个体工商户是市场经济的"毛细血管""神经末梢"，其活跃度影响着经济社会的发展成色。省市场监管局副局长薛强介绍，江苏个体工商户约占经营主体总量的70%，已经成为江苏经济"家底中的家底""基本盘中的基本盘"。

个体工商户还是群众生活最直接的服务者、重要的就业创业源头和"蓄水池"，具有显著的便民利民和共富共享效应。统计显示，江苏个体工商户中，约九成从事的是第三产业，主要集中在与百姓生活密切相关的服务行业；全省个体工商户登记从业人员超过1683.3万人。

近几年，受疫情等因素影响，个体工商户生产经营受到较大冲击。

习近平总书记对此高度重视，强调要"提供更直接更有效的政策帮扶"。得益于政策"组合拳"，今年以来，江苏个体工商户市场信心和预期持续恢复。1月1日—3月28日，全省新登记个体工商户27.5万户，同比增长5.5%，增速较去年同期提高46个百分点。

成为全省第1000万户在册个体工商户，张康感觉自己很幸运。他告诉记者，以前开的面包店受疫情影响倒闭了，近来看到消费加速回暖，各部门支持政策也很多，他的创业信心又被点燃，新面包店计划4月10日开业。

"江苏成为全国首个在册个体工商户总量破千万省份，极具风向标意义。"省社科院经济研究所副所长吕永刚说，面广量大的个体工商户是畅通经济循环、促进供需匹配的"尖兵"，叠加国内大市场特有的"大海效应"，可形成扎根本土、富有韧性、浪潮澎湃的增长动能。在推进中国式现代化江苏新实践中，锚定"在高质量发展上走在前列"的总目标，富有"四千四万"精神的广大个体工商户必能谱写充满生机与活力的新创业史。

（《新华日报》2023年03月31日）

申报资料实录

作品简介：这则不足千字的消息，清晰呈现颁发营业执照现场、江苏个体户的历史发展脉络以及破千万的划时代意义。通过查阅江苏工商历史资料、请教业务处室资深人士和行业专家，并与登记注册主管部门同志一起反复推敲，翻阅资料近30万字，前后修改约30次，最终做到了简明扼要、表述准确、信息丰富、启示深远。

社会效果：稿件刊发后，受到各方一致好评，独家挖掘出的数据和精准表述，被全国数百家媒体广泛采用，在全国产生了广泛传播力和影响力。

初评评语：新闻价值重大：江苏个体工商户在全国率先实现"总量破千万"，展示了江苏经济的韧性，凸显了经济大省江苏在呵护经营主体方面的引领性。深入践行四力：记者第一时间开展资料梳理和背景采访。结合多方采访，理出了江苏个体户的发展脉络和关键节点数据。稿件采写精良，标题抓人，语言晓畅，言简意赅。既蕴含丰富的信息量，又将新闻的鲜活性和历史的纵深感巧妙融合。

这一步走了 73 年
马英九回湖南祭祖寻根

魏 波 鲁 超 郑 晓

作品请见中国记协网 http://www.zgjx.cn。

（湖南广播电视总台 2023 年 04 月 03 日）

申报资料实录

作品简介：2023 年 3 月底至 4 月初，马英九率台湾青年参访大陆。在湖南期间，记者全程跟拍了他携家人回乡祭祖的寻根之旅，聚焦"寻根"主题，以纪实手法和温暖笔触，记录了马英九的乡情乡音，和大陆民众对台湾同胞的热情与善意。

社会效果：该报道的火爆"出圈"，成为马英九参访大陆期间舆论升温的重要节点。"湘潭伢子回来喽""慎终追远，民德归厚矣""马英九连线《声生不息》"等话题频上热搜，主流媒体平台和自媒体自发转载、二创，相关视频点击播放量累计破亿次。报道中大陆释放的友好善意和发展机遇，引发岛内热烈反响，为促进两岸交流交友交心注入正能量。

初评评语：该报道精准把握时度效，紧扣热点，处理慎重，鲜活生动，感染力强，充分体现了创作者的政治素养、新闻敏感和业务能力。该消息篇幅虽短，见微知著，言近旨远，折射出两岸同胞要和平、要发展、要交流、要合作的人心所向，昭示了台湾前途在于国家统一，人民福祉系于民族复兴的历史必然。

中美乐团上演"茉莉香飘《茉莉花》"

李　超　徐　蕾　朱智红

当戴上茉莉花手串的那一刻，来自美国费城交响乐团的大提琴手约翰·科恩情不自禁地凑上去闻了闻。他演奏时，茉莉花手串随着音乐一起舞动："我能闻到的全是身边的花香！"

11月16日晚，美国费城交响乐团访华50周年纪念演出第三站来到苏州，这是他们首度与苏州交响乐团联袂演奏，压轴曲目是《茉莉花》。1973年，费城交响乐团成为新中国成立后第一个访华的美国乐团，开启了中美文化交流的"破冰之旅"。《茉莉花》是费城交响乐团来华演奏的早期曲目之一。20世纪50年代，诞生于江苏的民歌《茉莉花》就已享誉国际。

此次表演开始前，现场主持人用中英文播报：苏州交响乐团准备了茉莉花手串送给费城交响乐团的客人，茉莉花代表了我们的深情厚谊，这份友谊跨越了半个世纪。

苏州交响乐团节目策划部副经理施吟云介绍，为了尽快制作出实用美观的茉莉花手串送给美国朋友，他们在实施过程中解决了3个难题。

担心乐手们戴着手串会影响演奏，28岁的文创工作者梅庆庆放弃了由铁丝固定的传统做法，设计了双层结构的手串，既饱满美观，又结实耐用。

由于本地茉莉花的花期刚过，苏州一家花店的店长李海燕立即带着同事到鲜花市场上寻找，几乎将苏州市面上的茉莉花"一扫而光"。

离演奏会开始只剩下不到5个小时，苏州交响乐团的工作人员辗转找到苏州姑苏区虎丘街道茶花社区。这里有制作茉莉花手串的传统，每逢花季，心灵手巧的阿婆们会把花苞串成手环，沿街叫卖，花香四溢。

在苏州老百姓的爱心接力下，3个难题迎刃而解，21个茉莉花手串也按时完工。苏州交响乐团团长陈光宪说，我们希望通过这个小小的手串，对远道而来的客人表示欢迎。

费城交响乐团小提琴手戴维·布斯50年前首次来华演出时，只有23岁。如今已73岁的他说，就好像我们在50年前埋下了一颗种子，我们的友谊一直在茁壮成长。

前不久，国家主席习近平复信费城交响乐团总裁兼首席执行官马思艺时强调，音乐跨越国界，文化架起桥梁。希望费城交响乐团和包括中美在内的世界各国艺术家一道，坚持文明平等、互鉴、对话、包容，密切交流合作，促进艺术繁荣，为中美人文交流和各国人民友好再续新篇。

今年1月，来自苏州的歌唱家们与费城交响乐团携手在美国举办《唐诗的回响》新春音乐会，以另一种形式向大洋彼岸的外国友人打开一扇了解江南、了解中国的窗口。

"音乐可以跨越文化，特别在此刻，它对世界前所未有的重要。"费城交响乐团执行总裁瑞恩·弗鲁尔说。

（《中国青年报》2023年11月20日）

申报资料实录

作品简介：2023年11月14日，正值习近平主席赴美国旧金山参加中美元首会晤之际，美国费城交响乐团抵达苏州。美国费城交响乐团特意选择江苏民歌《茉莉花》作为当晚压轴曲目。这次表演开始前，美国乐手们收到一份特殊礼物——一个茉莉花手环。戴着清香四溢的茉莉花手环演奏《茉莉花》的场景，成为此次表演中最动人一幕。记者获取线索后，意识到该故事的新闻价值。第一时间介入，详细采访，采制此篇报道。

社会效果：该文展现跨国文化交流以及民间友谊。在新浪微博上开设话题"茉莉香飘《茉莉花》"，与苏州广电等地方媒体互动，阅读量达到1261.8万。

初评评语：作品故事性强，将一场"室内乐演出"，转变成一部"新闻交响曲"。让读者感受到了"音乐跨越国界，文化架起桥梁"的力量。作品文笔细腻，逻辑清晰，以小见大，由"音乐外交"传递出两国音乐人、两国人民热爱和平，渴望中美友谊的茉莉花能够跨越时间，绵绵久久的美好心愿。

"江西造"在沙特点亮中国品牌之光

朱 彦 林 雍 宋思嘉

8月16日,在沙特阿拉伯首都利雅得附近的阿美石油公司东西管线泵站社区EPC项目现场,一批产自江西南昌的中节能晶和科技有限公司(以下简称晶和科技)的LED照明灯正在安装。

"以前,我们习惯使用欧美品牌产品,没想到中国江西生产的LED照明灯透雾性能、高光品质这么棒,这让我们认识了'江西造',未来也将更加信赖中国品牌。"项目监理方工作人员阿布丁·哈尼说。

使用这批LED照明灯的工程项目,是中国电建集团江西省水电工程局有限公司(以下简称江西水电)目前承接的单体合同金额最大的国际工程项目,包括建设22栋公寓楼及社区中心等生活配套设施。

江西水电副总经理、阿美石油公司东西管线泵站社区EPC项目负责人杨超说:"在LED照明灯领域,中国技术其实早已完成从突破技术壁垒到实现产业转化,再到构建全链条绿色制造体系的转型升级。但是,由于沙特LED照明灯在行业标准上与中国不一致,中国产品想要进入当地市场并非易事。"

依托江西"硅衬底LED蓝光技术",晶和科技LED照明灯达到国际一流水平。在共建"一带一路"倡议为国际贸易和投资搭建了新平台的背景下,晶和科技在规定时间内完成了沙特标准化组织等机构的认证。

在沙特,江西水电第一时间配合晶和科技着手开展施工设计,并从节能环保等方面出具了专业评估报告。最终,阿美石油公司东西管线项目公司首次选择采用"江西造"。

晶和科技副总经理陈耀庭说:"没有江西水电的推介,我们无法顺利签下海外大单。企业之间的携手互助,让我们对走出国门更有信心。"

从跟跑到领跑,从单打独斗到抱团出海,更多"江西造"开始竞速国际跑道。

"我10多年前刚到沙特时,许多当地人并不了解中国,更不知道江西。如今,随着两国经贸合作日益密切,高科技的江西产品和竞争力强的江西企业越来越多,我们在海外工作的江西人更有底气把'江西造'推向国际市场。"身兼江西国际商会副会长和江西省对外投资合作企业协会理事的杨超深有感触地说。

随着一栋栋房屋建成、一盏盏LED照明灯亮起,阿美石油公司东西管线泵站社区EPC项目将于明年9月正式交付。"沙特是最早积极响应共建'一带一路'倡议的国家之一。项目合作好比桥梁,让我们更好地加深了解、增进合作,我们期待在沙特市场看见更多中国品牌。"阿美石油公司东西管线项目公司负责人萨德·侯赛因表示。

(《江西日报》2023年08月18日)

申报资料实录

作品简介:消息结构严谨、观点鲜明、叙事生动。全文从沙特客户安装"江西造"LED照明灯的新闻现场起笔,通过典型企业"出海"讲述中国企业以科技创新优势和团结互助精神开拓海外市场,揭示"一带一路"是合作之路、机遇之路、繁荣之路,惠及共建国家的幸福之路。以解剖麻雀的手法,探索短实新的文风,实现宏观叙事和微观感受的有机统一。

社会效果:作品在江西日报头版推出,同时在江西新闻客户端以融媒体形式呈现,实现一次采集、多种生成,全网阅读量超百万,多家重要媒体转载,吸引了20多家媒体跟进报道。作品既有媒体的态度,也反映了"他者"的声音,通过外方人员对项目的积极评价和赞誉态度,放大"我们"的视角,引导受众产生情感上的共鸣,实现共建"一带一路"倡议国际传播的"自塑"和"他塑",进而引导并强化受众对此的认同度,达到经济宣传既"有意义"又"有意思"的传播效果。

初评评语：主题重大，体现了经济报道的专业性和对选题较强的驾驭能力，让共同繁荣的案例"看得见""摸得着"，彰显出"一带一路"惠及共建国家的实践意义。挖掘深入，不浮于表面，深入挖掘"江西造"LED照明灯竞逐国际赛道的缘由、过程和成果，以精巧的报道视角把中国企业在海外抱团发展的协作精神和良好态势展现出来。文风朴实，通过巧妙地穿插直接引语和新闻背景，让新闻事实可看可感可亲，给人留下深刻印象。

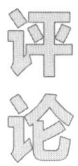

钟华论：民族复兴的领路人 亿万人民的主心骨

集　体

这是人民的选择——

2023年3月10日上午，十四届全国人大一次会议第三次全体会议上，习近平全票当选为国家主席、中央军委主席。长时间的热烈掌声响彻人民大会堂，亿万人民心潮激荡。这充分体现了党的意志、人民意志、国家意志的高度统一，充分反映了全党全军全国各族人民的共同愿望和心声。

这是庄严的时刻——

国徽高悬，熠熠生辉。习近平面向近3000名全国人大代表宣读誓词：

"我宣誓：忠于中华人民共和国宪法，维护宪法权威，履行法定职责，忠于祖国、忠于人民，恪尽职守、廉洁奉公，接受人民监督，为建设富强民主文明和谐美丽的社会主义现代化强国努力奋斗！"

掌声如潮，誓言如山。奔赴充满光荣和梦想的远征，在习近平总书记带领下，14亿多中国人民同心同德、团结奋斗，凝聚起推进中国式现代化的磅礴力量，向着民族复兴的光明未来勇毅前行！

（一）

国内生产总值增加到121万亿元，十年增加近70万亿元、年均增长6.2%；近1亿农村贫困人口实现脱贫，历史性地解决了绝对贫困问题；科技进步贡献率提高到60%以上；高速铁路运营里程增加到4.2万公里；基本养老保险参保人数覆盖10.5亿人……一个个数字，映照新时代党和国家事业取得的历史性成就、发生的历史性变革。

事非经过不知难，成如容易却艰辛。新时代以来，有涉滩之险，有爬坡之艰，有闯关之难。以习近平同志为核心的党中央审时度势、果敢抉择、锐意进取、攻坚克难，团结带领全党全军全国各族人民攻克了许多长期没有解决的难题，办成了许多事关长远的大事要事。

历史的如椽之笔，已把峥嵘岁月刻写在人心深处。这是脱贫攻坚战中"不获全胜决不收兵"的坚定决心，是改革大潮中"敢于啃硬骨头，敢于涉险滩"的非凡魄力，是抗疫斗争中"人民至上、生命至上"的深厚情怀，是维护国家尊严和核心利益"敢于斗争、善于斗争"的顽强意志，是管党治党"得罪千百人、不负十四亿"的使命担当……

在历史检验、实践考验、斗争历练中，习近平总书记以马克思主义政治家、思想家、战略家的恢弘气魄、远见卓识、雄韬伟略，总揽全局，运筹帷幄，展现了卓越领导才能、崇高人格风范、赤诚为民情怀。在全党全军全国各族人民心中，习近平总书记无愧为党的核心、人民领袖、军队统帅，无愧为民族复兴的领路人、亿万人民的主心骨。

新时代的壮阔征程，见证着思想的伟力。以习近平同志为核心的党中央提出坚持和加强党的全面领导，深入推进全面从严治党，找到了自我革命这一跳出治乱兴衰历史周期率的第二个答案；提出并贯彻新发展理念，着力推进高质量发展，推动构建新发展格局，统筹发展和安全，推动我国经济迈上更高质量、更有效率、更加公平、更可持续、更为安全的发展之路；坚持绿水青山就是金山银山的理念，推动生态环境保护发生历史性、转折性、全局性变化；确立和坚持马克思主义在意识形态领域指导地位的根本制度，中华优秀传统文化得到创造性转化、创新性发展；深入贯彻以人民为中心的发展思想，让人民群众获得感、幸福感、安全感更加充实、更有保障、更可持续；推动构建人类命运共同体，倡导践行真正的多边主义，提出全球发展倡议、全球安全倡议，坚定维护国际公平正义……

习近平新时代中国特色社会主义思想以一系列原创性治国理政新理念新

思想新战略,科学回答中国之问、世界之问、人民之问、时代之问,实现了马克思主义中国化时代化新的飞跃,为新时代中国特色社会主义事业发展提供了根本遵循。

"共产党瓦吉瓦(很好),习总书记卡沙沙(谢谢)""成就来之不易,源于习近平总书记的掌舵领航""党中央坚强领导是我们的制胜法宝"……从庄严的人民大会堂到广袤的神州大地,激荡着14亿多中国人民的共同心声与普遍共识:"两个确立"对新时代党和国家事业发展、对推进中华民族伟大复兴历史进程具有决定性意义,是我们在新征程上创造新的历史伟业的根本保证。

强调"牢牢把握高质量发展这个首要任务",为推动高质量发展指明实践路径;对加快实现高水平科技自立自强、加快构建新发展格局、推进农业现代化等作出新部署,提出新要求;引导民营企业和民营企业家正确理解党中央方针政策,推动民营经济健康发展、高质量发展;开创一体化国家战略体系和能力建设新局面……两会期间,习近平总书记的重要讲话和重要论述,为我们在新征程上推进中国式现代化建设进一步明方向、强信心、聚共识,注入强大思想和行动力量。

中国式现代化是一项伟大而艰巨的事业。征途越是壮阔,目标越是远大,任务越是艰巨,越需要领导核心的掌舵定向、科学理论的指引领航。新征程上,深刻领悟"两个确立"的决定性意义,增强"四个意识"、坚定"四个自信"、做到"两个维护",不断谱写马克思主义中国化时代化新篇章,中国式现代化事业就能在科学理论指引下沿着正确方向开拓前进,全党全国各族人民就能在党的旗帜下团结成"一块坚硬的钢铁",心往一处想、劲往一处使,推动中华民族伟大复兴号巨轮乘风破浪、扬帆远航,驶向光辉的彼岸。

(二)

"我在福建工作的时候,每天都要看吃菜的问题。"3月5日,习近平总书记在参加十四届全国人大一次会议江苏代表团审议时回忆往事,要求抓好"菜篮子""米袋子"。在总书记心中，人民幸福安康是推动高质量发展的最终目的。

一蔬一饭，皆系民生。两会上，习近平总书记总是牵挂着人民群众的急难愁盼问题。湘西十八洞村大龄男青年的"脱单"情况，四川大凉山"悬崖村"村民的出行问题，青海农牧民的"保健室"，困难群众的社会救助，人民群众"舌尖上的安全"……在习近平总书记的亲切关怀和有力推动下，一件件"揪心事"正变成"舒心事"。温暖的变化，生动诠释了"民之所忧，我必念之；民之所盼，我必行之"。

"我们的目标很宏伟，但也很朴素，归根结底就是让全体中国人都过上更好的日子。"在与外宾交流时，习近平总书记的一番话，道出了中国共产党人矢志不渝的追求。

进入新时代，为了人民的幸福安康，以习近平同志为核心的党中央始终把人民放在心中最高位置，把人民对美好生活的向往作为奋斗目标，在幼有所育、学有所教、劳有所得、病有所医、老有所养、住有所居、弱有所扶上持续用力，人民生活全方位改善，人民幸福成为新时代壮美画卷最为温暖的底色。

"必须以满足人民日益增长的美好生活需要为出发点和落脚点，把发展成果不断转化为生活品质，不断增强人民群众的获得感、幸福感、安全感。"踏上全面建设社会主义现代化国家新征程，习近平总书记心怀"国之大者"、心系万家安乐，带领全党把握为民造福这一立党为公、执政为民的本质要求，紧紧抓住人民最关心最直接最现实的利益问题尽力而为、量力而行，坚持在发展中保障和改善民生，扎实推进共同富裕，不断实现发展为了人民、发展依靠人民、发展成果由人民共享，让现代化建设成果更多更公平地惠及全体人民。

治国有常，利民为本。在推动高质量发展中创造高品质生活，在共同奋斗中不断实现人民对美好生活的向往，习近平总书记擘画的发展新蓝图、民生新图景温暖人心、催人奋进，为亿万人民追梦圆梦注入强大信心和力量。

人心是最大的政治。谁把人民放在心上，人民就把谁放在心上。在老百姓心中，习近平总书记是"全国人民的福星""群众的贴心人""自家人"。坚定拥护"两个确立"、坚决做到"两个维护"，是党心民心所向，是亿万人民不可撼动的思想共识和行动自觉。

江山就是人民，人民就是江山。从春天里的两会看中国，广大代表委员履职尽责，展现着全过程人民民主的生机与活力；各行各业的劳动者挥洒汗水，为各项事业发展尽自己的一份力。奋进的步伐，坚守的身影，彰显着"把中国式现代化蓝图变为现实"的远大志向，见证着"更好的日子还在后头"的坚定信心，激荡着"一步一个脚印向前进"的实干力量。

今天的中国，江山壮丽，人民豪迈，前程远大。在习近平总书记带领下，中国人民更加自信、自立、自强，更有志气、骨气、底气，焕发出前所未有的历史主动精神、历史创造精神，正在满怀信心书写新时代中国发展新的恢宏史诗。

（三）

"我坚信，在习近平主席坚强领导下，中国将不断取得新的辉煌成就。"全国两会前夕，来华进行国事访问的白俄罗斯总统卢卡申科对中国发展前景充满信心。

中国为什么能？面对我们党带领人民创造的辉煌成就，国际社会不断进行追问和探寻。在英国学者马丁·雅克看来，习近平是中国发展繁荣的"绝对关键人物"；阿根廷总统费尔南德斯表示，中国之所以取得巨大成就，关键在于中国共产党的坚强领导；有感于《习近平谈治国理政》中的中国智慧，泰国总理巴育多次向内阁成员推荐这套书籍；肯尼亚总统鲁托对习近平主席"以人民为中心、甘于奉献的领袖风范"印象深刻，认为"树立了榜样"……

读懂中国号巨轮掌舵者，世界可以更好地读懂中国。从"我将无我，不负人民"的深情告白，到"实现中华民族伟大复兴进入了不可逆转的历史进程"的豪迈宣示，从高质量共建"一带一路"的壮阔实践，到推动构建人类命运共同体的责任担当，世界感知着一个团结奋进、开放包容的新时代中国，更看到了互利合作、共同发展的广阔前景。

两会，是世界观察中国发展的重要窗口。"我们期待从两会中得到重要信息，期待中国继续为促进和平与繁荣提供方案、作出贡献"。两会期间，全球媒体对中国的报道热情高涨，各国人士对中国的关注持续升温。"加快构建新发展格局""深入推进重点领域改革""稳步扩大制度型开放"……习近平总书记关于深化改革开放、推动高质量发展等一系列重要论述引起国际社会热议，世界触摸着中国发展的强劲脉搏。

"在习近平经济思想指引下，中国经济进入了更具科技含量和包容度的新发展阶段"，这是菲律宾"亚洲世纪"战略研究所副所长安娜·马林博格－乌伊的评价；"习近平主席强调中国将推进高水平对外开放，对于中国经济和世界经济都是重大利好"，这是埃塞俄比亚亚的斯亚贝巴大学教授科斯坦蒂诺斯·贝尔胡特斯法的判断；"成百上千家美国企业热切盼望拓展在华业务"，这是美中贸易全国委员会会长克雷格·艾伦的观察……恳切的话语凝结着鲜明共识：一个蓬勃发展的中国不断为世界创造新机遇、带来新希望。

大道之行，天下为公。"坚定站在历史正确的一边、站在人类文明进步的一边，努力为人类和平与发展事业贡献中国智慧、中国方案"，习近平主席的庄严宣示铿锵有力、意涵深远。新征程上，新时代中国必将以海纳百川的气度、合作共赢的智慧、兼济天下的担当，不断促进世界和平与发展，携手各国开创人类更加美好的未来。

（四）

"沉着冷静、保持定力，稳中求进、积极作为，团结一致、敢于斗争"。3月6日，在看望参加全国政协十四届一次会议的民建、工商联界委员时，习近平总书记回顾奋斗历程，用24个字概括了面对复杂严峻国内外环境必须坚持的重大原则，为我们在新征程上攻坚克难、再创辉煌提供了制胜秘诀。

这些年来，我们面临的各种风险挑战接踵而至，大仗一个接一个。在以习近平同志为核心的党中央坚强领导下，全体人民团结奋斗、顽强斗争，稳经济、促发展，攻贫困、建小康，战疫情、抗大灾，应变局、化危机，闯过了多少难关险隘，创造了多少人间奇迹！

当前，世界百年未有之大变局加速演进，我国发展进入战略机遇和风险挑战并存、不确定难预料因素增多的时期。推进中国式现代化，是一项前无古人的开创性事业，前进之路没有坦途，少不了各种艰难险阻。未来一个时期，我们面临的风险挑战只会越来越多、越来越严峻。我们必须付出更加艰辛的努力，通过顽强斗争打开事业发展新天地。

实践已经充分证明并将继续证明，"两个确立"是战胜一切艰难险阻、应对一切不确定性的最大确定性、最大底气、最大保证。坚决捍卫"两个确立"，忠实践行"两个维护"。新征程上，全党有"定盘星"，全国人民有"主心骨"，应对风险挑战有思想上的"导航仪"、行动上的"指南针"，我们就一定能够确保中国式现代化事业锚定奋斗目标行稳致远，面对任何惊涛骇浪都做到"任凭风浪起，稳坐钓鱼船"。力量源于团结，拼搏成就梦想。新征程上，坚定不移沿着习近平总书记指引的方向奋勇前进，全面贯彻落实党中央决策部署，14亿多人拧成一股绳、铆足一股劲，敢于斗争、善于斗争，集聚起万众一心、攻坚克难的磅礴力量，就一定能不断夺取新的更大胜利。

"从现在起，中国共产党的中心任务就是团结带领全国各族人民全面建成社会主义现代化强国、实现第二个百年奋斗目标，以中国式现代化全面推进中华民族伟大复兴。"在党的二十大上，习近平总书记宣示新时代新征程党的使命任务，发出了奋进新征程、建功新时代的动员令。

东风浩荡满眼春，万里征途惟奋进。让我们更加紧密地团结在以习近平同志为核心的党中央周围，全面贯彻习近平新时代中国特色社会主义思想，勠力同心加油干，风雨无阻向前进，为全面建设社会主义现代化国家、全面推进中华民族伟大复兴而不懈奋斗！

（新华社2023年03月10日）

申报资料实录

作品简介：在十四届全国人大一次会议第三次全体会议上，习近平总书记全票当选国家主席、中央军委主席并进行宪法宣誓。聚焦这一历史性时刻，新华社及时推出"钟华论"文章系统阐释总书记在两会期间的重要论述，全方位展示新时代党和国家事业取得的历史性成就、发生的历史性变革，展现人民领袖爱人民、人民领袖人民爱，突出"两个确立"的决定性意义，发挥了凝心聚力的重要作用，受到各方好评。文章从习近平总书记全票当选的历史性时刻切入，聚焦总书记领航新时代新征程的伟大实践，论证了全票当选是历史的选择、人民的选择、时代的选择，充分彰显"两个确立"的决定性意义。文章结合总书记两会重要论述，从脱贫攻坚战到改革开放，从斗争精神到管党治党等方面，系统梳理、深入剖析总书记一系列治国理政新理念新思想新战略，展现大国领袖的远见卓识、雄韬伟略。文章情理交融、虚实相生，以讲故事、举例子、用细节等方式，生动诠释总书记深厚的人民情怀，展现人民群众对领袖的拥护爱戴，在与受众共情共鸣中形成强大感染力。

社会效果："钟华论"文章播发后，引起广泛关注。全网总浏览量超过2亿。多位业界人士评价文章"有高度、有情怀""写出了人心所向"，是"历史性时刻推出的重磅力作"。

初评评语：该文章是新华社在习近平总书记全票当选国家主席、中央军委主席并进行宪法宣誓这一重要历史性时刻推出的一篇精品力作。评论精准把握时度效，以高远的政治站位、深厚的理论功底、生动的语态文风，凸显"两个确立"的决定性意义，在舆论场中产生强烈反响，取得了较好的社会效果和传播效果。

让大地赋我们无穷力量
——写在全党大兴调查研究之际

集 体

一棵大树如何才能枝繁叶茂？唯有舒展根须不断向大地汲取营养；一条江河如何才能奔流不息？唯有敞开胸襟吸纳每一颗雨滴；一个大党如何才能永葆青春？唯有扑下身子融入人民。

春三月，中共中央办公厅印发了《关于在全党大兴调查研究的工作方案》。伴着和煦惠风，千百万党员干部带着察民情、知民意、集民智、解民忧的责任感，一脚泥水踏进了田埂，躬身礼贤走进了里弄小巷。

调查研究，是巩固党的执政之基的根本，是保持同人民群众血肉联系的纽带。在贯彻落实党的二十大精神的开局之年，在迈向全面建设社会主义现代化国家的新征程上，开展此次大调研，意义非凡：

这是极具远见的调研。党的二十大擘画了以中国式现代化全面推进中华民族伟大复兴的宏伟蓝图。目标至伟，需要我们继续沿着正确的路径步履不息。通过调查研究，可以更好锚定方向、把准脉搏、直面问题，确保我们贯彻党的二十大精神开局第一步踩得准、踏得实。

这是极不寻常的调研。过去三年，我们进行了惊心动魄的抗疫大战、经受了艰苦卓绝的历史大考，创造了人类文明史上人口大国成功走出疫情大流行的奇迹。在取得疫情防控重大决定性胜利的关键当口，通过调查研究，可以更好聚焦高质量发展，扫清前进道路上的堵点淤点难点，满怀豪情走向新的胜利。

这是极富雄心的调研。在国际风云激荡、乱象丛生之际，中国以"风景这边独好"赢得世界瞩目，却有少数国家谋求对我断链、脱钩、打压。面对外部环境的急剧变化，通过调查研究，可以更好探求应对变局的思路和办法，在以变应变中增强走中国道路的信心、决心和底气。

这是极有深意的调研。党中央把大兴调查研究之风作为学习贯彻习近平新时代中国特色社会主义思想主题教育的重要内容。通过调查研究，可以更好感悟这一重要思想的真理力量和实践伟力，坚定拥护"两个确立"、坚决做到"两个维护"，学会运用党的创新理论研究新情况、解决新问题，不断提高履职本领、强化责任担当。

时代呼唤调查研究！

人民拥护调查研究！

历史铭记调查研究！

一

调查研究是马克思主义政党的特质。马克思主义就是在调查与研究中萌发和诞生的。

在思想史上，马克思第一次揭示了人类社会的本质，即"全部社会生活在本质上是实践的"，认为"研究必须充分地占有材料，分析它的各种发展形式，探寻这些形式的内在联系。只有这项工作完成以后，现实的运动才能适当地叙述出来。"

通俗地说，马克思明确主张，解决重大理论问题必须是从调查研究中来。

正是在这一实践观的指导下，马克思高度重视对工人阶级状况的调查，于1866年编写了《普通的劳动统计大纲》，1880年又面向法国工人阶级设计出包含99个问题的工人调查表。而较早时候，恩格斯也正广泛地与工人阶级交朋友。他用21个月的时间走访了以伦敦和曼彻斯特为中心的十几个城市和乡镇，走遍了曼彻斯特每一个工人居住区，最终于1845年写出著名的《英国工人阶级状况》一书。

以马克思主义为指导的中国共产党，从诞生之时就善于运用调查研究的武器，不断探索自己的道路。

中国共产党的酝酿和成立，就是建立在党的创始人对当时中国社会的深入调查、深刻理解之上。陈独秀自日本留学归来后穿梭于北平上海、农村城市，遍察民间疾苦；李大钊以北大教授的身份，经常到长辛店的工人间进行调查研究，成为广大工人的知心朋友。正是因为调查研究，成就了一段"南陈北李"相约建党的佳话。

重视调查研究，是我们党的领导人念兹在兹、躬而行之的宝贵品格和优良传统。从遍地烽烟的战争岁月到激情澎湃的建设时期，从如火如荼的改革开放年代到自信自强的建设现代化征程，正是靠着"调查研究"这个法宝，我们党的几代领导人，带领全党、带领全国，创榛辟莽、开拓前行，克服一个个困难，解决一个个问题，在看似没有道路的地方探出了全新道路，对看似没有答案的问题作出了全新解答，创造了惊天动地的人间奇迹，书写了彪炳史册的壮丽篇章！

关于调查研究，毛泽东同志给我们留下许多影响深远的著名论断：调查研究极为重要；没有调查，就没有发言权；调查就像"十月怀胎"，解决问题就像"一朝分娩"，调查就是解决问题；大兴调查研究之风，一切从实际出发，没有把握就不要下决心。

这些在血与火的斗争中淬炼出的箴言，不仅指导了毛泽东的革命实践，也成为共产党人的宝贵财富。

纵观毛泽东光辉灿烂的一生，"知行合一"在他的身上体现得淋漓尽致：他的远见卓识，来自于对中国国情的深刻洞悉；他的每一步，都坚实地踏在中国大地上。正是通过调查研究，他找到了真理，形成指导中国革命和建设的科学思想。

据湖南党史陈列馆资料统计，新民主主义革命时期，毛泽东开展的调查研究，能统计到的不下 60 次；社会主义革命和建设时期，他到各地调研，有文献记载的不下 57 次、约 2851 天。也就是说，新中国成立后他有约三分之一的时间都在调研。

有人重温上世纪二三十年代那段险象环生的革命岁月时,曾发出这样的疑问:南昌起义、秋收起义……一次次奋争,一次次失败,只剩下几百杆枪的中国共产党,被笼罩在"红旗到底能打多久"的质疑声中,毛泽东哪儿来的定力,一头扎进江西寻乌、兴国等地,先后做了十几个系统的调查?

这是因为,毛泽东有着自己的信条:"凡是没有办法的时候,就去调查研究。"

在与农民老乡的交谈中,在乡村阡陌的行走中,他深思中国革命的前途命运,富有远见地回答了"中国的红色政权为什么能够存在"这个重大问题。他看到,中国革命的高潮即将到来,并写下了这样充满诗意的预言:"它是站在海岸遥望海中已经看得见桅杆尖头了的一只航船,它是立于高山之巅远看东方已见光芒四射喷薄欲出的一轮朝日,它是躁动于母腹中的快要成熟了的一个婴儿。"

通过调查研究,毛泽东不仅在至暗岁月里为我们党撕开一道绝处逢生的光隙,更让全党坚定了"星星之火可以燎原"的如磐信念!

新中国成立后,中国共产党开启了新的"赶考之路"。就在开国大典的当月,针对当时的绥远省有关干部在开展工作和搞生产建设过程中出现不了解情况、不懂业务和工作方法简单粗暴等问题,毛泽东说:"我们有许多同志,对新情况、新事物不作调查研究,自己又不懂得。不懂货就不识货,这怎么能办好事情呢?"他明确提出,我们的干部要"注意研究情况""懂得新的工作方法"。

有人不解:革命都胜利了,为什么还要强调调查研究?

因为毛泽东清醒地意识到:中国共产党从局部执政走向全国执政,面对的是一个全新的局面和更为复杂的世界。如何向世界证明"我们不但善于破坏一个旧世界,我们还将善于建设一个新世界"?唯有调查研究!

在党的八大召开前,他利用一个半月的时间,每天谈一个部门,先后找了34个部门的同志,在此基础上形成的《论十大关系》这篇光辉文献,至今读来仍然脍炙人口,闪耀着思想的光芒。

正是毛泽东的大力倡导和身体力行,我们党的调查研究传统和作风得以形成并不断发展。

邓小平同志也高度重视调查研究，他强调：要把调查研究作为永远的、根本的工作方法；实事求是是马克思主义的精髓，实践是检验真理的唯一标准；领导者必须多干实事，那种只靠发指示、说空话过日子的坏作风，一定要转变过来。

邓小平的调查研究，处处体现了实事求是的精神和敢于决断的担当。

20世纪60年代，我国社会主义建设正处于艰难探索的阶段，"办大食堂"曾经红火过一阵，但这种平均主义不久就暴露出弊端。为摸清问题、解开症结，邓小平来到北京郊区顺义县开展调研，分别召开县、公社和生产队三级干部座谈会，到农民家里了解真实生活情况，深入实地进行现场察看，作出"吃食堂是社会主义，不吃食堂也是社会主义"的重要结论，为中央进一步调整农村政策提供了重要实践依据。搞"工业七十条"也是如此。他连续11天调研鞍钢生产、考察大庆油田等，反复强调，要照顾原则、不要照顾面子，凡是办不到的，不管原来是哪个人说的，站不住就改。20年后，邓小平回忆此事，还深有感触地说："当时毛泽东同志对'工业七十条'很满意，很赞赏。他说，我们终究搞出一些章法来了。"

正是因为调研，让他见微知著，洞观道路、明辨方向。邓小平的"北方谈话""南方谈话"，对中国改革开放进程产生极为深远的影响。

1978年5月，光明日报发表特约评论员文章《实践是检验真理的唯一标准》，发出思想解放的先声。光明日报刊发这篇文章，得到了邓小平的全力支持。由此引发的关于真理标准问题的讨论，拉开了思想解放与改革开放的历史帷幕，被学界认为是与五四运动、延安整风并列的现代中国"三次最深刻的思想解放运动"之一。

关于真理标准问题讨论引发的广泛社会反响，更坚定了邓小平调查研究的决心。9月，他出访归来，即赴北方四省一市开展调研。8天时间，他深入本溪、大庆、哈尔滨、长春、沈阳、鞍山、唐山、天津等地，边走、边思、边谈，他形象地自称"我是到处点火"。

他点的火，是促进全党思想大解放的"火"：让我们逐步认识到，"贫

穷不是社会主义",社会主义的本质,是解放生产力、发展生产力;

他点的火,是促进全党团结奋进的"火":作出了"迅速地坚决地把工作重点转移到经济建设上来"的重大决断;

他点的火,是促进全党锐意改革的"火":为党的十一届三中全会实现伟大的历史转折奠定了思想和政治基础。

1992年初,在党和国家发展的又一个关键时刻,88岁高龄的邓小平先后到武昌、深圳、珠海、上海等地调研。一个多月时间里,他一路走、一路看、一路谈。他说,"不坚持社会主义,不改革开放,不发展经济,不改善人民生活,只能是死路一条";"改革开放胆子要大一些,敢于试验,不能像小脚女人一样。看准了的,就大胆地试,大胆地闯";"走社会主义道路,就要逐步实现共同富裕"……这次调研谈话阐发的一系列全新论断,驱散了长期困扰人们的思想迷雾。"东方风来满眼春",这股强劲的东风,把中国改革开放和现代化建设推向了一个新阶段。

我党的领导人,无不重视调查研究。

江泽民同志指出"历史经验说明,各种问题的解决都取决正确的决策,而正确的决策来源于对客观实际的周密调查研究。如果不了解实际情况,凭老经验、想当然、拍脑袋,把自己的主观愿望当作客观现实,就不可能作出正确的决策。"

胡锦涛同志强调"各级领导干部要坚持深入基层,深入群众,深入一线,围绕改革发展稳定的一些重要问题,开展系统的调查研究,了解真实情况,掌握工作主动权。"

习近平总书记晓喻全党:调查研究是我们党的传家宝。他说,调查研究是谋事之基、成事之道,没有调查就没有发言权,没有调查就没有决策权;正确的决策离不开调查研究,正确的贯彻落实同样也离不开调查研究;调查研究是获得真知灼见的源头活水,是做好工作的基本功。这些重要指示,深刻阐明了调查研究的极端重要性,为全党大兴调查研究、做好各项工作提供了根本遵循。

开展调查研究,伴随着习近平同志工作实践的全过程。在正定工作3

年,他走遍了全县25个乡镇、221个村,带动全县调查研究如火如荼开展;刚到宁德工作不久,他即利用1个月时间跑遍闽东9个县,形成了《摆脱贫困》的开篇之作《弱鸟如何先飞——闽东九县调查随感》;在福州工作期间,他以调查研究开路,深入思考发展问题,通过万人答卷、千人调研、百人论证,制定出台了《福州市20年经济社会发展战略设想》,"3820"战略工程为福州跨世纪发展奠定了坚实基础;到浙江任职后,他两个多月就走遍全省11个地级市,一年时间走遍全省90个县(市、区),长期坚持至少每周都安排一次调研。淳安县枫树岭镇下姜村,是习近平同志的联系点。他基本上每年都回到村里考察,开"问诊会"、谋"发展策",使这个藏在深山褶皱里的乡村,从"土墙房、半年粮、有女莫嫁下姜郎"变成远近闻名的"绿富美"。

正是细致、扎实、深入的调查研究,铺就了浙江发展的谋事之基、成事之道——习近平同志先后提出"八八战略"、平安浙江、法治浙江、生态浙江等重大部署。钱江潮涌,奔腾入海。欣欣向荣的之江大地,成为习近平新时代中国特色社会主义思想的重要萌发地。

党的十八大以来,习近平总书记足迹遍布大江南北,调研开路、步履不停,了解基层群众所思所想所盼,发现问题、认识国情、探求规律,不断丰富发展治国理政的理念和方略,找到了许多"啃硬骨头"的有效办法、"过险滩"的具体路径,在广袤的土地上、在广阔的视野下,不断推进中华民族伟大复兴。

二

调查研究是感性与理性相互启发、实践与理论相互激发的过程。调查是感性的认知、实践的积累,研究是思辨的总结、理论的升华。

正确的道路,从来都是深埋在国情的土壤之中。中华民族的救亡图存和发展强大,应该走什么路、怎么走,是中国共产党成立后面临的一个核心问题。调查研究,廓清了玉宇,拂去了尘埃,为中国共产党在中国革命最困难、最要紧的岁月,提供了正确的指引。从井冈山、中央苏区到延安,从工农武装割据到"农村包围城市,武装夺取政权",星星之火终成燎原之势。

中国共产党是一个善于进行理论总结的政党,党在调查研究中发现了调查研究的巨大价值。

1941年8月,在延安的中共中央印发由毛泽东起草的《关于调查研究的决定》,这是我们党第一个关于调查研究的专门文件;设立调查研究局,这是中央第一个专责调查研究的部门,毛泽东任局长兼政治研究室主任,任弼时任副局长。毛泽东以战略家的高瞻远瞩,发人深省地告诫党的高级干部:"不调查不研究就不得了,就要亡国亡党亡头。"

调查研究作为一项重要工作制度被确立起来,并迅速在党内蔚然成风。张闻天率领的农村工作调查团,深入陕北、晋西几十个村庄城镇开展了为期一年的调研,完成了一批有影响的调研报告,写成给中央的报告《出发归来记》受到毛泽东高度重视。林伯渠率调查团到安塞、志丹等县调研,写下《农村十日》。李卓然带领调查组走遍固临县2区4乡12村,形成十余万字的《固临调查》。中央调查研究局第四分局(调查研究室)在一年多时间里,搜集772万字的资料,编印81.5万字的材料。这些丰富的调研成果,对当时中央正确制定政策发挥了至关重要的作用。

上世纪60年代初期,面对国内经济遭受困难的严峻形势,毛泽东几次号召要大兴调查研究之风,并决定在1961年"搞一个实事求是年"。中央领导同志纷纷走出中南海,刘少奇到湖南农村、周恩来到河北武安县、朱德到豫川陕冀等省、陈云到上海青浦及江浙地区开展调研。他们摸实情、听民意,为国民经济调整提供了大量真实材料,为最终克服严重的经济困难提供了科学依据。

上世纪70年代末,中国历史翻开了新的篇章,调查研究成为翻开这历史新页的强大驱动力。

如果说改革开放是春天的一首赞歌,那么调查研究就是最先奏响的音符。以真理标准问题大讨论破题,以调查研究开路,在邓小平的大力倡导和率先垂范下,我们党开启了从农村到城市、从沿海到内地披荆斩棘、筚路蓝缕的艰辛探索。

如何让几亿农村人口吃饱肚子,这是让中国人民富起来必须解答的第一道难题——

时任安徽省委第一书记的万里同志,走遍乡村田野,苦苦寻找着答案。在农民家里,尝到难以下咽的食物,听到农民说吃饱肚子是唯一要求,他流下了热泪;在肥西县山南公社、凤阳县小岗村,看到自发尝试的"包产到户"让农民尝到甜头,他给予了坚定支持。安徽率先实行的联产承包责任制,成为中国改革的第一个突破口。

可以说,没有深入的调查研究,就不可能了解农民的所思所盼;没有深入的调查研究,就不可能拥有改革旧体制的胆识魄力;没有深入的调查研究,就不可能造就农村改革春潮涌动的喜人景象。

1978年4月,年已65岁的习仲勋同志被派往广东主持省委省政府工作。他把调查研究作为打开工作局面的第一招,足迹遍布南粤大地,曾一次调研就先后至梅县、汕头、惠阳地区的21个县;登高远望,不远处国际大都市香港的兴盛繁华,给他带来强烈冲击。一个极具战略远见的构想在脑海里逐渐形成,他建言中央并牵头主持创建了深圳、珠海、汕头三个经济特区。由此,中国向世界打开了开放之门。

可以说,正是基于调查研究,我们党看清了世情、国情、党情、民情,看清了我们面临的被开除"球籍"的危险,看清了和平与发展的时代主题,正是基于这一个个"看清了",我们才如此义无反顾地走上改革开放之路。

如何跟上并赶超世界先进水平,这是让中国人民强起来必须解决的又一个重大问题——

1986年3月3日,由著名科学家王大珩、王淦昌、杨嘉墀、陈芳允四人联合提出的关于跟踪世界战略性高技术发展的建议送到中南海,引起邓小平的高度重视。他迅速指示"找些专家和有关负责同志讨论,提出意见,以凭决策"。此后,经全国200多位科学家历时大半年的调研论证,最终形成《关于高新技术研究发展计划的报告》,被称为"863计划"。这项战略性计划实施30年,有力地促进了中国战略性高技术及其产业发展,成为中国科学技术发展史上的一面旗帜。今天,我们引以为自豪的中国空间站遨游太空、超级计算机速度领先世界、载人深潜器不断挑战海洋深度,甚至我们日常饭碗中的超级优质稻米，都是"863计划"结出的硕果。

我们敬仰的改革先锋人物，都是在调查研究方面下足了功夫，才迈出改革探索的关键一步。曾任浙江义乌县委书记的谢高华，不知跑坏了多少双鞋子，才毅然拍板给路边摊市场开了绿灯。可以说，从"鸡毛换糖"到"全球最大的小商品市场"，支撑义乌这一蝶变的"四梁八柱"就是调查研究。我国农村改革重大决策的参与者杜润生，不仅自己带头开展调研，还组织一大批农口干部下农村调研，他于20世纪80年代连续主持起草的5个中央一号文件，对推动中国农村改革特别是对家庭联产承包责任制的推广和巩固产生了重要影响。著名经济学家厉以宁一生致力于宏观经济政策研究，走过数不清的城镇乡村，他提出的关于股份制改革、城乡二元体制改革、非公经济和民营经济发展等思考和建议，为我国经济改革发展和制度创新作出了突出贡献。

无数事实证明：中国革命的每一次成功，都离不开调查研究；中国特色社会主义道路的每一步探索，都镌刻着调查研究；我们社会主义巍巍大厦的基座，就是调查研究！

三

党的十八大以来，以习近平同志为核心的党中央把调查研究作为治国理政的重要工具，始终牢牢抓在手上。

这是新时代开启之时面临的严峻现实：尚有9899万农村贫困人口，贫困发生率为10.2%，比全球90%以上国家的人口都多。

民亦劳止，汔可小康。如何让近亿人摆脱贫困、过上衣食无虞的生活，与全国人民一道走上共同富裕之路？这是共产党人的责任，也是习近平总书记最深切的牵挂。带着这个重大使命，总书记踏上调研问计之路，以不停歇的脚步丈量着贫困的各个角落，年年去、常常去，掀开老乡的锅盖，摸摸老乡的被褥，拉着老乡的手唠唠家常，访贫问苦的每个细节都融入"我将无我，不负人民"的使命和情怀。

历史的天空留下了一幕幕感人至深的场景——

在河北省阜平县骆驼湾村和顾家台村，总书记顶风踏雪进村入户看真贫，发出脱贫攻坚动员令；在湖南省花垣县十八洞村，总书记提出"精准扶贫"的重要理念；在江西省井冈山市神山村，总书记和村民们一起算收支账，动情地说"让乡亲们日子越过越好"；在云南省贡山县，总书记掷地有声地承诺：全面实现小康，一个民族、一个家庭、一个人都不能少……

习近平总书记曾深情回顾，"8年来，我先后7次主持召开中央扶贫工作座谈会，50多次调研扶贫工作，走遍14个集中连片特困地区，坚持看真贫，坚持了解真扶贫、扶真贫、脱真贫的实际情况"。

打赢脱贫攻坚战的胆识、智慧、决断与谋略，就是在这一次次深入调研中酝酿形成的。

25.5万个驻村工作队、300多万名第一书记和驻村干部，以及近200万名乡镇干部和数百万村干部闻令而动，在调研扶贫、参与扶贫、决战扶贫中，探索出因村因户因人施策、因贫困原因施策、因贫困类型施策等精准扶贫实在管用的思路和方法。新时代十年，书写了人类减贫史上的不朽传奇，迎来了中华民族千年小康梦想一朝得圆的高光时刻。

仅仅小康还不够，更好的日子需要更好的生态。

长江、黄河是中华民族的母亲河，中华民族生于斯、长于斯，世世代代在这里繁衍生息。

发源于青藏高原，万古奔腾的长江，出世界屋脊、跨峻岭险滩、纳百川千湖，连接起锦绣壮美的华夏大地；奔流不息的黄河，一路冲关夺隘、千折万转、纵横万里，汇入茫茫大海。没有这大江大河，就没有源远流长的中华文明。

但是，长江病了！我们无休止的索取，使她严重透支：航道不畅，鱼儿锐减，水质持续恶化，河湖湿地萎缩，曾经美得令人沉醉的沿江两岸，处处千疮百孔。

一直体弱多病的黄河，境况更加堪忧。以不足长江7%的水资源总量，承担了全国12%的人口、17%的耕地的供水任务，任性造湖、支流污染、河滩乱占乱建、非法采矿采砂，黄河不堪重负。

如何让母亲河安澜清晏？如何让母亲河永佑子孙？这些年来，习近平总书记的目光始终关注着这大江大河，忧心江河之病，调研谋划着让母亲河永葆生机活力的发展之道。

总书记连续前往长江上、中、下游调研，分别在重庆、武汉、南京主持召开座谈会。他在江边看、会上讲，语重心长：要把修复长江生态环境摆在压倒性位置，共抓大保护，不搞大开发；要设立生态禁区，通过立规矩，倒逼产业转型升级；长江禁渔是件大事，关系30多万渔民的生计，代价不小，但比起全流域的生态保护还是值得的；要坚定不移贯彻新发展理念，推动长江经济带高质量发展，打造区域协调发展新样板……

经过这些年的努力，长江又美了。不，是更美了！长江鲟、岩原鲤、刀鱼、鳡鱼等特有珍稀鱼类种群持续恢复，"微笑天使"长江江豚频频露面，昔日的化工厂区已成草木繁盛的江畔绿地，曾经脏乱差的环境成为人们流连忘返的滨江生态公园，沿江自然保护区中白鹤起舞、天鹅嬉戏。

总书记多次走近黄河实地调研，走遍了黄河上、中、下游9省区，分别在郑州、济南主持召开座谈会。大河浩荡，黄河岸边的劲风，吹拂着他保护母亲河的火热情怀。在深入调研与思考过程中，形成了推动黄河流域生态保护和高质量发展的战略擘画。他反复叮嘱，要保护好"中华水塔"；明确要求"让黄河成为造福人民的幸福河"；强调要精打细算用好水资源，"有多少汤泡多少馍"；警示水安全是黄河流域最大的"灰犀牛"，要有始有终、锲而不舍抓好黄河生态保护工作……

如今的黄河，又呈现了怎样的姿容？中华水塔水量日趋丰沛；昔日千沟万壑的黄土高坡植被繁茂；黄河输沙量大幅减少，区域主色调历史性由"黄"转"绿"；曾经的煤焦生产大市、曾经的矿山渣坡，已是绿水青山生机盎然；黄河入海口，成了东方白鹳等370多种鸟类的乐园。

大调研催生大战略。长江经济带发展战略、黄河流域生态保护和高质量发展战略的相继提出，标志着我国"江河战略"正式确立。自古文明因水而兴，我们的母亲河将为中华民族永续发展提供更加丰沛的滋养。

生态之殇，曾经是我们改革进程中的痛。生态文明，是习近平总书记治国理政着力最多、用情最深的领域之一。新时代十年,总书记调研生态文明的脚步从来没有停歇过。推进脱贫攻坚,一直讲"绿水青山就是金山银山",这句话在今天的中国是如此深入人心、妇孺皆知;调研各地经济社会发展,形象地总结出"山水林田湖草沙是一个生命共同体";对祁连山、秦岭的生态"疮疤"深感痛心,多次批示整改,亲自前往验收,警醒党员干部"我们发展到这个阶段,不能踩着西瓜皮往下溜,而是要继续爬坡过坎","生态文明建设并不是说把多少真金白银捧在手里,而是为历史、为子孙后代去做……不能在历史上留下骂名"。

在云南洱海、在广西漓江、在河北塞罕坝、在浙江安吉、在福建武夷山、在海南五指山,总书记和干部群众共话"保护生态就是发展生产力",畅想让"天更蓝山更绿水更清"的自然美景永驻人间。在总书记身体力行持续推进中,美丽中国的大美画卷正徐徐铺展开来。

如果说,保护好壮美河山是培厚中华民族繁衍生息的沃土,那么,弘扬中华优秀传统文化,就是守护中华民族的根与魂。如何推进中华优秀传统文化创造性转化、创新性发展?总书记同样从调查研究中寻找答案。

21年前,时任福建省省长的习近平为当地一名文史专家所著《福州古厝》撰写序言,提出"保护好古建筑、保护好文物就是保存历史",由此让我们深切感受到他对历史文化的礼敬之心。2003年7月,时任浙江省委书记的习近平赴良渚调研,提出"良渚遗址是实证中华五千年文明史的圣地",采取有力举措推动发掘保护工作,一座格局完整、规模宏大的良渚古城得以重现人间,带给世界意外惊喜。2019年7月,良渚古城遗址成功列入世界遗产名录。

新时代十年,总书记把保护传承弘扬中华优秀传统文化作为治国理政的重要方面。在敦煌莫高窟、嘉峪关、云冈石窟、安阳殷墟,在曲阜孔府、武夷山朱熹园、眉山三苏祠,在京杭大运河、福州三坊七巷,都留下了调研的足迹。

透过历史的烟云,思考"我们是谁,我们从哪里来,我们走过怎样的路",他要求一定要重视历史文化保护传承,保护好中华民族精神生生不息的根脉；面对无比丰厚的文化遗产，他强调"让收藏在博物馆里的文物、陈列在广阔大地上的遗产、书写在古籍里的文字都活起来"，丰富全社会历史文化滋养；与孔子、朱熹、"三苏"等对话，感知古代先贤的智慧之光，聆听历史深处的浑厚回响，他强调"对历史文化特别是先人传承下来的价值理念和道德规范，要坚持古为今用、推陈出新"，"要善于从中华优秀传统文化中汲取治国理政的理念和思维"，"要特别重视挖掘中华五千年文明中的精华，弘扬优秀传统文化，把其中的精华同马克思主义立场观点方法结合起来，坚定不移走中国特色社会主义道路"。

这些极为重要的调研成果，成为新时代我们党深化"两个结合"、坚定"四个自信"、推进"两创"的共识与行动。

山一程、水一程，迎着风、向着光。在人民之间、在祖国大地，身入、心入、情入，总书记亲力亲为开展调查研究，为党中央治国理政提供了不竭的源头活水，为习近平新时代中国特色社会主义思想奠定了坚实的实践之基。

四

我们讲调查研究，千言万语，最后还要落到出成果、见真章上。调查研究不仅是工作方法，也是工作态度，更是检验党员干部宗旨意识、党性观念、能力作风的"试金石"。

如何搞好调查研究？最近，很多网友不约而同提到《之江新语》的开篇之作《调研工作务求"深、实、细、准、效"》，认为总书记写于20年前的这篇文章，讲透了调查研究的方法论，对今天仍有重要指导意义。

调查研究，切忌作"井中葫芦"，看上去似乎是下去了，其实却始终浮在表面上；调查研究，切忌"坐着小车转、隔着玻璃看"，看上去似乎什么都看到了，其实却雾里看花、一片朦胧。

实践是认识的基础，人民群众的社会实践，是获得正确认识的源泉，也是检验和深化我们认识的根本所在。高手在民间，群众最有发言权。调查研究的首要，就是要深入到人民群众中去。正所谓，基层是最好的课堂，人民群众是最好的老师。坐在办公室里全是问题，走到田间地头全是办法。县委书记的好榜样焦裕禄组织一支120多人的调查队，踏遍那时兰考县1800平方公里土地，把群众同自然灾害斗争的一点一滴宝贵经验上升为治理风沙、内涝、盐碱"三害"的具体策略，牵住了改变兰考落后面貌、促进兰考发展的"牛鼻子"。廖俊波、黄文秀、兰辉等一大批新时代党的好干部，全身心投入调研，自觉拜人民为师，向能者求教、向智者问策，创造了人民记得住的业绩。

的确，只有把政治智慧的增长、执政本领的增强，深深扎根于人民的创造性实践之中，才能不断把造福人民的事业推向前进。

"物有甘苦，尝之者识；道有夷险，履之者知。"开展调查研究，最宝贵的在于求实。必须坚持实事求是，坚守党性原则，做到有一是一、有二是二，既报喜又报忧，不唯书、不唯上、只唯实。在脱贫攻坚实践中，有的地方在调研中总结出"一看房，二看粮，三看劳动力强不强，四看家中有没有读书郎"的"四看法"，找准了对象，盘清了家底，实际效果好，就是务求实效的生动例子。

开展调查研究，最忌作风漂浮、玩花架子，那种作秀式调研、盆景式调研、蜻蜓点水式调研、先入为主式调研，最是要不得，不仅加重基层负担，助长形式主义、官僚主义的歪风邪气，也为人民群众所憎恶。

的确，只有坚持眼睛向下、脚步向下，身入基层、心入基层，把调研的功夫下足，才能为科学决策提供实在管用的参考依据。

调查研究，要认真听取各方面的意见，深入分析问题，全面掌握情况，倘若大而化之，往往谬以千里。只有对每一个细节都不放过，才会在精微处体察民瘼、领悟民意；只有对每一方观点都侧耳倾听，才能汇集众智、协力向前；只有将所有的"细枝末节"融会贯通，才能胸怀全局、运筹帷幄。

问题是时代的声音，时代就是在持续发现问题、不断解决问题的进程中滚滚向前的。中国共产党人干革命、搞建设、抓改革，从来都是为了解决现实中的问题。

而发现问题，最可行的办法就是调查研究。坚持问题导向、朝着问题进发，是此次大兴调查研究的出发点和着力点。中办印发的《工作方案》

梳理了12个方面的重大问题，为全党开展调查研究划出了重点。

我们既要善于站在时代奔涌前行潮头、立于国际风云际会高处，调研谋划大战略、解决大问题，又要做到扑下身子、贴近群众，调研解决好老百姓急难愁盼的一桩桩、一件件具体问题。调查研究的过程，就是一锤接着一锤敲、积小胜为大胜的过程。涉浅水者得鱼虾、涉深水者得蛟龙，调查研究尤其要敢于接"烫手山芋"、善于钻"矛盾窝"。

的确，只有以解决问题为根本目的，真正把情况摸清、把问题找准、把对策提实，才能找到解决复杂矛盾、棘手问题的新思路新办法。

大地广阔，河流众多，调查研究就是帮助我们摸到踩准"过河的石头"。百年变局加速演进，不确定难预料因素增多，我们面临的风险挑战比以往更加严峻复杂，迫切需要通过调查研究扣准脉搏、攻坚克难。这就需要我们在调研中听真话、察真情，真研究问题、研究真问题。唯其深、唯其实、唯其真，才会准、才管用。毛泽东开展寻乌调查，将县城卖豆腐的、打铁的、理发的各业人员数量比例、各家经营情况都摸得一清二楚。习近平在福州组织的大调研，收到有效调查问卷33200多份，把群众所思所盼尽数装在心里。我们开展战略性调研、对策性调研、前瞻性调研、跟踪性调研、解剖式调研、督查式调研等，都要摸准实情、直击要害，找到破解改革发展难题的金钥匙。

聚焦真问题，必须防止一刀切、一锅煮，防止以片面代替全面、以个别代替整体、以假象代替本真，不能预设框架，回避矛盾，也不能拿容易解决的问题"开刀"、去基础较好的地方"蹲点"。

让大地赋我们无穷力量——写在全党大兴调查研究之际

调查研究的终点，不是完成调研报告，而是看能否将调研中发现的问题解决好。那种遇到困难绕着走、碰见矛盾拐个弯的所谓"调查研究"，只能是清谈误国。

一语不能践，万卷徒空虚。调查研究，说一千、道一万，务实有效才是关键。现在，大家都很忙，拿出大块的时间搞调研不易，但这不能作为调研不深入的借口。只是"去过"不能算数，还要沉下心来蹲几天，现场看、当面听、直接问，才能心中有数；只调查不研究也不能算数，调查和研究两个方面缺一不可，调查获得的一手素材需要通过提炼总结找出规律性的认识，才能解决问题、指导实践；有素材、有分析但无良策同样不能算数，不少调研报告往往是堆砌情况、罗列数据，分析也头头是道，看着也很热闹，就是对策建议或者寥寥数语，或者无关痛痒，这样的调研报告到底有什么效果？回答是否定的。

调查研究做得好不好，关键要看群众是否认可。人民群众，是我们工作的服务对象，也是我们开展工作的依靠力量，更是检验我们工作成效的终极裁判。毋庸置疑：好的调研报告，一定是带露珠、接地气，能把"问题清单"变为"成果清单"。

落地有声，问题解决了，群众能不欢迎？！

五

才溪乡的油菜花开了，小岗村的早稻田绿了，闽宁镇的老乡们笑了……

穿越伶仃洋的港珠澳大桥一片繁忙，黄浦江入海口万轮竞发，雄安新区的建设工地上塔吊林立，渝新欧班列从霍尔果斯穿过国门向世界飞驰，广西自贸试验区跨境电商的主播们用东盟各国语言推介特色商品……

春风浩荡，江山壮丽，人民豪迈。

当下中国，正奋力奔跑在实现中国式现代化的壮阔大道上。这是强国复兴的召唤，也是一项前无古人的开创性事业！"世之奇伟瑰怪非常之观，常在于险远，故非有志者不能至也。"前景光辉灿烂，路途难免会遇险阻，作为继往开来的有志者，调查研究，就是我们的使命，也是我们的"闯关秘籍"。

听，调查研究的鼙鼓挥槌劲擂！

看，越来越多的调查研究者已经在路上！

躬逢其盛，我们该怎么办？

走啊，加入进去！

(《光明日报》2023年04月21日)

申报资料实录

作品简介：文章从百年党史的宏阔视角，全景式展现了我们党在不同历史阶段通过调查研究探索中国革命和建设道路的宝贵品格和优良传统；聚焦党的十八大以来习近平总书记对调查研究的深刻阐述，以及在调查研究中不断丰富发展治国理政理念和方略的启示。文章雄辩地证明调查研究是我们党的传家宝，中国革命的每一次成功，都离不开调查研究；中国特色社会主义道路的每一步探索，都镌刻着调查研究，同时总结了调查研究的好办法好经验，号召广大党员干部把握调查研究的根本要求，在调查研究中提高工作本领，更好为科学决策服务，为提高党的执政能力和领导水平服务。

社会效果：作品在《光明日报》、光明网、光明日报客户端同步推出后，被学习强国、人民网、中国政府网、中国新闻网等各类媒体广泛转载转发，点击量破千万。大家反映文章做到了论从史出、史论结合，兼具思想性、学术性和可读性，彰显了丰厚的党史积淀、深厚的理论功底和严谨的学术态度，既具有理论价值，又具有实践指导意义，为全党大兴调查研究吹响了理论号角。

初评评语：2023年党中央把在全党大兴调查研究作为主题教育的重要内容。在这样的重大背景下，4月21日，《光明日报》在头版刊发该评论。文章全面系统地分析了党的调查研究思想的深层逻辑与蕴含其中的深刻内涵，阐释了我们党大兴调查研究的宝贵经验与现实意义，既有高屋建瓴的宏大叙事，又有见人见物的故事细节，既有严谨深入的理性思考，又有感人至深的细腻表达，有助于广大党员干部了解我们为什么要调查研究、如何进行调查研究等重大问题，为全党大兴调查研究、做好各项工作提供启示。

年轻干部既要德配其位也要才配其位

何忠国

近日,《求是》杂志刊发了《努力成长为对党和人民忠诚可靠、堪当时代重任的栋梁之才》,这是习近平总书记在中央党校(国家行政学院)中青班开班式上的一次重要讲话。习近平总书记在这篇讲话中强调,年轻干部要成为栋梁之才,既要德配其位,也要才配其位。这是着眼于新时代新征程党和国家事业发展对年轻干部提出的明确要求,为年轻干部成长指明了方向。

在选人用人标准上,古往今来就多有论述。北宋司马光在《资治通鉴·周纪一》中说,"夫聪察强毅之谓才,正直中和之谓德。""才德全尽谓之圣人,才德兼亡谓之愚人,德胜才谓之君子,才胜德谓之小人。"从这里可以看出,我国古代用人先求有德,若德才不能两全,"宁舍才而取德"。选人用人既要重德又要重才,二者是辩证统一的,不可或缺。我们党在干部工作中形成了"德才兼备、以德为先"的选人用人思想,既注重德才兼备,又强调以德为先,把德放在选人用人的首要位置。周恩来指出:"挑选干部的标准,政治标准与工作能力,二者是缺一不可的,而政治上可以信任是先决问题。"习近平总书记在2015年全国党校工作会议上的重要讲话中,引用了司马光"才者,德之资也;德者,才之帅也"这句话,他还引用群众的话,"有德有才是正品,有德无才是次品,无德无才是废品,无德有才是毒品。"从干部工作的实践看,年轻干部出问题,主要还是出在"德"上,出在党性薄弱上。对党员干部而言,党性是最大的德。"种树者必培其根,种德者必养其心",只有锤炼坚强党性,真正实现德配其位,才能防止一些干部今天是"好干部"、明天是"阶下囚"现象,防止年轻干部"前脚刚踏上仕途,后脚就步入歧途"。

年轻干部要具备什么样的德呢?那就是要明大德、守公德、严私德,牢固树立正确的权力观、政绩观、事业观。如何判断年轻干部是否德配其位呢?考察干部的德,既要在"大事"上看,又要在"小节"中察,看其是否能在重大政治考验面前有政治定力,是否能树立牢固的宗旨意识,是否能对工作极端负责,是否能做到吃苦在前、享受在后,是否能在急难险重任务面前勇挑重担,是否能经得起形形色色的诱惑。一个人的德既不是与生俱来的,也不是一成不变的,需要在工作实践中、人生阅历中不断修炼。对年轻干部来说,就是要把人生理想融入党和人民事业之中,把为人民幸福而奋斗作为自己最大的幸福,勤掸"思想尘"、多思"贪欲害"、常破"心中贼",以内无妄思保证外无妄动,在任何时候任何情况下都不放纵、不越轨、不逾矩,正心明道、怀德自重,始终保持干事创业、为民造福的恒久动力。

软肩膀挑不起硬担子,有德又有才方能干成事。面对当前改革发展稳定的复杂形势和艰巨任务,在危机中育先机、于变局中开新局,迫切需要年轻干部具备解决实际问题的能力。提升这个能力需要年轻干部更加重视理论素养,牢牢掌握马克思主义这个看家本领,学好用好习近平新时代中国特色社会主义思想及其蕴含的世界观和方法论这个研究问题、解决问题的"总钥匙"。党组织要把年轻干部放到改革发展稳定第一线、艰苦复杂环境、关键吃劲岗位磨练,经受严格的思想淬炼、政治历练、实践锻炼、专业训练,在复杂严峻的斗争中经风雨、见世面、壮筋骨,在火热实践中练就真本领、硬功夫,不断提高政治能力、调查研究能力、科学决策能力、改革攻坚能力、应急处突能力、群众工作能力、抓落实能力,敢于直面问题、善于解决问题、勇于破解难题。

"育才造士,为国之本。"培养造就一支德才兼备的优秀年轻干部队伍关涉"国之大者"、党之大计。在全面建设社会主义现代化国家的新征程上,年轻干部既是领导力量,又在此过程中锻炼成长。新时代是大有可为的时代,年轻干部要发扬历史主动精神,既要锤炼忠诚党和人民事业的政治品格,又要练就堪当时代重任的过硬本领,努力成为德配其位又才配其位的栋梁之才,在推进中国式现代化的伟大进程中担当作为贡献力量。

(《学习时报》2023年07月26日)

申报资料实录

作品简介:作者深刻学习领会习近平总书记2022年3月1日在中央党校(国家行政学院)中青班开班式上发表重要讲话,从历史逻辑、理论逻辑和实践逻辑的角度,对德与才的辩证关系、新形势下年轻干部应该具备什么样的德、应该练就什么样的才进行了解读阐释。文字简练、文风朴实,可读性强,引人思考。

社会效果:文章被学习强国、人民网、中国共产党新闻网、共产党员网等近400个网站和微信号转载。一些媒体作为网评美文、学习园地、精选网评推出,对于深入学习习近平总书记关于年轻干部成长的重要论述,对于启发年轻干部对成长成才的思考具有积极作用。

初评评语:文章观点鲜明、逻辑清晰、论证有力,具有较强的时效性、理论性和可读性,形成了很好的传播效果。

经济随笔｜中央经济工作会议精神的深层逻辑

集 体

作品二维码

《经济随笔｜中央经济工作会议精神的深层逻辑》

（央视新闻客户端2023年12月17日）

申报资料实录

作品简介：文章以深入浅出的方式和平实鲜活的文笔，2023年解读中央经济工作会议传递出的诸多重要信号，深入剖析会议精神。开篇总结分析往年中央经济工作会议提出的重要表述文章，从如何理解把握"稳中求进、以进促稳、先立后破"十二字方针、"五个必须"等新提法论证解读、揭示中央经济工作会议精神的深层逻辑，帮助读者看懂中国经济发展大势，提振经济发展信心。作品采用创新的表达，让新闻评论有了更为鲜活的语态，在提升思想力的同时兼顾受众的可读性，拉近了宏观经济政策与微观个体之间的距离，起到了良好的宣传引导效果。

社会效果：该作品首发于央视新闻客户端，端内总阅读量超361万。发布后获全网置顶推荐，先后被光明网、澎湃新闻、中国新闻网、中国青年网等多家媒体转载，传播效果良好。

初评评语：该评论抓住"从生动现象，看内在逻辑"的宗旨，围绕中央经济工作会议内容，由表及里，层层分析，为受众通过会议了解当前经济大势、未来经济工作方向提供了窗口，通过对会议内容的解读，提振了经济发展信心。文章语言平实可感，见解独到，逻辑清晰，论证有力，运用生动比喻帮助读者理解会议内容，适合新媒体平台语态。

再造一个新广东

丁建庭　王庆峰

问题是时代的声音,也是工作的导向。

打开广东地图,在不到18万平方公里的土地上,122个县(市、区)、1609个乡镇(街道)、2.65万个行政村(社区)星罗棋布、交织成网。各地自然资源禀赋差别较大,发展基础不尽相同,不平衡不充分问题一直比较突出。

党的二十大报告提出,要坚持以推动高质量发展为主题,着力推进城乡融合和区域协调发展。对照这一战略擘画,立足广东所处历史方位、历史条件,省委十三届二次全会决定启动实施"百县千镇万村高质量发展工程",推动城乡区域协调发展向着更高水平和更高质量迈进。

当春时节,梦想花开;征程再启,扬帆远航。

高质量发展是广东实现现代化的必由之路、光明之路、奋进之路。新征程上,广东走好这条路,并且"再造一个新广东、再创让世界刮目相看的新奇迹",需要解决的问题有很多,其中最紧要最迫切的任务就是破解城乡区域发展不平衡难题,最重要最关键的抓手就是"百县千镇万村高质量发展工程"。

(一)

城乡区域发展不平衡是广东的基本省情。

广东是全国经济第一大省,经济总量连续34年居全国第一。如果作为一个单独经济体来计算,广东可以闯进"全球前十",领先韩国、澳大利亚、西班牙等发达国家,"富广东"实至名归。但如果把广东的经济总量分为10份,珠三角9个城市就要占去8份,而粤东粤西粤北12个城市仅仅占了2份,内部发展不平衡问题可想而知。

千钧将一羽,轻重在平衡。2018年10月,习近平总书记视察广东时明确指出,"城乡区域发展不平衡是广东高质量发展的最大短板",要求广东提高发展平衡性和协调性,"下功夫解决城乡二元结构问题,力度更大一些,措施更精准一些,久久为功"。总书记的谆谆指引,为广东谋划推进城乡区域协调发展指明努力方向、注入磅礴动力。

厚望如山,使命如磐。这些年,广东坚定不移沿着习近平总书记指引的方向勇毅前行,抓住粤港澳大湾区建设等重大战略机遇,深入实施乡村振兴战略,高质量推进"一核一带一区"建设,在促进城乡区域协调发展上担当作为。

——出台《关于进一步加快县域经济社会发展的决定》等政策举措,补齐老区苏区、民族地区等县域政策短板,连续开展三轮省内对口帮扶工作。全省县域整体实力不断增强,惠州博罗跻身全国综合实力百强县,肇庆四会、茂名高州、揭阳普宁等一大批县域特色产业持续壮大。

——稳步提高新型城镇化水平,大力推进农业转移人口市民化,持续优化城镇化空间布局和形态。全省常住人口城镇化率提高至74.63%,一批经济实力强、行业影响力大的专业镇、特色镇蓬勃兴起,全国4个千亿镇广东独占2席,分别是佛山市南海区的狮山镇和顺德区的北滘镇。

——深入实施"千村示范、万村整治"工程,全域开展生态宜居美丽乡村建设,加快推进农业农村现代化。全省累计创建省级以上现代农业产业园306个,"粤字号"农业品牌影响力和竞争力不断提升,161.5万相对贫困人口如期实现高质量脱贫,农民收入增速连续10年快于城镇居民。

——扎实推进城乡融合发展,重塑新型城乡关系,进一步缩小城乡发展差距。全省省级涉农资金接近八成投向县镇村基层,基础设施互联互通水平全面改善,基本公共服务均等化水平明显提升,城乡居民人均可支配收入比缩小至2.41以内，城乡区域协调发展有了更为坚实的基础。

（二）

历史的洪流，在时序更替中奔腾向前。

相比较10年前，广东城乡区域发展格局进一步优化，发展平衡性协调性进一步提升。但置身现代化建设的新征程，对标走在前列的新标高，广东不仅要和过去比，还要对照现代化目标，和愿景中的现代化广东比；不仅要和自己比，还要跳出广东一隅，和先进兄弟省份比。

浙江，连续三轮推进扩权强县改革，持续发展壮大县域经济，深化"山海协作"，依托发达县（市、区）帮扶带动26个欠发达县加快高质量发展，打造"一镇一业"，着力建设一批小城市、中心镇和特色镇；久久为功推进"千村示范、万村整治"工程，造就万千美丽乡村，实现美丽生态、美丽经济、美丽生活的有机融合，谱写了美丽中国建设新篇章；抓住共同富裕示范区建设契机，不断提升城乡区域协调发展水平，居民人均可支配收入连续多年居全国省区第一。

福建，坚持"晋江经验"，政府做好"引路人""推车手""服务员"，守住实体经济"看家宝"，大力发展民营经济，形成县域经济自主发展模式，推动县域实现跨越式发展；以生态省建设为统领，突出抓好生态保护，一任接着一任干，因地制宜点"绿"成"金"，把生态优势转化为县域发展优势，是全国唯一保持水、大气、生态环境全优省份。

江苏，不断创新"苏南模式"，引导县域特色优势产业集聚、升级，推动县域融入都市圈中心城市；突出抓好苏南苏北县级结对帮扶，以南北共建园区为重点，将合作向教育、医疗、文旅等领域全面拓展，促进优势互补、协同发展。目前共有全国百强县25个，其中6个位居前十，正以县域高质量发展有力支撑江苏"强富美高"建设。

山东，突出抓好改革、联动、培强、扶弱四篇文章，扩大县域经济社会管理权限，优化县域经济发展政策环境，推动毗邻县域一体化发展，加大财力薄弱县支持力度，培育壮大"寿光蔬菜""东阿阿胶"等优势特色产业，专款重奖强县,推动县域经济由点到线、由线到面高质量发展。

放眼全国,兄弟省份你追我赶、百舸争流,浙闽苏鲁等省份县域经济领跑全国,区域发展相对比较均衡。"知不足,然后能自反也。"对照先进找差距,在比较中奋进、在奋进中赶超、在赶超中突破,才能闯出新路、走在前列。

(三)

发展的航船,在劈波斩浪中稳驭前行。

坚持问题导向是马克思主义的鲜明特点。对照现代化建设高标准,对照先进兄弟省份,对照人民群众新期待,广东城乡区域发展协调性还明显不够,仍存在不少薄弱环节。

比如,县域整体经济实力不强,县域地区生产总值仅占全省的12.5%,全国百强县只有1个;县域城镇化率仅约44.3%,低于全省水平30个百分点,城镇建设水平比较低;部分脱贫人口持续稳定增收面临压力,乡村产业基础薄弱,人居环境有待加强,乡风文明建设任重道远;城乡二元结构问题依然突出,资源要素由农村向城市净流出局面尚未根本改变,欠发达地区和农村地区投入不足,发展基础条件相对落后;等等。

问题是客观存在的。有问题不可怕,关键是能看得见问题、抓得住症结、拿得出办法。从根本上看,广东城乡区域发展不平衡,主要在县域发展不充分,县域活则全省活。

省委部署实施"百县千镇万村高质量发展工程",就是要抓住县域这个重要发力点,更好地统筹县的优势、镇的特色和村的资源,大力推进强县促镇带村,深入推进城乡融合发展,扎实推进城乡面貌改善提升,加快把县镇村发展的短板转化为高质量发展的潜力板,让县域进一步强起来、富起来、绿起来、美起来,绘就城乡区域协调发展新画卷。

(四)

关键的布局,在运筹帷幄中决胜千里。

不谋全局者,不足谋一域;不谋万世者,不足谋一时。实施"百县千镇万村高质量发展工程",促进城乡区域协调发展,关系到党的二十大战略部署在广东落地生根,关系到全省人民群众对美好生活的新期待,关系到广东高质量发展,关系到广东在新征程中走在全国前列、创造新的辉煌,其意义之重、涉及之广、影响之远、难度之大非比寻常。

惟其艰巨,所以伟大;惟其艰巨,更显荣光。

省委、省政府将举全省之力推进实施"百县千镇万村高质量发展工程",实行强有力领导、采取超常规举措、鼓励创造性落实、动员全社会参与、坚持实打实推进,以滚石上山的韧劲、攻坚克难的拼劲,努力实现"一年开局起步、三年初见成效、五年显著变化、十年根本改变"。

——全面壮大县域经济。坚持分类引导、差异化发展,"一县一策"确定发展定位和主攻方向,重点支持若干基础条件好的县争创全国百强县,示范带动全省县域高质量发展;用好县级对口帮扶协作机制,推动珠三角产业向粤东粤西粤北地区有序转移,建设一批亿元级项目、扶持一批十亿元级企业,实现产业共建、产业共强;大力发展岭南特色农业,抓住"粮头食尾""农头工尾"布局特色农产品加工业,支持沿海县建设一批海洋产业园,高水平打造一批国家级海洋牧场示范区;依托文化生态资源,培育文化体验、休闲度假、健康养老等产业,在推进文旅融合中做强县域经济。

——全面建设美丽城镇。强化乡镇联城带村的节点功能,着力把乡镇打造成为乡村治理中心、农村服务中心、乡村经济中心,建设成为服务农民的区域中心;开展人居环境品质提升行动,深入推进环境综合整治,推动美丽城镇建设实现"干干净净、整整齐齐、漂漂亮亮、长长久久";做强中心镇专业镇特色镇,推动一批中心镇升级成为县域副中心、发展成为小城市,推动一批专业镇在全国形成较强影响力和竞争力,推动一批特色镇在文化创意、休闲旅游、绿色低碳等方向上深度发展、不断焕发新的光彩。

——全面推进乡村振兴。聚焦产业、人才、文化、生态、组织"五个振兴",加快建设宜居宜业和美乡村,让广大农民就地过上现代文明生活;积极构建现代乡村产业体系,发展适度规模经营,拓宽农民增收致富渠道,建成更多集体经济强村;大力实施好乡村建设行动,加快乡村振兴示范带建设,提高乡村基础设施完备度、公共服务便利度、人居环境舒适度,注重保护乡村特色原貌,让乡村看得见山、望得见水、留得住乡愁;着力完善乡村治理体系,加强党建引领,推动形成文明乡风、良好家风、淳朴民风,实现乡村形神兼备的真正美丽、由内而外的真正美好。

——全面加快城乡融合。加大城乡一体化发展统筹力度,抓好规划建设、基础设施、要素配置、生态环保、基本公共服务"五个一体化",全力破除城乡二元结构;强化规划引领,坚持一张图一盘棋绘到底、下到底;强化以工补农、以城带乡,以更大力度推动人才、技术、资本等资源要素从城市向乡村流动;强化基础设施和公共事业统筹,推动就业、教育、医疗、社保等逐步实现标准统一、制度并轨,让城乡生活一体融合、各有精彩。

(五)

美好的蓝图,在不懈奋斗中变为现实。

仰观大局,我们的责任无比重大。全面实施"百县千镇万村高质量发展工程"是一项举足轻重、影响深远的工作,蕴含着广阔的市场前景和巨大的发展潜力,正向我们敞开机遇之门、发展之门、赶超之门。把机遇转化为发展优势,把愿景转化为美好现实,需要全省上下凝聚共识、凝聚力量,形成人人关心支持、全社会共同参与的良好局面。

眺望未来,我们的奔赴十分荣光。当乡村的"血管"全部贯通、城镇的"动脉"畅通无阻,县域的"肌体"必将更加健康。那时的广东,将是彻里至外的灿然之新,强富绿美新县域遍地开花,多彩多姿美丽城镇鳞次栉比,宜居宜业和美乡村举目可见,南粤大地处处山河锦绣、和顺致祥,父老乡亲的生活步步高、喜洋洋,美好的图景令人神往。

立足当下,我们的工作唯有实干。幸福是奋斗出来的,收获是耕耘出来的。从春天出发,向胜利进军,振奋干事创业的精气神,以奋斗的姿态抢时间、抢机遇,把各方面的力量组织起来,把确定的任务落实下去,比学赶超、赛龙夺锦,现在的"施工图"必能转化为未来的"实景画",春天播下的种子必将转化为城乡区域协调发展的累累硕果。

山水万程，步履不停；笃志前行，虽远必达。

广东城乡区域协调发展迎来了新的春天，"无边光景一时新"。让我们坚定不移贯彻落实总书记、党中央决策部署和省委工作安排，团结一心加油干，以钉钉子精神全面实施"百县千镇万村高质量发展工程"，把城乡区域发展不平衡这个老大难问题解决好，把宏伟目标一步一步变成美好现实，再造一个新广东、再创让世界刮目相看的新奇迹！

（《南方日报》2023年02月13日）

申报资料实录

作品简介：《再造一个新广东》主题鲜明、论证严密，有高度、有深度、有锐度，开篇就指出"问题是时代的声音，也是工作的导向"，以强烈的问题意识，直指广东城乡区域发展不平衡难题，敢于自曝家丑、自揭短板；指出问题、剖析问题，给出解题思路，立足广东又跳出广东，把广东放在全国、放在中国式现代化建设的大局中观察，并与浙江、福建、江苏、山东等先进兄弟省份作比较，剖析指出"广东城乡区域发展不平衡，主要在县域发展不充分"；阐述了"百千万工程"的目标任务、关键举措等，传递出广东在新征程上着力补齐最大短板的信心决心，发挥了舆论动员作用。

社会效果：评论刊发后，传播效果好，据不完全统计，在全网的阅读量超过1000万。网友跟评称，"文章通过历史看现实、透过现象看本质，读来酣畅淋漓，读后很受启发"，"自揭家丑，讲真话，讲真问题，说出了大众的心声"。

初评评语：该作品聚焦广东重大发展问题，体现出强烈的问题意识，敢于直面矛盾、自揭家丑，既有现实思考，又有比较研究，逻辑清晰、表达真挚、行文流畅，传播效果好，对"再造一个新广东"起到了舆论动员功效。

筑牢"大国粮仓" 端稳"中国饭碗"

高 攀 关 瀚

作品请见中国记协网 http://www.zgjx.cn。

【黑龙江广播电视台(黑龙江省全媒体中心)2023年12月23日】

申报资料实录

作品简介：粮食安全是关乎14亿中国人吃饭的民生大计。在粮食生产实现"二十连丰"的新起点，东北"大粮仓"如何牢牢端稳"中国饭碗"，在强国复兴征程中走出一条农业高质量发展新路？作品立足东北振兴战略实施二十周年的宏大背景下，对这一焦点问题给予了深度关注。记者深入田间地头、科研院所，探寻东北地区的粮食丰收"密码"，同时聚焦"大粮仓"面临的农产品"头重脚轻"、产粮县"粮财倒挂"等一系列突出问题，通过对权威专家的采访，抽丝剥茧、层层递进，探索有效破解路径。评论立足全国视角、东北实践，深刻剖析了当下中国粮食安全面临的挑战与应对举措，全景展望了东北地区现代化大农业的未来发展之路，分析透彻、发人深思。

社会效果：作品以高度的责任感、前瞻性思维与敏锐的分析力，为东北地区如何发展现代化大农业提供了有建设性的决策参考。报道播出后，引发相关部门重视及业界专家高度关注，越来越多农业工作者行动起来，在东北全面振兴浪潮中与发展现代化大农业指引下，全力投入保粮食安全、发展农业现代化、实现农业强国的探索实践。

初评评语：报道聚焦中国粮食生产"二十连丰"与东北振兴战略实施20

周年的关键节点,紧紧围绕"农业高质量发展新路"主线展开评论,尤其是前瞻性提出了因地制宜发展农业新质生产力的建议。报道主题重大、立意深远,结构层层递进、逻辑严密,数据翔实可靠、论证科学。

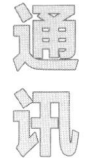

两名基层干部的"鸡毛信"

张武军　张佳莹

"老王,你这个房子不能再住进去了,也不要着急回去取家具,只要人平安,今后生活就有希望!"8月21日下午,河北省保定市涞水县九龙镇桑园涧村,庄里沟河道边,杨春城指着一间危房,对村民王春萍说。

杨春城是九龙镇纪委副书记,正在进行灾后房屋安全隐患排查。"从九龙镇政府到这里,平时不到15分钟的车程,8月1日那天,我足足走了两个多小时……"行车到罗古台村,杨春城对记者说。回忆起当天他和九龙镇派出所所长景剑峰用"鸡毛信"报平安的情形,杨春城的声音逐渐哽咽。

在村里小卖部写下"鸡毛信"

7月31日,暴雨如注。九龙镇紫石口沟、庄里沟、峨峪沟3条河流水位不断上涨,在6个小时内全部溢出河道。河水漫过省道公路,形势危急。

杨春城从太平村连夜转移受灾群众,回到镇里时,已经是次日凌晨3点40分。望向办公室墙上自己绘制的镇灾害隐患图,杨春城眉头紧锁:"九龙镇北边的8个行政村地质条件复杂,离河又近,很可能出现险情!"

打去电话,回应他的只有一串忙音:暴雨泥石流已将通信光缆、信号设施冲垮,公路更是完全无法通行。

现代通信方式失效,8个村庄、5000多名村民处于失联状态,牵动着九龙镇所有党员干部的心。

凌晨5点,窗外雨势略有减小。杨春城连忙找到九龙镇党委书记李夔:"我是土生土长的本地人,熟悉地形路况。我申请立刻向北出发,实地摸排所有失联村的人员伤亡情况!"

"杨书记,您年龄不小了,我和您一起去,咱们路上相互照应。"同为党员的景剑峰也请缨同行。就这样,两人果断冲进了雨中。

道路被泥石流阻断了,杨春城和景剑峰就徒手翻过泥石堆绕路前行。到达第一站罗古台村时,已是早上8点。这两三个小时里,他们在路上没有遇到一个村民。

"见到罗古台村村委会副主任张生海和他身边的几个村民时,我的眼泪都快流下来了。终于见到了平安无恙的乡亲们!"杨春城回忆。经过入户摸排确认:该村村民全体平安。

杨春城和景剑峰来不及过多欣喜:"必须赶紧把这个消息传回镇上!"手机没有信号,两人一商量,决定用最简单、也是最实际的办法——手写信件,然后找村干部送回镇党委。景剑峰在村里的小卖部找来纸和笔,把雨披垫在纸下,一笔一画写下:"李书记、许镇长:见信如面,我和杨书记已到达罗古台村,罗古台村无人员伤亡,平安。"

信写好了,谁来送?杨春城迟疑之际,张生海走上前一把抢过信件:"老杨,你们赶紧去下一个村,这封信我来送!保证完成任务!""好!这封信关乎镇党委的下一步救援计划,你把它当'鸡毛信',务必平安送到李书记手上!"杨春城再三嘱咐。

不敢有一点耽误,张生海沿着杨春城二人来时的路,翻越重重障碍,在中午12点前,把第一封"鸡毛信"交到了李夔手里。

爬山坡、过山涧、跨泥流

此时,杨春城和景剑峰已经来到了铁角村附近。他们所站的位置,正与村子隔河相望。湍急的河流发出巨大的声响,二人根本听不清对面村民的声音。

杨春城急中生智,边喊边用手势比划。杨春城和景剑峰终于确定铁角村全体村民平安无伤亡后,嗓子已经哑到说不出话……

继续翻山越岭,继续向上攀登。走过铁角村,二人被泥石流挡住了去路。若选择绕路,需要多走约50公里。

怎么办?他们在岸边观察,发现两次泥石流的间隔较为稳定。

时间不等人。"只要算准时间、找准落脚点,穿越泥石流是可以实现的。"杨春城和景剑峰决定闯过去。

"一个不小心,没踩稳,泥水就没过了膝盖。"杨春城回忆着,撩起裤脚,腿部黝黑,显出一道道泛白的疤痕,那是泥石留下的伤疤。

杨春城算着泥石流的时间,景剑峰跟着杨春城的足迹。20分钟后,两人终于闯过这条30米的山涧。景剑峰最后一脚稳稳踩实的瞬间,泥石流从他身后滚下。

就这样,爬山坡、过山涧、跨泥流,杨春城和景剑峰走到了庄里村,穿过了庄头村,又看过了高铺村。确认过村庄受灾情况后,他们便写下一封封信,请准备下山的村干部或村民带去镇里。

"谁也不知道这些信能不能安全带到。"杨春城说,所以每一封信中,都会把前面已经经过的村庄情况重新复述一遍。一封封信,越来越长。

"没想到会有人逆着爬上来"

经过近12个小时的跋山涉水,接近下午5点,杨春城和景剑峰到达海拔1600多米的岭南台村。这是8个村庄中距离镇中心最远、海拔最高的。

"那时我们已经徒步走了40多公里,我的腿脚已经僵硬了。"景剑峰回忆。确认这里人员无恙后,杨春城和景剑峰提了一路的心终于放了下来,他们瘫坐在地上,40分钟才缓过来。

"你们是怎么上来的?"村民吴大姐看到杨春城和景剑峰时惊讶问道。"第一反应就是没想到,都想下山走出去,没想到会有人逆着爬上来。"吴大姐从家里拿了两双拖鞋给他俩,换下他们被石头划破、被淤泥污得辨不清色彩的鞋。

在这里,杨春城和景剑峰写下了此行最后一封、也是最长的一封信。

并将信交给村里的年轻人,请他沿着两人上山的路一路下山。

信中写道:"李书记、许镇长:见字如面,我和杨书记已安全到达岭南台村。岭南台村一切安全,无人员伤亡,高铺、三道港、庄头、庄里、道沟经我俩核查,无人员伤亡。请书记放心。"

夜里,在其他村庄了解灾情的李夔回到办公室看到这封信,心里的石头落了地。"人没事就好,人没事就好,想不到别的,心里只剩喜悦。"李夔说。

……

20天后的今天,顺利送达的3封信收藏在李夔办公桌的抽屉里。李夔再度前往岭南台村等村落核查房屋受损情况,杨春城在桑园涧村入户排查房屋安全隐患。晚风吹过九龙镇,家家飘出饭菜香。党员干部们结束一天的工作,回到办公地点,梳理灾后恢复重建进展——

一段段道路被打通,一座座村庄与外界取得了联系。8月4日,桑园涧村、罗古台村交通恢复;6日,铁角村交通恢复;7日,高铺村交通恢复;9日,岭南台村交通恢复……

据统计,8月7日,九龙镇辖区内所有国省干道达到通车条件;截至11日,全镇30个行政村恢复通电;截至20日,全镇累计清淤69763立方米,完成环境消杀面积近20平方公里;21日,所有连村道路均已打通,可以直达国省干道。

在九龙镇,灾情景象正在逐步消退,儿童的读书声再度回荡在街头巷尾,九龙镇党员干部正与群众齐心协力投入到重建家园的努力中。

(《人民日报》2023年08月22日)

申报资料实录

作品简介:2023年7、8月间,华北极端降雨引发洪涝和地质灾害。河北省涞水县九龙镇被大雨冲毁了公路、冲断了通信,山上8个村庄、5000多名村民与外界失去联系。两名基层干部主动请缨,在暴雨和泥石流中徒步12小时、40公里确认群众安危,并手写数封信件向镇党委政府传递灾情信息。人民日报摄影记者了解到基层干部写信传递灾情信息的线索,文字记者跟进,一同奔赴灾区，重走满是落石的送信路，深入采访基层干部和群众。次日，在要闻4版"党旗在基层一线高高飘扬"栏目刊发，将基层党员干部的动人故事带到公众视野。再现这趟人民至上的逆行，彰显了党员干部守护人民生命安全的担当，具象化诠释了中国共产党人民至上的理念。

社会效果：稿件刊发后，人民日报客户端阅读量突破百万、60余家媒体转载，"鸡毛信"成为全网热词。多家媒体以该报道为基础进行二次创作，制作漫画、视频等新媒体产品，持续掀起传播热潮。

初评评语：灾难面前，党员干部始终是群众的主心骨。这篇通讯对此不着一言，而立意跃然纸上。感人力量首先来自于事例典型，记者真正深入基层，在一线发现采写鲜活故事，报道才能沾泥土、带露珠、冒热气。感人力量同样来自于文笔娴熟，将基层干部写信传递灾情信息与抗战时期的"鸡毛信"进行类比，使党员干部"不忘初心、牢记使命"的庄严承诺有了具象化的呈现。该报道语言平实、情感厚重，见真情、见水平。

瞭望·治国理政纪事｜建设牢不可破的北疆绿色长城

刘紫凌　何晨阳　马丽娟

盛夏时节，祖国北疆满目绿染。

从高空俯瞰，西起新疆、东至黑龙江的万里风沙带上，黄与绿交错。45年，世界最大的生态工程——"三北"防护林工程，在横跨我国北方400多万平方公里的土地上创造了"绿色奇迹"。几亿人种下片片新绿，筑成一道绵延万里的绿色长城，实现了从"沙进人退"到"绿进沙退"的历史性转变。

中国是世界荒漠化程度最为严重的国家之一，被称为"三北"的西北、华北、东北地区分布着我国八大沙漠、四大沙地和广袤戈壁，沙化土地约占全国沙化土地面积的90%，是我国荒漠化防治的核心区域。

1978年，党中央从中华民族永续发展的高度出发，擘画了一个跨世纪的宏大工程——计划用时73年，分三个阶段八期工程，在"三北"地区建成大型防护林体系，规划造林3508万公顷。

党的十八大以来，习近平总书记多次对持续推进"三北"工程建设作出重要指示。

2023年6月6日，中共中央总书记、国家主席、中央军委主席习近平主持召开加强荒漠化综合防治和推进"三北"等重点生态工程建设座谈会并发表重要讲话。他强调，要完整、准确、全面贯彻新发展理念，坚持山水林田湖草沙一体化保护和系统治理，以防沙治沙为主攻方向，以筑牢北方生态安全屏障为根本目标，因地制宜、因害设防、分类施策，加强统筹协调，突出重点治理，调动各方面积极性，力争用10年左右时间，打一场"三北"工程攻坚战，把"三北"工程建设成为功能完备、牢不可破的北疆绿色长城、生态安全屏障。

2012年，国家发展改革委批复《关于"三北"防护林体系建设五期工程规划》。2022年，国家林草局印发《关于全面推进三北工程科学绿化的实施意见》，对"三北"工程建设深入发展作出政策性、制度性安排。

国家林草局三北局结合新形势、新任务，先后出台《三北工程黄土高原综合治理林业示范建设项目管理暂行办法》《三北工程退化林分改造试点管理办法（试行）》等，为科学推进工程建设提供理论实践依据和技术支撑。

党的十八大以来的十年，正是"三北"工程五期工程建设期。"三北"工程深入践行习近平生态文明思想，坚持山水林田湖草沙系统治理，以百万亩防护林基地建设、黄土高原综合治理、精准治沙等项目为抓手，突出重点、规模推进、科学绿化，大力推进管理、科技和机制创新。

草木以柔韧之力重塑山河。十年来，"三北"工程区营造林以每年近千万亩的速度向前推进，工程区森林覆盖率增长1.44个百分点，林草植被抑沙能力显著增强，国土绿化步伐显著加快。祖国北疆绿色生态屏障日益稳固，成为全球生态治理的典范。

系统治理：统筹山水林田湖草沙

近年来，"三北"地区频频传来野生动物回归的好消息——生态指示物种豹猫现身宁夏灵武市白芨滩，成群的野骆驼频频出现在"中国旱极"甘肃敦煌疏勒河沿岸，斑头秋沙鸭等国家重点保护野生动物屡屡光顾内蒙古乌梁素海……

这些地方曾是荒山秃岭、黄沙漫漫，经过持续不懈的生态保护修复，如今已是林茂草丰、生机盎然。生物多样性的恢复，表明生态系统日趋健康稳定。

党的十八大以来，"三北"工程坚持山水林田湖草沙是生命共同体的理念,以恢复和扩大山系流域森林植被为基本骨架,以水土流失和风沙危害等重点治理区为主要对象,整体推进工程建设。

合理分区,建设跨区域大型防护林体系。铺开"三北"五期工程的地图,从西到东,不同颜色依次标示出西北荒漠区、黄土高原丘陵沟壑区、风沙区和东北华北平原农区。

五期工程总体规划统筹考虑地理单元连续性、地形地貌和气候特征合理布局,划分成四大建设区。在详细调查各分区水、土、气、生等自然生态状况,精准识别存在的主要生态问题,努力保护现有植被的基础上,工程提出了各分区的保护修复主攻方向。

在西北荒漠,以沙生灌木为主的防护林体系呵护绿洲;在黄土高原,生态经济型防护林体系披绿荒山;在风沙区,乔灌草相结合的防风固沙防护林体系锁住黄沙;在东北华北平原,高效农田防护林体系守护"大粮仓"。

十年来,这些跨区域、跨流域大型防护林体系的建成,为构建完备的区域生态屏障、增强生态系统的稳定性发挥了重要作用。

系统施治,以流域山系为基本单元综合治理。在不同分区内,各地因地制宜,统筹考虑各要素相协调,将生物措施和工程措施相结合,逐步建设起一个农林牧、土水林、多林种、多树种、带片网、乔灌草、造封管、多效益相结合的综合防护林体系。

紧挨着风沙区的黄土高原,水土流失严重、荒漠化土地面积大,一直是"三北"工程建设重点区域。2013年,"三北"工程在40个县启动黄土高原综合治理林业示范建设项目,实施"山、水、林、田、路"综合治理,按流域、分山系整体推进。

位于黄土高原核心区的宁夏固原市彭阳县,曾是全国水土流失最严重的县域之一。曾经一场暴雨形成呼啸而下的洪水,冲刷土地肥力,挟裹大量泥沙奔向黄河。近年来,彭阳县探索出"山顶林草戴帽子,山腰梯田系带子,沟头库坝穿靴子"立体治理模式,整座山、整条沟、整个流域推进。

项目实施后,彭阳县小流域治理速度加快。目前,全县水土流失面积已减少超八成。"山是和尚头,风吹黄土走"的场景不复再现,植树30多年的彭阳县自然资源局高级林业工程师杨凤鹏站在山头,望着盘山环绕的层层林带梯田和漫山密密麻麻的鱼鳞坑说:"现在,即使碰上20年一遇的暴雨也不怕了,拦得住水,治得了土,就能守得住田。"

十年来,从六盘山到吕梁山,从关中盆地到汾河谷地,黄土高原披绿按下"快进键",林草植被覆盖度已达到59.06%,有效阻挡了沙源扩散。如今,"三北"工程区61%的水土流失面积得到有效控制,年入黄河泥沙减少4亿吨左右。

整体考量,统筹兴林与富民"双赢"。充分考虑"人"这一要素对自然系统的影响,转变人们不合理的生产生活方式,从源头预防荒漠化扩大,是以系统观念开展生态治理的应有之义。

党的十八大以来,"三北"工程建设与脱贫攻坚、乡村振兴战略紧密结合,在生态保护的前提下,大力发展特色林果业、沙产业、生态旅游等,促进农村经济结构优化。

依托"三北"工程,新疆基本形成了南疆环塔里木盆地、东疆、北疆三大各具特色的林果生产基地,重点地区林果收入占农民纯收入的50%以上;内蒙古阿拉善盟将造林绿化与沙产业相结合,发展梭梭林接种肉苁蓉123.37万亩,牧民种植收入年均3万到5万元,部分牧民收入达10万元年;青海发展林业特色产业的同时,选聘建档立卡贫困人口生态管护员4.99万人,带动全省近18万贫困群众脱贫……

据不完全统计,"三北"工程区约有1500万人依靠特色林果业实现稳定脱贫,"三北"工程对工程区群众脱贫致富预期贡献率达27%。从毁林开荒到增绿生金,绿水青山就是金山银山的理念根植"三北"大地,使来之不易的绿色更加稳固且持续延伸。

突出重点:由点及面带动全局

辽宁省阜新市彰武县,樟子松林海满目青翠,如同一排排"绿色卫士",傲然挺立在科尔沁沙地南缘。

彰武县是辽宁省风沙口,沙化土地面积曾占全县总面积的96%,漫天黄沙只需两小时就能掠过辽河平原。如今，综合治理形成的林带大大减轻了风沙侵害。科尔沁沙地是重点治理区。"三北"五期工程围绕科尔沁沙地，启动了3个百万亩防风固沙林基地建设和1个重点区域建设。

从卫星地图上可以清晰地看到，从辽宁朝阳市、阜新市，内蒙古通辽市，吉林白城市、松原市，到黑龙江大庆市、齐齐哈尔市，一个个集中连片的防风固沙林基地在科尔沁沙地南缘和东缘串成一条圆弧形的绿色屏障，"堵"住了几大风口，形成包围之势。

突出重点带动全局的治理思路，有力推动了"三北"工程的高质量发展。

——重点突破，规模发展。"三北"工程区横跨我国半壁江山，生态治理难度极大，不能"眉毛胡子一把抓"。工程建设确定了"因地制宜、因害设防、先易后难、由近及远、突出重点、规模治理"的原则，以重点突破统筹区域发展，构筑区域性生态防线，进而带动"三北"地区生态整体好转。

同时，工程与时俱进，根据不同时期、不同阶段国民经济和社会发展的重点，突出工程建设主攻方向，明确治理目标、重点与任务，有计划、有重点、有步骤地推进工程建设。

"三北"五期工程规划了一批生态区位重要的地域，确定了18个重点建设区，涵盖包括科尔沁沙地在内的四大沙地，以及河套平原、河西走廊、塔里木盆地等，有针对性地建设农田防护林、防风固沙林、水土保持林和水源涵养林。

——集中投资，大项目带动大发展。"三北"五期工程将近60%的投资任务投向重点项目。例如，先后启动实施15个百万亩防护林基地和2个规模化林场建设，实现了由分散治理向规模治理的历史性转变。

在重点项目带动下，各地因地制宜，以年均10万至20万亩的速度持续推进基地建设，进度普遍快于一般工程建设区。

呼伦贝尔沙地平均植被覆盖度已达到68.27%；辽宁、内蒙古600公里省界上筑起了一片片、一道道绿色屏障，阻挡了科尔沁沙地南侵；黑龙江西部农田林网化程度达75%以上，基本建成以农田防护林为主体的区域性防护林体系；陕西榆林市在毛乌素沙地建成总面积达190多万亩的樟子松林海，形成了以高速公路为轴线，长达数百公里的绿色长廊，陕北绿色生态屏障已初具规模。

"据'三北'五期工程评估结果显示，重点项目完成营造林面积占完成营造林面积的42.04%，且营造林质量明显好于一般造林，对推动'三北'工程高质量发展起到显著示范效果。"国家林草局三北局副局长张良介绍。

目前，国家林草局正在围绕全力打好黄河"几字弯"攻坚战，科尔沁、浑善达克两大沙地歼灭战，河西走廊－塔克拉玛干沙漠边缘阻击战三大标志性战役，加紧筹备"三北"工程六期工程规划，制定时间表和路线图，分解任务、细化措施。

国家林草局三北局局长冯德乾说，三北局将完整、准确、全面学习贯彻习近平总书记系列重要讲话精神，围绕"三北"工程攻坚战，具体抓好系统治理、三大标志性战役、科学治沙等工作，推动新时代"三北"工程高质量发展。

科学治沙：以水定绿永续发展

夏日炎炎，毛乌素沙地西南缘的宁夏灵武市白芨滩，近70万亩流动沙丘被巨大的"绿网"锁住。工人们扛着铁锹和稻草正在"打补丁"，在造林未成活区域重新扎下一个个草方格，等待一场透雨，即可抢墒播种。已治理的区域，成片的柠条舒展灰绿色的枝条，被称为"沙漠姑娘"的花棒绽放着紫红的花朵。

白芨滩极为干旱，年降雨量仅160毫米左右。"科学治沙探路人"王有德将草方格称为治沙"主力军"。"我们改变了过去一季造林、成活靠天的被动治沙模式，探索采用草方格固沙、三季造林、主抓雨季造林的模式，全靠雨养，当年成活率能达到75%以上。"他说。

"种活一棵树比养个娃还难。"这句在沙区广为流传的话，反映了防沙治沙最现实的困境。"三北"工程区大部分位于干旱半干旱区，自然条件严酷。造林绿化任务越艰巨，对科学绿化的要求越高。

党的十八大以来，随着我国对沙漠的认识日益深入，科学技术手段不断进步,"三北"工程将"水资源承载力"摆在越来越关键的位置,深入践行宜林则林、宜草则草、宜封则封、宜荒则荒,加大封育和飞播造林比重,推动防沙治沙工作从粗放式逐步迈向精细化。

——以水定绿,精准治沙。2017年,原国家林业局在第六届库布其国际沙漠论坛上首次明确提出树立"精准治沙"理念,其核心是——量水而行、以水定林、林水平衡。同年,"三北"工程启动30个精准治沙项目,根据不同地区沙化特点、治理难易程度和水资源禀赋,精准选择植被恢复方式和造林密度。

被巴丹吉林和腾格里沙漠包围的"中国沙乡"甘肃省武威市民勤县,是全国精准治沙县。在多年治沙基础上,民勤县正在向大自然学习如何治沙。

在距离县城20公里的西大河小井子区域,草网格状双眉式沙障、稻草集束直立式沙障、尼龙网沙障等,间隔多行交错排列。研究员们逐一测量沙障宽度、高度后,按当地水资源等条件,栽下梭梭、毛条、沙拐枣等树种。

这是民勤县"近自然仿生学原理"行带格局低盖度造林与五带一中心技术研究项目实施现场。民勤县勤锋林业实验站林业工程师许芳荣介绍,他们开展多种沙障模式对比研究,将不同树种以不同行距栽下。"经过试验和观察发现,在低覆盖度行带式配置模式下的固沙林,与当地的自然植被状态接近,与均匀配置的片林相比具有明显的生长优势。"许芳荣说。

——量水而行,科研先行。随着工程建设深入推进,一些地区林水矛盾愈加凸显,未治理的区域造林难度很大,难啃的"硬骨头"集中在干旱半干旱区,亟需更科学地破解"在哪造、造什么、怎么造"等问题。

2019年,国家林草局启动了"三北"工程建设水资源承载力与林草资源优化配置研究项目,对"三北"工程区水资源时空分布现状和未来趋势进行"扫描",分析植被生长与生态需水关系,提出了主要依靠自然降水、辅助人工补水、发展雨养林草植被的技术路线,为"三北"不同区域提出"适水性"林草植被建设技术方案。

2022年,国家林草局印发《关于全面推进三北工程科学绿化的实施意见》,提出到2025年,"三北"工程科学绿化技术体系初步建立,建成一批科学绿化示范样板；到 2035 年，"三北"工程科学绿化制度体系更加完善，治理体系和治理能力现代化水平不断提高。

国家林草局三北局确定了 20 个"三北"工程科学绿化试点县，编制了《三北工程县域科学绿化技术指南》，以县域为单元探索统筹"水土气生"等生态因子、科学开展绿化的新路。

作为"三北"工程首批科学绿化试点县，内蒙古巴彦淖尔市磴口县防沙治沙局对全县宜造林绿化空间"摸家底"，将可造林精准划分为最小单位（小班）2689 个共 83 万亩。

"我们把每一个小班的水、土、气、生条件调查清楚，制定低密度造林治理模式，维持植被长期稳定生长。"磴口县防沙治沙局局长王志国说，"我们希望，未来栽下的每一棵树、种下的每一棵草，都能够与生态系统自然规律实现更精准的匹配"。

锚定全球典范：携手共建美好家园

孤举者难起，众行者易趋。

面对全球生态环境挑战，人类是一荣俱荣、一损俱损的命运共同体，没有哪个国家能独善其身。2023 年的极端天气再度提醒人们，生态环境问题没有国界，需要紧密携手、共建家园。

作为全球最大的生态工程，"三北"工程先后获得"全球 500 佳环境奖""联合国森林战略规划优秀实践奖"等荣誉，已成为展示我国政府高度重视生态建设、认真履行国际生态公约的标志性工程和全球生态治理的成功典范，也是人与自然和谐共生的中国式现代化样本。

——履行绿色承诺，展现"大国担当"。"三北"工程是我国最早针对防治荒漠化行动的工程，有效阻止了土地沙化进程。

2015 年，联合国将荒漠化防治纳入《2030 年可持续发展议程》，提出"到 2030 年实现全球土地退化零增长目标"。中科院有关研究显示，我国已率先实现这一目标，"三北"工程功不可没。

2017 年，《联合国防治荒漠化公约》第十三次缔约方大会在"三北"工程治沙的主战场——内蒙古举行。100多个国家的大使、政府官员、专家学者前来参观考察库布其沙漠治理成效。作为防沙治沙"尖子生",中国奇迹引发世界关注和赞誉。

"三北"工程也是我国积极参与全球气候治理,履行《巴黎协定》的实际举措。2015年,中国向联合国气候变化框架公约秘书处提交了《强化应对气候变化行动——中国国家自主贡献》。中国在这一文件中庄严宣布,到2030年,森林蓄积量比2005年增加45亿立方米左右。

如今,这一目标也已提前完成,"三北"工程持续重建森林作出了重要贡献:40多年来,"三北"地区森林蓄积量从6.13亿立方米增加至30.42亿立方米。

——加强国际合作,贡献"中国智慧"。今年6月8日,由中国科学院新疆生态与地理研究所第二次开办的非洲"绿色长城"建设技术培训班开幕。作为此次培训班的一部分,第三届塔克拉玛干沙漠论坛在新疆库尔勒举行。来自中国与非洲等国家和地区的上百名科研人员齐聚,共同研究如何在撒哈拉沙漠与塔克拉玛干沙漠有效防治土地退化和荒漠化。

《联合国防治荒漠化公约》秘书处官员贾晓霞说,非洲联盟主导的非洲"绿色长城"计划,沿着撒哈拉沙漠南缘的萨赫勒地区筑起树墙,灵感就来自中国的"三北"防护林。"一些同事和项目主管会问中国的'绿色长城'是怎么建设的,询问非洲地区能否也能治理成功。"贾晓霞说。

在经济上支持非洲"绿色长城"建设的同时,中国还派出科研人员展开技术交流。目前,中国已与建设非洲"绿色长城"的地区展开大数据应用和规划的技术合作,利用卫星等手段观测和收集、计算、分析数据,帮助非洲国家了解其土地、气候等方面特征与规律,推动当地荒漠化治理。

从中国"绿色长城"到非洲"绿色长城","三北"地区孕育出的中国治沙理念和方案,正在推动世界防治荒漠化进程。

中国支持共建"一带一路"国家荒漠化防治,引领各国开展政策对话和信息共享,共同应对沙尘灾害天气,持续为全球荒漠化治理作出积极贡献。近年来,中国通过组织国际研修、建立治沙示范基地、搭建交流平台等方式，积极与国际社会开展荒漠化防治合作，年均为亚、非、拉发展中国家培养近百名治沙骨干。

重点加强同周边国家的合作，蒙古国东、南、西三面同中国接壤，2013年以来，国家林草局组织科研院所为蒙古国举办多期荒漠化防治研修班；2017年以来，中科院专家团队在蒙古国布尔干省南部开展中国治沙典型技术示范，治理示范面积达27公顷，有效固定了当地流动半流动沙丘，示范区草本植物显著增加；持续支持蒙古国2021年启动的"种植十亿棵树"计划……

2020年，中华人民共和国联合国防治荒漠化公约履约办公室正式揭牌，标志着我国防治荒漠化履约与国际合作工作进一步迈入制度化、规范化的轨道；2022年9月，与联合国共建的全球首个国际荒漠化防治知识管理中心在宁夏银川市正式上线，面向全球打造"开放课堂"。

2023年以来，中蒙荒漠化防治合作中心，以及中阿干旱、荒漠化和土地退化国际研究中心等交流合作平台正在加快筹建。

2021～2030年是"三北"工程六期工程建设期，巩固拓展防沙治沙成果的关键期，推动"三北"工程高质量发展的攻坚期。

国家林草局三北局的驻地就在宁夏银川市，凸显了宁夏在西北地区生态安全方面的重要地位。

宁夏回族自治区党委书记梁言顺说，习近平总书记的重要讲话，为我们持续推进荒漠化综合防治和"三北"等重点生态工程建设定好了调、凝聚了神、指明了路、鼓足了劲。宁夏将担当使命任务，全力推动荒漠化综合防治和"三北"等重点生态工程建设，不畏艰辛、久久为功，为筑牢我国北方生态安全屏障、建设美丽中国作出宁夏贡献。

（《瞭望》新闻周刊2023年07月17日）

申报资料实录

作品简介：新华社记者先后深入腾格里沙漠、毛乌素沙地、乌兰布和沙漠等地进行调研，以"三北"工程45年来的建设成就，紧扣党的十八大以来的变革性实践、突破性进展、标志性成果，放眼工程区覆盖的13个省区市的生动实践，以及推动全球荒漠化建设的"中国方案"，以详实权威数据和典型鲜活案例，从小切口透视宏大视野与历史纵深，展现了人与自然和谐共生的中国式现代化样本以及全球生态治理的典范，从"人与自然和谐共生的中国现代化""人类命运共同体"的高度阐释"三北"工程。

社会效果：稿件播发后，全网浏览量2.1亿人次，获评2023年下半年新华社优秀新闻作品。

初评评语：稿件政治站位高、实效性强，系统、全面、立体、深度讲述"三北"地区干部群众深入学习贯彻落实习近平总书记对"三北"工程重要指示精神，深入阐释了习近平生态文明思想。

高陂抗击台风攻坚战：
惊心动魄的五天五夜

祁 雷 李 赫 徐 林 陈泽铭 骆骁骅

作品二维码

《高陂抗击台风攻坚战：惊心动魄的五天五夜》

（南方+客户端2023年09月14日）

申报资料实录

作品简介：2023年8月底至9月上旬，广东接连遭遇台风"苏拉""海葵"袭击，"海葵"带来的强降雨，创下广东历史上9月最强降雨纪录。报道以梅州大埔高陂镇抗击"海葵"为小切口，以微观视角折射重大主题，实地采访梅州应急、水文、水务、气象、镇村干部、受助居民等数十位亲历者和省三防办、省水利厅等权威部门，细致还原广东干部群众抗击台风的动人细节，展现上下联动、众志成城抗台御洪背后的惊心动魄。

社会效果：报道推出后在人民日报中央及地方主流媒体全文转载，南方+端内流量18万+，极大鼓舞广东全省上下防汛抗洪、重建美好家园的信心决心。

初评评语：报道通过抗洪"小切口"，展示为民"大担当"，新闻价值高，时效性强，可读性强，影响力大。

外卖小哥一通电话，北京这个小区 154 个单元楼装上新号牌

孙宏阳　邓　伟

作品二维码

《外卖小哥一通电话，北京这个小区 154 个单元楼装上新号牌》

（北京日报客户端 2023 年 03 月 08 日）

申报资料实录

作品简介：一名外卖小哥拨打北京政务便民热线 12345 反映问题，推动了社区给 154 个单元统一装上了号牌。记者敏锐地意识到了其中的新闻价值，马上找到这名外卖小哥及社区书记等多位当事人，努力把"小故事"讲透彻、讲生动，还原事情的经过，生动反映了接诉即办是为民服务的"连心桥"。经过深入采访，北京日报充分发挥融合传播优势，不仅在报纸端与客户端刊发和推送，同时在官方微博精心设计话题词，及时点评互动跟进拍摄短视频产品，持续推送，保持热度。

社会效果：报道发布于 2023 年全国"两会"召开期间，引起全网点赞。微博话题#外卖小哥一通电话 154 个单元换号牌#，阅读量高达 1.5 亿，单条

微博阅读量接近800万，获得2.6万次点赞。人民日报、新华社等媒体转载，引发强烈社会共鸣。网民纷纷为外卖小哥的热心建议、基层干部的办事效率与北京接诉即办的工作机制点赞。

初评评语：记者敏锐地从北京接诉即办中捕捉到该新闻线索，从大量案例中做出准确筛选，并抓住线索进行深入采访挖掘。稿件简练生动，朴素地还原事情过程，切入点准，读后容易让受众产生共情和共鸣。

防止脱实向虚

集 体

编者按 近来,中央提出了"加快建设以实体经济为支撑的现代化产业体系"这一重大战略任务。现代化产业体系包含一二三产业,覆盖面广,加之新兴产业与传统产业之别、产业融合后出现的新业态等,不少读者反映,对如何推进这一复杂系统工程,不仅认识上存在误解和误区,而且具体工作中也不好把握。聚焦可能出现的脱实向虚、贪大求洋、割裂发展、简单退出、闭门造车等问题,经济日报调研组深入采访部委、学者、智库、企业等,形成专题深度调研报告,今日起陆续刊发。

产业兴衰是大国兴衰的关键因素之一。加快建设以实体经济为支撑的现代化产业体系,既是构建新发展格局的重大任务,也是大国竞争中赢得优势、大国博弈中保障安全的迫切需要。二十届中央财经委员会第一次会议在研究加快建设现代化产业体系这一重大战略任务时,明确提出"要坚持以实体经济为重,防止脱实向虚"。

中国正从制造大国迈向制造强国。将发展重心锚定实体经济,保持制造业占国内生产总值比重基本稳定,巩固我国完整产业体系优势,避免经济脱实向虚,凸显了制造业尤其是高端制造业的重要性,指明了当前最需要从市场、企业、宏观调控等层面综合发力、重点突破、重点推动的政策方向。

中国式现代化不能走脱实向虚的路子

现代经济治理的一个重大主题，就在于搞好"虚实调和"。历史上曾经有不少发达国家走了脱实向虚的弯路，吃了大亏。上世纪90年代的日本经济泡沫破灭、东南亚金融危机，本世纪初的互联网经济泡沫破灭、2008年的国际金融危机，都是落入经济"虚拟化陷阱"的警示教材。

与实体经济相比，虚拟经济具有明显不同的特征，主要表现为高度流动性、不稳定性、高风险性、高投机性四个方面。从近几十年世界经济发展来看，"虚拟化陷阱"诱惑性非常大，越是"聪明人"、越是"聪明企业"、越是实力较强的国家，越容易跌进去。从上世纪80年代开始，欧美主导的"去工业化"一度很时髦，虚拟经济自我膨胀、超常发展甚至成为一种全球化现象。大量企业甚至政府部门纷纷"重虚轻实""脱实向虚"，房地产投机热潮涌动，金融市场迅猛扩张，实体经济严重弱化退化，大量就业人口转向金融和金融服务业，曾经一派繁荣的一些重工业中心沦为"铁锈地带"。其结果，就是引发了2008年国际金融危机。面对金融灾难痛定思痛，几乎所有发达国家都认识到，制造业才是立国之本，必须将"去工业化"彻底扭转为"再工业化"。

真正为社会创造财富、创造更多就业岗位、开辟科技创新赛道的是实体经济。实体经济是国家之本，对保持长久经济繁荣和社会稳定具有重大意义，特别是在应对危机的时刻，更需要有强大的实体经济，才能迎战国际金融市场动荡带来的冲击，屹立不倒。这就是现代经济发展的"硬道理"。

党的十八大以来，习近平总书记高度重视实体经济振兴发展，明确提出"实体经济是一国经济的立身之本，是财富创造的根本源泉，是国家强盛的重要支柱""我们这么一个大国要强大，要靠实体经济，不能泡沫化""中国式现代化不能走脱实向虚的路子""要扭住实体经济不放，继续不懈奋斗，扎扎实实攀登世界高峰"……一系列重要论述，生动阐明了实体经济举足轻重的分量。这是对历史经验的深刻总结、对发展规律的科学把握，为推动高质量发展、推进中国式现代化提供了根本遵循、指明了前进方向。

防止脱实向虚必须一以贯之

分析来看,脱实向虚包括经营主体脱实向虚和金融本身脱实向虚两方面内容。

六七年前,一些地方出现了资本大量抽离实体经济的"去实业化"现象。影子银行、表外业务、同业业务急剧扩张,非金融企业纷纷参股、控股金融机构,不少上市公司偏离主业,依靠理财产品和房地产投资维持利润增长甚至实现扭亏为盈,大量资金在金融体系内部自我循环、自我空转。

一边是金融套利令人咋舌,一边是实体经济不受青睐。明显的产业"空心化"苗头和实体经济弱化问题,成为当时中国经济面临的巨大风险。金融与实体经济严重失衡,减弱了科技创新动力、消磨了企业家精神、扩大了社会贫富差距、积累了大量金融风险。如果不能有效遏制这一势头,中国经济很难实现转型升级。

针对脱实向虚的种种乱象,2017年全国金融工作会议明确了"回归本源、优化结构、强化监管、市场导向"的四大原则,以及"服务实体经济、防控金融风险、深化金融改革"三项任务。经过努力,"多层次、广覆盖、差异化"的金融机构体系持续完善,金融服务实体经济的政策体系不断健全,金融功能由失调到正常,金融适应性明显增强。2022年9月,央行指出,经过集中攻坚,一批紧迫性、全局性的突出风险点得到有效处置,金融脱实向虚、盲目扩张的局面得到根本扭转,金融风险整体收敛、总体可控。我国金融体系总体稳健,突出表现在金融机构稳健性程度保持在较高水平。

五年治理金融脱实向虚,成效值得充分肯定。但这并不意味着防范脱实向虚可以歇歇脚、松口气,必须做好一以贯之的心理和政策准备。

最近一个时期,货币信贷较快增长与低通胀率形成鲜明对比,金融面的"资产荒"与实体面的"资金荒"形成矛盾体,引发了市场对"资金空转"的担忧。

去年以来,我国宏观政策的逆周期调节力度加大,助"六稳""六保"的一揽子政策陆续实施,货币政策发力,配套资金到位,相应表现为金融数据领先于经济数据。不过,最近一个时期,广义货币(M_2)保持同比高增速的同时，狭义货币（M_1）同比增速与社会融资规模存量同比增速却整体处于偏低水平。在受访专家看来，这反映出大量资金滞留于金融层面运作，未能高效进入实体经济循环。

"观察政策效果的一个关键角度是看企业拿到贷款之后，有没有把贷款花掉。"中国社会科学院世界经济与政治研究所副所长张斌指出，如果企业贷款后没有形成支出，而是转为理财产品、存款，那么便无法支持需求增长，也就不能支持经济恢复。根据央行最新数据，今年上半年住户存款增加 11.91 万亿元，非金融企业存款增加 4.96 万亿元，同时银行在内生贷款需求不足背景下也明显加大债券投资等的配置力度。对此，不少专家认为，问题的核心在于实体经济有效需求仍显不足。

资金的天性就是流向可以获得最高回报的地方，其敏感嗅觉总能在不同产业的平均利润率之间作出比较。这种天然逐利性，就是"脱实向虚"抑或"脱虚向实"的流向阀。

对于前些年的脱实向虚问题，中国社会科学院金融研究所所长张晓晶认为，主要是因为当时实体经济进入调整阶段，制造业利润率低于虚拟经济利润率，同时应对国际金融危机背景下，货币环境整体宽松，流动性充裕，金融市场低利率导致资产价格攀升，引发更多资金进入虚拟经济领域。

对于当前的资金空转现象，接受经济日报采访的专家学者认为，主要是受盈利预期转弱影响，一些企业扩大生产经营的意愿不强，融资需求疲弱，获取贷款后立即转换为存款。流动性淤积在金融体系内部，导致不同产品间多层嵌套，容易引发空转问题。

我国是靠实体经济起家的，也要靠实体经济走向未来，任何时候都不能"脱实向虚"，最根本的是让实体经济壮大起来，让制造业特别是先进制造业有利可图、大有可为。

健"实"补"虚"强壮实体经济

过去几年，我国实体经济经历了艰难时期。国际格局演变，科技竞争更趋激烈，许多关键核心技术仍面临"卡脖子"危机，部分行业核心竞争力不足，长期处于国际产业链价值链中下游，高端和优质产品自给程度不高，一些企业深陷资源能源约束，发展的不确定性明显增加。

对症开方，建设以实体经济为支撑的现代化产业体系需要精准发力，推动政策措施向实体经济倾斜、资源要素向实体经济集聚、工作力量向实体经济加强。

要把政策基点放在企业特别是实体经济企业上。破解困境，迫切需要"看得见的手"来引导市场资源配置。例如，新冠疫情发生后，银保监会等五部门出台政策，流动性遇到暂时困难的中小微企业贷款可延期还本付息，缓解了众多企业资金链的紧张；3年累计新增人民币贷款超60万亿元，重点流向了制造业、基础设施、科技创新以及小微"三农"等领域，为"六稳""六保"发挥了很大作用。财政政策、货币政策、消费政策、供给侧结构性改革、"放管服"改革等，都应把"为实体经济服务"作为出发点和落脚点，提高针对性、直达性、精准性，全面提升服务效率和水平，支持实体经济特别是制造业企业渡过难关、平稳发展。

要用创新提升实体经济发展水平。今天的"中国制造"面临前所未有的夹击：前有发达国家封堵，后有一些发展中国家紧逼，而传统的粗放式增长老路，我们也不可能重走。出路只有一条，就是创新，来一场品质革命。制造业是振兴实体经济的主战场，要在"去""转""育"上做大文章：对落后产能坚决彻底"去"，加快"腾笼换鸟"；借助新技术有力"转"，推进传统产业数字化、网络化、智能化升级改造；瞄准高端前沿精准"育"，突破性培育发展数字经济、人工智能、量子技术等高端产业，抢占未来产业发展制高点，实现以科技创新为依托的高质量发展。

坚持系统观点和全球视野，将壮大实体经济放在更宏大的历史维度上把握。建设现代化产业体系是一个系统工程，需要各方面的协调，不能就实体经济抓实体经济、就制造业发展制造业。要统筹建设制造强国、质量强国、网络强国、数字中国，推进产业基础高级化、产业链现代化，提高经济质量效益和核心竞争力；优化支撑保障，既补齐基础设施短板，还要加快推进"新基建"投资，铺就长远发展的"高速路"；大力弘扬企业家精神，激发民营企业创新活力,打造一支构建新发展格局、推动高质量发展的生力军。

健"实"同时,还要补"虚"。近年来整顿虚拟经济乱象,并非不要虚拟经济,而是要促进虚拟经济健康发展。要看到,无论是解决以国有银行为主导的金融体系对民营企业占主导的制造业的融资供给相对不足,还是发展先进制造业、战略性新兴产业需要的"耐心资本",多元化、运转高效的金融服务体系尤其是健康的资本市场,都将发挥极为重要的作用。社会主义市场经济的优势就体现在优化资源配置上,资本市场则是实现社会资金优化配置的"最高级场所",也是一个国家金融成熟的标志,是国民经济不可或缺的促进力量。

在金融支持实体经济发展的进程中,既需要银行的间接融资即货币贷款,也需要股市 IPO、配股带来的直接融资。党的二十大报告明确提出"健全资本市场功能,提高直接融资比重"的发展方向和目标,日前召开的中央政治局会议也作出"活跃资本市场,提振投资者信心"的工作部署。这就要求我们进一步深化系统性、制度性、法治化改革,逐步稳妥地解决影响资本市场稳定和健康发展的障碍,补上高水平社会主义市场经济体制的一块重要短板,让充裕的社会资金更有效地投向实体经济,为高质量发展提供更坚实的产业支撑。

(《经济日报》2023 年 08 月 09 日)

申报资料实录

作品简介:2023 年 4 月,党中央提出"加快建设以实体经济为支撑的现代化产业体系"这一重大战略任务。经济日报社聚焦实践中可能出现的"脱实向虚"等问题,调度骨干记者组成调研组,深入采访部委、学者、智库、企业等,认真开展调查研究,经过反复讨论修改打磨,最终形成"避免现代化产业体系建设误区"问题探析系列调研报告。该系列报告共 6 篇,本作品作为系列调研报告的首篇,深度剖析了"防止脱实向虚"的重要性,以"中国式现代化不能走脱实向虚的路子""防止脱实向虚必须一以贯之""健'实'补'虚'强壮实体经济"的逻辑结构逐步铺展,凸显专业深度。

社会效果：作品在经济日报头版头条刊发后，经由全媒体平台融合推广，引发社会各界关注。中国青年报媒体转载。该系列调研报告总阅读量超过1.36亿，其中微博主持话题#避免现代化产业体系建设误区#阅读量达1.1亿。

初评评语：作品秉持问题导向，对"防止脱实向虚"主题进行了全面、深入、系统分析，政治站位高，经济特色强，兼具理论价值和实践指导意义，提升和创新了经济深度调研报道的选题立意、写作模式和呈现方式，形成广泛而深刻的社会影响，有助于更好地澄清歧见、凝聚共识、稳定预期，充分发挥了主流媒体的舆论引导作用。

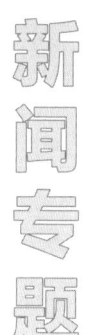

习近平的"艾奥瓦老友记"

集　体

作品请见中国记协网 http://www.zgjx.cn。

（深圳卫视 2023 年 11 月 19 日）

申报资料实录

作品简介：2023 年 11 月 14 日至 17 日，国家主席习近平赴美国旧金山举行中美元首会晤，同时出席 APEC 第三十次领导人非正式会议。期间，习近平出席美国友好团体联合举行的欢迎宴会，并同他在 1985 年结缘的"艾奥瓦老友"见面。深圳卫视在旧金山现场采访了多名与习近平主席见面的"艾奥瓦老友"。作品以记者丘倩怡与贝隆、奎因、兰蒂等当事人的对话作为主线，回顾他们与时任国家副主席习近平交往的往事，畅谈他们与习近平重逢的感受。2012 年，习近平访美期间专程重返艾奥瓦州马斯卡廷，与他在 1985 年在当地考察时结识的美国老友围炉叙旧。记者丘倩怡对兰蒂的采访经历为故事带来个性化视角，增添了历史维度。对话细节充沛、情感真挚，用跨越时空、历久弥新的中美友谊故事，生动展现了中国特色大国外交情理相交、真诚亲和的风格，以小切口反映了大主题。

社会效果：作品于当晚在深圳卫视《直播港澳台》首播，收视率位列全国省级卫视同时段第 5 名；二次传播产生"刷屏"效应，在微博平台话题阅读量超过 5800 万。

初评评语：作品独家专访"艾奥瓦老朋友"，以对话形式为主线，在浅近质朴、娓娓道来中讲述习近平主席和美国普通民众"以心相交"的友好故事。作品细节丰富，善用今昔对比、个人代入的方式进行报道。记者两次采访"艾奥瓦老朋友"的经历，带来巧妙的亲历视角，也增添了感染力和说服力。作品传播效果好、社会影响广泛，生动展现了中美关系基础在民间，力量源泉在人民友好，也生动展现了中国领导人的智慧与风范，展现了开放、包容、友善的中国形象。

从延安到红旗渠

集 体

作品请见中国记协网 http://www.zgjx.cn。

（河南广播电视台大象新闻客户端2023年12月22日）

申报资料实录

作品简介：该片分为"天地英雄气""自有后来人"上下两篇，以新时代的视角回望延安革命年代和红旗渠建设年代，通过精神阐释、故事讲述、人物影像，用亲历者、见证者、传承者的真情实感，记录奋进在中国式现代化建设征程上的生动实践，展现延安精神和红旗渠精神"历久弥新、永不过时"的时代价值。

社会效果：在2023年10月下旬，习近平总书记视察延安和安阳一年之际推发先导片、海报，以及拆条短视频预热。预热视频在全国多家主流媒体网站置顶转发，多条节目相关内容在微博等平台推出并引发关注。截至12月底，总阅读量（含播放量）11.7亿。

初评评语：该作品在选题定位、叙事结构、美学价值等方面作出了诸多有价值的探索。"双跨越"模式展现共产党人精神的崇高伟大：以新时代新视角，以跨地域、跨时代的"双跨越"方式，展现共产党人精神谱系的伟大与崇高，映照平凡英雄的奉献与传承。"小人物"方式诉说链接542公里的动人力量：以故事化和电视化表达宏大主题，在代际人物的探访中展示了故事价值，实现情感和故事的双向奔赴。以"大写意"方式展现电影级视听影像水准：既有山川大河的壮美，也有英雄人物的崇高之美，既有新闻的要素、专题的特性，也有纪录的真实、艺术的审美，体现出很强的思想教育价值、文化传承价值、艺术审美价值。

四天三夜，被困门头沟列车乘客大救援

集　体

作品请见中国记协网 http://www.zgjx.cn。

（北京广播电视台 2023 年 08 月 04 日）

申报资料实录

作品简介：2023 年 7 月底，北京遭遇 140 年未遇的特大暴雨，山洪汹涌，冲毁路基，三趟列车上近 3000 名乘客被困门头沟山区，进退维谷。北京迅速组织力量展开陆空立体大救援，历时四天三夜，终于化险为安。北京新闻广播调派多路记者跟进，一路前往门头沟，无惧暴雨、塌方、断路，连续三天徒步向深山区挺进，最终迎到被困乘客；一路想方设法登上空投物资的军用直升机；一路彻夜蹲守火车站，直至被困乘客全部转运。前方记者全力采访，后方团队全员上阵，加工音频、视频等宝贵素材。全面掌握救援进展后，由资深记者系统梳理时间线，巧用乘客和救援两条线索交叉叙事，完成大救援时空"拼图"。这篇广播专题于 8 月 4 日早间播出，距离最后一批乘客获救仅过去 20 多个小时。专题视角独家，叙事有张力，采用超过 20 段现场同期声，展现雨声、救援声等多个场景，充分展现出广播声音的魅力。

社会效果：节目播出后，引发巨大反响。图文和音频版报道当天即被全网推送，全国多家媒体转发。微博话题#列车大救援#冲上热搜，总阅读量近 1000 万；话题#救援K396的武警战士出发了#登上热搜主榜，阅读量超过 500 万。听众纷纷留言点赞，报道还得到了业内专家的高度肯定，认为作品

"以声传情",充分发挥了广播媒体独特的感染力,展现了巨大自然灾害面前的社会大爱。作品及时、全面地报道,起到了凝聚人心、提振信心的作用,彰显了媒体担当。

初评评语：这篇广播专题抓住"北京遭遇140年未遇的特大暴雨"这起重大应急突发事件中最为扣人心弦的一幕幕"被困列车乘客大救援"场景展开叙事,现场感、时效性、新闻点都很到位。现场多变而灵动,文风简洁而温情,传递大爱而不空泛,弘扬正能量而无赘言,是一篇充分展现广播特色的精品力作。"快"：在救援成功后20多个小时内就推出全景式报道,第一时间满足了听众和网友的增量信息需求。"巧"：报道整体叙事框架采取大视角＋小故事的方式,大视角呈现陆空立体救援过程,小故事推动情节递进。救援者与受援者在叙事时空中巧妙穿插互动,忽而紧张,忽而从容,情景交汇,境界自出。"真"：报道中选取了乘客、列车长、列车员,地面救援的武警指战员、空投物资的直升机驾驶员等17个人物。这些人物在不同场景中的亲口讲述,还原了救援时刻,让听众与网友产生强烈的共情。

独家：50部朝鲜战争电影揭露美国意图

张　勤　王潇怡　张绮薇　张雅琦　周婧琳　程金典　周心怡

作品二维码

《独家：50部朝鲜战争电影揭露美国意图》

（央视频客户端2023年10月01日）

申报资料实录

作品简介：2023年，是中国人民志愿军抗美援朝战争胜利70周年。节目组结合国庆对抗美援朝影视题材的热议，推出国内首个影像模态大数据调查专题报道。报道先破后立，结构化分析了50部美国拍摄的朝鲜战争题材电影，拆解美西方错误叙事；利用计算机抽帧技术，每隔5秒抽取一帧电影画面，再将从每部电影中抽取出的上千帧画面，以同心圆的形状依次排列，采用"蚊香图"的视觉呈现，建立影像语料库。在此基础上，极富创意地以不同色彩在画面中的分布占比为调查起点，发现黑白电影中黑色画面多于白色、彩色电影中蓝色画面最多等视觉线索，再由此深入这些画面对应的电影情节，独家起底美军方借投资电影夸大渲染美制空能力、粉饰侵略行径、推动战争机器的叙事陷阱、发掘美军难耐雪地作战等真实细节,与中国人民志愿军浴血奋战形成强烈对比。

社会效果:该专题报道将美国对华认知塑造进行了系统性提炼和分析,视频全网阅读量达 7300 万,多次登上社交媒体热搜热榜,引发各平台用户对认知域分析和可视化手段的关注与讨论,引领国内舆论场关注美国对华认知塑造问题。真正将"大数据+AI 创意"转化为可实践、可复制、出精品的生产手段,并且探索出用新技术开拓政治类融合报道的模式,引发业界关注和讨论。

初评评语:报道实现了计算机视觉、人工智能技术、开源信息挖掘等跨界跨领域的有效融合,开拓了以往传统报道中没有的视角,以色彩等画面元素为分析载体,从而让用户获得了兼具内容独家性和视觉有效性的双重体验。

诺言

集　体

作品二维码

《诺言》

（新华社客户端2023年02月23日）

申报资料实录

作品简介：时政微纪录片《诺言》采用人物传记式形式，将真实影像资料与写实风特效相融合，讲述习近平总书记一路走来，初心如磐、夙夜在公，矢志不渝将对人民的诺言一一实现的动人故事，生动展现总书记重信守诺的人格魅力。作品由新华社历时一年摄制。主创团队聚焦"诺言"这一充满情感色彩的小切口，采用明暗线相互交织的叙述方式，打破时空界限，勾勒出过去十年间总书记带领中国取得历史性成背后的动人故事，巧妙诠释总书记深厚的人民情怀。摄制团队奔赴北京、河北、福建、湖北等地采访，捕捉到众多感人至深的画面和故事。同时充分采访到众多重量级人物，有中央纪委国家监委、国家卫健委、生态环境部等中国党和国家机构负责人，也有泰国前总理、墨西哥众议院议员、刚果劳动党总书记、美国库恩基金会主席等外国政要学者，取得了大量观点鲜明、独家鲜活的访谈内容。

社会效果：作品中文版播出后，第一时间被全网置顶，全网总浏览量达3亿次。新华社客户端浏览量突破300万，微博热搜话题总阅读量过亿。英文版在海媒平台浏览量超过212万，互动量超过7.4万次。

初评评语：作品采用明暗线相互交织的叙述方式，既有感人至深的画面和故事，又有众多国内外政要、学者观点鲜明、独家鲜活的访谈内容，勾勒出过去十年间总书记带领中国取得历史性成就背后的故事，策划独到、主题鲜明、制作精良、传播广泛，是总书记报道话语创新的一次成功探索。

《通向繁荣之路》第一集 大道同行

集 体

作品请见中国记协网 http://www.zgjx.cn。

（中央广播电视总台 2023 年 10 月 11 日）

申报资料实录

作品简介：该片以习近平主席亲自谋划、亲自部署、亲自推动共建"一带一路"倡议为主线，通过《大道同行》《跨越山海》《轻关易道》《心手相连》《向新而行》《和合共生》六集节目，讲述近 70 个共建国家的典型案例，生动描摹"一带一路"从中国倡议走向国际实践、从愿景变为现实的宏大进程。第一集《大道同行》研究习近平主席在倡议提出后近 80 次出访及活动的公开报道，从中寻找故事细节和线索，讲述中国与世界友好交往、互利共赢的故事。该节目走访数十位国内外深入研究"一带一路"或亲自见证倡议发展的政要、专家、学者，通过他们的描述，勾勒出倡议发展的过程，从而首次系统梳理共建"一带一路"倡议提出的时代背景、内涵外延和发展脉络。节目开创性地将数据作为节目重要的线索和细节，首次通过大数据挖掘、可视化设计与政论、纪实相结合的方式，生动展现共建十年来取得的丰硕成果和共建国家的并肩努力，精彩地讲述了从"我"到"我们"，从"中国"到"世界"的故事。

社会效果：纪录片通过 CGTN 英、西、法、阿、俄等多语种平台推出，获得全球数百万阅读量以及海外网友的点赞和好评。总台向全球发布了该纪录片的多语种出版物，多家主流媒体转载报道，全网累计触达量近 60 亿次。

初评评语：《通向繁荣之路》在共建"一带一路"倡议提出十周年之际推出，堪称兼具思想性和艺术性的作品。该片全面梳理总结共建十年的重要进程和重大成果，展现共建"一带一路"倡议作为构建人类命运共同体重要实践平台的历史价值和现实意义。作品在内容创作、表现形态、传播手段等方面均有突破，兼具思想价值、学术价值、新闻价值和美学价值。该片为共建"一带一路"倡议提出十周年营造了积极的舆论场，为高质量共建"一带一路"凝聚更为广泛的强大合力。

白鹤之约

周 东 余 超 王 艳 徐庆元 赵洪潭 龚 珏 余 宽

作品请见中国记协网 http://www.zgjx.cn。

（江西广播电视台都市频道2023年12月15日）

申报资料实录

作品简介：纪录片《白鹤之约》创作团队前后历时4年多，采用最新的候鸟卫星跟踪系统，沿着白鹤在我国境内的主要迁徙路线，多次深入吉林莫莫格湿地、沈阳獾子洞湿地、黄河三角洲湿地和鄱阳湖湿地等白鹤迁徙的重要栖息地，行程达数万公里，以两只死里逃生的白鹤——"419"和"枪生"的迁徙及生存状况为叙事主线，跟踪报道野生动物保护专家周海翔一家救助、放飞、寻找、保护白鹤的曲折历程，生动讲述了两只受伤白鹤回归自然、找到伴侣、繁育后代的感人故事。纪录片真实呈现白鹤救助的第一现场，深度调研白鹤种群在我国的生存现状，通过实地探访和数据分析，拍摄纪录了大量珍贵的反映白鹤生活习性的纪实影像，将白鹤个体跌宕起伏的命运与新闻性、科普性和艺术性有机统一。作品故事扣人心弦，催人泪下，以小见大，通过讲述白鹤种群面临的生存危机、种群数量变化以及生存环境的改善，展现了我国近年来在生态文明建设方面作出的不懈努力和取得的重大成就。

社会效果：作品全网播放量达到4600万次，受众覆盖了亚洲、美洲、欧洲和非洲超过125个国家和地区，为我国生态文明建设成就的全球化传播进行了有益探索。在多个平台推出，创作团队还精心制作了《跨越山海 守护这场白鹤之约》H5 交互型动漫作品，设计了救护白鹤、伴鹤飞翔、领取守护爱心卡等互动环节，激发青年受众的参与热情，累计 127 万人次参与了互动传播，取得了较好的传播效果。

初评评语：主题鲜明，构思精巧，具有思想引领价值。该片通过两个"约定"巧妙串联，将两只白鹤的故事紧密连接在一起，把党的创新理论蕴含在生动的故事讲述之中，体现了人与自然和谐共生的价值追求。内容真实，情感真挚，具有科学教育价值。通过弘扬科学精神，探索科学智慧，让受众在作品中感受到创新的魅力和教育的力量。传播广泛，富有实效，具有国际传播价值。作品不仅在电视荧屏上播出，还制作了系列短视频、H5 动漫，打出传播组合拳，通过推特、脸谱、照片墙等各种媒体向世界讲述了一个真实的中国传奇故事，为外国观众读懂中国生态文明建设打开了一扇真实的、可信的、权威的窗口。

"了不起的青春小店"系列报道

集　体

代表作 1
深夜烧饼店里藏着的大师梦

开栏的话：

中国经济的信心如何？小店是很重要的晴雨表，如我们社会的肌体中活跃、坚韧、广泛的细胞，构成了社会经济交换领域的坚实基座。数月来，中国青年报社记者走访全国各地的数百家青春小店。年轻的店主们走南闯北、自食其力、创意纷呈，向上、不屈，如雨后春笋，生长在祖国的各个角落。从今天开始，本版将设立"了不起的青春小店"栏目，展现这群开小店的年轻人，如何在市场竞争中不断探索创新，走出一条青春与小店共同成长之路。

"来一个五花肉的烧饼，一碗馄饨。"接近晚上 11 点，杭州市钱塘区下沙高教园旁的学林街依然灯火通明，到缙云烧饼（田家总店）吃夜宵的人也逐渐多了起来。就在顾客享受美食的同时，烧饼店悄悄换了"老板"，田凯瑶出现了。

"这家店已经开了将近 10 年，最开始是我父母在经营。"3 年前，田凯瑶加入经营时，开启了夜间的营业。如今，烧饼店夜间的生意非常红火，为此她特意参加了烧饼制作的培训和比赛，拿到了"高级烧饼师傅"的称号。

8月29日，田凯瑶在之江文化中心的新店开业了，对于这家店，她很有信心。在创业之前，田凯瑶做过白领，当过销售，而开缙云烧饼店也不是她第一次创业。在一次次身份转变中，田凯瑶说，她体会到了不一样的成长。

刚参与烧饼店夜间经营的那段时间，田凯瑶同时还在经营着一家花店，所以烧饼店一般开到凌晨两点就关门了，没有开通宵。"但我发现凌晨关店后，街上仍然有很多人，即使店已经关了，还是会有人问能不能做烧饼。"田凯瑶对中青报·中青网记者说。

田凯瑶的烧饼店旁边就是下沙高教园，这里分布着多所高校，而店铺所在的高沙商业街则是当地有名的美食街。在下沙大学城上过学的人，没有不知道高沙商业街的。

因为毗邻大学城，又在美食街，所以即使到了凌晨，烧饼店周围仍然人气十足。看到夜间经营还有开发的余地，在参与经营半年后，田凯瑶决定关掉花店，全身心地投入到烧饼店的夜间经营中，并把烧饼店的营业时间延长到24小时。"当时白天开花店，晚上烧饼店，两头跑还是有点吃不消的。"

烧饼店改为通宵经营后，田凯瑶的工作时间比之前延长了三四个小时，烤烧饼、包馄饨、煮面条……每天晚上她都要在店里一直忙到第二天6点。"最多的时候，一晚上6个多小时，我一个人要做300多个烧饼。"

"（创业）有冒险，有不确定性，有往前走的那种感觉就很好啊。"田凯瑶说，如果是朝九晚五的上班，身体上会过得比较舒服，但心里会有很多事情，并且在公司上班为的是公司，创业为的是自己。因为一直憧憬着创业，所以一有机会，田凯瑶便辞掉工作，开始了创业之路。

"女孩子真的不应该这么辛苦，你说她本科毕业，在大学的经历也都很好，随便找个班上，应该都不赖的。"田凯瑶的母亲对记者说，前段时间，缙云当地一所职业技术学院开设了一个缙云烧饼培训班，准备聘请一位成熟的烧饼师傅去当老师，教授做烧饼的技术，要求本科毕业及以上学历。"这是个事业单位，当时我们都叫她去试试看，因为被录取的机会很大，但她还是放弃了。"

"创业确实有比较大的不确定性,但你不觉得一下就把这一辈子看到头是一件很可怕的事情吗?"田凯瑶说。

做烧饼比不上坐办公室,备料、拌馅、和面、烤饼,是技术活也是体力活,因此愿意做传统烧饼的年轻人并不多。8月29日,田凯瑶在之江文化中心的新店正式开业了。而就在开业的前两天,田凯瑶在自己朋友圈中,一连发了两条烧饼师傅的招聘启事。

"现在烧饼师傅都很有自己的个性和想法,其实我很喜欢那种年轻的、刚学出来的烧饼师傅,但真的很少,基本上都是老师傅。"如果新店还招不到人,田凯瑶就准备自己先做着。

缙云烧饼有着悠久的历史。相传轩辕帝曾在缙云山鼎湖峰架炉炼丹,非常专注,饿了就抓一块面团贴在丹炉壁上烤着吃。轩辕黄帝驭龙升天后,当地百姓就用陶土,模仿黄帝的丹炉,制造陶炉,烧烤面团食用。

千百年来,卖烧饼成了缙云百姓赖以谋生的手段。如今的缙云烧饼,是乡愁的味道,是生活的本色。谈到为什么会想要做烧饼开店,田凯瑶说这离不开父母的影响。

田凯瑶的老家在缙云县,10年前,父母来到杭州开烧饼店,每到寒暑假,她就会到店里帮忙。"这样看着看着,我后面也就有样学样,敢自己做了。"2015年,田凯瑶做了自己人生中的第一张缙云烧饼。"当时父母有事走开,店里来客人的时候,我就会自己上手做,但是不怎么好吃,也不好意思卖。"田凯瑶笑着说。

后面为了开店,田凯瑶找到了一位缙云烧饼大师学手艺。2021年,田凯瑶报名参加了缙云县"缙云烧饼"品牌建设领导小组办公室牵头举办的技能培训和缙云烧饼师傅技能大赛,最终获得了"高级烧饼师傅"称号。

"你必须得好好学下去,除非找到了接手人,你才能放手不干。"田凯瑶的师傅曾多次和她这样说。她也认识到,类似缙云烧饼这类的传统手艺,必须要有人传承下去,一定要加入一些新鲜的血液,才能让它变得不一样。"所以我想成为一名年轻的缙云烧饼大师。"田凯瑶说。

杭州亚运会临近,田凯瑶也提交了进驻亚运村的申请表,她希望能为亚运健儿提供一份特色美食，通过亚运会这个窗口，向全世界宣扬缙云烧饼文化。

代表作 2
中国最南小店的"5672"密码

"5672"，这个数字是梁美凤微信好友的总数，大部分人的微信好友达不到这个数量。梁美凤的微信名叫"小卖店"，微信好友绝大部分是她的顾客，她在海南省三沙市永兴岛上和丈夫经营一家小超市"在言便利店"。

1993年出生的梁美凤是海南省文昌市人，因爷爷、父亲在永兴岛工作，她很小时就与永兴岛结下了缘分。

"开店是一件自由的事"

中学毕业后，梁美凤就走上社会，做过不少工作。有一次，她去永兴岛玩，顺便帮在岛上开农家乐的姑姑收银。梁美凤那时还没想到，自己会成为永兴岛上最早的个体工商户之一。

2012年7月24日，三沙市正式揭牌成立，成为我国位置最南、面积最大、陆地面积最小及人口最少的地级市，永兴岛则是三沙市政府驻地。

到了2014年，三沙市为引导渔民由生产者向生产经营者转型，促进渔民增收，首次向岛上居民颁发个体户营业执照。梁美凤就是那时在永兴岛上开起了小卖部。

那个时候，梁美凤的小卖部极为简陋，只是用些木头简易搭建的棚子，卖些槟榔、甘蔗。

"之前岛民很辛苦，主要以打渔为生，住的也基本都是毛坯房，做生意主要以摆摊为主。"永兴社区居委会委员梁定虎向记者介绍道。

设市之后的十余年里，永兴岛发生了翻天覆地的变化，渔民住进了小别墅，绝大部分已转产，有的在渔民村经营农家乐，有的和梁美凤一样开起了小超市，还有的售卖南海捕捞的海鲜干货。

渐渐地，梁美凤成了永兴岛上比较有代表性的个体商户，也是岛上为数不多的 90 后个体经营者。2022 年，梁美凤在永兴社区的协助下，将超市转到了一个固定的店址。现在的"在言便利店"门口隔着小路是一处绿地，种满了椰子树、凤凰树等热带植物。

"第一次把这家小店用商品填满时，觉得很满足。"梁美凤说。

对梁美凤来说，开店相较于打工在时间和选择上都更加自由，她也按照自己的想法经营着小店，她的小店里不仅有各式各样的商品，晚上还兼营烧烤。

梁美凤乐观开朗爱笑善动脑，超市虽然只有不到 50 平方米，商品种类却很丰富，不少东西都是岛上其他超市没有的。她还把经营拓展到了永兴岛周边的小岛上，不少东西岛屿居民、商户会乘船到梁美凤的小店里购买商品，商户还会再转运到自己的岛上售卖。虽然每种商品赚得不多，但梁美凤表示，能够帮助到周边的居民对自己来说也是一件幸福的事。

"开超市虽然是一个小买卖，但岛礁居民生活的便利度因此大大提高了，也提升了岛内的生活质量，促进了三沙经济的繁荣。"三沙市市场监督管理局办公室主任龙脉向记者介绍。

朋友很羡慕我在永兴岛开店

"在永兴岛上开店很好。"这是梁美凤在接受采访时反复说的一句话。

相较于在别的地方经营，梁美凤说，永兴岛客户流量没那么多，自己的小店经营起来也很安心。

小超市的老顾客多，梁美凤不在店里的时候，甚至都不关店门，熟悉的客人过来购买商品，也会直接线上支付或把钱留在店里。

"很多在老家的朋友听说我在永兴岛上开店都很羡慕，不少人想来看看，但其实我也羡慕他们的生活。"梁美凤对记者说。

一般在春节的时候，梁美凤才会回文昌，在老家待一个月左右。和许多同龄人一样，梁美凤也有一颗"爱美"的心。她说："在老家的时候，我也会去美容、逛商场，但如今在永兴岛上经营自己的小店，却很少再有这种条件。"

对于梁美凤来说，选择在永兴岛上经营小店最大的遗憾是缺席了自己两个孩子的很多成长瞬间。由于工作的缘故，梁美凤至今也没有参加过两个孩子的家长会，也没机会现场观看爱跳舞的女儿的演出。谈及自己的孩子，梁美凤眼眶微微红润。

"平时我的两个小孩主要是孩子外婆或者奶奶带，只有在放假时才会到永兴岛上，一年中见面的机会很少，对于孩子的成长，我更多是以视频的方式陪伴。"梁美凤哽咽着说。

"朋友圈"是很重要的开店帮手

在梁美凤的微信朋友圈里，除了平日里的生活分享，更多的是发布哪些商品今日到货，可以来店购买。"很多客人也通过朋友圈评论或者看到朋友圈后的私信来预订商品。"梁美凤通过微信朋友圈，不断拓展着小店经营的可能。

在梁美凤的小店，全岛送货是她的"特别服务"，客人通过微信下单后，小店会从下午5点送到晚上10点。"在永兴岛上骑着三轮电瓶车送货，最远不出10分钟也能回到店里。"梁美凤告诉记者。

"相较于三沙年纪大一些的渔民，像梁美凤一样的年轻人更加适应时代节奏，在进行实体经营的同时，也更会利用互联网进行宣传和沟通。"龙脉说。

梁美凤表示，在永兴岛上和很多人相识，是一件很幸福的事。在当地，梁美凤被大家亲切地称为"小梁""小妹"，凡是路过的人，基本都会到店里和梁美凤聊一会儿，而梁美凤也通过和大家的交谈，不断拓展着自己的朋友圈。

代表作3
青春小店在改革大潮中乘风破浪

全国第一张"个体工商户营业执照"持有者章华妹今年碰到两件大事：一件是作为个体工商户的代表，参与了杭州亚运会的火炬传递；另一件是在浙江省个体经济高质量发展大会上获评"最美个体劳动者"，这也是浙江首次单独为个体工商户召开全省性大会，会议释放了更加支持个体经济发展的信号。

今年，我国已擎起改革开放旗帜45年。对章华妹来说，今年经历的两件大事意味着社会对个体工商户的重视与尊重。

1980年，从事纽扣生意的章华妹从温州市工商行政管理局领到了第一张工商执照。那一年，温州有1844名个体户申请了执照，成为全国第一代个体户。如今，章华妹的生意逐渐交由下一代打理。

在浙江省，平均每10人中就有1个个体工商户，在全国，个体工商户的数量已经过亿，成为支撑我国经济健康发展的新鲜血液，在繁荣经济、增加就业、推动创业创新、方便群众生活等方面发挥着独特且重要的作用。

45年的改革历程中，与个体工商户、小微企业等小店经济相伴相生的还有政府部门的解放思想、简政放权，更有政府"有形的手"从管理到服务的转变，就在2022年，国家层面还发布《促进个体工商户发展条例》，更加突出"发展"二字。

今年，中国青年报社调研组在全国重点调研了浙江缙云烧饼、青海化隆牛肉拉面，以及福建沙县小吃等同乡同业小店的发展模式，尤其探寻了这类模式给年轻人带来的发展机会。

调研发现，在这些以地域为牵引，亲帮亲、邻帮邻为共性的连锁小店发展中，都有地方政府深度服务的影子。烧饼办、拉面品牌局、同业公会……这些由官方背书的机构，主打"服务牌"，解决小店生产、发展的痛点，提升从业者的获得感。

有不少95后、00后已在小店的发展中接班，也有一些年轻人把开一家小店作为自己的发展目标。作为互联网"原住民"，他们的视野更开阔、需求更多元，能给经济与社会发展带来无限可能，也需要全社会给予更多的关注。改革无期，未来有期。

靠着小店摘掉穷帽子，年轻一代接棒

11.1万人，这是青海省海东市化隆回族自治县统计的从事拉面行业的人数，他们在各地开了1.8万家拉面店，年营业额近100亿元。靠着一碗拉面，化隆县的百姓实现了新的"五子登科"：挣了票子，育了孩子，换了脑子，练了胆子，拓了路子。

2001年出生的马顺庆就是十一万分之一。如今，他和家人在离家几千公里外的江苏省无锡市经营着一家名叫"中华牛肉面"的小店。

从马顺庆的家乡到无锡，要坐汽车、换火车，一路颠簸四五十个小时。从当学徒到当老板，马顺庆在无锡已经待了5年。最初让马顺庆外出开店的底气是，两位舅舅靠拉面已在无锡站稳脚跟。事实上，化隆县的拉面"版图"扩张，最初确实得益于"亲帮亲"的模式。

化隆县小伙儿高文才兄弟三人都在无锡经营牛肉拉面。因为生意做得好，这名36岁的年轻人已成为村里人外出投靠的对象。过去10多年里，他经历了扩张、亏损、重起炉灶的沉浮，各种过往成为财富。现在高文才的拉面馆生意红火，他在无锡买了房，还把孩子也接来上学。

化隆县海拔较高，能种植的作物有限，面朝黄土背朝天的单一发展方式很难摘掉穷帽子，近20年来，一批批像马顺庆、高文才这样的年轻人，靠着亲朋好友搭把手、政府助把力，加上自己的吃苦耐劳，挣下了票子。

化隆县政府官方网站还有专门的拉面经济频道，分享当地人的拉面故事。

主打同乡同业小店模式的还有浙江缙云烧饼，缙云人在全球开了8000多家门店，年产值超过30亿元，从业人数超过4万。

今年9月，在杭州亚运会主媒体中心的餐厅里，酥脆金黄的缙云烧饼更是成功"破圈"。90后缙云姑娘田凯瑶与10余位烧饼师傅一天要烤制1000多个缙云烧饼，香气四溢的烧饼受到热捧，有人甚至"抱怨"，吃一口烧饼要等许久。

在立志要做烧饼大师的田凯瑶看来，她这一代烧饼人，要在烧饼店的高质量发展上下功夫。缙云烧饼亮相亚运会，就是一次国际化的突破。

"扁肉是'砖'，拌面是'钢'，盖起了沙县的高楼大厦……"这是沙县当地一首脍炙人口的民谣，言简意赅地表达了沙县小吃对当地发展的贡献度。从这里"开枝散叶"出去的小吃门店已超过8万家，带动了30万人就业，年营业额500亿元，是国内小吃连锁品牌的"头把交椅"。

在沙县人看来，沙县小吃业的成功之处在于定位准确，薄利多销。如今,沙县小吃也正成为当地的支柱产业。这些年沙县的发展也让当地人相信:小吃里有大产业。

沙县小吃同业公会永久名誉会长黄福松说,沙县小吃有1000多年的历史,从春天的春卷,到夏天的青草冻、秋天的炸米冻,再到冬天的七层糕等,大概有240种。

沙县人均耕地较少,农民增收一直是难题。20世纪90年代,沙县逐渐发展起了小吃、茶果、毛竹等产业。时任县长助理的黄福松记得,其他行业容易受市场、气候等多种因素影响,独小吃产业是"稳赚钱"。经过长时间调研,沙县在1997年提出,要将小吃产业作为农民脱贫致富的主要手段。

在江苏省苏州市相城区经营一家"沙县小吃"的彭茂清是"沙二代",他的父亲就是最早一批在福州街头巷尾摆摊的小贩。成家后,彭茂清也带着妻子去"闯世界"。20多年里,从一间夫妻店,发展到如今有10多间门店。不管多忙,彭茂清每天都要亲手包上一些扁肉和蒸饺,坚持现做现卖,在他看来,能吃苦的品质不能丢。

与父辈相比,彭茂清这一代小店店主,已摆脱最初创业时"为穷所困"的问题,现在面临的课题是如何传承品质,实现高质量的突围。他的店面总有远道而来的食客打卡,来自食客的认可就是对他坚持品质的认可。

从一个店到一条链,带动乡村共富

从化隆走出去的拉面人韩光远,10年前选择返乡创业。1997年,他和表兄一起到广州闯荡,从最早开拉面店,到后来做食材配送,生意做得顺风顺水,可他10年前却决定回到家乡打造化隆拉面的"中央厨房"。

而今,他经营的公司有"青化""伊香源""润百香"等青藏高原农产品系列品牌,一年能生产粮油约3000吨、特色农产品约300吨。

在化隆,像韩光远这样"换了脑子、练了胆子"的返乡拉面人不算少数,当地与拉面相关的企业有473家,可以吸纳7000多人就业。

37岁的马二不都也是返乡创业的拉面人。因为在浙江开过拉面馆,这名皮肤黝黑的西北汉子能说一口杭州话。2015年,他揣着卖拉面赚来的钱,回家成立了种植养殖专业合作社，养殖牛羊。村里24户较为困难的家庭成为他最早的"合伙人"，他们每年每人能拿到5000元左右的分红。致富、增收，收获了村民信任的马二不都被选为村支书。

群科，藏语意为"黄河回旋的地方"。在化隆县群科镇群科村，奔腾的黄河水环抱着森林与草地，自然风光优美。

群科村主任谭玉林也曾是一名返乡创业青年。如今，他将精力都投入到打造旅游民宿的项目中。他说："出去做拉面生意非常辛苦，熬夜起早是常有的事。我希望让村民在家门口就能挣钱！"

把一家小店"玩转"成一条产业链的故事，在2200多公里之外的沙县也有"同款"。本地产的花生酱和辣椒酱被认为是沙县小吃的灵魂，在外乡开店的人千里迢迢也要带上乡土味的酱料。沙阳食品有限公司的总经理邓慧珍看准了这个商机，在沙县小吃产业园投资了5000多平方米的厂房，专门为天南海北的沙县小吃店提供"灵魂配料"。

占地2600亩的沙县产业园就像是一个沙县小吃的原料王国，入驻的24家企业涉及小吃速冻品、半成品、预制菜等上下游产业。仅水饺一个品类，每天就有150吨通过冷链网格配送至全国各地，年产值超3亿元。

夏茂镇俞邦村被称为"沙县小吃第一村"，这里参天古树林立，村里的"小吃民俗文化馆"游人如织。俞邦村党支部书记张昌松也曾在外经营沙县小吃，头脑活络的他逐渐发现其中的商机。

"一些老乡从没走出过沙县，在选择门店上，他们没有经验，风险很高。"张昌松说，门店一旦没选好或经营不善，就会赔掉他们辛苦筹集的创业资金。

于是，张昌松开始专门张罗"盘店"业务。所谓"盘店"，就是先将店面租赁下来，做出营业额后，再转手卖给经营沙县小吃的老乡，从中赚取一些转让费。在张昌松看来，"这是双赢，对我来说这是创业项目；对老乡来说，他们把店盘下来，可以降低风险"。

跟着烧饼大师走天下的，还有缙云的梅干菜，甚至是烤烧饼的桶，一批菜农、做桶的手艺人也在烧饼的链条上获得发展机会。

在缙云县东方镇古楼村，通过种植芥菜，农民每亩地增收 7000 元至 8000 元。在东山村，有的村民一年能卖出六七千个陶炉膛。此外，缙云建立了小麦种植基地、原木炭基地等，通过保底分红、股份合作、利润返还等多种形式，让农民共享全产业链增值收益。

敢闯敢试，护航小店发展

在中国青年报社针对小店店主的调查问卷中，当问及小店店主最重要的特质是什么时，很多受访者提到了吃苦、创新、踏实。调研组还发现，在化隆拉面、缙云烧饼、沙县小吃这些同乡同业的品牌小店发展中，地方政府的改革、创新性服务也是支撑小店走得又远又快的重要力量。

记者在无锡市人民医院食堂门口见到马林时，这名西北汉子正在搬一口煮面用的大锅，准备安装进灶台。很快，这里的食堂就将开设化隆拉面师傅的档口，这也是无锡对口帮扶化隆的举措，让化隆拉面走进当地企事业单位的食堂。

马林干活很卖力，一边帮忙安装烹饪设备，一边与身旁工作人员沟通细节。不知道的人以为他是厂家的安装师傅，其实他是化隆县地方品牌产业培育促进局（以下简称"化隆县品牌局"）驻无锡办事处的工作人员。

化隆县品牌局的工作模式在全国都不多见，其职责是通过设立驻外拉面经济服务办等方法，帮助化隆人在所在地进行拉面创业，解决他们的急难愁盼，从看合同到子女进城上学，无所不包。

化隆县品牌局副局长马春云说，最高峰时，全国 60 多个城市都有他们的办事处。作为驻外办人员，马林在无锡甚至没有一间办公室，他笑称自己都是"上门送服务"。

其实，化隆县品牌局驻各地办事处的工作人员都是这样的形象，背着一个公文包，包里揣一枚公章，来往于各个拉面店之间，为店主检查合同上的文字与事实是否相符，还会宣传当地政策。

自 2019 年起，化隆县品牌局还连续举办青海省拉面行业职工职业技能大赛，在广州、上海、海南 3 地举办拉面行业职工职业技能大赛，让外出开店的化隆人长了面子。

同时，化隆县品牌局实施"带薪在岗＋创业"的培训模式，带动了800多户、4000多名建档立卡贫困人口就业创业、脱贫致富，实现了年收入5万元以上。

自1997年决定要发展小吃行业后，沙县就设立了沙县小吃业发展领导小组，下设办公室，同时成立了沙县小吃同业公会，作为沙县小吃行业管理的社团组织。面对外出开店的沙县人不断变化的需求，沙县小吃办和同业公会与时俱进，进行了一系列创新型服务。

至今仍被很多研究者关注的案例是，小吃办设立初期，沙县派出了200名政府工作人员"停薪留职"，前往各地带领沙县百姓一起做小吃。

黄福松回忆，干部"停薪留职"做小吃主要是希望更多的干部利用丰富的工作经验，在当地开展工作，带领并协助沙县百姓扎根异乡、创业致富。

在中共福建省沙县驻深圳市支部委员会，记者见到官光霖，他曾是最早"停薪留职"的干部之一，一开始在福建省泉州市经营沙县小吃，并帮助从未参与过商业经营的老乡选址开店。"人在异乡能找到几个老乡，会让他们更放心。"官光霖说。

后来，官光霖的生意越做越好，就索性选择辞职下海。几经辗转，他来到深圳，从事沙县小吃原材料的配送工作。如今，他依旧没有离开小吃产业。

沙县小吃集团深圳分公司负责人朱忠琳表示，沙县小吃店主越来越年轻化。深圳的4000余家沙县小吃店已大多不再需要帮忙看合同、调解纠纷等过去的"王牌业务"。

如今，朱忠琳将目光放在为沙县小吃店主提供更好的服务上。他与官光霖等人合作，为众多沙县小吃店主配送食材、酱料。只需在微信小程序上选购、付款，每天清晨，配送员就会开着小车将食材运送至店内。

缙云的"烧饼办"已经设立10年。这个特殊机构的全称是缙云烧饼品牌建设领导小组办公室。办公室负责人丁兴升没想到，当初自己只是从人社部门借调到"烧饼办"做培训，结果一干就是10年，见证了缙云人又能烤烧饼、又能当老板的蝶变。

在丁兴升看来，缙云烧饼发展的10年间，政府与市场各司其职。"烧饼办"负责品牌打造、人才建设、产业布局等，小店店主诚信经营，做好每一个烧饼。目前，缙云县每年安排 500 万元专项财政资金，用于对农民免费开展烧饼培训和缙云烧饼示范店的经济补贴。

对政府的培训，烧饼师傅黄伟光一开始还有些怀疑，自己的手艺没话说，还能怎么提升？培训的内容却让他意想不到。除了制作烧饼的技艺，他还学到许多小店经营方面的知识，如门店如何选址、如何通过互联网吸引客流量等，受益匪浅。

坚守与创新，小店从活下去到活得好

很多小店店主都有一个品牌梦。2020 年，拉面产业一度被资本盯上，投资人疯狂涌入面食赛道，融资热潮一直持续到 2021 年年底。一时之间，夫妻店和品牌连锁店，谁更具有抗压性，也成为拉面人热烈争论的话题。

面对资本的冲击，更多像马顺庆这样的拉面人还是充满信心。马顺庆认为，当不可控因素来临时，连锁店、品牌店会因高昂的房租与用工成本支撑不住。而夫妻店几乎没有用工成本，房租较为便宜，甚至可以不怕吃苦坚持 24 小时营业，夫妻店有更强的抗压性，"比如疫情之后，活下来的大多都是夫妻店"。

另一种观点则认为，连锁店有更大的规模、更好的品牌效应与卫生环境。在同样的情况下，能卖出更高的客单价，吸引更多的顾客。这本身就抵消了一部分本应面临的风险。连锁店证明所有者财力雄厚，并且背后还有伙伴或品牌支撑，有着更大的资金支持。至于面临的风险与可能的亏损，压力越大，风险越高，获得的利润也会随之上涨。

如今，沙县小吃门店的经营主要分为两种：一种是店长持沙县身份证从同业公会那里取得授权书，授权经营，这种店铺需要店长自负盈亏；另一种是外地人支付加盟费和管理费取得授权，由后来成立的沙县小吃集团培训并指导运营。

在深圳，90 后创业者胡德溦经营着沙县小吃集团深圳分公司的门店。这家店按统一的标准装修，工作人员穿着统一的黑色制服，日营业额达 1 万元。

胡德薇说，沙县小吃集团制定标准化门店是提高营业额的重要原因。整齐的桌椅、明亮的空间，让沙县小吃一改从前顾客心中脏乱差的形象。直到如今，他依旧坚持手工包包子、蒸饺。每到下午、夜晚，店内不那么忙的时候，他就开始带领员工包包子。代表现代化管理的制服与代表传统的手艺在这里融为一体。

沙县小吃走南闯北，胡德薇也将各地的美食汇集到自己的小店中，盖浇饭、黄焖鸡米饭、各色炒面等让顾客有了更多选择。

中国青年报社对小店店主的调研发现，65.9%的受访小店店主认为互联网让小店发展机会变多了，其中95后、90后受访店主认为互联网让小店发展机会变多的比例更高，均超过七成。

近年来，网络直播、微商电商、新个体经济层出不穷，国家市场监管总局的数据显示，个体工商户中已经有近30%为新技术、新产业、新业态、新模式的"四新"经济，为我国经济转型注入了新活力。在数字经济发展较快的地区，这些特点更为明显，以浙江杭州为例，每4户个体工商户中就有1户从事网络个体经济。

数字时代，小店店主的需求在升级，政府部门也需要进一步解放思想，提供更好的服务。今年8月，浙江省召开个体经济高质量发展大会，这是首次为个体户召开的全省大会。

当天的大会上，有两件事很被关注：一是给首届"最美浙江人·最美个体劳动者"授牌；二是浙江省市场监管局与建设银行、浙江农商行和浙商银行签订战略合作协议，加大普惠金融支持力度，推动综合融资成本稳中有降，持续助力个体工商户拓宽融资渠道、提升信贷水平。一个是给个体劳动者以尊重，一个是解决个体工商户发展中遇到的资金瓶颈。

在这次大会上，章华妹回忆了自己靠着纽扣创业的故事，45年的时光起起伏伏，有赚有赔，并非一帆风顺。如今，纽扣的生意逐渐交给下一代，她也看到年轻人利用互联网带来的变化，但她一直叮嘱他们，吃苦不能丢，诚信不能丢。而政府部门的托举、助力，也是她看好下一代能突围的信心。

(《中国青年报》2023年05月19日-2023年12月27日)

申报资料实录

作品简介：本报开展了持续近1年的"了不起的青春小店"寻访调研，记录大时代浪潮中的青年创新创业力量。调研组积极践行"四力"，奔赴全国各地，最远抵达祖国"四极"，探访了60多个城市的数百家青春小店，与上百家小店的创业青年深度对话，并用视频记录他们的奋斗故事。还结合"民调"的方式调查了小店店主的创业心态以及公众对小店创业的态度。这组报道不但关注个体奋斗，也深挖产业发展趋势；不但倾听青年的奋斗故事，也关切青年们的急难愁盼，更重要的是从这些个体工商户的奋斗中感受中国经济发展的生命力和韧性，增强大众信心，唱响中国经济光明论。

社会效果：该组报道议题设置能力强，形式多样，把媒体聚光灯打在这些普通的青春小店创业者身上，给予他们更多正能量，也通过报道真正反映了青年创新活力。中青报官抖设置"了不起的青春小店"话题已有20亿播放量，新浪微博上开设的"了不起的青春小店"话题，阅读量超2亿。

初评评语：该系列报道耗时一年，调研组从祖国各地基层一线搜集到鲜活信息，分类梳理了不同地域、不同领域创业青年故事，既展现了年轻一代创业者在经济发展大潮中的生存状态，也由此剖析出关于营商环境、创业就业政策、传统行业升级等更深层次的施政变化和社会变迁，稿件兼具政治意义和时代价值。题材新。调研组足迹遍及全国60多个地方，与上百家小店创业青年深度对话，以小切口反映大主题，以小人物展现大时代，以小故事彰显大情怀。接地气。记者深入基层一线，践行"四力"，倾听小店青年的故事，了解他们的急难愁盼，呼吁社会更多地关注这一群体。有特色。中青报立足报纸定位策划报道，彰显出青年特色。反响大。该报道文风清新、娓娓道来，在青年群体中产生较大共鸣，社会反响强烈。

隐形冠军

集 体

作品请见中国记协网 http://www.zgjx.cn。

（中央广播电视总台 2023 年 08 月 01 日 – 2023 年 08 月 13 日）

申报资料实录

作品简介：习近平总书记强调，推进科技创新，要在各领域积极培育高精尖特企业，打造更多"隐形冠军"。该作品围绕总书记指示，精选多家在某一细分领域处于绝对领先地位但又隐身于大众视野之外的高精尖特企业。十三路记者深入一线调研，以记者探访加观察的形式，聚焦这些企业的关键创新成果、关注企业在成长历程中如何克服困难、迎来转机的故事，有细节、有现场、有分析，通过充分展示这些企业令人惊叹的科技创新成果、蓬勃向上的发展动能，进一步凸显中国经济的巨大发展动力、潜力和活力，增强社会各界对中国经济发展的信心。

社会效果：13 期节目播出后，全平台触达听众和网友 1.85 亿人次。节目中呈现的隐形冠军企业发展中跌宕起伏的故事，让很多听众和网友纷纷追更。有听众表示：第一次知道中国有这么多优秀的隐形冠军企业，听了他们的故事，非常为他们自豪。有网友留言：隐形冠军企业代表了中国先进的生产力，是发展的动力和保证。

初评评语：主题重大。在 2023 年中国经济形势面临严峻挑战的宏观背景下，作品重点突出高精尖特企业在疫情转段后恢复生产和发展规划的新举措，通过鲜活事例介绍了众多企业突破"卡脖子"难关的成就，展示了中国制造的实力与信心，唱响了中国经济光明论。生动鲜活。系列报道深入一线调研，事例鲜活，语言生动，音响特色突出，让人仿佛沉浸在工业生产一线。配合广播报道播出的短视频报道节奏明快、注重细节和视觉传播效果。通过各具特色的节目形态，让受众感受到企业发展的蓬勃生机，让世界触摸中国经济的发展脉动。观察深入。系列报道调研扎实，以分析样本的方式，既展现企业成就，同时又剖析原因，对企业发展密码的破译和中国经济潜力的分析娓娓道来，令人信服。

《总书记的回信》第二季

集 体

作品请见中国记协网 http://www.zgjx.cn。

（河南广播电视台2023年12月05日－2023年12月12日）

申报资料实录

作品简介：该系列围绕习近平新时代中国特色社会主义思想，以"江山就是人民、人民就是江山"为核心主旨，充分展现总书记与人民之间的鱼水情深。在2023二十大开局之年，作品围绕"中国式现代化"这一关键词，精选十多年来的回信，从不同侧面揭示中国式现代化的科学内涵。团队奔赴北京、天津、甘肃、西藏、新疆、澳门、云南、内蒙古等全国多地，主题涵盖科技、教育、文化、"一带一路"、乡村振兴、民族团结等多个方面。此次参评三期节目中，《飞天》讲述中国航天进入空间站时代、不断创造奇迹的故事；《西部青春故事》聚焦西部计划20年，讲述年轻人奋斗在西部改写当地精神面貌的生动实践；《澳门街坊"老友记"》通过澳门老人的经历，以平凡视角讲述了"一国两制"在澳门的成功实践，以及大湾区的发展，传承弘扬爱国爱澳精神。

社会效果：《总书记的回信》第二季引发社会各界强烈反响。全网阅读量（含播放量）80亿＋，微博84个话题上榜，其中全国热搜3个，全国要闻榜3个；抖音快手11个话题上榜；新华社、全国广电新媒体联盟、视听中国等120+权威媒体转发。

初评评语：河南广播电视台以此系列创作为重要契机，把《总书记的回信》打造成讲述中国故事、领袖故事的大IP，推动在大屏小屏上形成新的文化品牌符号，成为新闻工作者守正创新的生动例证。

提奥的天鹅地图

李 伟　崔 潇　孔 毅　方锡铭　赵 雪　卢怡婷

作品请见中国记协网 http://www.zgjx.cn。

（综合广播频道2023年12月25日–2023年12月29日）

申报资料实录

作品简介：作品以法国留学生提奥寻找艺术展主题为切入点，从"沿黄追鸟"出发，通过留学生的视角探寻黄河流域生态保护和高质量发展的成效。主创团队跟随提奥一起从黄河入海口溯流而上，先后到达"天鹅之城"河南三门峡、陕西渭南和榆林、宁夏石嘴山以及黄河源头的青海海东互助县和化隆县等黄河上中下游的代表性区域，行程超5000公里，涵盖了黄河流域天鹅等珍稀鸟类迁徙的多条路线和重要越冬地，沿途记录了大量鸟类保护者、生态环保领域工作者的动人故事，并通过提奥与沿黄非遗传承人的互动展现了中国优秀传统文化的魅力。

社会效果：系列音频在广播端播出的同时，5集视频还通过山东广播电视台文旅频道、闪电新闻APP、山东人民广播电台视频号、抖音号等平台播出，并推出40多条碎片化短视频，话题全网阅读量超过3000万人次。部分视频在海外平台播发，引发广泛关注。

初评评语：作品深入贯彻习近平生态文明思想，以外国留学生视角创新性展示了黄河流域生态保护和高质量发展的新成就，主题重大、立意新颖、故事动人、现场感强，主创团队前期采访记录下足了功夫，后期制作包装细致用心，"追鸟"小切口贴切地反映了大主题，是一组用心、用力生产的接地气、冒热气、有高度的作品。

《百姓话思想》第三季

卢芳明　赵明亮　叶　宇　李　创　王　力　黄海华　张　杨

作品二维码

《百姓话思想｜把海上－163℃的核心技术握在自己手上》

《百姓话思想｜国际上有个"上海价格"》

《百姓话思想｜大智立法：让"未来的车"驶上"法治的道"》

（上观新闻 2023 年 10 月 27 日 — 2023 年 11 月 05 日）

申报资料实录

作品简介：该系列短视频第三季以"牢记嘱托 砥砺奋进"为主题，围绕上海在建设"五个中心"、强化"四大功能"、深化更高水平改革开放、推动高质量发展等方面的不懈努力，以鲜活故事和亲和语言，展现上海把习近平总书记擘画的宏伟蓝图细化为施工图、高质量转化为实景画的生动实践。采编团队在三个月时间里精心策划，精心选择案例，在蹲点采访记录的过程中着意抓取反映实践精髓的点睛之语和生动画面，将硬主题做出了生活气。

社会效果：作品多次被上海市主流报刊于重要位置突出报道，上海电视台、上海人民广播电台等也在黄金时段进行报道宣发，加深媒体融合，进一步扩大影响力。此外，作品内外宣并重，触达多个国家和地区受众，海内外传播量超1.5亿次，其中海外传播量近2000万次。

初评评语：从"国之重器"到基础研究，从生物医药到人工智能，从国际铜期货到引领区立法……作品延续前两季的白描纪实风格，从微观视角切入，呈现上海在建设"五个中心"、强化"四大功能"、深化更高水平改革开放、推动高质量发展方面的不懈努力。视频系列在整体上立意高远，风格统一，语言亲和，叙述得体，制作精细。作品呈现出由一项项具体的改革创新、突破攻坚、升级迭代构成的"实景画"，呈现出一座开放、创新、包容的城市所应当具有的冲劲与智慧，以小见大展示上海从"高"到"更高"、从"已知"到"未知"、不断探索"深水区"、突破"舒适区"的澎湃动力，在讲好上海故事、中国故事中生动展现习近平总书记治国理政的思想理念和为民情怀，深度阐释习近平新时代中国特色社会主义思想。

一等奖

特写："您认识这位年轻人吗？"

李学仁

当地时间 11 月 15 日中午，美国旧金山郊外的斐洛里庄园，习近平主席结束同美国总统拜登的晤谈，出席拜登总统举行的宴会。这是拜登在手机上展示 1985 年习近平在担任正定县委书记时访问旧金山的一张照片。

（新华社 2023 月 11 月 16 日）

申报资料实录

作品简介：在美国旧金山郊外的斐洛里庄园，习近平主席结束同美国总统拜登的晤谈，出席拜登总统举行的宴会。在复杂的环境中，记者提前做好准备调整好参数，保证拍摄的成功与准确。在常规的会晤画面之外，拜登在手机上向习近平展示照片的难得瞬间不可或缺，记者及时跟进，在最佳的拍摄角度按下快门，捕捉到这个重要瞬间。

社会效果：单张采用超过660家次，新华社客户端浏览量超过150万。

初评评语：此稿瞬间在既定程序之外，十分珍贵难得，充分反映了作者在复杂环境中捕捉新闻的能力。在常规的会晤画面之外，拜登在手机上向习近平展示照片的难得瞬间不可或缺，画面语言生动有趣，可读性强，充分表现了大国领导人在国际政坛的风采和人性情怀。抓拍照片的曝光、快门等参数准确，主要人物表情清晰，环境好，背景人物表情氛围得宜，瞬间情节故事性强。

一等奖

（杭州亚运会）男子个人花剑：
中国队陈海威晋级决赛

杜 洋

9月24日，杭州第19届亚运会男子个人花剑比赛在杭州电子科技大学体育馆举行，中国队陈海威（右）战胜中国香港队蔡俊彦晋级决赛。

（中国新闻社2023年09月24日）

申报资料实录

作品简介：杭州第 19 届亚运会男子个人花剑比赛，2023 年 9 月 24 日在杭州电子科技大学体育馆举行，中国队陈海威（右）战胜中国香港队蔡俊彦晋级决赛。记者在比赛现场用镜头记录下运动员飞身进攻的精彩瞬间。

社会效果：该图片播发后，被多家国内外媒体采用、转载。

初评评语：记者凭着敏锐的观察力和快速的反应能力，抓取了击剑运动员在比赛中跃起反击精彩的瞬间。《男子个人花剑：中国队陈海威晋级决赛》主题突出，极具表现力。记者凭着敏锐的观察力和快速的反应能力，抓取了击剑运动员在比赛中跃起反击精彩的瞬间。构图精美，用光准确，细节生动，动态十足。

丝路行旅图，带你穿越千年

集 体

作品二维码

《丝路行旅图，带你穿越千年》

（人民日报微信公众号 2023 年 10 月 17 日）

申报资料实录

作品简介：在 2023 年"一带一路"倡议提出十周年重大主题宣传报道中，人民日报社新媒体中心推出工笔手绘长图《丝路行旅图》，描绘"一带一路"共建国家风土人情与十年建设成果，在手机端长约 26 屏，前后迭代 52 个版本，创制过程历时近 3 个月。长图绘制近 600 个元素，既有"一带一路"共建国家的自然和人文景观，也有中老铁路、瓜达尔港等标志性合作成果。视觉呈现上，精准洞察年轻人对东方美学与中华优秀传统文化元素的喜爱，运用工笔画技法，融入大量个体叙事和生活细节。作品积极探索跨界融合，是新闻漫画作品的新尝试。线上，手绘长图融合增强现实（AR）、可缩放矢量图形（SVG）、3D 建模、动画特效等多项技术，营造沉浸式体验，创造性运用 AR 技术，开发"AR丝路之旅"小程序，丰富传播载体，全方位扩大传播效果。

社会效果：作品仅在人民日报新媒体渠道阅读量就超1.1亿，点赞及转发超252万；微博话题阅读量超1.6亿，讨论及互动量近520万。作品落地第三届"一带一路"国际合作高峰论坛，成为媒体报道热点，与会嘉宾纷纷前来打卡、体验AR互动，并晒图分享，带动社交传播。作品还在全国70多座城市开启线下联动跨平台传播，提升了影响力与生命力。

初评评语：2023年是"一带一路"倡议提出十周年，紧扣这一重大主题宣传，作者以工笔手绘长图形式，充分展示"一带一路"共建国家风土人情与十年建设成果。一个个具象的场景，传递信息、彰显意义的同时也与用户实现了情感共振和价值共识。作品积极探索跨界融合，技法精湛，构图宏阔，描绘出共建"一带一路"的蓬勃生机与多元相通。

歌声起太行

张 健

地处太行山深处的河北省阜平县是革命老区,是当年晋察冀边区政府所在地。2012年12月29日、30日,习近平总书记驱车300多公里,来到阜平县考察扶贫开发工作,向全党全国发出脱贫攻坚的动员令。自此,新时代脱贫攻坚在冬日的阜平拉开大幕,在中华大地上史诗般展开。

——题记

巍巍太行八百里,群峰苍茫耸云天。

冬日的暖阳,把一道道金光铺洒在阜平县的崇山峻岭间。正午时分,田野一派寂静。

齐呈科披着大衣走出家门,耀眼的阳光撞在他的脸膛上,似乎要把一种磅礴的力量融入他的身体。

突然间,村里的喇叭响起,一首歌曲随风飘来:

党的政策照阜平,问寒问暖关心咱。

时刻惦记老区人,看到贫穷心不甘。

撸起袖子加油干,哎嗨哎嗨呦,

一定要改变阜平县。

这首歌,齐呈科熟悉,是村里的脱贫户杜呈兰创作的。杜呈兰不光爱唱歌,还能编歌词。她编的歌儿,都是讲述身边故事的,朗朗上口,很接地气。

歌声婉转，情真意切，听得齐呈科心里热乎乎的。他的思绪，被歌声一下子拉回到10年前的那个冬日。

2012年12月29日，一场瑞雪落在阜平大地，山山岭岭，银装素裹。第二天清早，骆驼湾村民走出家门，一个亲切而熟悉的身影出现在眼前，竟然是习近平总书记！

总书记来看望乡亲们了！顶着寒风，踏着积雪，总书记来到太行山里，看望慰问困难群众。他走进村民家中，盘腿坐在炕上，跟乡亲们手拉手，亲切地话家常、问冷暖、聊收入……

阜，盛也；平，定也。然而，阜平，可真是一片贫困之地。

608口人中，428人属贫困人口，骆驼湾的贫困状况令习近平总书记揪心不已。

"尽快让乡亲们过上好日子。"

"只要有信心，黄土变成金。"

"没有农村的小康，特别是没有贫困地区的小康，就没有全面建成小康社会。"

……

正是在这里——河北阜平，习近平总书记向全党全国发出了脱贫攻坚的动员令。

要将沉睡的大山唤醒，要让古老的村庄腾飞，要给延续千年的绝对贫困画上句号——这，就是新时代共产党人践行初心使命的铮铮誓言。一场彪炳史册的人间奇迹，从此要在960多万平方公里的中国大地上浓墨重彩地书写！

于是，在阜平，一场如火如荼的奋斗开始了。深受激励鼓舞的阜平人民，在党的带领下团结一心，埋头苦干。10年间，阜平山乡巨变，164个贫困村全部出列，10.81万贫困人口稳定脱贫。

歌声回荡耳边，往事涌上心头，齐呈科感慨万千："这歌啊，真是咱阜平人心底的歌！"

歌声记录往昔，歌声温暖人心，歌声为生活注入澎湃力量。

齐呈科想也想不到的是，2022年北京冬奥会开幕式上，刚刚过上小康日子的阜平人就惊艳了世界。44名来自阜平县马兰花儿童声合唱团的孩子，身穿虎头衣，脚踩虎头鞋，用宛如天籁的声音，演唱了奥林匹克会歌，唱出了全天下孩子"一起向未来"的梦想。

这歌声，是来自太行深处孩子们的歌声，是10.81万阜平县脱贫群众的歌声，是阜平全县22万人的歌声，更是新时代14亿多中国人民自信自强的歌声。

初心之歌

"太行山花，迎着太阳开放。"

2022年2月21日，《保定日报》刊登了一篇报告文学《花儿为什么这样红》，讲述44名阜平娃走上北京冬奥会开闭幕式舞台的故事。两天后，邓小岚读到这篇文章，深情地在旁边写下了这句话。

是她，把44名阜平娃带到了北京冬奥会开闭幕式的舞台中心。

作为一名出生于阜平县的革命者后人，作为一位老共产党员，邓小岚初心不改，退休后跑到阜平山窝窝里义务支教，用音乐培养孩子、改变乡村，一干就是18年。

花白的头发，优雅的谈吐，走到哪里都笑语盈盈，跟谁聊天都和蔼可亲，乡亲们亲切地叫她"邓老师"。邓小岚是晋察冀日报社社长邓拓的长女，在抗日烽火中出生，在阜平村庄里长大，乡亲们用糊糊粥哺育了她。长大后，她去了外地求学与工作，心里却一直牵挂着阜平，牵挂着老区的乡亲们。她的心，始终跟老区人民跳动在一起。

2003年，邓小岚又一次回到马兰村，给太行山上的革命烈士扫墓，当时发生的一幕，深深触动了她。

那一回，马兰小学的孩子们也参加了扫墓。扫墓结束后，邓小岚提议："孩子们，我们一起来唱国歌吧！"

没有人接话。

邓小岚问："那你们会唱什么歌？"

还是没人回答。

邓小岚不解："没有老师教你们唱歌吗？"

孩子们摇了摇头，星星一样的眼睛暗淡下来。

邓小岚见了，心像针扎一样疼。那一瞬间，她想起很多往事——

抗战时，阜平是晋察冀边区首府。乡亲们白天在地里干活，晚上跟着同志们学认字、学唱歌。那时候，青纱帐里，红缨朵朵，万山丛中，歌声飘扬。太行的歌声，唱出了老区军民同仇敌忾的气势，唱出了一个民族不屈不挠的精神！两万多阜平子弟踊跃参军，5000余人壮烈牺牲，真是"捐躯赴国难，视死忽如归"。新中国成立后，曾在阜平战斗了11年的聂荣臻元帅，听说阜平人民还过着贫困的生活，含着热泪说："当年，9万阜平百姓，养活了我们9万军队，他们为革命做出巨大贡献和牺牲……阜平不富，死不瞑目！"

可是，眼前的阜平，富起来了吗？崎岖的山路，破旧的土房，简陋的木桌椅，低矮的黄泥墙……时间，好像在这大山深处停滞了。甚至，那激动人心的太行歌声，也听不到了——孩子们不会唱歌，这哪行啊！

回北京后，马兰孩子们的面庞不时浮现在眼前，让邓小岚无法入睡。她披上衣服，走到书桌前，一枚印章映入眼帘——"马兰后人"，这是父母亲送给她的礼物。注视着这枚印章，想到乡亲们的淳朴善良，邓小岚豁然省悟：父母对她的厚望，都刻在这印章里啊！自己是一名共产党员，共产党员永远不能离开人民，永远要为人民服务。这，才是"马兰后人"沉甸甸的寓意。

"没有歌声的童年是苍白的。音乐是打开人心灵的钥匙。"就在那一刻，邓小岚决定：回去，回马兰去！为乡亲们做点事，让山里的孩子把歌唱起来！音乐可神奇呢，好的音乐能陶冶人，塑造人，给人信心，给人力量。对孩子们来说，音乐可以张开他们梦想的翅膀，为他们的人生带来无限可能。

退休后，邓小岚立刻来到马兰，开始义务支教。那时候，马兰村的教室很破旧，她就自己筹钱，把教室翻修一新。她又从同事、好友那里募集到各种乐器，全都运到马兰来。她还成立了马兰小乐队，教孩子们唱歌与演奏乐器，用音乐培养孩子们爱祖国、爱家乡的情感。

　　脱贫攻坚动员令从阜平发出后，马兰村的一切都在快速发生改变。新的楼房拔地而起，香菇大棚连接成片，乡亲们的身上充满奋斗的豪情。邓小岚动员乡亲们改造厕所，栽种树木，共同打造一个美丽、卫生、和谐的马兰村。教学之余，她扛着铁锹和锄头，和乡亲们一起去村口修路、去山上栽树……

　　对这片太行沃土，邓小岚爱得深沉。这份爱，不只是敬惜与感念，更是反哺与报答，是为了让乡亲们早点过上衣食无忧、精神富足的好日子，拼尽满腔血，捧出一颗心。

　　山村终于有了自己的音乐节。2013年8月，邓小岚发起了"马兰儿童音乐节"，就在马兰村里举办，村里孩子与来自各地的艺术团体一起，登台表演，歌唱美好的新生活。

　　从此，在阜平的胭脂河边，不仅有孩子们的追逐，还有了琴声；在太行山脉铁贯山上，不仅有孩子们的嬉闹，还有了歌声。不少孩子体会到音乐的美好、浪漫，新时代属于他们的未来，也逐渐清晰、美好。

　　"马兰儿童音乐节"的影响越来越大，甚至引起北京冬奥会开闭幕式导演组的注意。2022年2月，包括马兰孩子在内的44名阜平娃，登上北京冬奥会开闭幕式舞台。孩子们头戴小红帽，脚蹬虎头靴，神清气爽，落落大方。他们用希腊语演唱了奥林匹克会歌，一曲终了，全场动容，世界惊艳。

　　山里娃登上了世界级舞台，这在马兰村，绝对是一件大事情，乡亲们都沸腾了。

　　开幕式第二天，在马兰村广场，有村民看到贾明兰站在电子屏幕前，脸上笑成了一朵花。定睛细看，屏幕里正重播阜平娃的开幕式演唱视频，贾明兰的女儿也在里面，镜头扫过，笑容甜美。

　　村民故意问："这是谁家闺女啊？"

　　贾明兰骄傲地说："我家闺女呗！"

　　村民由衷夸赞，闺女这么有出息，这个贾明兰，跟从前可大不一样了。

　　说起从前，贾明兰就心酸。家里五口人，住在小土屋里，脚都迈不开。

院子里挖一个坑，垒一圈石头，支上锅，就是灶台了。晴天还好，遇到雨天，只能搬进屋子里烧柴火，满屋子烟，看不见人。家里本就困难，丈夫李秀国还爱打牌，两口子为此没少吵架，女儿见了人都不说话，总是低着头躲着走。

后来，县里发展规模养殖，村民可以贷款养猪，政策上很照顾。村党支部书记孙志胜专门找到李秀国："秀国，茶靠人烧，水靠人挑，脱贫要靠自己一双手。现在扶贫政策好，千万别错过机会。"

李秀国的养猪场开张了。县金融服务中心不仅给他贷了款，还找来致富能手，手把手教技术。孙志胜更是时常登门，了解情况，加油鼓劲。大家这么帮衬，李秀国说，不干出个样来都没脸出门。他把心思全用在养殖上，到了年底，卖猪的钱一数，心里别提多美了。这时候，马兰新村也建成了。李秀国一家搬进新居，三室两厅，宽敞明亮。客厅墙上是大屏幕电视，旁边还挂上一幅书法：人勤年丰。

日子越过越和顺，女儿主动说，想跟着邓老师学唱歌。贾明兰求之不得，把她送到邓小岚身边。没多久，女儿就起了大变化：不仅歌唱得好了，性格也开朗多了。贾明兰最爱听女儿唱歌，女儿的歌声就像淙淙的山泉，那么动听，那么美好，让她觉得，这日子，真的越过越有盼头了。

有一次，她忍不住对女儿说："孩子，妈妈也想学唱歌！"

"好啊！先学这首《我的家乡》吧！"女儿说着，轻轻唱了起来，"鲜花开放，彩蝶纷飞，我们美丽的故乡……"

贾明兰学得认真，唱得动情。在田间地头，乡亲们常常看到，贾明兰一边干着活，一边哼着歌，脸上的愁云不见了踪影，就像变了一个人。

歌声润乡村，不光贾明兰变了，整个马兰村都变了。村子里建起了月亮舞台，修好了音乐广场，不仅有马兰小乐队，还成立了马兰艺术团和马兰秧歌队。逢年过节，四野八乡的演出邀请一个接一个。闲时载歌载舞，日子活力迸发。乡亲们都说，物质上富裕、精神上富有，这才是我们想要的生活！

马兰村美起来了，富起来了，邓小岚却走了。但是，在乡亲们心里，邓老师一直"活"在他们中间。马兰村的音乐广场，时时会播放邓小岚教给孩子们的歌曲；青山环抱、绿水围绕的月亮舞台，默默诉说着一名老共产党员扎根乡村的奋斗故事；"音乐马兰"的建设如火如荼，邓小岚把音乐带给了马兰村，如今，这件"法宝"正让这个村子发生着美丽蝶变。

党和人民永远不会忘记那些为了让人民过上更加美好的日子而奉献、奋斗的人。去年春天，党中央和国务院追授邓小岚"北京冬奥会、冬残奥会突出贡献个人"称号。

邓小岚用自己的奋斗证明了——共产党人的初心使命，始终镌刻在党的旗帜上，镌刻在百年奋斗的征程中，镌刻在每一名共产党人的心窝里。

奋斗之歌

"水瘦山寒""阜平不富"。地处太行深处的河北阜平，底子薄，条件差，是个众所周知的"穷窝窝"。

让阜平富起来，尽快让乡亲们过上好日子！这是共产党人的庄严承诺。"小康不小康，关键看老乡，关键在贫困的老乡能不能脱贫。"新时代脱贫攻坚战，就是要兑现这个庄严承诺，就是要筑牢共产党人的执政根基。

2013年，中共阜平县委新一任领导班子成立。冒着炎夏酷暑，班子成员一头扎进大大小小的村子里，调研脱贫工作。之后，他们多次召开全县各级干部会议，商讨脱贫大计。

一次县委常委会上，有名同志提出一个问题："这些年，各级党委政府都很关心阜平，一直帮扶阜平，可阜平为啥总是拔不掉穷根？"

阜平的困境，大家都有感触。于是，从历史到现实，从基础设施到地理环境，大家分析了很多原因：

——阜平山多地少，还都是河滩山坡地。老百姓中间一直传着几句顺口溜："人均半亩地，种些小玉米，喝点糊糊粥，盼着吃大米。"多少年了，日子就是这么熬过来的。

——阜平不光土地贫瘠，基础设施也差，交通尤其闭塞。别说没有火车站，有些地方汽车开进来都费劲。这些年政府搞招商引资，外地企业来考察，大都很失望，怕把投资砸山沟里了。有的人开着小车来阜平，车子在山道上颠簸，走了不到一半路，就掉头回去了。

——重重大山封闭了道路，也封闭了乡亲们的思想。阜平人穷久了，思想都麻木了。年轻人跑到外地去打工，村里只剩下老人、妇女和孩子，地都撂荒了。村庄越凋敝，年轻人越不肯回来，形成恶性循环。

一条条困难摆出来，会场的气氛变得沉闷起来。

为了脱贫，阜平人没少奋斗，可基础条件实在太差了，乡亲们老是富不起来。都说阜平的脱贫是场硬仗，可这仗到底该怎么打？

有同志不甘心："放眼我国西北、西南地区的一些县，困难也不比咱们少，人家能干出成绩，造福一方，咱们为啥就不行？关键还是要发展产业！"

马上就有人接话："以前搞过'两种两养'，力气没少下，效果很一般。"

"到底是什么原因呢？"

那人继续说："'两种'是种核桃、种大枣，'两养'是养牛、养羊。拿养羊来说，以为能挣钱，结果对植被破坏大，在太行山区难推广。种大枣吧，想法也很好，'桃三杏四梨五年，枣树当年就还钱'，但乡亲们各自为战，产品既无品牌，又无包装，质量良莠不齐，销售渠道也不通畅。说一千，道一万，产业没少搞，赚钱却很难……"

调研越深入，县委领导同志越深切地感到，阜平要脱贫，困难是不少，但比困难更令人担忧的，是盘踞在一些人心头的畏难情绪，说到底，是对拔掉阜平的穷根缺乏信心。当务之急，是要在阜平的党员干部心头树立起攻坚克难的必胜信念。

"这困难，那困难，要我说，畏难才是最大的困难。总书记都说了，'只要有信心，黄土变成金'！回想抗战时期，比现在难多了，可阜平人从没退缩过。现如今，全国很多贫困县都摘了帽，咱们就摘不了？难道要把这帽子传给下一代？想一想阜平的革命史、奋斗史，老辈儿人怕过啥？"

一次动员会上，县委领导同志的一番话掷地有声、很动感情。台下的干部们听了，心里大受触动。

但是，脱贫的路数不是拍脑门儿拍出来的。如何让太行山上长出"金疙瘩"，还要从县情出发，脚踏实地，尊重科学，才能干出成绩来。

县里请来农林方面的专家，把阜平走了个遍，果然有了新发现：阜平的自然条件，适合种植食用菌。而且，现在人们的生活水平普遍提高了，吃喝讲究质量，食用菌是很有前景的"朝阳产业"。

不过，也有人提出来，种食用菌在阜平是个新鲜事，以前没搞过，把大量人力、物力投进去，风险太大，一直穷得叮当响的阜平，可经不起折腾了。

干事创业哪能没有风险呢？只要打起十二分的精神，把这个产业摸清吃透，就不信干不成。经过开会研究，新一任县委班子确立了发展食用菌产业的大方向，还当众立下"军令状"："全县党员干部要像钉钉子一样，一锤接着一锤敲，乡亲们一天不脱贫，咱们就一天不下火线！"

阜平的食用菌产业，一开局就困难重重。

"宁走十步远，不走一步险，如果种不好，亏本了不说，还白瞎一年工夫，那真叫赔了夫人又折兵。"村民们没种过食用菌，加上吃过"两种两养"的亏，普遍有顾虑。

干部下乡动员，道理讲了万万千，村民们听了后，兴趣仍然不大，干劲就更小了。有村民回到家，媳妇问开什么会？回答说：县里号召种香菇。媳妇笑得直不起腰："香菇要是当饭吃，全家还不得瘦成皮包骨啊？"

世界上没有一帆风顺的事业。咬定青山不放松，千磨万击还坚劲，在夹缝中求生存，在困境中谋发展，这是奋斗者必然经历的阶段，是走向成功的风雨洗礼。

再难也要打开局面。阜平县专门成立食用菌领导小组，县政府主要领导出任组长。

集思广益，群策群力，食用菌领导小组有了新思路：企业干两头，群众干中间，科技打头阵，保险担风险，金融做支撑，政府当靠山。简单说，就是乡亲们只管种菇，科研、管理、收购、技术推广等等，都交给企业来办。

种食用菌要建菇棚，建菇棚就得流转土地。一些村民听说要把土地流转出去，心里先就打上一个结。

县里很快出台新政策，鼓励大家流转土地：流转一亩地，每年补助1000元。乡亲们掐指一算，流转金旱涝保收，再去食用菌企业做工，干一天就能拿回一天的工资，比自己辛辛苦苦种玉米、土豆强得多，何乐而不为呢！

可是，光有好政策还不够，种食用菌得靠技术。县里又广聘专家，请专家们进村入棚，手把手帮菇农解决技术难题。

有一次，王林口镇的农民李向文的菌棒变红了，明白人说，那是染上了"红粉菌"，传播很快，搞不好就要绝收。消息报告到县里，县长刘靖知道了，立即拉上专家侯桂森往王林口镇赶。赶到时，李向文已经把菌棒扔沟里了，侯桂森忙让他捡回来，仔细查看后说："你放心，还有救！"

侯桂森当场把治病方法详细讲授给李向文，交代清楚后，正要上车往回走，李向文一个箭步拦在车前，说："得了红粉菌，已经亏了，要是施了药还治不好，误了时间还白瞎了钱，亏上加亏，算谁的？"

侯桂森一愣，还没来得及说话，刘靖走上前去，拍了拍李向文的肩膀说："听侯教授的，放手去治，真出了问题，我担着！"

"你说的是真话？"

"我一县之长还能说假话？"

李向文悬着的心放了下来。这时，一名前来看热闹的菇农突然问："种香菇真有你们说的那么好，为啥不见村干部来种？"

这句话把在场的干部问得心头一震。是啊，看来好事要办好，也需要干部带头。乡亲们心里没底，更需要干部带头。

那时候，每周二、周五晚上，食用菌领导小组都要开会。会议讨论了菇农提出的问题，最后决定：食用菌产业刚上马，不确定因素多，阜平的村干部要干在最前头，给乡亲们当好开路先锋。

从那以后，阜平的村干部开始带头承包菇棚。两年后，菇棚挣钱了，想承包的村民多了起来，村里的菇棚就不够分了。

这时候，县里又号召村干部：把包的菇棚让出来。

不少村干部想不通了，免不了有怨言："村干部也是人啊，有风险的时候让我们上，现在赚钱了，又要我们让出来，当干部就非得吃苦到底、让利到底吗？"

县委领导同志听到了，在一次会上动情地说："大家还记得'树叶训令'

吗？当年晋察冀边区闹灾荒，用树叶当口粮。聂荣臻司令员命令部队，村庄附近的树叶，碰都不能碰。为啥？不与民争食。战士们宁肯饿着肚子打仗杀敌，也要给乡亲们留口饭吃。现在我们号召干部给群众让利，跟先辈们比起来，算事儿吗？"

先让村干部带头包菇棚，出成果了再让村干部让出菇棚。村民听说了，看到了，心里既踏实，又服气。

夏日，刘靖带着专家们实地察看菇棚建设情况。来到平阳镇长角村，发现菇棚里静悄悄的。大家心里起疑，香菇特别娇嫩，需要精心照料，可这里的菇棚为啥空无一人？

他们上前细看，满棚的菌棒正在出菇。这时候最需人手，要调节菇棚的温度、湿度，要通风换气，采菇也得及时，如果香菇开伞了，口味会变差，就不值钱了。时间紧急，专家们二话不说，亲自上场采菇。

过了一个多小时，几位菇农才回来。原来，他们回家睡午觉去了。一位专家指着菇棚说："正在节骨眼上呢，你们倒是麦田里返青——不荒（慌）不芒（忙）！这么好的香菇，开伞了不心疼啊？"

这件事让大家感到，食用菌产业要顺利发展，每个环节都要管细，每项工作都要过硬。只有做好人员培训、制定标准、规范流程，菌菇的产量、质量才有保证。

回县城后，食用菌领导小组很快制定出一整套的菇棚工作流程。从菌棒入棚、出菇管理，到每个菇棚放多少菌棒等技术指标，都做出明确规定。

李向文按照侯桂森提供的管理方法，那一年不仅没亏损，还赚了几万块钱。尝到甜头的他，对县里的产业思路更信服了。他联合几家农户，成立了合作社，逐步实现种、管、收、卖一条龙。

当时，不少地方种的是传统口蘑，两年才出一季菇。阜平的专家们研发出食用菌高效生长技术，一年可出一季菇。李向文听说后，专程把侯桂森请来，想要缩短出菇时间。

察看了菇棚后，侯桂森说："县里的食用菌产业发展很快，不光要用新技术，更要采用现代生产模式，你的菇棚要升级。"

经历了红粉菌事件，李向文把科技种菇这件事琢磨透了，想法很明确：农业一定要现代化、插上科技的翅膀，才能干出点名堂。他恳切地对侯桂森说："磨刀不误砍柴工。需要升级，咱就升级！全听您的！"

"一年出一季菇，每季菇前后算起来，要8个月时间。还有4个月，菇棚是闲置的。如果采用温室型出菇棚，可以两年出三季菇，也就是全年没有闲置期。"侯桂森向李向文"面授机宜"。

"那就建温室型出菇棚，把所有时间都利用起来！"李向文毫不犹豫，当场拍板。

说干就干。温室型出菇棚很快建起来了：墙体采用新型保温材料，棚内配备立体床架、微喷、风机水帘等设施。果然，后来两年能出三季菇，而且菇盖肥厚，香味浓郁，一看就是好香菇。

几年后，李向文操持的合作社升级为食用菌生产企业，采用了全自动灌装制棒、净化制冷等先进技术，建成了智能化养菌车间，一切都成了工业化、流水线式的生产方式。如今这家企业日产菌棒15万棒，年产超千万棒，成为阜平县食用菌龙头企业之一。

产业兴，百姓富。

时至今日，阜平县的食用菌产业覆盖了140多个行政村，受惠群众5万多人，超过阜平县农村人口的1/4。阜平的农村居民人均可支配收入，从2012年的3262元增加到2021年的12342元，将近翻了两番。

信心之歌

信心是希望的火种，是前行的动力。

"山高沟深龙泉关，乱石滩里难挣钱。"地处阜平西部的龙泉关，是年深历久的贫困镇。

刘俊亮担任镇党委书记后，连走路、吃饭都在琢磨怎样啃下脱贫这块硬骨头。他在办公室里坐不住，一有时间就往村里跑，在庄稼地里跟乡亲们聊天，撸起袖子帮农民干活，就想知道乡亲们的想法。对很多村子的情况，他比自己家里事都清楚。

龙泉关的乡亲说，浇树浇根，交人交心，刘俊亮扑得下身子，能跟咱交心。

"农村要发展，农民要致富，关键靠支部"，而村党支部的关键，又在村党支部书记。龙泉关资源并不少，关键缺干事的人。刘俊亮和镇领导班子商量，要想办法把有知识、能干事的年轻人请回来，培养成村子里的致富带头人。

一个冬夜，一名驻村干部告诉刘俊亮，黑崖沟村的村党支部书记赵先宁不想干了。赵先宁原先在北京做图书生意，刘俊亮"三顾茅庐"才把他请回乡。如今，他在任上干了不到一年，怎么就打退堂鼓了？

第二天一早，他披上棉大衣，就找赵先宁去了。

黑崖沟是龙泉关西边的大村，800多亩地，1000多口人，当时还没通公路。刘俊亮深一脚，浅一脚，赶到赵先宁家时，赵先宁刚起床。开门一看，赵先宁吓了一跳，只见刘俊亮满身是雪站在门口，裤腿、鞋子全湿了，头顶上冒着热气。

"你这么个大土地爷，为啥还不想干了？"刘俊亮进屋就问。

赵先宁说话不藏着掖着："黑崖沟1000多口人，亲戚套亲戚，人际关系盘根错节。这一年咱是苦没少吃，气没少受，还落下不少怨言，这是何必呢？我真尽力了，你还是另请高明吧。"

"黑崖沟是你家乡，你不建设，等谁建设？真金不怕火炼，火炼方出真金。脱贫攻坚是场硬仗，咱们是在'打仗'呢。你是要当块真金呢，还是当个逃兵？再说了，以后乡亲们富起来了，你却没给大家出过力，心里不愧得慌吗？"刘俊亮也直来直去。

赵先宁不好意思了："黑崖沟山高石头多，出门就爬坡，发展产业实在是太难了……"

"眼里是困难，就都是困难；眼里是信心，就一定能找到解决困难的方法。你是个文化人，为啥不从文化上想辙呢？"刘俊亮说。

赵先宁心中一动，刘俊亮接着说："宜农则农，宜林则林。黑崖沟虽偏僻，可是有毛掸子会、抬龙节，还有这青山绿水，干好了都是财富啊！"

赵先宁一拍大腿："保定第一高峰歪头山，华北第一高桥黑崖沟大桥，也在咱们这呢！"

刘俊亮笑了起来，站起身走到窗前，指着窗外说："这都是金银山和米粮川，我就不信你赵先宁没办法！"

灯不拨不亮，理不辩不明。那天早上，两个人谈了很久。赵先宁最终决定不走了，还当场表了态："党组织这样信任我，再苦再难，我也要尽一份力，带领乡亲们摘掉穷帽子！"

后来的几年，在镇党委的领导支持下，赵先宁组织乡亲们大力发展文化旅游和特色旅游，还吸纳了网上直播团队入驻。天南海北一线通，太行风景入眼明。黑崖沟渐渐成为网红打卡点，游客越来越多，发展越来越好。

脱贫成果要巩固，乡村发展要持续，就得让乡亲们长精神、立志气，由"揣着手看"变成"甩开手干"。店房村党支部书记刘淑军对此深有感触。

几年前，刘淑军出门干活，见几个村民坐在石墩上晒太阳。刘淑军感到奇怪，这么好的天，为啥不下地？

一个村民说："种那点玉米，值不了几个钱，还不如歇着。"

"人哄地一时，地哄人一年。不下地，你吃啥呢？"刘淑军不解。

"上面会发扶贫款呢。"

刘淑军听了，心里不是个滋味。他想，天有日月星，人有精气神，一个人再穷再苦，也不能没了精神。等着别人送，啥时候能脱贫？

靠着一股子敢闯敢拼的劲头，刘淑军走出店房村，拉起施工队，干了不少大工程。后来，县领导请他回乡，刘淑军爽快地答应了。身为店房村人，他想为村里干点事儿，带着乡亲们一块儿致富。

当选村党支部书记后，刘淑军带着乡亲们修公路、盖工厂，还建成一个特色鲜明的国防教育基地。店房村一手发展加工业，一手发展旅游业，短短几年间，旧貌换新颜，成了周边最富裕的村。

县里实施易地扶贫搬迁时，店房村选了一片向阳地，建起漂亮的小区，盖起崭新的楼房，配套设施一应俱全。搬迁标准是统一的，按每人25平方米计算，免费入住。

可奇怪的是，楼房建好了，乡亲们却迟迟不搬家。刘淑军去了解情况，乡亲们把他围在中间。一个老人拉着他的手说："现在搬进去了，以后会不会把房子收走啊？"

刘淑军大笑说："放心吧，住进去就是你的了！"

村民李大爷说："我们世世代代都是自己种菜吃，搬上楼了，上哪儿种菜啊？"

这倒是个实际问题。刘淑军召集村干部开会，决定在小区留出一片菜地，分给各家各户。

不久，有的村民想明白了，高高兴兴搬进新居。也有人还在犹豫观望。和村两委干部商议后，刘淑军一声令下，村里党员干部纷纷拆老屋、迁新居。党员干部一搬，跟着搬的村民多了起来，小区里越来越热闹了。

那位担心没地方种菜的李大爷，以前住的房子是石头和土坯垒的，年久失修，一不小心就塌一个窟窿。如今他住上新房，用上地暖，出门两步路，就是一片菜园，平时种点白菜萝卜，也够自家吃的了。李大爷高兴地说："冬天脚底板都热乎乎的。这房子啊，暖和！这心里啊，舒坦！"

易地扶贫搬迁，店房村是一个缩影。到2022年上半年，阜平全县易地扶贫搬迁5万多人，住房改造提升近7万人。19万农村人口中，有12万人的住房条件得到改善。

青春之歌

青春，是一团燃烧的火，是一段奔涌的河，是最美的奋斗季节，是璀璨的人生诗篇。美好是青春的别名，奋斗是青春的底色，追逐梦想是青春的精神。

2012年，在电视上看到习近平总书记来阜平考察，年轻的顾路红万分激动，他觉得，自己的梦想要实现了！

顾路红的家乡在阜平县平石头村，又偏僻又落后。平时他就想，什么时候才能把家乡建设好啊，把日子过得也跟城里人一样舒坦。可是，家乡除了山，还是山，实在找不到发展门路，无奈之下，他去了山西做工程。

"现在不一样了，这是历史性的发展机遇！"顾路红对身边的朋友讲："我要回平石头村去,把家乡的建设搞起来。"

话是这么说,事也这么做。顾路红丢下山西的工程,回到了平石头村。当选村党支部书记那一年,他正好30岁,浑身都是使不完的劲。上任后,顾路红对乡亲们说:"这世上有文状元,有武状元,我顾路红也想当一个状元,一个为乡亲们服务的状元!"

那时候,平石头村很穷,乡亲们给玉米地施肥,要靠扁担挑,靠小车推。顾路红见了,开着自家的三轮车,帮乡亲们把肥料一趟一趟往地里送。收玉米的时候,他又一车一车,把玉米拉到乡亲们家里来。

平石头村盖了新楼房,有的村民用不惯抽水马桶,废纸也往里面扔,马桶很快就堵了。顾路红听说后,带着工具上了门,忙碌一个多小时,才把马桶疏通了。村民惭愧地说,顾书记,给你添麻烦了!顾路红说,乡里乡亲的,客气啥?但是,废纸不能扔里面,不然很快又堵了。村民听了,连连点头。

一次,平石头村开支部会,有个年轻干部抱怨,好心给村里办事,乡亲们却不领情、不配合。顾路红听了,耐心地说:"要想管理好乡村,先要服务好乡亲。咱们还得多往乡亲们家里跑。"那年轻干部问:"老跑别人家里干什么?"顾路红说:"三年不登门,是亲也不亲。咱基层干部,就得勤跑腿、常登门,才能掌握情况,才好开展工作。"

顾路红带着支部委员一起,常串门,勤走动,主动给乡亲们排忧解难。渐渐地,那位年轻干部发现,再要给村里办个什么事,不仅阻力小多了,乡亲们还帮着出谋划策。

在顾路红的带领下,平石头村的老房子被翻修一新。青水瓦,木挑梁,小皮檐,花格窗,典型的太行民居风格,看上去清清爽爽,漂漂亮亮。一到夏天旅游旺季,这些民居早早就被游客们预订一空。村里的古寺庙、自然林、风情街等景点被开发出来,为村子的旅游经济赋能增值。如今,平石头村已经成为一个旅游度假的景点村。

孙志雪比顾路红小不少,是马兰村第一个考上研究生的90后。小时候,她跟着邓小岚老师学音乐;考研时,选了音乐教育专业。家人问她,为啥选这个专业？孙志雪回答，我早想好了，要把音乐教育作为一生的事业，邓老师就是我学习的榜样。

去年暑假，孙志雪回到马兰村，接棒邓小岚老师，教村里的孩子唱歌，为新一届"马兰儿童音乐节"做准备。孙志雪说："在小山村里，邓老师就像一束光，带着我们去追逐梦想。邓老师虽然走了，我们这些孩子却长大了。薪尽火传，我就是邓老师撒下的一颗火种，我要像她那样，把根扎在大地上、扎在乡土中，让音乐伴着孩子们成长。"

奋斗的青春最幸福。阜平的山乡巨变，让年轻人地阔天宽。不光像顾路红、孙志雪这样的阜平儿女，就连外地青年，也加入这气象一新的"青春大合唱"。

牛童，90后小伙子，北京人。几年前从国外留学归来，在阜平干工程的父亲带他到大道村玩。村里新楼相连，风景如画。村子旁边有一大片山地，上面覆盖着新土。

父亲指着那片山地说："这里要建一个大型果园。"

牛童手搭凉棚望了望，说："这果园的面积还真不小！"

"为了脱贫，阜平人可真是想尽了办法！"父亲说道："这几年，他们引进技术，改良品种，进行公司化运作，种出了不少好水果。苹果、樱桃、黄桃、梨子，从这片土壤里长出来，都好吃得很！靠着种果树，村民们挣了不少钱。"

牛童听了，浮想联翩。这些年，他读书求学，接触了很多生态农业的知识，回国后，一直想找一块"试验田"，把生态农业做起来。听到父亲说，阜平对这一块很支持，政策上也照顾，牛童顿时跃跃欲试。

牛童对父亲说："我想来阜平租块山地，做生态农业，在阜平县带个头！"

"这个想法很好，我大力支持！不过，夜里想了千条路，早起还是卖豆腐。事业不是说出来的，而是干出来的。有了好想法，还得靠实干！"

很快，牛童把几个好朋友拉了过来，组成一个创业小团队，住进阜平的大山里。他们把学到的专业知识应用到农业生产、管理中来，在大山里打造了一个"智慧果园"。

这个智慧果园，种了 3000 亩黄桃、3000 亩苹果。牛童用自己设计的智能系统，全天候观测果园的温度、湿度、风力等各项数据，自动进行水肥浇灌与虫情防治。几年下来，晒得黝黑的他，成了种植水果的行家里手。

去年，智慧果园喜获丰收，产出的黄桃在北京某超市上架，5 小时内销售一空。牛童的创业故事在阜平传开了，鼓舞着更多阜平青年用奋斗来实现青春梦想。

当脱贫攻坚的阳光照耀在阜平大地，多少人的命运因此而改变，多少人的梦想因此而实现，多少人的未来因此而开启！

"无论多久，你都在我们身旁，相依相恋，情深意长，江山就是人民，绘成你胸中景象……"新春的一个清晨，顾家台村圆梦广场，优美的歌声随风飘扬，深情中蕴含信心和力量。

新的画卷徐徐展开，新的奋斗接踵而来。"阜平不富"已成往事，乡村振兴正启新篇。新时代新征程，太行歌声续写华章……

（《人民日报》2023 年 02 月 13 日）

申报资料实录

作品简介：《歌声起太行》是习近平总书记在河北阜平发出脱贫攻坚动员令十周年之际，生动书写河北阜平十年来的脱贫攻坚故事，充分展现当地脱胎换骨的发展巨变特别是干部群众自信自强、奋斗向上的精神风貌，写出了脱贫攻坚给人带来的从内到外、从物质到精神的巨大改变。由此折射党的十八大以来，习近平总书记亲自指挥、亲自部署、亲自督战，汇聚全党全国之力打赢脱贫攻坚战的波澜壮阔伟大历程。作者多次从北京赶往阜平，沉到阜平乡间采访一个多月时间，走进十几个乡镇二十多个村落，与百余位不同身份的采访对象深入交流，以求挖到"金子"，抓到"活鱼"。

社会效果：作品见报当日，被全网置顶推送。除全网置顶推送外，被"学习强国"平台首页推荐，各门户移动 APP 头栏转载，上百度热搜榜，登上人民日报客户端首页热点，被人民日报微信同步转发。仅在人民日报微信、微博、客户端的相关阅读量，见报当日即突破 2200 万。作品被腾讯新闻微信头条转载，有效触达读者用户 6 亿多。

初评评语：该作品主题重大，立意高远，采访扎实，文风朴实，叙事平实，生动鲜活，以"歌声"为红线，串起"初心之歌""奋斗之歌""信心之歌""青春之歌"四个故事，展现阜平干部群众的昂扬奋斗精神、坚定必胜信念，折射出十年扶贫攻坚的伟大变革。该作品经反复打磨，文本质量高，社会反响大，抵达率高，有效触达读者用户6亿多。

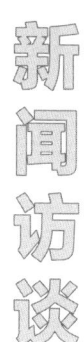

鲁健访谈
对话《流浪地球 2》(上下集)

集 体

作品请见中国记协网 http://www.zgjx.cn。

(中央广播电视总台 2023 年 03 月 17 日)

申报资料实录

作品简介：为深入挖掘这部有里程碑意义的中国科幻电影为何能打动全球观众，中央广播电视总台影响力人物访谈栏目《鲁健访谈》精心策划，完成了涉及三国的群像式访谈，访谈对象包括导演郭帆、出演电影的巴西籍演员、国内外影评人、中国科学院科学顾问、中核工业高级工程师、海外观众等近20人。节目上集聚焦中国科幻电影如何展示人类危机时刻的中国智慧，首次独家呈现中国科学家助力科幻电影人的动人故事；下集聚焦中国电影产业如何探索本土工业化之路，中国电影人从计划学习好莱坞转变为拼命自己干。上下集访谈逻辑紧密而流畅、场景丰富、影像叙事扣人心弦。

社会效果：《鲁健访谈｜对话〈流浪地球 2〉》（上下集）播出后反响热烈：14个节目微博话题成为热搜，累计阅读量突破 2.57 亿，迅速触达人群超 32 亿人次，节目卡段仅 24 小时内就在微博、央视频、抖音、快手、微信视频号等平台总播放量突破 2000 万次，相关话题一经发布，迅速登上热搜榜各大榜单。《人民日报》《中国日报》等 60 多家媒体在各大新媒体平台转发节目内容，话题热度持续发酵，大量网友称赞该访谈创意十足、角度新颖，通过节目看到了大量电影幕后的感人细节，由衷坚信中国科幻电影能讲好中国故事。

初评评语： 该访谈节目立意高远、制作精良、叙事生动，访谈视角立体、丰富、多元。通过一部科幻电影的幕后故事，不仅呈现了新时代中国科幻电影的成长和飞跃，更让人看到了背后强大的科技和国力支撑。通过对电影价值观层面的深度挖掘，充分展现了故事当中蕴含的人类命运共同体理念，彰显了新时代中国的文化自信。节目还结合电影产生的国际影响力，对如何构建中国叙事体系进行了深入剖析，对于中国文艺工作者如何用世界听得懂、喜欢听的语言，讲好新时代中国故事，具有较强的启示意义。

中国好儿女

于 硕　柳春迪　关丽珠　孙玉多　陈 强　袁 静

作品请见中国记协网 http://www.zgjx.cn。

（新闻法治频道 2023 年 07 月 27 日）

申报资料实录

作品简介：2023 年 7 月 27 日是抗美援朝战争胜利 70 周年纪念日。黑龙江广播电视台从 2023 年 3 月开始对本次访谈提前策划，在辽宁丹东、黑龙江虎林等地采访，"抢救性"实录大多年龄在 90 岁以上的志愿军老战士。访谈节目邀请 92 岁志愿军老战士李占山、特级英雄黄继光侄子黄拥军、新中国第一代铁路英雄司机范永孙子范伟以及著名军史专家齐德学，特别是讲述了哈尔滨铁路员工舍生忘死打通钢铁运输线的事迹，介绍了"活烈士"李玉安、井玉琢和《中国人民志愿军战歌》的词作者麻扶摇。作品既是全国性选题，又充满了"黑龙江元素"，形成了远近结合、情理相通的节目风格。2024 年 1 月 15 日，志愿军老战士李占山去世。他最后接受采访的影像弥足珍贵。

社会效果：该作品被评为国家广播电视总局 2023 年第三季度优秀广播电视新闻作品。节目在黑龙江卫视《新闻联播》、新闻法治频道、新闻广播、极光新闻等电视、广播、新媒平台同步播发，全媒体传播效果突出，为激励青年一代传承革命精神，为实现中华民族伟大复兴的中国梦努力奋斗，营造了良好氛围。

初评评语：在抗美援朝 70 周年这一重要的历史节点，新闻访谈节目《中国好儿女》以其独特的视角和深入的剖析，呈现了一幅幅感人至深的英雄画卷。节目通过邀请亲历者、后代及相关专家，多角度、多层次地展现了那段峥嵘岁月。同时，节目还巧妙地运用了历史资料和影像资料，使得访谈内容更加生动、立体。节目全媒体传播效果突出，为传承革命精神营造了良好舆论氛围。

杭州第 19 届亚运会开幕式直播

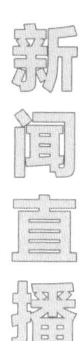

集　体

作品请见中国记协网 http://www.zgjx.cn。

（中央广播电视总台 2023 年 09 月 23 日）

申报资料实录

作品简介：杭州亚运会是党的二十大胜利召开之后中国举办的规模最大、水平最高的国际综合性体育赛事。本次亚运会也是中央广播电视总台历史首次承担亚运会主转播机构服务工作。团队使用总台 A5、A6 4K/8K 超高清转播车，以及升降塔摄像机、伸缩摇臂摄像机、马道吊顶遥控摄像机和航拍直升机等特种设备，在现场架设 28 个转播机位，结合 4 路景观机位信号，灵活调机、把握节奏、准确切换，圆满完成 4K/8K 双系统公用信号制作。本次开幕式转播是总台首次在开幕式中应用 AR 虚拟技术，数实融合的点火方式和数字烟花的呈现为电视观众带来较好的视觉效果，提升整个开幕式的艺术表达和观赏体验。

社会效果：杭州第 19 届亚运会开幕式充分呈现习近平总书记和中外嘉宾共同出席盛会的历史时刻。作为亚洲地区最具影响力的体育盛事，本届亚运会备受瞩目，开幕式更是引发国内外主流媒体持续高度关注报道。据统计开幕式跨媒体总阅读播放量超过 5.03 亿次，电视端总收视率 6.96%，累计收视人次 1.99 亿次，新媒体多平台直点播总阅读播放量 3.04 亿次，社交媒体话题累计阅读量超过 6.12 亿次。

初评评语：该直播节目展现了大型运动会开闭幕式直播艺术加技术的创新成果。直播镜头设计巧妙，视觉语言立体丰富，切换节奏流畅精准，关键元素呈现到位。AR技术在直播中的全程运用，产生了令人震撼的视觉效果。尤其是电子火炬手点燃火炬的过程通过AR技术实时呈现，使得电视直播本身成为了点火仪式的有机组成部分，是大型运动会开闭幕式直播的一大创新和突破。

Live: Latest developments in Palestinian-Israeli conflict on day eight（第一现场火线直击：关注巴以冲突现场报道）

一等奖

张施磊　李　萌　李　响　闫　俐　田楚吟　张冰心
金　柳　宋晓明　臧诗洁　纳迪姆·迪亚布

作品二维码

《Live: Latest developments in Palestinian-Israeli conflict on day eight
（第一现场火线直击：关注巴以冲突现场报道）》

（CGTN 官网 2023 年 10 月 14 日）

申报资料实录

作品简介：2023 年 10 月，巴以冲突不断升级，西方媒体在社交平台发布大量偏颇、失实报道。外界担忧，这些报道恐进一步煽动暴力与双方对立情绪，西方社交媒体成为各方角力的信息战、舆论战的战场。在这种不利情况下，总台 CGTN 推出新媒体直播《第一现场火线直击：关注巴以冲突现场报道》。CGTN 是中国在海外唯一每天长达数小时新媒体直播的媒体，打破了西方媒体单一倾向的报道局面。为传递客观平衡报道的价值观，特邀请相关嘉宾分析最新情况。来自阿拉伯地区的黎巴嫩籍记者纳迪姆·迪亚布，详细介绍巴以双方的历史和渊源，与中国记者臧诗洁共同报道。节目综合多方信息，调动全球拍客的一线观察、总台各站点、各语种独家报道、国际通讯社直播资源，以公平正义的多视角直击巴以冲突核心。在炮火连天的背景下，挖掘前线报道资源，实时连线直播，向世界呈现前方一线"爆炸、炮火、伤亡、救援"最真实的人道主义危机现场，引发国际社会对和平的更深层次思考和反思。

社会效果：自2023年10月以来，CGTN发布的直播节目《第一现场火线直击：关注巴以冲突现场报道》受众近95%来自海外，成功激发国际社会关注。海外网友纷纷在社交平台留言。全球网友评论有助于唤起更多人对事件的关注，并推动各方采取行动，寻求和平解决途径。系列直播获得全球阅读量735万，独立用户访问量678.7万，视频观看量420.7万。

初评评语：作品打破了西方媒体单一倾向的报道局面，破除西方媒体的"话语霸权"，以多视角直击巴以冲突核心，在炮火连天的背景下，挖掘前线报道资源，向世界呈现前方一线"爆炸、炮火、伤亡、救援"最真实的人道主义危机，引发国际社会对和平的更深层次思考和反思。作品以国际化表达向世界传递了中国立场、中国声音，彰显了主流媒体的责任担当，发挥了引导舆论的作用。

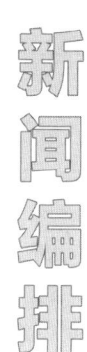

（亚洲共此时）2023年9月23日《浙江新闻联播》

集 体

作品请见中国记协网 http://www.zgjx.cn。

（浙江卫视2023年09月23日）

申报资料实录

作品简介：栏目组提前策划、精准选位，以"亚洲共此时"为主题，用几乎整版篇幅记录了盛会召开前的杭城实况、各主办承办城市喜迎亚运、国际嘉宾和运动员为亚运喝彩的精彩瞬间。记者还采访亚组委主席等重磅嘉宾，全面回顾杭州亚运会八年筹备路，系统梳理了杭州亚运会"绿色、智能、人文、简约、惠民"五大特色亮点，注重将杭州亚运会置于波澜壮阔的时代背景中，展现体育运动的独特魅力和价值，增加了节目历史纵深感和信息量。节目综合运用5G直播、电视访谈、新闻评论、虚拟演播室等多样态报道接力编排，一气呵成，节奏感强。采访对象涵盖国内外、多领域，还引入对开幕式总导演、总撰稿独家采访，将观众期待值拉满，让编排更具可看性、连贯性。

社会效果：特别编排《亚洲共此时》社会反响好，网上传播效果好，当晚节目全网播放量达1000万+，系列拆分短视频等新媒体产品，被多家中央媒体、头部商业平台、各大新闻网站，以及全省蓝媒联盟转载，引发观众和广大网友对杭州亚运会的充分关注和热议。

初评评语：本作品选题视角精准，紧扣国际体育盛事，展示了亚洲体育界的盛况。传播逻辑清晰，从习近平主席的致辞到开幕式的准备，再到国际嘉宾和运动员的期待，巧妙地运用了5G直播、电视访谈、新闻评论以及虚拟演播室等多元化的报道形式，引入了对开幕式总导演和总撰稿人的独家采访，极大地提升了观众的期待感，层层递进，有效传递了亚运会的重要性和影响力。

叙事方式上，作品结合实地画面和观众反馈，增强了报道的生动性和可信度。通过具体事例，如观众的热情期待、运动员的积极准备等，展现了亚运会的热烈氛围和深远意义。不仅报道了开幕式的筹备情况，还融入了杭州的文化特色和亚运会的历史背景，展示了浙江作为东道主的热情，也体现了"中国特色、亚洲风采、精彩纷呈"的价值观，传递了和平、友谊、进步的奥林匹克精神。

陕西日报2023年5月20日 4-5版

龚凌燕　辛　刚

（《陕西日报》2023年05月20日）

申报资料实录

作品简介：为充分报道首届中国—中亚峰会，陕西日报以中欧班列长安号联通欧亚大陆交往的黄金"桥"为切入点，邀请与长安号有关的六国人士和外媒记者讲述这支"钢铁驼队"在加速实现共建"一带一路"国家和地区"五通"过程中的故事。整版稿件从《开拓》《融入》《展望》三个部分层层推进，以民间视角讲述的六国合作故事，与峰会热词"中亚国家是中国西出阳关最真挚的故人""长安复携手，再顾重千金"相呼应，并配以评论，为峰会的圆满召开营造良好氛围。版面以"桥"为核心理念，凸显在国际合作中应架起"桥梁"，沟通合作。主要视觉元素是一列穿山越岭在桥上奔驰的长安号，6个桥墩象征6个国家，桥墩上列出中国和中亚五国签署合作的关键信息，彰显六国共同架起合作之"桥"。延伸的铁轨上，配以峰会西安宣言中的相关内容，预示六国合作的光明未来。车厢上标注了长安号十年大事记，版面左上角以线条勾勒长安号线路图，补充重要信息。版面思路清晰，设计精巧，将"桥"这一理念生动而又深刻地展现，立意深远、别具一格。

社会效果：报道推出后，舒朗大气、寓意深刻的版面受到社会各界赞赏。外媒记者的加入，扩大了报道影响力，也赋予了版面更大的视野。版面同步在群众新闻网、群众客户端等新媒体平台发布，群众新闻网还将通版制作成海报，方便读者进行转载，实现了全媒体一体策划、融合传播。

初评评语：该版面主题突出，以一列奔驰在桥上的中欧班列长安号为视觉中心，提炼内容清晰，简明扼要地对峰会背景进行了全景呈现，寓意深刻，有着先声夺人的冲击力。内容上软硬结合，高屋建瓴。版面整体结构舒朗明快，脉络连贯，兼具新闻性和思想性。编排上既主题鲜明、又精巧细腻，体现出编辑一定的功力和水平。

解放日报 2023 年 11 月 30 日 2 版
要闻

周扬清　范志睿　张　看

(《解放日报》2023 年 11 月 30 日)

申报资料实录

作品简介：2023年11月30日，习近平总书记在上海主持召开深入推进长三角一体化发展座谈会并发表重要讲话。解放日报在座谈会召开当天，第一时间在第二版刊发一整版习近平同志17年来对长三角更高质量一体化发展的指示"金句"。编辑在短时间内，快速梳理出自2007年以来，习近平同志对长三角一体化发展的思考与探索。其中既有习近平同志任上海市委书记时调研走访、主持市委常委会时的指示要求，率上海代表团对浙江省、江苏省进行学习考察并回沪总结后的所思所得，还有离开上海到中央工作后，参加人代会上海代表团审议时、在中共中央政治局会议上、在首届进博会开幕式上、在扎实推进长三角一体化发展座谈会上的重要指示，更有三次在上海考察时的单独指示。同时，突出了2018年长三角一体化发展上升为国家战略及2020年开启长三角一体化发展"加速度"两个重要时间节点。整个版面的梳理从上海出发，放眼沪苏浙皖，体现上海以及长三角始终在国家发展大局下谋划自身工作。

社会效果：在习近平总书记即将在沪主持召开深入推进长三角一体化发展座谈会的当天，解放日报独家梳理并制作完成这个"金句"版，全力配合这一重大事件，版面体现了大视野下的大格局，也体现了总书记17年来始终一以贯之推动长三角一体化发展的恒心与初心。

初评评语：版面主题厚重、时效性强，在深入推进长三角一体化发展座谈会召开当天，梳理并呈现出自2007年以来，习近平总书记对长三角一体化发展的思考与探索，既体现了党报编辑对重大新闻选题的关注和长时间积累，也体现了编辑部对于重要新闻节点的判断和把控。整个版面从上海出发，放眼沪苏浙皖，以精致的手绘，结合文字表达，主题鲜明、内容饱满、结构清晰、精巧大气，从选题策划，到编排设计，实现了内容与形式的完整融合。

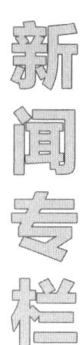

第一观察

集　体

作品二维码

《第一观察》

《第一观察 | 总书记四次考察广东蕴含深意》

《第一观察 | 习近平文化思想首次提出》

（新华社客户端 2020 年 01 月 22 日 – 2023 年 10 月 08 日）

申报资料实录

作品简介：《第一观察》是新华社精心打造的一档解读习近平总书记治国理政思想和实践的高端时政融媒体栏目。以独特的观察视角、深度的新闻分析、清新的表达风格，深入浅出阐释新理念新思想新战略，帮助读者从小切口理解大战略。主创团队独家发掘"五级书记"罕见同框、总书记考察戴不戴口罩有讲究等历史瞬间，以此为突破口进行解读阐释。见微知著的独家视角、意蕴深远的新闻落点、独树一帜的创意内核，实现了内容价值和传播价值高度统一，在日益趋同的报道中蹚出一条以细节、观察制胜之路。《习近平文化思想首次提出》《习近平总书记首次提到"新质生产力"》等报道充分体现观察时站位高远、独具慧眼，独家观点层出不穷。截至2024年3月，《第一观察》已发布417个原创报道。专栏创新开设"第一观察·瞬间""第一观察·纪录""第一观察·现场"子栏目，用照片和视频拓展观察的全新维度和空间。

社会效果：截至目前，专栏有380多篇报道全网浏览量过亿。《第一观察 | 从党中央到小村庄，"五级书记"同框大有文章》等独家原创报道播发后，引发刷屏、引导舆论，相关媒体专门配发评论《"五级书记"同框，是初心与决心的最强宣示》《"五级书记"同框，吹响脱贫攻坚总攻冲锋号》。《第一观察 | 习近平文化思想首次提出》等独家选题、独家提炼、独家分析，彰显专栏原创力和影响力。《第一观察·瞬间 | 总书记缘何珍视参天大树》等报道创新语态，用记者探访、图文融合讲述总书记的故事，体现专栏表达力和创新力。

初评评语：该专栏是解读习近平总书记治国理政思想和实践的融媒体栏目，以独特的观察视角、深度的新闻分析、清新的表达风格，深入浅出阐释新理念新思想新战略。多篇报道独家选题、独家提炼、独家分析，彰显了原创力和影响力，获得刷屏之效。

学习小组

申孟哲　姜忠奇　龚文静　张少鹏　张贺铭

一等奖

作品二维码

学习小组

《习近平：办法就在群众中｜跟总书记学调研⑥》

《梨虽无主，我心有主｜总书记的用典智慧②》

（人民日报海外版2014年02月28日-2023年10月08日）

申报资料实录

作品简介：创办10年来,"学习小组"全力向海内外讲好领袖故事,累计刊发相关报道逾4600篇次,各平台综合阅读量达55亿次。思想求"深"。始终把做好习近平总书记报道和宣传阐释好习近平新时代中国特色社会主义思想作为首要政治任务和最重要的政治责任,以特色原创报道充分展现习近平总书记的领袖风范和思想伟力。风格重"实"。坚持以扎实素材、丰实细节、平实语言讲好领袖故事,推出《习近平的一份亲笔批示》《习近平的自行车载过谁?》等一批原创"爆款"。对习近平总书记重要讲话精神的解读力求权威、准确、通俗。创意谋"巧"。策划发布"习主席的国礼故事""出卷·答卷·阅卷——时代之问,总书记这样回答""从习主席署名文章看大国外交"等众多专题融媒报道,既"有意义"又"有意思",在同类报道中出新出彩。平台相"融"。栏目内容在海外网、"海客"新闻客户端、微信公众号、"喜马拉雅"音频、海外社交媒体等平台落地,覆盖图文、海报、音频、视频、直播、线下活动等多种形式。

社会效果：10年来,"学习小组"打造出一大批传播广、反响好的核心报道。"跟总书记学调研""总书记的用典智慧""两会问答·总书记的牵挂""'物'见初心·总书记的时代印记"等原创系列融媒报道阅读量均破亿,相关稿件频繁被全网推荐、登顶热搜或在"学习强国"首页重点呈现。"学习小组"积极创新领袖思想传播形式,携手12家省级党媒平台合作推出"云课堂"线上党课,累计吸引2300多万人次、全国近万个基层党组织在线听讲;"读书打卡"活动召集广大用户自发学习习近平总书记重要著作,超10万人踊跃报名参与;衍生文创产品《学习经典》《平天下(日历)》等图书累计发行量近百万册,被翻译成19种语言在境外发行。目前,"学习小组"各平台订阅用户已突破1000万,覆盖各级党政领导干部、专家学者、高校师生包括"Z世代"群体。

初评评语：该专栏以新颖独特的选题视角和真挚感人的叙事方式为突出特点,将思想的深度与叙述的灵动、形态的丰富相结合,不断创新传播形式,多平台、多渠道落地,策划推出了众多有特色、传得开、叫得响的报道,是舆论场一支上连党心、下接民心的"轻骑兵",有效推动了习近平新时代中国特色社会主义思想深入人心、落地生根。

World Watch（世界观察）

纪 涛　陈智明　安百杰　宋 平　王林艳

上半年代表作

UK, China should focus on common interests
Philip Hammond

In the context of the damage wrought by the COVID-19 pandemic, the changes brought about by Britain's departure from the European Union and the further deterioration in global trade and economic productivity, it is important for the United Kingdom and China to return to business as usual.

My predecessor as chancellor of the exchequer of the United Kingdom, George Osborne, ensured that the Treasury was effectively running UK-China policy during his tenure. It was an approach that I have to admit slightly grated on me when I became foreign secretary in 2014. But it was one that I was only too happy to endorse two years later, picking up the baton from him and continuing, I hope, strengthening and deepening the reinvigorated relationship that he had started.

The UK-China trade relationship does not, of course, exist in a vacuum, and the background noise to that relationship over the last three years has been challenging. But facts remain facts. China is the world's second-largest economy, as well as the UK's sixth-largest export market and its fourth-largest trade partner overall.

Here's another fact: Many of our global partners have been quietly increasing their share of trade with China while we've seen ours stagnate over the pandemic period. So it's time now to roll our sleeves up and get that market share climbing as business returns to normal.

Those of us who are committed to strengthening UK-China trade understand that two countries with such different histories, cultures, political systems and national aspirations are bound to have differences, sometimes major differences of view. But we also share common interests in free trade, promoting an interconnected global trading system, securing our vital shipping routes and ensuring our energy supplies.

Political differences have never been and must not become an impediment to Britain's strength. The UK's history is one of trade-led diplomacy — a trade-first approach. We are, after all, the nation that sold boots to the Napoleonic armies while we were fighting them and ultimately defeating them. You cannot get more trade-first with that. And, quite honestly, if we only trade with people with whom we have no political differences, we can close half our ports tomorrow.

While we are very much focused on trade and investment, it is not only about economics. As we begin to address the challenge of climate change, China will be our indispensable partner in the battle against global warming, a battle that cannot be won without China's wholehearted commitment. So let us recognize honestly and openly that there are political differences between our two nations. And then let's redouble our commitment to growing our bilateral trade and investment, working together to address climate change and energy security, and building our people-to-people contacts to increase mutual understanding of our very different cultures.

The basis of all sustainable trade is, of course, mutual benefit. China's entry into the global economy four decades ago had a profound and beneficial effect on the living standards of ordinary people across the developed world, including in the UK. Foreign direct investment in China, including from the UK, helped China deliver a growth miracle that in turn has fueled an unparalleled noninflationary boom in consumption in the developed world.

Today, British companies seek opportunities in China's gradual opening of its financial services sector to foreign capital and knowhow. It is Chinese consumers of Chinese businesses that will revamp the benefit of competition, thereby driving productivity and raising the game of domestic financial services and disciplines — genuinely a win-win formula.

China's middle-income group has resumed its meteoric expansion, creating sustained growth in demand for imported high-end consumer products and retail financial services. British businesses must seek out and fulfill that demand and seize those opportunities, and they must be encouraged to do so by those in positions of power and influence.

Post-Brexit Britain has not yet set out its plan for the future and has not yet articulated how it will earn its living and maintain its prosperity. But I do know this: There is no credible plan for a prosperous future for a trading nation the size of the UK that involves turning its back on the world's second-largest economy.

Let us focus not on what divides us but on what unites us — making the case for free and fair trade, encouraging mutual openness to investment, and working together to combat climate change. Let us commit again so that UK-China trade will flourish in the post-Brexit era, and also reconnect to the openness, fairness and stability that have attracted so many foreign investors in the past — Chinese and others — to our shores.

The author is former chancellor of the exchequer of the United Kingdom. The views do not necessarily reflect those of China Daily.

英中两国应该聚焦共同利益

菲利普·哈蒙德

当前，新冠疫情导致经济衰退，英国脱欧加剧世界格局变动，全球贸易和生产力进一步恶化，在此背景下，英中两国恢复常态化经贸往来至关重要。

前一任英国财政大臣乔治·奥斯本在任时，财政部门积极有效地落实了对华政策。2014年，当我开始担任外交大臣时，我承认自己并不特别认可这种合作路径。但两年后，我变得非常乐意接过接力棒，在恢复向好的基础上加强和深化英中贸易关系。

英中贸易关系当然不是孤立存在的。过去三年，在种种因素的影响下，这段关系经历了许多挑战。但实际上，我们的伙伴关系仍然牢固。中国是世界第二大经济体，也是英国第六大出口市场和第四大贸易伙伴。

此外，在疫情期间，我发现英国与中国的贸易份额停滞不前，然而不少英国的伙伴国却悄悄增加与中国的贸易份额。所以现在正是撸起袖子加油干的时候，随着经贸恢复正常，要开始提高我们的市场份额了。

我们这些致力于加强英中贸易的人明白，两个国家拥有如此不同的历史、文化、政治体制和国家愿景，我们注定会存在分歧，有时甚至会有主要观点的分歧。但我们也在促进自由贸易、促进互联互通的全球贸易体系、保障重要航运路线的安全、保障能源供应等方面有共同利益。

政治分歧从来都不是、也绝不能成为英国发展的障碍。英国的历史是以贸易主导外交的历史——我们遵循贸易至上的路径。我们在与拿破仑作战并最终击败他们的时候，还依旧向拿破仑军队出售靴子。没有比这更贸易至上的例子了。坦白说，如果我们只和没有政治分歧的人进行贸易，我们明天就需要关闭一半港口了。

虽然我们非常注重贸易和投资，但合作不仅仅限于经济。当我们开始解决气候变化的挑战时，中国将是我们对抗全球变暖不可或缺的伙伴，这场战斗没有中国的全力支持不可能取得胜利，所以让我们坦然接受两国之间存在的政治分歧。同时，让我们加倍努力，增进双边贸易和投资，共同解决气候变化和能源安全问题，加强人民之间的联系，增进对我们对彼此截然不同文化的相互理解。

当然，所有可持续贸易是建立在互利互惠基础上的。四十年前，中国融入全球经济体系，这对英国在内的发达国家普通人的生活产生了深远而有益的影响。同样，英国等国家的投资也帮助中国实现了经济增长的奇迹，为发达国家创造了前所未有的非通货膨胀性消费繁荣。

如今，中国正逐步向外资和外国技术开放金融服务业，英国企业正在寻找其中的机会。中国企业和中国消费者将推动良性竞争并从中获益，促进生产力发展，并提升国内金融服务和制度建设水平——这是一个实实在在的双赢方案。

中国中等收入群体恢复了快速增长，对进口高端消费品和零售金融服务的需求持续增长。英国企业必须定位并满足这些需求，抓住这些机会，政府和有影响力的人必须鼓励他们这样做。

脱欧后的英国尚未制定未来计划，也尚未明确如何谋求生计、保持繁荣。但我深知：对于像英国这种规模的贸易国而言，要想实现繁荣的未来，与世界第二大经济体背道而驰的计划是不可靠的。

让我们别再执着于分歧，而是聚焦于共同利益——为自由和公平贸易辩护，鼓励两国开放投资，共同努力应对气候变化。让我们再一次许下承诺，让英中贸易在脱欧后的时代蓬勃发展，让我们重新建立起开放、公平和稳定的贸易环境，像过去那样吸引中国和其他投资者来到我们这片土地。

作者是英国前财政大臣，文章内容并不代表《中国日报》的观点。

下半年代表作

Belt and Road gives boost to the growth of Global South

Donald Ramotar

The Silk Road Economic Belt was officially proposed during President Xi Jinping's visit to Kazakhstan in September 2013. The following month, in Indonesia, Xi proposed the 21st Century Maritime Silk Road. Together, these two proposals are known as the Belt and Road Initiative.The initiative came at a time when the serious negative impacts of the 2008 global financial crisis were still being felt by developed as well as developing economies. It emerged at a time when the powerful imperialist states were seeking to solve their problems at the expense of the poor and weaker Global South countries.This was manifested in growing protectionism, in which goods from developing countries became uncompetitive in the world market due to the massive subsidies that the large Western countries were giving to their companies, both in industry and agriculture. This policy caused an explosion of poverty in the world.Basing its endeavors on its experience of opening-up at the end of the 1970s, China sought solutions that would not negatively affect the poor and powerless. This led China to promote a new type of international relations based on the win-win approach of mutual benefits and mutual security. It is an approach that sees the world as one, where cooperation is the most important condition for advancement.That is why, when China's economic strength began to grow after the country launched its reform and opening-up policy, it started to help the poorest countries in the world. It extended a helping hand to those countries that could not obtain assistance from the World Bank or the International Monetary Fund because of the weakness of their respective economies — those countries considered by the West to be too high a risk for their investments.That type of Western thinking was based solely on money. In fact, any assistance was usually premised on those countries giving up control of their economies to huge transnational corporations. In almost all the cases, investments only went toward the exploitation of natural resources. The leading Western powers used international financial institutions to impose economic policies that emasculated the borrowing countries' sovereignty.China's cooperation with the developing countries has been qualitatively different. It never dictates to countries what they should do.

Instead, it has worked with governments, which have identified their own priorities. It has never tried to subjugate any state for its sole benefit.That is why much of the assistance given by China has been aimed at creating the conditions for sustained growth. Its investment projects have mainly been physical infrastructure such as roads, bridges, railways and ports as well as energy infrastructure such as hydroelectric plants. All these projects are intended to stimulate and facilitate economic growth.A lot of assistance has gone toward building up social infrastructure, which has had a positive impact on the development of human capital and promoted sustainable growth.

China has not only helped to build schools, hospitals and world-class sporting and cultural facilities, but has also provided tens of thousands of scholarships to students from developing countries. All of this has been done without imposing conditions that affected any country's independence.This win-win diplomacy has paid great dividends for China and the other countries involved. Today, 152 countries have joined the Belt and Road Initiative. It is this new type of relations that has allowed China to become the largest trading partner of most of the countries in the world.However, not everyone is happy with China's high and growing prestige throughout the world, particularly the United States.Such countries' basic concern is that China's assistance is lessening the dependence of developing countries, many of which are endowed with natural resources, on the West. They are afraid of losing their power to dictate to former colonies and semi-colonies and to use them as a source of raw materials for the West. The imperialist states have therefore set themselves two tasks. One is slowing China's economic progress. The idea here is to make many of the big projects too expensive for China to finance, and the second is using all means to discourage developing countries from building and strengthening relations with China. They have employed a wide array of measures to attain these objectives, including a campaign of slander, economic sanctions, threats and provocations.In their effort to discredit China's assistance, they have spun incredulous stories.

One of the most persistent is that China wants to create a "debt trap" for poor countries in order to control them politically. They use this approach, because that is precisely what they have been doing since the end of World War II.On the economic front, they are using sanctions against China and other developing countries. In the case of China, they are using frivolous excuses to put obstacles in the way of Chinese companies that are operating abroad, accusing them of spying and other wild charges, none of which they ever back up with evidence.On China itself, they are trying to prevent it from obtaining high-tech equipment and tools that these countries export. In this regard, they have banned the export of some microchips to China. They have also forced other countries to do the same. When China reacts by controlling some of its high-tech exports to the West, we hear a hue and cry complaining of China being unfair. All their measures are forcing China to become tech self-reliant.Despite these concerted hostile measures, the Belt and Road Initiative has become widely accepted. All the countries, developed and developing, that are participating in it are experiencing positive results. The connectivity by road, rail and sea has stimulated individual and regional economies, as well as the international economy.Another reason that the US is failing in its effort to roll back the Belt and Road has to do with the economic situation in many Western countries. Many countries in the European Union are experiencing recessions or are close to being in that state.In the US, many people are becoming worried by the fact that the dollar is losing ground in international commerce. The use of the dollar as a weapon to sanction the world has led to more countries turning their backs on the dollar and using their own currencies.Over the past 10 years, the Belt and Road Initiative has contributed greatly to many of the positive changes in the world. Apart from the obvious and demonstrable progress that has been achieved by all countries and regions involved in the Belt and Road, we see some tangible spinoffs from this bold and innovative plan. The projects are forging closer people-to-people ties throughout the world, which has helped to promote friendship and solidarity among peoples from various countries and continents. No doubt this will lead to greater international solidarity. The author is a former president of Guyana. The views do not necessarily reflect those of China Daily.

"一带一路"推动全球南方繁荣

唐纳德·拉莫塔

2013年9月，中国国家主席习近平访问哈萨克斯坦时，正式提出丝绸之路经济带的倡议。次月，在印度尼西亚，习近平又提出了21世纪海上丝绸之路的倡议。这两大倡议合称为"一带一路"倡议。

当时之际，世界仍旧处于2008年全球金融危机的阴霾下，发达国家和发展中国家都受其影响。"一带一路"倡议提出时，强大的帝国主义国家正试图牺牲贫弱的全球南方国家，以解决自身的问题。

愈演愈烈的保护主义证实了这一点。西方国家给本国公司（无论是工业还是农业）大量补贴，因此发展中国家的商品在全球市场上失去竞争力。类似的保护主义措施导致了世界范围内贫困人数激增。

在20世纪70年代末，中国开启了改革开放的探索。在此基础上，中国寻求的解决方案不会对穷人和弱势群体产生负面影响。中国此后提出构建新型国际关系，正是基于互利共赢和共同安全的前提。这种新型关系将世界视为一个整体，合作是推动发展最重要的条件。

因此，中国在改革开放获得经济实力增长之后，开始帮助世界上最贫困的国家。中国向那些因经济贫弱而无法获得世界银行或国际货币基金组织援助的国家伸出援手——这些国家被西方认定为投资风险太高。

这种西式思维是金钱利益至上的。事实上，这种思维下的任何援助，通常都迫使这些国家放弃对本国经济的控制，巨型跨国公司进而掌控其国家经济。几乎所有情况下，这种投资只用于资源开发。西方大国操纵国际金融机构，用强加的经济政策削弱了借款国的主权。

中国与发展中国家的合作本质上有所不同。中国从不指示其他国家应该做什么。相反，中国与其他国家政府合作时，不会刻意干涉这些国家政府自己的优先事项。中国从未为自身利益而压制任何国家。

这就是为什么中国提供的大部分援助，都旨在为经济增长创造条件。其投资项目主要是基础设施，如道路、桥梁、铁路和港口，以及能源基础设施，如水电站。所有这些项目都旨在刺激和促进经济增长。

中国提供的大量援助，都被用于建设社会基础设施，这对人力资本的发展、可持续增长都产生了积极影响。中国不仅帮助建设学校、医院和体育文化设施，还向发展中国家学生提供了大量奖学金。所有这些援助，都是在不影响受援国家独立性的情况下完成的。

这种互利共赢的外交政策，为中国和参与国带来了巨大回报。如今，已有152个国家加入了"一带一路"倡议。正是这种新型关系，使中国成为了世界上大多数国家的最大贸易伙伴。

然而，并非所有国家都乐见中国在国际舞台提高声望，美国就是其中典型代表。

这些国家认为，中国的援助减少了发展中国家对西方的依赖，尤其是那些拥有丰富自然资源的发展中国家。美国为首的西方国家担心失去对前殖民地和半殖民地的控制权，这些西方国家的前殖民地长期都是西方原材料的来源地。

帝国主义国家由此制定了两项任务。第一是减缓中国的经济进步，通过提高大型项目价格，使中国无法获得融资。第二是利用一切手段，阻止发展中国家与中国建立和加强关系。他们采取了一系列措施来实现这些目标，包括诋毁、经济制裁、威胁和挑衅。

他们试图通过编造荒谬叙事，来破坏中国援助的声誉。其中最持久的一个是"债务陷阱"理论，称中国想要为贫穷国家设下"债务陷阱"以控制其政治。他们采取这种污名化策略，因为这种行径正是他们自身二战结束以来一直在做的。

在经济方面，他们对中国和其他发展中国家实施制裁。他们以无端的借口阻碍了在国外运营的中国企业，指责它们从事间谍活动，还有一些其他荒谬的指控，但从未提供证据。

他们试图阻止中国进口高科技设备工具。在这方面，他们禁止向中国出口一些芯片。他们还胁迫其他国家采取同样的做法。然而，当中国做出相似的举措，限制向西方出口一些高科技产品以做出反击时，我们却听到他们一片哀号，抱怨中国不公平。他们的所有措施都在迫使中国实现技术的自给自足。

尽管面对联手打压，"一带一路"倡议已被广泛接受。所有参与其中的国家，无论是发达国家还是发展中国家，都展现了积极的成果。公路、铁路和海洋的连接，已经刺激了国家经济、地区经济以及国际经济的活力。

美国打压"一带一路"倡议失败的另一个原因，与许多西方国家的经济状况有关。欧盟的一些国家正在经历经济衰退，或者濒临这种衰退状态。

在美国，许多人开始担忧美元在国际商业中失去地位。但将美元用作制裁世界的武器这一举动会导致更多国家背离美元，开始使用自己的货币。

在过去的10年中，世界发生了许多积极变化，"一带一路"倡议做出了巨大贡献。所有参与"一带一路"的国家和地区都取得了明显进步，除此之外，这一大胆和创新的计划也带来了很多实质性项目成果。这些项目正在加强世界各地人民之间的联系，这有助于促进各国和各大洲人民之间的友谊和团结。毫无疑问，这也将促进更大的国际团结。

作者是圭亚那前总统，文章内容并不代表《中国日报》的观点。

（《中国日报》2019年01月02日－2023年08月29日）

申报资料实录

作品简介："世界观察"（英文名：World Watch）是中国日报国际版贯彻言论立报工作方针、在头版刊发的言论专栏，周一至周五每天刊发。该专栏依托中国日报各海外分社和中国观察智库人脉资源，打造了一支由500多位外国政要、世界知名专家学者组成的高端国际撰稿人队伍，为国际传播人脉建设提供了重要平台支撑。该言论专栏时效性强，观点独到，充分借用外嘴发声，具有很强的国际传播特色。2023年，该言论专栏共刊发250篇署名文章。其中，圭亚那前总统、伊朗前副总统、埃及前总理、吉尔吉斯斯坦前总理、波兰前副总理、匈牙利央行现任行长、英国前财政大臣、巴西旅游部前部长、上合组织前秘书长等外国领导人和前国际政要围绕热点话题撰文，在重大国际和地区问题上主动发声，积极回应中国立场和中国主张，有力引导国际舆论。该专栏紧跟时事热点，在中美关系、巴以冲突、日本核污水排放、气候变化等话题上及时发声，坚持中国立场，坚决有力开展对外舆论斗争。该专栏坚持破立结合，在大国外交、一带一路、上海进博会等话题上坚持正面立论，邀请美国哈佛大学名誉教授约瑟夫·奈等知名学者撰文，对外阐释中国主张，持续构建中国话语和中国叙事，推动中国立场和中国声音在国际社会更加深入人心。

社会效果："世界观察"栏目在中国日报国际版刊发，旨在影响有影响力的人。2023年，肯尼亚总统鲁托、泰国总理赛塔·他威信等国际政要在公开场合阅读中国日报国际版，并对相关报道给予高度评价。在海外，中国日报国际版读者覆盖国际政要、商界精英、专家学者等权威高端人士；发行覆盖主要智库、常青藤重点大学、联合国机构、外交机构、星级酒店、国际航线等机构。"世界观察"专栏坚持高标准选稿，为推进新时代中国特色大国外交营造了良好的舆论氛围。该专栏团结了一批出色的外籍专家学者队伍，为我国对外人脉建设提供了重要平台支撑，确保能够在关键时刻积极对外发声，有力引导国际舆论，为维护我国国家利益、对外阐释好中国政策做出了积极贡献。

初评评语：中国日报依托其强大的国际撰稿人队伍，推出"世界观察"栏目，借外嘴说话，在重大国际和地区问题上积极发声，就国际热点问题回应和传播中国立场和中国主张，很好地引导了国际舆论。专栏约请的作者都是国际知名的政要和学者，如肯尼亚总统鲁托以及美国"软实力"的提出者约瑟夫·奈等人，这些撰稿人在国际舆论场本身就自带流量，切实能够做到影响"有影响力的人"。习近平总书记要求国际传播工作者要创新话语体系，要采用贴近不同区域、不同国家、不同群体受众的精准传播方式，推进中国声音的全球化表达、区域化表达、分众化表达，增强国际传播的亲和力和实效性，该专栏在这方面进行了较有成效的实践。

金视角

集 体

热捧人工智能需防泡沫

"十大职业的终结者""划时代意义的应用"……似乎在一夜之间,ChatGPT 家喻户晓,成为当下最热门的话题之一,吸金无数。

ChatGPT 概念的走红,背后有相应的技术支撑和社会对人工智能的现实需求,也少不了资本的推波助澜。相关数据显示,1月31日至4月6日,ChatGPT 概念股板块成交额从160多亿元攀升至850多亿元,整个板块指数涨幅已逾50%,部分概念个股年内累计涨幅更是高达300%。

资本在热捧 ChatGPT 的同时,要注意避免泡沫。ChatGPT 超高的"智慧"拓展了关于人工智能的想象空间,但任何新概念、新技术从萌芽到大规模商用,都需要一个过程。当前 ChatGPT 在应用场景和商业化探索上还处于初始阶段,一些公司在相关技术上并没有太多突破,甚至不少公司业绩处于亏损状态,股价却先突飞猛进。这其中,既有市场资金有意捧之炒之,相关上市公司股票被动身价上涨;也有部分上市公司主动"炒概念""蹭热点",企图趁机捞一笔就走。但无一例外的是,概念炒作越烈,市场泡沫越大,越对相关行业发展无益。目前 ChatGPT 概念板块已经存在估值泡沫化迹象,截至4月6日,整个板块市盈率已高达136倍。

技术门槛高、投入规模大、知识迭代快,ChatGPT 的发展成熟需要资本的关注、需要市场有效的定价,而不是过度的炒作。历史经验看,一家公司的估值终究会回归业绩基本面,如果业绩与股票价格相去甚远,那么从哪里炒上去,最终还是会掉回原点。而在股价一起一落间,本该对创新给予支持的资金,却游走在不同投资者之间,既影响了资本对创新的激励,也扭曲了市场优化资源配置的功能。类似的故事并不陌生,比如区块链、元宇宙,从一夜爆火到跌落"神坛",历历在目。

监管部门要加强对"蹭热点""炒概念"及股价操纵行为的监控处置和打击力度,为人工智能长远发展营造信披规范、运行有序的市场;上市公司要保持战略定力,打好技术地基,以核心技术突破赢得市场支持;投资者要把握好投资尺度,切勿跟风炒作。

唯有市场各方静下心、沉住气,多一份行稳致远的从容,少一份急功近利的浮躁,方能让人工智能更好地走进生活、方便你我。

景区预约制不应一刀切

最近,暑期热门景区的预约难问题持续引发关注。"人来了票没了"让不少满腔热情的游客被"泼了冷水"。日前,文化和旅游部办公厅印发通知,要求旅游景区及时应对市场需求变化,优化预约措施,实施科学管理,不搞"一刀切",最大限度满足广大游客参观游览需求。

促进消费是当前经济恢复和扩大需求的关键所在。作为综合性特征很强的服务业和满足人民美好生活需要的重要载体,旅游业的全面复苏和持续繁荣,不仅能够有力推动经济整体向好,还可以为改善社会预期、创造美好生活作出突出贡献。文旅部要求最大限度满足游客需求,回应了社会关切,有助于推动相关部门服务更加精细化。

景区预约难,既有现实原因,也有运营方服务不细致、管理不到位的因素。例如,有些景区的预约时间、预约人数、预约方式等不够灵活,一旦制定好就一成不变,没有考虑淡季旺季的差别。"一刀切"念的还是"懒字经"。一些景区接待能力本就有限,面对客流量激增,运营压力着实不小,"一刀切"正好可以减轻不少管理负担和安全隐患。这些问题体现出景区服务水平、服务质量有所欠缺,跟不上旅游市场复苏提速的节奏。

最大限度服务游客，景区应拿出最大诚意。在这方面，有些城市的做法值得借鉴。例如，在淄博烧烤客流高峰期，当地就尝试腾出停车场，开设公交专线、烧烤专列，招募志愿者，与市内区县、周边市形成有效联动机制，共享客源、分流客群，获得了游客的一致好评。面对满腔热忱的八方来客，旅游服务行业要创造一切有利条件，努力让游客玩得放心、安心、舒心。

景区门票预约难，也折射出我国旅游消费仍然依赖于传统景区。随着进入大众旅游时代，我国居民旅游消费潜力还有较大提升空间。各地要进一步挖掘潜力，创新供给，培育更多有文化、有特色的旅游新产品、新业态、新场景，更好地促进旅游消费提档升级，让人民群众日益增长的旅游消费需求不断得到满足。

（《经济日报》2021年08月05日－2023年08月02日）

申报资料实录

作品简介："金视角"是经济日报社重点打造的品牌言论栏目之一。栏目主要聚焦经济社会发展热点焦点问题，覆盖了宏观经济、产业经济、金融证券等重要领域。2023年1月1日至12月31日，"金视角"专栏刊发评论稿件273篇，形成了鲜明特色：聚焦经济话题，紧跟社会热点，具有鲜明的问题导向，文章时效性强，有较强的新闻价值，多平台发布，融合传播属性强。该栏目重视全媒体推广，除了在自有新媒体平台传播，还与学习强国、百家号和今日头条等第三方平台密切合作，加大专栏文章推广传播力度。同时，还创造性地将专栏文章进行视频转化，在抖音和快手等短视频平台放大传播效果。

社会效果："金视角"专栏是经济日报"评论立报"理念的重要成果之一。自创办以来，专栏推出了一系列有站位、有分量、有影响的评论文章，得到社会广泛关注，多个话题引爆网络，产出多条微信10万+稿件，多篇稿件登上微博热搜，在经济日报自有新媒体平台传播量达数亿次，多篇文章被人民网、新华网、中国经济网等中央主流媒体转载、引用，起到了较好的舆论引导作用。

初评评语：经济日报"金视角"栏目是经济日报坚持"评论立报"理念，

以权威观点、独特视角和理性思考，巩固壮大主流思想舆论的重要阵地。栏目推出一系列有份量有影响的评论文章，切实体现和宣传阐释习近平经济思想。聚焦经济社会发展热点焦点问题，及时做出准确研判，解疑释惑，加强引导，新闻价值大，体现了较强的思想性和预警性。栏目文章短小精悍，切中关键，理性严谨，说服力强。许多稿件被社会广泛转载和关注，多个话题引爆网络，多次登上微博热搜，在经济日报自有新媒体平台传播量达数亿次，起到了较好的舆论引导作用。

玉渊谭天

集 体

作品二维码

玉渊谭天

《希望与失望的较量，有了注解》

《世界运转的格局，变了》

（中央广播电视总台 2019 年 04 月 06 日 – 2023 年 10 月 17 日）

申报资料实录

作品简介：玉渊谭天持续聚焦元首外交、中美经贸摩擦、中美高层会晤、中国经济、对台、南海等涉及国家重大核心利益的焦点议题，主动出击，推出《中美安克雷奇高层战略对话》《三年：三问三答》《溯源美国》等百余个爆款产品，在外交、军事、经济、安全等领域，为中国道路留下了一批实证案例。玉渊谭天以创新为生命，锻造观点、社交、真相、视觉、数字化五大核心竞争力；以融合为根基，全面布局深度文字评论、社交短视频、数据调查视频、音频、新闻漫画、新媒体直播、平台运营多位一体的产品解决方案矩阵；以深度为特性，全流程应用多模态大数据等数字化工具，洞察细节、趋势、变化、关系，精准制定传播策略；以融通中外的话语建构为追求，为中国媒体平视世界留下了鲜活实践与时代印象。

社会效果：玉渊谭天凝聚中国话语叙事共同体，持续发掘新时代中国实践"源新闻"、塑造"源认知"，报道产品常态化登上社交媒体热搜，屡次引领全网超800家关键社交媒体账号协同发声，30余个政务平台全文转载，全网平台累计触达量超130亿次，"谭主发现……""来源玉渊谭天""玉渊谭天评论到……"成为社交媒体印象，"中美大事看谭天"深入用户，形成了中国观点全域穿透的认知塑造力。玉渊谭天实现对境外智库、媒体、关键社交媒体账号以及美西方官员的有效触达，超500篇报道被全球800多家媒体使用超15000次。

初评评语：该栏目作为推动国家主流声音占领国内外社交舆论场的重要"轻骑兵"，积极探索数字化、智能化传播的创新路径，多形态爆款产品屡屡成为全球媒体的焦点信源，实现对境外智库、媒体、关键社交媒体账号等有效触达，在锻造国际传播能力、主动设置舆论议程的实践中起到引领性和开创性作用。

向前一步

集 体

作品请见中国记协网 http://www.zgjx.cn。

（北京广播电视台 2018 年 06 月 29 日－2023 年 09 月 17 日）

申报资料实录

作品简介：《向前一步》是由北京广播电视台自主研发媒体深度参与基层社会治理的新闻品牌栏目，助推首都基层治理现代化深度改革，进而深刻回答"建设一个什么样的首都，怎样建设首都"重大时代课题。《向前一步》是北京"接诉即办'电视版'"，是从最真实、最棘手的民生难题入手，将录制设置在问题现场居民身边的栏目；是媒体深度参与基层治理，以解决群众诉求助力超大城市治理的栏目；是营造"官民对话"平等话语场，通过"精治共治法治"跨越"分歧线"模式解决问题，实现媒体为基层治理现代化赋能的栏目；也是推出多产权物业管理"昌盛园模式"、原拆原建"劲松模式"等 100 余种"北京方案"的栏目。六年间，栏目破解基层多年未解之治理难题 300 余个，惠及市民 390 万人次。很多选题经历数月甚至几年奔走，以媒体坚忍不拔的意志推进事实调查录制，磨砺极强的"脚力脑力眼力笔力"直至彻底解决，并在"23·7"特大暴雨灾害等多个重大新闻中，发挥栏目强大传播作用。

社会效果：社会效果显著。新闻模式的创新有效提升新闻传播力引导力公信力，收视在周末晚黄金时段排名全国前五。电视端外栏目开创"录制直播"实现大小屏交互传播"双效统一"，引领民生 IP 立体传播模式，全网主话题阅读量达 91 亿，累计覆盖粉丝超 96 亿。《人民日报》《光明日报》、新华网等主流媒体多次对栏目进行报道给予高度好评，认为既"真正解决民生问题"又"显著提升传播效能"。以问题解决为导向，推动基层治理体系和治理能力现代化。帮助 8 年消防系统瘫痪小区实现焕新，推动北京铁路沿线 22 年治理难题找到新思路解决滞留户安置等。

初评评语：《向前一步》融入基层一线参与百姓急难愁盼现实问题的化解方案，是贯彻落实新时代"枫桥经验"的生动样板。借助网络直播与公众互动，形成全媒体时代强大传播力，同时，节目还注重挖掘背后的故事和情感，让观众在了解问题的同时，也能感受到人性的温暖和力量。

今晚

集 体

作品请见中国记协网 http://www.zgjx.cn。

（上海广播电视台 2019 年 01 月 01 日－2023 年 11 月 15 日）

申报资料实录

作品简介：栏目坚持评论特色，秉持"全球视野、中国立场"，深耕国内外重大时政新闻，重点关注国内经济社会领域的重大改革举措和发展成果、热点公共事件，以及外交、安全、地缘政治领域的重大新闻事件，以快速反应、深度解析、专业评论，在全国各大卫视的晚间新闻节目中独树一帜，确立了鲜明的品牌形象。 近年来，《今晚》深度探索媒体融合发展之路，除在东方卫视平台日常播出外，还通过看看新闻网、抖音等网络平台同步直播，日均观看数超 10 万。《今晚》媒体融合项目 Tonight 在抖音、今日头条、视频号等多个平台开设账号，粉丝总数近 800 万，增长势头良好，已经初步形成了《今晚》新媒体传播矩阵，实现了节目在电视端和网端双线传播，优势互补。

社会效果：《今晚》栏目始终坚持以导向为魂，守正创新，努力壮大主流舆论、主流思想。2023 年，习近平新时代中国特色社会主义思想主题教育在全党深入开展。《今晚》栏目抓住文化传承发展座谈会、全国宣传思想文化工作会议、深入推进长三角一体化发展座谈会等关键节点，邀请专家展开深入解读，着力彰显党的创新理论的真理和实践力量。 面对百年未有之大变局，《今晚》栏目以多维视角和深度观察反映国际形势变化，坚守中国立场，传达中国声音。

从中美元首巴厘岛会晤，到斐洛里"庄园会晤"，从习近平以国家主席身份第九次访俄，到时隔六年，总书记再访越南，承载了哪些历史意义，对于习近平主席的外交活动，展开前瞻、解读，让观众能够更深入了解元首外交对于中国外交的引领意义及习近平外交思想的深刻内涵。近年来，中美博弈日渐走入深水区，《今晚》先后推出"与世界对话"、"中美观察"等系列报道，聚焦中美关系发展变化，揭露美国种种遏华举措背后的霸权焦虑和零和思维，从客观理性的角度，共同探寻新时代中美两国相处之道。

初评评语：《今晚》旗帜鲜明地坚持正确政治方向、舆论导向、价值取向，积极发声，主动引导，报道紧贴时代脉搏，展现中国立场；节目在内容上非常丰富，几乎涵盖了新闻资讯的各个领域。无论是国际大事还是国内热点，无论是经济动态还是社会民生，观众都能在这里找到所需的信息。坚持以深度报道为基础，以专业评论为特色，梳理新闻事件内在经纬，透析背后因果；积极探索媒体转型之路，创新融合传播机制，不断巩固扩大舆论阵地，着力提升传播效能。

新华时论

集 体

上半年代表作
既看"高楼大厦"也看"背街小巷"

陈立民

近日,省委印发《关于在全省各级党组织和广大党员干部中大兴调查研究的实施方案》。全省各地区各部门正结合实际开展调查研究工作,但个别地方在上级领导来调研时,依然习惯"只谈成绩不谈问题";也有一些前往调研的领导干部,乐于"被安排",只看"亮点"不顾其他。做好调查研究工作,这些现象亟待破解。

开展调查研究,是为解决实际问题。在调查研究中必须有一是一、有二是二,既报喜又报忧,既要看"高楼大厦",也要看"背街小巷",详细收集、周密研判各方面情况和信息,为有针对性地采取措施解决问题打下牢固基础。

实事求是总结成绩和亮点、提炼可供借鉴的经验,发挥典型和标杆的示范作用,也是做好调研工作的途径之一。但如果只见"高楼大厦"不见"背街小巷",将成绩"注水""掺糖",对问题避重就轻,调查研究就失去了意义,既耽误问题解决、贻误发展机遇,也会损害党和政府的形象与威信。特别是在经济社会发展关键时期,党员干部更要坚持求真务实、坚持问题意识，在调研中真正把情况摸清、把问题找准、把对策提实，为发展献策助力。

看"高楼大厦"容易，去"背街小巷"不易。究其原因，有的地方出于"政绩冲动"，认为上级领导是来"视察"工作，于是精心选择一些"好典型""闪光点""样板区"作为展示个人政绩和地方形象的"窗口"。有的调研者注重调研光鲜亮丽的"好典型"、不看矛盾重重的"老大难"，不用心做好功课，不做好统筹谋划，难以找到问题堵点；有的调研者存在"好好先生"心态，以"不得罪人"换"一团和气"。可以说，能否在调查研究中看到"背街小巷"，考验的是党员干部工作能力，更考验担当作为和责任意识。

"背街小巷"不能成为"调研盲区"。党员干部应带着问题、做好准备，在把脉问诊、解剖麻雀中见症结、见问题、见成效。要力戒形式主义、官僚主义，少些"规定路线"、多些随机应变，尽可能到矛盾困难多、群众意见集中、工作总打不开局面的地方和单位调研。在调研中不能只讲成绩不讲问题，只听汇报不听牢骚，只翻工作台账不看具体情况。要有"打破砂锅问到底"的魄力和"草摇叶响知鹿过"的洞察力，在交叉对比、反复验证中摸清真实情况、找准问题根源。

看清"高楼大厦"背后的"背街小巷"，应大力推行"四不两直"调研方式。焦裕禄同志在兰考时，骑着一辆破旧的自行车到120多个生产大队走访、蹲点，得到了真实详细的第一手资料，才能在较短时间内基本掌握内涝、风沙、盐碱的规律，实施治理"三害"的正确决策。这启示我们，多用脚步丈量民情，多听"原汁原味"的声音，才能去伪存真、由表及里，把调查研究工作做得更深更细更实。

当前，摆在全党面前的一个重大课题，就是围绕高质量发展这个首要任务，以深化调查研究推动解决发展难题，把学习和调研落实到完成党的二十大部署的各项任务中去，以推动高质量发展的新成效检验主题教育成果。对党员干部而言，打破思维定势，转变思想观念，既看"高楼大厦"也看"背街小巷"，紧盯影响和制约高质量发展的问题短板，挖掘根源并进行靶向治疗，找到破解难题的办法和路径，才能达到调查研究的目的。

下半年代表作
要"一头扎",不要"一阵刮"

江 东

最近看了一批调研报告,不免心生感慨:在第一批主题教育中,许多领导干部一头扎进基层,扎进矛盾和问题集中的地方,察实情、谋良策、出实招,写出了一批思想性、针对性、操作性俱佳的好报告,但也有个别报告"清汤寡水"、质量平平,一看就是缺"调"少"研",有应付之嫌。

无独有偶。有基层同志反映,现在大家都很重视调研,很多调研确实对推动工作起到了很大作用,但也有少数干部把调研变成了"视察考察",变成"参观指导",到一个地方不是一头扎进去找各种对象谈话、千方百计收集材料,而是一阵风般东看一下西看一下,指手画脚发表一通议论后扬长而去,甚至连调研报告也要请人代劳。前不久,《半月谈》发文称,有的干部将写调研报告的任务甩给被调研者,搞"甩手式""应付式""交卷式"调研,这种现象值得警惕。

调查研究是谋事之基、成事之道。调研本身只是手段,目的是尽可能多地实地掌握情况,为提高决策的科学性打好基础。如果调研没有"一头扎进去"听各方观点、查各类材料、看各种情况,而只是蜻蜓点水地"走一走"、浮光掠影地"看一看",这样的"调研"就不是真正的调研,自然也就起不到调研的作用。开展调查研究,必须"一头扎"而不能"一阵刮",必须"面对面"而不能"键对键",必须"实打实"而不能"空对空",只有千方百计拿到一手材料、掌握真实情况,调研才能真正为决策提供有益参考。

毛泽东同志高度重视调查研究,留下许多光辉灿烂的调研报告名篇。这其中,很多都是"一头扎进去"才写出来的。比如,《湖南农民运动考察报告》是调研了32天之后写出来的,《寻乌调查》和《才溪乡调查》前后连续调研了十多天。新中国成立后,刘少奇同志几乎每年都安排调研活动,时间短则几天、长达数月。陈云同志也是如此,他强调"要用百分之九十以上的时间研究情况"。可以说,老一辈革命家在进行调查研究时,都是

"一头扎进去",沉到问题现场明察暗访,没有把情况摸清搞透决不罢休。相比之下,那种"一阵刮"的调研,时间不过一两天、地方不过一两处,来去匆匆,写出来的报告内容干瘪、质量不高,也就丝毫不足为奇。

眼下,第二批主题教育正如火如荼开展。抓好主题教育,一项重要的任务就是搞好调查研究。是"一头扎",还是"一阵刮",决定着调查研究的成败。对干部来说,"一头扎"首先要"扎得准""扎得深""扎得进",选好调研的课题和方向,选准调研的主题,深入到基层和一线去,到困难多、群众意见集中、工作打不开局面的地方去,与调研对象打成一片,听真话、察真情、出真招。其次,"一头扎"还要"扎"在报告上。"十月怀胎,一朝分娩",掌握大量材料后,接下来就是消化和利用材料,把所见所闻、所思所想、所喜所忧写出来,把"死的材料"变成"活的办法"。写报告要见人见事见思想,多些个性话语,少些"官话套话"。其三,"一头扎"还要"用心转"。调研不能"虎头蛇尾",不能"调而不研""研而不决""决而不行",要做好报告转化工作,把报告从"书架"送到"货架",将调研到的情况、发现的问题、想到的办法变成一项项决策、一个个成果。

当前,江苏经济社会发展到了关键时期,一方面推进中国式现代化的任务光荣而艰巨,另一方面国内外环境发生复杂深刻的变化、人民群众诉求更加多样多元。可以说,我们比以往任何时候都更加需要"一头扎进去"的调查研究,更加需要全面细致、真实深入地了解情况。衷心期待领导干部借主题教育的东风,"一头扎进去"搞一些深入细致扎实的调研,拿出一批沉甸甸的调研成果,为做出科学决策、推进各项工作、提高群众满意度打下坚实基础。

(《新华日报》2006年10月10日-2023年09月25日)

申报资料实录

作品简介:"新华时论"是新华日报于2006年10月创办的言论专栏。该专栏办栏时间长,迄今已坚持18年,从未间断,每年刊发评论近200篇,栏目刊发的评论中,9篇获中国新闻奖。特色鲜明。围绕政治、经济、社会生活中的重大问题,及时发声,体现了"时"和"论"的特点,既有及时性、时新性,又有时论、政论的特点。社会效果好。栏目刊发的作品在江苏乃至全国有较强影响力。过去的2023年,栏目在"质""量""特""新""深"等方面持续发力,积极扩大作者队伍,强化编辑力量,突出品牌特色,提升思想浓度,全年刊发评论200多篇,栏目影响进一步扩大。

社会效果:"新华时论"创办十多年,已有20多篇作品获得江苏省报纸好新闻(评论类)一等奖,专栏本身多次获江苏省报纸好新闻一等奖(新闻专栏类),成为江苏评论的著名品牌,在江苏的知名度、美誉度比较高,社会影响较大。作为报纸专栏,"新华时论"刊发的时论彰显了较强的传播力和影响力。

初评评语:作为新华日报经营长达18年的言论品牌栏目,新华时论在选题上聚焦政治、经济、社会生活中的重大问题,在表达中注重向"深"、向"新"持续发力,坚持"时"和"论"并举,形成了鲜明的特色。一家党报的言论专栏能持续近20年不容易,能坚持围绕社会热点、焦点问题发声同样难得。这体现了党报坚持思想立报的恒心,也彰显在信息爆炸时代评论举旗定向的重要作用和独特魅力。

亲历

集　体

2023年上半年代表作（4月26日6版）
塔克拉玛干沙漠边缘，记者走进浙江参与建设的骆驼养殖基地

我在阿克苏挤驼奶

三四月份的塔克拉玛干沙漠，无数沙丘绵延流动，当大风吹过，无论是骆驼还是人群，都笼罩在茫茫沙尘之中。

沙漠边缘，是新疆阿克苏地区。坐落在阿克苏的最西端，柯坪县养殖骆驼历史悠久，享有"万峰驼县""白驼之乡"美誉。近年来，浙江省援疆指挥部、对口支援柯坪县的湖州市援疆指挥部，与柯坪县委、县政府一起谋划制定"羊驼富民"工程，将骆驼产业作为柯坪县地方特色产业大力发展，加大驼奶系列产品的深加工，引进驼奶生产企业2家，所产鲜驼奶通过援疆"十城百店"工程销往浙江。

驼奶怎么挤？好在哪？我多次前往浙江参与建设的柯坪县骆驼养殖基地，变身挤奶工，寻找答案。

先和骆驼"交朋友"

和骆驼交朋友，是成为挤奶工的先决条件。

没有一位挤奶工刚来就可以挤奶，也没有一峰骆驼刚来就愿意被挤奶。

我变身挤奶工的"领路人"、柯坪县骆驼养殖基地技术指导员麦尔旦·帕哈尔丁告诉我:"它们闻到陌生人的气味,会产生防备心理,影响产奶,甚至会攻击人。所以挤奶工得和它们相处数月,彼此亲近。"

新买的骆驼需经过45天左右驯化期,方能对人产生信任感,骆驼心情放松愉快才有高产。而且每峰骆驼秉性不同,挤奶工需要对它们的个性了如指掌。

柯坪县骆驼养殖基地于2021年12月建成,占地面积400亩,总建筑面积1.2万余平方米,现有骆驼存栏2000余峰,目前为全疆最大的骆驼集中养殖基地。

初到养殖基地,我只敢远望幼驼哺乳区和奶驼驯化区。骆驼们发出此起彼伏的叫声,一开始我不懂这是因为它们胆小,反而以为是在示威。

麦尔旦让我先熟悉环境。挤奶大厅四角是四个骆驼圈,可同时开展200余峰骆驼的挤奶工作,母驼从圈舍通过挤奶通道,像走台步的名模款款步入大厅,尤其是柯坪县特有的优质资源白骆驼,浑身白绒,体格丰美。

"这峰比较温和。"麦尔旦领我和"0128"见面。

"要先问好吗?"我如同和女神初次约会的憨小子,手都不知该往哪搁。挤奶工阿布都巴力·巴依汗轻轻笑了,他倚靠挤奶栏,温柔抚摸"0128"脖颈,我掏出相机猛拍,麦尔旦提醒:"骆驼野着呢,后腿不知道会从哪个方向蹬来。"我毫无防备地站在另一峰母驼的后腿处,难怪他吓得不轻。"还好还好,这批是我们驯化了很久的。"麦尔旦指点我,下颌处是骆驼最喜欢被抚触的地方,"还有头、肚子等。"

阿布都巴力去年4月入职,和骆驼们相处了一年。骆驼刚来时野得很,现在老实了,秘诀是他每天牵着它们在室外散步,额外承担起饲养员的部分职责,下了班也不走,喂养和陪伴骆驼。麦尔旦说,他们选挤奶工时会考量对方是否喜欢骆驼。此时骆驼凑过脑袋想亲我,我们光顾说话,它还有了小脾气,用牙齿轻轻咬住我的袖口表示对它忽略的不满,麦尔旦露出笑容。我通过了初级认可,因为骆驼接纳了我。

这位我最好的骆驼朋友没有名字,它的序号是"0128",与它孩子的序号对应。当地人说,骆驼重感情,只喂养自己的孩子,当它的孩子离开了,即使换了一峰小骆驼来,它也不会产奶。当母驼过了哺乳期,就会被送往戈壁滩放养。

"'0128'也要送走?""是的。"

"那不是要重新培养感情,舍得吗?"我问。

"舍不得啊。"阿布都巴力抱着骆驼脖子,梳理它的毛发,"所以五月份是我们最'痛苦'的月份,新的骆驼还不熟悉你,害怕时就会踹人,越胆小的,反抗越激烈,常弄伤自己,我们也感觉很心痛。但是驯化的过程避免不了。"他们安慰我,好在"0128"已配好种,明年就会下崽。骆驼最短每两年产崽一次,5月送走我的朋友,11月接回来,冬天人工饲喂、调理,做好分娩前准备。到了明年五六月,它将继续产奶。

乖巧的幼驼是好帮手

早晨7时,杭州已经天亮,阿克苏郊外还在夜色中,风也没有掀起大氅的劲头,骆驼圈倒是沸腾起来——到早上挤奶的时间了。基地骆驼经驯化,养成了早7时左右、晚7时左右两次的规律产奶时间。中间漫长的白天,我和它们一起相处,培养感情。

想顺利挤驼奶,有三个要点。第一是让幼驼先"工作",第二是挤奶工和母驼建立起信任关系,第三是让骆驼们保持心情愉快。挤驼奶和挤牛奶完全不同。骆驼的乳房不蓄乳,母驼必须嗅到幼驼的气味,才会分泌乳汁,所以需要先让幼驼去吸吮,促进母驼产奶,再及时用上吸奶器,1至2分钟就能挤好奶。骆驼排乳细水长流,挤奶工作不能一次性完成,需多次进行。基地里的骆驼优质,平均一天一峰能产2至3公斤驼奶,"冠军"骆驼的产量能达5公斤,是奶牛一天产奶量的约五分之一,因为产量少,营养丰富,其价格比牛奶高不少。

第二次去见它们,公路上飞扬着大片的尘土和黄沙,我一路上都在担心,恶劣天气会影响骆驼产奶吗?

抱着疑问,再到骆驼基地,我大着胆子凑近了幼驼哺乳区。风沙卷着

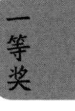

草料味、尿骚味和骆驼绒毛，兜头兜脑往我鼻尖和衣服上撒。我问："沙尘暴对它们有影响吗？"技术指导员卡依赛尔·买买提点点头："对日常产奶有影响，雨、雪、刮风也有很大影响，因为骆驼对环境特别敏感，容易产生应激反应。去年7月一场暴雨，导致两三天没有挤奶，中途间断了，骆驼的产奶量就有所下降。"

卡依赛尔一家三代养骆驼，他告诉我："以前养驼人一年四季到处放牧，条件艰苦，虽然世代以养殖骆驼为生，但近几年才靠着骆驼过上了好日子。"原来，柯坪县早年的骆驼养殖以传统散养为主，鲜驼奶也不是主要产品，"现在大家意识到驼奶的营养价值，基地的驼奶都能卖出去，供不应求。牧民以前卖驼肉、驼毛，驼奶自己喝，现在他们通过售卖驼奶增加收入，也可以到我们基地当挤奶工。"

晚上6时45分许，挤奶工们陆续进入挤奶大厅，先把幼驼们领进来，随后，250余峰母驼也进来了。你能想象一个人被这么多山包似的骆驼围绕的感受吗？幸好此前我和骆驼建立了情感联系，心情还算轻松。

乖巧的幼驼被领向母亲，认真努力"工作"，挤奶工判断时机，迅速用吸奶器替换下幼驼。这个过程可长可短，短则一两分钟，长则5分钟。"挤奶工需要判断什么时候出手，早了影响产量，晚了驼奶被幼驼吸吮太多，量又减少。"麦尔旦说。

驼奶通过四支一指半粗的导管进入储奶器，我在挤奶工依热斯古丽·达尼西别克的帮助下，紧张地扶住了导管，新鲜驼奶是温热的，40摄氏度至45摄氏度。感应到了陌生人的气息，有些母驼不安地蹬起后腿。在同伴的示意下，我迅速跑往远处，努力让它们感到安全，恢复平静。

鲜驼奶"打飞的"到浙江

刚挤出的驼奶，被分装到储奶器冷藏储存。基地向新疆新驼乳业有限公司定向供应驼奶，我跟着运奶车前往距离基地5公里左右的新疆新驼乳业，不到10分钟，驼奶就被送到了工厂，由那里的化验室对样本进行各项指标检测。

化验员萨尼亚木·吐尔逊从我们运奶车的冷藏罐中接收了驼奶样本，经过酸度、新鲜度等一系列的质量检验，1小时后，她取出了报告。"驼奶品质很好。"她说。

收奶间外，还有大片的奶农交奶等候区，企业也收购当地牧民的驼奶。按一峰骆驼平均一天产奶2公斤来算的话，利润约32元，若按一户牧民养10峰奶驼来计算，每天有几百元收入。符合国家质检标准的驼奶，将被制成巴氏灭菌鲜驼奶、纯驼乳粉、奶片等产品，销往北京、上海、浙江等地。现在有了新鲜冷链，保证新鲜驼奶的远程运输。鲜驼奶每周四会"搭"航班飞往浙江。新疆新驼乳业是一家浙商参与投资的企业，2022年7月在柯坪县投产，年处理鲜奶量2万吨以上，可解决70余人的就业，带动约300户骆驼养殖户增收。

浙江援疆工作从资金投入、项目招商等方面为发展骆驼产业提供倾斜，也提供数字化技术助力当地发展。在柯坪县阿热阿依玛克村，这里的骆驼戴着"5G智慧项圈"，工作人员通过智慧畜牧监管平台检测骆驼的日常饲喂等指标，提高养殖效率，推动了当地养殖业从粗放型向智慧化的转变。

浙江兰畔心选食品有限公司董事长陈晶晶是浙江义乌人，2017年来到新疆从事新疆特产销售，2021年投资新驼项目，加入了产业援疆的浙商行列。在阿克苏投产初期，她最担心产品运输问题，因为离浙江实在遥远。"现在通过空运，我们产品当天生产，当天运抵浙江。"她邀我参观前不久奠基开工的万驼园项目，该项目计划今年5月底一期投入使用。

建成后，柯坪县将迎来第三个骆驼养殖基地，年产值将达1亿元以上，带动农村就业岗位100个，示范带动周边养殖户进行标准化规模化生产。

目前县里骆驼存栏达3.2万峰，带动440户农牧民每户年均增收5万元以上。

狂沙卷走了4月的落日，我离开前，热情的麦尔旦拿来了《骆驼养殖技术与产品开发》一书，供我阅读参考。我想，等到5月新一批骆驼展开驯化的日子，我还会再来。得和新的骆驼们建立感情，不是吗？

2023年下半年代表作（11月13日5版）
"双11"，记者探访产业"风口"小镇诸暨山下湖——
见证一颗珍珠的高光时刻

最近这几天，如果你自驾前往诸暨市山下湖镇购买珍珠，找车位将是这场"寻珠之旅"的第一个难题。在华东国际珠宝城四周，客商、代购、游客的车辆，将偌大的停车区域塞得满满当当。传统珍珠销售的旺季是每年前8个月，但眼下，这个惯例显然已被打破。

从去年开始，珍珠从"妈妈最爱"变为年轻人的新宠。价格翻番、销量直升、曝光度增加，让其从珠宝类目中凸现出来，也将主产地山下湖镇从幕后推至台前。这个位于产业"风口"的小镇，常住人口不到3万，却有几百家珍珠产业链企业，淡水珍珠年产量占世界总产量的约70%，被誉为"中国珍珠之都"。

根据天猫"双11"珠宝预售战绩，开卖首日珍珠品类成交额同比增长超450%。"爱迪生珍珠"品牌今年主推款珍珠项链，预售当天销售额即破千万元。火爆行情在"双11"当天达到顶峰，山下湖镇多家知名品牌珍珠企业的直播间观看人数比平时多五六倍，成交额多了两三倍。

直播电商如何将小镇送上"风口"？又怎样改变这里的珍珠产业链？"双11"期间，我们来到山下湖镇，一起见证一颗珍珠的高光时刻。

珍珠小镇　从聚光灯下起飞

"很少有人能空着手离开山下湖。"探访华东国际珠宝城前，一位本地人信誓旦旦地告诉我们。傍晚5时，不时有拎着购物袋的客商和游客与我们擦身而过，这座集珍珠交易、品牌展示、品牌鉴定服务于一体的综合体，是目前世界最大的淡水珍珠交易中心。

推开珠宝城二楼的一间房门，直播间里氛围正热。"一号链接，喜欢的姐姐们，放心大胆带回家上身感受！"三盏大灯的光线聚焦在主播小琦身上。镜头下，她妆容精致，头发一丝不苟盘在脑后，一袭V领黑礼服衬得脖颈愈发白皙纤长,颈上戴的正是"阮仕珍珠"的主推款"兰亭晴雪"。

"拥有了这条,姐妹们从此就在天然无核淡水珠中毕业了。"面对镜头,她将项链取下,近距离多角度展示无瑕和珠光。一旁的助播及时送上赞美:"什么叫珠光宝气?什么叫精致感满满?这带给你的就是优雅自信和高贵。"看到屏幕上有人对过万元的价格表示犹豫,小琦适时强调,直播间就在山下湖镇,是品牌源头总部直播,可七天无理由退货。

主播换款间隙,我们绕到一旁的备货台,看到桌子上摆满了不同款式的珍珠饰品,在灯光下发出炫目的光彩。工作人员示意我们可以随意试戴。巴洛克的精灵胸针上身俏皮可爱,大溪地的项链则衬得人大方优雅……在主播激情推介的背景音下,我们也肾上腺素飙升,每一样都想"剁手",真应了那句"很少有人能空着手离开山下湖"。

围观直播时我们发现,除了搭配精致、清晰的产品介绍,主播们更会讲故事。小琦拿出一款大溪地螺纹吊坠推销。在传统上追求正圆无瑕的珍珠市场,引导培育消费者接受异形珍珠,是当下的新趋势。她语气中还带着一丝急切:"来自遥远的南半球,大溪地珍珠数量已经越来越稀少了。"随后,浪漫的解读脱口而出,为珍珠赋予更多意义。"一颗优质的螺纹珠,会因为地球自转形成自然的花纹圈,就像树木的年轮一样,是时间的印记。"

隐藏在灯光之外的控场运营人员紧盯后台数据,及时喊话造势:"数量告急,又加了两单,喜欢的姐姐们拼手速了。"

"从主播的妆容穿搭到产品的推介话术,每个直播账号后都有 20 多人的团队在做支撑。"清晨 6 时上播,晚上 12 时下播,近来,"阮仕珍珠"官方旗舰店直播运营总监孙益训的工作时间,几乎与直播时长同步。从 10 月中旬的预热提前购,到 11 月的主打特惠场,再到每场直播开播前的"种草"短视频制作,都需要团队通力配合。

2018 年淘宝直播基地落户山下湖镇,此后快手、抖音等电商直播基地纷纷入驻,电商直播与珍珠,在锐意进取的山下湖人的催化下,迅速产生了化学反应。

"现在珠宝城 90% 以上的商户都兼顾线上与线下销售。"华东国际珠宝城创新发展部经理袁小鹏告诉我们,电商直播等线上渠道的拓展,使得珍珠销售占珠宝类目的比重不断增加,从2018年前的千分之一,到2018年12月的百分之一,如今这一份额已跃升至十分之一。"不少用户能明显感受到,刷直播时会刷到更多珍珠品类的直播间。"

电商直播重塑了山下湖的珍珠产业链。山下湖曾以批发售卖半成品裸珠为主,店与店之间单打独斗同质化严重。而如今,淡水珠、海水珠、批发、代购、线上专营等多种店铺的定位越来越细,每个商家凭借自身优势成为产业链上的重要一环。"预计到今年底,山下湖的珍珠产销额将达到500亿元。"袁小鹏说。

镜头之后　产业链飞速运转

"老板娘,你脖子上这条项链真漂亮,是哪一款?"我们来到华东国际珠宝城"千足珍珠"门店内时,四五位顾客正围着门店负责人詹淑平问个不停。看货间隙,詹淑平的手机微信提示音频频响起,有代购来催单,也有远在澳洲的客户为圣诞节寻求合适产品。"其实最忙的时候已经过去了,现在是检验战果的时候,我们才能忙里偷闲。"詹淑平说。

直播间,是珍珠产业链到达消费者视野的一环。此前,一场包括原料采购、设计、加工、供应链保障等多环节的备战早已开始。

近两年,在直播电商的助推下,珍珠市场需求量暴增,让产业链各个环节面临新的压力和挑战。"备战'双11',我们从8月就开始备货。"詹淑平说,为了保证库存充裕,前期采购和加工厂一直处于连轴转的状态,10月底前他们共备货近5吨。

我们来到距离珠宝城5分钟车程的"千足珍珠"加工厂。车间内听不到什么声响,工作台上的镊子、水杯和耳机成了标配。一群女工正伏案挑珠子、穿珠子,一粒粒珍珠在指间翻飞,再根据不同品相分装到不同颜色的容器里,发出轻微的"哒哒"声。

尝试加入挑珠女工行列后,我们发现这项看似简单的工作并不容易。车间主任章建灿递给我们一包待挑选的珍珠,并将一颗标准样品放在桌布上，让我们找出类似的珍珠。我们抓出十几粒珍珠，一颗颗细细比对。灯光下，小小的珍珠折射出强光，没挑几分钟，我们眼睛就感到有些不适，好不容易从中挑出了两颗。"这两颗跟样品都不太一样。这颗是颜色有点区别，这颗大小也略微有些不同。"章建灿笑着说。

"工作量大，我们现在挑珠子的人员缺口有三四十人。"章建灿告诉我们，他们研发的淡水新品种直径小、光泽强，挑起来极费眼睛。为此，公司专门组织了20岁上下的年轻工人，搭建工作专班加紧赶制。

从线下到线上，让一切都变快了。"款式更新频率从季度变成了月度。"袁小鹏发现，不少品牌月月上新品、周周有新款。提升效率、紧跟潮流、推出特色化产品，成为品牌在线上立足的重要因素。

晚上8时，"玺爱珍珠"的主播正在力推一款既可当胸针又可作吊坠的多功能新品。"我们'双11'期间每天上新款，准备了近20款新产品。"品牌创始人陈洪江说，直播间数据能一定程度反映珍珠饰品的流行度，可指导公司及时调整新品布局。每天下播后，主播团队都会对当天的销量复盘，决定第二天的上架产品。

"玺爱珍珠"设计师团队有近10人，一款新品的设计周期不到2周。最近流行的"铂金灰"色系和年轻人追逐的小米珠，都是他们的取材源泉。"年轻人喜欢小巧精致，我们设计的'满天星'小珍珠系列就成了爆款。"陈洪江介绍。此外，公司还结合中国传统文化，设计了"如梦令""山海情""凤求凰"等国潮系列珍珠饰品，还没有正式售卖，就已收到了不少订单。

"兼顾效率的同时，我们要通过设计传递独特的品牌内涵和价值。"在陈洪江看来，设计师款具有唯一性，可以助力公司品牌化打造。"目前来看，设计师款的产品流行时间能持续一周左右。"面对激烈的市场竞争，越来越多的设计师创作个性化、风格化的珍珠饰品，提升产品的溢价空间，这些设计师款的价格是普通款式的两倍左右。

持续发展　从养殖源头抓起

在"千足珍珠"线下门店，我们被展柜中几串极光项链吸引，眼前的珠串如小灯泡般泛着强冷光。詹淑平介绍，这是公司自主培育了近8年的高品质淡水有核珍珠。此前，淡水珍珠普遍存在珠径小、正圆率低、颜色单一等问题，即使品相好的珠串也卖不到千元。而这款珍珠定价在3000元至7000元，仍供不应求。

"近两年珍珠大火，让我们看到了淡水珍珠的潜力。"在山下湖镇隔壁姚江镇的浙江佰瑞拉农业科技有限公司，董事长傅百成给我们算了一笔账，据统计，去年全国淡水珍珠养殖面积40万亩，产量约800吨，产值为350亿元，而来自印尼、泰国等国的大溪地珍珠产量仅65吨，产值却达到了1800亿元，其中近500亿元销售到了中国。"火热的市场告诉我们，消费者愿意为高品质高价格的珍珠买单，淡水珍珠附加值提升空间巨大。"

想要提高珍珠品质，需要向养殖源头要效率。傅百成给我们递来两个珠蚌："你们猜猜哪种珠蚌育出的珍珠品质好？"眼前的珠蚌外壳颜色相似，一个形态扁、蚌壳薄且光滑，一个较宽厚、手感重，略显粗糙。出于对珍珠光滑细腻的印象，我们选了前者。傅百成摇摇头解释说，前者是占山下湖养殖95%以上的淡水"三角蚌"，最大可孕育16毫米的珍珠，后者是企业即将从东南亚引入的新品种，育出的珍珠直径可达25毫米。"蚌壳内部容量越大，孕育的珍珠就越大，仅考虑大小因素，产品价格就相差80倍。"

眼下，傅百成和众多科研工作者想做的，就是从育种开始，将这个珍珠产业的核心"芯片"牢牢掌握在自己手中。目前，佰瑞拉公司已与上海海洋大学、宁波大学等高校院所开展产学研合作，自主研发了苗种培育自动化设备，两个月后第一批东南亚母贝即将引入，利用本土先进技术进行代繁育。"后续我们将和中国工程院院士包振民合作，对苗种进行基因改造，研发国内的高品质新品种。"傅百成说。

走进佰瑞拉公司的养殖基地，我们能清晰感受到傅百成雄心之下的坚实技术基础。作为国内第一家室内智能化珍珠养殖企业，这里的珠蚌住进了"工厂"。透过清澈的水面我们看到，珠蚌被一只只码放在多层架子上，实行水下立体式养殖。空气中闻不到一丝异味，因为沉淀过滤后的废水经过消毒、杀菌、增氧，被重新送入养殖池，实现循环利用。0.3亩的养殖池可实现传统水塘40亩的产量，周期却较传统模式缩短了一半以上。

不仅如此，养殖池中布设的大量传感设备都接入总控中心，可全程控制各项参数，实现珠蚌饵料自动投喂、水温控制等。"产品火爆是一时的，想要可持续发展，需要全产业链的革新，我们希望通过科研引领给珍珠产业提供新方向。"傅百成对我们说。

（《浙江日报》2029年01月01日－2023年12月05日）

申报资料实录

作品简介：《亲历》是浙江日报旨在推动采编人员践行"四力"、转作风改文风而倾力打造的沉浸式体验报道新闻专栏。创办5年来，专栏坚持推动采编人员到群众中去，到基层一线去，到新闻现场去。主创和编辑围绕中央、省委中心工作，关注群众首创精神、基层探索和火热生活，主动设置议题，采写编发了大批有现场有感悟有体验的优秀新闻产品，既反映基层生动实践、群众喜怒哀乐，又唱响了时代主旋律。截至2023年底，专栏共出版466期，形成了如下特点：永远在现场。记者深入企业、海岛、农村、边疆等一线，与群众同劳动、共甘苦，通过沉浸式体验，生动反映来自基层的改革创新，记录时代变化细节，传递群众的真情实感。"活鱼"更"新鲜"。在《亲历》专栏的采写要求下，记者本身就是新闻现场的一部分，采写的每一篇作品因此都沾着泥土、带着露珠、冒着烟火气，让人身临其境，产生共情。传播谋"出圈"。采取"文字+视频"的融媒体报道方式，撷取亲历现场最抓眼球或最动人的片段，制作成创意短视频，于稿件见报前在浙报集团的客户端首发，并同步分发各新媒体平台，多渠道推送，从版面"破圈"。

社会效果：《亲历》专栏涌现出一批引发读者强烈共鸣的佳作，大批文字报道和相关短视频被人民日报客户端、人民网、新华网、学习强国等主流平台和腾讯、搜狐等众多头部商业平台转载。专栏还推出多组系列策划，频频打出融媒产品"爆款组合拳"。2023年，浙江省委把推动民营经济高质量发展作为营商环境优化提升"一号改革工程"的头等大事，要求充分发挥政务服务增值化改革牵引作用。在改革开放45周年之际，专栏策划推出《改革，再燃激情》系列报道，聚焦政务服务增值化改革八大重点领域，报道浙江各地的改革实践和成效，得到了省委改革办、市县的好评，也为各地进一步深化改革提供了借鉴。专栏策划推出的乡村文旅融合产业系列报道《春天在这里》，展示了浙江美丽乡村的勃勃生机。其中一篇《小山村借古道"出圈"》中的受访对象——荷兰人托马斯还积极推荐亲友去浙江乡村看看。记者远赴边疆采写的《我在阿克苏挤驼奶》，得到了柯坪县委县政府的点赞，人民网、新华网、光明日报等国家级媒体纷纷跟进报道。记者"双11"期间采写的《见证一颗珍珠的高光时刻》，全链条描绘了诸暨珍珠产业的转型升级，全网传播量破百万，为发展新业态提供了经验参考。

初评评语：栏目鲜明的特点是记者在一线，足迹遍布农村、边疆、海岛等，通过沉浸式体验，反映来自基层的创新实践，文章可读性强，有较强的感染力和亲和力。专栏也兼顾了全媒体传播的需求，采取了"文字+视频"的融媒体报道方式，在文章见报的同时，充分利用抖音、微博、微信等新媒体平台，多渠道推送，从而不断提升文章的传播力和影响力。

一等奖

第一眼

集　体

作品二维码

第一眼

《第一眼 | 男子地铁内突发心梗晕倒，他提着 AED 狂奔救治》

《第一眼 | 怒赞！环卫工进店买水，老板娘坚决不收钱！》

（大武汉客户端 2022 年 07 月 15 日 - 2023 年 07 月 11 日）

申报资料实录

作品简介：长江日报社创新创办《第一眼》短视频专栏，以"本色无痕，温暖动人"为特点，从武汉城市瞬间视频中提炼新闻故事，以共情手法实现广泛传播，展现"英雄的城市 英雄的人民"的形象。发掘城市资源，实现更丰富的供给。《第一眼》与武汉公安、地铁、公交、消防、城管等系统紧密联系，聚合城市视频资源，同时开发线上投稿小程序发动普通用户生产。通过记者编辑发现、提炼、制作，传播新闻故事，实现了主流媒体的独特价值。制作网感内容，实现更广泛的触达。《第一眼》专栏在视频制作时，团队将最具冲击力的细节放大呈现，在标题上提炼引导词，在音乐选择上触发用户共鸣点，提升每一条作品的"隔屏共情力"。把握网民心理，实现更有效的引导。《第一眼》专栏注重精准运用各传播平台特点，在微博开设话题、开展投票，在视频号跟评区经常互动交流，与网友实现强互动。提升传播效果的同时，让网民影响网民，让线上传播行为浸润线下社会行为。

社会效果：2023年，《第一眼》专栏在长江日报各平台端口阅读量超过15亿次，获得人民日报、新华社、央视新闻三大央媒新媒体10次转发。2024年3月，《第一眼》入选由中央网信办评选的2023中国正能量网络精品"网络正能量专题专栏"。

初评评语：《第一眼》充分发挥机构媒体优势，联动城市公共服务单位，发动市民拍摄，整合视频资源，实现独有价值；捕捉第一现场，挖掘凡人义举的温暖瞬间，用生动"小切口"讲述感人"大故事"，彰显专业能力；遵循传播规律，注重共情传播，强化话题互动运营，让正能量澎湃大流量，营造向上向善的社会氛围。

"爆款长红"的探索与思考

董 阳

10来位报纸编辑，10余天时间，怎样打造流量5亿+的融媒"爆款"？两会专栏4年"长红"，主流文艺评论何以持续唱响两会好声音？

2023年全国两会期间，人民日报社文艺部、人民日报"文艺范儿"融媒体工作室推出10期"两会艺览2023"短视频，微博话题总阅读量超5.6亿，5次登上微博热搜榜，引发大量微信公众号、短视频账号乃至传统媒体二次传播，在舆论场引起强烈反响。至此，"两会艺览"连续4年流量破5亿，总流量突破25亿，成为两会报道和主流文艺评论"爆款+长红"品牌。

"爆款"不易，"长红"难得，对于传统媒体尤为可贵。"两会艺览"的"流量密码"与"长红秘诀"何在？"爆款长红"现象对媒体融合发展有怎样的启示？

三点经验

热门话题+权威解析，将两会文化报道引向开阔与纵深。做好两会文化报道，要避免3个常见误区。一是避免浅表化，不把焦点置于哪些"熟面孔"参会等浅表层面，而是聚焦事关公共利益、人们普遍关心的深度议题；二是避免被动化，不让报道处于等待"投喂"状态，要主动深挖两会新闻"富矿"、打造优质产品、占领舆论高地；三是避免猎奇化，不做博眼球的跟风报道，要用讲导向、有态度、合规律的优质产能为新闻传播提供硬核基础。

人民日报社文艺部作为专业采编部门，拥有一支门类覆盖齐备、报道经验丰富的专业编辑记者队伍，了解当下互联网舆论场，熟悉文化热点和网络语态，具备较高新闻专业素养，熟悉文艺领域相关情况，能够主动设置兼具公共性和专业性的新闻议题，并进行独家采访报道，有效防止报道失焦和深度欠缺。

话题是表，专业是里，价值是魂。4年来，40余期短视频，反响最热烈的作品都是三者兼备。短视频《中戏院长谈演员的文化修养》（2023），在"中戏院长"（郝戎）这一身份与"演员文化修养"这一热门话题之间形成富有张力的新闻叙事，并对"演员拼到最后，拼的是文化修养"的观点作出令人信服的论述。作品发布12小时，微博话题阅读量突破2亿，冲上热搜榜第二位，在舆论场形成正能量爆点。中国美术家协会主席范迪安谈"冰墩墩雪容融成爆款是因审美自信"（2022），上海音乐学院院长廖昌永强调"年轻偶像不要迷失自我"（2021）等，都在热门话题中注入专业内涵和正面价值，用思想性赢得引导力，让正能量澎湃大流量，成功将两会文化报道引向开阔与纵深。

场效应＋模态转译，实现新媒体文艺评论全面升维。我们常说"是金子总会发光""好内容是王道"，新闻产品不能脱离舆论环境孤立评价，是不是"金子"，是不是好内容，还要看产品跟语境的互动关系。文艺评论是文艺作品、文艺现象的"第二落点"，这就决定了它的大众传播不可能平地起高楼，而是要乘大势、借热点，"好风凭借力，送我上青云"。此外，"两会艺览"作为文艺评论栏目，重在观点和思考，在互联网碎片化、去深度的趋势下，相比于娱乐八卦等自带流量的低门槛"文艺信息"，传播难度要大得多，这就要求我们通过新媒体进行传播模态的转译，实现文艺观点的"直给"。

"两会艺览"的"爆款长红"，一个重要原因是有效借力两会舆论场的高能"场效应"。全国两会是中国人民政治生活中的大事，是畅通民意、凝聚共识的平台。全国人大代表和全国政协委员多在各自专业领域具有一定造诣和影响力。"公共性"和"专业性"这两个特点叠加，使两会舆论场呈现出"专业人士引导社会公共议题"的强大气场，吸引了大量翘首以待的受众。这种"场效应"与"热门话题+权威解析"的报道策略深度契合，垫高了主流文艺评论的发声平台，放大了两会好声音的舆论声量。

能量再高的舆论场，也要有适配的新闻产品，才能激荡出浪花朵朵。演员张光北"骑假马练不出真演技"（2021）短视频在哔哩哔哩网站赢得大量实时点赞留言，年轻网民用满屏弹幕表达对该观点的高度认同。议题直指当年舆论热议的"数字演员"等演技问题，拓宽受众入口；题目巧妙拎出"骑假马练不出真演技"这一画面感强又朗朗上口的记忆点，降低传播难度；形式呈现上，除了嘉宾采访画面，又结合话题配上被哔哩哔哩网民称为"神剧"的1994年版电视剧《三国演义》及《亮剑》画面，以形象直观又切题的视觉论据唤起受众共鸣。"模态转译"叠加"场效应"，实现了文艺评论全面升维，打造出一批难得的新媒体文艺评论"爆款"。

新媒体原创+纸媒转化，双管齐下推动"主力军建功主战场"。近些年来，通过以"两会艺览"为代表的新媒体创作实践，人民日报社文艺部的编辑记者网感显著增强，用户思维得到提升。直接表现是，在报纸栏目策划之初，编辑就将传播议程前置，在互联网语境下考量话题拟定、作者选择、形式转化，并成功实现了报纸内容互联网传播"量的增长"和"质的提升"。2022年，人民日报文艺副刊"坚持'两创'书写史诗""聚焦现实题材电视剧创作"等专栏在人民日报法人微博转化推送，阅读量分别超过25亿和6亿。报纸文章在互联网舆论场激起层层涟漪，显著放大了主流文艺舆论传播力和影响力，有效扩大了人民日报的舆论传播覆盖面。

流量不是目的，"正能量+高质量+大流量"才是追求。无论舆论场怎么变化，价值传播是主流媒体职责所在，思想表达是文艺评论硬核担当。在微博等年轻态舆论场，文艺话题常常以娱乐八卦的形式出现并频繁占据热搜榜单。人民日报的新媒体文艺评论坚守主流文艺评论价值和担当，通过主动"上场"和积极"介入"，穿透圈层壁垒，创新表达"优秀创作不会被人工智能取代"（蒋胜男）、"影视剧选角不能唯流量"（刘家成）等主流观点，在大众传播中实现了内涵深化、价值传递、传播"破圈"，从中可以一窥媒体融合发展的强大后劲和远大前景。

面对技术浪潮和业态更迭，新闻工作者要有专业坚守和价值定力。主力军上主战场，不是放弃传统媒体阵地，而是通过主动"上场"直接感知水温、搏击风浪，练就在互联网深海实现主流舆论引领的硬功夫、真本事。在品质和传播的双向奔赴中，让新媒体内涵更厚重、传统媒体身形更轻盈，实现新闻事业的传承创新。

三点思考

媒体融合进程持续深化，新闻等认知型内容行业将从"技术驱动"回归"内涵驱动"。"两会艺览"的"爆款长红"，证明"内涵驱动"是走得通、跑得快的可行路径之一。在新型信息技术应用早期阶段，新媒体显现出超越传统媒体的巨大效能，技术的赋能作用和平台地位不断凸显。随着媒体融合驶向深水区，"旧时王谢堂前燕，飞入寻常百姓家"，新技术融入各行各业，作为内容行业，新闻报道的细分领域专业优势将进一步凸显。

当下，新型信息技术的使用门槛越来越低、易用性越来越强、普及速度越来越快。与人工智能大模型相比，新闻工作者对某一领域的深度介入和深度理解，将越来越"金贵"，成为不被人工智能取代乃至能够驾驭人工智能的关键所在，其主力军作用和地位将得到进一步显现和巩固，同时对其专业化程度和跨领域认知能力要求也越来越高。新型"主力军"将支配人工智能等新型生产力工具，不断提升新闻生产效能、丰富新闻产品"深加工"形态。

数字信息不断膨胀，"品牌人设＋真知灼见＋极致表达"式新闻产品将成"金字塔塔尖"。"两会艺览"成为"长红爆款"，还意味着在自媒体语境下，具有品牌人设、认知深度的主流舆论价值得以凸显，并成为引领社会舆论的公共文化"刚需"。对于热点事件、热点现象，人们迫切需要"准音儿"。一个有观照、有洞察、有公信力的观点，能够帮助网民廓清疑惑，发挥定海神针作用。越是众声喧哗，这种主流舆论越是刚需，越是迫切需要"定音哨"响遏行云。

从用户生产内容到人工智能生成内容，从"人找信息"到"信息找人"，人们所能接触到的数字信息呈几何级增长。但人脑的"待机时长"和

"传输带宽"是有限的。这就意味着在信息产品的"红海"中，内容生产将越来越"内卷"，不断扩容的"塔基"将持续垫高信息产品的"金字塔塔尖"。人们将更加注重信息提供者身份的权威性和独特性，对信息的认知深度及体验要求也越来越高，形式雷同、知识堆叠、平铺直叙的内容将成为"冗余信息"而迅速下沉。这种趋势下，"老字号""大品牌"专业新闻机构，把握传播规律，坚持"内涵驱动"，持续更新技术，不断优化流程，将在全媒体格局中赢得媒介融合新优势。

以项目为牵引、效能为优先，推动机制创新、功能重组，实现媒体深度融合。如果"两会艺览"是一枚果实，结出这枚果实的大树就是人民日报媒体融合发展事业。作为专业采编部门，文艺部牵头策划采访，媒体技术公司进行视频采集和剪辑制作，人民日报法人微博、人民日报客户端、人民网、人民日报数字大屏等媒体矩阵实施内容分发。文艺部以融媒体项目为牵引，创新联动报社兄弟部门，进行内涵驱动、技术升维、矩阵传播，实现了新闻产能的优化聚合和品牌栏目的协同打造，也展示了人民日报平台赋能的雄厚实力。

"两会艺览"的创作生产，以效能为优先，强化薄弱环节，精简冗余环节，畅通内部协作，优化外部支撑，形成了目标明确、运转高效的生产机制。同时，充分发挥不同年龄层采编人员在敏感度和创新力、组织力和协调力、经验值和决断力上的各自优势，让团队成员人人都当创意源和体验者，聚力创新、迭代产品、累积经验。4年来，得益于平台和机制支撑，从项目启动到报道完结，每季"两会艺览"制作周期都不超过15天，体现出以小投入获得大产出的高效能。

在新闻实践中，媒体融合的难点不在技术应用，而在体制机制创新。面对传播效能更高的新闻生产工具——互联网和新媒体技术，通过怎样的生产组织方式革新，持续推出具有传播优势的引领性新闻产品，不断提升主流媒体的舆论引导效能，是媒体融合发展的关键课题。在构建全媒体传播格局过程中，通过渐进式改革而非一刀切式的简单化，媒体融合发展不断走向深化。以具体项目为抓手，通过既有组织的创新联动，在效能提升的过程中推动机制创新和功能重组，媒体融合发展前景可期。

(《新闻战线》2023年04月15日)

申报资料实录

作品简介："两会艺览"栏目4年"长红"，总流量突破25亿，成为主流文艺宣传和新媒体两会报道"爆款＋长红"品牌。本文剖析这一典型案例，深入总结人民日报文艺融合报道实践经验，提炼出"内涵驱动、技术升维、矩阵传播"等关键范式，探讨在新技术引发内容生产变革背景下，怎样以机制创新为抓手聚合优质新闻资源，打造"品牌人设＋真知灼见＋极致表达"式新闻产品，梳理规律性认识。为进一步推动媒体深度融合、做好文艺宣传进行了切实而深入的探索。

社会效果：文章于《新闻战线》发表后，在文艺界和新闻界受到关注和好评。有文艺界别全国政协委员表示，该文针对"在互联网主阵地怎样唱响'文艺好声音'"提出的真知灼见可复制可推广，具有普遍意义。有媒体负责同志表示，该文既有实战派的管用经验，又有学院派的理论思辨，对推动主流媒体文艺宣传"破圈"很有启发。该文收入中国知网后被多次下载，并被相关论文引用。

初评评语：该文聚焦"主流文艺宣传如何建功主阵地"这一重要课题，案例分析深入，规律总结到位，展现了思考深度和实践效度，对深入学习宣传贯彻习近平文化思想、做好主流文艺宣传进行了有益探索，对文艺界和新闻界做好相关工作具有启发意义。

主力军全面挺进主战场
构建媒体深度融合新生态

集　体

摘要： 2023年是媒体融合从行业探索上升为国家战略整体推进的第十年。我国媒体融合取得了突破性进展，进入攻坚期。在融合过程中存在的机构设置分散、资源流通不畅、自主可控技术缺乏、用人考核机制缺乏弹性等问题，与打造新型主流媒体、构建全媒体传播体系的需求不适应、不匹配，是媒体深度融合的最大掣肘。"广电媒体融合机制探索"调研组坚持问题导向，采用问卷调查、实地考察、蹲点调研、座谈访谈等方式，梳理出制约主力军挺进主战场的体制机制壁垒，从组织架构、流程再造、智能重构、人才激励等方面，提出解决路径和策略。

关键词： 媒体融合　全媒体传播　广电媒体融合　新机制

随着人工智能时代的到来，舆论生态、媒体格局、传播方式发生深刻变化。而广电媒体的组织架构、生产流程及管理体系大多是第二次工业革命生产力背景下的产物，与人工智能时代的发展需求不匹配，迫切需要广泛开展调查研究，对加强全媒体传播体系建设，塑造主流舆论新格局这个重大课题，交出广电媒体的时代答卷。

自党中央部署开展学习贯彻习近平新时代中国特色社会主义思想主题教育以来，江西广播电视台（以下简称"江西台"）把加强理论学习和深化调查研究结合起来，围绕媒体深度融合、全媒体传播体系建设等发展难点与发力重点，带动党员干部结合实践学习、带着问题思考，通过主题教育解决实际问题，推动中心工作，真抓实干，务求实效，以新气象新作为推动高质量发展，成立了"广电媒体融合机制探索"调研组，对当前广电媒体深度融合的现状和突出问题以及今后的机制建设进行调研。

调研组面向全国各级广电媒体发放了1万余份调查问卷，最终收回有效问卷8155份，并前往江苏省广播电视总台、四川广播电视台、福建省广播影视集团，以及江西省宜春、赣州、大余、都昌等市县级融媒体中心学习考察，运用问卷调查、蹲点调研、面对面访谈等多种形式，深入调研各级广电媒体在推进主力军全面挺进主战场，构建媒体深度融合新生态工作中的具体做法、成效与存在的问题，并针对摸排归纳的问题提出了相应的解决策略。

一、广电媒体融合发展的现状

党的十八大以来，以习近平同志为核心的党中央高度重视媒体融合发展，采取了一系列重大举措，媒体融合发展已成为事关大局、全局的国家战略。十年来，在中央顶层战略部署有力指导推动下，从中央到地方，各级广电媒体以打造新型主流媒体、构建全媒体传播体系为目标，主力军全面挺进主战场，以优质内容构筑流量高地、用先进技术夯实转型底座、以持续创新打开未来空间，推动核心竞争力向新媒体全面转移。

1. 全媒体阵地版图不断拓展。近年来，各级广电媒体推动主力军全面挺进主战场，整合主要新闻力量，组建融媒体新闻中心，倾力打造自主可控的自有平台，不断优化新媒体传播矩阵，央视频、芒果TV、四川观察、看看新闻Knews、大象新闻、触电新闻等一批自主可控的新型传播平台、主流媒体账号成为"头部顶流"；湖南广电旗下新潮国货内容电商平台"小芒"、浙江广电集团旗下重大文化传播平台"Z视介"、河南大象客户端有限公司旗下的大象5G智慧文旅平台等一批融合新业态层出不穷，不断开拓深融新境。媒体融合从物理层面上升到价值层面，实现了更好更快更深入的价值引领。

同时，主流媒体抓住机遇，积极入驻头部商业平台。相关数据显示，截至2022年底，主流媒体在抖音、快手平台拥有668个百万级以上粉丝量的账号。2022 年，省级台共发布 448.2 万条新闻短视频，播放量高达 2543.6 亿。主流媒体凭借内容优势，与商业平台形成了"主流生产＋头部引流"的合作新模式及传播新格局。

2. 现象级融媒体产品不断涌现。近年来，各级媒体抓住建军 90 周年、党的十九大、改革开放 40 年、新中国成立 70 周年、中国共产党成立 100 周年、北京冬奥会、党的二十大等重要时间节点，以脱贫攻坚、乡村振兴、生态文明建设、抗击疫情、高质量发展等重大主题报道为"竞技场"，利用文字、图解、H5、音视频、直播等全媒体报道方式，推出了一批现象级融媒体产品。

比如，在庆祝建军 90 周年之际，人民日报推出互动 H5《我的军装照》，上线 10 天浏览量突破 10 亿，在朋友圈形成刷屏之势；庆祝中国共产党建党 100 周年，重庆华龙网推出"人间正道是沧桑——百年百篇 留声复兴之路"专题，线上浏览量超 3 亿人次；党的二十大期间，人民日报社的中国共产党国际形象网宣片《CPC》、中国日报社《小彭直击大会现场！那些报道二十大的外国人都在忙什么？》、科技日报社《100 秒见证中国创新》、津云《我们的十年》、浙江台《数说精彩华章丨非凡"浙"十年》、福建广电《太空看福建》等一大批融媒精品喷涌而出。"中国节日"系列节目、"一路象北"直播、舞蹈诗剧《只此青绿》、微视频《中国三分钟》、H5《听·见小康》，一系列融媒爆款破圈而出，彰显了主流媒体精准掌握话语权、发挥舆论引导力的关键作用。

江西台这些年围绕融媒精品创新创优也持续发力，涌现出《跨越时空的回信》《闪亮的坐标》《闪耀东方》等一批优质节目 IP，尤其在奖项方面成绩突出，2022 年电视专题《老表们的新生活——鸟哥"打"鸟》、融媒直播《突发！两岁女孩碎玻璃入眼 交警媒体紧急护送》、电视纪录片《开往春天的高铁》、广播专题《找到家乡第一个党支部》、广播消息《零的突破！中国双季早粳稻在江西诞生》等一系列融媒产品斩获中国新闻奖，无论获奖数量、等次均跻身全国一流省级广电媒体行列。

3. 新技术新业态新模式不断产生。近年来，广电媒体积极探索 AIGC（生成式人工智能）、语言大模型、5G、混合现实、元宇宙等内容生产技术、信息传播技术、人机交互技术，着力勾画媒体智能化的崭新图景。比如，津云一站式智能媒体融合解决方案采用 AIGC、大数据、云计算技术，可以为内容工作者提供全媒体一体策划、AIGC 智能创作、多元传播等"策、采、编、审、发、评、馈"全流程产品；在芒果系元宇宙产品"芒果幻城虚拟社交空间"，用户可以沉浸式体验游玩社交，观赏影音内容，远程参与各色活动等；采访助手、写稿机器人、视频字幕生成、合成主播等相关应用不断涌现，并渗透到采编播等各环节，推动了传统媒体的生产方式变革。

在技术创新加持下，广电媒体日渐成为汇聚资源、对接需求、赋能治理的服务型全媒体。北京台"北京时间"接诉即办平台、江西台"赣问"平台等新媒体平台的应用创新，探索"新闻+政务+服务合作"的应用模式，聚焦群众急难愁盼问题，打通了联系群众、服务群众的"最后一公里"。"我的长沙"城市融媒平台、"人民好医生"客户端、"四川乡村"客户端、贵阳"壹刻宝"社区平台、"南太湖号"移动开放平台等"媒体+"的创新案例，不断催化融合质变，放大一体效能。

媒体融合取得显著成效，得益于国家宏观战略的部署、技术革新的推动，也直接与媒体负责人的积极性、主动性、创造性相关联，特别是管理体制创新。问卷中，77.68% 的人认为"管理体制的调整与改革"直接影响着媒体融合能否有效推进（如图 1）。因此，现阶段在广电系统开展"建立主力军挺进主战场的新机制，构建媒体深度融合新生态"的大调研，是大势所趋、使命所系、发展所需的重要工作。

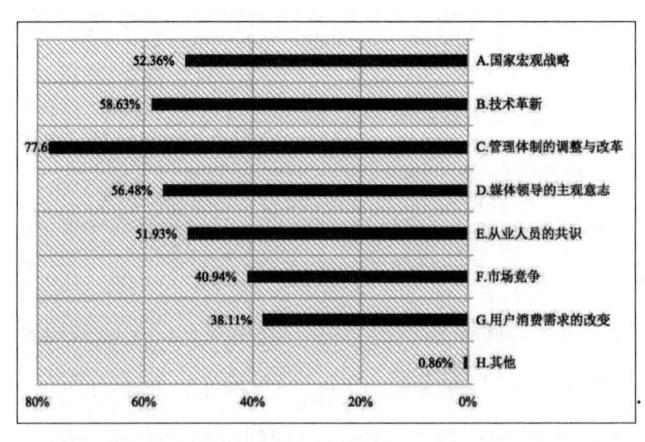

图 1　影响媒体融合有效推进的因素

二、广电媒体主力军挺进主战场的机制壁垒

媒体深度融合对于传统媒体人而言,是一次刀刃向内的自我革命。与商业平台"万丈高楼平地起"式的原始创新不同,它是在相当大的历史沉淀上做改革,并且触及深层次体制机制改革,难度非常大。为加快推进媒体深度融合发展,建立主力军挺进主战场的新机制,调研组深入广电媒体一线,开展调查研究,梳理出制约"主力军挺进主战场"的四大机制壁垒。

1. 组织架构系统性不足。调研发现,一些广电媒体在进行媒体融合时存在目标导向不明的情况,平台思维和传媒思维交织在一起,路径选择上犹豫不决,揣测观望的多,试水行动的少,缺少义无反顾的决断和久久为功的定力,致使媒体融合成效不明显。有近三成的调查对象(29.61%)支持该观点(如图2)。

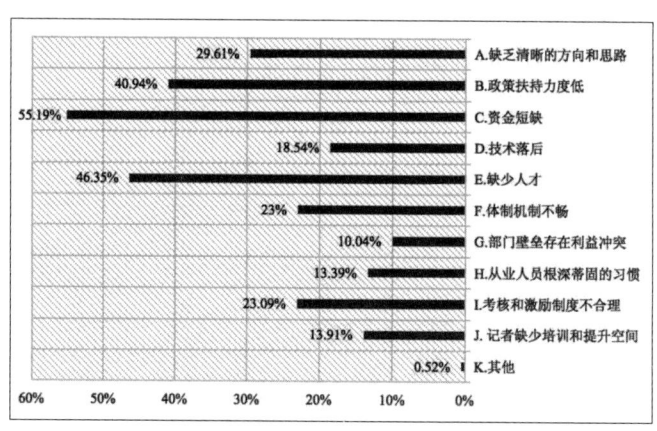

图2 传统广电"主力军挺进主战场"面临的问题和困难

平台思维和传媒思维是两种截然不同的思维,平台思维侧重于应用,倾向于用服务捆绑用户,谋求垂类圈层效益;传媒思维侧重于传播,倾向于用权威影响受众,谋求影响力"破圈"效应。两种思维没有高下之分,只是实施的方法和手段不同,成效有所差异。但较为忌讳的是目标不明确、行为不坚定。欲用传媒思维达到平台再造的效果,或者想用平台思维扩大传媒影响力,都是违背事物发展规律的。

调研数据显示,91.42%的调查对象所在单位建立了融媒体中心,

75.88%的单位打造了自主可控的新媒体平台、建立了新媒体矩阵号,近50%的单位建立了一体化扁平化的内部组织架构,成立了工作室、产业事业部,但19.40%的受访者认为媒体融合的成效一般,虽然建立了框架,但是"合而未融""各自为战",近10%的人认为媒体融合的成效甚微,基本停留在传统的广电模式、生产方式。

结合调研总体来看,不少广电媒体内部仍存在深沟壁垒。其中,既有物理层面的,更有思维层面的。有些担心淹死在"深水区",在思想上抱残守缺,满足于"捧着铁饭碗过小日子",没有勇气和魄力打破不适配的体制机制;有些虽然建起融媒体中心,但仍沿用旧思维、老模式,内部还是科层制和条块分割,只"合"未"融"的现象普遍存在;有些缺乏总揽工作的战略决断,缺乏系统思维与总体谋划,各频道的新媒体业务依然"各自为政",没有拧成一股绳,使得原本就力量不足的新媒体力量分散开来显得更加薄弱;有些虽然建立了自主可控的新媒体平台,但仍是"小舢板",影响力和吸引力不足,资金有限、力量不足,推进步伐缓慢;有些热衷于到第三方平台上开号,为动辄几千万的第三方平台上的阅读量沾沾自喜,没有意识到自己的话语权在逐渐丧失。

2. 流程再造完善性欠佳。流程再造是组织形态进化过程中的一个分水岭,也是企业转型升级、迈向高质量发展的必然要求。它的基本动作就是进行跨部门、跨功能的集成,实现业务流程运行最佳效果、资源配置最优组合。

如图3所示,调研发现,56.82%的广电媒体的新媒体生产依旧沿用老逻辑,思想方式、运作模式依然是老把式。40.6%的人认为本单位在新媒体生产中主要是拆条搬运、转发引用,原创比例低。51.5%的人认为人手严重不足,37.51%的人认为内容生产严重短缺,其主要原因是没有从源头上植入现代传媒融合发展理念,内容生产流程再造不完善,主力军身在心不在,表融里不融,没有形成与"全程媒体、全息媒体、全员媒体、全效媒体"相适配的内容生产机制。两三个"搬运工"可以做出一个流量大号,却很难做出一个原创大号。能够形成需求的传播才是好的传播。通过内容变现让内容产生价值有所回报,才能形成良性循环。调研中,51.16%的广电员工认为优质内容没有变现渠道，许多斥资打造的好节目和优质 IP 没有变现渠道，无法实现内容价值的最大化，导致投入与产出不成比例，生产方式不可持续，变成"一锤子买卖"。

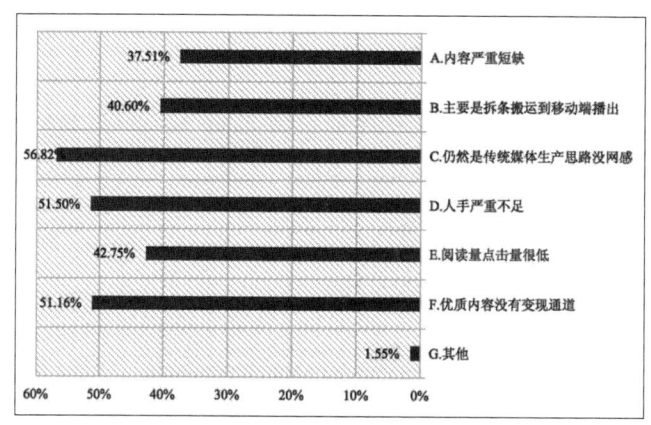

图 3 广电媒体新媒体内容生产面临的问题

　　究其原因，主要是由于内容生产产业链不完整，没有形成从内容生产、分发到消费、变现的生态闭环。负责内容生产的节目部、负责渠道分发的技术部与负责市场运营的广告部之间并未形成一种高效、合理的联动机制，无法围绕优质内容进行全产业链、全供应链和全价值链开发。一些台在机构设置上仍是传统的广告部，没有专业的内容宣传、推广、营销团队。一些台虽然设置了运营部，但没有形成良性互动机制，营销人员很少关注节目的选题和内容亮点，内容生产人员也很少主动将新创意告知营销人员，无法形成合力。此外，缺少专业的全媒体生产、制作与传播人才和全媒体运营维护类人才，传统营销人员用户思维与平台思维普遍较弱、基于大数据的用户洞察能力不足，不具备全媒体项目策划与统筹能力，不擅长全媒体项目运营与管理，更不擅长打造 IP 价值进行跨界营销与运维，无法将广播电视的内容优势转化为经济效益。

　　3. 智能重构深入性薄弱。一些广电媒体对数字技术重视不够、投入不足、力量分散，融媒体最新应用技术研发缓慢，技术创新有"盆景"却无"风景"，一些新技术仅为上面来考察时的展示项目，生产投入与实用效果不成正比，科技引导力没有充分显现。有些台满足于浅层次技术应用、技术外包和小技术团队，自主研发力量薄弱，无法将新技术应用、新话语体系融入内容生产与传播过程中，打造内容生产的新系统、新流程、新表达。

调研发现，58.63%的调查对象认为技术革新直接影响着媒体融合能否有效推进，还有33.48%的调查对象不了解本单位融媒体中心技术开发路径。在融媒体中心技术开发路径上，外包合作的比例相对较高，达到了35.79%。在对各单位融媒体中心技术应用满意度调查中，员工对打造平台矩阵和拓展传播渠道的满意度较高，均超过了8分，而对强化技术引领的满意度只有7.65分（如图4）。

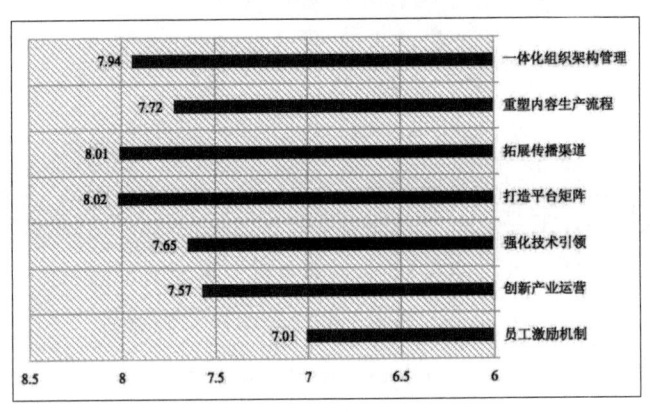

图4 广电媒体深度融合机制满意度题

目前，5G、元宇宙、算法推荐、虚拟现实，特别是AI（人工智能）、ChatGPT（人工智能聊天机器人）、AIGC（生成式人工智能）正在加速迭代演进，快速嵌入内容生产、审校与风控、传播分发、市场运营等各个环节。但是不少广电媒体对技术颠覆性应用的认识不够深入，将大量技术人才集聚在保安全播出等传统工序流程上面，较少研发使用这些新技术新应用，技术赋能采编仅停留在表现形式上，没有在用户画像、数据抓取、精准推送等方面赋能增效，形成集约高效的内容生产体系和传播链条，让内容与技术实现深融聚变，更不要说进行颠覆式的未来产业布局。

4. 人才机制灵活性不够。推动媒体深度融合，关键要靠人才支撑、人才驱动。调研发现,"资金短缺、缺少人才、政策扶持力度低"是传统广电媒体主力军挺进主战场面临的三个最主要的难题和困难,占比分别为55.19%、46.35%、40.94%。将近一半的受调研者认为,绩效考核评价机制变革滞后,人才薪酬机制仍然是传统行政体制,与媒体融合快速发展相差甚远。大部分台缺乏成体系的新媒体产品评价指标与体系,有些媒体主要依靠发稿量来进行考核,没有综合考虑点赞率、转发率和有效触达率等因素。有些有想法、有干劲的"创作能手"的收入甚至没有机械完成任务的"发稿大户"高,加上互联网头部平台的"虹吸效应",导致人才流失现象严重。

在对媒体深度融合机制满意度评分调研中,受调研者对员工激励机制的满意度最低,仅为 7.01 分。调研组结合访谈了解到,各级广电媒体的内部考核机制和晋升通道单一,以激发优秀青年干事创业的积极性;人才结构不合理,采编播人数庞大,具备全媒体思维、现代化管理思维的高端技术人才严重短缺。

三、主力军挺进主战场的机制探索

媒体深度融合新机制的建立是一个系统工程,必须整体协同地研判形势、分析问题,给出针对性对策。调研中,77.68% 的人员认为要进行管理体制的调整与改革;84.38% 的人员认为要提高新媒体创制能力;58.63% 的人员认为要进行技术革新;72.72% 的人员认为应改革员工激励机制,为新机制的建立提供依据和支撑。

1. 重构组织系统,建立一体化组织架构。广电媒体应加强顶层设计规划,积极探索符合全媒体发展的体制框架和机制体系。按照互联网平台模式重构资源组织方式和运营模式,对标大型互联网公司,完善组织架构。打破频道频率和客户端之间界限分明的部门划分模式和结构观念,打破传统媒体资源与新媒体资源的区隔,整合资源、科学布局、条状管理、横向联动,建立一体化扁平化的内部组织架构。探索建立刚性机构与柔性组织相结合的组织机构,优化资源配置,形成集约高效的内容生产体系和传播链条，更好地对接市场和用户需求，去打造垂类品牌、孵化创收渠道，为媒体深度融合发展探索更多可能。

近年来，很多融媒精品爆款就是在这种"特种战"新型运营模式下诞生的。一夜之间火出圈的《唐宫夜宴》等"中国节日"系列节目，就是河南台重构组织系统的产物。河南台深度整合文艺生产、文艺演出、精品创作等生产要素，集中配置全台资源，实现了各部门的横向整合和纵向打通，更灵活地对接市场和用户需求，打造垂类品牌，整合后的第一年，就创制出《唐宫夜宴》，刷爆朋友圈。创意互动H5作品《一张照片背后的这七年》、短视频专题《无胆英雄张伯礼》等中国新闻奖获奖作品，也是在这种工作室、专班模式下诞生的。

2023年，江西台启动了江西卫视改革重塑、今视频"二次改革"、农业全媒体中心建设和广播频率融合运营试点"四大改革"，方向都是加快专业化频道改革和全媒体传播体系建设。江西卫视成立了15个工作室（事业部），优化部门结构、理顺权责关系；今视频着力打造今新闻、今直播、今观点、今服务、今科技等品牌矩阵，实现首屏首页大变化、体制机制大革新、形态业态大突破、技术产品大迭代，以崭新的面貌、过硬的内容、活跃的互动打造全国一流新型传播平台；公共·农业频道启动农业全媒体中心改革试点，从思想观念到部门架构、生产流程，再到文风文稿、画面镜头，完全以互联网思维去组织内容生产；广播也启动了深度融合运营改革，整合了全台9个广播频率80多个新媒体账号、主持人达人和优质内容生产团队资源，集结成一个2000多万粉丝的多平台、多账号广播矩阵，合力推动平台宣传和运营，实现价值最大、效益最优。

2. 再造生产流程，实现全流程打通互联。互联网信息大爆炸的时代，人人都有麦克风。商业平台上，人人都是内容生产者，保障了海量内容的充分供给。而目前广电新媒体仍然主要是采编人员进行生产，显得量小式微。要打破这个困局，需要在坚持正确的政治方向、舆论导向和价值取向的基础上，建立供应充足的内容生产机制。一是完善内容审核拓展服务模式，引入UGC（用户原创内容）生产模式，与原有的PGC（专业生产内容）

相结合，诞生 PUGC 全新内容呈现；二是探索融媒直播常态化，前方记者直播，后方编辑实时剪辑成短视频分发到各新媒体矩阵，形成充足的直播内容供应机制；三是探索专业化生产引导下 MCN 制等方式，通过"同步直播 + 跨屏联动 + 电商带货"等模式，既保障大屏内容的充分供给，又打破传统媒体为第三方平台打工的模式，双方相互赋能，形成融合品牌效应。

此外，要完善内容生态系统，把"产品流程"转变为"集成流程"，形成从内容生产、分发到消费、变现的生态闭环。从产业链的角度讲，要延链、补链、强链，延长非新闻类产品和服务产业链，实现从内容生产到渠道分发再到市场运营的全链条打通与连接，各部门通力协作，对可经营性的优质 IP 进行全环节升级、全价值链开发。产业链的第一环内容生产部门要改变以采编部门为中心的传统生产模式，在生产过程中与中端技术部门、后端运营部门多沟通；产业链的最后一环运营部门要洞察消费者需求，用收益指标指导内容部门生产适销对路的产品，避免内容生产进入"谁写谁看、写谁谁看"的怪圈。产业链的中间环节技术部门也要提前介入，在前期的创意生产环节赋能内容生产，共同研究如何增加表现形式的多样性，实现多种互动手段，丰富变现手段，变"可看"为"可用"，让受众愿意花钱购买，通过互动式引导，让产品的品质更高、价值更大。只有产业链上的各环良性互动，彼此赋能，才能不断提高客户满意度，扩大媒体影响力，构建良性循环的产业链生态。

3. **强化技术引领，推进媒体生产力变革。** 广电媒体深度融合过程中要清醒觉知，科技是第一生产力，要重视技术建设，加大投入研发新技术新应用，用新技术对新闻生产流程进行智能化改造。敢于做第一个吃螃蟹的人，对于技术的态度，不再"一买了之"，而是自主研发，掌握核心技术，用新技术重塑采集、生产、分发、接收、反馈

等全流程，蓄势数字生产、赋能内容创作，提高内容生产效率，增强媒体的体验性、互动性和吸引力，推进媒体生产力变革。

在技术创新加持下，推动自身向"汇聚资源、对接需求、赋能治理"的服务型全媒体转型。通过大数据算法分析爆款产品传播规律，为优质内容

创作提供重要参考；紧盯前沿技术，不断推出融媒技术新应用，探索数字文旅、数字文创、直播电商、智慧教育等新产业新业态，探索建立可持续发展的数字化商业模式，为融媒业务构建良性循环的产业链生态。

此外，要加大自主技术研发能力，将自有平台迭代为媒体融合与社会治理新平台，从低利润的卖产品转型为高增值的卖服务，从新闻产品提供者向综合信息服务者转型，将业态拓展到政务、商务和服务中，助力产业振兴、智慧城市建设，构建多样化信息服务生态系统。探索在文旅、文创、电商等领域与商业平台合作，开展公益性大型直播项目，推动内容变现及产业升级；组织开展高端智库专家调研行动、城市文化或品牌节庆活动；合办政务类节目等，为政府机关、头部企业提供包括全媒体宣推、决策参考、专家调研、定制栏目等在内的"一揽子"定制化解决方案。

4. 激发人才队伍活力，建立科学用人机制。习近平总书记指出："媒体竞争关键是人才竞争，媒体优势核心是人才优势。"优秀人才是广电媒体的最优资产，也是推动广电行业发展最基础、最根本、最核心的资源。在用人方面，要把握"增量"与"存量"、"输血"与"造血"的关系，营造人才与发展良性互动机制。如图5所示，调研中，72.02%的调查对象认为要改革员工激励机制。

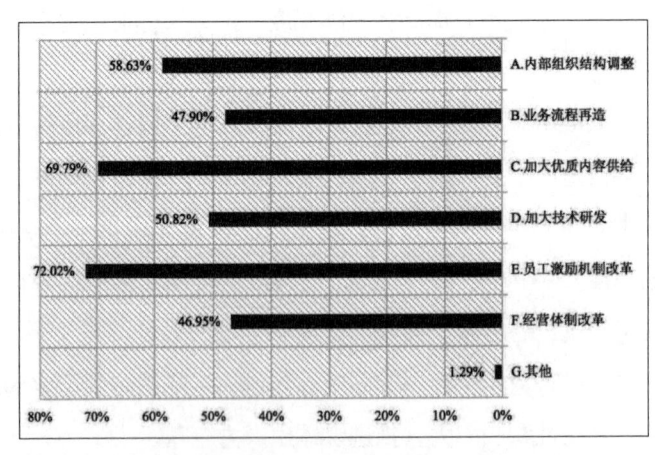

图 5 广电媒体推动主力军挺进主战场的侧重点

一是建立精准科学的考核机制和灵活高效的用人机制，盘活"存量"人才。建立健全充分体现创新要素价值的收益分配机制,对总体薪酬进行结构性调整,打破人员身份界限,打破平均主义,统一基础工资标准,降低固定工资,大幅提高业绩绩效工资占比,并向宣传一线、创作制作等关键岗位倾斜,多劳多得、少劳少得、不劳不得,营造全员能上能下、能进能出的良好生态。

盘活"存量"人才,以"项目"为抓手,竞聘上岗,采取"以战代训""培训+孵化"的项目机制,吸引业务骨干担任项目负责人,赋予其选人用人权、自主运营权、资金支配权,让他们更加自由地发挥才华和创造力,通过项目孵化融媒体产品主理人、产品经理人、制作人,形成人才创新良性循环;建立内部人才市场,为有内部流动意向的干部、职工提供可选择的岗位,激发人才干事创业的激情;成立内部专业委员会,将临近退休的处级干部从一线岗位上退下来,安排其承担内部培训、业务指导、内容把关、技术保障等工作,同时,放宽后浪晋升通道,大力培养青年业务骨干、复合型人才,形成"80后"掌舵、"90后"冲锋、"00后"接力的团队格局,营造"以实绩论英雄、凭能力定岗位""人尽其才、才尽其用"的选人用人氛围。

二是搭建双通道激发人才活力,吸引"增量"人才。要完善多层次、专业化人才体系,形成一支结构合理、顺应广电高质量发展需求的专业人才队伍。首先,要创新人才引流制度,从头部互联网公司或平台引进亟须的技术和运营人才,快速实现人才素质的跃级提升。其次,以活动大赛招揽贤才。通过开展算法大赛等技术类大赛,精准引进单位亟须的高端技术人才;开展"揭榜挂帅"专项赛,针对发展中的痛点难点,向全球英才征集解决方案,以求取得重大突破。

对于引进的人才,还要做好下半篇文章,即持续不断地开展人才培训,采取"送出去——到头部互联网公司跟班学习""请进来——邀请头部互联网公司专家指导"相结合的方式,保持其知识常新、思维常新、意识常新;畅通专业技术人才的晋升通道,建立人才职场晋升双通道,为内容生产的骨干人才开辟专业通道,实现管理通道和专业通道并存,为人才创造一个施展才华、放飞梦想的具有持久吸引力的平台。

三是优化人才评价办法，培育全媒体人才。全媒体时代亟须一批精通互联网制作、传播、运营、技术的全媒体人才。要加大力度培养四类人才，即全媒体决策统筹类人才、全媒体创意创造类人才、全媒体生产制作与传播人才、全媒体运营维护类人才。这些专业人才具备互联网思维，拥有强大的信息资源汇集、配置与调度能力，精通创意策划、全媒体IP打造，具有强烈的用户思维与平台思维、业态分布与统筹、跨界营销与运维、全价值链布局能力，这些全媒体人才是媒体成功转型、迈向高质量发展的主力。

　　广电媒体要建立健全以能力、贡献和创新价值为导向的全媒体人才评价体系。加强对全媒体人才进行精准绩效考核评估，运用绩效考核指标引领事业发展方向。对定量、单一的工作多用惩戒性指标考核方式，而对定性、创新的工作多用奖励性指标考核方式。定期公布"两微一端"和其他商业平台排名，还可以委托第三方定期对融媒体中心平台建设、内容生产、传播点击等情况进行综合评估，科学精准制定考核目标和指标权重，发挥绩效考核的指挥棒作用，引领事业的发展方向。通过强化体制机制保障，用好全媒体人才，既要守住阵地底线，又能激发创新活力，为加强全媒体传播体系建设提供坚实的人才支撑。

（《媒体融合》2023年08月25日）

参考文献

[1] 胡正荣，李荃. 创新体制机制，培养全媒体人才——媒体融合迈向纵深发展的"任督二脉"[J]. 青年记者，2020(27).

[2] 曾祥敏，李刚. 我国媒体深度融合发展中的关键问题[J]. 现代出版，2021(02).

[3] 黄楚新，郭海威，许可. 多位一体与多元融合：中国地市级媒体融合发展进路[J]. 新闻爱好者，2023(03).

[4] 朱瑞，李良荣. 加强全媒体传播体系建设的逻辑、内涵和支撑[J]. 新闻战线，2022(23).

申报资料实录

作品简介：在深入开展学习贯彻习近平新时代中国特色社会主义思想主题教育中，江西广播电视台成立了"广电媒体融合机制探索"调研组，突出问题导向，面向中央、省、市、县级广电媒体从业者进行了分层抽样，发放了1万余份调查问卷，最终收回有效问卷8155份，并前往江苏省广播电视总台、四川广播电视台、福建省广播影视集团，以及江西省宜春、赣州、大余、都昌等市县级融媒体中心实地考察，深入调研各级广电媒体在推进主力军全面挺进主战场，构建媒体深度融合新生态工作中的具体做法、成效与存在的问题。研究发现传统主流媒体深度融合在目标导向、生产流程、科技赋能和激励机制等方面，普遍存在机构设置分散、资源流通不畅、自主可控技术缺乏、用人考核机制缺乏弹性等问题，在此基础上通过系统分析、科学研判，针对性地提出了重构组织系统、再造生产流程、强化技术引领、优化考核机制等四方面举措，为推动主力军全面挺进主战场，构建媒体深度融合新生态提出前瞻性观点。

社会效果：调研报告被国家级核心刊物《传媒》全文刊发，迅速被知网、万方等文献检索平台收录，在行业内引发强烈反响。文章获得第三十一届江西新闻奖（2023年度）一等奖。调研成果被运用于江西广播电视台今视频焕新计划、江西卫视改革、农业全媒体中心建设和广播MCN融合运营试点"四大改革"中，加快了全台打造新型主流媒体、构建全媒体传播体系的步伐，客观上推动了媒体融合改革的进程。

初评评语：问题导向，切中时弊。文章直击传统主流媒体深度融合中切实存在的痛点、难点，科学分析了问题，针对性提出了合理化建议，有些措施可以在实际工作中即行即用，指导性和实操性强。数据扎实，观点明确。文章坚持理论联系实际，逻辑性强，在思想深度、分析锐度、实践效度上都有独到之处，对于理论界和实务界做好相关工作具有启示意义。视野宏观，前瞻性强。在媒体深度融合步入"下一个十年"的关键布局之年，文章站在全行业角度，对传统主流媒体深度融合的经验和规律进行了深入总结分析，具有一定的前瞻性。

人民的选择
——写在习近平同志全票当选国家主席、中央军委主席之际

杜尚泽　李建广　王昊男

一切选择都来自于人民，一切荣耀都归属于人民。

2023年3月10日上午，习近平同志全票当选中华人民共和国主席、中华人民共和国中央军事委员会主席。如潮的掌声在人民大会堂响起，习近平同志从主席台座席上起身，向全体代表鞠躬致意。

这是2952位全国人大代表，肩负着亿万人民的重托，在民族复兴行进到关键一程，向第二个百年奋斗目标进军之际，作出的郑重选择。

民主亦是民心，民心蕴藏伟力。民心所向，大道无垠。

新时代，实现中华民族伟大复兴进入不可逆转的历史进程。在前无古人的中国式现代化道路上，中国共产党带领人民团结奋斗、踔厉奋发，风雨无阻向前进。

"我宣誓：忠于中华人民共和国宪法，维护宪法权威，履行法定职责，忠于祖国、忠于人民，恪尽职守、廉洁奉公，接受人民监督，为建设富强民主文明和谐美丽的社会主义现代化强国努力奋斗！"

国徽高悬、誓言铿锵，映照着中国共产党人心系人民、面向未来的深情承诺和深沉担当。

根植人民的沃土

"与天下同利者，天下持之"。

习近平总书记多次引用的这句古语，饱含着长期和人民在一起总结出的朴素哲理：谁把老百姓放在心上，老百姓就把谁装在心里。

走进坡急沟深的巍巍太行，深一脚浅一脚。当时村里坑坑洼洼的小路上，村民搀扶着送习近平总书记走出门外，"我叫他慢着点，他也叫我慢着点，说路不好走"。老百姓发自内心地把总书记当自家人。

回到沟壑纵横的黄土地，老乡们拉着习近平总书记的手，十分亲热，总书记仍能一口喊出他们的小名。青年时代的往事历历在目：离开梁家河的那天早上，院子里早早挤满了送行的乡亲。推开门的那一刻，泪水夺眶而出。

踏访辽阔壮美的河西走廊，敦煌、嘉峪关、高台、山丹、古浪、兰州……新闻媒体记录下这一幕幕场景：

"道路两侧，闻讯赶来的群众挤得里三层外三层。总书记让车停在路边。车门一开，他下车走向人群。数千群众顿时欢呼起来。"

"不封路、不扰民，这是习近平总书记在党的十八大后给考察出行定的一条规矩。纪念馆内，有群众同他一道参观；黄河岸边，在他调研时休闲的市民往来如织。网上因此有了总书记各个视角的照片。几乎所有照片，总书记都在微笑着，那是人民领袖面对人民的表情。"

乐民之乐者，民亦乐其乐；忧民之忧者，民亦忧其忧。

在2014年全国两会上，习近平总书记的一席话，令人动容："我现在看到贫困地区的老百姓，确实发自内心地牵挂他们。作为共产党人一定要把他们放在心上，真正为他们办实事，否则我们的良知在哪里啊？"

岁月流转，丹心如一，洗练着"我是谁？从哪里来？要到哪里去？"这一深沉邃远的恒久叩问。

答案，在成长历程的耳濡目染中。

在陕西考察时，中共绥德地委旧址有行字十分醒目："把屁股端端地坐在老百姓的这一面"。看到这句父亲习仲勋说过的家乡话，总书记不由地轻声念了出来。

家风如破冰的春潮，如沁人心扉的春风。

在梁家河的窑洞里，《为人民服务》短短数百字，他不知看了多少遍。

"时时放心不下",有位老前辈说过这样一句话,深深刻在了总书记心上,成为他从政经历的真实写照。

1966年,初中一年级的时候,第一次听到焦裕禄的事迹,"受到深深震撼"。多年后,一首词《念奴娇·追思焦裕禄》抒发胸臆:"百姓谁不爱好官?把泪焦桐成雨""为官一任,造福一方,遂了平生意"……

在总书记办公室的书架上,那张他青年时期的军装照,早已为人们所熟悉。大学毕业后,他到了部队。习近平总书记曾经讲述心声:"我和军队有着不解之缘,对军队怀有深厚感情。"党的十八大后,到基层调研时,常会去当地的部队看一看。踏边关、走戈壁、入班排、看哨所……基层官兵的冷暖始终是总书记深情的牵挂。

答案,在始终与人民站在一起、想在一起、干在一起的磨砺锻造中。

"本"者,草木之根也,根深才能叶茂。

青年习近平在黄土地上的摸爬滚打中,在挥汗耕作、挑灯夜读的艰辛日子里,了解了现实,亲近了人民,坚定了理想。

"陕北高原是我的根",在一篇回忆文章中,他动情地写道:"因为这里培养出了我不变的信念:要为人民做实事!"

至今,总书记还常想起当年,天一擦黑,乡亲们就纷纷赶来了,把他的土窑洞挤得满满当当。"我就给大伙儿讲古今,讲外面的世界。"

那时在陕北,他是乡亲们眼中"吃苦耐劳的好后生";离开正定多年后,正定人依然亲切称呼他"咱们的老书记";在福建工作时,当地人常喊他"百姓省长";到浙江工作后,村民称他是"党派来的好干部"。

称呼里有"水载舟"的大学问,有"金杯银杯不如口碑"的朴素道理。

答案,在对马克思主义科学真理坚定执着的追求中。

2017年10月31日,党的十九大胜利闭幕一周之际,习近平总书记带领中共中央政治局常委,赶赴上海和浙江嘉兴,去瞻仰"我们党梦想起航的地方"。

走进石库门,1920年9月印刷出版的《共产党宣言》中文译本陈列于展厅,总书记久久凝视。他曾说过:"如果心里觉得不踏实,就去钻研经典著作,《共产党宣言》多看几遍。"

从"绝大多数人的,为绝大多数人谋利益的独立的运动"到"人民是历史的创造者,人民是真正的英雄",在"通向真理的道路"上,人民性是马克思主义的本质属性,习近平新时代中国特色社会主义思想,是来自人民、为了人民、造福人民的理论。

答案,在五千年中华文明的熏陶滋养中。

"一个热爱中华大地的人,他一定会爱她的每一条溪流,每一寸土地,每一页光辉的历史。"

这是习近平同志在河北正定工作时的一段心声。

扎根广袤厚实的中国大地汲取养分,深入光辉璀璨的中华文化宝库博采智慧,是习近平新时代中国特色社会主义思想的显著特点。

范仲淹的名句"先天下之忧而忧,后天下之乐而乐",郑板桥的惦念"些小吾曹州县吏,一枝一叶总关情",于谦的明志"但愿苍生俱饱暖,不辞辛苦出山林"……悠悠典籍中的一字一句,沿着时间的长河,流淌千百年,积淀成为深沉、醇厚的人民情怀。

来自人民,代表人民,与人民心心相印,与人民血肉相连,习近平总书记的品格和思想充盈着深厚的人民情、浓郁的中国味、浩然的民族魂。

至真、至纯、至厚,生生不息,书写在新时代新征程上,书写在每个人的心底。

这是历史的答案,是实践的答案,也是未来的答案。

凝聚人民的力量

此刻,庄严的人民大会堂。习近平总书记左手抚按宪法,右手举拳。宣誓声深沉有力,声透云霄。

台下,来自河南的李连成代表,心潮澎湃地倾听着。

这位常年在农田里耕作的农民,几年前在全国两会上,用了足足6分钟,向总书记讲述农民的八个梦想。如今,他想告诉总书记:"村里现在有了幼儿园、小学,还在建一所医院,梦想成真了!"

航天科技集团五院的孙泽洲代表，凝望着、思索着，往事涌上心头。

四年前，他作为嫦娥四号任务参研参试人员代表，在人民大会堂受到总书记的接见。孙泽洲很想再向总书记汇报一次中国航天的新成绩，"探索太空的脚步会迈得更大、更远、更稳！"

江苏省的工人代表单增海，想起总书记参加江苏代表团审议时，代表们讲述的两个月前投票的感人场景。

今年1月，江苏省十四届人大一次会议在南京召开，在江苏参选的中央提名的代表候选人习近平同志，以全票当选第十四届全国人大代表。"大家一次又一次自发鼓掌，掌声雷动，经久不息。"

爱民如亲，万众归心。

誓言是什么？是对人民的郑重承诺。一句承诺，一片丹心。中国共产党人最是重信守诺。

"人民对美好生活的向往，就是我们的奋斗目标。" 2012年11月15日，人民大会堂，面向中外记者，习近平总书记发出新时代中国共产党人铿锵的誓言。

今年全国两会，参加江苏代表团审议时，习近平总书记说道："必须以满足人民日益增长的美好生活需要为出发点和落脚点，把发展成果不断转化为生活品质，不断增强人民群众的获得感、幸福感、安全感"。

重若千钧的"以人民为中心的发展思想"之下，是无数动人的细节。

在这里，习近平总书记多次以崇高礼遇褒奖人民推选出的各界优秀代表。总书记曾经弯下腰来，把全国脱贫攻坚楷模的证书授予轮椅上的夏森；绕过座椅，握住白发苍苍的黄旭华和黄大发两位道德模范代表的手，邀请他们坐到自己身边……

也是在这里，习近平总书记深刻阐释了具有鲜明中国特色的"全过程人民民主"。

把历史的卷轴向前铺展，1954年9月，中南海怀仁堂，新中国第一届全国人民代表大会第一次会议，通过的《中华人民共和国宪法》明确规定："中华人民共和国的一切权力属于人民。"

一切权力属于人民。一个历经五千年兴衰更替的文明古国，天翻地覆慨而慷！正如一位历史学家感叹："来了新的一切，一切都是属于人民的。"这是中国人民多少岁月以来梦寐以求的理想。

选择什么样的政治发展道路？国家政权应该怎样组织？国家应该怎样治理？大浪淘沙，皆在民心。一代代中国共产党人团结带领中国人民风雨兼程，志不移、道不改。

全过程人民民主，根在"人民"。

横向看，来自各地区、各民族、各方面，即使人口再少的民族也至少有一名全国人大代表。纵向看，全国、省、市、县、乡五级都有人民代表大会。亿万选民一人一票，以直接选举方式产生了县、乡两级人大代表。

2021年11月5日，北京市区和乡镇两级人大代表换届选举投票日。习近平总书记大步走进西城区中南海选区怀仁堂投票站，郑重投下了自己的一票。

全国2800多个县（市、区）、4万多个乡镇，亿万人民也投下了庄严的选票。对于这一世界上规模最大的基层民主选举，有观察者将其称为，仿佛用筛子筛了一遍沙漠，难度之大可想而知，却在中国有条不紊。

名非天造，必从其实。亿万人民的所思所盼融入国家发展的顶层设计，亿万人民的所向所往汇聚成奋进新时代的磅礴力量。

一位村党支部书记的经历，感动了很多人。7年，8公里。重庆巫山县下庄村党支部书记毛相林带领村民在绝壁上凿出一条"天路"，寄托着从来没有走出村的乡亲们的希望。"山凿一尺宽一尺，路修一丈长一丈，就算我们这代人穷十年苦十年，也一定要让下辈人过上好日子。"一滴水见太阳。党团结带领人民，为有牺牲多壮志，敢教日月换新天！

一位社区志愿者的感叹，激励着很多人。宁夏吴忠市金花园社区的王兰花，一位和共和国同龄的老模范。见到总书记，她激动地说："2016年您来宁夏，说的一句话让我忘不了，'社会主义是干出来的'。当时我听了，眼泪刷地就流了下来。国家发展到今天不容易，是一步一步干出来的。"

大笔点染，写下气象磅礴的人民力量。

"在我们这么一个有着14亿人口的国家，每个人出一份力就能汇聚成排山倒海的磅礴力量，每个人做成一件事、干好一件工作，党和国家事业就能向前推进一步。"

时代出卷，人民阅卷。"窑洞之问"的两个答案跨越时间的河流巍然屹立，道出党与人民群众风雨同舟、血脉相通、生死与共的政治密码。

那是长征路上的"半条被子"，是淮海战役中的"小推车"，是小岗村按下的"红手印"，也是新时代大战大考中的星火成炬。

2007年，习近平同志在上海工作时，围绕"什么是老百姓最关心的民生问题"开展深入调研。

调研中，他跟干部聊到："老百姓最关心的是能不能每年有增收，是不是在社保方面有改善，跟他们息息相关的利益问题是否得到解决。"

到中央工作后，总书记有次到上海考察，叮嘱社区工作人员："要及时感知社区居民的操心事、烦心事、揪心事，一件一件加以解决"。

"老百姓心里有杆秤。我们把老百姓放在心中，老百姓才会把我们放在心中。"朴实而生动的政绩观一以贯之。

一份情，系在心间。

2019年到甘肃考察，习近平总书记挂念着从山区移民搬迁下来的乡亲们。村民李应川一家一样样地给总书记数，医保、社保、蔬菜大棚的政策补贴，数着数着眼泪要落下来。

第二天的省委和省政府工作汇报会上，总书记提起朴实的乡亲们："水能载舟亦能覆舟。我们这个船啊，有人民的海洋牢牢托着。永远不要失去民心，永远要想着给老百姓办事"。

2021年，在全党开展的"我为群众办实事"实践活动，成为党史学习教育的重要内容。

一串问，暖到心坎。

2016年在青海代表团，总书记同青海省贵德县河阴镇大史家村党委书记毕生忠代表交流时，一连串问了6个问题。

毕生忠发现，总书记问起的并不是那些"大政策"，而是种什么庄稼、拿多少补贴等"细微事"。

讲述着这几年村子的变化，那句萦绕在毕生忠心头很久的话，终于脱口而出：

"我们那里的老百姓把您……怎么说呢？喜欢得不得了！"

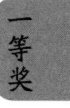

不负人民的期待

"总书记，您好！你是腐败分子的克星，全国人民的福星！"

2014年12月，习近平总书记在江苏省镇江市世业镇永茂圩自然村考察时，74岁的老人崔荣海紧紧握住总书记的手。

总书记微笑着回答："不辜负全国人民的期望。"

不负人民，一诺千钧。沉淀在新时代的日日夜夜，映射在治党治国治军、内政外交国防、改革发展稳定的大事小情。

"受命以来，夙夜忧叹，恐托付不效。"习近平总书记曾引用诸葛亮的《出师表》表达自己的心情。

"党和人民需要我们献身的时候，我们都要毫不犹豫挺身而出，把个人生死置之度外。我们都做不到，让谁去做？"习近平总书记的这番肺腑之言，写满赤诚。

时光无言，壮美山河见证中国这艘远航的巨轮，掌舵之艰、领航之难。过暗礁、涉险滩、搏惊涛，十年非凡历程，十年浓墨重彩，凝结成新时代的历史性成就、历史性变革。

船到中流浪更急。创造了人类文明新形态的中国式现代化，何其艰难又何其伟大。中华民族伟大复兴，何其慷慨又何其壮阔！

"我是崇尚行动的。"

领航新征程，人民的期望化作行动，如朝日，如北斗，如长风鼓起风帆，如灯塔引领征程，踏开了一条新时代党和人民奋进的必由之路！

完成非凡之事，必有非凡之精神，非凡之行动。

唯有坚毅，方能迎风战雪。

绝对贫困问题，困扰了中华民族几千年。这些年，翻山岭，冒风雪，顶烈日。中国地图上的一串串足迹，丈量着从贫困到小康的进程。总书记承诺"全面小康路上一个也不能少"。

2019年到重庆，这时候脱贫攻坚战剩下的都是些贫中之贫、困中之困、坚中之坚，总书记一路奔波，希望实地看看大山深处"两不愁三保障"是不是真落地。他说，扶贫这件事"我要以钉钉子精神反反复复地去抓"。2020年3月，突如其来的新冠疫情仍黑云压城，一场决战决胜脱贫攻坚座谈会在此时召开，昭示着再大的困难也阻挡不了的坚定："按日子算就是300天，如期实现脱贫攻坚目标任务本来就有许多硬骨头要啃，疫情又增加了难度，必须尽早再动员、再部署"。

唯有胆识，方能披荆斩棘。

在世纪疫情汹汹，武汉告急、湖北严峻之际，关键时刻，关键抉择！习近平总书记果断作出关闭离汉离鄂通道重要决策，号令举全国之力实施规模空前的生命大救援，打赢了武汉保卫战、湖北保卫战。

抗击新冠疫情三年，每一个重大决策、每一个关键节点，以习近平同志为核心的党中央运筹帷幄。中国交出了率先控制住疫情、率先复工复产、率先实现经济正增长的答卷，更交出了一份"人民至上、生命至上"的大考答卷。

回望不平凡的三年时间，我们取得疫情防控重大决定性胜利，创造了人类文明史上人口大国成功走出疫情大流行的奇迹。

唯有担当，方能一往无前。

2012年底，履新不足20天的十八届中共中央政治局召开会议，审议通过八项规定，拉开了风起云涌的全面从严治党的序幕。

一个个沉疴祛除，一个个难题突破。"八项规定""打虎""拍蝇""猎狐"……每一个词语后面，是打破"刑不上大夫"的勇气，是"反腐没有休止符"的铁腕，是"得罪千百人、不负十四亿"的担当。

党的二十大期间到广西团，习近平总书记想起了党的十八大召开大约两年后，有一位熟读历史的作家，感言"二十四史也找不到我们这个力度的反腐败啊！"回望之际，总书记动情地说："接受疾风暴雨、惊涛骇浪的考验，我说,'虽千万人,吾往矣'!"

唯有远见,方能劈波斩浪。

在取得举世瞩目发展成就的同时,我们党对发展不平衡不充分的问题有着清醒的认识。面对一系列深层次的矛盾,迎难而上、攻坚克难。

"着眼点着力点不能放在GDP增速上""非不能也,而不为也",调转巨轮的航道,开辟发展的新路,不仅涉及发展方式的变革,更是对利益藩篱的突破,对发展逻辑的重塑。

到了2018年、2019年,面对日趋错综复杂的国际形势,习近平总书记未雨绸缪地叮嘱"中国粮食,中国饭碗","最重要的是做好我们自己的事"。

2020年,习近平总书记浙江考察时看到,疫情之下,昔日熙熙攘攘的码头冷清了。那次回来,总书记深思熟虑提出构建新发展格局,充满预见性的布局为中国赢得了战略主动。

于高山之巅,方见大河奔涌;于群峰之上,更觉长风浩荡。

"新形势下发展不能穿新鞋走老路,不能再走大呼隆、粗放型发展的路子,必须完整、准确、全面贯彻新发展理念,构建新发展格局,推动高质量发展。"在欣欣向荣的今天再回望,回望我们一路的风雨,世界一再赞叹中国的抉择远见。

百年潮,十年路。穿越时光的深邃洞见,正是一位领航者的日常。

举什么旗?走什么路?习近平新时代中国特色社会主义思想,被誉为"引领新时代中国发展的'思想密码'"。在《习近平谈治国理政》四卷中,人们能清晰感知由那份坚毅、那份胆识、那份担当、那份远见,所澎湃出的源源不竭的智慧与力量。

比如强军思想。"建设一支听党指挥、能打胜仗、作风优良的人民军队,是党在新形势下的强军目标。"一声号角启新航。

强国必须强军,军强才能国安。信仰决定根本,旗帜凝聚力量。思想之旗,引领人民军队实现整体性革命性重塑、重整行装再出发,在中国特色强军之路上迈出坚实步伐。

比如外交思想。

世界怎么了、人类怎么办？联合国日内瓦总部，习近平总书记那场主题为"共同构建人类命运共同体"的演讲，西方媒体称之为"具有分水岭意义的时刻"。仅仅20多天后，构建人类命运共同体理念就被写入联合国决议。

共建"一带一路"，全球发展倡议、全球安全倡议，建立以合作共赢为核心的新型国际关系，践行共商共建共享的全球治理观，打造更加完善的全球伙伴关系网络……每一次的中国声音，都在世界久久激荡。

核心引领、思想引领，正是最有力的引领。习近平经济思想、法治思想、生态文明思想、强军思想、外交思想……习近平新时代中国特色社会主义思想之光照亮前行之路。

山雄有脊，房固因梁。党的十九届六中全会，通过百年党史上第三个历史决议。这份我们党百年奋斗的皇皇巨著，明确了一个众望所归的表述：

"党确立习近平同志党中央的核心、全党的核心地位，确立习近平新时代中国特色社会主义思想的指导地位，反映了全党全军全国各族人民共同心愿，对新时代党和国家事业发展、对推进中华民族伟大复兴历史进程具有决定性意义。"

民心是最大的政治。

"脚下沾有多少泥土，心中就沉淀多少真情。"青海省西宁市兴海路街道党工委书记刘小蓉代表说，今天投下的这一票是街道群众的共同选择，因为老百姓相信习近平总书记，相信我们党！

"目光之所及是星辰大海，但每一步都是脚踏实地。"中国天眼总工程师姜鹏代表豪情满怀："科技勇攀高峰，创新永无止境，因为我们面向世界科技前沿、面向经济主战场、面向国家重大需求、面向人民生命健康。"

四川省布拖县阿布洛哈村党支部书记吉列子日代表，带来了家乡的照片：从住石木屋、土坯房，到如今的轻钢小楼。"阿布洛哈的变化翻天覆地，我代表全村所有乡亲向总书记说一声'卡沙沙（谢谢）'。"

"这十年在习近平强军思想的指引下，我们亲历了中国航母跨越发展、挺进深蓝的非凡历程，也见证了人民军队奋斗强军、迈向一流的铿锵步伐。"海军辽宁舰某中队政治教导员朱悦萌代表自信从容："舰艇行处是长城，国家利益所至，海军航迹必达。我们一定践行首舰标准，锚定建军一百年奋斗目标，挺膺担当，勇毅前行，坚决完成党和人民赋予的使命任务。"

"乡亲们都说，绿水青山是总书记带来的幸福山水！"浙江省安吉县余村村党支部书记汪玉成代表憧憬着更大变迁："我们对家乡、对中国充满信心！"

一切为民者，则民向往之。

历史的道路不是涅瓦大街上的人行道，它完全是在田野中前进的，有时穿过尘埃，有时穿过泥泞，有时横渡沼泽，有时行经丛林。

今天，一条前所未有的路就在脚下。党的二十大擘画了以中国式现代化全面推进中华民族伟大复兴的宏伟蓝图。时代壮歌，人民史诗。惟其艰巨，所以伟大；惟其艰巨，更显荣光。

面对一个个"娄山关""腊子口"，中国共产党清醒认识到"康庄大道并不等于一马平川""中华民族伟大复兴绝不是轻轻松松、敲锣打鼓就能实现的"。再难再险，始终一往无前，"不是没有掂量过。但我们认准了党的宗旨使命，认准了人民的期待。"

在党的二十届一中全会上当选中共中央总书记后，习近平同志郑重表示："我们一定牢记党的性质和宗旨，牢记自己的使命和责任，恪尽职守、勤勉工作，决不辜负党和人民重托。"

新征程上，我们有党的核心、人民领袖、军队统帅的掌舵领航，有世界上最好的人民万众一心、众志成城，走自己的路，我们信心十足、力量十足！

（《人民日报》2023年03月11日）

申报资料实录

作品简介：在习近平总书记全票当选国家主席、中央军委主席的重大历史时刻，人民日报在1版报眼位置刊发重磅通讯《人民的选择——写在习近平同志全票当选国家主席、中央军委主席之际》。文章站位高远、视野宏阔、情感充沛，深刻展现了习近平总书记来自人民、代表人民、为了人民的人民情怀，深情反映了全党全军全国各族人民对习近平总书记的衷心爱戴和坚决拥护，有力彰显了习近平总书记当选国家主席、中央军委主席是亿万人民的心声，是党心所向、民心所盼、众望所归。文章立足重大历史时刻，回望波澜壮阔的新时代，回望习近平总书记的成长经历和治国理政实践，精心挖掘梳理出 30 多个生动故事，把深邃的思想寓于鲜活故事，把深厚的情怀融入生动细节。同时，以富有镜头感的文字鲜活记录新闻现场，并通过深入采访不同领域、不同身份的全国人大代表，进一步增强了报道的鲜活度和现场感。文章文风朴实切实，大气磅礴又不失细腻，语言有生气、见神采，真挚感人，具有很强的引领力、说服力、感染力。

社会效果：文章见报后在舆论场迅速形成传播强势，全文被多家党报党刊在重要位置刊登，获全网置顶推荐，各大主流网络媒体、商业网站、微博、微信、客户端在显著位置大量转载，产生"镇版""刷屏"的效果。稿件网络阅读量累计超过 1.5 亿次，仅在中宣部"学习强国"学习平台、人民日报客户端等主要新闻客户端收获跟评点赞近 2 万条（次）。该报道引发积极热烈反响，收获广泛好评，在重大历史时刻有力发挥了党报重磅报道在舆论上的导向作用、旗帜作用、引领作用。

初评评语：在习近平总书记全票当选国家主席、中央军委主席这一重大历史时刻，该作品全面系统回顾了习近平总书记同人民群众鱼水情深的动人故事和团结带领全国各族人民在新时代取得历史性成就、发生历史性变革的非凡历程，立意高远、论述宏富、情感真挚、笔触细腻，具有很强的思想性、故事性和可读性，以高出一筹的站位和水平成为一部有分量的精品力作。报道推出后，传播广泛，社会反响积极热烈，极大鼓舞和激励亿万人民更加紧密地团结在以习近平同志为核心的党中央周围，踔厉奋发、勇毅前行，为实现党的二十大确定的目标任务而共同奋斗。

人民江山

集 体

（一）

2021年6月29日上午，建党百年之际，北京人民大会堂，"七一勋章"颁授仪式。

迎宾大厅内，巨幅国画《江山如此多娇》气象万千，群山逶迤、江河奔涌，千古江山、风光无限，见证属于人民的高光时刻。

这一刻，星火闪烁，汇聚成炬——"'七一勋章'获得者都来自人民、植根人民，是立足本职、默默奉献的平凡英雄。"习近平总书记真挚朴素的话语温暖着在场的每一个人。

这一刻，人民江山，宗旨昭彰——"江山就是人民，人民就是江山。全党同志都要坚持人民立场、人民至上，坚持不懈为群众办实事做好事，始终保持同人民群众的血肉联系。"

人民大会堂，"山"字形的建筑平面，人民江山的生动写照。当年为迎接人民共和国成立10周年，3万多名建设者参与施工，30余万人次参加义务劳动，整个工程10个多月就全部完成。翻身当家做主的人民，用满腔热情创造着社会主义中国的奇迹。

江山，自古就是政权的形象表达，而今有了新的内涵。

习近平总书记曾感慨："秦始皇统一中国后的二千多年间，发生了多少朝代更替，但'普天之下，莫非王土；率土之滨，莫非王臣'的社会观念始终没有改变，君主专制制度始终没有改变。"

要跳出治乱盛衰的历史循环，"中国共产党领导中国人民取得革命胜利后，国家政权应该怎样组织？国家应该怎样治理？"习近平总书记的话语，道出先辈的深思。

1943年8月8日，陕北延安，中央党校第二部开学典礼上，毛泽东提出，共产党要"换两回朝"，一个是"要把半殖民地半封建社会改变为民主主义社会"，"还要换一个朝，就是由资产阶级民主主义社会转变为无产阶级社会主义社会"。

也是在延安，两年之后召开的党的七大首次将"具有全心全意为中国人民服务的精神"写进党章。

2022年10月，党的二十大闭幕后第四天，习近平总书记来到延安，他说道："中国共产党是人民的党，是为人民服务的党，共产党当家就是要为老百姓办事，把老百姓的事情办好。"

一程程回望来路，一次次宣示"人民的党""自家的党""老百姓的党"……循着掷地有声的话语穿越时光隧道，只有走过风雨百年的中国共产党真正带领人民成为江山的主人。

江山属于人民，江山冠以人民。

2014年9月5日，庆祝全国人民代表大会成立六十周年大会上，习近平总书记指出：

"我们国家的名称，我们各级国家机关的名称，都冠以'人民'的称号，这是我们对中国社会主义政权的基本定位。"

赢得了民心，就赢得了历史的主动，就能牢牢掌握中国的前途和命运。

（二）

"我是人民的勤务员。"

2013年11月，湘西十八洞村。习近平总书记走进黑黢黢的木屋，握住苗族大姐石拔三的手，脱口而出的"自我介绍"让人心头一热。总书记同乡亲们在空地上围坐一圈，首次提出"精准扶贫"。

摆脱贫困，是习近平总书记最深的牵挂。他把对人民最浓的情，化为最重的誓言、最硬的举措，打响人类历史上规模最大、力度最强的反贫困之战，创造近1亿人脱贫的伟大奇迹。

而今，十八洞村屋舍一新。石拔三家里添了大彩电，她最爱看有总书记的新闻。从没出过大山的她，坐飞机飞到北京，看了天安门。

"共产党打江山、守江山，守的是人民的心，为的是让人民过上好日子。"牢牢守好人民江山，是习近平总书记不渝的初心。

"我在黄土地上生根、发芽，在红土地上成长、发展，是党和人民将我培养成人"。

1969年初，年仅15岁的习近平来到陕北梁家河插队，住窑洞、睡土炕、忍虫咬，同乡亲们一起开荒、种地、放羊、铡草、挑粪、拉煤……心中为念农桑苦，耳里如闻饥冻声。正是在这里，他立下从政初心——"让乡亲们饱餐一顿肉"。

离开梁家河的那天早上，院子里早早挤满送行的乡亲。大伙儿看到七年来流血流汗、再苦再累也"男儿有泪不轻弹"的习近平，第一次"下泪"……

临行前，他把母亲缝制的绣有"娘的心"字样的针线包留给村里伙伴，更把自己的心留在人民之中。

"像爱自己的父母那样爱老百姓"，习近平在自述文章中写道，"作为一个人民公仆，陕北高原是我的根，因为这里培养出了我不变的信念：要为人民做实事！无论我走到哪里，永远是黄土地的儿子。"

怀抱一颗赤诚初心，一路走来，一心为民——

在河北正定，骑着一辆半旧的二八自行车，跑遍全县25个公社、220多个大队，在大街上摆桌子，和老百姓挨身坐，侧耳倾听群众心声。当年的干部回忆，"县委机关大门总是敞开的，背着粪筐的老农径直进来同习近平交谈""大院的晚上，最后灭灯的总是他那扇窗户"……"平易近人"缘于热爱人民，"勤以为常"只为造福于民。

在福建宁德，提出"四下基层"制度，带头沉下身到最偏远、最困难的地方。去寿宁县下党乡调研,没有路就用柴刀劈开荆棘,渴了就捧溪水喝,百姓说他是"到过这里最大的官"。他说,冯梦龙在这里当过知县,"一个封建朝代的官员都能跋涉半年来到这里,我们共产党的干部更要勇于担当,挑战困难"。

在浙江,面对超强台风,彻夜不眠指挥群众转移,坐上冲锋舟直奔被困地区……当地干部满心敬佩:"他这个人既沉稳又果断,关键时刻很有担当,既能当指挥员,又能当战斗员"。

在上海,冒着大雨到社区调研,在居委会活动室里,接过居民编织的小牛造型的工艺品,会心一笑:"哦!我知道了,你是要我做服务人民的孺子牛!"心之所想正是情之所牵、行之所向……

牢牢守好人民江山,更是如磐的恒心。

2012年11月15日,刚刚当选中共中央总书记的习近平庄严宣示:"人民对美好生活的向往,就是我们的奋斗目标。"

初心如一,江山印证。

习近平总书记以政治家的眼光,指明"民心是最大的政治"。谋划长远时,将以人民为中心贯穿治国理政全过程,实现全面小康,共同富裕,"一个也不能少";大疫突袭时,果断决策,坚决打响疫情防控阻击战,坚持"人民至上、生命至上","一个都不放弃"……泱泱大国领航者心中,"人民"二字分量最重。

习近平总书记以改革家的魄力,谋划顶层设计,把群众意见视作"一把最好的尺子"。从"人民有所呼、改革有所应"到"让发展成果更多更公平惠及全体人民",从"功在当代、利在千秋"的生态文明建设到"得罪千百人、不负十四亿"的全面从严治党……"正确的道路从哪里来?从群众中来",让群众满意是价值旨归。

习近平总书记以实干家的精神,踏遍祖国的山山水水,驻足凝望的目光中,有山川大地,更有万家灯火。十年全国两会,53次参加团组审议讨论,听取约400位代表委员发言……群众的操心事、烦心事、揪心事,在他心中都是大事。一件一件抓落实,一年接着一年干,"共产党把所有精力都用在让老百姓过好日子上。好了还要再好，不能止步"。

"您的工作累不累？"2019年，美国伊利诺伊州北奈尔斯高中中文班学生在写给习近平主席的信中好奇提问。

"我的工作是为人民服务，很累，但很愉快。"

朴素的话语，饱含真挚的情怀、执著的追求、无私的奉献，升华为那句最深情的告白——

"我将无我，不负人民。"

（三）

"您是全国人民的福星。"

2022年全国两会间隙，来自江苏的全国人大代表聂永平接通了一个特别的电话。电话那头，传来老党员崔荣海激动的声音："你是我们镇江的代表，我想托你给总书记带句话……"

嘱托背后，是一段特别的缘分。

2014年年末，习近平总书记来到江苏调研。在镇江市世业镇永茂圩自然村，有着50多年党龄的崔荣海紧紧握着总书记的手："总书记，您好！您是全国人民的福星！"

总书记面带笑容、语气坚定："不辜负全国人民的期望。"

8年后，在江苏参选的中央提名的代表候选人习近平，以全票当选第十四届全国人大代表。会场内，全体代表起立，雷鸣般的掌声表达出人民的共同意志：

人民领袖不负人民，亿万人民爱戴领袖！

2022年1月26日，山西霍州冯南垣村飘起了雪花。正在这里考察的习近平总书记，走进村民师红兵家，看到一家人正在做年馍，他洗洗手也加入进来，三两下就捏出一个枣花。

"看了你们村，新建的房子质量很好，补贴也到位，老百姓家里年货备得足，很有年味，我心里有了底。"总书记关切的话语，让寒冬里的小院暖意融融。

"习爷爷您放一个。"师红兵的孙女请总书记在"登高馍"上点一颗红枣。发自内心的称呼，流露出打心眼里的亲爱。

老百姓把总书记当亲人。当年在阜平，村里的小路坑坑洼洼，走在上面深一脚浅一脚。村民搀扶着送总书记走出门外，"我叫他慢着点，他也叫我慢着点，说路不好走"。

从2013年起，每逢春节前夕，习近平总书记都会同人民群众在一起。梁家河的村民吕侯生忘不了，总书记带着自己出钱采办的年货回来看望父老乡亲，一进到熟悉的窑洞，就像到了自己家一样，很自然地坐在炕边。

北京草厂胡同居民朱茂锦忘不了，总书记边包饺子边唠家常："我家里也爱包茴香馅的。多年来因工作关系我没包过饺子了，你们看，越包越好。我们的生活也是这样，越过越好！"

"我腿脚不便，迎上去时，总书记还远远招呼我慢一点，我心里一下好温暖。"云南司莫拉佤族村村民李发顺忘不了，一起制作佤族新年传统食物大米粑粑时，看着粑粑上印有福、喜等字样，总书记笑着说："摁了个福字，再来一个喜字，有福有喜。"

……

谁把人民放在心上，人民就把谁放在心上。在老百姓心里，习近平总书记是自家人，共产党是自家的党。

"你呀，不错嘞！"

2016年2月，江西井冈山神山村。习近平总书记顶风冒雪来到这里看望乡亲们，老支书彭水生向他竖起大拇指。

在贫困户张成德家中，习近平总书记一间一间屋子察看，坐下来同夫妇俩算收入支出账，问家里种了什么、养了什么，吃穿住行还有什么困难和需求。老乡端上热气腾腾的米果请总书记品尝。女主人说："总书记给全国人民当家当得好，老百姓感到很幸福。"

枝叶关情。厕所革命、垃圾分类、清洁取暖、食品安全……习近平总书记谋划着国计民生的大事，也操心着百姓身边的小事。涓滴汇流，让人民生活的幸福成色更足、更暖。

这一幕,意味深长:

2021年春天,广西桂林毛竹山村。习近平总书记来到村民王德利家做客。

"总书记,您平时这么忙,还来看我们,真的感谢您。"

"我忙就是忙这些事,'国之大者'就是人民的幸福生活。"

人民江山,山河壮阔。人民幸福绘就新时代中国最温暖的底色。

老百姓看在眼里,记在心里:脱贫的大凉山彝族群众总把"瓦吉瓦(好得很)"挂在嘴边,经历抗疫斗争的社区工作者感慨"有总书记带领我们加油干,就没有过不去的坎",奔向乡村振兴的乡亲们说"一心跟着总书记、跟着党中央走,有劲头、有盼头、有奔头!"……

质朴的语言,道出人民的心声。

"你们往后还有什么打算?"在山西考察时,习近平总书记与村民白高山攀谈。白高山回答:"就是希望日子越过越好。"

"一定会越过越好!更好日子还在后头呢!"总书记的话引来满屋欢笑。

"小康梦、强国梦、中国梦,归根到底是老百姓的'幸福梦'。"人民的笑容里,映出江山如画。

(四)

碧水北送,扬波千重;长河泱泱,利泽万民。

"水网建设起来,会是中华民族在治水历程中又一个世纪画卷,会载入千秋史册。"2021年初夏,习近平总书记来到河南南阳,专题调研南水北调。

今天,清澈的江汉之水,过巴山、走中原、穿黄河、依太行,奔流上千公里,入华北、进北京……中华大地上,前所未有的"四横三纵"的国家水网主骨架和大动脉正在勾勒。放眼上下5000年民族奋斗史,何等气魄!

西南,世界屋脊。

从成都平原出发,跨越"七江八山",经历"八起八伏",急剧攀升最高至海拔4000多米……川藏铁路建设穿山跨江,为沿线人民带去新的机遇。

"全国的交通地图就像一幅画啊,中国的中部、东部、东北地区都是工笔画,西部留白太大了,将来也要补几笔……"2021年7月,研究着西部边疆铁路网建设,习近平总书记面向未来、语重心长。

着眼人民永续发展,如椽之笔,描绘新时代的壮丽江山——

沿江河,总书记推进长江经济带发展、黄河流域生态保护和高质量发展,中华母亲河探索协同推进生态优先和绿色发展的新路;

看城市,总书记谋划京津冀、粤港澳、长三角,发挥集聚效应、构建新增长极和动力源;

谋区域,总书记推动实施西部大开发、东北全面振兴、中部地区崛起、东部率先发展,赋予时代新内涵、发展新方向……

关键处落笔,彼此相连成势。

以千年大计的气魄谋划建设雄安新区;在新的更高起点上,赋予海南建设中国特色自由贸易港、深圳建设中国特色社会主义先行示范区、浦东打造社会主义现代化建设引领区的历史新使命;伶仃洋上大桥飞架、三地通连,粤港澳大湾区建设推动港澳更好融入国家发展大局……

万里山河起宏图,东方风起满目新。

"70后、80后、90后、00后,他们走出去看世界之前,中国已经可以平视这个世界了"……

2021年全国两会期间,习近平总书记的一席话,打动了无数国人的心。

"平视这个世界"的人民,享有世界上规模最大的教育体系、社会保障体系、医疗卫生体系,在经济快速发展和社会长期稳定的"两大奇迹"新篇中,获得感、幸福感、安全感更加充实、更有保障、更可持续;

"平视这个世界"的人民,前进动力更加强大、奋斗精神更加昂扬、必胜信念更加坚定,志气、骨气、底气极大增强,在自己选择的道路上昂首阔步走下去,将发展进步的命运牢牢掌握在自己手中!

神州万里处处新,正是"江山壮丽,人民豪迈,前程远大"的盛世景象。

(五)

岁月奔涌。日新月异的人民江山,底色始终不变。

上海兴业路,新天地街区流光溢彩、人流如织。几步之遥,中国共产党诞生地——"兴业路76号"的石库门小楼静立闹市,朱红窗棂一如百余年前。

这是永不褪色的"一大红"。

2019年3月,全国两会。

"放映后,学生们自发起立默哀、鞠躬;战士们激动地跑到台上去,'如果祖国有需要,马上就去上战场'……一幕幕感人至深。"有政协委员向习近平总书记讲述了影片《血战湘江》的幕后故事。

习近平总书记凝神聆听,目光深邃:"共和国是红色的,不能淡化这个颜色。无数的先烈鲜血染红了我们的旗帜,我们不建设好他们所盼望向往、为之奋斗、为之牺牲的共和国,是绝对不行的。"

江山因何不变色?

红船上的点点星火,艰苦卓绝的革命岁月。人民江山,是在战火硝烟、百年奋斗中铸就的厚重底色。所有的牺牲、奋斗与奉献,背后都是一颗赤色初心——为中国人民谋幸福,为中华民族谋复兴!

"我志愿加入中国共产党,拥护党的纲领,遵守党的章程……"

这是新时代中国共产党人对初心使命的寻根溯源——2017年10月31日,党的十九大闭幕仅一周,习近平总书记带领中共中央政治局常委来到上海,瞻仰中共一大会址,重温入党誓词。鲜红的巨幅党旗前,他举起右拳、庄严宣誓,眼里闪动着泪光。

行程万里,初心如磐。

嘉兴红船的深情瞻仰,油画《陈树湘》前的长久凝视,于都河畔的抚今追昔……党的十八大以来,习近平总书记遍布各个革命纪念地的"红色足迹",让红色基因深深融入民族血脉。

这是一份特殊的"答卷"——

党的十八大以来,全国纪检监察机关共立案464.8万余件,其中,立案审查调查中管干部553人,处分厅局级干部2.5万多人、县处级干部18.2万多人……

有人感叹,这反腐力度,读遍二十四史都找不到。从刀刃向内、刮骨疗毒，到全面从严治党、推进自我革命……为什么？

习近平总书记谆谆告诫："我们党的最大政治优势是密切联系群众，党执政后的最大危险是脱离群众。"

清醒而坚定，无私而无畏。

中国共产党"没有自己特殊的利益"，在任何时候都把群众利益放在第一位；宁"得罪千百人，不负十四亿"，这，"是一笔再明白不过的政治账、人心向背的账"。

不变质、不变色、不变味的党，始终与人民唇齿相依、血脉相连的党，铸就了永不变色的江山。

（六）

八百里太行壁立千仞，一渠清水穿山而来，流淌出一段"团结就是力量"的佳话。

20世纪60年代，为解决困扰千年的干旱问题，河南安阳林县数万人民，用近10年时间，在太行山腰生生凿出一条全长1500公里的引水渠，定名"红旗渠"。

党的二十大闭幕不到一周，习近平总书记来到这里。凝望润泽一方的人间奇迹，他赞叹道："红旗渠就是纪念碑，记载了林县人不认命、不服输、敢于战天斗地的英雄气概。"

对于英雄的人民伟力，习近平总书记有着透彻的体认：

遥观乌江的悬崖峭壁，深思"我们党依靠人民战胜了多少艰难险阻，创造了多少奇迹，取得了多少丰功伟绩"；

走进渡江战役纪念馆，强调"淮海战役的胜利是靠老百姓用小车推出来的，渡江战役的胜利是靠老百姓用小船划出来的"；

瞻仰中共绥德地委旧址，感慨"中国共产党领导人民取得革命胜利，是赢得了民心，是亿万人民群众坚定选择站在我们这一边"；

……

回望来路、纵览江山，习近平总书记对历史的总结振聋发聩："人民群众是我们力量的源泉。"

今朝再看江山胜景。从300多万名第一书记和驻村干部、近200万名乡镇干部和数百万村干部投身脱贫攻坚的尽锐出战里，从4.26万名白衣战士驰援湖北的无悔逆行里，从塞罕坝荒山变青山的绿色奇迹里，从八步沙"六老汉"的英雄事迹里……我们更加深切地认识到：新时代的伟大成就是党和人民一道拼出来、干出来、奋斗出来的。唯有依靠人民、万众一心，才能拥有不断闯关夺隘、一路高歌猛进的力量。

如何更好凝聚人民的力量？在庆祝中国共产党成立100周年大会这一庄严的历史节点上，习近平总书记深刻总结中国共产党的百年奋斗，强调在新征程上必须"发展全过程人民民主"。

连续第九年，网民建言征集活动在全国两会前如约而至。上年度活动中，1100多条有代表性的建言被转给《政府工作报告》起草组，人民智慧由此融入治国理政的鸿篇巨制。

全链条、全方位、全覆盖，最广泛、最真实、最管用。从征集网民建言，到基层立法联系点直接收集基层意见，到城乡社区协商制度拓宽群众参与基层治理渠道，再到来自农民、工人、社区的全国人大代表、全国政协委员与党和国家最高领导人共商国是，我国民主制度不断健全、民主形式不断丰富、人民民主不断扩大。

人民当家作主的共和国，江山牢牢掌握在人民手中。

祖国东南，春江水暖，春山可望。1000多年前，衢州须江县改名为江山县。千年来，行政区域不断更迭，"江山"之名却沿用至今，成为共同富裕示范区——浙江省的一部分。

推动实现共同富裕，中国式现代化的题中之义。党的二十大擘画了全面建成社会主义现代化强国、以中国式现代化全面推进中华民族伟大复兴的宏伟蓝图。我们正意气风发迈上全面建设社会主义现代化国家新征程。

"一路走来，我们紧紧依靠人民交出了一份又一份载入史册的答卷。面向未来，我们仍然要依靠人民创造新的历史伟业。"在二十届中央政治局常委同中外记者见面时，习近平总书记语气坚定。

千秋伟业，人民江山。

三月，第十四届全国人民代表大会第一次会议即将在北京人民大会堂开幕。近3000名全国人大代表肩负人民赋予使命，共谋江山基业长青。

"江山留胜迹，我辈复登临。"

浩荡春风中，人民江山谱写新的史诗。

（新华社2023年02月26日）

申报资料实录

作品简介：2023年2月26日，全国两会召开前夕，新华社推出重磅长篇通讯《人民江山》。这篇主动策划、精心采写、积极创新的总书记报道，打破传统述评模式，寻找多个独特视角，从多个全新维度阐释习近平总书记提出的"江山就是人民，人民就是江山"主题，总书记的人民情、江山观跃然而出。稿件结构创新，语言灵动大气，在写作过程中持平常心、讲家常话，寓深意于看似寻常的言语，寓情感于生动的故事，进一步解放了总书记报道的话语表达。

社会效果：稿件播发后，引发强烈社会反响。人民日报、光明日报、经济日报、解放军报等中央主要媒体在头版头条位置采用，总采用量达到1700多家。"人民江山谱写新的史诗"客户端总阅读量突破1900万次，全网总阅读量达1.5亿。用户意见反馈表示，稿件"精心谋篇布局，文本结构设计精巧""让人读来为之动容""有力烘托和展示了总书记为民、亲民、爱民的人民领袖形象"，为迎接2023年全国两会的胜利召开营造出积极有利的舆论氛围。

初评评语：此稿以鲜明的政治站位、宽广的历史视野、缜密的逻辑思维、创新的叙事手法，深刻阐释"江山就是人民，人民就是江山"的时代内涵。稿件结构创新，语言灵动大气，通过浅近朴实的表达，将总书记的人民情怀娓娓道来，产生直抵人心的效果。

以中国式现代化全面推进中华民族伟大复兴
——习近平总书记今年以来治国理政纪实

申 勇　龚雪辉　马立飞　郭晗光

作品请见中国记协网 http://www.zgjx.cn。

（CCTV-1 综合频道《新闻联播》栏目
2023 年 08 月 02 日 – 2023 年 08 月 20 日）

申报资料实录

作品简介：该组系列报道全面系统梳理 2023 年上半年习近平总书记治国理政实践，紧紧围绕"以中国式现代化全面推进中华民族伟大复兴"进行谋篇布局。在一个多月的时间里，主创团队分工协作，统筹推进，进行了策划、调研、采访、撰稿、编辑等全流程创作。从开启新征程、高质量发展、新的文化使命、生态文明建设、大国外交等五个维度，制作播出五集新闻专题报道，其中三集在《新闻联播》头条位置播出，两集在次头条位置播出。

社会效果：节目在中央广播电视总台央视《新闻联播》栏目播出的同时，在中国之声《全国新闻联播》《新闻和报纸摘要》、环球资讯广播《早间第一资讯》等广播频率重点栏目播出，央视新闻客户端等新媒体平台同步推发，全网置顶转发推荐，累计触达用户超过 10 亿人次。

初评评语：该组系列报道既有宏阔的高度立意，又有突出电视特点的生动表达，充分展现习近平总书记的治国理政智慧、战略定力、魄力担当和大国领袖魅力风采，充分体现了总台新闻报道的专业性、权威性、思想性。

"全面深入学习贯彻习近平强军思想"系列评论员文章

集 体

作品请见中国记协网 http://www.zgjx.cn。

(《解放军报》2023年08月02日)

申报资料实录

作品简介：为引导全军官兵全面准确学习领会习近平强军思想的主要内容，以及蕴含其中的当代中国马克思主义军事观和方法论，解放军报在一版重要位置推出13篇评论员文章。这组评论员文章围绕强军兴军的根本保证、时代要求、奋斗目标、根本指向、战略布局、必由之路、强大引擎、根本大计、法治保障、重要依托、特有优势等重大问题，论述逻辑严密、阐释严谨透彻、写作生动鲜活。

社会效果：这组系列评论在解放军报首发后，全军官兵反响强烈，许多机关和基层部队把系列评论员文章汇编成册，作为学深悟透习近平强军思想的重要教材。解放军报客户端、"学习军团"微博微信、解放军报微博微信、中国军网、国防部网等联动发布多组融媒体报道产品，共制作海报14组80余张，微视频微广播各13个，海报全网点击量近2亿次，13个微视频全网播放量超过1.8亿次，以轻悦化表达、实景化呈现、平实化传播，让习近平强军思想"飞入寻常百姓家"。其中，海报第6论、第7论、第9论、第10论、第11论、第12论，分别被中央网信办6次全网置顶推送，取得了良好的传播效果。

初评评语：该系列评论聚焦重大主题，全面深入阐释习近平强军思想，注重理论性、实践性与指导性相统一，政治性、思想性、新闻性强。

万桥飞架
——山水间的人类奇迹

集　体

作品请见中国记协网 http://www.zgjx.cn。

（贵州卫视、东方卫视2023年09月26日）

申报资料实录

作品简介：纪录片共4集，由贵州、上海两地媒体携手，首次全景式展现贵州桥梁建设历史，阐释了贵州创造桥梁建设和脱贫攻坚两大奇迹的缘由所在。纪录片摄制组从2023年3月开始，历经6个月创作，走访调研贵州的30个县市区，拍摄了27座正在使用和还在建设的桥梁，采访了桥梁建设者、专家、历史研究者、当地人民等60余人。展示贵州桥梁建设的成就和经济社会的发展，突出展现交通大发展如何重塑贵州的交通区位和经济版图，提升贵州在国家发展全局中的战略地位，彰显了中国人民自力更生、奋发图强的顽强斗志。在节目制作理念上，充分运用历史资料、三维动画等形式，生动全面阐释了贵州桥梁建设工程创新、发展脉络和战略价值。全片跳出以桥说桥的固有思维，以贵州的世界桥梁为视角，观察贵州奋进足迹，以贵州为缩影弘扬中国奋斗精神。万桥飞架，不仅创造了山水间的人类奇迹，也映照出中国式现代化的奋进缩影。

社会效果：纪录片《万桥飞架——山水间的人类奇迹》于2023年9月26日在贵州卫视、东方卫视同步首播，10月9日起陆续在北京卫视、湖南卫视、浙江卫视、江苏卫视播出，国际版于2024年3月4日登陆中国国际电视台

CGTN纪录频道。该节目播出期间在美兰德纪录片融合传播指数榜连续排名第一，全网累计传播量超5亿次。获《人民日报》《光明日报》评论文章点赞；入选2023年度国家广电总局"记录新时代"纪录片精品项目、2023年第三季度优秀国产纪录片推荐目录、国家广电总局2023优秀国产纪录片选集；获"TV地标"（2023）年度影响力纪录片。

初评评语：该作品系贵州广播电视台与上海文化广播影视集团联合制作，以"从万桥飞架看中国奋斗"为立意，选取贵州恢宏壮美的代表性桥梁作为载体，通过双线叙事的方式，阐述桥梁建筑和脱贫攻坚两大奇迹，刻画贵州勇闯新路感恩奋进的精神群像，彰显中国人民自力更生、奋发图强的顽强斗志。立意深远、制作优良、叙事精准、讲解方式多样。

互动视频 | 跨越 35 年的"双向奔赴"

高容峰　郑少炜　余晋雨　邓怡虹
林　健　易鑫荣　王　波　陈昕玫

作品二维码

《互动视频 | 跨越 35 年的"双向奔赴"》

("福建发布"微信公众号 2023 年 11 月 19 日)

申报资料实录

作品简介:"四下基层"是习近平同志在福建宁德工作时大力倡导并身体力行形成的工作方法和工作制度,学习推广"四下基层"已成为第二批主题教育重要抓手。35 年来,"四下基层"为何保持着鲜活生命力?年轻一代,该如何认识这样一项制度?《跨越 35 年的"双向奔赴"》主创团队在两个月时间里,五次前往"四下基层"的重要发源地和率先实践地——宁德市霞浦县寻找答案。为了更适应互联网传播,作品采用较为前沿的视频互动技术,让观众跟随记者视角,在不同的时间节点自行选择观看内容、点击问题获得回答,拓展了观众的参与深度。在首次"地、县领导接待群众来访日"活动旧址,观众可以翻看当时的"接待方案"和"公告栏"等老物件,回顾"四下基层"制度的缘起和发展;观众可以点击"接待室"门牌,看当地主官如何 35 年如一日坚持信访接待日制度；观众还可走进县信访局，点击墙上的锦旗，与"赶海公交"上的渔民聊天、与海岛的乡镇书记对话，了解锦旗背后一个个真实故事。这些新时代里"四下基层"的鲜活案例，呼应着这项工作制度的传承和创新，富有感染力。

社会效果：本作品以深刻的主题、扎实的调研、新颖的形式，成为主题教育的生动载体。作品在"福建发布"公众号及海博TV客户端发布，并被央视新闻、人民日报及省内主要新媒体平台和账号转发，全网播放量超2000万。

初评评语：主题重大，传播力好。本作品生动展现了福建党员干部35年来传承、弘扬和创新"四下基层"制度，走好新时代党的群众路线的担当与作为，具有重要的传播价值。形式创新，代入感强。采用前沿视频互动技术，网友跟随年轻记者的视角，通过分支剧情选择和视听展示，在沉浸式体验中不断探寻、发现和理解"四下基层"，不仅增强了内容的趣味性，也拓展了网友的参与感，实现从"接受信息"到"接受认识"的传播链路。采访扎实，故事鲜活。记者深入一线，记录了多个真实故事中群众的急难愁盼，展现出干部"把心贴近人民"的真诚付出，富有感染力。

A decade of BRI: From vision to reality
("一带一路"十周年：从"大写意"到"工笔画")

王　恬　倪　涛　梁培钰　张　健

作品二维码

（人民日报英文客户端2023年10月16日）

申报资料实录

　　作品简介：在第三届"一带一路"国际合作高峰论坛开幕之际，人民日报英文客户端推出该重磅微视频，向海外用户创意呈现"一带一路"10年来的共建成果。2018年8月，习近平总书记在推进"一带一路"建设工作5周年座谈会上的讲话中说道："过去几年共建'一带一路'完成了总体布局，绘就了一幅'大写意'，今后要聚焦重点、精雕细琢，共同绘制好精谨细腻的'工笔画'。"视频主创团队以总书记的精彩论述为切入点，经过数月的策划、调研、讨论与制作，创造性采用中西合璧的美学风格，运用三维动画技术呈现"一带一路"上中国与各国合作共建的旗舰工程。视频画面既贯穿青花瓷、玉石等具有中国特色的美学元素，又凸显各国标志性的地标元素，充满美感与动感，十年共建历程如诗如画般展开。视频唯美的视觉风格、动感的演进节奏、清晰的信息展示，完美体现出"一带一路"总体布局融汇的"大写意"和"工笔画"

风格，展示了"一带一路"给相关国家带来的实实在在的好处。

社会效果： 该视频发布后，即被智利总统加夫列尔·博里奇在海外社交媒体平台X上转发，在脸书平台的阅读量超过了251万，被尼日利亚非中媒体中心、苏里南国家电视台、吉尔吉斯斯坦"卡巴尔"国家通讯社、国家广播公司、德隆电视台、波黑"一带一路"促进与发展中心、英国London Globe、巴基斯坦《每日邮报》《观察家报》、缅甸《北极星新闻》等外国媒体转发。视频还被比利时欧盟记者多媒体集团译制成多种欧盟成员国语言转发。同时，视频被"一带一路"国际合作高峰论坛官方网站。视频获得很好的海外传播效果，总浏览量超过5000万。

初评评语： 该作品以总书记的精彩论述为切入点，创造性采用中西合璧的美学风格，以唯美的视觉风格、动感的演进节奏、清晰的信息展示，运用三维动画技术呈现"一带一路"上中国与各国合作共建的旗舰工程，展示出"一带一路"为相关国家带来的实实在在的好处，成为超越西方"冲突性叙事"逻辑，推动"一带一路"传播话语体系建设方面的一次成功尝试。

东西问

集　体

作品二维码

《欧洲汉学会前主席巴得胜："西观"中华文化三十载，我看到什么？》

《希腊前总统帕夫洛普洛斯：希中文明对话为何那么重要？》

（中国新闻网 2020 年 12 月 31 日 － 2023 年 07 月 06 日）

申报资料实录

作品简介：2020 年底，中新社着眼百年变局、强国建设、民族复兴的新形势，创办重点专栏"东西问"。通过聚焦人类文明交流互鉴，挖掘展现中国文化的内在基因，引导境内外受众建立对历史与当代中国的文化认知和现实判断，以学理型深度报道讲述中华文明故事。开栏以来，"东西问"着力丰富话语主体、破解叙事短板，依托中外知名专家学者，以融媒体形式播发高端访谈、中外对话、专家文章、深度评论等，理性探讨东西方交流过程中的重大、突发、热点、敏感问题。专栏突出学理性、针对性、通俗性，将陈情与说理结合、立论与驳论结合、观点与案例结合，打开东西文明交流的"问号"。"东西问"推动智库化、平台化、品牌化建设，截至2024年3月1日，累计专访中外专家1626人，发稿2024篇，网络综合阅读量超30亿次。其中2023年，"东西问"约访中外专家642人，推出系列策划33组，以每日发两稿的频率，播发特稿765篇，以文、图、视要素融合的新媒体形态，着重阐释了中国式现代化、人类命运共同体、"一带一路"倡议、全球文明倡议、中华文明的突出特性、文化遗产保护与传承等重大主题。

社会效果：2023年，"东西问"栏目在英国路透社、法国《人道报》、新加坡《联合早报》、日本雅虎新闻、台湾《中国时报》、香港《亚洲时报》等30余个国家和地区的主流媒体落地，同时获学习强国、人民网、光明网、环球网、中国网等境内媒体平台广泛转载，网络综合阅读量超12亿次。"东西问"致力于打造中西文明交流对话平台和品牌，被国内外文化学术界称为"具前瞻、有价值的学理性探索"。"东西问"并重多语种传播，截至2023年底，逾200篇重点稿件通过与华侨大学等高校、中国日报等媒体的合作机制，被翻译为英、法、德、俄、西、葡、日等七种语言并出海传播。相继在香港、北京、伦敦出版中文繁体、简体、英文版精选集，英文版于2023年11月2日上线Open Access平台。

初评评语："东西问"专栏展现了较为出色的新闻性、思想性、针对性。该专栏紧扣时代脉搏，通过深度报道和高端访谈，挖掘中国文化的内在基因，引导受众建立对当代中国的全面认知。同时，它聚焦重大、突发、热点、敏感问题，以学理型探讨打开东西文明交流的"问号"，体现了高度的针对性和创新性。此外，"东西问"专栏的传播力广泛，不仅在国内主流媒体广泛转载，还在海外多个国家和地区精准落地，有效推动了中国文化的国际传播，对推动中西文明交流对话具有重要意义。

"新华社五论中美关系"系列评论

叶书宏　谢彬彬　郝薇薇　杜白羽　高文成　李　蓉

新华社北京 11 月 9 日电题：重返巴厘岛，通往旧金山——推动中美关系回归正轨系列评论之一

新华社记者　郝薇薇

编者按：近一段时间以来，中美关系出现止跌企稳势头，受到两国人民和国际社会欢迎，但中美关系仍面临严重困难和严峻挑战。稳定和改善两国关系，关键是要遵循习近平主席提出的相互尊重、和平共处、合作共赢三原则，找到中美新时期正确相处之道。在近期双方都同意朝着实现旧金山元首会晤共同努力之际，新华社推出"推动中美关系回归正轨"系列评论报道，从回归元首共识、校准关系航向、正确定义关系、增进合作共识、夯实民意基础等方面，深入阐释"通往旧金山"不会是一马平川，不能靠"自动驾驶"。双方要为此相向而行，切实"重回巴厘岛"，克服干扰、排除障碍、积累成果、营造氛围，共同推动中美关系重回健康稳定发展轨道。（编者按完）

近一段时间，中美交往多点开花，双边关系出现止跌企稳的势头，为变乱交织的世界带来难得的好消息。

让对稳定和发展中美关系的期待成为现实，需要中美相向而行。行动路线图也很清楚，就是重返巴厘岛、通往旧金山，把中美元首巴厘岛会晤共识真正落到实处，扩大双边关系积极议程，减少消极议程，为旧金山会晤创

造条件、排除干扰、积累成果、营造氛围。毫无疑问,重返巴厘岛、通往旧金山的路程,不会是一马平川,不能靠"自动驾驶"。近年来中美关系跌宕起伏的经验教训表明,把握好"三个度"尤为重要。

落实共识,要有力度。一年前,中美元首在印尼巴厘岛会晤,为陷入严重困境的中美关系指明了前行方向,也在国际上推动形成了中美关系趋稳向好的积极预期。令人遗憾的是,外界所等来的、所看到的,却是美方一系列背离两国元首共识以及背离拜登总统"六不五无意"承诺的言行。这种说一套做一套的做法,使中美关系走了一段曲折历程,也让包括中方在内的国际社会不得不对美方的政治诚信和外交执行力打上一个大大问号。

只有重返巴厘岛,才能通往旧金山,重返巴厘岛是基础、是前提。最近一段时间,中美关系之所以出现一些积极迹象,正是因为对两国元首巴厘岛会晤共识的跟进和落实得到了提速。高层交往实现"你来我往",亚太事务磋商、经济工作组会议、金融工作组会议等对话机制也先后"登场"。近期美方又阐述了重视对华关系、愿同中方保持沟通的立场,作出了一个中国政策没有变、不支持"台独"的表态,展现出稳定和发展关系的积极姿态。

中华民族和美利坚民族都是崇尚务实精神的伟大民族,中国人信奉"路虽远行则将至,事虽难做则必成",美国人认为"行动胜于言辞"。希望美方在近期中美互动中所展现的积极姿态不是政治算计和战术投机,所作出的口头承诺能够成为具体政策和实质行动。也希望美方能够不被国内党争羁绊和政客私利左右,同中方共同行动、持久努力,让中美关系中的好消息、好势头不断累积,推动两国关系真正稳下来、好起来。

开展互动,要有温度。近日,美国飞虎队老兵哈里·莫耶和梅尔文·麦克马伦向中国抗战英烈群像敬献花篮的画面给中国民众留下了深刻印象,也让中美两国在二战烽火中用生命和鲜血铸就的深厚友谊再度鲜活起来。不久前收到两国元首贺信的美中关系全国委员会,曾历史性促成50多年前的中美"乒乓外交";在近期中美高层官员互动中,作为活动地点之一的布莱尔国宾馆,见证过2015年的中美元首白宫秋叙。这样的场景、这样的故事,为中美关系增添了暖意和亮色。

中美关系向来是多维多面的，以竞争定义全部中美关系，既不尊重历史，也不符合事实。是时候走出傲慢与偏见制造的信息茧房，放下鼓动大国竞争的执念了。或追踪一下美国企业高管竞相访华的足迹、中国实际利用美资金额不断走高的曲线，或了解一下美国地方官员对中美新能源领域合作的热切期盼、中美民间对增加两国客运直航航班消息的热烈反响，便可触摸到中美互利合作的强劲脉动，感受到两国人民友谊的生生不息。

合作始终是中美两国最好的选择。虽然中美关系近年来发生了巨大变化，但双方利益紧密交融的现实没有改变。两国都面临新的发展任务，都需要从对方发展中获益。对中美合作潜力的"再激活"、合作领域的"再拓展"，无疑将推动两国经济增长、提升两国人民福祉。不妨重温一下美国飞虎队老兵麦克马伦讲的一段话："有一点我们都应该明白：人都是一样的。他们的政府可能各有不同，但人民实际上始终心怀一个愿望，那就是按照先辈的习俗安居乐业。"

把握关系，要有高度。作为世界上最重要的一组双边关系，中美关系牵动着人类的前途命运。巴厘岛会晤时，习近平主席强调应从把握世界大势的高度看待和处理中美关系。世界大势是什么？是和平、发展、合作、共赢成为时代潮流，任何国家或国家集团都再也无法单独主宰世界事务；是全球南方全面开启"大觉醒"时代，人类社会加速进入多极化世界；是人类越来越成为你中有我、我中有你的命运共同体，同时也面临着诸多全球性挑战。

站在把握世界大势、顺应时代潮流的高度看待和处理中美关系，就会明白，在国际社会面临诸多深刻危机的当下，大国竞争对抗非常不合时宜。大国应展现大国胸怀、视野和担当，为推动疫后经济复苏、应对气候变化、解决国际和地区热点问题携手努力。站在把握世界大势、顺应时代潮流的高度看待和处理中美关系，就会明白，政治多极化、经济全球化、国际关系民主化进程不可逆转，人类命运与共的现实无法回避，与其作茧自缚、开历史倒车，不如尝试分享舞台、包容他者的不同以及他者的繁荣，拥抱多彩多元的世界。近期，美方表示乐见中国的成功，美中须共同应对全球性挑战。希望美方能沿着这一方向，将认知与立场变成切实且真诚的行动。

历史学家克里斯托弗·希尔曾说，每一代人都需要重新书写历史，因为尽管过去不会发生改变，但现实是不断变化的。我们相信，中美两国能够以建设性的姿态、向前看的精神，走出一条既非热战也非冷战的正确相处之道，在世界政治史上写下两个大国相互尊重、和平共处、合作共赢的崭新篇章。

为此，就从重返巴厘岛、通往旧金山开始吧。（完）

新华社北京11月10日电题：校准中美巨轮航向的三大航标——推动中美关系回归正轨系列评论之二

新华社记者 叶书宏

近年来，中美关系徘徊在建交以来的低谷。去年年底，中美元首在印尼巴厘岛会晤，达成一系列重要共识，为中美关系指明了方向。但此后美方在落实元首共识上出现严重"行动赤字"，甚至与共识倡导的精神背道而驰，导致双边关系出现新的困难。最近几个月，美国政府高官多次访华，双边高层互动明显增加，关系回暖趋势逐渐增强。近期，中共中央政治局委员、外交部长王毅应邀访美，双方在深入、建设性、实质性沟通基础上，同意朝着实现旧金山元首会晤共同努力，向世界发出了稳定和改善关系的积极信号。

作为两个世界大国，中美能否确立正确相处之道，攸关世界和平发展和人类前途命运。一段时间以来，两国关系的变化牵动世界人心，其跌宕起伏的曲折历程，一方面表明了中美关系的严峻性和复杂性，确立大国正确相处之道并非易事，其间会受到各种因素的影响扰动；另一方面，双方最终排除干扰达成"重返巴厘岛""面向旧金山"的重要共识也再一次证明，只要本着对历史、对世界、对人民负责的态度，对彼此树立正确理性的认知，对改善关系抱持最大诚意，中美关系就能朝着积极的方向发展，真正实现稳下来、好起来，回归健康稳定发展的正轨。

中美关系跌入低谷的原因是清楚的。无论是两国相互依存的现实被漠视，合作共赢的历史被歪曲，对话沟通的渠道被阻断，还是以所谓"战略竞争"的危险方式定义、影响中美关系，给两国人民和世界各国的未来带来巨大变数，究其根本还是美方对中国、对世界、对自己的认知出了偏差。关于中美如何正确相处，习近平主席早已给出了明确答案，那就是相互尊重、和平共处、合作共赢。这三大原则，是审视中美关系半个多世纪风云跌宕得出的重要论断，是当今时代大国之间彼此交往的正确之道，是保证中美两艘巨轮不偏航、不失速、不相撞的重要航标。正如美国《全球策略信息》杂志社华盛顿分社社长威廉·琼斯所言，推动中美关系止跌回稳，"相互尊重、和平共处、合作共赢三原则是最优路径"。

没有尊重，就谈不上信任；没有信任，就无法避免冲突，也谈不上真正的合作。这是中美交往积累的重要经验，也是双边关系重回正轨的基本前提。中美两国的差异过去有，现在有，今后还会有。实际上，中美从接触第一天起，就知道是在和一个在政治体制、发展阶段等诸多方面很不相同的国家打交道，但这些差异的存在并没有妨碍两国打破坚冰建立外交关系，也没有妨碍双方基于共同利益深化合作，更没有妨碍双方为世界和平繁荣作出共同贡献。中美相处应承认并尊重彼此的不同，而不是强求一律，试图去改变甚至颠覆对方制度。中国共产党领导和中国社会主义制度，得到14亿多中国人民的拥护和支持，是中国发展和稳定的根本保障。中国不会成为另一个美国，美国也无法依照自己的好恶改造中国，这就需要尊重彼此的选择。把自己的选择定义为民主，把对方的选择定义为威权，把成功定义为改变对方，不符合事实，更不现实。"万物并育而不相害，道并行而不相悖"，2000多年前中国先贤以此概括宇宙和大自然法则中的包容精神。以更开阔的胸怀看待差异，以相互尊重的态度接受不同，这才是当今中美正确相处之道。

守住和平底线，这是中美必须做出的正确抉择。中国人没有扩张胁迫、称王称霸的基因，"好战必亡""国霸必衰"是中国人信奉的箴言。中国选择的是和平，坚持的是和平发展，对中美关系最基本的期待是和平共处。当前中美实现和平共处，最大的障碍是冷战思维。正如殖民观念在20世纪逐步被抛弃，冷战思维在21世纪也早已过时。模仿当年对苏联的遏制来打压中国，希望通过"印太战略"等地缘游戏来围堵中国，注定是徒劳的。因为，中国不是苏联，世界也不是以前的世界。只有从冷战旧梦中及早醒来，才能以冷静、理性、现实的态度看待和处理中美关系。不寻求改变中国体制、不寻求"新冷战"、不寻求通过强化同盟关系反对中国、不支持"台独"、不支持"两个中国"或"一中一台"、不寻求把台湾问题作为工具遏制中国、无意同中国发生冲突对抗、无意寻求同中国"脱钩"、无意阻挠中国经济发展、无意围堵中国、无意阻止中国科技进步——美国总统拜登曾作出承诺，美高官访华时也多次积极表态。当务之急是以行动兑现共识，在排除干扰、积累互信中为改善关系营造氛围。正如美国智库卡特中心中国项目主任刘亚伟所说，两国关系能不能改善，问题的关键"取决于美国"。

合作共赢是中美关系半个世纪以来的真实叙事，也是双方应当继续争取的共同目标。作为最大的发展中国家和最大的发达国家，中美具有高度互补性。无论经贸，还是能源、科技、教育、人文等诸多领域，中美都存在广泛合作空间，在恢复经济、应对气变、反恐、防扩散、解决地区和国际热点问题等全球性议题上承担着重大责任。双方还曾携手打击恐怖主义、应对金融危机、阻击埃博拉病毒、引领达成气候变化《巴黎协定》，合作办成了一件件造福世界的大事好事。合则两利，斗则俱伤，这是中美打交道一条颠扑不破的真理。中国始终抱有与美国保持合作关系的意愿，但中国人民不能接受任何人剥夺自己追求发展、实现美好生活的权利。中国是在改革开放、与世界融合的过程中发展起来的，不会也不可能与世界"脱钩"。中国致力于高质量发展，构建新发展格局，需要同世界建立更紧密联系。中国致力于扩大对外开放，正在以更短的负面清单、更好的营商环境，为包括美国企业在内的全球合作伙伴提供更广阔的合作机遇。中美关系不应是你输我赢的零和游戏，任何一方的成功不必以对方的失败为代价。

习近平主席曾说过，"过去50年，国际关系中一个最重要的事件就是中美关系恢复和发展，造福了两国和世界。未来50年，国际关系中最重要的事情是中美必须找到正确的相处之道"。从巴厘岛一路走来，中美关系回暖来之不易，值得倍加珍惜。面向旧金山，双方应从过往汲取现实的启迪，

汇聚相向而行的力量,共同探索构建新时代的中美关系,创造中美两国的美好未来。(完)

新华社北京 11 月 11 日电题:竞争对抗不符合时代潮流——推动中美关系回归正轨系列评论之三

新华社记者 杜白羽 高文成

美国财政部长耶伦近日在华盛顿发表讲话说,美国与中国的关系是世界上最重要的双边关系之一,美国不寻求与中国"脱钩",美中经济"脱钩"或者各国不得不在美中之间选边站的做法,会对全球经济带来"严重负面影响",美国寻求与中国建立"健康的、共赢的经济关系"。应该说,耶伦这番话对于中美关系的定位是理性务实的。

中美关系如何发展,归根到底取决于两个大国对于彼此的认知。以合作面主导认知,双边关系就能朝好的方向发展;以竞争面主导认知乃至以竞争定义全部关系,对抗性就会不断增强,就有滑入"新冷战"深渊的风险。过去一段时间,人们看到美国对于改善中美关系的意愿在提升,但同时对华遏制打压的议程并未减少,矛盾的信号反映出美国看多中美合作利好却囿于零和对抗思维的纠结心态,这也是中美关系历经曲折反复的重要原因。当下美方理顺对华关系,关键是树立正确的对华认知,走出零和博弈思维,积累扩大合作面,持续推动中美关系稳下来、好起来。

认知的第一个扣子扣错了,就会带来错误的政策导向。近年来,美方将中国视作"最严峻的竞争对手""系统性挑战",言必提竞争,美国对华战略竞争也在一步步体系化、阵营化、意识形态化。在亚太地区推行所谓"印太战略",诱拉地区国家建立以遏制中国为主要目的的盟友体系;兜售"印太经济框架",强化"五眼联盟",炮制"四边机制"、拼凑三边安全伙伴关系,逼迫地区国家选边站队……一系列带有"新冷战"色彩的对华政策非但没有取得预期效果，且越发不得人心。美国前助理国防部长傅立民表示，其他国家并不将中国看作敌人，美国如果一意孤行与中国对抗，将会疏远而非吸引其他国家，从而逐渐被孤立。

为了取得对华经济竞争的绝对优势地位，美国一再将科技和经贸问题政治化、工具化、武器化，人为"筑墙设垒"，强推"脱钩断链"。从推动所谓"友岸外包""近岸外包"，到出台《通胀削减法案》等排他性歧视性产业政策，再到发布对外投资审查行政令，种种违反市场经济和公平竞争原则的做法，本质上都是保护主义，不仅破坏市场规则和国际经贸秩序，扰乱全球产业链供应链稳定，也对中美经济以及全球经济造成负面冲击。波士顿咨询公司等机构估计，如果美国采取对华"技术硬脱钩"政策，美国半导体企业受损更大。美国加利福尼亚州州长纽森近日在结束访华行程时表示："'脱钩'不是一个选项，我们的未来紧密相连。"

回顾过去几年中美关系曲折历程，美方在涉及中国核心利益和发展权益的问题上不断挑衅，同时又提出要保持关系稳定，避免冲突对抗，这种逻辑与现实自相矛盾的症结，从根本上讲，还是美方对中国、对世界、对自己的认知出了偏差。无论是挑动"全面对抗"，还是鼓吹"战略竞争"，都偏离了中美关系的正确轨道。如果沿着零和博弈的思维处理中美关系，继续以其所认定的"政治正确"来误导对华政策，不仅解决不了自身的问题，还可能使中美关系走向冲突对抗的终点。新加坡国立大学亚洲研究院杰出研究员马凯硕认为："在中美两国的和平较量中，美国决策者低估中华文明的力量和韧性将是一个严重错误。"

作为两个大国，中美在贸易、技术、外交等领域既有合作也有竞争，不是你输我赢、你死我活，而应当是你追我赶、共同进步。中国不回避竞争、不惧怕竞争，但竞争应该是公平、合理、良性的，有红线、有禁区，不能无视市场经济规则和国际关系基本准则，更不能将核心利益问题作为竞争工具、挑衅手段。中国认为的竞争，应该是田径赛，有赛道有规则，可以在你追我赶中提升各自成绩，就像运动员竞技追求的是不断提升自己、突破自我，取得更好成绩，而不是给其他运动员"使绊子"或恶意干扰，否则只会因为违规而被罚出局。

竞争更不是中美关系的全部。中美经济互补性远大于竞争性,中美经贸合作的本质是互利共赢。2022年中美贸易额达到近7600亿美元,创历史新高,体量这么大,存在一些分歧和摩擦实属正常。通过平等协商寻求双赢方案,才是正确解决之道。当前形势下,中美共同利益不是减少了,而是更多了,不冲突、不对抗、和平共处,这是两国最基本的共同利益;两国经济深度融合,面临新的发展任务,需要从对方发展当中获益,这也是共同利益;全球疫后复苏、应对气候变化、解决地区热点问题,都离不开中美协调合作,这还是共同利益。美国知名经济学家、哥伦比亚大学经济学教授杰弗里·萨克斯表示,"美中合作将极大推动应对全球性挑战的努力,有助于维护世界和平、消除全球贫困、实现可持续发展等。"

作为两个大国,中美应从两国共同利益和人类前途命运的高度,看一看谁能把国家治理得更好、让本国人民安居乐业,谁能为全球经济复苏提供更大动能,谁能为应对全球挑战提供更多公共产品,谁能为地区热点问题提供更好解决方案,谁能让全球80亿人共同生存的这个星球更安全、更和平、更繁荣……概括而言,中美之间可以是合作之争,看谁能团结更多国家解决全球问题;可以是红利之争,看谁能为世界带来更多利益;可以是视野之争,看谁能更好推动人类走向更高的文明。正如美国前国务卿基辛格所指出:中美两国都太大,不可能被别人主导;太特殊,不可能被转化;太相互依赖,承受不起彼此孤立。

一个国家的发展必须融入历史进步的潮流,遵循历史发展的逻辑。竞争对抗不符合时代潮流,更解决不了本国自身的问题和世界面临的挑战。当今时代是和平发展互利共赢的时代,政治多极化、经济全球化和国际关系民主化进程不可逆转,人类命运与共已经成为必须接受的现实。中美作为两个大国,对人类繁荣发展担负着重要责任。通过合作共同开启人类发展的新纪元,还是滑入大国冲突对抗的深渊,是两国必须回答好的世纪之问。跳出谁赢谁输的狭隘视角,追求人类一起赢的高尚目标,应该成为新时代中美两国的共同追求。(完)

新华社北京 11 月 12 日电题：地球容得下中美各自发展、共同繁荣——推动中美关系回归正轨系列评论之四

新华社记者　李　蓉

应美国总统拜登邀请，国家主席习近平将于 11 月 14 日至 17 日赴美国旧金山举行中美元首会晤，同时应邀出席亚太经合组织第三十次领导人非正式会议。两国元首将就事关中美关系的战略性、全局性、方向性问题，以及事关世界和平与发展的重大问题深入沟通。元首外交是中美关系的"指南针"和"定盘星"，中美各界和国际社会也因此对这次旧金山会晤倍加期待，期待中美关系在元首外交战略引领下尽快回到健康稳定发展的正轨。

在去年的巴厘岛会晤中，习近平主席强调，"当前形势下，中美两国共同利益不是减少了，而是更多了"。中美不冲突、不对抗、和平共处，这是两国最基本的共同利益。中美两国经济深度融合，面临新的发展任务，需要从对方发展中获益，这也是共同利益。全球经济疫后复苏、应对气候变化、解决地区热点问题也离不开中美协调合作，这还是共同利益。中方始终认为，中美共同利益大于分歧矛盾，中美各自取得成功对彼此是机遇而非挑战，大国相处之道应是对话合作而非零和博弈。

近一段时间以来，中美正向互动趋势不断增强。美国一方面在"竞争"意识主导下继续推出对华科技、经贸合作限制措施，一方面也在各个渠道寻求与中国接触，出现了近年鲜见的"求同"苗头。究其根本，中美是全球最大的两个经济体，中美关系是全世界最重要的双边关系，两国经济关联既深且广，两国和世界都无法承受双方误判意图、对抗冲突之重。正如美国政治学者、"软实力"概念提出者约瑟夫·奈近日所指出的，过度夸大中美关系中竞争的一面而忽视合作的一面，有害无益。

中美双方的发展进步完全可以成为对方的机遇而不是挑战，两国经济互补性远大于竞争性，中美应该互利共赢而不是零和博弈，双方可以彼此成就，做大共同利益的蛋糕。英国《金融时报》的报道说，尽管各路媒体不断渲染所谓"脱钩断链""去风险"，然而，研究一下趋势，就会发现另

一番景象：去年，美中双边贸易额在困难中仍创历史新高。最新数据显示，超过7万家美企在华投资兴业，近90%在华业务实现盈利。除了经贸关系，中国对美国高科技行业发展也至关重要，这一点从高通、英特尔、特斯拉、苹果公司高管今年相继访华可见一斑。据《日经亚洲》报道，中国市场对这四家公司去年收入分别贡献了62%、27%、22%和18%。

双方互利合作帮助美国家庭降低了生活成本，美国企业获取了丰厚利润。香港《亚洲时报》刊文说，推动中美加强经济关系，是"无数美国消费者和成千上万家美国企业根据市场作出的决定"。香港《南华早报》网站报道，美国派出有史以来最强代表团参加第六届中国国际进口博览会，其中包括政府高官，释放了双方推进合作的又一积极信号。

中美合作不仅有存量优势，还有增量优势。中美虽然互为重要贸易伙伴，每年有数千亿美元的贸易额，但双边贸易额仍然有增长空间，这是美国与其他国家双边经贸关系无法比拟的。合作将为双方开辟更多更宽广领域增长空间。"碳中和"领域技术研发交流和联合投资将使双方受益；未来中美老龄化人群对医疗服务的需求将大幅增长，医疗技术和数据的交流将给双方带来巨大价值；中国超大规模中等收入人群为美国农产品提供难以估量的潜在市场；美中两国都受益于双向投资流，鼓励相互投资将多角度反哺两国经济……双方合作的单子可以拉得很长。

不仅对中美双方，两国紧密合作对世界和平与繁荣也意义重大。历史已经证明，中美携手可以办成很多有利于两国和世界的大事。中美在2001年合作打击恐怖主义，2008年合力应对国际金融危机，2016年推动达成气候变化《巴黎协定》。目前乌克兰战火未平，中东硝烟又起，未来在很多全球重要议题上都需要包括中美在内的国际社会携手合作。与此同时，中美两国经济总量超世界三分之一，中美两国经济对世界经济增长贡献率超过50%，中美关系冷暖左右着世界经济气候。"美中推进互利合作，造福两国、惠及世界无疑是正确的并且是可实现的。"美国知名经济学家、哥伦比亚大学经济学教授杰弗里·萨克斯表示。

中美关系应向前看。相互尊重、和平共处、合作共赢三条原则，管长远、治根本，提供了走好中美关系未来之路的行动指南。宽广的地球完全容得下中美各自发展、共同繁荣。中国人民和美国人民一样，都是自尊自信自强的人民，都拥有追求美好生活的权利，两国之间存在的共同利益应该得到重视，各自取得成功对彼此都是机遇而非威胁。

正如约瑟夫·奈所言，如果美中两国都一味强调对方是威胁，那么这一论调就会越来越强化。"如果我们展现合作，华盛顿和北京（对彼此）的'观念氛围'就会发生改变"。中美双方应本着对历史、对世界、对人民负责的态度，坚持对话不对抗、拆墙不筑墙，为健康稳定的中美关系发展积极努力。（完）

新华社北京 11 月 13 日电题：汇聚中美交流合作的正能量——推动中美关系回归正轨系列评论之五

新华社记者　谢彬彬

前不久，在美中关系全国委员会年度颁奖晚宴上，百岁高龄的美国前国务卿基辛格在获奖致辞中说，"我一生中的一半时间都在为美中关系工作"，美中之间的和平合作至关重要，符合两国和世界的利益。尽管中美关系在过去一段时间遭遇严重困难，但如基辛格般坚持不懈维护和促进中美关系健康发展的人并不少，支持中美交流合作的力量从未缺席。正如美中关系全国委员会会长欧伦斯所说，美中关系近来获得改善，两国民间纽带依然牢固。在美中关系面临挑战时，更应看到两国关系中"光明的一面"。

中美虽远隔重洋，但中美人民的交流合作源远流长。"国之交在于民相亲"。追忆往昔，中美民间的友好交往从没有中断，两国人民也在交往中结下了深情厚谊，为中美关系发展发挥了重要作用。二战期间，中美为抗击法西斯并肩作战，飞虎队的佳话承载着两国人民用生命和鲜血铸就的深厚友谊。50 多年前的"乒乓外交"至今令人津津乐道，中美运动员的真诚友好互动，传递了人民友好的积极信息，以"小球转动大球"，拉开了中美关系新篇章的历史序幕。中美建交后的40多年里，两国民间和人民的交流合作更为频繁密切，覆盖文化、教育、科技、媒体、旅游、卫生等多个领域。自1979年缔结第一对友城关系至今，中美已经建立284对友好省州和友好城市关系。40多年来，两国友好省州和友好城市密切合作，取得丰硕成果，为两国人民带来了实实在在的利益。历史已经充分证明，中美两国人民完全可以跨越制度、文化、语言的差异，建立起深厚的友谊。中美民间交流互利共赢，不仅是两国人民做出的自主选择，更是不可阻挡的历史潮流。

在中美关系处于关键十字路口的当下，持续不断的民间交往和人文交流合作尤显珍贵，为两国关系的健康发展注入源源不断的正能量。众多美国企业高管纷纷来华寻求扩大合作；中美直航航班进一步增加；中国恢复赴美团队游；中国江南珍宝展在克利夫兰艺术博物馆展出；美国费城交响乐团举办访华50周年纪念演出；中国舞剧《花木兰》在美巡演……横跨太平洋的航班越多、货轮越多、游客越多、学生学者越多，中美两国关系发展的民意基础就越厚实，空间就越广阔，动力就越强劲。美国库恩基金会主席罗伯特·劳伦斯·库恩说，加强民间交流是中美双方将机遇和共同需求转化为积极合作与建设性关系的可靠方式。要推动两国关系止跌企稳、重回健康稳定发展轨道，"没有比加强民间交流更好的药方了"。美国全国艺术基金会高级顾问卡拉·季尔利科夫·卡纳莱斯在《纽约时报》上发表题为《美中关系回暖，从彼此倾听开始》的文章指出，在美中关系这样具有挑战性和复杂性的双边关系中，像音乐这样的人文交流可以搭建起相互理解的桥梁。

中美关系发展到今天，成果来之不易，值得倍加珍惜。中美都应该本着对两国人民负责任的态度，从两国人民的福祉出发，处理好、管控好、发展好两国关系，为两国人民继承和弘扬珍贵友谊遗产创造有利氛围和条件，筑牢两国友谊与合作的民意基础。中国一直鼓励中美两国各界人士以及民众之间多往来，支持地方层面在经贸、科技、教育、文化以及青年交流等广泛领域的合作。今年以来，国家主席习近平多次强调加强民间友好和人文交流对发展两国关系的重要意义，指出中美关系基础在民间，希望在人民，未来在青年，活力在地方。从在京会见美国各界人士，到向"鼓岭缘"中美民间友好论坛等活动致贺信，再到复信美国华盛顿州"美中青少年学生交流协会"、史迪威将军后人、飞虎队老兵等友好人士，习近平主席与美国各界人士多次真挚互动，推动中美民间友好续写新的篇章，为两国人民加强交流、增进理解、扩大合作注入强劲动力。

希望美方顺应民意，同中方相向而行，用行动排除障碍。近期中美关系"大气候"回暖，越来越多的中美各界人士为两国扩大交往合作鼓与呼，为两国人民相知相亲四处奔走，传递出中美民间友好的积极信息。美国艾奥瓦州马斯卡廷中国友好委员会主席丹·斯泰恩说："在两国关系面临挑战的时候，我们更要多来中国，加强民间往来、增进了解和互动，把两国人民的友谊发展下去。"

面向未来，中美友好的薪火将由青年一代传承。加强中美青年一代的交往交流、相知相亲，有助于他们树立对彼此更加客观理性的认知，为中美友好播撒新的希望，为中美关系发展持续注入动力。

中美关系眼下仍面临不少困难和挑战，稳定和改善两国关系任重道远。所幸的是，从历史中走来的这些根基性民间纽带仍在，推动中美关系向前发展的正能量正在不断聚集。基辛格说，"正如我50年前所相信的那样，我们能找到克服困难的出路"。有理由相信，在中美各界的齐心协力下，两国关系发展将向着符合两国人民共同福祉的方向不断前进。（完）

（新华社2023年11月09日-2023年11月13日）

申报资料实录

作品简介：2023年11月，中美元首旧金山会晤在即，中美关系走向举世瞩目。在此关键节点，新华社从回归元首共识、校准关系航向、正确定义关系、增进合作共识、夯实民意基础等方面播发系列评论。写作团队紧紧围绕总书记对中美关系的重要论述，深刻把握中美关系的重要性和斗争的复杂性，稳妥把握基调，主动引导预期，既传达中方对稳定改善两国关系抱有善意和诚意，又帮助读者厘清中美关系走到今天的是非曲直进而树立对中美关系的正确认知。从国内外受众反馈看,有三重信息得到有效传递:一是中方对稳定改善中美关系有诚意并给出了清晰路径;二是美方错误政策和言行是中美关系不断下滑的根本原因;三是中国始终保持战略理性,毫不动摇维护自身正当合法利益。这组评论实现了时度效的有机统一,在基调立场把握上认真贯彻习近平总书记和党中央擘画的对美外交战略意图,既为元首会晤营造积极氛围,又对美方当前态度的阶段性、策略性有着清醒认知,在关键时刻重大议题上及时发出中国声音,清晰表明中国立场,正确引导国内外舆论,写作上说话留有余地,体现中方战略定力,展现了理性、成熟的引导能力和斗争艺术。

社会效果:"推动中美关系回归正轨"系列评论引起高度关注和强烈反响,"新华社五论中美关系"成为引领国内舆论场的热榜话题,美主流媒体多次直接引用放大我核心信息。整组稿件被全网置顶推送,各大央媒、客户端公众号和平台等密集转载,总采用近5000家,全网浏览量破亿。对外传播方面,系列评论实现了美联社、BBC、《纽约时报》《华盛顿邮报》等美西方主流媒体的全覆盖,被美国媒体评价为代表中方权威基调立场。BBC说:"官方媒体对此次峰会的评论数量表明,中国重视这次峰会,官方媒体新华社连续发表了五篇评论。"美联社指出,官方媒体新华社连发了五篇关于美中关系的系列文章,呼吁两国"相向而行""共同努力,回到健康稳定的发展轨道",但"新华社也敦促美国落实拜登和习近平去年11月在巴厘岛会晤时达成的协议"。《华尔街日报》大篇幅引用系列评论的观点,认为"新华社赞扬中美关系近期企稳,但是指出中美关系曲折根本原因在美,美国对中国、对自身、对世界的认知出了问题"。美国中国问题专家毕晓普等西方资深分析人士在"中国新闻信"和社交账号重点推荐。

初评评语:新华通讯社"五论中美关系"系列评论,指出改善中美关系的关键所在和世界潮流的大势所趋,对推动中美关系重回正轨形成正确认知。在关键时刻重大议题上,及时发出中国声音。五篇评论作品实现了时度效的统一,贯彻了我国对美外交战略的意图。该作品评论观点清晰,立场鲜明,逻辑严谨,层次递进,语言精炼、文字准确、流畅。表达通俗易懂,既易于传播,也易于受众接受。

Nation's export curbs on key semiconductor materials seen as fair
（中国对关键半导体材料的出口限制符合公平、公正原则）

马 思

China's export restrictions on gallium and germanium will help provide a better balance between production and reserves of the two key raw materials used in the semiconductor industry, experts said on Wednesday.

The restrictions are also in line with international practices of protecting a nation's strategic mineral resources, they said.

Wei Jianguo, former vice-minister of commerce, said in an exclusive interview with China Daily that under the principles of the World Trade Organization, China has the right to implement export control measures to ensure its national security and interests.

The comments came after the Ministry of Commerce said on Monday that the country will impose export restrictions starting Aug 1 to protect its national security and interests.

"This is just the beginning of China's countermeasures. If the high-tech restrictions on China become tougher in the future, China's countermeasures will also escalate. China's toolbox has many more types of measures available," said Wei, who is also vice-chairman of the China Center for International Economic Exchanges.

Foreign media outlets, including The Wall Street Journal, on Tuesday quoted anonymous sources as saying that the United States plans to restrict China's access to cloud computing technologies.

"Any attempt to promote decoupling through hegemonism, including suppressing Chinese enterprises, will ultimately be a stone thrown at one's own feet," Wei said.

According to Wei, China is the world's biggest producer of germanium and gallium. The key production chains of the two resources are also located in the country, and China accounts for more than 70 percent of the world's total production capacity of germanium.

However, the US has the world's largest reserve of germanium, with about 3,870 metric tons, which accounts for 45 percent of total global reserves. By comparison, China has 3,500 tons, or 40 percent of reserves, Wei said.

"For natural resources such as oil and rare metals, some countries have a large share of reserves, but seldom exploit their resources and only use other countries' resources, which makes it difficult for them to ramp up production quickly to deal with emerging situations," Wei said.

Li Yong, deputy director of the expert committee of the China International Trade Association, said the export controls will help better balance the relationship between supply and reserves.

Some countries have stopped mining the minerals, for fear of environmental pollution, and rely on imports from China, causing an imbalance between supply and reserves. However, these countries exaggerate the risk of relying on China's imports, which is neither fair nor reasonable, Li said.

If some countries deliberately interpret in a political way, overhype China's export controls, and take policy measures to force companies to avoid supplies from China, it will disturb the global semiconductor industry and lead to politicized distortion of market expectations, Li said.

Economist Jeffrey Sachs, director of the Center for Sustainable Development at Columbia University, said a lot of the tension between the US and China arises from the US side.

"This is the US' mistake because some Americans think that if China is rising, the US must be losing," he said. "But this is false. Economics is a win-win cooperative game."

中国对关键半导体材料的出口限制符合公平、公正原则

中国对两种关键半导体材料镓和锗的出口限制将有利于平衡全球供储关系，该举措符合保护国家战略矿产资源的国际惯例，有关专家周三作出上述表示。

商务部原副部长魏建国在接受《中国日报》独家专访时表示，根据世界贸易组织规则，中国有权利采取出口管制措施以确保其国家安全和利益。

商务部宣布为维护国家安全和利益，中国将从8月1日起对镓、锗相关物项实施出口管制。

魏建国表示"这只是中国反制的开始。如果未来针对中国的高技术限制变得更加严格，中国的反制措施也将升级。中国的工具箱中有更多类型的措施可供选择。"

《华尔街日报》等外国媒体周二援引匿名消息人士的话说，美国正计划

限制中国企业获取先进云计算技术。

魏建国强调"任何利用霸权主义企图推动脱钩断链的行为，包括打压中国企业，最后都是搬起石头砸自己的脚。"

据魏建国介绍，中国是世界上最大的镓和锗生产国。这两种资源的关键生产链也位于中国，中国占据了全球锗总产能的70%以上。

然而，美国拥有世界上最大的锗储量，约为3870吨，占全球总储量的45%。相比之下，中国的锗存储量在3500吨左右，占全球存储量是40%。

"对于石油和稀有金属等自然资源，一些国家拥有大量的储量，但很少开采自己的资源，只使用其他国家的资源，所以某些国家无法一下突然启动自己的整套生产流程来应急生产。"魏建国表示。

中国国际贸易学会专家委员会副主任李永向记者表示，此次出口管制将有助于更好地平衡供应和储备之间的关系。

一些国家出于对环境污染的担忧停止了矿产开采，并依赖中国进口，导致供应和储备之间失衡。然而，这些国家夸大了依赖中国进口的风险，这既不公平也不合理，李永表示。

如果一些国家刻意以政治方式解读、夸大中国的出口管制，并采取措施迫使企业避免从中国进货，将扰乱全球半导体行业，并以政治化的做法扭曲市场预期，李永强调。

哥伦比亚大学可持续发展中心主任、经济学家杰弗里·萨克斯在接受记者采访时表示，中美之间紧张局势主要源于美方。

他说"这是美国的错误。一些美国人认为如果中国崛起，美国就必定处于失利状态。但这种想法是错误的，经济学本是基于双赢的合作。"

(《中国日报》国际版2023年07月06日)

申报资料实录

作品简介：2023年，美国不断收紧对华芯片出口管制，半导体成为美国鼓吹"对华脱钩"和"去风险"最主要领域，企图阻碍我国经济高质量发展，也极大扰乱了全球半导体产业链稳定。面对复杂严峻的国际环境，习近平总书记多次强调要"维护全球产业链供应链稳定"，同时表示"如果美方执意打压中国的高科技发展，剥夺中国的正当发展权利，我们也不会坐视不管"。面对美国施压，中国宣布对芯片重要原材料镓、锗实施出口管制，一时成为全球舆论关注的焦点，外媒频频质疑我举措的正当性、合理性。在此关键节点，记者第一时间采访包括商务部原副部长魏建国，美国著名经济学家、哥伦比亚大学校级教授Jeffrey Sachs在内的多位国际公认权威人士，向世界清晰阐明中国出台举措的法理依据和正当原则，讲透我国实施出口管制符合WTO规则，是国际通行做法，是依法依规维护国家安全和利益。

社会效果：在美国对中国科技产业极限施压、企图脱钩断链之际，该报道配合国家出台的出口管制措施，及时、准确回应国际社会关切，第一时间采访多位国际知名人士，驳斥外媒对我国的质疑和诋毁，"借嘴说话"向世界阐明中国实施此次出口管制的法理依据，取得了良好的国际传播效果。该报道被国际主流媒体广泛转引近900次，文章在《中国日报国际版》推出，发行覆盖亚太、美洲、欧洲、非洲等57个国家和地区的数千万国际读者，以及主要智库、重点大学、联合国机构、外交机构等重点机构。该报道一经刊发，随引发国外网民热议。该报道稳妥把握国际传播规律、舆论战认知战规律和媒体融合规律，有理有据地驳斥了外媒的偏见和臆测报道，及时平息了国际社会对中国出口管制政策的种种不实猜测，稳定了国际社会持续看好中国经济的良好预期，及时传播放大中国理智正当的声音，旗帜鲜明阐释中国立场和主张，有力有效引导国际舆论。

初评评语：报道通过对三位中外权威人士，尤其是美国的经济学家的采访，借嘴说话，以清晰事实、详实数据、权威观点，及时回应国际社会关切，对美方的双标做法进行了理直气壮的回击，将设置议题的话语权掌握在自己手里。全文500多个英文单词，言简意赅，收到了良好的传播效果。

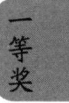

出海记·走进非洲

集 体

作品二维码

《出海记·走进非洲①｜马达加斯加：一粒稻种的万里行程》

《出海记·走进非洲③｜肯尼亚：湖南小伙，攀登非洲电商高峰》

《出海记·走进非洲⑥｜跨越山海的重器之旅》

（新湖南客户端2023年06月19日—2023年06月27日）

申报资料实录

作品简介：2023年是共建"一带一路"倡议提出10周年；同年6月，第三届中非经贸博览会在湖南长沙举行。在这样一个重要时间节点，湖南日报社推出《出海记·走进非洲》大型国际传播报道，讲述湖南人和湖南企业走进非洲的故事，展示中非合作构建人类命运共同体的努力。湖南日报社3批记者赴马达加斯加等6个非洲国家实地采访，紧扣湖南积极参与"一带一路"建设特别是中非合作的生动实践，以杂交水稻、工程机械、丝路电商等为切入点，广泛接触、深入采访中国企业、非洲民众，并采访了肯尼亚副总统里加蒂·加查瓜等非洲政要，生动呈现湖南企业为非洲当地带来的改变，展现中非人民之间的深厚情谊。

社会效果：系列作品同步翻译成英语、法语，相继在马达加斯加国家电视台、马达加斯加午报、肯尼亚Switch TV官方网站及官方Youtube账号、南非媒体Engineering News网站以及该媒体的推特和脸书等社交平台、贝宁国家电视台ORTB TV等非洲媒体落地传播，反响热烈。该系列双语视频在海外社交媒体平台的传播覆盖推特、脸书等平台，累计触达和互动人次逾百万。此外，该系列报道还获《中国日报》转载，并在第三届中非经贸博览会会场、第三届"一带一路"国际合作高峰论坛官网进行展播，进一步扩大了海外传播声量。

初评评语：《出海记·走进非洲》系列报道充分体现了思想性、针对性，并展现了强大的传播力。该报道紧扣中非合作的时代主题，通过实地采访和深入报道，生动展现了湖南与非洲的友好交往和合作成果，体现了新闻的真实性。同时，报道深入挖掘中非合作背后的思想内涵，展现了构建人类命运共同体的理念，富有思想性。此外，报道针对性地选择了杂交水稻、工程机械等具体实践作为切入点，使得内容更加贴近实际、贴近生活。该系列报道采用全媒体思维，将视频与深度报道相结合，形式新颖，制作精良。

一等奖

ISRAEL–PALESTINE CONFLICT
（战地纪实：巴以一线报道）

刘　聪　沈小蒙　李　响　Noor Harazeen
黄　越　周迦昕　郑松武　冯懿磊

作品请见中国记协网 http://www.zgjx.cn。

（CGTN 英语频道《今日世界》
2023 年 10 月 23 日 – 2023 年 12 月 06 日）

申报资料实录

作品简介：自 2023 年新一轮巴以冲突爆发开始，CGTN 即刻派遣了两批次共计 8 人的专业记者和摄像团队，深入战地一线，与当地的 2 名加沙报道员一道，共同完成了《战地纪实：巴以一线报道》一线独家系列报道。报道团队精心策划、整体布局，跨越巴勒斯坦（包括加沙和约旦河西岸）与以色列的多地，在冲突一线采集了众多一手、独家的新闻内容，保证了 CGTN 大小屏国际传播的时效。团队深入采访了死难者家属、焦急的医生以及陷入生活困境的平民，更用镜头真实记录了加沙地区严峻的人道主义形势。此外，每批次的报道团队都在当地停留月余，多次走访耶路撒冷以及约旦河西岸的伯利恒、拉马拉等城市，对战况、人质交换、隔离墙、西岸定居点等焦点话题进行了深入报道。在多数外媒未能抵达的情况下，CGTN 的记者们克服重重困难，从现场发回了大量的一手、独家报道，为全球受众提供全面、客观、平衡的报道。众多新闻内容被国际主流媒体争相引用，使 CGTN 成为全球重特大报道的重要信源。

社会效果：新一轮巴以冲突爆发以来，CGTN 团队在巴以一线采集大量一手独家和深度报道内容，这些新闻作为独家信源，被国际媒体广泛引用和转载。截至 2023 年 12 月 31 日，CGTN 团队巴以前方采集新闻累计 235 条，全平台发稿共 491 条，阅读量 9325 万；平均每周为超过 760 家外媒下载转引累计 22995 次。

初评评语：CGTN 记者团队深入战地一线，采制独家声音，制作独家内容，报道团队克服困难，不畏艰险，用镜头多视角、多维度、多层面记录新一轮巴以冲突爆发后的真实场景。有效的构建了中方的叙事框架，有效的引领了国际舆论的话语走向，展现了重大新闻事件的报道能力和国际传播力。

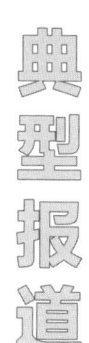

伊莎白
——我的选择是中国

高松　王红芯　彭阳洋　薛怀刚　殷继超

作品请见中国记协网 http://www.zgjx.cn。

（央视纪录频道《特别呈现》、四川卫视特别编排2023年12月15日）

申报资料实录

作品简介：伊莎白，中华人民共和国"友谊勋章"获得者，加拿大人，著名国际友人，教育家、人类学家，1915年出生于四川成都，2023年8月20日在北京安详辞世。在跨越百年的传奇人生中，伊莎白始终坚定选择与中国人民和中国共产党领导的正义事业并肩同行，为中国教育事业和对外友好交流作出了杰出贡献。该片是首部关于伊莎白生平的纪录片。主创团队从2014年开始，通过近十年的跟踪拍摄记录，积累了大量珍贵影像，很多独家影像在片中首次呈现。华西坝上的儿时记忆、走遍大江南北的田野调查、新中国成立后受邀开拓英语教学事业并为之奋斗终身……作品以小见大，真诚自然，用故事化、场景化的纪实手法，通过对主人公及当事人的采访，以平实质朴的叙事语态，将伊莎白跨越百年的人生故事娓娓道来，再现了中国二十世纪波澜壮阔的沧桑巨变，展现了一个外籍友人对中国一往情深的热爱。

社会效果：2023年12月15日，在伊莎白108周岁诞辰之际，该片在央视纪录频道和四川卫视晚间黄金时段播出，引发广泛关注。央视、人民网、中国新闻网、中国艺术报、纪录中国等中央和行业主流媒体予以重点推荐。来自国家广电总局、中广联合会、北京师范大学等单位和机构的10余位专家在作品研讨会上一致认为，这部纪录片"见真事、见真情、见真心"，其"平淡从容的叙事让人感动"，体现了"历史感与时代感彼此呼应、个人史与国家史同频共振、纪实性与抒情性深度交互"。该片曾获国家广电总局2023年第四季度优秀国产纪录片。

初评评语：作品选材典型，人物故事具有很强的代表性和鲜明的现实价值。其叙事流畅自然，影像真实生动，既有历史的厚重感，又有鲜活的时代气息。在跨越世纪的人生中，伊莎白因笃定自信的理想主义、宠辱不惊的生活态度、善良热情的待人之道而受到敬仰和尊重。她用自己的传奇人生证明，人类完全可以跨越种族、国家而彼此理解、携手同行。该片通过西方人讲述中国的故事，从一个外国人的人生选择这一独特视角出发，生动体现了人类命运共同体的价值理念，真实透视了中国一个多世纪以来的壮阔历程。作品思想性、艺术性兼具，传播价值和社会价值显著。

先生

集 体

作品请见中国记协网 http://www.zgjx.cn。

(中国之声《新闻纵横》栏目 2023 年 09 月 29 日 – 2023 年 10 月 18 日)

申报资料实录

作品简介：《先生》通过采访不同行业领域的领军人物，讲述大师们治学报国、坚守理想的事迹，为他们留存珍贵的声音档案，也为青年一代树立精神榜样。10 位老先生平均 87 岁高龄，为了抢救这些即将消失于历史长河中的宝贵声音和影像，报道团队派出多路记者，赶赴全国各地深入采访，克服重重困难，挖掘人物背后的故事。作品展现了航天发动机奠基人从零开始的魄力，讲述了考古界权威跨界钻研的传奇，也折射了通信泰斗弯道超车的智慧……这些老先生不仅在本行业做出卓越贡献，也为新中国培养了一代又一代传承者。《先生》以新闻系列报道的形式，对大师们的精彩人生进行了白描式的记录，充分体现了他们"将深沉的家国情怀根植于血脉之中"的高洁品德，并通过讲述老先生们为祖国鞠躬尽瘁、奉献终身的经历，串联起共和国的辉煌发展历程。近年来不少先生相继离世，中国之声的特别记录成为他们的人生绝响，也是对他们最好的纪念。

社会效果：节目播出后，受到专家和听众热烈好评，稿件除在中国之声广播端播出，还在央视新闻客户端、央视频、云听客户端、央广网等多个平台同步推出，全媒体音视频视听总时长 1.09 亿分钟，累计触达人次达 1.27 亿，其中《何占豪：一生只写百姓能听懂的音乐》触达人次达3531万人次。节目制作精良、故事生动、细节丰富，采访对象感情充沛的讲述与回忆，催人泪下、引发听众共鸣。

初评评语： 历史长河波澜壮阔，一代又一代人接续奋斗创造了今天的中国。本组报道对平均年龄87岁的10位行业领军人物进行了深入采访，记录下他们为国奋斗、坚守理想的故事，并留存下珍贵的声音档案。报道既形成了记录新中国发展的重要历史资料，也是对青年一代最好的激励，具有较高的历史价值和现实意义。

丝路上的中国医生

集　体

作品请见中国记协网 http://www.zgjx.cn。

（湖南卫视 2023 年 10 月 18 日）

申报资料实录

作品简介：2023 年，是习近平总书记提出"一带一路"倡议 10 周年，也是中国向海外派遣援外医疗队 60 周年。湖南卫视新闻中心策划新闻大片《丝路上的中国医生》，于 2023 年 9 月，派出五路记者，分别前往塞拉利昂、尼泊尔、摩洛哥、坦桑尼亚、东帝汶五个国家的援外医疗一线采访报道，记录中国援外医疗队在异国他乡救死扶伤的故事。一个月内，节目组完成跨国出差、采访、撰稿、审稿、后期制作，抢工抢时，最终，节目成功于 10 月 18 日第三届"一带一路"国际合作高峰论坛举行之际，在湖南卫视和湖南国际频道播出。

社会效果：节目在湖南卫视和国际频道同步播出，通过记录 5 个中国援外医疗队在不同国家和地区救死扶伤，及与当地同事、患者之间交往的真实经历，塑造立体丰满、鲜活感人的中国援外医护形象，多维度丰富了中国国家形象构建内涵。节目播出后，收视率表现优异，前四集获同时段省级卫视收视率排名第一，第五集排名第二，同时，节目组将节目精彩内容在全网分发，新媒体宣发 150 余条，全网累计播放量超 1000 万，点赞 30 万，评论 8 万条，引发各方广泛关注。

初评评语：《丝路上的中国医生》政治站位高，报道角度独特，通过援外医生在"一带一路"国家救死扶伤的故事,展现了"不畏艰苦、甘于奉献、救死扶伤、大爱无疆"的医者仁心,及中国"和平合作、开放包容、互学互鉴、互利共赢"的丝路精神。整个节目从共建"一带一路"宏大命题、中国援外医疗60年历史以及不同国家中国援外医疗队援助的事实中,深挖细节、以情动人,整体节目做到以小见大,见微知著,最终让一张张鲜活可亲的中国医生面孔,凝聚成可信、可爱、可敬的中国形象,多维度地丰富了国家形象构建内涵,是一次成功且有益的创新尝试。

"候鸟教授"团队：
攥牢"红莲稻"种 心怀农业"中国芯"

张 俊 张云华 田 程 程 勋 蔡 亭 马步云 张文君

作品二维码

《"候鸟教授"团队：攥牢"红莲稻"种 心怀农业"中国芯"》

（长江云新闻客户端2023年11月04日）

申报资料实录

作品简介：2023年是习近平总书记视察湖北鄂州红莲型杂交水稻育种基地，给湖北籍中国工程院院士朱英国教授及其团队留下"粮食安全要靠自己"谆谆嘱托十周年，湖北广播电视台聚焦朱英国院士及其团队在杂交水稻领域的先进事迹、先进经验。新闻团队多年来持续记录朱英国院士及其团队在湖北仙桃、湖北罗田、广西南宁和海南三亚开建基地，进行水稻功能基因研究、水稻种质创新与新品种培育的情况；生动描绘了他们每年如候鸟般往返多地，研究"红莲稻"的情景；充分展示了"红莲稻"研发过程、应用成果及其在"一带一路"倡议中发挥的突出作用；深情讴歌了工作在一线的中国农业技术专家牢记习近平总书记嘱托，砥砺奋进，攥牢自己的稻种，端牢中国饭碗的责任担当与精神风貌。

社会效果："红莲稻"已在湖北等省份示范种植，并在巴基斯坦、印度尼西亚、菲律宾、孟加拉国、越南等国家广泛推广，累计推广面积超过 4.5 亿亩，创造了近 100 亿元的直接经济效益，在中国杂交水稻种子出口份额中占比最大。"红莲稻"种相关报道主题深刻重大、立意深远，具有时代性、典型性、代表性。该作品在湖北广播电视台长江云新闻客户端推送后，被全国各新媒体广泛转发，引发网友强烈共情，致敬"候鸟教授"团队，聚焦"国之大者"。

初评评语：主题重大，人物典型。种子是农业的"芯片"，连着"国之大者"。该报道聚焦在中国杂交水稻领域作出突出贡献的湖北籍中国工程院院士朱英国教授及其团队，用他们如候鸟般往返多地，研究"红莲稻"的鲜活故事，生动展示了农技专家破解种源"卡脖子"问题，用中国种子保障中国粮食安全的奋斗与坚持，意义深远。内容丰富，细节生动。新闻团队通过多年蹲点田间地头，独家拍摄了大量真实鲜活的珍贵素材，捕捉到了"候鸟教授"团队在"红莲稻"种研发培育过程中的感人细节，书写了新闻工作者践行"四力"的新典范。制作精良，反响强烈。该报道数易其稿，精心打磨；无人机航拍镜头清晰大气；新媒体动画、建模等前沿视频制作技术，呈现出了声画互融的视听效果。

"部分中小学生课间10分钟被约束现象调查"系列报道

集　体

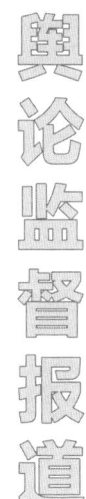

课间10分钟对学生来说十分宝贵。自由奔跑的身影和时时传来的欢声笑语，是校园充满活力的风景。但"新华视点"记者近期在一些地方调查发现，部分中小学生课间10分钟被约束，除喝水和上厕所外，不能走出教室活动，甚至不能随意离开座位。

教育部制定的《未成年人学校保护规定》明确要求，不得对学生在课间及其他非教学时间的正当交流、游戏、出教室活动等言行自由设置不必要的约束。那么，为什么一些学校要严管学生的10分钟课间活动？

小课间校园变得静悄悄

课间10分钟俗称小课间，是中小学生调节学习状态、缓解疲劳和相互交流的重要时段。记者日前在多所中小学走访看到，由于小课间学生被要求不能随意离开教室，校园里变得静悄悄。

据了解，这一现象由来已久。2019年的一项针对1900余名家长的调查显示，75.2%的家长认为身边中小学"安静的小课间"现象普遍，且在小学最为突出。

长春市多所小学的学生家长反映，学校要求孩子小课间不能去操场玩耍，只能上厕所或在走廊内安静地活动。一位家长说，孩子的班主任规定，课间除上厕所外，都要待在座位上。"有学生曾因课间在教室打闹被惩罚。

从那以后,他们下课后再也不敢跑来跑去了。"

海口市多所小学安排值日老师在每层楼巡查,严禁学生在走廊追逐玩耍。有的学校还抽选少先队员组建值日团队,对各班学生课间的行为进行计分考核,一旦发现追逐打闹现象,就给班级扣分,考核与文明班级评选直接挂钩。

河北、贵州等地一些中小学也存在类似现象。记者在河北省廊坊市一所小学看到,除了一些学生上厕所,大部分孩子在下课后都坐在教室聊天。贵州遵义某小学教师张栩(化名)说,有部分班主任不让学生小课间到操场玩,"这样做太压抑孩子的天性了"。

海口市多名小学生家长介绍,只有少数教师重视学生小课间的体育锻炼,大部分教师会以强调纪律为名,想方设法让好动的小学生安静下来,美其名曰"文明休息"。

过度约束不利于孩子健康成长

为何小课间学生被过度约束的现象频发?

有受访教师表示,主要是因为场地有限、人员密集,学生在操场上玩耍时常常出现磕碰等意外情况。

河北某县一所小学的教师说,一旦学生课间活动时出现磕碰等意外情况,校方不仅需要向家长道歉,还可能涉及经济赔偿。为此,学校干脆强调课间纪律,减少孩子外出活动,"多一事不如少一事"。

此外,场地的客观条件限制也是一个重要原因。多名受访教师反映,不少城区学校教学楼建得比较高,小课间只有10分钟,学生跑上跑下电梯不够用,楼道狭窄容易产生拥挤踩踏风险。而且,市区学校的操场规模小、孩子多,常常也跑动不开。

不少家长认为,约束孩子课间活动,主要是学校和教师为了方便管理、减少麻烦。

一些受访的基层教育工作者也认为,小课间被过分约束的做法违反教育部的规定,也是学校管理粗放、懒政的表现。严格限制中小学生课间活动范围、活动强度，虽可减少意外发生的几率，但不利于孩子健康成长。

这种做法会压抑孩子天性、不利于身体发育。心理专家认为，小课间走出教室适当运动，可以舒缓学习压力、促进人际交往。吉林大学第三医院脊柱外科副主任医师尹若峰说，较重的课业负担和日益减少的身体活动等，是影响中小学生身体姿态、脊柱健康的重要因素。小课间走出教室活动四肢，有利于学生的身体健康。

国家卫健委数据显示，2022年我国儿童青少年总体近视率为53.6%。受访眼科专家介绍，参加户外运动是防控近视的重要手段，小课间被"挤占"会导致中小学生户外运动时间减少，近视概率增加。

此外，这种做法也容易令学生产生厌学情绪。长春市外国语实验学校小学部副校长沈微指出，长时间待在教室可能会导致学生精神倦怠；学生利用课间调节、放松身体和头脑，有助于集中精力上好下节课。

坚决落实国家保护未成年人相关规定

2021年9月1日正式施行的《未成年人学校保护规定》要求，学校不得设置侵犯学生人身自由的管理措施，不得对学生在课间及其他非教学时间的正当交流、游戏、出教室活动等言行自由设置不必要的约束；学校应当完善管理制度，保障学生在课间、课后使用学校的体育运动场地、设施开展体育锻炼。

长春市外国语实验学校小学部学生课间在操场跳绳。（受访者供图）

记者采访了解到，有些学校利用小课间开展丰富多彩的户外活动。比如，长春市外国语实验学校小学部开辟了篮球、排球等活动区域，学生可根据个人兴趣选择。同时，在学校的支持下，班主任也鼓励学生尽量外出活动。河北省邯郸市丛台区连城小学不仅配有篮球、足球和羽毛球等运动设备，还在教室里配备了图书、象棋和五子棋等物品，便于学生课间取用。

受访教师和家长认为，把小课间还给孩子，需要综合施策。

作为校园安全管理中的重要一环，学校要常态化开展校园安全隐患排查，将校园安全工作做细致、做扎实。沈微介绍，长春市外国语实验学校小学部一至六年级共有学生 1980 人,为保障学生课间活动的安全和秩序,学校派出 6 名体育教师、6 名各年级教师和学生干部在走廊、楼梯、操场进行巡查、值周,大多数学生能做到秩序井然地上下楼。

专家建议,教育主管部门要出台指导意见,通过督导加强对学校的监督管理,把课间时间尽可能还给学生。学校还要加强对学生进行运动、游戏的技能指导和安全教育,降低意外发生的概率。

受访对象认为,在校园管理规范、校内设施安全到位的情况下,出现校园安全问题时,社会和家长不能一味将责任推给学校和教师。可以建立由政府部门或第三方机构规范处理校园安全事件的工作机制,降低学校与家长产生直接矛盾的概率。(记者郑明鸿、赵丹丹、赵叶苹、高晗、赵鸿宇)

下课铃响了,本该热闹的学校操场却静悄悄的。课间十分钟不允许孩子到户外活动,甚至除了去洗手间不能出教室,目前成了一些学校的规定。

这些所谓的规范,详细规定孩子们课间十分钟的活动范围、活动种类、声音大小,同时还规定班主任的监督职责并与班分的扣罚挂钩,貌似理由充足:课间打闹可能出安全事故,有序的课间更显校园文明等。然而,怕孩子出问题,怕被追责,就采取限制学生课间外出活动这种"省事儿又保险"的方法,实则是一些地方教育主管部门和学校的懒政。

两年多前,中办、国办印发《关于进一步减轻义务教育阶段学生作业负担和校外培训负担的意见》,明确提出遵循教育规律,着眼学生身心健康成长,保障学生休息权利。课间休息十分钟,是孩子身心健康发展的需要。学校应当把立规定则的心思,更多地用在关爱学生、提升管理水平上,而不是牺牲孩子的课间休息时间,更不能剥夺孩子到操场上跑一跑、跳一跳、喊一喊、笑一笑的权利。

正处于生长发育中的孩子需要奔跑跳跃,需要放松双眼,需要阳光雨露。囿于教室、教学楼中,培养出来的往往是温室花朵,是越来越多的"小胖墩""小眼镜""过敏娃"。

张弛有度的生活节奏、你来我往的社交活动，不是成年人的特权，而是所有人的必需。玩闹更是孩子的天性，是他们认识世界、探索世界的方式。紧张课程之余，让孩子轻松自在几个"十分钟"，才能更好地专注于课上的"四十分钟"，更好地为追逐星辰大海做好准备。

保证孩子享有课间十分钟，改变课间"圈养"现象，需要相关部门和家长互相理解，携手合作。相关部门应细化校内安全事故有关的法律法规，明确学校和老师的责任；学校和老师应加强对学生的安全教育，指导孩子进行有益的课间活动，采取增加防护设施、派设巡查老师等安全措施；家长应充分理解、信任学校和老师，出现问题积极沟通，依法理性维权。

课间十分钟多么短暂又多么珍贵。和同学聊天、结伴去小卖部、在操场嬉笑打闹……五彩缤纷、喧嚷活泼的一个个"十分钟"，组成了许多人难忘的校园生活，多年后仍倍感温馨。应该把课间十分钟还给孩子，让他们也能传续这份闪耀着金光的人生记忆。欢声笑语的课间，是学校靓丽的风景，也一定是家长们心头的期盼。（新华社记者徐壮）

新华视点 | 教育部：中小学校要确保学生课间正常活动

近期，一些地方中小学生"课间10分钟被约束"问题受到社会广泛关注，新华社"新华视点"记者就此采访了教育部有关负责同志。

这位负责同志表示，中小学校安排课间休息十分重要、十分必要，有利于学生调节情绪、放松身心、增强体质和防控近视。教育部高度重视学生课间休息，2021年9月1日起施行的《未成年人学校保护规定》（教育部令第50号）明确，不得对学生在课间及其他非教学时间的正当交流、游戏、出教室活动等言行自由设置不必要的约束。在实际工作中，要求中小学校每天统一安排30分钟的大课间体育活动，每节课间应安排学生走出教室适量活动和放松。

这位负责同志指出，教育部将进一步督促地方和学校严格落实国家有关规定，遵循教育规律和学生身心发展规律，坚决纠正以"确保学生安全"为由而简单限制学生必要的课间休息和活动的做法；将指导地方和学校科学实施管理和安全防范措施，加强室外场所设施排查和人员值守，加强学生安全常识教育，把安全事故风险降到最低，让孩子们快乐放心活动。同时，将要求学校密切家校社协作，争取家长理解和社会支持，共同努力保障学生课间正常活动，促进学生健康成长和全面发展。

（新华社 2023 年 10 月 31 日）

申报资料实录

作品简介：这组报道由新华社 5 个分社合作采写，聚焦"部分中小学生课间 10 分钟活动受限"这个群众关心的话题，调研区域覆盖东北、华北、西北、西南和华南，采访了老师、家长和学生等相关群体，收集典型案例，深入剖析此现象产生的原因，以及可能导致的诸多不良后果，并提出了具有针对性和可行性的建议，是一篇监督性和参考性兼备的深度报道。在调查报道播发后，编辑部又及时跟进做了评论报道。报道有效推动了相关问题的解决，助力中小学生健康成长。

社会效果：稿件刊发后，产生刷屏之效，连续多日上榜热搜，两会期间引发热议，积极引导社会舆论。稿件共被 4846 家媒体转载采用，新华网等微信公众号阅读量突破 10 万+，客户端浏览量超 1700 万。

初评评语：记者深入采访践行"四力"，聚焦社会热点话题，反映社会中存在的不合理现象，说出民众的心声，引起权威回应，有效引导舆论。该系列报道有效发挥媒体舆论监督的职能，彰显记者的担当和社会责任感。

一等奖

填坑？挖坑！

席　鸣　付　鹏　崔辛雨　余仁山　刘　宁　喻晓轩

作品请见中国记协网 http://www.zgjx.cn。

（CCTV-13新闻频道《焦点访谈》栏目 2023年05月23日）

申报资料实录

作品简介：党的十八大以来，各地政府高度重视生态环境保护工作。然而，记者调查发现，在离北京200多公里的河北省遵化市，就在全国重点文物保护单位清东陵附近，当地政府安排的一家企业以"砂坑回填"项目为幌子，行非法盗采矿产之实。在长达8年时间里，矿坑不仅没有被填平，反而越"填"越大，矿越采越多，生态环境破坏得越来越严重。采访过程中，记者运用自然资源部卫片监控、航拍等多种手段进行调查取证，还想尽办法突破层层看守，冒着生命危险进入盗采现场，直面盗采当事人，获取了第一手扎实有力的盗采证据。面对盗采企业和当地相关部门的遮掩和辩解，记者用现场发现的有力证据说话，一步步揭露了盗采企业的违法事实和当地相关部门失职失守的真相。

社会效果：大小屏联动，扩大了传播效果。节目播出当天，记者又重回现场，发现盗采还在继续，便迅速通过新媒体平台发回一系列最新报道。三条话题登上微博热搜，每条阅读量在千万以上。

初评评语：该作品紧紧围绕中央中心工作，开展建设性监督，有效推动问题解决。节目选题上接"天线"，以习近平生态文明思想为指导，体现了国家意识形态重镇名牌栏目的政治意识和大局意识；下接地气，以维护公众利益促进社会公平正义为宗旨，贴近群众切身利益；节目调查细致入微、层层深入，形成一条闭合完整的证据链条，调查严谨，让人信服；节目利用卫星地图、航拍等多种技术手段获得充分证据，记者在现场用扎实的证据与相关责任人展开正面接触，富有冲突性、戏剧性、可视性；节目选题独家，主题重大，画面生动，调查独立，监督有力，达到了收视效果、政治效果和社会效果的有机统一。

一颗老鼠头为何要省级调查组才能查清？

集　体

作品二维码

《一颗老鼠头为何要省级调查组才能查清？》

（《人民日报》2023年06月17日）

申报资料实录

作品简介：2023年6月1日，江西工业职业技术学院发生食品安全事件（简称"鼠头鸭脖"事件），引发社会高度关注。6月4日，南昌市市场监督管理局回应送检样品为鸭脖，网友对此强烈质疑，江西省随后成立多部门组成的联合调查组调查此事。6月17日中午，联合调查组通报调查结果，成为舆论热点。侠客岛密切跟踪事件进展，在第一次调查结果出炉后即推出《"鼠鼠是鸭"错哪了？》等短视频评论。省级联合调查组的调查结果公布后，侠客岛微博立即启动热点应急机制，认真研判舆情，根据最新的权威调查结果，推出微评《一颗老鼠头为何要省级调查组才能查清？》，这篇不到400字的短评直指"鼠头鸭脖"事件不仅是食品安全问题，更反映出有关部门单位不作为、懒作为，遇到舆情就和稀泥、"堵捂瞒"，把小事拖大、矛盾上交，浪费大量行政资源，更损害了公信力。评论一针见血、态度鲜明，在央媒中稳妥而响亮地发出第一声，迅速冲上热搜。

社会效果：这是侠客岛作为"舆论场轻骑兵"有力、有效引导舆论的爆款力作，报道的综合阅读量超8亿，登上多个平台热搜。有关报道经验形成文字刊发在中国记协官方微信号和新华社《中国记者》杂志上。权威调查结果公布后的1个多小时内，在舆论热点快速上升阶段即推出观点鲜明的短评，提出"实事求是，就是解决问题、平息舆情的最好办法"。报道以"消息＋评论＋视频"等形式不断跟进、打组合拳，促进了问题解决，取得良好的舆论引导效果。

初评评语：侠客岛对"鼠头鸭脖"事件的报道反应迅捷、把握稳妥、观点深刻，小微评迸发正能量、带来大流量。面对社会热点，"舆论场轻骑兵"没有失语和缺位，舆论引导效果明显，展现了主流媒体在突发舆情、热点新闻引导中的责任担当与专业水准。

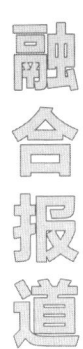

风雨落坡岭

徐 丹 陈相如 刘 畅 李建广 林 渊 刘镇杰

作品二维码

《风雨落坡岭》

（人民日报客户端2023年08月11日）

申报资料实录

作品简介：2023年夏季华北极端降雨突发引发洪涝灾害，K396次列车从被困落坡岭站到平安脱险的过程牵动人心。人民日报社新媒体中心推出视频《风雨落坡岭》，以被困旅客、列车乘务员、救援队员等亲历者的视角，完整记录了列车105个小时脱险全程，真实呈现了风雨来袭时守望相助、万众一心的伟大力量，充分彰显了习近平总书记时刻牵挂被困旅客安危冷暖、坚强有力指挥防汛抗洪救灾的人民至上理念。在内容生产模式上，本片创新性采取众筹方式吸引用户参与，从现场亲历者提供的2000多个视频、数百G素材中精选剪辑，通过反复沟通确认、核查筛选，实现了新闻生产的深度融合，具有很强的新闻性和资料价值。在叙事表达上，本片采用亲历者视角，不用解说词，让纪录片中的人物自我表达，突出第一视角、第一现场，呈现真情实感、温暖故事，具有很强的现场感和感染力。在视听语言上，视频分"遇险""失联""同舟"三个篇章，层层递进、起伏有序，从用户视角筛选捕捉大量真实感人瞬间，不拘泥于精细设计的拍摄构图，而是依靠朴实无华的纪实画面直击人心。本片形式新颖、网感强，聚合大量一线亲历者素材，讲述了身边的英雄，引发共情共鸣，释放出强大的传播力、影响力和引导力。

社会效果：《风雨落坡岭》一经发布，迅速成为传播热点。仅在人民日报新媒体自有平台阅读量近5000万，转评赞超185.5万，在视频号上实现点赞、转发10万+，被网友和众多网站、机构账号等热评热转，在短视频平台上实现了长视频的"破圈"传播。广大网民纷纷评论"热泪盈眶""大爱无疆，中国力量"。专家评价"用电影手法讲新闻""直击事件，不做无谓铺陈，不同于传统电视表现方式的互联网气质"。视频获得中央媒体十大案例和中央网信办2023中国正能量网络精品。

初评评语：源自一线，突出第一视角、第一现场，以被困旅客、列车乘务员、救援队员等亲历者视角，完整记录K396次列车因洪涝灾害被困落坡岭站后105个小时的脱险全程。内容素材主体来自现场亲历者提供的视频，搭配人物自述，具有很强的感染力。遇险、失联、同舟三个篇章层层递进，呈现了守望相助、万众一心的伟大力量，彰显了习近平总书记人民至上的理念，通过真情实感的温暖故事引发共鸣。该报道播发后，因形式新颖、网感强迅速引起了受众关注，取得较好的传播效果。

顶级实验室｜在地下700米捕捉宇宙中的"幽灵粒子"

集　体

作品二维码

《顶级实验室｜在地下700米捕捉宇宙中的"幽灵粒子"》

（央视新闻客户端2023年07月29日）

申报资料实录

作品简介：为深入贯彻落实习近平总书记关于科技发展的重要指示精神以及加强国家科普能力建设、深入实施全民科学素质提升行动的要求，中央广播电视总台新闻新媒体中心于2023年5月起推出科普互动融媒体节目《顶级实验室》。节目从700余个国家重点实验室中选取代表中国科学前沿成果的多个头部实验室，由总台主持人"体验式"探访，用"新闻+"的节目形式，展现中国最前沿的大科学装置。第三期节目走进国家重大科技基础设施江门中微子实验装置，首次全景式揭秘地下700米江门中微子实验装置，聚焦"大科学装置为什么要建在地下700米？""捕捉中微子到底有多难？"等网友感兴趣话题，用实验和体验的方式解答，用直观活泼的手法来表现晦涩难懂的科学知识。由于中微子实验装置在建成后就无法进入拍摄，因此节目组通过AR虚拟、特种设备拍摄等技术手段，全景模拟未来探测器形态，让网友提前"看到"这一科学装置工作原理，呈现观众从未见过的特殊视角。节目加强科普互动设计，推出横屏竖屏双播模式，在竖屏平台推出《科学有新知》互动问答，网友边看直播，边增长知识，有效提高了受众兴趣点和黏性。

社会效果：该节目在全网各平台实时观看量超 650 万，全网总触达量超 2.3 亿人次。微博话题＃中国顶级实验室有多牛＃登陆微博热搜榜第三位。配套文章在多个网站热搜词条前三位，央视新闻微信阅读量 10 万+。节目还配套推出深度解析短视频，以"一镜到底+vlog+竖屏"的创新结合方式，在 2 分钟内讲述了中微子大装置的内容，用生动的方式讲解复杂的科学装置。

初评评语：主题鲜明、形式丰富，立足科普报道本身，首次全景式报道地下 700 米江门中微子实验装置。在满足新闻性、传播力的同时，熟练运用 AR 等摄制技术，全景模拟多种实验形态，充分展现融合报道的先进性和创新性。通过体验式采访和互动式表达，深入浅出地阐释了较为复杂的前沿科学知识，通过实验与体验结合的方式回答网友提问，获得受众好评。该作品在制播环节兼顾了大小屏不同特点，取得了较好的传播效果。

看!《我们亚洲》,雄风更劲!

徐壮志　王清颖　饶力文　沈　楠
姬　烨　黄奋越　方思贤　郆新鑫

作品二维码

《看!《我们亚洲》,雄风更劲!》

(新华社客户端2023年09月22日)

申报资料实录

作品简介：杭州亚运会开幕前日,新华社推出杭州亚运会创意分屏短片《我们亚洲》,聚焦历届亚运赛场上真实感人的故事细节,创造性运用分屏形式巧妙展现中国三十年变迁,以及中国与亚洲各国携手前行、共赴未来的时代主题。产品创作历时5个多月,主创团队从历届亚运会的海量资料影像中筛选出能够互相匹配的画面。例如,将中国三次举办亚运会时采火、火炬接力、点火等经典瞬间影像相拼接,通过对比直观呈现出中国30多年来所发生的翻天覆地的变化;将历届亚运会赛场上各国选手彼此支撑、关怀、拥抱等暖心画面相拼接,突出展现团结、友谊、进步的亚运精神;将比赛中选手拼搏的画面与亚洲"一带一路"代表性项目建设影像相拼接,生动展现亚洲各国"遇山一起爬,遇沟一起跨"的美好愿景。分屏方式的运用,让夺冠瞬间、感人片段和热血时刻,逐一拼接融合,最终描绘出不同国家运动员之间的共同目标和情感,极具感染力。播发后全网总浏览量超过6.8亿次。

社会效果:凭借独特的画面创意,《我们亚洲》播发后迅速产生刷屏之效。中央网信办选中该片作为"潮涌东方"全网主题活动主题宣传片,在亚运会开幕当天全网置顶,并作为各大新闻客户端、视频客户端、短视频平台、社交媒体端口开机页面。杭州亚组委第一时间在场馆及官方端口推送展示。《我们亚洲》全网浏览量超过6.8亿次。其中,单条微博阅读量超4.3亿,转发量达755万,点赞量超761万。英文版《We Are Asia》在海媒平台浏览量超过700万次,收获众多海外网民的好评。

初评评语:主题鲜明,亮点突出,作为杭州亚运会的预热报道,聚焦历届亚运赛场的真实感人细节,巧妙融入我国过去30年发展历程中的代表性画面,创新分屏方式融合呈现,形成了具有独特观感的新闻报道。该报道挖掘历届亚运会珍贵历史瞬间,将这些影像进行跨时空拼接,配合音乐音效的融合表达,突出展现团结、友谊、进步的亚运精神,有效拓展了报道的历史纵深感,为受众提供了一场难忘的视觉盛宴,进一步丰富了亚运精神的中国表达。

"福通五洲"出入境信息服务平台

曹智鹏　高佳丽　何玉钦　赵明鸣
郑周波　陈林惠　许昭兰　陈泓亮

作品二维码

《"福通五洲"出入境信息服务平台》

（海博TV客户端2023年06月21日）

申报资料实录

作品简介：福建作为侨务大省、"海丝"核心区、改革开放前沿地，海外闽籍华侨华人近1600万，2023年旅游、探亲、商务活动等出入境人员达521.6万人次。一方面这一庞大的人群对于展现中国形象、推动中外文明交流、民心相通有着巨大的潜力；另一方面，真伪难辨的网络信息也容易对他们的境外出行造成误导和风险。福建省广播影视集团联合出入境管理部门，面向出入境人员推出了"福通五洲"信息服务平台。该平台通过大数据抓取和信息交互技术，实现了出入境政务服务官方网站、海博TV客户端、"福建发布"微信公众号等多平台的融合互通，集纳实用信息6万余条，具备涉外资讯、文化分享、网上办事、风险预警、境外求助等五大功能。主要特点如下：每日更新重要涉外新闻资讯以及精品文化内容，依托庞大出入境群体，实现海外传播的精准触达、有效落地；线上预约签证办理和查询进度，并将常见问题以瀑布流方式呈现，提升办事效率；可通过搜索栏快速查询145个国家/地区的实用信息；设置了风险预警窗口和一键求助入口，保障人身安全；出行贴士、跨境商贸等版块，为旅游、留学、经商等提供了操作指南。

社会效果：截至2023年底，"福通五洲"月活跃用户超12万，涉外新闻资讯、精品文化内容转发、分享超160万次，实现了海外传播的有效落地；资讯丰富、来源可靠，有效避免了出入境人员被虚假信息误导的风险，被用户称为"见证家乡发展的窗口""一本国外出行百科全书""出境安全专员"；提升了办理出入境业务的体验感，成为了出入境人员的"好帮手"，同时将用户的建议反馈给出入境管理部门，让公共服务更贴心。

初评评语：该平台抓住福建的独特优势，通过"新闻+政务+服务"模式，满足出入境人员多样化需求的同时，充分发掘庞大出入境群体的传播潜力，以平台载文化，以用户带平台，实现海外传播从"借船出海"到"造船出海"的进步，在加强国际传播能力建设和提升传播效能方面具有创新性。

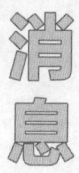

人来了，外地考的证却不认

北梦原　刘小燕

建议加强政策衔接，促进人才流动发展

"现在各地都在大力招工、吸引人才。人来了，找工作没问题，但要享受当地福利政策，外地考的证却不认，务工人员证书的跨区域认可问题亟待解决。"今日，上海熊猫机械（集团）有限公司采购经理李丰代表和记者谈起了他今年带来的建议。

作为农民工代表，李丰在工友中进行走访调研时，一位同事遭遇的证书难题引起了他的注意。

"那位工友老家在安徽，去年他孩子入学需要办理居住证。根据上海的政策，专业技术职称和技能证书可以获得积分。然而，他手上那本在外地考取的电工三级证在办理时却不被认可。要享受加分福利，他需要重新考取上海签发的证书。"在与上海其他几位全国人大代表交流后，李丰代表发现，工友的遭遇并非孤例。

记者调查发现，目前，上海、广州等地均实施了城市积分落户政策，方便新市民群体安家，但对与积分相挂钩的证书，并未开放跨区域认可。上海市要求，持证人须取得在本市工作期间的专业技术职称证书、专业技术人员职业资格证书和技能人员职业资格证书或职业技能等级证书。广州市则明确，申请人职业技能等级须符合当年广州市相应的等级目录。

近年来，为推动高技能人才队伍建设，技能等级认定的自主权进一步下沉。但在职业技能等级认定如火如荼开展的同时，技能等级证书跨企业、跨地区不互通、不互认的现象也逐渐凸显。随之而来的影响，不仅仅是技术人才享受不到工作地的福利政策。

"现在上岗证、操作证等一大堆。拿电工来举例：调度系统运行值班合格证书、维修电工职业资格证书、电工进网作业许可证……各种证书分别归口不同部门，考试时间也不同。证书无法跨区域认证，意味着从业人员需要多次考证，存在很大不便。"李丰代表说，外来务工群体考证通常只能利用业余时间，考一个证一般花费2000元左右，成本不低。

针对这一问题，今年，李丰代表将一份关于规范管理各类操作证和上岗证的建议带上了两会。"希望相关政策能进一步加强衔接，推动务工人员技能证书实现跨区域互认互通。"

"技能证书跨区域互认互通，可以让外来务工人员更有归属感。"谢坚代表是中国邮政集团有限公司广东省珠海市城区分公司外伶仃邮政营业所营投员，他欣喜地看到，这一问题正得到改善。

3月6日，珠澳职业技能等级认定联盟成立，致力于推动实现珠澳两地技能人才评价结果互通互认。谢坚代表说，"随着更多地区实现互认互通，人才将更好地流动和发展，务工群体将更顺利地融入城市。"

(《工人日报》2023年03月10日)

申报资料实录

作品简介：该报道以务工群体跨区域流动时遭遇技能认定难为切入点，反映了职称证书、职业资格证书和技能等级证书等人才评价结果异地不认这一现实问题。2023年全国两会期间，一位农民工人大代表提到的一线调研情况，吸引记者的关注与思考。经过梳理有关政策规定和案例发现，随着我国职业技能等级认定工作的推进，技能等级证书跨企业、跨地区不互通、不互认的现象逐渐凸显。在各地持续出台政策加大引才力度的背景下，该问题已经成为影响人才自由流动和新市民融入城市的一个巨大阻碍。报道从城市积分落户政策、职业培训补贴规定、证书培训市场收费等不同方面，阐述了务工人员技能等级证书跨企业、跨地区认定遇阻，给人才流动、人才培养和新市民融入城市带来的不利影响。同时，采访来自珠海的人大代表谢坚，对珠海等地推动证书异地互认的新举措进行报道，为推动问题解决提供有益的参考。

社会效果： 报道发出后，被广泛转载，引发舆论关注并取得良好的社会反响，对于推动改善技能人才证书跨区域、跨企业互通互认意义重大。2023年3月15日，《工人日报》再度刊发评论，呼吁"为技能证书互通互认扫除障碍"。两会期间，多位代表委员向记者表示，报道准确及时，反映了技能人才的现实需求和心声。还有代表将报道所反映的问题带上会场，专门就此展开讨论，提出建议提案推动问题解决。

初评评语： 该报道聚焦的人才评价结果跨区域认定难，正是伴随技能人才评价改革而出现的一个新情况、新问题。它一方面显示出技能人才评价结果的效力持续提升，另一方面也反映出相关政策配套仍有待进一步完善。该报道站位高、时代性强、把握问题准。报道通过采访一线农民工代表，讲述工友切身遭遇，对人才评价结果认定工作中存在的"梗阻"进行了全面深入的剖析，是一篇通过一线职工小切口反映"三工"大主题的作品。

二等奖

国际性自行车赛走进古城拉萨
百余名骑手竞逐雪域高原

集 体

作品请见中国记协网 http://www.zgjx.cn。

（西藏卫视 2023 年 10 月 17 日）

申报资料实录

作品简介：2023第四届跨喜马拉雅国际公路自行车极限赛于2023年10月在西藏自治区举办，来自世界各地17支自行车队100余名运动员在西藏首府城市拉萨市进行第三赛段绕圈赛。该报道提前部署、创新形式，在不同赛段设立报道点，由记者出镜形式串联起整个赛程报道。报道现场感十足，感染力强，运用不同镜头场景，让观众在领略紧张赛事的同时，感受到古城拉萨焕发出的新的活力和不凡魅力。

社会效果：该作品电视特色明显，在充分运用画面和文字素材的基础上，运用布点和记者出镜转场，将电视新闻的画面感充分表现，使稿件的可看性极大增强。同时，作品通过对2023第四届跨喜马拉雅国际公路自行车极限赛这一国际赛事在拉萨的举办情况进行全面实况报道，折射出西藏开放自信包容的社会氛围和积极向上、快速发展的社会面貌。作品播出后，在社会各界引发积极反响，央视影音、珠峰云等媒体平台在第一时间转载了作品，有效扩大了宣传效果和社会影响力。

初评评语：本届赛事是深化与"一带一路"国家和地区文化交流，依托"南亚大通道"加强体育对外合作的重要平台，也是西藏发展户外运动产业、推动地方经济结构转型升级、培育新的经济增长点的重要载体。这篇报道在深度、广度和角度上都非常出色,提供了详尽的信息和独到的见解,体现了雪域繁荣、突出了运动活力、弘扬了体育精神,展现了西藏人民团结奋进的精神面貌。

从孤羽七只到万鸟竞翔
濒危朱鹮保护创造生态奇迹

王 冬 李 阳 况元媛 黄 璞 王 萱

作品请见中国记协网 http://www.zgjx.cn。

（陕西广播电视台 2023 年 11 月 02 日）

申报资料实录

作品简介：在 11 月 2 日，在陕西汉中举行的"生态汉中·鹮美天下"2023 朱鹮文化交流活动上，记者了解到"朱鹮种群突破 1 万只，受危等级由极危降为濒危"。记者敏锐地抓住这一新闻事件，采访朱鹮再发现人刘荫增、当代朱鹮保护工作者、有关专家以及朱鹮之乡——汉中洋县的老乡们，还引用了日本、韩国等国外代表的视频致辞，全方位、深层次报道了朱鹮种群突破 1 万只这一重大新闻。报道通过典型的采访、优美的画面、直观的图表，让观众了解朱鹮保护的中国方案、陕西经验，深刻阐释了朱鹮种群突破一万只是习近平生态文明思想在陕西的生动实践。

社会效果：朱鹮在陕西洋县被重新发现后，在科研人员、保护工作者和当地人民的共同努力下逐步实现种群复壮，飞向更多的历史栖息地，种群数量突破一万只。这是陕西多年来坚持贯彻习近平生态文明思想、保护生态环境、拯救濒危物种的典型写照，全网浏览量超过 2000 万次。

初评评语：该作品对朱鹮种群突破 1 万只的新闻事件进行了及时深入的报道，展现了陕西在保护濒危物种方面所做出的努力和取得的成就。报道主题鲜明，采访细致，通过采访、画面和图表等手段，生动地展现了朱鹮保护的中国方案和陕西的经验，展示了习近平生态文明思想在陕西的实践。

吉林粮食连续三年超 800 亿斤
盐碱地成重要增长极

滕树华　毛元翰　严　磊　王子军　李永飞

作品请见中国记协网 http://www.zgjx.cn。

（吉林广播电视台 2023 年 11 月 02 日）

申报资料实录

作品简介：2023 年 12 月 11 日，国家统计局发布粮食产量数据：当年吉林省粮食总产量达到 837.3 亿斤，比 2022 年增加 21.14 亿斤，全国排位从多年第 5 位跃升到第 4 位，同时实现连续 3 年超过 800 亿斤。这是吉林牢记习近平总书记"当好国家粮食稳产保供'压舱石'"的嘱托，坚决扛起"首要担当"。粮食连年增产，其中一个重要增长极是吉林持续加大对西部盐碱地开展综合开发利用，使曾经的"碱疤瘌"变成丰产的"米粮川"。《吉林新闻联播》记者及时抓住这一重大新闻由头，深入基层调研采访，以镇赉县盐碱地治理的实践为切入点，以数据和事实说话，把吉林省坚持不懈开展盐碱地综合开发利用，打造新的粮食增长极的实践成效讲清楚、讲生动、讲透彻。

社会效果：报道以小切口讲故事，紧扣盐碱地综合改造利用的难点，深入采访农户、科研人员和政府部门，真实、生动、全面，报道在《吉林新闻联播》播出后，在吉视通、吉林融媒客户端等新媒体平台传播，引起广泛社会共鸣，提振了吉林振兴发展的信心士气。

初评评语：本篇报道新闻性强，成效突出，体现担当。吉林省几十年坚持不懈、大力度开展盐碱地综合开发利用，在全国率先出台盐碱地等耕地后备资源综合利用的政策文件,被国家确定为试点省份之一,有效扩大了粮食种植面积,为粮食连年增产提供了重要保障,体现了保障国家粮食安全的吉林担当。逻辑性强,事实为本,数据说话。报道从农户丰收切入,层层深入讲述农户、科研人员、政府部门等各个层面倾情投入盐碱地改造的故事,在此基础上充分而准确使用数据,以事实为依据,得出盐碱地成为吉林粮食增产的重要增长极的观点,令人信服。可视性强,画面精准,电视特色突出。记者多次深入一线采访拍摄,获得了大量视频素材,报道声画精准对位,同时采用多种形式的包装,电视特色突出。感染力强,同期精彩,提振士气。报道对不同层面的采访同期声,不仅传递了基本信息,还充分展现了被采访对象立志扎根盐碱地、治理盐碱地的深厚情感和必胜信心,声情并茂、真实自然。

全国首个 GDP 破 5000 亿元县级市诞生

朱新国　占长孙

2022 年昆山按不变价格计算同比增长 1.8%，达 5006.7 亿元

继规上工业总产值突破万亿元、进出口总额突破千亿美元大关后，昆山再传捷报。昨天，记者从昆山市统计局获悉，昆山 2022 年全年完成地区生产总值 5006.7 亿元，按不变价格计算同比增长 1.8%，成为全国首个 GDP 突破 5000 亿元的县级市。

在投资减弱、出口减缓、财政减收等多重压力下，昆山有效应对"缺箱""缺芯""缺工""缺电"等现实困难，以自身发展的确定性对冲外部环境的不确定性，用 10 个月的时间拼抢出了全年的目标进度。2022 年，昆山新登记市场主体 5.7 万家，新增上市企业 6 家、累计达 46 家，北交所全国首个县级服务基地成功落户；完成工业投资 250 亿元，同比增长 8.4%，总量创五年来新高。

每张成绩单都是奋斗的剪影。昆山全力为市场主体纾困解难，落实组合式税费支持政策，累计为企业减负超 190 亿元，并及时出台 12 项稳外贸重点举措，推出"促发展 10 条""服务业 27 条"等惠企措施，解决企业诉求 3000 余项，助力企业抢订单、拓市场，成功应对多轮疫情冲击。

在多点发力稳住经济大盘的同时，昆山坚定不移推进创新发展，加快转型升级，首次问鼎全国工业百强县（市）、创新百强县（市）。昆山上线重大项目全生命周期服务管理平台，出台"支持产业创新集群建设 23 条"政策，数字化改造行动提前一年实现规上工业企业全覆盖，蝉联全国县域工业互联网发展20强榜首。此外，产业结构不断优化，战略性新兴产业产值迈上6000亿元台阶，占规上工业产值比重达55.5%，全社会研发投入占地区生产总值比重提高至3.83%，净增国家高新技术企业436家、总量超2700家。

甘当"探路者"，勇于"挑大梁"。今年，昆山将大力开展"干部敢为、地方敢闯、企业敢干、群众敢首创"大讨论大走访大实践主题活动，不断拓展产业招商新渠道，紧盯欧美日韩等重点国家和地区，新引进10亿级项目20个以上、50亿级项目3个以上、百亿级项目1至2个，力争实现项目数量、质量、体量新突破。同时，以发展楼宇经济为突破口，大力引育各类区域性、功能性总部，新增苏州市级以上总部经济企业12家，力争生产性服务业增加值占比提高至52%，不断提升高质量发展能级，全力打造中国式现代化的县域示范。

(《苏州日报》2023年01月29日)

申报资料实录

作品简介：2023年1月28日，春节假期后上班不久，记者第一时间从昆山市统计局获取信息：昆山2022年全年完成地区生产总值5006.7亿元，按不变价格计算同比增长1.8%。引起了记者的关注。作为中国改革开放的卓越样本，昆山是全国县域经济发展的标杆，这也是继其规上工业总产值突破万亿元、进出口总额突破千亿美元大关后，成为全国首个GDP突破5000亿元的县级市，具有历史性的重大意义。记者当即和昆山市统计局联系，并采访昆山市财政局、工信局等相关部门。当天便赶写出稿件，当晚在引力播客户端实现全网首发，次日在苏州日报头版见报。

社会效果：报道发出后，引发广泛社会关注，中共江苏省委新闻网、江苏省人民政府官网、澎湃新闻、新京报、界面新闻、极目新闻、北青网、江苏卫视等30余家媒体平台第一时间转发或引用。央视新闻客户端、第一财经等也纷纷跟进报道，形成了较好的社会影响力。

初评评语：县域经济作为国民经济的基本单元，在国民经济体系中占据重要地位。昆山市是全国县域经济发展的标杆，其2022年DGP突破5000亿元，"小身板"爆发出巨大能量，在我国整个经济发展中具有历史性的重大意义。记者凭借新闻敏感，及时采访，第一时间刊出，引发社会广泛关注。

台湾品牌首次拿到大陆"老字号"

吴 佳 林 润

分别是"金门高粱酒""正新""太祖""郑福星";
这是推进两岸融合发展的创新举措

"有了厦门老字号的加持,我们更有信心与底气!"厦门太祖食品有限公司总经理、台商蔡锦裕兴奋地说。昨日下午,4家在厦台资企业获颁厦门老字号牌匾、证书,并被授予厦门老字号标识使用权。

这是台湾品牌首次加入大陆老字号"大家庭"。4个台湾品牌分别是金门酒厂(厦门)贸易有限公司的"金门高粱酒"、厦门正新橡胶工业有限公司的"正新"、厦门太祖食品有限公司的"太祖"、郑福星(厦门)茶业进出口有限公司的"郑福星"。

2023年11月上旬,厦门市商务局等五部门联合印发《厦门老字号认定管理办法》,对厦门老字号认定和管理做了详细规定,并首次将品牌始创于港澳台地区、在厦门发展的港澳台资企业纳入申报范围。

台湾郑福星茶业迄今已历经四代传承,2010年在厦门成立郑福星(厦门)茶业进出口有限公司,该公司总经理郑钧元表示,之前一直和大陆老字号无缘,新政策对在厦门发展的台企相当支持,相信将会有越来越多台湾品牌来大陆开拓市场,为两岸经贸合作交流增光添彩。

厦门市商务局相关负责人表示,今年9月中央出台支持福建建设两岸融合发展示范区的政策,此次认定是厦门探索融合发展之路的具体实践,是推进两岸经贸交流的新举措，有利于帮助台企获得更多的发展机遇、更广阔的发展空间。

（《厦门晚报》2023年12月30日）

申报资料实录

作品简介：2023年9月，中央出台文件，支持福建建设两岸融合发展示范区，提出"支持符合条件的大陆台企申报中华老字号"。在此背景下，2023年11月，厦门印发《厦门老字号认定管理办法》，首次将品牌始创于港澳台地区、在厦门发展的港澳台资企业纳入申报范围。政策一经发布，在厦门深耕多年的台企纷纷咨询、报名。经过自主申报、综合评审、公示等环节，4个台湾品牌首批通过认定。台湾品牌加入大陆老字号，是全国首次。这有利于台企获得更多市场机遇和更广阔的发展空间，是厦门贯彻落实习近平总书记"突出以通促融、以惠促融、以情促融，勇于探索海峡两岸融合发展新路"重要指示精神的具体实践。报道以小见大，彰显两岸融合发展重大主题。

社会效果：该消息深刻反映了大众对两岸融合发展的关注与期待。记者敏感地捕捉到事件背后的意义，并在前期做足功课，精心采写成稿。编辑部也抓住第一时效，安排重要版面刊发，并在厦门晚报官方微博、微信号等多个新媒体平台同步推送，实现立体式传播。消息刊发后，在社会各界引起广泛关注，被央视网、人民政协网、东南网、厦门网、台海网、南方都市报等主流媒体转载和跟踪报道，产生广泛的传播力和影响力，营造了两岸融合发展的舆论氛围。

初评评语：该报道短小精悍，仅有500多字，但是"麻雀虽小，五脏俱全"。不仅有4家在厦台企获颁牌匾的第一现场，也有品牌掌门人的声音，更将新闻事件的重要意义及社会价值一一清晰呈现。标题聚焦亮点，新闻价值凸显，映照出我国深化两岸融合发展，推进祖国和平统一进程的信心和决心。同时，该消息抢抓第一时效，刊发在重要版面，并在多个新媒体平台同步推送，实现立体式传播，产生较大影响力。

大桥西移四十米,为崖沙燕留个"家"

周 洁 霍晓丽

最新研究报告显示,滹沱河石家庄段鸟类种类比 2015 年增加 36.8%

12 月 18 日,石家庄市水利局官网公布来自北京林业大学的最新研究报告显示:滹沱河石家庄段共有鸟类 208 种,相比 2015 年增加 36.8%,其中国家二类保护鸟类增加 83.3%。在这 208 种鸟类里,有一种鸟叫崖沙燕,灰褐色、小个头,喜欢在水边沙土崖壁上打洞筑巢。当日下午,记者在正定县 054 县道滹沱河交通桥附近河滩上,看到一座半个足球场大小的沙岛,崖壁上布满密密麻麻的巢穴。这里就是崖沙燕的"家",每年 3 月到 10 月,上万只崖沙燕在此繁衍生息。崖沙燕的"家"安然无恙,跟滹沱河生态修复工程中一个重要抉择有关。上世纪 90 年代后,在巨大利益驱使下,滹沱河石家庄段非法采砂日渐猖獗,大大小小的砂坑遍布河道。《河北日报》2004 年一篇报道写道:"最繁忙的时候,几辆大铲车就一直待在砂坑里,人歇车不歇,白天黑夜连轴转。"自 2017 年起,石家庄市投资 180 多亿元,对境内 109 公里滹沱河实施生态修复工程。2021 年春天,工人们在施工中发现一座沙岛,一群群崖沙燕绕着沙岛飞来飞去,叽叽喳喳钻进钻出。按照施工设计方案,要在这里的河道上方架一座桥,如此一来就必须把沙岛铲掉。因为这些忽然发现的小精灵,工程被紧急叫停。沙岛"去"还是"留"?相关部门为此召开五次现场会。有人说:"留下沙岛,不但投资要增加,工期也会拉长。"有人说:"我们是生态修复工程,绝不能因为修桥再把生态破坏掉。"……经过反复讨论，大家形成共识：一定要保护好这些鸟儿！工程设计方负责人、河北水利设计集团规划院副院长孙金龙告诉记者，为了留住沙岛，设计方案进行了两次大调，500米长的跨河大桥向西挪移40米，工期往后推迟两个月；原计划要在这里开辟5000多平方米的滨水区域，也因为"尽量少打扰这些鸟儿"而大大"缩水"。青头潜鸭、中华秋沙鸭、黑鹳……如今，每年在滹沱河石家庄段停留的鸟儿有上百万只。水清岸绿、飞鸟翔集、游客徜徉岸边、悠然自得。昔日采砂毁河道，今筑沙岛盼燕来。在滹沱河中华大街段，100多米宽的河中央，一座2米多高的沙岛已现雏形。"往年行洪淤积的沙子都会被拍卖，今年我们要用价值500万元的7万多立方米沙子，堆成5座沙岛，通过移植绿植、生态放养等方式，吸引鸟儿来滹沱河安'家'。"石家庄市滹沱河生态工程运维中心副主任齐晨光说。"明年春天你们再来吧，那时候沙岛建好了，更多鸟儿就有'家'了！"他向记者发出邀约。

（《河北日报》2023年12月19日）

申报资料实录

作品简介：党的十八大以来，在习近平生态文明思想指引下，河北大力推进滹沱河生态修复，石家庄市投资180多亿元，对境内109公里滹沱河实施生态修复工程，断流四十余年的滹沱河重漾碧波。记者长期追踪进展，发现治理中曾出现架桥与保护鸟巢的矛盾，为此当地两次大调设计方案，把大桥西移四十米，为崖沙燕留了个"家"。2023年12月18日公布的最新研究报告印证了治理成果，滹沱河石家庄段共有鸟类208种，比2015年增加36.8%。消息抓住最新研究报告公布这一新闻节点，通过讲述保护崖沙燕的故事，小切口反映大主题，语言简练，真实生动。

社会效果：稿件刊发后，社会影响广泛，河北日报客户端、河北新闻网、学习强国、凤凰网等数十家媒体平台和网站转载。

初评评语：保护崖沙燕的故事是河北深入贯彻习近平生态文明思想的一个生动缩影。这条消息具有"标本"意义，折射出河北牢记习近平总书记嘱托，大力加强生态文明建设，把绿水青山就是金山银山的理念印在脑子里、落实在行动上的生动实践，将新闻的鲜活性和历史的纵深感巧妙融合，是一篇有思想、有温度的新闻作品。

Nation unveils plan on crewed moon mission
（中国披露载人登月任务方案）

赵 磊

Long March 10 rockets to carry astronauts, landing module to lunar orbit before 2030

China made public on Wednesday specific designs for its manned lunar mission, which is scheduled to be achieved before the end of this decade.

Speaking at a space industry forum in Wuhan, Hubei province, Zhang Hailian, deputy chief planner at the China Manned Space Agency, said the plan is to launch two Long March 10 carrier rockets from the Wenchang Space Launch Center in Hainan province to transport a lunar landing module and a manned spacecraft to lunar orbit.

After reaching their preset orbital positions, the landing module and the spacecraft carrying astronauts will rendezvous and dock with each other. The crew will enter the landing module, which will then undock and descend toward the lunar surface for an engine-assisted soft landing.

On the moon, the astronauts will drive a rover to carry out scientific tasks and collect samples. Upon the completion of their assignments, they will return to the landing module, which will fly them back to lunar orbit and dock with their spacecraft.

In the final stage, the astronauts will carry the samples into their spacecraft, which will then undock and carry the crew back to Earth.

"To achieve this goal, designers and engineers are developing the Long March 10 rocket. The model will have three-and-a-half stages and a liftoff weight of about 2,200 metric tons, capable of sending a 27-ton spacecraft into the lunar transfer orbit," Zhang said.

The manned spacecraft for the mission is in the middle of its research and development stage, according to Zhang.

"It will have an overall weight of 26 tons and will consist of three components — an escape tower, a reentry capsule and a service section," he said, adding that the new spaceship will feature reusability and modular designs that suit both near-Earth and deep-space explorations.

According to the space agency, the landing module will have two parts — a landing section and a propulsion section — and will weigh nearly 26 tons. It will accommodate two astronauts. The four-wheeled moon rover will weigh 200 kilograms and carry a host of scientific equipment.

In the long term, China intends to construct a lunar scientific outpost to conduct extended explorations and technology demonstration operations, Zhang said.

"The moon is the nearest extraterrestrial body that humans can reach based on current technologies. Manned missions to the moon will be a realistic and practical step ... to start with (in order) to expand our exploration endeavors in deep space.

"Meanwhile, it is scientifically meaningful for us to continue to explore the moon because it will help scientists better understand the origin and the evolution of the solar system as well as the composition of planets," Zhang said.

The massive project will welcome international cooperation and the participation of private enterprises, he added.

Lin Xiqiang, deputy director of the space agency, said in May that in order to achieve the goal of a manned moon landing before 2030, scientists and engineers would develop a commuting system and short-term stay system for crew members, and would work out human-robot integrated testing and other key technologies.

中国披露载人登月任务方案
长征十号运载火箭将在2030年前将航天员、登月舱送入月球轨道

中国在本周三公布了载人登月初步方案，计划在2030年前实现该方案提出的目标。

中国载人航天工程办公室副总师张海联在当日于武汉举办的一个商业航天论坛上披露，我国载人登月的初步方案是：从文昌航天发射场发射两枚长征十号运载火箭，分别将月面着陆器和载人飞船送至地月转移轨道；在到达预定轨道位置后，飞船和着陆器在环月轨道交会对接，航天员从飞船进入月面着陆器。其后，月面着陆器将下降并软着陆于月面预定区域，航天员乘组登上月球，驾驶月球车开展科学考察与样品采集。在完成既定任务后，航天员将乘坐着陆器上升至环月轨道与飞船交会对接，并携带样品乘坐飞船返回地球。

张海联在会上表示："为实现这个目标，航天科研人员正在研制长征十号运载火箭。这型火箭将是三级半构型，起飞重量约为2200吨，可以将

27 吨有效载荷送入地月转移轨道。"

同时，载人登月任务所需的新型载人飞船也已经开始研制。

"新飞船入轨质量约为 26 吨，由逃逸塔、返回舱和服务舱组成，"张海联说。

他指出，新飞船的主要特点为模块化设计，能够适应近地和深空探测任务。同时，其返回舱可重复使用。

月面着陆器由登月舱和推进舱两部分构成，重约 26 吨，可将两名航天员送达月面。四轮载人月球车重约 200 千克，将携带科学探测仪器。

张海联表示，着眼未来，中国计划在月面建立一个月球科研站，用以开展时间较长的探索活动，并验证有关技术。

"月球是人类采用当代工程技术可以到达的最近的地外天体。载人月球探测是我国载人航天活动走向深空的路途中，符合逻辑和发展规律的现实选择。同时，月球具有很高的科学探索价值，关于月球的研究对理解太阳系起源、演变历史，以及行星构造等科学问题，具有重要意义。"

张海联还表示，中国载人月球探测工程将致力于推进国际合作，也欢迎商业航天企业参与工程研制。

载人航天工程办公室副主任林西强在 5 月曾表示，为在 2030 年前实现中国人首次登陆月球，科研人员将研发载人地月往返、月面短期驻留、人机联合探测等关键技术。

（《中国日报》2023 年 07 月 13 日）

申报资料实录

作品简介：作为中国载人航天工程远景发展的必经之路，载人月球探测工程已启动实施，受到国内公众以及国际社会的广泛关注。做好载人探月工程的对外报道和国际传播，有利于为工程的顺利实施营造积极的社会氛围，也有利于赢得国际宇航界的支持及合作。在武汉参加第九届中国（国际）商业航天高峰论坛时，作者注意到中国载人航天工程办公室的一位副总师在其报告中披露了我国载人登月计划较为详细的实施步骤。根据长久以来积累的信息，作者迅速判断出这是官方首次公布载人登月的详细步骤，对展现中国航天成就，宣示中国坚持和平利用太空的立场，宣介中国航天开放透明的姿态具有重要意义。作者随即第一时间撰写快讯，独家发布本篇消息，并在中国日报全平台进行推送。文章立意明确、结构清晰、文字简洁，表述符合外国受众的阅读习惯。

社会效果：本消息是中国日报首发的独家现场报道，在全平台刊发后即被人民日报、新华社、中央广播电视总台、解放军报、中新社等中央主要新闻单位第一时间转载转发，还被改编后在当晚《新闻联播》刊发。同时，稿件引发海外热烈关注，路透社、美国有线电视新闻网、《国会山报》等外电外媒也纷纷进行转引。有海外媒体指出，载人登月将是中国航天迈向新辉煌的标志性工程，也将引领中国航天从"航天大国"走向"航天强国"。

初评评语：习近平总书记在致中国日报创刊40周年贺信中强调，要"更好介绍中国的发展理念、发展道路、发展成就，更好展示真实、立体、全面的中国"。本文是国内外宣媒体首次较为深入地报道中国载人登月工程初步方案的具体实施步骤，增进了海内外各界中国航天科技实力和重要进展的认知认可，也有利于进一步扩大中国航天的海外"朋友圈"。

"智能石头"保安澜
黄河"进"电脑更近一步

朱圣宇 付天喜 付艳波 夏 清

作品请见中国记协网 http://www.zgjx.cn。

（河南广播电视台 2023 年 09 月 30 日）

申报资料实录

作品简介：从"要把黄河的事情办好"到"让黄河成为造福人民的幸福河"，党和国家不断探索黄河保护治理。2023年是数字孪生黄河建设先行先试工作收官之年。河南汛期平稳度过，"智能石头"的诞生为保障汛期黄河安澜发挥了大作用，也为治黄提供了全新思路。记者行进式采访黄河治理现场和与之呼应的数字后台、实验室等，由一块"智能石头"到整个治黄数字化层层推进，实地感受和记录黄河保护治理走向"数智化"。记者将涉及黄河数字化治理的大量专业语言转化为通俗易懂的新闻语言，让专业信息触达大众，现场感强、平实有趣。

社会效果：报道播发后引发热烈反响，听众网友通过多个平台点赞、评论、转发。报道还引发我国黄河水利管理部门和勘测设计机构等业内和社会各界关注，助力"数字孪生黄河（中下游典型河段）"首个入选"全国数字孪生水利建设十大样板名单（2023年）"，为黄河"数智化"凝练总结、发展和传播普及贡献了力量，推动智慧黄河建设驶向"快车道"，也为增强全民治水信心和群众安全感营造了良好的舆论氛围。

初评评语：该报道是典型的从"智能石头"小切口做实做活"黄河流域生态保护和高质量发展"大主题的报道。作品舆论导向正确、题材重大重要、角度新颖独特、采访扎实深入、语言生动精炼，具有很强的时代感。

"我的人生因共建'一带一路'而精彩"

黄培昭

"上大学选择中文专业是我人生发生转变的开始,而真正改变我命运的是共建'一带一路'倡议的实施。"39岁的埃及导游阿巴斯每次向人们介绍自己时,脸上总是写满了笑意。

2002年,阿巴斯报考大学时选择了中文专业。当导游的大哥和父母一致反对,认为他"毕业即失业",因为当时到埃及的中国游客很少。"是文化上的'链接'让我做出了选择。"高中时就喜欢中国文化的阿巴斯说,同为文明古国,埃及和中国2000多年前就有了友好交往,这是历史上的"链接"。学中文只为深入了解中国文化,当一名埃中文化交流的"链接者"。

毕业后的工作和生活比想象的要难。由于中国游客少,阿巴斯先后到厦门、义乌打过几年工。2010年开始,阿巴斯在开罗中国文化中心工作了3年,让他坚定了用语言架设两国交流桥梁的目标。

2013年,随着共建"一带一路"倡议实施,阿巴斯专职做导游。他发现,习近平主席提出共建"一带一路"倡议,大大强化了埃中两国人民之间的"链接",越来越多的中国游客来到埃及,一家又一家中国企业投资、建设埃及。"导游传播的是文化,当你用心交流时,能让更多人了解埃中古老优秀的文化,这是美丽的事情。"阿巴斯说。

阿巴斯会带中国游客参观金字塔等名胜古迹,也会带他们参观中国帮助埃及建设的新行政首都中央商务区、采用中国技术和装备建设的非洲首条电气化轻轨铁路埃及"斋月十日城"市郊铁路。讲解时，在不经意间，他会引用习近平主席讲到的"经济发展快一些的国家，要拉一把暂时走在后面的伙伴"等论述。

今年以来，到埃及旅游的中国团组又多起来，阿巴斯说，"每天不是在风风火火接团，就是在紧锣密鼓准备接团。"他的工作和生活，影响了他大哥一家。今年，阿巴斯侄女考入开罗大学中文系。大哥充满期待地对阿巴斯说，"孩子的前途就交给你了。"

"我的人生因共建'一带一路'而精彩。共建'一带一路'进入高质量发展新阶段，这和埃及'2030愿景'高度契合。我要创办一个致力于传播中国文化、促进埃中文化与经济交融的公司。"谈到即将到来的2024年新年，阿巴斯充满了憧憬。

（《人民日报》2023年12月25日）

申报资料实录

作品简介：本文小切口大纵深，微篇幅大主题，通过埃及导游阿巴斯·赛义德20年来与中国文化结缘，近年来日渐忙碌的工作、日益改善的生活、家庭中下一代人的专业选择等微观视角，生动呈现了共建"一带一路"助力全球互联互通、促进共建国家共同发展、切实造福共建国家民众这一宏大主题。作品以凝练简约的笔触，通过电影蒙太奇的方式，闪回展现阿巴斯及其家庭成员重要的人生经历转折点都与中国发展和中国文化在埃传播日益深入人心相互"链接"。

社会效果：作品在共建"一带一路"倡议提出十周年之际发表，内容生动，创新性强，图文并茂，感情饱满，发布后在人民日报客户端浏览量达500万，网友留言短时间内达498条，赞扬共建"一带一路"倡议推动共建国家经济发展，促进各国交流合作。

初评评语：这则消息通过埃及导游阿巴斯因"链接"埃中文化交流生活蒸蒸日上的人生经历，展现出共建"一带一路"倡议给埃及民众带来的切实福利。作品采用非典型消息体写作，语言生动，避免简单事实陈述，以讲故事的方式将重要议题设置与当地民众的切身感受相联系，用白描手法勾勒出共建"一带一路"倡议提出10年来，阿巴斯日渐忙碌的导游工作、日渐改善的生活水平和家庭成员对中国愈发友好等生活横截面，折射出埃中两国关系"换挡提速"，映衬出共建"一带一路"倡议在埃及落地生根、硕果累累。作品形式新颖，立意高远，通过凡人小事，展现共建"一带一路"倡议在助力共建国家实现共同繁荣、推动全球互联互通等方面发挥的重要作用。

重磅！国产首艘大型邮轮命名交付

何宝新　刘志良

作品二维码

《重磅！国产首艘大型邮轮命名交付》

（中国船舶报社官方微信号 2023 年 11 月 04 日）

申报资料实录

作品简介："爱达·魔都号"是我国首艘国产大型邮轮，历时 8 年科研攻关、五年设计建造，顺利完成命名交付，标志着中国再次成功摘取世界造船业"皇冠上的明珠"。中国船舶报社作为船舶行业的行业报，一直关注"爱达·魔都号"从签约、开工、试航到交付的各个环节，做了大量报道工作。命名交付是船舶企业建造的最后一个环节，本文简略回顾了"爱达·魔都号"的签约时间、介绍了中国船舶集团在"爱达·魔都号"建造过程中发挥的重大作用、"爱达·魔都号"的各项主要指标、后续运营计划以及在"爱达·魔都号"的建造过程中形成的邮轮建造的新模式，对持续构建邮轮业的中国标准体系有重要的推动作用。"爱达·魔都号"的成功建造、交付运营是我国新时期改革开放、对外交流的又一重要成果，将对"一带一路"对外交流以及中国船舶工业实现新跨越具有积极的推动作用。

社会效果：作为我国首艘国产大型邮轮，"爱达·魔都号"的命名交付引起了业界内外的广泛关注。作为建设本土邮轮产业生态体系的核心，建造大型邮轮，不仅已经成为中国船舶工业发展趋势的必然选择，也是我国船舶工业大力推进供给侧结构性改革、实现转型升级和高质量发展的重要举措和必然要求，为我国构建高质量、高水平的本土邮轮产业生态带来关键驱动。中国船舶报微信公众号阅读量超过 1.6 万次，今日头条号阅读超 5.9 万次。国产首艘大型邮轮"爱达·魔都号"正式命名交付先后入选 2023 年国防科技工业十大新闻、2023 年中国船舶工业十大新闻、2023 年国内十大科技新闻、2023 年国内十大财经新闻等。

初评评语：中国大型邮轮工程是中国船舶集团贯彻习近平总书记重要指示精神、落实国家战略、满足人民美好生活需要的重大举措，其不仅是国家重点项目，也是中国船舶集团科技创新、转型升级、推动高质量发展的一号工程。大型邮轮我国造船业此前唯一没有攻克且实现交付纪录的高技术船舶，"爱达·魔都号"的交付标志着我国再次成功摘取世界造船业"皇冠上的明珠"。

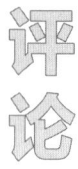

支持民营企业从还欠账做起

单士兵

民营企业苦于难以讨回拖欠账款,久矣!

仅以近日河南省审计厅在相关报告中公布的情况为例,2022年度,当地部分地方政府(含所属部门、事业单位)和国有企业等新增拖欠民营企业中小企业账款95.63亿元,其中,86个市县政府拖欠80.02亿元,占比83.68%;14家国有企业拖欠14.94亿元,占比15.62%。

如此拖欠民企账款,不是孤例,各地曝出的相关数据,令人揪心。

一边说大力支持民营经济发展,一边又拖着巨额欠款不还。说的和做的一对比,就尴尬了。说得难听点,不还钱,也就是口惠而实不至。

令人欣慰的是,这个老问题,不仅被晾出来了,日前还迎来了制度性求解。8月1日,国家发改委等多部门联合发布《关于实施促进民营经济发展近期若干举措的通知》,其中针对拖欠民营企业账款问题,明确由工信部牵头来推动解决,国家发改委、财政部、审计署、国资委、市场监管总局等多部门联手参与。声势不可谓不大,力度不可谓不强。

这是一个重要的节点,也是一种强烈的信号,带来了巨大的期待。

对此,不妨联系之前的政策举措来看——7月19日,《中共中央 国务院关于促进民营经济发展壮大的意见》(下称《意见》)发布,这个被称为"促进民营经济发展31条"的政策制度,是从大方向和战略层面,体现出不仅要长期支持民营经济发展,而且要让支持民营经济成为强烈的社会共识。

一分部署，九分落实。支持民营经济，得找到具体抓手，解决实际问题。

短短十几天后，国家发改委等部门再推"若干举措"来作为此前《意见》的配套措施。这说明，从制度到政策，再到具体的落实，是成体系的、有闭环的。而聚焦拖欠民营企业账款问题，无疑就是在聚焦热点重点，直面老大难问题。

于情于理，支持民营企业发展最实在的行动，就是要先把欠人家的钱还了。认账，还账，事关政府公信力，也涉及权力的品质形象。

很多民企负责人一说起拖欠账款，就是一把辛酸泪。当前，民营企业面临的困难很多，归根结底，都需要真金白银来解决。没钱，就没办法投入研发创新；没钱，就没办法吸纳优秀人才；没钱，甚至连购买原材料和维持正常生产运营，都难以为继。

再往大点说，中国经济的持续复苏，需要民企不断转型升级、提高发展质量、提供强大活力。这些，都需要资金来支撑。

在账款面前，民企真的拖不起、耗不起。要知道，很多民营企业都处于产业链末端，特别是一些中小企业，资金链一旦断裂，被拖垮是很有可能发生的事。

所以，把拖欠民企的账款及时还上，国家从政策层面解决，体现出的就是制度良知。接下来，能不能让制度转化为具体的效果，则考验着政府部门的执行力。

把拖欠民营企业的账款结清，既是态度问题，更是能力问题。比如，各地各部门要迅速建立台账制度，对欠款进行"限时清零"，要将严重拖欠的主体列入失信"黑名单"，要不断加大惩戒问责的力度，形成倒逼机制。

支持民营企业，从来就不是光在嘴上说说的事，而是要面对具体的困难挑战。那就从还钱开始，来检验支持民营经济发展的诚意和能力吧。

（《重庆日报》2023年08月03日）

申报资料实录

作品简介：2023年7月19日，国务院发布《中共中央 国务院关于促进民营经济发展壮大的意见》；2023年8月1日，国家发改委等部门联合发布《关于实施促进民营经济发展近期若干举措的通知》。这些被称"民营经济31条""促进民营经济发展28条"的政策文件，主要聚焦于宏观政策层面，配套制度尚待完善，特别对涉及拖欠民营企业账款问题，内容较空泛。面对这一"痛点""难点"，本文既诉求政策闭环，又追求落实闭环，来防止偿还民营企业账款成为"口惠而实不至"的政策空头支票。

社会效果：文章发表后，被各大媒体转载、各地读者转发，24小时阅读量破100万。文章先后被人民网等转载，还被广泛转发至各大社群和论坛，全网总阅读量近千万，既得到政府相关部门的关注重视，更得到广大民营企业家的认同支持。在这篇文章发表后，也就是2023年下半年，包括重庆在内全国大量省市，纷纷推出配套政策和举措，加大对拖欠民营企业账款问题的清理力度。而本文在全国率先发出敦促政府部门偿还民营企业账款的声音，体现了主流媒体的勇敢、责任和担当。

初评评语：这篇文章态度鲜明、勇敢发声，有情有义地给民营经济加油鼓劲，深受广大读者喜欢。文章语言鲜活、观点鲜明、论据准确、论述精辟、论证有力。此文全篇激情澎湃、气势磅礴；观点层层递进、抽丝剥茧，逻辑性极强，说理深入人心，在读者中引发广泛共鸣，受到社会各界好评点赞。

"第二个结合"是又一次的思想解放

集 体

历史的进程从哪里开始,思想的进程就从哪里开始。一部人类发展史,从某种意义上说就是一部思想发展史,就是一部在思想解放中不断打开人类文明进步大门、增强人类文明发展动力的历史。中国共产党是一个高度重视思想解放的马克思主义政党,在一次又一次的思想解放中拓展通向真理的道路、推动党和人民事业发展。在文化传承发展座谈会上,习近平总书记强调:"'第二个结合'是又一次的思想解放,让我们能够在更广阔的文化空间中,充分运用中华优秀传统文化的宝贵资源,探索面向未来的理论和制度创新。"习近平总书记的重要论述,深刻揭示了把马克思主义基本原理同中华优秀传统文化相结合这"第二个结合"的重大现实意义和深远历史意义,深刻彰显了我们党的历史自信、文化自信,为我们在新时代新征程继续推进马克思主义中国化时代化、建设中华民族现代文明指明了前进方向。

"第二个结合"是中国共产党人在艰辛探索中实现的又一次的思想解放

辽阔中华大地上孕育形成的中华文明,经过漫长历史岁月的累积、聚合、交融,形成独特价值观念、成熟政治制度、无数创造发明……源远流长、博大精深,独树一帜、屹立于世。中华优秀传统文化是中华文明的智慧结晶和精华所在,是中华民族的根和魂,其中的文化基因和精神标识彰显着中华民族在长期奋斗中开展的精神活动、进行的理性思维、创造的文化成果，形成了中国人看待世界、看待社会、看待人生的独特价值体系、文化内涵和精神品质，浸润着中华民族的血脉和灵魂。

鸦片战争后，中国逐步沦为半殖民地半封建社会，国家蒙辱、人民蒙难、文明蒙尘。落后挨打的局面引发人们对中华传统文化的反思。在反思中，有人陷入历史虚无主义、文化虚无主义，把造成国家积贫积弱的原因完全归结为中华传统文化落后，出现了文化自卑自弃心理，对中华传统文化采取全盘否定的态度，有人甚至喊出"全盘西化"等极端口号。这种把中华传统文化与现代化割裂开来、对立起来的思想谬误，阻碍了中国人民对现代化道路的探索。

历史是文明的载体，一年又一年记录书写；文明是历史的血脉，一代又一代无法割断。每一种文明都延续着一个国家和民族的精神血脉。必须承认，传统文化在其形成和发展过程中，不可避免会受到当时人们认识水平、时代条件、社会制度等的局限性的制约和影响，因而不可避免地会存在陈旧过时的东西。但是，一个抛弃了或者背叛了自己历史文化的民族，不仅不可能发展起来，而且很可能上演一幕幕历史悲剧。古今中外的历史和现实都表明，对于传统文化，只要结合新的实践和时代要求进行选择取舍，有鉴别地对待、有扬弃地继承，就能让其获得新的力量、放射新的光芒。看西方文明发展史，14至16世纪的文艺复兴运动重新发掘古希腊、古罗马文明，倡导人文主义，反对宗教神学、教权主义，深刻影响西方文明进程。看中华文明发展史，中华传统文化绝非千年如斯，而是在海纳百川、吐故纳新中日新不已，展现出恒久的生命力。这是文明发展的规律。

中国共产党是马克思主义的坚定信仰者和实践者，也是中华优秀传统文化的忠实传承者和弘扬者。在中华民族救亡图存之际，中国共产党人找到了马克思主义，拿起了真理的武器，民族复兴的伟业从此有了科学理论的指引。同时，中国共产党人坚决反对历史虚无主义、文化虚无主义。毛泽东同志指出："我们是马克思主义的历史主义者，我们不应当割断历史。从孔夫子到孙中山，我们应当给以总结，承继这一份珍贵的遗产""中国的长期封建社会中，创造了灿烂的古代文化。清理古代文化的发展过程，剔除其封建性的糟粕，吸收其民主性的精华，是发展民族新文化提高民族自信心的必要条件"。邓小平同志强调："我们要用历史教育青年，教育人民""要懂得些中国历史，这是中国发展的一个精神动力"。随着马克思主义中国化时代化的深入推进，我们党不断深化对马克思主义与中华优秀传统文化关系的认识。

中国特色社会主义进入新时代，中华民族伟大复兴进入关键时期，我们更加需要文化繁荣兴盛，为探索面向未来的理论和制度创新拓展更广阔的文化空间，为建设中华民族现代文明夯实文化根基。习近平总书记发表一系列重要论述，深刻阐明如何正确认识和对待中华优秀传统文化、如何科学把握马克思主义与中华优秀传统文化之间的关系，把我们党对这些问题的认识提高到新的历史高度。习近平总书记指出："中华优秀传统文化是中华民族的精神命脉，是涵养社会主义核心价值观的重要源泉，也是我们在世界文化激荡中站稳脚跟的坚实根基。增强文化自觉和文化自信，是坚定道路自信、理论自信、制度自信的题中应有之义。"在庆祝中国共产党成立100周年大会上，习近平总书记首次提出"两个结合"："把马克思主义基本原理同中国具体实际相结合、同中华优秀传统文化相结合"。在文化传承发展座谈会上，习近平总书记明确提出"'第二个结合'是又一次的思想解放"。这一重大论断，是对马克思主义中国化时代化历史经验的深刻总结，是对中华文明发展规律的深刻把握。把马克思主义基本原理同中华优秀传统文化相结合这"第二个结合"，集中而鲜明地体现了中国共产党人不是历史虚无主义者、文化虚无主义者，我们决不抛弃马克思主义这个魂脉，也决不抛弃中华优秀传统文化这个根脉，把坚守好这个魂和根作为理论创新的基础和前提，进一步拓展了马克思主义中国化时代化的根本途径。这无疑是又一次的思想解放。

"第二个结合"作为又一次的思想解放具有重大而深远的意义

人类社会每一次重大跃进，人类文明每一次重大发展，都以知识更新、思想解放为先导和动力。习近平总书记强调："价值先进、思想解放，是一个社会活力的来源。"思想解放让人们从旧有观念、陈旧思想的束缚中摆脱出来，在更广的空间、更高的层次上进行创新创造，推动文明发展、社会进步。

中国共产党在一百多年的奋斗历程中,始终坚持以思想解放引领党和人民事业发展,带领人民取得革命、建设、改革的一个又一个胜利。延安时期,我们党在同主观主义、教条主义的斗争中不断解放思想,确立实事求是的思想路线。"文革"结束后,在党和国家面临何去何从的重大历史关头,我们党坚持解放思想,开启改革开放和社会主义现代化建设历史新时期。坚持解放思想,就能促进思想观念、思维方式更新,使我们的思想和行动更加符合客观规律,开辟党和国家事业发展新局面。"第二个结合"作为又一次的思想解放,造就了一个有机统一的新的文化生命体,让马克思主义成为中国的,中华优秀传统文化成为现代的,让经由"结合"而形成的新文化成为中国式现代化的文化形态。"结合"筑牢了道路根基,打开了创新空间,巩固了文化主体性,其意义重大而深远。

从中华民族发展史看,"第二个结合"作为又一次的思想解放,让中国人民坚定文化自信,让中华民族以昂扬的姿态屹立于世界民族之林。习近平总书记强调:"我们生而为中国人,最根本的是我们有中国人的独特精神世界,有百姓日用而不觉的价值观。"对于一个国家、一个民族发展来说,文化自信是更基础、更广泛、更深厚的自信,是更基本、更深沉、更持久的力量。鸦片战争后,伴随着中华民族由盛转衰,一些人文化上趋于妄自菲薄、精神上陷入困顿被动。没有文化上的自信自强,中华民族就难以在世界上站稳脚跟。"第二个结合"作为又一次的思想解放,充分肯定、深入挖掘中华优秀传统文化的时代价值和精神力量,让中国人民在历史进程中积累的强大能量充分爆发出来,焕发出前所未有的历史主动精神、历史创造精神。新时代,中华文明探源工程取得重要进展,中华优秀传统文化传承发展工程大力推进,长城、大运河、长征、黄河、长江国家文化公园建设有序开展,国家版本馆建成开馆,"考古热""博物馆热""非遗热""古籍热""国潮热"持续兴起……我们用马克思主义真理的力量激活了中华文明,将中华优秀传统文化内涵创造性凝结于社会主义核心价值观中,以文培元、凝神铸魂。今天,中国人民的前进动力更加强大、奋斗精神更加昂扬、必胜信念更加坚定,正在以坚定的文化自信书写新时代中国发展的伟大历史。

从马克思主义发展史看,"第二个结合"作为又一次的思想解放,让马克思主义具有鲜明的中国特色、中国风格、中国气派,放射出更加耀眼的真理光芒。习近平总书记强调:"只有植根本国、本民族历史文化沃土,马克思主义真理之树才能根深叶茂。"一部马克思主义发展史,就是不断吸收人类历史上一切优秀思想文化成果丰富自己的历史。马克思主义一来到中国,就以真理的味道深深吸引着中国的先进分子。中国共产党人深刻把握马克思主义和中华优秀传统文化高度的契合性,以中华优秀传统文化为马克思主义发展提供源头活水,让它在中国大地扎根开花结果,不断彰显蓬勃生机和旺盛活力。"第二个结合",让马克思主义的思想精髓与中华优秀传统文化中的治国之道、道德理念、思想方法,同中国人民的宇宙观、天下观、社会观、道德观相互融合、相互成就,激荡起积淀在中华民族文化基因和精神血脉中的理念、智慧、气度、神韵,让马克思主义具有了更宽广、更深厚的文明底蕴,展现出鲜明的中国特色、中国风格、中国气派,在中华大地上放射出更加耀眼的真理光芒。党的十八大以来,以习近平同志为主要代表的中国共产党人,科学回答新时代坚持和发展什么样的中国特色社会主义、怎样坚持和发展中国特色社会主义等重大时代课题,创立了习近平新时代中国特色社会主义思想。习近平新时代中国特色社会主义思想是当代中国马克思主义、二十一世纪马克思主义,是中华文化和中国精神的时代精华,是"两个结合"的光辉典范,实现了马克思主义中国化时代化新的飞跃,为丰富发展马克思主义作出了原创性贡献。

从科学社会主义发展史看,"第二个结合"作为又一次的思想解放,拓展了中国特色社会主义道路的文化根基,赋予中国式现代化以深厚底蕴。习近平总书记强调:"我们的社会主义为什么不一样?为什么能够生机勃勃充满活力?关键就在于中国特色,中国特色的关键就在于'两个结合'。"世界社会主义500年,经历了从空想到科学、从理论到实践、从一国实践到多国发展的过程,其间既有高潮也有低谷,遭遇过许多波折。我们党带领中国人民开创中国特色社会主义道路,让科学社会主义在21世纪的中国焕发出新的蓬勃生机。中国特色社会主义道路,是在马克思主义指导下走出来的，也是从5000多年中华文明史中走出来的。我们党坚持把科学社会主义基本原则同本国具体实际、历史文化传统、时代要求紧密结合起来，在实践中不断探索总结，走出并不断发展符合中国国情、反映中国人民意愿的正确道路。只有立足5000多年波澜壮阔的中华文明史，我们才能真正理解中国特色社会主义道路的历史必然、文化内涵、深厚底蕴、独特优势。党的十八大以来，以习近平同志为核心的党中央，坚定不移走中国特色社会主义道路，成功推进和拓展了中国式现代化。正是扎根于中华优秀传统文化，中国式现代化形成了独特的世界观、价值观、历史观、文明观、民主观、生态观等及其伟大实践。"第二个结合"拓展了中国特色社会主义道路的文化根基，赋予中国式现代化以深厚底蕴。站立在960多万平方公里的广袤土地上，吸吮着中华民族漫长奋斗积累的文化养分，拥有14亿多中国人民聚合的磅礴之力，我们坚持走自己的路，具有无比广阔的舞台，具有无比深厚的历史底蕴，具有无比强大的前进定力。

从人类文明发展史看，"第二个结合"作为又一次的思想解放，为人类文明发展作出重大贡献。习近平总书记强调："中国共产党将致力于推动文明交流互鉴，促进人类文明进步。"马克思主义产生于19世纪的欧洲，其哲学、政治经济学、科学社会主义三大组成部分分别来源于德国古典哲学、英国古典政治经济学、法国空想社会主义。中华优秀传统文化产生于中华大地，作为其核心的思想文化的形成和发展，大体经历了先秦诸子百家争鸣、两汉经学兴盛、魏晋南北朝玄学流行、隋唐儒释道并立、宋明理学发展等几个历史时期。马克思主义与中华优秀传统文化来源不同，但中国共产党人深刻把握二者高度的契合性，推动二者有机结合，造就了一个有机统一的新的文化生命体，让经由"结合"而形成的新文化成为中国式现代化的文化形态。"第二个结合"作为又一次的思想解放，生动彰显了中国共产党人的文明观，为人类文明在交流互鉴中不断创新发展树立了典范。中国式现代化，深深植根于中华优秀传统文化，体现科学社会主义的先进本质，借鉴吸收一切人类优秀文明成果，代表人类文明进步的发展方向，展现了不同于西方现代化模式的新图景，是一种全新的人类文明形态。中国式现代化作为人类文明新形态，与全球其他文明相互借鉴，必将极大丰富世界文明百花园。

在"第二个结合"中不断探索面向未来的理论和制度创新

对历史最好的继承，就是创造新的历史；对人类文明最大的礼敬，就是创造人类文明新形态。习近平总书记强调："充分运用中华优秀传统文化的宝贵资源，探索面向未来的理论和制度创新。"这是坚持"第二个结合"，在继承历史中创造新的历史、在礼敬人类文明中创造人类文明新形态的根本所在。

运用科学的世界观和方法论推进理论和制度创新。万物得其本者生，百事得其道者成。探索面向未来的理论和制度创新，必须运用科学的世界观和方法论。我们坚持以马克思主义为指导，就要运用其科学的世界观和方法论来研究问题、解决问题。习近平新时代中国特色社会主义思想坚持运用辩证唯物主义和历史唯物主义的世界观和方法论，既部署"过河"的任务，又指导解决"桥或船"的问题。"六个必须坚持"更是从世界观和方法论的高度深刻阐述了推进理论创新的科学方法、正确路径。我们必须坚持人民至上、坚持自信自立、坚持守正创新、坚持问题导向、坚持系统观念、坚持胸怀天下，以客观、科学、礼敬的态度对待历史和传统，取其精华、去其糟粕，扬弃继承、转化创新，不复古泥古，不简单否定，更好把马克思主义基本原理同中华优秀传统文化相结合，不断提高探索面向未来的理论和制度创新的能力与水平。

推动中华优秀传统文化创造性转化、创新性发展。中华优秀传统文化源远流长、博大精深。更好推进"第二个结合"，充分运用中华优秀传统文化的宝贵资源，以古人之规矩开自己之生面，要求我们思接千载、视通万里，入乎其中、出乎其外，不断推进研究阐发、教育普及、保护传承、创新发展、传播交流等工作，推动中华优秀传统文化创造性转化、创新性发展。这是在"第二个结合"中不断探索面向未来的理论和制度创新的题中应有之义。新时代，故宫博物院、陕西历史博物馆等游人如织，非遗产品广受欢迎，《最美中国戏》《中国诗词大会》等传统文化节目热度攀升……经过创造性转化、创新性发展，中华优秀传统文化中蕴含的哲学思想、人文精神、价值理念、道德规范等得到传承弘扬。我们要深刻认识到中华优秀传统文化具有超越时空、历久弥新的强大魅力,可以为认识和改造世界提供有益启迪,为治国理政提供有益启示,为解决人类问题提供思想智慧,是中华民族的突出优势和迈向现代化的宝贵精神财富。必须坚定文化自信,更有效地推动中华优秀传统文化创造性转化、创新性发展,从中萃取精华、汲取能量,以今日中国之实践,续写中华文化之辉煌,创造出新时代的理论和制度成果。

充分运用中华优秀传统文化的宝贵资源不断探索面向未来的理论创新。习近平总书记强调:"回顾党的百年奋斗史,我们党之所以能够在革命、建设、改革各个历史时期取得重大成就,能够领导人民完成中国其他政治力量不可能完成的艰巨任务,根本在于掌握了马克思主义科学理论,并不断结合新的实际推进理论创新"。立足中华民族伟大历史实践和当代实践,用中国道理总结好中国经验,把中国经验提升为中国理论,以中国理论解决中国问题,必须坚持解放思想,以更加开阔的视野,深入研究、充分运用中华优秀传统文化中与马克思主义相契合、对解决未来发展重大理论和实践问题具有时代价值的宝贵资源,以守正创新的正气和锐气推进理论创新。我们既要坚持马克思主义指导地位,以马克思主义立场观点方法激活中华优秀传统文化,使中华优秀传统文化获得新的时代意蕴和表现形式;又要着眼现实需要,用中华优秀传统文化的精神内核和独特标识丰富和发展马克思主义,使二者在形式、内容、价值追求等各方面不断从相互契合走向深度融合,继续推进马克思主义中国化时代化,形成更具吸引力、影响力、解释力、说服力的新理念新思想新战略,更好指导中国式现代化崭新实践。

充分运用中华优秀传统文化的宝贵资源不断探索面向未来的制度创新。习近平总书记指出:"一个国家选择什么样的国家制度和国家治理体系,是由这个国家的历史文化、社会性质、经济发展水平决定的。"在几千年的历史演进中,中华民族形成了关于国家制度和国家治理的丰富思想。比如,我们党开创的人民代表大会制度、政治协商制度,与中华文明的民本思想、天下共治理念,"共和""商量"的施政传统,"兼容并包、求同存异"的政治智慧都有深刻关联。又如,我们没有搞联邦制、邦联制,确立了单一制国家形式，实行民族区域自治制度，就是顺应向内凝聚、多元一体的中华民族发展大趋势，承继九州共贯、六合同风、四海一家的中国文化大一统传统。党的十八大以来，以习近平同志为核心的党中央推进全面深化改革，绘就中国特色社会主义的制度图谱，筑牢了国家长治久安、人民安居乐业的制度基础。面向未来，我们要进一步解放思想，深刻总结、充分运用我国古代关于国家制度的思想精华和实践成果中与马克思主义相契合、与实际需要相适应的宝贵资源，在传承中华文明中不断增强制度创新的文化动力，创造既适应中国式现代化要求又符合中华文明发展规律、体现中华文明独特创造和价值理念的制度成果，不断夯实中国制度优势的文化根基，推动中国制度在实践中更好发挥整体效能、治理效能。

思想解放开天地，无边光景一时新。"第二个结合"，表明我们党对中国道路、理论、制度的认识达到了新高度，表明我们党的历史自信、文化自信达到了新高度，表明我们党在传承中华优秀传统文化中推进文化创新的自觉性达到了新高度。新征程上，我们要坚持以习近平新时代中国特色社会主义思想为指导，深刻领会"第二个结合"的重大意义，坚持以思想解放推进全面建设社会主义现代化国家、实现中华民族伟大复兴的历史进程。扬起思想解放的风帆，开启文化创新的航程，我们必将在"第二个结合"中创造光耀时代、光耀世界的中华民族现代文明。

（《人民日报》2023年08月16日）

申报资料实录

作品简介：本文围绕习近平总书记在文化传承发展座谈会上提出的新的重大论断，站在破解"古今中西之争"的高度来破题、来立意、来论述，深刻阐释为什么说"第二个结合"是又一次的思想解放，"第二个结合"有着怎样的重大现实意义和深远历史意义，深入探讨如何在"第二个结合"中不断探索面向未来的理论和制度创新。此文主要有四个特点：立意有高度。从传统与现代的关系、怎样对待传统文化上切入，揭示历史虚无主义、文化虚无主义的危害，阐明"又一次的思想解放"的丰富内涵和重大意义。破题有深度。讲清了"第二个结合"的历史缘起、逻辑进路、发展历程，解答了广大干部群众的思想疑惑。说理有厚度。从漫长历史源流中梳理出马克思主义同中华文化的交汇点、碰撞点、结合点，阐释二者相互影响、相互塑造、结合发展的历史脉络。行文有温度。突破思维定式、创新话语表达，在以情陈理、情理交融中引发深度共情，实现高度共鸣。

社会效果：此文刊发后引起广泛反响，被"学习强国"学习平台、人民网、新华网、光明网等200多家网站和客户端转载，总阅读量达到数千万。文章成为在重大主题宣传中深化党的创新理论阐释、增强干部群众文化自信、发挥思想舆论引领作用的成功尝试。

初评评语："'第二个结合'是又一次的思想解放"是习近平总书记在文化传承发展座谈会上提出的新的重大论断，阐释清楚其蕴含的道理学理哲理具有重大理论意义和现实意义。这篇文章在学深吃透会议精神基础上，从历史和现实的双重维度，深刻阐释了这一论断的丰富意蕴和实践要求。文章视野纵横开阔，阐释透彻精当，极富感染力和穿透力，实现了政治性、思想性、学理性、哲理性、可读性的统一。文章保持了"任理轩"文章一以贯之的大题大气的特点风格，回答困惑、凝聚共识、增强信心，助推党的创新理论入脑入心、落地生根，彰显了党报思想理论宣传的引领优势和力量。

"网红"干部"出圈"更要"出彩"

魏春生

作品二维码

《"网红"干部"出圈"更要"出彩"》

（河北共产党员网，冀评新语 2023 年 06 月 26 日）

申报资料实录

作品简介：随着网络和自媒体的快速发展，越来越多的党员干部在网络上"出镜"亮相，步入大众视野，"出圈"成为"网红"，对地方特色开展宣传推介，助推当地产业发展。淄博烧烤、"村BA""村超"等火爆出圈、红遍全网，涌现出了一批"网红"干部。但是任何事物都有两面性，党员干部"出圈"也不例外。该如何用好网络这把双刃剑，在充分享受流量红利的同时，预防流量反噬呢？文章首先分析了党员干部"出圈"的两面性，肯定"出圈"带来的流量红利，指出可能产生的负面效应；接着从网红干部、网络环境、社会环境等方面切入，指出网红干部要端正态度、守住本心、增强责任心，网络平台要设置准入门槛、建立应急处理机制，有关单位要做好坚强后盾，打好服务保障组合拳，线上线下相结合，双管齐下，用好网络这把"双刃剑"。不仅

"出圈",更要"出彩",让"网红"变"长红",让"流量"变"实绩",以创新求变的努力、真抓实干的精气神真正造福于民、推动发展。

社会效果:文章刊发后,受到了社会各界及广大网友的关注,引起了强烈反响。先后被光明日报客户端、群众新闻网、学习强国河北学习平台、河北网络广播电视台、长城网、沧州新闻网等媒体转载,总阅读量超过百万。

初评评语:文章葆有清醒的问题意识,呈现了党媒应有的责任担当。当下,越来越多的党员干部在网络上"出镜"、"出圈",成为"网红",屡上热搜。社会关注对加强地方特色宣传、助推产业发展大有裨益,但作者并没有驻足于此,而是及时预警,指出"出圈"可能产生的负面效应。作者从网络素养、平台管理和服务保障等方面求解,提出线上线下相结合,呵护"网红"干部健康成长,用好网络这把"双刃剑",让"网红"干部"出圈"更"出彩",推动干部"网红"红利转化为地方"长红"福利。文章高点站位,深入求解,论述绵密,观点明亮。

白鹤恋农田，生态真的好吗？

赵洪潭　欧阳敏　王师娥

作品请见中国记协网 http://www.zgjx.cn。

（江西广播电视台2023年03月24日）

申报资料实录

作品简介：2023年初，记者在湖区采访时发现，大片的农田被啄得光秃秃的，种植户损失惨重。仅南昌高新区被候鸟侵占的农田损失就超过了800万元。记者花了3个多月走访鄱阳湖周边的12个县市区，了解到这种现象并非个案。2023年2至3月，鄱阳湖九成以上的越冬候鸟进入了非预留的稻田、藕塘、芡实地等人工湿地觅食，并且呈现出不可逆现象。记者多地调研采访，证实"候鸟进农田"现象已经蔓延到中部多个省份，具有全国警示意义。记者采访了政府部门和大量候鸟保护专家，冷静分析，科学论证，提出了截然不同的一种观点：人工打造"候鸟食堂"虽缓解了候鸟觅食难题，但治标不治本，反而助长了候鸟觅食的"路径依赖"，破坏了自然界动态平衡，加剧了"人鸟争食"矛盾，建立鄱阳湖生态环境修复长远机制迫在眉睫。

社会效果：报道被多家媒体和网络平台转发、跟进报道，引发社会热议，也得到了相关部门的高度重视，江西省人大常委会法制工作委员会办公室把报道纳入立法调研内容，当年11月启动了《江西省生态保护补偿条例》草案起草工作。节目得到业界人士好评，入选国家广电总局2023年第一季度优秀广播电视新闻作品。

初评评语：主题重大，意义深远。"坚持人与自然和谐共生"是习近平生态文明思想的重要内容，评论着眼这一重大主题，充分讨论了"白鹤恋农田"现象背后隐藏的候鸟越冬新生态、农民生态补偿新难题、鄱阳湖生态修复新课题和保护管理新命题，具有较高的现实意义和参考价值。角度新颖，调查深入。面对热点，记者没有人云亦云，勇于对热点进行冷思考，难能可贵，而且进行了长期、深入的调查采访，对获取的信息，分析论证，去伪存真，由表及里，做出判断，提出观点。效果良好，传播广泛。评论引发了社会热议，推动了江西省政府对鄱阳湖湿地生态修复和沿湖地区农民生态补偿问题的高度重视，也推动了相关立法工作，社会影响力大。

把调查研究的"自行车"骑到基层一线

贾梦宇 张 博

调查研究需要有什么样的作风,用什么样的方式进行?一辆自行车里蕴含着意味深长的答案。1982年3月至1985年5月,习近平总书记在河北正定工作。县里交通工具少,他就把自己在北京用的一辆旧凤凰"二八"自行车通过火车托运到了正定。不论风霜雪雨、酷暑严寒,他总是骑着这辆自行车奔波在乡间田野,穿梭于滹沱河两岸。遇到滹沱河的"大沙窝",骑也骑不动,推也推不动,他就扛着自行车走。西兆通、塔元庄、二十里铺、三角村……他的调研足迹遍及全县25个乡镇、221个村。"当县委书记一定要跑遍所有的村,当市委书记一定要跑遍所有的乡镇,当省委书记一定要跑遍所有的县市区。"1985年,习近平到厦门担任副市长。为了开展调研,他专门买了一辆厦门自行车厂生产的"武夷"牌自行车,骑着去社区街道或者工厂调研。无论在什么地方、什么岗位,深深浅浅的调研"车辙"都见证着他求真务实的工作作风。

没有调查,就没有发言权,更没有决策权。调查研究是我们党的优良传统,也是主题教育取得成效的重要保证。第二批主题教育在省以下各级机关及其直属单位和其他基层党组织开展,涉及的单位和人员与群众联系更直接,面对的问题也更具体。广大党员干部都应当像习近平总书记那样,把调查研究的"自行车"骑到基层一线,察实情、解民忧。

把调查研究的"自行车"骑到基层一线,拉近的是距离,增进的是感情。"四轮到，追不到；两轮到，把话唠。"开展调查研究就是走群众路线，就要迈进群众的门槛，走进群众的心坎。坐着小汽车、端着官架子、操着老爷腔，这样的人只能让群众敬而远之。脚撑一支，自行车一停，群众看得见人、听得清声，就愿意和你讲真话、诉真情。习近平总书记在正定工作期间，调研一般不打招呼，而是直接下乡、下厂、入户。有一次，习近平下乡调研时看到种棉能手冯玉明正在地里忙碌。他支好自行车走过去，一把握住冯玉明的手说："冯伯伯，您好，我今天是来跟您学习种棉花的。"后来，他们成了忘年交。

把调查研究的"自行车"骑到基层一线，发现的是问题，找到的是解决问题的办法。群众最了解实际情况，最清楚实际问题，也最能够创造出解决问题的办法。眼往下看，脚往下走，才能发现办公室里看不到的矛盾和问题，才能把书本上学不到、会场上听不到的"金点子"汇聚上来。1983年夏收后的一天，习近平骑车来到永安公社三角村调研。他和大家唠家常，还让大家谈谈正定县将来怎样发展才好。"三角村离县城很近，种点儿经济作物供给县城，不是更好吗？"听到大家的建议，习近平当场表示"这个问题我们会认真研究"。不久，多种经营就有计划地在正定全面铺开了。

时代在发展，今天的调查研究可以选择更多的代步工具，不一定只有自行车这一种。把调查研究的"自行车"骑到基层一线，倡导的是，调研要有务实的作风，要讲求真实的效果。汽车到不了的地方，自行车能到就骑自行车去，自行车也到不了的地方，就迈开两条腿走着去。

总之，隔着玻璃车窗看不到的问题，深入基层一线、走到群众身边就能看到。广大党员干部要在主题教育中念好调查研究"深、实、细、准、效"五字诀，真正把一项项调研成果转化为推进工作、造福群众、赢得民心的实际成效。

（《河北日报》2023年11月10日）

申报资料实录

作品简介：大兴调查研究是2023年在全党开展的学习贯彻习近平新时代中国特色社会主义思想主题教育的重要内容。河北日报评论员重新调研采访后，精心撰写了系列评论，为深入开展主题教育、大兴调查研究提供了鲜活教材。这篇评论主题重大、说理透彻、文风鲜活。紧紧围绕时代主题聚焦党中央部署，深刻阐释开展主题教育的重大意义、重要要求。拉开历史纵深，从习近平总书记在正定工作期间所用的一辆自行车说开去，用故事串联全文，用历史示范指导现实实践，彰显了总书记一以贯之的优良作风。文章用小切口、小故事讲大道理，话题厚重而语言平实，有高度也有温度，具有很强的说服力、感染力。

社会效果：文章刊发后，迅速被搜狐网、新浪网、凤凰网等网站以及多家新媒体平台转载，获河北新闻奖一等奖。干部群众表示，从字里行间真切地感受到习近平总书记深入调研的作风、平易近人的品格、真抓实干的勇气，令人深受教育。

初评评语：这篇文章寓事于理、事理交融，既有严谨深入的理性思考，又有感人至深的细腻表达。

唱衰中国经济者注定失望

金观平（熊丽）

中国经济半年报发布以后，唱衰声音又有卷土重来之势。

面对复杂严峻的国际形势和艰巨繁重的国内改革发展稳定任务，上半年中国 GDP 同比增长 5.5%，不仅高于去年全年 3% 的增速，也高于一季度 4.5% 的增速。对比来看，这一增速在全球主要经济体中也是最快的。

然而，这样一份在全球范围内可圈可点的"成绩单"，落在某些西方媒体眼里，却得出了"中国经济见顶""中国经济失去动力"等怪论。这些论调，有违逻辑、有悖事实，不过是唱衰中国经济的老调重弹。

改革开放以来，国际上唱衰中国的舆论一直不绝于耳，各式各样的"中国崩溃论"从未中断。不过，中国经济非但没有崩溃，反而综合国力与日俱增，人民生活水平不断提高，创造了经济快速发展和社会长期稳定两大奇迹。过去 10 年，中国年均经济增速达到 6.2%，经济总量占全球比重由 2012 年的 11.3% 提升到 18% 左右，对世界经济增长的平均贡献率超过 30%，一直是推动世界经济增长的最大引擎。即便是疫情 3 年，中国经济依旧保持了 4.5% 左右的年均增长，明显高于世界平均水平。

观察中国经济，既要看速度，也要看增量，更要看质量。今年以来，中国经济社会全面恢复常态化运行，宏观政策靠前协同发力，需求收缩、供给冲击、预期转弱三重压力得到缓解，经济发展呈现回升向好态势。在经济恢复过程中，一些领域出现暂时性波动是正常的。中国疫情防控平稳转段仅半年左右,经济循环和居民收入、消费等已出现积极好转,而且发展质量稳步提高,经济结构持续优化。上半年,内需潜力进一步释放,餐饮、旅游等领域消费已超疫情前水平,最终消费支出对经济增长的贡献率达到77.2%,明显高于去年。全国统一大市场建设等重点领域和关键环节改革不断深化,高水平对外开放持续推进,跨国公司高管密集来华。创新成果接连涌现,新动能加快发展壮大。近期,主要国际组织上调了全球经济增长预期,一个很重要的因素就是中国经济恢复向好。

屡屡"唱空",次次落空。中国经济已经进入新阶段,但一些人还停留在过去,用老眼光来看中国。党的十八大以来,党中央明确提出不再简单以国内生产总值增长率论英雄,而是坚持新发展理念,立足提高质量和效益来推动经济持续健康发展。不搞"大水漫灌"式的强刺激,坚持以质取胜,在提高质量效益的基础上保持合理的经济增长。经济数据一时的高低起落,不会改变中国推进高质量发展的坚定决心。

当前,中国经济确实面临一些风险挑战,对此我们有清醒认识。从国际看,百年变局加速演进,世界政治经济形势错综复杂,全球经济面临较大下行压力,不稳定不确定因素较多,中国经济不可能独善其身。从国内看,经济运行正处于恢复发展和产业升级的关键期,经济持续恢复发展仍面临需求不足、信心偏弱和一些领域风险累积等问题,经济持续回升的基础还不稳固。从中长期来看,发展不平衡不充分问题仍然突出,推进高质量发展还有许多卡点瓶颈,在就业、教育、医疗、托育、养老、住房、生态环保等方面仍面临不少难题。但是,这些都是发展中的困难,前进中的问题,我们正在采取措施积极加以解决,成效已经或正在显现。

正确看待中国经济形势,关键是要用全面、辩证、长远的眼光看问题。在以习近平同志为核心的党中央坚强领导下,集中力量办大事的制度优势和创新完善宏观经济治理的政策效应持续显现。我国拥有全球最完整的产业体系、完善的配套能力和日益完备的基础设施网络,拥有14亿多人口、4亿多中等收入群体,是全球超大规模且最有增长潜力的市场,特别是亿万人民有追求美好生活的强烈愿望、创业创新的巨大潜能、共克时艰的坚定意志。中国经济韧性强、潜力足、回旋余地广，长期向好的基本面没有改变，也不会改变。

中国经济发展从来不是一帆风顺，但任何艰难险阻都不能阻挡前进的步伐。坚定发展信心，保持战略定力，牢牢把握高质量发展这个首要任务，集中精力办好自己的事情，我们完全有信心有条件有能力实现全年经济社会发展目标任务，推动中国经济巨轮驶向更加广阔的未来，并为世界经济复苏和增长提供源源不断的动力。

（《经济日报》2023年07月20日）

申报资料实录

作品简介：2023年是新冠疫情防控转段后经济恢复发展的一年，我国经济发展面临的环境更趋复杂严峻，经济恢复进程波动曲折。美西方一些舆论无视我国经济恢复向好、高质量发展扎实推进的实际，刻意放大我国经济恢复过程中个别指标的波动，炒作所谓"中国经济见顶论""中国经济失去动力论"，唱衰中国经济。经济日报敏锐发现舆情动向，及时推出评论，予以有力批驳。评论指出，改革开放以来，国际上唱衰中国的舆论一直不绝于耳。中国经济非但没有崩溃，反而实现了综合国力与日俱增、人民生活水平不断提高，创造了经济快速发展和社会长期稳定两大奇迹。党的十八大以来，党中央明确提出不再简单以国内生产总值增长率论英雄，而是坚持新发展理念，立足提高质量和效益推动经济持续健康发展，为有力推动中国经济高质量发展凝聚了共识，坚定了信心。

社会效果：作品在报纸一版重要位置和新媒体平台推出后，引发热烈反响，全网传播量达1.74亿。经济日报微博话题#唱衰中国经济者注定失望#累计阅读量1.4亿。该作品被财联社平台摘编转发，阅读量超287万；登上今日头条·头条热榜；由该作品转化制作的短视频《屡屡唱空、次次落空，唱衰中国经济者注定失望！》播放量超100万；学习强国、今日头条、腾讯新闻等新闻平台均在重要位置推荐展示。

初评评语：针对美西方唱衰中国的荒谬论调，该文以事实和数据为依托，旗帜鲜明地予以坚决驳斥和有力回击，出手快、站位高、分量重、针对性强，颇具说服力和影响力，有效发挥了中央党报在经济领域舆论引导中"定音鼓""风向标"作用。

乡村体育火爆：是乐子，更是路子

余孝忠　王　丽　李　丽

黔东南的两个村赛火了！

无论台江"村BA"，还是榕江"村超"，都火得让人似乎有些猝不及防。一个村级篮球赛、足球赛，几万人现场围观，进而引来网上几十亿的浏览量，最终在线上线下蔓延成一场"现象级"的全民嘉年华。

群众主创、群众主角、群众主推，满场的欢乐、满屏的点赞，带活了文化、带火了经济，"村BA""村超"创造了奇迹。面对这样一场全国叫好、国际点赞的草根文体盛宴，人们不禁在问几个"为什么"。

——为什么能火？

村民们发自内心的欢笑声、不分你我的加油声、锣鼓喧天的助威声，让球场内外成了一片欢乐的海洋。90多岁的侗族老奶奶坐着轮椅来现场观看"村超"，80多岁的苗族老爷爷还想在"村BA"上阵比赛，村民们自己"斗钱"（方言，意为"凑钱"）也要支持本村球队……网友们说"快乐是可以传染的""被这样千金难买的氛围感动"。唯有纯粹，才是真爱，才有这样直抵人心的强大感染力。

——为什么火在黔东南？

作为苗族侗族自治州，黔东南地区的各族群众天性乐观、能歌善舞，娱乐精神十足。赛场上、跑道中，精彩的多民族歌舞表演，精美的民族服饰和手工艺品展示，各种农特产品和特色美食"投喂"……风情风物、农趣农味,"体育+"掀起的热潮源自于篮球与足球,又不止于篮球与足球、不止于现场和线下。

——为什么火在此时?

榕江足球、台江篮球都有几十年的群众基础,此前因地处偏远山区,经济薄弱、交通落后、信息闭塞,藏在深山人未识。这次能够"火爆出圈",是在脱贫攻坚胜利后——村民物质生活富足了,对精神文化生活的需求日益增长;交通便利了,外地游客来得更多;网络通畅了,新媒体传播更迅捷。多种因素具足叠加,两项赛事的欢乐场景才被外界所看见、所点赞。

——为什么火在足篮球?

因为体育无障碍。多彩贵州是多民族地区,作为跨越民族和文化的体育语言,作为可参与可互动的集体项目,两大球不仅把各民族紧紧连接在一起,也迎来了国际赞誉。

网友将两项赛事誉为"观察中国式现代化的一个窗口"。因为,这是在实现全面小康、推进全民健身,开启中国式现代化建设新征程中涌现的中国新故事。

两项村赛,成功把球"耍"到了老百姓的心坎里。

在赛事组织的全过程中,群众在台前当家作主,当地政府则在幕后做好服务保障。"村BA""村超"都是网民贡献的名称。因为姓"村",才能彰显是村民自己的赛事;因为扎根于人民心中,才有不竭的生命力。

也只有真正顺应人民群众的意愿心声,基层治理才有地方政府从管理型向服务型的职能转型,才有各方力量从"要我干"到"我要干"的角色转换,才有当地民众从"伸手要钱"到"主动斗钱"的热情转变。

两项村赛,成功跑出了乡村振兴的"新赛道",或许更是偏远山区实现超车的"弯道"。

体育活动繁荣,本就是文化振兴的一部分。台江、榕江两县的统计数字表明,火爆的赛事极大促进了当地经济增长和产业升级,成为助推乡村振兴的"新动能"。

以体育之名,让文化唱戏,促经济发展,助乡村振兴。体育在乡村振兴战略中的重要逻辑地位和多元功能价值，如此生动丰富地展现出来，引得不少部门人士关注和深思。

中国式现代化，是14亿人口的现代化，重点难点在乡村。这两项"村"姓赛事，火在脱贫攻坚胜利的基石上，火在乡村振兴战略的进程中，也终将火出中国式现代化的美好明天。

乡村体育火爆，是乐子，更是路子！

（新华社2023年06月16日）

申报资料实录

作品简介：记者深入黔东南州山乡村寨、球赛现场等，采访球员、干群、游客和相关人员百余人，追本溯源，深入探寻村赛火爆的深刻背景、探索历程及价值意义。记者以党的创新理论为指导，以小切口写大主题，从村赛"为什么能火""为什么火在黔东南""为什么火在足篮球赛""为什么火在此时"等大众关心的话题入手，从现象看本质，从"模样故事"中提炼"模式经验"，从"乡村乐子"中探寻"振兴路子"。

社会效果：引发强烈共鸣，被赞"一针见血、一锤定音"。稿件被200多家传统媒体采用，全网浏览量1.1亿，拓展了贵州村赛报道的新高度、新角度和新热度。当地干部群众称赞本文提升了对村赛重要意义的认识，稿件点明了体育的多元功能价值，在热闹中指出门道，"一针见血"。

初评评语：全文凝词炼句，立意高远、视野宏阔、深入浅出、令人信服，1300余字就解答了现象级事件中的关键性问题，既充分肯定了"乐子"，更率先阐明了"路子"。评论播发后引起广泛重视，地方干群和许多网民认为，在各类媒体的海量报道中，"是乐子，更是路子"的论述起到了"一针见血、一锤定音"的作用，为如何解读乡村体育热带入了新阶段。

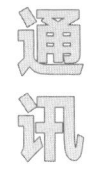

"不拘一格地选拔人才"

——习近平同志在河北正定工作期间推出"人才九条"的实践与启示

集 体

济济多士,乃成大业;人才蔚起,国运方兴。

"人才问题,既是振兴正定的当务之急,也是具有战略意义的百年大计";

"人才引进要有新思路、宽眼界、大举措,这就要有国际眼光,从全国范围、世界范围吸引人才";

"完善人才战略布局,坚持各方面人才一起抓,建设规模宏大、结构合理、素质优良的人才队伍";

……

不论在基层、地方还是在中央,习近平同志对人才工作的重视、思考与实践一以贯之。

1983年3月29日,河北日报头版头条刊发了一篇新闻报道——《树立新时期的用人观点,招贤纳士,博揽群才 正定县为有志之士敞开大门》。

1982年3月至1985年5月,习近平同志先后任河北省正定县委副书记、书记。新闻记叙的是他在正定工作期间,推出广招贤才的"人才九条",为当地发展破局开路。

40年后的今天,"人才九条"仍具有重大的现实意义。

让我们把目光投向那段历史,追寻习近平同志在正定工作期间关于人才工作的实践足迹,感悟习近平同志为河北留下的弥足珍贵的精神财富,增强做好新时代人才工作的行动自觉。

"人才九条"震动全国

"习近平同志当年为什么要推出'人才九条'?"

采访中,"人才九条"的知情者都坦言:跟正定当时的县情有关。

1982年9月召开的党的十二大,明确提出从1981年到20世纪末,力争使全国工农业年总产值翻两番。

习近平认为,没有人才,县不能富,民不能强,翻两番无从谈起。

当时正定全县总人口45万人,但大专以上文化程度的仅有379名,自学成才或中专毕业后取得技术员以上职称的仅有256名。

全县大多数企业和单位都不同程度地存在科技人才和技术骨干力量不足问题。例如县色织厂,全厂400多人,仅有一名大学生技术员,新产品没有力量搞,设备坏了没人能修。全厂111台织机,经常有二三十台停机,导致厂子出现亏损。

"对人才问题早认识、早重视、早去抓,我们的经济工作就早主动、早搞活、早见效。"习近平说。

人才的聚集和人才积极性的调动,靠什么?

靠政策,一个有吸引力、有感召力、有推动力的政策。

时隔40年,《正定县为有志之士敞开大门》的作者李乃毅,对"人才九条"的出台过程记忆犹新。

1983年3月的一天,习近平约河北日报记者李乃毅到办公室长谈。

一间十多平方米的办公室,一张办公桌,两个板凳支的木板床,上面铺着带补丁的褥子。

"就在这样一个简陋的办公室兼卧室里,我俩面对面,打开了话匣子。"李乃毅回忆。

习近平介绍,正定虽是一个产粮大县,但经济并不富裕,必须通过改革开放改变这种状况。农业不能"单打一",要发展多种经营。工业要发展企业、创新项目、引进技术,尽快把效益搞上去。要搞好农业、搞活工业、搞大企业,最重要的是要有优秀的企业领军人物,而县里恰恰缺乏这方面的人才,当务之急就是怎样把人才引进来。正定打算出台一些吸引人才的政策,希望通过报纸宣传出去,把那些懂经营、会管理、有技术的人才请过来。

习近平开诚布公,李乃毅也知无不言。他把在采访中所接触到的知识分子特别是科技人员的处境、困难、顾虑、期盼等一一道来。

习近平认真倾听,详细记录。此后,他又在忙碌的工作中,抽出三个半天时间同李乃毅深入探讨。

"树立新时期的用人观点,就是要解放思想,打破框框,消除偏见,任人唯贤,不拘一格地选拔人才。"谈话中,习近平对于人才工作的战略眼光和创新思维让李乃毅印象深刻。

"但当'人才九条'真正摆到我面前时,我依然感到十分震惊。"李乃毅表示。

"人才九条"的全称是《树立新时期的用人观点,广招贤才的九条措施》。内容如下:

一、热烈欢迎我县所需的外地各种科技人员来正定帮助发展县、社、队企业。对搞成的每个项目,只要产品有销路,其利润由双方商定比例分成,或给一次性总付酬。贡献突出者,县委、县政府将予以记功、记大功、晋级、晋职。在农村的家属户口优先转吃商品粮,并给家属、子女安排适当工作。

对我县技术人才更应充分重视,发挥其专长。对有发明创造、做出突出贡献者,其待遇和招聘外地技术人才同等对待。

二、大胆起用和广泛接受各种人才。其中包括出身不好,社会关系复杂,过去犯过错误已经改正的;曾当作"资本主义"典型批判至今仍不被重视的;由于社会上的偏见,使其科研工作遭受压制的;没有学历而自学成才的。

三、千方百计为人才的调动提供方便。凡需要调入我县者,组织、人事、劳动部门要积极予以办理,若一时办不齐手续,可先来后办,原工资照发,粮食定量不变(全部细粮),工龄连续计算,今后根据贡献大小另行确定工资数额;对不能调入我县工作者,可短期应聘或兼任我县某方面的经济技术顾问。

四、愿为全国各地技术人员提供试制新产品、推广新技术所需要的工作、生活条件。新产品一旦被本县采用,即付重奖;收到经济效益后,利润按比例分成或给一次性总付酬。同时也允许研究项目失败，不追究责任，工资报酬、往返车费照付。

五、调入的人才，由县委、县政府统一安排使用，出现问题，县委、县政府领导亲自加以解决。

六、兴建"人才楼""招贤馆"，积极为调入人才解决住房。设立人才服务处，对人才统一管理。对我县和国家有突出贡献者，配备助手、车辆，做到搬煤到屋、送粮到户，解决生活上的后顾之忧。各部门都要按照省委文件精神，积极落实知识分子政策，为我县中级以上知识分子和自学成才者，提供良好的工作条件和生活条件。

七、成立人才技术开发公司，吸收人才，接受新产品、新技术；对科研人员和自学成才者正在业余研究的有前途的科研项目，若愿意给予本公司，而又被本县所采纳者，将尽力协助解决经费困难。对本县技术干部要合理使用，充分发挥其特长。

八、积极鼓励、扶持城乡团体和个人自筹资金和外地大、中专院校签订教学、代培合同，定向培养人才。教授、学者、工程师及有技术专长者应聘来县讲学，指导企业经营管理，车接车送，热情接待，并发津贴费。

九、实行人才流动。调入本县的科技人员来去自由。本人一旦感到自己的技术专长不能有效发挥时，可以申请调到所向往单位，县委、县政府不加阻拦，并给予提供出走方便。

1983年3月，几天之间，2000张一米多长、半米来宽的大布告贴到了正定各个生产队、学校、机关、工厂门口。布告上的大字十分显眼——"正定县招揽人才的九条规定"。

"出身不好也能被重用，贡献突出的给记功，家属还能'农转非'，看这政策，县里是动真格了！"

"这一条一条的，可真实诚啊！"

一时间，街头巷尾热议声四起。

利润提成触及分配制度，人才流动关乎人事体制，细粮供应突破粮食政策，"农转非"涉及户籍管理……"人才九条"字里行间皆是破冰之举。

比如人事调动，当时政策是不允许各省市间自由流动的，工厂管理者、科技人员属于国家干部，不能自主选择供职单位。档案是每个干部职工所有的证明文件，如果非要走，不给档案，党籍、公职、工龄、工资在新单位接不上，户籍在异地落不了，口粮在粮店买不到，生活都成了问题。

"针对这种情况，习书记大胆提出，凡是正定急需人才，派人员与原单位友好协商，以最大的诚意争取理解支持；本人决意到正定工作，原单位坚持不放，档案不给，县委、县政府责成组织人事部门重新建档接续关系。这一做法，突破了人才调动的瓶颈，确实是需要眼光和胆识的。"李乃毅回忆。

当时，包括习近平在内的所有干部、职工，都是吃60%的粗粮、40%的细粮，给引进的人才供应100%细粮，有的人不理解；在分配方面，干部职工每月工资几十元，技术人员的技术转让费却有几万元，有了利润还给提成，有的人难接受；用的人万一出点毛病怎么交代？请来了"外地和尚"，"本地和尚"不念经了怎么办？有的人有顾虑……

面对种种质疑，习近平召开全县干部动员大会，讲形势、谈发展、绘蓝图、论人才，通过相互交流，统一思想，形成共识。

习近平觉得，在县里发布还不够，希望通过报纸把"人才九条"向全省、全国发布，在更大范围为正定招贤引智。

很快，李乃毅采写的这篇消息摆上了时任河北日报社总编辑林放的办公桌。林放看后当即拍板："这政策观念创新，完全符合中央精神，发，突出发！"

当夜排版，林放还特意叮嘱："头版头条加边框着重处理！"

1983年3月29日，以"人才九条"为主要内容的消息《正定县为有志之士敞开大门》在河北日报刊发。省内外媒体纷纷转载报道，一时间引起强烈反响。

"人才九条"，震动全国。

求贤若渴广揽人才

"人才九条"公开发表后，不到一个月，县里就接待来信来访150人次，其中具有工程师、助理工程师或相当职称的46人。

一些正定老干部还记得,当时要求来正定的人才络绎不绝,全国20多个省、自治区、直辖市的科技人员来信咨询、提供项目、联系工作调动,许多人是拿着报纸找到正定县政府的。

研制化妆品的能人武宝信,就是"人才九条"吸引到正定的人才之一。

当时,石家庄车床附件厂工程师武宝信研发的三露(粉刺露、亮肤露、增白露)已畅销全国,但他和厂领导在利润分配上产生了矛盾。武宝信看到"人才九条"眼前一亮,托人捎信给习近平,表示愿意到正定工作。

得知武宝信的情况,习近平马上来到时任正定县县长程宝怀的办公室。

"程县长,走,咱们今天夜访武宝信!"

"今天晚了,咱们明天再去吧?"

"今天必须找到武宝信!"

习近平只知道武宝信家住石家庄市谈固小区,他带着程宝怀等人在小区找了很久,还是没能打听到武宝信的家具体在哪儿。几十栋楼的谈固小区实在太大了。

看看手表,已经过了晚上10点,迫切想见武宝信的习近平决定试试"笨办法","这样吧,我从南往北喊,你们从东往西喊,今天必须找到他。"

双手并拢合成喇叭状,习近平放开了嗓门:"武宝信!武宝信……"夜深人静,喊声在小区里响起。

"我正在屋里做实验,忽然听见窗户外有人大喊我的名字。"武宝信回忆起40年前的那个晚上,每一个细节都历历在目,"我赶忙跑了出来,领头的小伙子见到我,兴奋地握住我的手。一定是在外边待得久了,他两手冰凉。"

这人就是习近平。

见面后,习近平和武宝信长谈至深夜。习近平对人才的渴望和尊重,深深打动了武宝信,他答应把新研制的爽脚粉配方无偿提供给正定。

1983年4月4日,习近平亲自主持的爽脚粉项目技术转让会在正定县招待所举行,新城铺乡的第一个引进项目就此落地。几个月后,爽脚粉试制成功。项目投产不到一年,就盈利30万元。

"就在县委门口,习书记亲手把一辆轻骑摩托车交给我。"武宝信说,那是县里给人才的重奖，当时价值1100元。

对正定发展急需的人才和项目，习近平果断拍板，大胆引进，并帮助解决实际困难。

正定油泵油嘴厂原属省管，一年赔了27万元。后来下放给石家庄地区管，一年赔了9万元。地区又把这个亏损企业给了正定，当年又赔了7万元。

转机出现在1984年。这年五六月间，习近平带队赴江苏省考察乡镇企业发展情况。

"出发前，习书记特意交给我一封前段时间收到的来信，信封上写着'正定县委书记收'，习书记让我提前与写信的人联系一下，约对方在当地见面。"时为正定县委办公室干事的李亚平回忆。

写信的人是无锡机械局农机供销公司原经理邱斌昌。原来，因在家乡无法施展才华而苦闷的邱斌昌，辗转得知正定正面向全国招揽人才，便主动写信表达了自己想来正定工作的强烈愿望。

李亚平按照信中所附的联系方式，拨通了邱斌昌的电话。"如果你们不是马上要来无锡，我可能直接就跑到正定了。"电话那头，邱斌昌想来正定的意愿十分迫切。

一边是求贤若渴，一边是迫不及待。利用考察间隙，习近平和考察团全体成员一起见到了邱斌昌。

那天晚上，在无锡市政府招待处，邱斌昌非常激动，双手紧紧抓着一个人造革文件夹，拉了几次，才打开拉链，拿出自己亲手抄录的一份正定"人才九条"。

听完习近平介绍县里的有关情况后，邱斌昌当即表示，可以到连年亏损的油泵油嘴厂工作。他还特别提到，自己可以带一个成熟的柴油发电机项目到正定，马上就能出产品。

邱斌昌提出的唯一要求是工资由原来的行政17级提至16级，一年后厂里产值翻一番，再由16级提至14级。

习近平和考察团成员认真商讨后，又通过长途电话和程宝怀等县领导商量，最终决定聘请邱斌昌到正定工作。

没过多久，邱斌昌到正定报到。

"一见面，我就告诉他，'你的工资已经从17级涨到16级了。明天我在厂里的大会上宣布，你就是县油泵油嘴厂的厂长'。邱斌昌很感动，当时眼睛就湿润了。" 88岁的程宝怀至今记得，到油泵油嘴厂没几天，邱斌昌就把积压产品全部卖了出去，他还带人开发出一批新产品推向市场，不到一年工厂产值就翻了一番。

求贤若渴，广揽人才，仅一年多时间，200多名人才落户正定。

"星"耀古城启人深思

"人才九条"的制定，为当时正定的发展注入了生机和活力。

1984年，正定县10项经济指标均创历史最高水平，工农业总产值达到3.8亿多元，比1980年翻了一番。

对人才的重要性，习近平有深刻而长远的认识："贤才者，国之大宝也，县亦然。古人云，国之所以不治者三，不知用贤，此其一也；虽知用贤，求不能得，此其二也；虽得贤，不能尽，此其三也。"

知用贤，求其贤，尽其才，这样的人才观催生了"人才九条"。其中的创新探索，给我们做好新时代人才工作提供了宝贵经验和深刻启示。

做好人才工作，必须坚持党对人才工作的领导。

"人才九条"明确规定，"调入的人才，由县委、县政府统一安排使用，出现问题，县委、县政府领导亲自加以解决。"

"各级领导班子要把加强人才队伍建设提到重要议事日程上来，把既搞活经济又出人才作为自己的双重任务共同抓好。"习近平在全县"放开政策、振兴经济"三级干部会议上指出，各级党委要加强对科技人员和技术骨干的思想工作，及时解决他们的思想问题，引导他们树立正确的世界观，充分调动他们的积极性。同时，也要认真帮助他们解决生活上的实际困难，解除他们的后顾之忧，使他们"八仙过海，各显神通"，为振兴正定经济做出更大贡献。

正定县柴油机厂技师陈国启刚到正定时，由于户口一时没办妥，家里缺粮少煤。柴油机厂领导找有关部门给他解决了家属户口和子女上学问题，还提着粮食、拉着煤块送上门。陈国启感动不已，原本给他的16天假期一天也没休息，报到的当天就上了班。厂里的工程师张松游，家属"农转非"、小孩就学等问题解决了，还入了党、提了干，他感慨地说："碰上这样的好政策，献出我的生命也报答不完党对我的恩情。"

"人才九条"出台后，习近平带领县委、县政府领导和有关部门、乡镇干部，热情接待应聘人员。他说："依靠一乡一县的人才毕竟有限，社会才是无限的智能宝库。"

为做好人才管理工作，正定县成立了人才技术开发公司和人才服务处，组成专门班子招揽人才，上上下下都为招揽工作出智出力。

县委、县政府还依照"人才九条"精神，积极挖掘本地人才，对2300多名大中专毕业生学修专业、业务特长、工作经历、个人爱好等方面逐项摸底，建起正定第一本"人才账"。根据知识分子的德才情况，先后给543名科技干部评定了技术职称，31人调整到对口专业岗位，基本做到了人得其所、才适其用。同时，与全国32所学校、21家科研单位建立协作关系，引进人才和项目，创办了131家乡镇企业。

"当年，正定县委、县政府把开发人才作为战略重点和经常性工作任务，制定了主要领导亲自抓、各级干部一齐抓、条条块块分头抓的具体措施，最大限度把人才团结凝聚在党的周围，这样才打开了人才开发工作的新局面。"时任正定县委宣传部通讯组组长的高培琦说。

做好人才工作，必须敢于冲破藩篱、改革创新。

"人才九条"发布后，县里有些同志对此持有不同看法。既有赞成支持的，也有怀疑反对的。一时间在本地、本省引起一场大讨论。

"在当时的环境下，习书记面临的压力可想而知。但他不惧非议，一步一个脚印去做，全面落实各项承诺，用事实证明'人才九条'是可行的，最终赢得了人们的理解、支持、拥护。"李乃毅说。

贾大山和郝月普便是两个例证。

作家贾大山，成熟稳健，刚直正派，有管理才干，对文化事业有着近乎痴迷的热爱。习近平在多方听取意见后大胆起用，打破非党人士不能担任正职的惯例，贾大山连升三级，直接当上县文化局局长。上任伊始，贾大山就下基层、访群众、查问题、定制度，几个月下来，便把原来比较混乱的文化系统整治得井井有条。

工程师郝月普，是南开大学毕业的高材生。"文革"期间，他被错扣了帽子，判了刑。平反后，他回到原来的工厂，但厂里有些人依然把他视为"异类"，一身本领无处施展。

这样的人才，敢不敢用？

"你来正定参加四化建设，我们举双手欢迎。"习近平说。

正定县破例为郝月普上户口、接工龄、上浮工资，并委以乡镇企业局副局长、化工实业公司经理的重任，上任后不到半年，他就为正定引来了11个项目。

"识才求才、聚才用才，无一不是开创性的工作，无一不需要敢闯敢干。只有敢于改革、敢于创新，才能构筑吸引人才的制度优势，以优良的生态让人才近悦远来。"河北省委党校（河北行政学院）副校（院）长孟庆云对记者说。

做好人才工作，必须具备战略眼光、系统思维。

在正定人才工作实践中，习近平胸怀大局、把握大势，既有广阔的视野，又有周密的谋划。

他总是从战略的高度看待人才问题。

"没有人才，我们的经济就不会振兴；没有人才，我们的现代化目标就会化为泡影。"他要求领导干部在对待人才的问题上，要有"五百金买马骨"的态度，有求贤若渴、爱才如命的精神。

他总是用系统的方法开展人才工作。

习近平强调，"在选拔人才时，讲文凭也要讲水平，不拘一格包括不拘文凭，无论是大、中、小学学历，还是'千里马''百里马''一里马'，还是二十、三十、四十、五十、六十各种年龄的人，都使用起来、跑起来、积极性调动起来，只有这样，我们的事业才能人才济济、兴旺发达。"

内用、外招、上请、下挖、近补、远育,这是习近平引才育才用才的"十二字真经"。在他发现的人才中,既有各有所长的"外来和尚",也有崭露头角的县内人才;既有全国知名的大学者,也有乡野田间的"土专家"。

岸下村青年农民黄春生,文化程度不高,只是高小毕业。他自学成才,十几年刻苦钻研,培育出"冀棉二号"优良品种,先后被全国14个省市引种,省内外推广近百万亩。县里录用他为国家干部,评定授予其助理农艺师职称,上调县农科站专业从事优种繁育工作,更好地发挥了其业务专长。

在习近平的大力推动下,正定县决定成立顾问团,广泛吸收社会各方面的才智。1984年新年刚过,一封封落款"学生习近平"的信,寄给了全国100多位著名专家学者。数学家华罗庚、经济学家于光远、眼科专家张晓楼等各领域的50多位专家欣然应聘,成为顾问团首批成员。

他们广泛开展讲学活动,进行技术攻关,为正定经济起飞献计出力。在于光远的建议下,中国第一个农村研究所在正定成立;张晓楼多次到正定,给2000多人做了复明手术,使正定一跃成为全国7个防盲先进县之一……

动员如此多的顶级专家为一个县献智献力,全国少见。一时间,你来我往,"星"耀古城。

人才工作,基础在培养,难点也在培养。习近平支招:坚持常抓不懈的原则,老、中、青、幼立体开发,建立多级梯形人才队伍,使适用之才源流不断、常用不竭。

正定县大力改善教学条件,多渠道开展民间办学,积极组织在职干部文化补习,党政人才、企业经营管理人才、专业技术人才、农村实用人才建设齐头并进,人才队伍结构日益完善。

"通过当年正定人才工作的实践,深刻感悟习近平同志的人才观,就是要不拘一格、各尽其能地把人才用起来,为人才施展才华、实现抱负创造良好环境,让各类人才创造活力竞相迸发、聪明才智充分涌流,使他们真正成为社会发展的重要推动力量。"孟庆云表示。

做好人才工作,心里要时刻装着人民、装着事业。

1982年，习近平主动放弃北京的优越条件，来到古城正定，与群众"一块苦、一块过、一块干"。

"我渴望尽自己的微薄力量，亲手为他们做一点实在事情，但在远离他们的地方作愿意为他们献身的清谈，我心里觉得空，不踏实，我感到了一种呼唤。"

"在生我养我哺育我的人民身边，和他们一起为理想、事业奋斗，那就是我在生活中的位置。于是，我来了，在人民中间来寻找我的价值。"

……

正是因为这样的初心，面对"人才九条"推进过程中的一些不同意见，他始终能够坦然面对。

他力排众议，召开知识分子"诉苦会"，倾听知识分子心声。说得激动了、委屈了、气愤了，参会的知识分子有抬高嗓门的，有拍桌子的。习近平并不生气，"我们领导者的责任，就是帮他们排难解忧，努力使他们处于最佳竞技状态！"

习近平求才用才，更真心实意爱才敬才。

一次，他和县委办公室的几位同志到永安公社下乡。在一块棉花试验田里，全县闻名的种棉能手冯玉明正在地里忙碌。习近平支好自行车朝他走过去，一把握住冯玉明的手说："冯伯伯，您好，我今天是来跟您学习种棉花的！"

听了随行人员的介绍，冯玉明顿时有点手足无措，忙不迭地说："别别别，你是领导，可不能这样称呼。"

"冯伯伯，您别跟我客气，以后您就是我的老师了。"

后来，习近平跟着冯玉明学习种棉花的技术，他们也成了忘年交。

习近平尊重人才的故事，许多正定老干部至今印象深刻。

他逢年过节经常去看望慰问技术人才，把关怀温暖送到他们身边。得知县机械厂工程师刘玉仲过年没回南皮老家，1983年农历大年初一，习近平和几名干部提着点心来看望他，从日常生活到工作细节，一一询问。说起这一幕，已84岁高龄的刘玉仲两眼湿润。

他厚爱青年人才,书信往来中尽显关爱鼓舞。"家乡的40多万父老乡亲都在翘首以待,盼望着你们早日以优异成绩成就学业,为祖国的四化建设挑梁扛柱,竭智尽才……"1983年12月,习近平写给51名河北农大正定籍大学生的一封信,让这些学子倍感温暖振奋,他们中有26人先后回家乡工作。

"习书记在正定的人才工作实践,处处体现出思人之苦、谅人之难、容人之量、成人之善。"回忆往事,许多正定老同志认为,"正是这种善政为民、厚德待人、求贤若渴、敬士如宾的人格力量,使有志之士心甘情愿汇集到正定,为共同的事业贡献自己的力量。"

1985年5月,习近平离开正定。但"人才九条"带来的引才聚才效应,多年后仍持续释放。

人才强冀再启新程

新时代的正定人才工作实践,或许可以从一个"飞雁归巢"的故事说起。

2022年8月,离开石家庄到省外发展十多年的农业产业化国家重点龙头企业同福集团,将总部迁回正定。

究竟是什么原因,让同福集团在众多热门城市抛来"橄榄枝"时,选择了正定?

同福集团董事长刘山国说:"尊重!省市县对企业家、对人才的尊重。"

石家庄市委专门为同福集团召开专题会议,研究服务支持政策措施。两天时间,给同福总部腾空一处交通便利、3万多平方米的办公区。同福集团第一次在正定召开全国经销商大会,县四大班子领导一起前来为企业"站台"。

以人才引进人才,人才"朋友圈"不断扩大。

目前,同福集团正快马加鞭推动"同福共享"千亿级产业园项目落地,已与30余家上下游配套企业达成入驻意向,引进食品科技研发、线上平台运营、仓储物流等各类人才1500余名,吸引了中国农大、中国农科院等科研院所150余名专家开展合作。

如何引来更多"刘山国"?

2022年8月，在河北自贸试验区正定片区，《关于引进高端人才支持企业发展的若干措施》刚一亮相，就引起广泛关注。

年收入100万元以上，个人所得税超过15%的部分全额奖补给个人；税收贡献1亿元以上，企业税收贡献地方留存部分的60%奖补给高管团队……细看这份文件，多条含金量十足的措施，彰显出正定对高端人才的最大诚意。

功以才成，业由才广。

党的十八大以来，以习近平同志为核心的党中央统揽伟大斗争、伟大工程、伟大事业、伟大梦想，广开进贤之路、广纳天下英才，推动新时代人才工作取得历史性成就、发生历史性变革。

沿着习近平总书记指引的方向前进，河北省委以深化人才发展体制机制改革为动力，以实施人才强冀工程为抓手，全方位培养、引进、用好人才，人才工作不断迈上新台阶。

如何破除人才发展的体制机制障碍，把各方面优秀人才集聚到党和人民事业中来？

2022年11月，第一学历只有中专、没有发表过论文和著作的技术人员崔平永，通过晨光生物科技集团股份有限公司评审，获得轻工工程专业高级工程师职称资格。

"如果不是企业有了自主评审权，像我这样的条件评正高，做梦都不敢想。"入职晨光20年来，崔平永从操作工、组长、班长，一直干到色素营养事业部生产部经理，参与省部级以上科技项目2项，获国家发明专利6项。

位于邯郸市曲周县的晨光集团，是河北省首批获得职称评审自主权的民营企业。截至目前，河北共有149个用人单位开展高级职称自主评审。2018年以来，15358名专业技术人才通过自主评审取得高级职称。

不仅要放权松绑，更要用好用活人才。

从2022年9月开始，河北面向全省专精特新"小巨人"企业选派科技特派团。位于保定市定兴县的河北智同生物制药股份有限公司，与中国药科大学、天津科技大学等高校专家组成的科技特派团"结缘"。

"谭博士,我们的项目在脑蛋白纯化、水解以及调味等方面还有很多困惑,您给提提建议,让产品质量再上一个台阶。"近日,智同生物副总经理李喜全向上门指导的科技特派团成员、天津科技大学生物工程系副主任谭之磊请教。

每月一次视频例会,询进展,定计划,出主意,特派团定期深入企业解难题。"仅这一个项目,改良提升后预计可为企业带来经济效益1200万元。有了智囊团,我们发展的底气更足了。"李喜全信心满怀。

"一对一"结对帮扶,面对面"把脉问诊",推进创新链、产业链、人才链深度融合。截至2023年3月,河北266个科技特派团帮助企业完成成果转化144项,攻克关键核心技术123项,搭建技术创新平台143个。

修订河北省科学技术奖励办法,将推荐制改为提名制;指导企业对高级管理人员、行业领军人才等实施股权、期权、分红等中长期激励措施……一项项改革举措环环相扣,打破体制壁垒,扫除身份障碍,人才活力持续释放。

如何营造识才纳才聚才的良好生态,让燕赵大地成为各类人才大有可为、大有作为的热土?

2023年3月16日,中科院雄安创新研究院临时办公园区光电子农业实验室,蔬菜在LED灯光照射下静静生长。

一支平均年龄31岁的科研团队,正在这里努力推动高产值生态友好型农业模式的研发和落地转化,未来将构建节水型高产值光电农场模式,向全国推广和应用。

研究员张伟是团队成员之一。2022年初,他从北京大学现代农业研究院辞职回到家乡,"雄安一系列喜人变化和良好科研环境,让我相信在这里大有可为。"

全面深入实施"雄才计划",以雄才卡为载体建立涵盖教育、医疗、住房、税收奖励等在内的"菜单式"政策包;启动"百千万人才进雄安"行动……近年来,雄安新区先后选录招聘清华、北大等"双一流"高校人才3000余名,新增各类创新创业人才2.5万余名。

以一流平台集聚人才,更要以一流服务吸引人才。

"如果人才服务跟不上，企业很难发展这么快。"河北汇金集团股份有限公司技术副总经理欧智华深有体会。

2021年，汇金集团找到中国石家庄人力资源服务产业园，希望能帮他们引进一名国际高端人才，解决在智能制造物联网领域遇到的问题。根据企业需求，专业服务团队很快提出引才方案，一揽子服务帮助企业达成意愿。

中国石家庄人力资源服务产业园，是河北首家、全国第20家国家级产业园，已引进嘉驰国际、58集团等人力资源服务机构218家。2022年，服务人才50.89万人次，营业收入37.41亿元。

目前，河北已有22家人力资源服务产业园。这些产业园充分发挥市场化、专业化优势，为区域经济高质量发展提供人才支撑和智力保障。

梧高凤必至，花开蝶自来。一支规模宏大、素质优良、梯次合理、作用突出的人才队伍正在加速集结——

人才质量不断提高。党的十九大以来，河北邀约海内外230万余名人才开展对接引进交流，全职引进国家知名科学家、国家高层次创新型人才76人。

人才服务更加优化。完善燕赵英才服务卡制度运行机制，逐人建立电子信息档案，截至2022年底，全省共发放燕赵英才服务卡5万余张；累计建设人才公寓3.4万余套，惠及人才4万余人；聚焦人才普遍关切的"关键小事"，在生活服务、子女入学等方面提供更多便利……

人才效能持续增强。人才在服务京津冀协同发展、雄安新区规划建设等重大国家战略中作用越来越凸显，对经济社会发展的贡献逐年提升。

行走燕赵大地，处处洋溢着创新的激情，澎湃着创造的活力，活跃着创业的身影，铺展开一幅加快建设经济强省、美丽河北的壮美画卷。

新时代新征程，一定是波澜壮阔的时代，一定是奋斗逐梦的征程。

聚人才之力，让更多千里马竞相奔腾，必将为推动高质量发展、推进中国式现代化建设提供持久动力。

（河北日报2023年06月12日）

申报资料实录

作品简介：习近平总书记在河北正定工作期间，面向全国推出招揽人才的九条政策，提出并实施了一系列关于人才工作的重要理念、重大探索，为河北留下了极为宝贵的思想财富、精神财富和实践成果。2023年是人才九条政策推出40周年，河北日报采访专班历时6个月，在深入学习研讨的基础上，采访多位正定老干部和相关人士，掌握到大量第一手素材，写出了这篇通讯。全文梳理总结"人才九条"至今仍具有的重大现实意义和深刻思想启示，生动再现了习近平总书记在正定工作期间关于人才工作极富远见的思考、站位全局的视野、开拓创新的探索实践，诸多鲜为人知的生动细节公开，让广大读者深切感悟到一个大国领袖的人民情怀。

社会效果：该通讯在河北日报刊发后，中央广播电视总台《新闻联播》给予报道，全国1235家媒体集中转发。该报道的深远影响还体现在推动工作上，河北多地相继推出人才新政，为推动高质量发展提供了更加坚强有力的人才支撑。

初评评语：稿件生动鲜活、逻辑严谨、理论深厚，既凸显河北特点又站位全国大局，既着墨历史又观照当下，是一篇兼具新闻价值、理论价值和社会价值的作品。

榆柳巷里，一场主人缺席的中秋家宴

肖春飞　魏永贵　热依达

汉族五仁月饼、维吾尔族糕点巴哈力、塔塔尔族糕点黑眼睛、俄罗斯族面包、哈萨克族小吃包尔萨克……一份份独具特色的各民族糕点，摆放在圆桌中央；山药黑加仑糕、肉馕、烤肉、鸽子汤、手抓肉、马肠子、风干肉、老虎菜、红烧鱼、夹沙、辣子鸡、烤飞鹅……汇聚新疆各民族特色的美食菜肴接连端上。在欢快热烈的乐曲声中，人们共同举杯，欢庆中华民族传统节日——中秋节。

9月29日，塔城地区额敏县额敏镇塔斯尔海村榆柳巷马新华家热闹非凡。街坊邻居们带着自家精心制作的糕点、菜肴，来到马新华家里共度佳节。

主人马新华却不在家。今年8月，马新华的丈夫米吉提·阿不都热西提身患疾病，需要定期前往乌鲁木齐医院检查治疗。9月26日，他们去了乌鲁木齐，中秋节没法跟家人一起过了，但是榆柳巷的邻居来了。

榆柳巷全长640米，错落居住着汉族、维吾尔族、哈萨克族、回族、俄罗斯族、乌孜别克族、锡伯族、羌族、土家族等9个民族32户人家，其中有25户居民家中是由两个以上民族的成员构成。

榆柳巷的人，都尊重马新华。

马新华今年59岁，退休前是县里的一名交警，街坊们亲切叫她"马大姐"，是公认的好人。

在马新华家里，有一张来自4个民族的10人全家福。她是回族，丈夫是维吾尔族，还有她收留的5位毫无血缘关系的亲人：一位是孤寡老人、汉族"父亲"杨吉春，一位是马新华一家帮助抚养长大的哈萨克族小伙吾尔滋别克·马达特，还有在她家免费居住长达12年的叶尔木拉特·克孜尔汗一家三口。全家福上，一家人笑容灿烂，暖意融融。

"马新华是我的好女儿。"18时30分，81岁的杨吉春老人骑着电动车进了大院，这是他的家。2004年冬天，一个风雪之夜，老伴去世、无儿无女的杨吉春流落街头，被马新华看到，从此开始了20年的父女情缘。

杨吉春被马新华当作父亲一样照顾。他得了重病，"女儿女婿"借钱给他治疗，还为此背了6万元外债。老人感叹："我也不知道啥时候修来的福分，能遇到这么好的女儿。"

现在，杨吉春在离家不远的一家黑加仑酱加工厂当门卫。这家工厂的老板魏建新是马新华的朋友，听说马新华收留杨吉春老人的事情后，深受感动，准备每个月资助马新华2000元。但是马新华和杨吉春坚决不收。最后，魏建新与马新华商量，"借"老人到厂里上个班，看大门，"工资"2000元。这次，杨吉春同意了。每天他骑着电动车上班下班，很有成就感。

"马阿姨是我们的恩人。"叶尔木拉特的妻子沙依拉古丽·阿哈依在厨房里忙前忙后，烧奶茶、洗碗盘。她说，自己和丈夫2008年到城里租住了马新华的房子，开了个馕铺。因夫妻俩身体不太好，馕铺时关时开，收入也不稳定，"12年来，马阿姨让我们住在她家里，免了我们的房租，还帮我们找到了稳定的工作。我们的经济条件慢慢好了起来，2020年买了楼房。"

虽然马新华今年中秋不在家，但是邻居们纷纷过来，陪伴杨爷爷和马新华的孩子们过节。

"这是我刚熬好的鸽子汤，专门送来请马大姐的家人和邻居们品尝。"住在小巷另一头的伊力亚尔·伊力端着一口滚烫的大汤锅，走了600多米来到马新华家。他揭开汤锅，给大家逐个盛满鲜美的鸽子汤。"马大姐是我最尊敬的人，我们都是一家人，今天要一起过节。"他说。

"过节啦，吃糖喽……"邻居古力尼沙·木沙端着糖果盘，把吉祥的祝福送给每一个人。这场哈萨克族的"恰秀"仪式,让人们进入了"中秋节时间"。

开席了。摆得满满当当的美食,奶茶的醇香,饱含着榆柳巷30多户居民对马新华一家的祝福,展现着人们快乐幸福的生活。

"月饼吃了吗""病治得怎么样""啥时候回来"……

大家与马新华视频通话,邻居们围在马新华儿子加吾兰·马新华的手机前,纷纷询问马新华丈夫米吉提的治疗情况,送上节日的问候。

"今天大家一起来给我们过中秋节,我心里感动得很。"手机那一头,马新华红了眼圈。她说:"我们就是一家人,我会永远记住大家的情谊。"

这一边,杨吉春老人和邻居们热泪盈眶。

额敏县地处中国西部边陲,历来是多民族聚居区域,"休戚与共、荣辱与共、生死与共、命运与共"理念深入人心。夜色里,庆祝中秋节、国庆节的彩灯熠熠生辉,五星红旗迎风飘扬,音乐响起,人们翩翩起舞,庆祝中华民族共同的节日,也祝福马新华一家幸福美满。

【新疆日报社(集团)2023年09月30日】

申报资料实录

作品简介:塔城地区是"全国民族团结进步示范地区",铸牢中华民族共同体意识具有重要典型意义。为此,新疆日报社(集团)组织骨干采访团队,选择中秋节这样一个万家团圆、充满中华民族传统文化氛围的节日,前往塔城挖掘最能体现各民族交往交流交融的故事。在团队了解到的数十个故事中,家住榆柳巷的退休民警马新华和小巷居民们的故事击中了大家内心。记者们敏感意识到,他们的故事,集中体现了各族群众"四个与共"的深厚情感。报道团队以中秋节"主人缺席"、小巷居民一起过节为现场,以一篇1691字的通讯将榆柳巷的故事娓娓道来,富有感染力。

社会效果:榆柳巷的故事一经推出,就被人民网、新华网等网站迅速转载,形成宣传声势,引起社会各界广泛关注。

初评评语:本篇报道主题重大。报道以铸牢中华民族共同体意识为主题,导向鲜明。在美西方反华势力抹黑、污蔑新疆的大背景下,铸牢中华民族共同体意识是开展涉疆舆论斗争、凝聚各族群众力量、共建美好新疆的强大法宝。文字简洁、文风朴实。用较短的篇幅把这样一个跨度数十年的故事讲得明白晓畅,是体现改文风要求的一篇精品佳作。角度创新。在中秋节这样一个节点,讲了一个"主人缺席家宴"的故事,充满了浓浓温情。

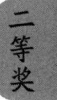

"我们看不见，就让更多人看见我们"
——盲人全国人大代表王永澄履职记

张永定　肖春道

作品二维码

《"我们看不见，就让更多人看见我们"——盲人全国人大代表王永澄履职记》

（福建日报 2023-03-11）

申报资料实录

作品简介：2023年初，盲人王永澄当选为第十四届全国人大代表。让残疾人拥有平等公平的机会，充分参与正常社会生活，共享物质文明和精神文明成果，这既是社会主义制度优越性的体现，也是社会文明程度的彰显。记者对他的履职过程进行持续追踪、深度报道。近一个月时间里，两位记者记录下他工作生活、调研慰问、赴京参会的前前后后。该通讯与18张照片、一条短视频、一张海报组合的融合报道于3月11日在福建日报·新福建客户端首发，通讯及组图于3月13日在《福建日报》四版刊发，这也是首位盲人全国人大代表履职的第一篇深度报道。

社会效果：该报道刊发后引发了较大社会反响，得到了全国人大的特别关注，除福建日报社的新媒体矩阵外，该报道还被多个主流新闻资讯平台和各级人大、政府、政协的网站公号在显要位置转载，据不完全统计，网、端、微等主要渠道累计阅读量破千万。该报道也让王永澄走进全国媒体的视野、被多家媒体持续关注，通讯的标题"我们看不见，就让更多人看见我们"和部分内容被后续报道大量引用，使得他代表残疾人群体的心声、建议被更多人听见、看见。

初评评语：人民代表大会制度确立70年来，盲人第一次当选为全国人大代表，说明中国正积极推进残疾人事业健康发展，努力让每一个人都充分享有所有人权。文中对王永澄履职、生活、调研中的小细节、小故事的描写十分丰富，让整个人物故事变得生动，也可从中看出记者的采访扎实、观察细致。该文结构紧凑、行文流畅，阅读起来一气呵成。标题中的"看不见"与"看见"，虽简单却包含了视觉、关注、理解等多重语义，结合盲人代表的人物身份，贴切而巧妙。

训时甘苦与共 战时生死与共

刘建伟　宋子洵　陈　利

编者按　习主席强调,要深入开展尊干爱兵、兵兵友爱活动,培养官兵甘苦与共、生死与共的革命情谊,巩固和发展团结、友爱、和谐、纯洁的内部关系。尊干爱兵、官兵一致,历来是我军的政治优势和优良传统,是人民军队性质宗旨的具体体现,是保持我军强大战斗力的不竭源泉。党的十八大以来,各级认真贯彻落实习主席重要指示精神,采取有力措施,引导广大官兵传承我军优良传统,培养甘苦与共、生死与共的革命情谊,铸就战胜一切困难的力量,涌现出许多好经验好做法。第82集团军某旅注重在练兵备战中培养战友深情的经验做法,值得借鉴。

危急关头,指导员王洪悦挺身而出勇救战友的一幕,深深刻在第82集团军某旅某连官兵心中。

今年4月,驻训地附近突发山火。该连官兵奉命救援途中,突然一块石头从山上滚落,砸向上等兵李子雄。一旁的王洪悦快步冲上前去推开小李,自己被山石砸得鲜血直流。

6月中旬,第82集团军某旅"知兵爱兵"课堂上,这件事被官兵反复提起。大家都说,练兵备战中培养的战友深情,经得起生死考验!

"同在生活圈、不在朋友圈""不远不近也不亲,不打不骂也不爱"……该旅领导在调研中发现,由于时代变化、科技发展、社会风气的影响,官兵关系面临着许多新的矛盾挑战。

"官兵团结友爱,部队无坚不摧!"该旅党委一班人认真讨论后感到,要立足时代特点、结合部队实际,引导官兵大力弘扬我军优良传统,形成团结一心、干事创业的浓厚氛围,为能打仗打胜仗凝聚军心士气。为此,他们深入开展"知兵爱兵"教育系列活动,体系推出密切新时代官兵关系的好做法,将练兵备战作为提纯官兵关系的好课堂,淬炼生死与共的战友情谊。

采访中,两名上等兵不约而同向记者讲述了两个相似的故事。

一次,发生在戈壁驻训点。上等兵夏继承出现严重身体不适,头疼欲裂,呼吸困难。他服药后昏睡一晚,醒来时发现,排长韩广通守在他身边。原来,放心不下的韩广通一整夜没睡,随时留意他的身体状况。

一次,发生在茫茫雪野。去年冬训,上等兵潘鹏西注意到一个细节:尽管野战帐篷里已经设置了煤气报警器,可连队干部仍然不放心,坚持轮流守护战士们。帐篷外大雪纷飞,帐篷内战士们安然入眠,连队干部守在火炉旁。这动人一幕,刀凿斧刻般烙印在潘鹏西和战友脑海里。

训时甘苦与共,战时生死与共!这些感人事例让该旅党委更加坚信:战争年代,血与火、生与死的战场培育了上下同欲、所向披靡、生死与共的官兵关系。今天,练兵备战同样是培养战友深情的好课堂。

为了进一步密切新时代官兵关系,该旅专门下发通知,要求全旅干部在练兵备战过程中必须身先士卒冲在前、干在先,和战士结对子关心关爱,尽全力解难帮困。他们还明确规定,将干部带头作为衡量官兵关系、评先创优的重要指标。

与副营长毋鹏鹏一起挖掩体,让某连战士对官兵一致有了更深体会。两年前,该连在演习中担负构筑掩体工事任务。令战士们没想到的是,当兵蹲连的毋鹏鹏没有袖手旁观,始终与大家战斗在构工一线。

几天的构工作业,毋鹏鹏抢着干最重的活,开掘的土方量最大。"毋副营长能吃苦!"从那以后,参加构工的战士们,看到毋副营长就感觉格外亲。他们都说,平时毋副营长和我们同甘共苦,战时他就能和大家同生共死。

练兵备战中,该旅干部真心关爱战士,与战士保持一致,激发了战士主动关心和尊重干部的热情。

某连射击技师、二级上士刘书航和排长李浩然刚认识一个月，两人虽然经历、学历和爱好完全不同，但很快成为无话不说的好朋友。谈及原因，李浩然深有感触地说，那是因为共同的目标让我们走到了一块。

去年夏天，李浩然军校毕业分到连队时，正好赶上坦克射击课目训练。在院校学习时，李浩然在这一课目考核中取得过优异成绩。本以为自己在训练中取得好成绩是"三个指头捏田螺——手拿把掐"的事，没想到，因为连队坦克装备的火控系统型号与他在院校学习的不一样，李浩然的考核成绩竟然不及格。

看到这一幕，刘书航主动帮他查找分析原因。一来二去，两人成了无话不说的挚友，不仅训在一起、干在一起，还玩在一起。对此，李浩然感慨不已："谁说经历、学历不一样就玩不到一起去，搞好实战化训练是我们最大的'共同语言'。"

演训场上生死与共，让官兵能打仗打胜仗的信心更足了。

一次实弹演习，一枚炮弹在射击时因尾翼意外掉落，卡在炮膛中进退不得。危急时刻，连长傅童童、营长张奇和旅副参谋长刘占彪带着射击技师、一级上士张涛迅速赶到现场。几人抢着上车查看情况，严格按操作规程排除故障，最终成功处置险情。

"排弹异常危险，但看到连长、营长和旅副参谋长都在现场，我心里就特别踏实，也特别有底气。"谈起这件事，张涛感动地对记者说，"战友们都愿意跟着这样的干部上战场！"

（解放军新闻传播中心2023年06月19日）

申报资料实录

作品简介： 为生动记录人民军队密切新时代官兵关系的好经验好做法，解放军报记者走进第82集团军某旅采访，研究新情况新问题，感受新变化新风貌，讲述基层部队密切内部关系、深化革命情谊的生动故事，采写了一篇耐人寻味、情真意切的通讯报道。稿件抓住了"练兵备战"这一培养战友情深的主线，向广大读者展现了中国军人之间特有的"可与之赴深溪、可与之俱死"的深厚情谊。

社会效果：进入新时代，面对社会环境、使命任务、官兵成分等发生的深刻变化，进一步密切官兵关系，对于保证部队纯洁巩固和战斗力生成提高具有重要意义。作品以文字和网络形式在中国军号、解放军报、中国军网等媒体平台刊发，人民网、央视网、环球网等中央重点新闻网站、客户端在醒目位置转载。

初评评语：这篇稿件之所以受到欢迎，在于主题重大、内容鲜活。官兵关系连着战斗力，也是我军的优良传统，不管外部环境如何变，这个传统不能变、不能丢。稿件零距离触摸新时代官兵关系面临的新情况、新问题，报道了部队在练兵备战中培养战友深情的生动实践，为各部队密切新时代官兵关系提供了有益借鉴。

"千万工程"20年实践激发世界回响

何玲玲　方问禹　张晓洁

花五年时间,从全省4万个村庄中选择1万个左右的行政村进行全面整治,把其中1000个左右的中心村建成全面小康示范村——2003年6月,浙江省启动"千村示范、万村整治"工程,开启省域农村人居环境建设行动。

20年持之以恒、锲而不舍,浙江省这项工程在实践中持续深化、不断迭代,造就了万千美丽乡村,造福了万千农民群众。在当前中国加快城乡融合发展、推动美丽中国建设、全面推进乡村振兴的进程中,"千万工程"将进一步引领广大乡村建设发展,为实现中国式现代化奠定坚实基础。

造福浙江,引领中国,影响世界。一些国际人士在深入走访浙江乡村、了解20年间山乡巨变之后,认为"千万工程"的好经验好做法具有全球意义,为全球乡村可持续发展提供了"中国方案"。

美丽乡村成发展"金名片"

作为改革开放先行地,浙江省对外经贸与文化交往密切,轻工贸易、电子商务、数字科技等在国际社会具有一定影响力。近些年,浙江乡村风貌不仅在国内受到广泛认可,在国际上同样展现吸引力。浙北水乡、浙中丘陵与浙西南山区各美其美,美丽乡村成为浙江发展的又一张"金名片"。

去年11月,来自印尼、马来西亚、芬兰、韩国等十几个国家的在杭外籍专家、企业高管、创业人员、留学生代表等近30人到访杭州市富阳区、桐庐县，深入乡村庭院、田间地头，观赏越剧、茶艺表演，了解绣花鞋、葫芦画、剪纸等非遗文化。

"城市繁华热闹，乡村生机勃勃。"看见整洁的街道、多彩的田园、热闹的咖啡馆，杭州师范大学公共管理学院副教授艾莎说，这次乡村之行令人惊喜。

印度尼西亚籍留学生林紫的曾祖父是中国人，这次在浙江看见的农村景象、农民生活，让她对长辈们讲述的中国传统文化、乡村生活故事有了更加直观、亲切的感受。

30岁的伊朗青年迈赫拉兹·卡拉米在湖州市吴兴区埭溪镇钱坞村定居已有三年，这里的村民都叫他"旺仔"。自2012年到中国学习美术专业以来，旺仔去过不少地方，最终选择生活在浙江乡村，还把自己的绘画工作室开在村里。

"这里有清新空气、竹海、流水，我很喜欢村里的生活。"旺仔说，钱坞村既贴近大自然，又有现代化的工作和生活设施，村民对外国人抱有善意，不用特意去交朋友，大家认识一个礼拜就变得像老朋友一样。

距离钱坞村不远的湖州市德清县莫干山上，形成了一个具有国际知名度的乡村旅游目的地——"洋家乐"。来自南非、法国、英国、比利时、丹麦等数十个国家和地区的外国人，在中国乡村投资兴业、吃上"生态饭"，每年吸引数十万境内外游客前来旅游度假。

乡村蝶变获联合国点赞

2018年9月26日晚，在美国纽约曼哈顿，湖州市安吉县农民裘丽琴站在联合国的颁奖台上，用质朴的语言讲述了自己的日常生活。

"我来自浙江省的一个村庄。15年前，我每天都要拎着满满一桶脏水，走到很远的地方去倒污水。当时，我家厨房没有排污水管，村里没有垃圾箱，河道受污染，又黑又臭。今天，'千村示范、万村整治'工程让我们的村庄变成一张靓丽的明信片。"

她的发言赢得全场热烈掌声，来自中国的乡村治理路径赢得世界赞誉，激发世界回响。2018年，"千万工程"荣获联合国最高环保荣誉——"地球卫士·行动与激励奖"。

联合国环境规划署表示，中国部分地区用较短时间就取得了一些西方国家几十年的环境治理成果，这显示出中国推进环境治理、建设生态文明的决心和智慧。

"在浙江看到的，就是未来中国的模样，甚至是未来世界的模样！"参观走访浙江村镇时，联合国时任副秘书长兼环境规划署执行主任埃里克·索尔海姆说了这样一句话。

刚进入21世纪时，金华市浦江县的人造水晶产业达到鼎盛时期：一个县集聚了两万多家水晶加工作坊。但这里的生态环境几乎走向绝境：县域内85%的河流成了"牛奶河""垃圾河""黑臭河"。

"千万工程"倒逼浦江县"铁腕治水"，全面整治水晶产业、实行养殖业区域规划和准入机制、全民参与消灭462条"牛奶河"和577条"垃圾河"的行动，最终让江南水乡重泛清波。

当地水晶企业从2.2万家锐减至526家，其中400多家入驻产业园实现集聚发展。从开办小作坊到入驻产业园，从业30多年的浙江浦江晶盛水晶有限公司创始人张福民说："这些年眼看着河水一天天变清，美丽的浦阳江重回清澈的样子。"

2010年以"城市，让生活更美好"为主题的上海世博会，展现了中国城市现代、创新、包容的一面，让中国城市走向世界。八年后，收获"地球卫士·行动与激励奖"的"千万工程"，展现了中国乡村的独特魅力与治理成效，让中国乡村走向世界。

联合国这样评价浙江"千万工程"：扎实推进美丽乡村建设，效果显著，将昔日污染严重的黑臭河流改造得潺潺流水清可见底，赢得了"激励与行动"类别奖项。这一成功的生态恢复项目表明，让环境保护与经济发展同行，将产生变革性力量。

"千万工程"撬动乡村振兴

从减少极端贫困到实现可持续发展、推动共同繁荣，从生态环境保护、特色产业发展到多元文化共存，乡村发展仍是当前全球治理的重要话题。

尽管全球正在经历普遍的、广泛的城市化，但乡村依然是人类聚居的基本环境类型，人居环境与自然环境的关系更为密切。

本世纪初，浙江省民营经济在全国崭露头角，但粗放式增长给区域环境带来整体性压力，农村建设和社会发展明显滞后。据浙江省委农办摸排，当时全省有4000个村庄环境比较好，3万多个村庄环境比较差。

要刹住几十年的发展惯性、转变经济增长方式、确立起追求人与自然和谐相处的生态文明观，从各级政府部门到企业老板、再到千家万户，最重要的是要闯过"思想关""利益关"。

如何转变发展理念、调整发展方式，特别是处理好经济发展与环境保护之间的关系，考验着决策者的智慧。

"千万工程"正是这样一个重要抓手。它从解决群众反映强烈的环境脏乱差问题做起，从道路硬化、垃圾收集、卫生改厕，到面源污染整治、农房改造建设，再到农村生活垃圾分类处理试点、历史文化村落保护利用；从"示范引领"，到"整体推进"，再到"深化提升"，逐步推进、久久为功。

这项工程采取务实、渐进式路径，注重规划先行，实用性与艺术性相统一，历史性与前瞻性相协调，一次性规划与量力而行推动相统筹，把握好整治力度、建设程度、推进速度与财力承受度、农民接受度之间的关系，不搞千村一面，不吊高群众胃口，不提超越发展阶段的目标。

"千万工程"20年的实践造就了浙江万千美丽乡村，也造福了万千农民群众。统计数据显示，2003年浙江省农民人均纯收入5431元，2022年这一数据达到37565元，已经连续38年领跑全国省区，形成乡村产业生态化、生态产业化的良性循环。目前，浙江城乡居民收入倍差降至1.90，已经连续十年缩小。

乡村生态、产业、治理、文化等发展脉络交织循环，扭转颓势，驱动振兴。"千万工程"选择以农村人居环境建设为突破口、启动点，撬动了产业兴旺、生态宜居、乡风文明、治理有效、生活富裕的乡村振兴齿轮。

"中国方案"带给世界启迪

从2000年到2015年，世界多国通过为期15年的千年发展目标；联合国继而启动 2030 年可持续发展议程，提出 17 个可持续发展目标。

作为世界最大的发展中国家，中国率先发布国别方案和进展报告，秉持新发展理念，平衡推进经济、社会、环境三大领域工作。

面对环境保护与经济发展，该如何选择？中国的答案很明确——坚持新发展理念，坚定走人与自然和谐共生的中国式现代化道路。

先于联合国 2030 年可持续发展议程提出的"千万工程"，在改善村庄人居环境、主动减排二氧化碳、摒弃损害甚至破坏生态环境的发展模式等方面与联合国的理念不谋而合。

联合国官员认为，在浙江，绿色发展带来"金山银山"，创造大量就业岗位，民众拥有更多发展机遇，更加珍爱自己的家园，这种模式值得与世界分享。

"当今世界，国家治理与全球治理模式各有千秋，但唯有人民群众满意、符合自然发展规律并契合科学精神的发展理念，才是最有价值的发展理念以及最有实践意义的发展模式。"出席 2018 年"地球卫士奖"颁奖典礼的一位联合国官员如此评价。

以"千万工程"为重要抓手的中国乡村可持续发展历程，与联合国可持续发展愿景完成了一场精彩的对接。长期关注世界环境保护和社会经济可持续发展的索尔海姆说，作为世界上最大的发展中国家，中国努力全面改善农村人居环境，为实现联合国可持续发展愿景作出突出贡献和示范。

中国乡村建设让脏乱差的农村渐渐变美。但"美"还不够，中国实施的乡村振兴战略十分注重农村产业的培育，这对世界乡村可持续发展具有重要启示作用——以业为基，才有持久生命力。把村庄环境整治与发展经济结合起来，走出一条以城带乡、以工促农、城乡一体化发展的新路子。

英国爱丁堡大学基础设施与环境研究所教授阿利斯泰尔·博思威克认为，"千万工程"的实施，说明在农村大幅改善环境的同时实现经济发展是可行的，相信中国的成功经验将会给其他国家带来启迪。

（《参考消息》2023 年 06 月 22 日）

申报资料实录

作品简介：这篇特稿以国际视野讲述中国乡村治理故事，报道"千万工程"造福浙江、引领中国、影响世界，是有效助力乡村可持续发展、具有全球意义的"中国方案"。稿件采访扎实、素材丰富、写作精良，受到一致好评。视野宏阔，视角独特，通过海外人士、国际机构视角展现"千万工程"的世界影响。立意高远，阐述深刻，从全球乡村可持续发展的高度，多维度呈现习近平生态文明思想的世界意义。文笔清新，构思精巧，生动展现"千万工程"20年推进路径和时代生命力，彰显中国式现代化道路独特优势。

社会效果：稿件取得较好传播效果，新华社旗下各客户端总浏览量达到1200万，学习强国、各大门户网站、浙江地方主流媒体等共200多家媒体转载，获得业界和受众一致好评。读者表示，通过报道可以深刻地感受浙江为加快城乡融合发展、推动美丽中国建设、全面推进乡村振兴所作的努力，从乡村环境深刻重塑，到农民面貌彻底改变，再到获得联合国"地球卫士奖"，展现了"千万工程"深深扎根浙江大地的强大生命力。

初评评语：稿件以国际视野讲述中国乡村治理故事，报道"千万工程"造福浙江、引领中国、影响世界的重大意义，立意高，角度新，视野广，在同类报道中独树一帜，引发强烈反响。稿件采访扎实、素材丰富、写作精良，是宣传习近平生态文明思想、践行"四力"的通讯作品。

清退362个工作群 为基层干部"松绑"

杨 溢 陈梦娇

"以前,各种各样的微信群信息铺天盖地,大部分时间都在'盯群''爬楼'回复信息,还要转发一些推文。现在,微信群得到了'瘦身',我也有了更多精力接触群众、服务群众。"这几天,张家港大新镇新东社区党总支书记、居委会主任孙涛感到"一身轻松",有了更多时间在社区里走访。

孙涛的切身感受,源于张家港市开展的"指尖上的形式主义"专项治理行动。数量该精简的精简,微信群能退的退掉,严控信息发布内容,没必要说的不说……给"指尖"松绑,张家港从精简微信工作群入手。

今年3月,由张家港市委办公室牵头,联合该市政府办公室、市纪委监委、市委组织部等部门组成调研组,历经30余天,走进13个区镇、街道、机关及39个村、社区开展走访调研,发出调查问卷500余份,听取基层干部意见建议100余人次。

"我们在走访调研中发现,很多基层干部每天都忙着浏览微信消息,生怕因疏忽漏看群消息,有些关注微信公众号、点赞转发微信推文等被纳入考核,导致他们无法全心全意地到基层去开展工作,与群众的距离也越来越远。"张家港市委办公室主任孙建忠说。

减基层之负,要从基层诟病之处发力。

张家港对各区镇、街道、部门面向基层村、社区干部建立的公务工作群组全面开展清理工作。"对于'僵尸类''空壳类''功能重复类'的工作群等予以清理解散；对因工作需要确需长期保留的工作群，进行清单化管理，避免出现信息交叉。同时不以群内消息代替书面通知，不随意通过群组布置工作，严格制止一些意义不大的工作留痕行为。"张家港市委宣传部副部长、市网信办主任黄卫琼介绍，目前，该市清理解散的公务工作群组达362个。

摒除"指尖"之苦，不仅仅"做减法"，更要抓"质"的提升。

针对政务新媒体、政务App，张家港将整治重点放在管理规范上：市级层面不再公布月度政务微信传播指数排行榜；政务新媒体不得过度追求点击率和关注度，一律不得强行要求村（社区）干部"签到、打卡、点赞、转发、刷分"，不得层层通报排名、层层下达推广订阅指标任务；各区镇、街道、部门不得将政务新媒体阅读量、转发量、点赞数等数据作为评价村（社区）工作成效的依据，不得纳入对村（社区）年度考核……一条条硬举措，让基层干部"轻装上阵"，腾出更多精力为群众多办实事。

记者了解到，张家港还推出集"城市'e'管家""12345"便民服务热线等功能于一体的"联动张家港"App。张家港市联动中心通过该App对收集到的问题进行汇总、分办并反馈，基层网格员通过这一个端口就能上传发现的问题、查看结果。"'联动张家港'App上线以后，以前置顶的几个工作群都解散了，可以腾出更多精力解决群众诉求。"张家港市乐余镇乐余村网格员周春峰说。

下阶段，张家港将针对基层干部反映较为强烈的问题，聚焦工作中存在的官僚主义形式主义"老问题""新表现"，精准识别、及时整改，推动基层减负工作落到实处，让基层干部把更多的精力用在推动高质量发展上、用在服务人民群众上。

（苏州日报社2023年08月30日）

申报资料实录

作品简介：这是一篇从文件材料中发现线索、深入采访后写成的通讯。记者在张家港市委督查室采访时偶然了解到，市里清理解散微信公务群组362个。记者据此立即展开深入采访。先后采访村、社区和镇的有关工作人员，了解到该市开展"指尖上的形式主义"专项治理行动落到实处，整治重点放在规范管理上，不再以排行榜、签到、打卡考核转发量和点击量作为工作成效依据，让基层干部"轻装上阵"。采访过程中，记者发现该市在整治形式主义中做好"减法"的同时，更有创新"加法"，如推出集"城市'e'管家""12345"便民服务热线等功能于一体的联动张家港App，基层网格员只需通过这一个端口就能上传发现的问题，查看结果，腾出更多精力服务群众，解决群众诉求。

社会效果：近年来，各级各部门为解决基层存在的形式主义问题，切实减轻基层干部负担，出台多个文件。张家港立足强化统筹协调、正本清源，专项行动落脚点在效果上，清退大量微信工作群就是一条有效路径。此次报道在全市引发强烈关注，基层工作人员纷纷转发，受到张家港和苏州干部群众的广泛好评和热情点赞，作品的新闻价值较高，苏州日报引力播App平台阅读量当天即超100万次，并被广泛转发。

初评评语：张家港一贯坚持强调要把干部干事创业的手脚从形式主义、官僚主义的"套路"中解脱出来，形成求真务实、清正廉洁的新风正气。此次"松绑"行动，不是简单的清除无用、重复的工作群，对于确实需要保留的工作群，进行清单化管理，以此保证工作正常、有序地开展。其中，仅"一律不得强行要求村（社区）干部签到、打卡、点赞、转发、刷分"这一条，就让"小巷总理"如释重负。该篇文章采访细致深入，文风朴实接地气，写出了开展治理"指尖上的形式主义"的启示意义，彰显出此次工作的系统性思维、科学性谋划、全局性统筹，点明了为基层干部减轻压力、增加动力的积极成效，并为其他地区提供了可复制可参考的探索经验。

为了机匣不再"卡脖子"

付毅飞

3月19日,由武汉重型机床集团有限公司(以下简称武重集团)牵头研制的"大型复杂薄壁回转构件的高精铣车复合柔性加工技术及装备"项目,顺利通过中国机械工程学会组织的科技成果鉴定,获得充分肯定。

该技术研发之初瞄准的目标,是希望改变这样一个局面——近年来我国船舶工业快速发展,但作为船舶"心脏"的燃气轮机,其核心关键零件机匣的研制加工却长期受制于人。

2016年,武重集团组建起一支年轻团队,针对这一"卡脖子"技术发起了攻关。

"国家需要,我们就干"

机匣类零件作为燃气轮机的支撑和关键受力零件,需要在高温、高压下工作,是影响燃气轮机抗冲击和抗振动性能的关键因子。

武重集团副总经理、装备技术研究院院长陈昳表示,燃气轮机机匣多为大直径薄壁件,最薄处只有1.5至3毫米,切削时极易变形,是燃气轮机上最难制造的零件之一。

长期以来,我国大量机匣类零件只能采用数控立式车床和加工中心等设备分工序组合的方式加工,不但精度和工艺稳定性难以保证,而且成本高、效率低。

陈昳介绍说，机匣加工需要多道工序，包括车、铣、钻、镗等。使用多种机床加工，每完成一道工序都要把机匣取下来，装夹到下一台机床上。薄壁零件一拆、一挪就变形了，重新装夹费时费力，稍有不慎就会影响加工精度，导致出现废品。

要解决上述难题，就要研制出仅需一次装夹就能实现全部工序复合化、高精度加工的机床，而且技术必须完全自主可控。

"国家需要，我们就干！"武重集团党委书记、董事长洪彰勇表示。

2016年年初，武重集团争取到试制燃气轮机机匣加工设备样机的机会。集团制定了总体技术方案，确立了车铣复合工作台、高刚性高转速车铣复合刀架、高精度工作台交换系统等多项关键技术科研先导项目。

自力更生从"0"到"1"

随着该项目科技攻关"路线图"逐步显现，一群年轻人，带着一股子冲劲，扛起了这一重担。

要实现该项目所要求的一次装夹完成全部工序的复合、柔性加工机床，首先要实现五轴联动加工，这也是目前国际数控机床的最高水平。

传统立式车铣机床多为三轴，指代表刀架水平移动的X轴、滑枕上下移动的Z轴、工作台上回转的C轴，共三个进给伺服轴。本项目的五轴则是在这三个进给轴基础上，增加了工作台前后移动的Y轴和位于滑枕末端摆角铣头的B轴。五轴联动，可以车削圆柱、圆锥、各种旋转曲面体，以及平面、沟槽、螺纹；搭配铣头等附件，还可以铣削平面、斜面，钻削垂直、水平或倾斜的孔。

陈昳说，五轴技术一直被国外封锁。我国虽然研发过一些五轴机床产品，但主要为中小型机床。在满足重大装备制造需求的大型、重型车铣类机床领域，特别是具备回转工作台直线进给功能和重型车铣工位自动交换功能的五轴车铣复合加工中心，国内尚无先例。

没有经验、没有图纸、没有专项人才。项目团队查阅了大量资料，唯一的收获是某次国际机床展宣传册上的照片。他们认识到，只能自力更生实现从"0"到"1"的突破。

不满足于精度达标

那段时间,武重集团办公楼和厂房总有几盏灯彻夜长明。项目团队十几个人"5加2""白加黑"地工作,一次次将技术方案推倒重来,为一环套一环的难题绞尽脑汁。

除了五轴联动、柔性制造功能,他们还为该机床赋予了自我监测、智能诊断、自适应加工能力。例如,加工过程中如果机床刀具磨损,会导致工件受损作废,而该机床可以提前感知刀具磨损情况,自动更换刀具、附件等,甚至对温度变化等因素给加工精度带来的细微影响也能敏锐检测,并实现自动补偿。高智能化使得该机床运行时几乎不需要人工干预。陈昳说,普通重型机床,每台一般需要12人操作,但是该机床,一个人就可以管理4台。

经过近3年艰苦攻关,项目终于推进到样机验收前的最后一步——安装调试阶段。

"主机端跳径跳均达到0.01毫米、找正台端跳径跳均为0.03毫米、交换精度达到0.02毫米。"检测结果让大家兴奋不已。

但他们很快发现,虽然精度达标,但主机和找正台跳动的方向却有细微差别。大家又重新调试起来……

最终交付的样机,定位精度、重复定位精度等指标均优于国际标准。试用后,其性能让原本对国产设备心存疑虑的用户单位喜出望外,一次续订了39台。

2023年以来,武重集团陆续接到批量机床订单,用户来自风电、机械工程箱体加工及齿轮加工等领域。这标志着该项目已实现成功转化,打通了从技术研发、试验试制到成果转化的全链条。

"就在今年3月17日,武重集团获评国务院国资委'创建世界一流专精特新示范企业',这是对武重集团主动融入和服务国家发展战略,深入推进科技创新工作的充分认可。"洪彰勇说,"我们将紧紧围绕党的二十大关于科技创新的重大决策部署,一以贯之践行习近平总书记重要指示精神,立足高端装备、短板装备、智能装备发展，强化科技人才培养的顶层设计和战略规划，在战略必争领域打造更多独门绝技！"

（《科技日报》2023年03月30日）

申报资料实录

作品简介：我国高端船用燃气轮机机匣加工装备受制于人。自2016年起，武重集团组建攻关团队，向这一痛点发起挑战。确定选题后，记者深入武重集团，采访项目带头人、技术专家，以及从集团领导到一线科研人员等多名亲历者，从不同视角讲述他们攻坚克难的经历，同时对相关技术的特点、难点进行科普，最终形成报道在科技日报头版头条"创新故事"栏目刊发。

社会效果：该报道被光明网、北京日报客户端、中国网、北青网等媒体转载，被中国兵器工业集团申报第六届中央企业优秀故事，引发社会积极反响。

初评评语：此文聚焦大国科技博弈最前沿的战场，"解剖"最难制造的零件之一——燃气轮机机匣的攻关过程，以科普+故事的方式，挖掘专精特新示范企业主动融入和服务国家发展战略的努力。在行文上，文章注重"翻译"的艺术，将艰涩难懂的专业术语转化为深入浅出的大众话题，兼具新闻价值和时代意义。

山上种树　心底开花

谢志娟

75岁的许志刚、许志强是一对双胞胎，人称"刚强兄弟"。家住通渭县榜罗镇张川村许堡社的老哥俩一辈子除了种地，还用50多年时间干了一件事：种树。

可是，如果你问他们，总共种了多少树？他们会说不知道，因为"没数过，也数不清，别人说有三四百亩"。那有多少种呢？"不记得了。看见树苗就想办法买回家，有的好成活，有的不好成活。"那花了多少钱呢？还是不知道，反正是"有点钱就买树苗"。那树都种在哪里呢？这个答得上了：路畔畔、荒坡坡、山沟沟、崖边边，越种越远、越种越多……

2023年5月上旬，"刚强兄弟"来兰州参加感动甘肃·陇人骄子发布活动。哥俩是第一次来省城，在城里住了约一周时间，回家时，除了来时随身带的一个小包，只多了一件行李：一秆嫩竹苗。竹苗一米多长，带着叶连着根，不好拿。可这根本不是问题。50多年了，一棵棵小树苗就是这样一点点带回家，在家乡的山坡上扎根生长。50多年了，小伙成了老汉，可那些小树苗长成了参天大树，蔚然成林。

"一辈子太爱树了！"

起起伏伏的大山将张川村的6个社零零星星地隔开，有的在山这边，有的在山那边；有的在山上边，有的在山下边。即使是许堡社的100多户人家，也被一条大沟分作两半。沟的两边有坡有坎有悬崖，悬崖边上有"刚强兄弟"的家。

下决心种树是 1968 年。那时村里主要种小麦、玉米、土豆等粮食作物，他俩却想着种树，不能吃又不能喝，浪费两个壮劳力，家里人先是不支持。那时哥俩 20 岁，年轻，想法却坚决，"烧火没个柴、盖房没个椽、搭个猪圈都找不上几根细木头"。水土流失还很严重，当地属湿陷性黄土，一场雨就冲得沟沟洼洼，路上、院里刷出几个大坑……种树！就这么定了。

先从房前屋后开始种，有啥苗种啥树，"那时候树苗没地方买，我们就想办法到处找"。家里养的鸡下了几个蛋，好不容易换了两三块钱，不知道要派多少用场，可倒好！让哥俩买了树苗。

许志强家院里的几棵大树今已亭亭如盖，进门一条颇为壮观的林荫道，应是最初的劳动成果。如今，谁见了都啧啧赞叹，当年却是不容易。

"买了树苗又种不活，屋里人抱怨得厉害。"可这打消不了哥俩要种树的念头，"人要有目标。有了目标，就得坚定。"

为了心里的目标，他们想了很多招儿，"买回树苗偷着放到对方那儿，不让家里人知道。再就是不实话实说，往便宜里说。"70 多岁的老人想起当年的"机智"，孩子一样笑了。后来，儿女们渐渐长大，不时孝敬老人一些钱，不买树苗还等啥？哥俩种树的劲头更足了。

树苗得来不容易，种树也不容易。为了不耽搁地里农活，下雨天种、农闲了种。"一下雨，地里湿不能下地，正好种树，树还容易成活。"为了固住崖畔的黄土，哥俩腰里捆着绳子下到半山腰把树栽到崖壁上，"你说神奇不？种下就活了。现在树长大了，人从那儿经过，都说这树长得好。"

"山有多高，水就有多高。我们那儿不缺水，缺路。"想要种树，先得修条道。俩兄弟扛着锨抡着锹，年复一年终于修出路来，"路修好了，大家都有宽路走。"利用地形，还从崖顶往半山挖了一条一人高的通道，顶上砌了砖、地下踩得实，顺着旋转的阶梯就可以上下出入。心思之巧，令人叹为观止。

育苗、锄草、松土……天天年年，笔直的腰杆渐渐弯下去。

苦不苦？

"不苦，心里高兴，这是劳动带来的。"

杨树、侧柏、油松、黑松、罗汉松、五针松……树木种类越来越多，"从电视里看到有些地方四季常青，很好看，就想着让我们这儿也四季常青。"兄弟俩试着种一些南方树种：棕榈、芒果等，又种了十多种果树……春有花、夏有绿、秋有果、冬有松，原本荒秃的山岭终于绿了。"我们一辈子太爱树了。几十年省吃俭用就干了这一件事，可看着满山都是树，到处都是绿，心里就高兴。"

虽是双胞兄弟，哥俩性格大不相同。哥哥许志刚内向温和、弟弟许志强健谈倔强，但哥俩种树的心思却完全一致。

许志刚说："现在，我们这儿的小气候不一样了，空气湿润、庄稼肯长，人精神也好！"

许志强说："这世上就没有栽不活树的地方。我们从年轻时就有个长远想法，就是一直种。等我们种不动了，就儿子种、孙子种。"

"刚强兄弟"种树的故事，被越来越多人知晓，哥俩也获得许多认可：全国绿色小康示范户、CCTV 2016年度"三农"人物、"中国网事·感动2017"季度获奖人物、2022年全国"最美家乡人"、2022年度"感动甘肃·陇人骄子"等。

"有好多游客从网上看到了都找过来，谁来了都说我们这儿好。"从荒山秃岭到被人称赞"世外桃源"，哥俩心里很自豪。

"当时的想法都实现了，实现得还要更远更好。"

除了种树，"刚强兄弟"还种花。

当国色天香的牡丹、素雅清逸的丁香，大片大片出现在眼前时，没法不觉得惊艳。微风过耳、花香扑鼻、细雨后的泥土气息作底……顿时，就羡慕起老哥俩。

许志刚站在一丛丛牡丹间，想剪下一些花朵送给来客。正是蓓蕾初绽时，花骨朵多得数也数不清，可徘徊在一眼望不到头的花田里，许志刚挑了很久。也许每一朵花在他眼里，都是有生命的，从枝头剪下，心中不忍。当75岁的老汉终于直起腰，手拿牡丹花走来时，鲜花与老汉，竟丝毫不违和。

问当时咋想到种牡丹？许志强回答得干脆："牡丹是个富贵花，好看！为的是美化环境嘛。"

家乡要绿、生活要美。这就是"刚强兄弟"执着一生的梦想。

最初种花，也是在房前屋后。牡丹、海棠、丁香、金银花……牡丹偎着海棠，丁香绕着牡丹，花开时，满院姹紫嫣红，实在是好看。院里种不下了，往院外种；院外种不下了，往田野里种。

花卉除了观赏，还有药用和食用价值，这些老哥俩多少知道一些，但往后怎么发展，两人没有多想。许志强的儿子许亚龙倒是有些考虑，"老人打下这么好的基础，以后想着发展旅游。"

许亚龙说："从我记事起，父亲就喜欢种树养花。父亲个性强，自己想好的就去干，谁也拦不住。"许志强接口道："事实证明，我坚持的准没错。"

许亚龙小时候，父亲对他说："咱这儿穷，种树是咱们最好的出路。"可在许亚龙的记忆里，种树也太苦了。一下暴雨就塌方，水从山坡上冲下来就是一个大坑，好不容易填上了，水一冲又塌了。"人家说愚公搬了个山，我父亲倒是没搬山，尽看他填坑了。填上了，水冲走了，又填又冲，又冲又填……冬天下着雪，别人一家在炕上暖暖和和，我妈、我，还有我媳妇天天跟着父亲挖土填坑。"可许亚龙也承认，"父亲这种精神，我认同。"

兄弟俩只读了一年书，识字不多，但不影响他们对诗意生活的向往与实践。许志刚会画画、会做根雕。"10多岁开始画，开始照着画，后来想着画。电视上看到了，一看就会画。"偶然得了一本《芥子园画谱》，如获至宝。几十年摩挲，纸张已经发黄绵软，仍是老人手不离卷的至爱。画上的字起初不认识，只是照样学样，后来向孙子孙女请教，再后来学会查书法字典……渐渐地，草书也能认能写了。他在堂屋里设了一张大大的画桌，每日临桌挥笔间，最是胸中畅意时。在他笔下，山川河流、树木花草、高士卧月、林下美人，无不气韵生动。家中另一间小屋是他的根雕室，四面里高高低低摆满了作品。树根千奇百怪的形状与脑中极为丰富的想象相结合，再加上一双灵巧双手，让一块块木头变得鲜活起来：飞禽走兽、神话人物、历史典故……老人每天早上四点起床，在天亮前的时间里，画画、根雕……能做许多事。几十年如此，说起来就两个字：喜欢。

"花影忽生知月到，竹梢微响觉风来"，中堂字画上的诗句，曾是"刚强兄弟"心底也许说不明却十分向往的生活，这种美好生活就像一幅画，每一笔触、每丝色彩在他们脑中栩栩如生。他们用半个多世纪的光阴一点点描摹，终于将梦想变成现实。

家中无字画，不是通渭人。弟弟许志强家中的字画同样无处不在，几间一木到顶的大屋里收藏了老人一生所爱，称它为一座民间博物馆也不为过，许志强女儿许佳梅画的牡丹也在其中。佳梅是一位普通农家妇女，读书不多却酷爱画画。今已中年的她在照料家庭的闲暇，不断地画牡丹：红的、黄的、绿的，大团大团的颜色折射着心中的五彩世界，"等孩子考上学了，想拜个师父好好学。"

"人一定要有个爱好。"许志刚说。

"人一定要有个坚强的思想。"许志强说。

老人的言传身教，在儿孙身上化作一生爱好与实际行动。哥俩一辈子早起，在天亮前的三四个小时里，喝茶画画做根雕，养蜂养兔经管牲畜，天亮了就去种田种树。

一年有四季、一生数十年，他们说"坚持，没有干不成的事。"是啊，即使人生劳苦，也可诗意生活。天地大化间的安然自在，是多少人一生追求的境界，"刚强兄弟"做到了，是为大智。

大山最高处，"刚强兄弟"建了个亭子，设了个观景台。站在那里看着满山郁郁葱葱，赏心悦目。

"30岁的时候我就想着，要有树有花，林间再修个亭子，人在里面走走、转转、歇歇，美得很！"许志强说，"有人说我不知道个高低，庄稼人种好粮食就行了，哪有那么多闲心思。可人的思想要远大呢！你看，我当时的想法都实现了，实现得还要更远更好。"

"爷爷做事能坚持，是我们这些晚辈的榜样。"

从兰州领奖回来，坐在自家炕上的两位老人，回归到最为安适的状态。

先热情地招呼客人炕上坐了，又紧着让把褥子盖在腿上。老人眼里，炕上坐是最高礼遇。把客人安置妥了，哥俩才在各自最熟悉的炕角坐下。炕沿边，儿子在小火炉上煮着罐罐茶；厨房里，女儿在准备午饭……几盅茶下肚、又吃了几口老伴烙的饼，眼见老人的神态越来越松弛。少顷，饭端上来，是他们想念了一周的豆面条、再配上自家腌的小咸菜，油泼辣子老陈醋往里一拌……这日子实在是熨帖。

在"刚强兄弟"心里，另一件很重要的任务是把子女教育好。他们一生辛劳却从不言苦，他们以自己看似朴素实则宝贵的价值观教育儿孙。

——人必须诚实，不要把钱看得太重，要把做人看得重。人有本事有头脑，钱会来的；要不然，钱也留不住。

——人要有是非观，错了就是错了，再好的关系也不能迁就。光说好听的，就把人害了。

——人要能吃苦，不要懒惰。不给国家添麻烦，要为国家作些自己的贡献。

他们爱自然，他们会观察蜜蜂是怎样分毫不差地筑起巢、鸟儿是怎样哺育繁衍。他们爱土地，他们相信土地的修复能力，他们熟知每块土地怎样播种、怎样倒茬、怎样轮作，自家的田坚持多年不施化肥农药。

53岁的许亚龙清楚地记得小时候上学，清早得先捡一筐粪送回家再跑去上课，"到学校衣服都湿透了。"他也清楚记得，"父亲要强，家里没粮也绝不伸手。为锻炼我能吃苦，碾场不用机器，让我和家里的马一起碾场。"

和儿子一同碾场的马，在老人心里绝不只是一匹马，而是家里的重要一员。包产到户时，这匹马到了许志强家里，起初多病，他比喂娃娃还精心地伺候，马终于缓过来了。之后又经历许多挫折反复，这匹马帮助一家人度过最艰难的日子。让儿子和马一起碾场，固然是为了锻炼儿子，也是心疼怀着小马驹的马。"到现在，这匹马在我家已经有24个后代。"后来，马老了，有人出700块钱要买。家人给许志强做了一个月的工作，许志强坚持不卖，"舍不得"。眼看着马不行了，草也吃不下，头也抬不起，许志强的父亲说死到圈里以后别的牲口不好养，可许志强坚决不让抬出去。马死了，许志强用席子裹着埋了……村里人都说太隆重了，可许志强说："这马是家里功臣，不能干卸磨杀驴的事。"许亚龙感慨："我父亲种树养马的故事，比电影里演的还有说头。"

老哥俩的一言一行，年复一年地影响着儿孙们。许志刚的孙女许丽萍说："爷爷做事能坚持，是我们这些晚辈的榜样。"

在这种家庭环境里长大的儿女同样受人尊敬，"我们的娃娃对人有礼貌，嫁出去的女娃娃能吃苦、家庭和睦，人都尊重。村上人说，人家娃娃就是不一样，我们也很自豪。""刚强兄弟"的生日在腊月，那时临近春节，儿孙从四面八方回来了，几十口人聚在一起，非常热闹。这是一个西北大地上的普通农家，这是一个兴旺团结的中国家庭。

村庄里，有一段战国秦长城经过。千百年来，有形的长城依然存在；千百年来，一些无形的精神在我们血脉里依然生生不息；诚实、勤劳、善良的基因，代代相传。

长城脚下，绿色梦想。生活在黄土地上的"刚强兄弟"一生坚信：树一棵棵种下，它就给你一片片绿荫；花一丛丛栽下，它就给你万紫千红；种子一粒粒撒下，它就给你金灿灿的果实。好好地种树种花、好好地种粮种地、好好地养育儿女……这日子稳固、踏实。

（《甘肃日报》2023年5月24日）

申报资料实录

作品简介：75岁的双胞胎兄弟许志刚、许志强种了一辈子树，种树的典型有很多，但此文叙述并不止于种树。作者通过观察老哥俩在省城、在乡下的不同状态，通过在炕头、在地头与老哥俩的无障碍交流，最终以白描文字绘出一生与土地打交道的老农朴素却又丰富的内心世界，折射出中华民族生生不息的精神来源：爱土地、爱自然、爱生活。他们坚强、温和、柔韧，是我们熟悉至今也仍绵延在每个中国人身上的精神气质。他们不驰于空想、不骛于虚声，虽是默默无闻的个体，却又是千千万万投身生态文明实践、致力于改善生态环境的甘肃人乃至中国人的缩影。他们的示范意义，在于将绿水青山变为现实，继而在绿水青山中构筑美好精神家园的脚踏实地。

社会效果：此稿刊出后深受读者喜爱，被中央以及地方各类媒体广泛转载。刚强兄弟"山上种树"的事迹与"心中开花"的丰厚精神世界，引起人们的广泛共鸣，许多人写下长长的评论表达心中所感。有读者在评论中表示：正是如刚强兄弟一般看似朴素实则宝贵的价值观，哺育了我们一代代华夏儿女；正是如这个西北大地上的普通农家一样的许多家庭，组成了兴旺团结的中国大家庭。

初评评语：采访扎实、文字流畅，将两位老农的种树故事、人生故事沉稳道出，深深触动读者内心。文风素净、情感深沉。

从"第一滴水"开始——西藏用心呵护长江源

赵书彬　曲　珍

位于青藏高原腹心区的唐古拉山脉，皓雪长风，孕育着广袤冰川，摩天滴露，润土发祥，亘古而今。

这一滴冰川融水，仿佛与天相接，饱含着太阳的光辉；这一滴冰川融水，交融而成其大，汇聚成中国的母亲河——长江，不尽滚滚东流。

就在今年的8月1日，"长江第一滴水"揭碑仪式在格拉丹东雪山姜根迪如冰川脚下举行。来自水利部和西藏自治区那曲市相关单位的代表共同见证，既为了纪念"长江第一滴水"滴落成溪、融汇百川的标志性起点，更为了启示人们保护好长江源头的生态环境、让一泓清水向东流。

"长江第一滴水"所在的三江源国家公园唐北区域，是长江的发源地和澜沧江最大支流昂曲等重要流域的水源发育区，也是世界上湿地海拔最高、面积最大、分布最集中的地区之一，素有"江河源""高原水库""中华水塔"的美誉。

溯江纪源山海情

这是一处因大江发源而闻名的土地，藏族先民在这里生息繁衍。

长江的源头河流，藏语称为"直曲"，意为母牦牛河。

中华民族的发展史是一部同源共流，各民族交往、交流、交融的历史，也是对江河源头不断探寻、对民族文化不断寻根的历史。

在古代中国的表达里，"江"特指长江，"河"特指黄河。中华大地上，大江大河不计其数，一字专称，可见长江与黄河在中国人家园意识中的重要地位。

从《禹贡》"岷山导江，东别为沱"、《山海经》"又东北三百里，曰岷山。江水出焉，东北流注于海"，到明代徐霞客"故推江源者，必当以金沙为首"，到清代康熙"大概中国诸大水皆发源于东南诺莫浑乌巴西大干内外"，再到长江正源确定为沱沱河，中国人对长江源的追寻有文献记载的历史至少有2000多年。

"诺莫浑乌巴西大干"是清代对唐古拉山脉的蒙语称谓。唐古拉山脉巍峨高耸的雪山，瑰丽雄奇的冰川，都是大江大河的"储水站"，高耸入云的群山之间延伸出一条条冰舌末端，细小的水流纷纷汇聚，最终汇入大江大河。可以说，整个唐古拉山脉都是江河之源。

在清朝，康熙皇帝启动了皇舆全览图绘制工作。为了反映西藏边疆地理情况，康熙皇帝于康熙四十八年至五十年（1709—1711年）派遣吏部左侍郎赫寿，于康熙五十六年（1717年）派遣理藩院主事胜住等，先后两次入藏测绘。考察进一步将长江源头由金沙江上溯到木鲁乌苏（通天河）一带。

新中国成立后，国家加大了对江河溯源的工作。到了1978年，经过考察，最终确定沱沱河为长江的正源。1978年1月13日，新华社向全世界通告了长江流域规划办公室科考成果：长江源头在唐古拉山脉主峰格拉丹东雪山西南侧的沱沱河，全长6300余公里。1999年6月5日，"长江源"碑在长江源头的沱沱河畔和姜根迪如冰川脚下落成。2021年10月，三江源国家公园正式设立，由此开启了长江源保护的历史新篇章。

野性的藏北草原，一条条黑色的"长蛇"交织错杂，雪山冰川构筑出江源高地的伟岸苍雄，万水千流在唐古拉山南北平阔的羌塘草原上纵横交错，宛如大地的血脉，偾张，强韧，奔流，汇聚……开启在神州大地的激昂征程，一路高歌，气象万千、润泽四方。

守护"长江第一滴水"

姜根迪如冰川是"长江第一滴水"流出的地方。安多县玛曲乡牧民朗扎家祖祖辈辈生活在雪山冰川冰舌附近,可谓"长江源头第一家"。

每天,当太阳在羌塘草原深处升起,朗扎都要到家门前的冰川融水里取水。舀一瓢清水,放一块金黄的酥油,浸泡入清香的砖茶,再加一点盐巴,家里勤劳的主妇打一壶浓浓的酥油茶,给一家人带来一天的惬意和能量。

格拉丹东姜根迪如冰川之下,草原苍茫。安多县玛曲乡的牧民,千年如此,接受长江源头第一泓清水的滋养。当游牧生活成为过往,当"长江源"碑立在姜根迪如冰川,当江河源保护力度前所未有,时代的更迭、观念的更新给了藏北牧民新的考量。

祖辈们并不知道,家门口的冰川融水汇入沱沱河后有一个响彻世界的名字——长江。但朗扎伸出皴裂的手,却可以粗略比划出一条从草原到大海的曲线,依稀知晓这条世界第三大河是怎么在祖国大地上流淌。

"长江第一滴水"姜根迪如冰川位于安多县玛曲乡,居住在姜根迪如冰川脚下,玛曲乡的牧民有了新的责任和使命:守护长江源。

为保护长江源地区的生态环境,安多县形成了常态化工作机制,并成立了由长江源头第一家朗扎带队的牧民"党员志愿队",由党员参加的长江源保护行动志愿保护队,由玛曲乡政府干部牵头的应急救援队,由玛曲乡小学学生代表组成的长江源水生态保护小卫士队,由玛曲乡干部职工和各村汉语水平较高的村"两委"班子成员、联户长组成的长江源民族团结志愿队等5支长江源水生态保护队伍,主要任务为生态巡查、捡拾垃圾、应急救援、外来游客劝返等。2016年以来,共制止和劝返擅自闯入长江源保护区的外来人员137人次,开展救援14起,开展长江源区域卫生清理620场次。

"没有你,哪有长江滚滚浪滔天;没有你,哪有怒江滔滔到天边;没有你,哪有澜沧江水拍两岸……"对素有"江河源""生态源""中华水塔"美誉的雪域高原,各族儿女深深眷恋,深深知道肩上的重任。

西藏拥有大江河大湖泊、大草原大湿地、大森林大雪山等生态资源,在全国乃至世界生态格局中的影响大、贡献大、责任大、价值大。

党的十八大以来，那曲市深入贯彻习近平生态文明思想，树立大局观、长远观、整体观，着眼可持续发展、中华民族的未来，坚持生态保护第一，扎实做好江河源保护工作，作出了多方面的努力：一是加强江河源管理保护，建立最严格水资源管理制度考核机制，印发"十三五""十四五"水资源用水总量和强度双控目标等机制；二是完成各年度市、县（区）两级最严格水资源管理制度考核工作；三是五级河湖长开展线上线下巡河湖；四是加强江河流域白色垃圾清理；五是设立江河源河湖长制公示栏，落实水生态岗位；六是强化河湖监管执法，依法严厉打击各类水事违法行为。目前，那曲市重要江河源头均已列入以国家公园为主的自然保护地体系建设，实行最严格措施，统筹推进山水林田湖草沙冰一体化保护和系统治理。

"我们坚持生态优先、保护第一，每年制定河湖长工作计划，建立健全河湖长制，落实区市县乡村五级河湖长对江河源头保护和管理工作。近年来，长江源的河流、湿地、冰川和生物多样性得到了有效保护。"那曲市市长旦巴表示，江河源头区生态保护是筑牢国家生态安全屏障的内在要求，是实现人与自然和谐共生的现代化的必然要求。我们将切实扛起江河源区生态保护政治责任，以"功成不必在我"的精神境界和"功成必定有我"的历史担当，奋力推进生态保护工作再上新台阶。下一步，那曲市将把生态文明建设摆在更加突出的位置，不断加强江河源水资源水生态保护工作，守护好高原的生灵草木、万水千山，为建设国家生态文明高地作出应尽的贡献。

建设共有精神家园

化滴水于寒冰，成江河于神州，接纳百川、汇聚千流、绵延万里，终融入苍茫大海。江源所在，文明之征、精神之力。如果说长江是中华文明的标志性象征，那么江源就是建设中华民族共有精神家园的代表性符号之一。

位于那曲市安多县的长江源头区域早在石器时代就有人类生活的痕迹。

1956年，中国科学院地质研究所赵宗溥等于那曲至长江源头沱沱河一带发现打制石器十数件。这不仅是西藏境内首次发现的细石器，而且对认识西藏高原的石器时代文明具有破天荒的重大学术意义，它开启了西藏史前文明科学研究的先河。

2005年出版的《青藏铁路西藏段田野考古报告》写道："这次发现的石器地点中，有不少分布在唐古拉山南北两侧海拔4700米以上的地带，最高的石器点海拔达4900米，这表明青藏高原早期人类的活动足以跨越5000米以上的高海拔地区，也足以证明：雪域先民对高原环境的适应与征服能力在世界各史前民族中都是首屈一指的。"

2023年2月到3月，由西藏自治区文物保护研究所、西藏民族大学和南京工业大学联合组成的调查队，在那曲、昌都两市开展了西藏自治区长江流域文物资源调查工作，涉及长江源头区域、金沙江上游流域及布曲河等，调查文物点70处，其中新发现的文物点有10处。

中华民族同源共流，绘就千年历史长卷。从石器时代古人类5000米海拔的迁徙跨越，到食盐之路、丝绸之路、唐蕃古道、茶马之路的翻山越岭；从西藏文明东向发展到中央王朝对西藏的有效治理；从十八军独立支队和平挺进、举世闻名的青藏公路建设运行，到人类史上的最高铁路穿越世界屋脊，长江源头区域成为连接雪域高原与黄土高原、华北平原、北方草原的桥梁纽带和重要管道，不断见证着人们开拓高原的卓越能力，展现着藏北区域的流动联动互动与交往交流交融，激昂着与历史一同奔涌的时代脉搏和建设豪情。

今年以来，安多县坚持以铸牢中华民族共同体意识为主线，立足江河发源、天路廊道、交通动脉等优势，组织专家学者，深入挖掘长江源头区域深藏的文化内涵和各民族交往交流交融的历史事实，着力推进历史演进中形成的各民族共有的精神符号和文化标识建设，江河源这一各民族的共同历史记忆和共享文化映像，已经成为各民族人心凝聚、团结奋进的强大精神纽带。

"考古揭示出长江源头区域人类活动久远而深厚，历史研究也揭示出这里是青藏高原的重要交通廊道，上演着各民族交往交流交融场景。"那曲市文旅局副局长达娃说。

涓涓溪流、江河汇流，交流融合、生生不息。对江源的探寻，积淀着对中国文化源远流长的精神追求；对江源的守护，彰显着对中华民族生存发展的高瞻远瞩；对江源的建设，体现着对中华文明共有精神标识的珍视和展示。

守护长江源、读懂长江源，从"长江第一滴水"开始！

（西藏日报社 2023 年 09 月 25 日）

申报资料实录

作品简介：该作品聚焦"长江第一滴水"，以详实的事例、扎实的文献深入阐述了"长江源"所具有的生态文明价值和铸牢中华民族共同体意识价值。文稿具有长时段历史纵深的梳理考察，又有现实层面的实地采访，融合历史与现实、生态与文化，把长江源的意涵置于铸牢中华民族共同体意识和生态文明建设的大局中来把握，站位高、立意新、写法活，道出了"长江第一滴水"的丰富内涵。该作品在西藏日报报纸、网络、公众号等全媒体进行发布。

社会效果：作品刊播后获得较好的传播效果，自治区内进行全网推送，人民网、新华网、中国西藏网、澎湃等进行转载引用。

初评评语：作者长期关注长江源生态保护和文化建设，既收集了丰富的历史资料，又深入到长江源的实地进行采访，写出了长江源的重要文化价值、重要生态价值。

一张写了 8 年的公约

刘雁军　闫　征　李晓丹　吴　兴　王长军　边志强

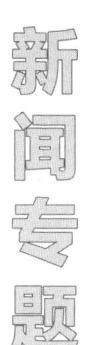

作品二维码

《一张写了 8 年的公约》

（津云客户端 2023 年 12 月 28 日）

申报资料实录

作品简介：社区是城市治理体系的基本单元。位于天津市河北区的春柳公寓，从 2009 年开始，每月每平方米只收 3 毛钱物业费，14 年来从没涨价。而且每年的 12 月份，社区都会出现居民排队交物业费的"奇观"。这些基层治理的亮点，引起记者的注意。带着问题，记者深蹲采访 3 个月，发现其中的秘诀离不开一张写了 8 年的公约。从绿树葱葱跟拍到白雪皑皑，从大伙儿不交物业费一直讲述到排队交物业费……无处不在的反转，都是深挖的关键所在。春柳公寓共有 310 户居民，将近有 100 户居民都接受了记者的采访。在纪实跟拍的基础上，记者和编辑对稿件反复打磨多达 21 遍，不回避矛盾，不掩盖问题。为挖掘生动的故事和入微的细节，不停地"打捞"有价值的线索，再不断深入采访、总结提炼，梳理出 15 个小切口，再优中选优，一辆电动车、一个车位、一个灯泡、一个公示栏，一张收据，都成为该作品的亮点。

社会效果： 该作品在津云客户端、北方网刊发后，学习强国、中国网、光明网、等中央媒体、地方媒体和商业平台对该视频进行了转发，部分平台进行了首页置顶推荐。作品全网累计总浏览量超千万，成为爆款产品。春柳公寓的做法，让天津不少社区开始学习借鉴"业委会自治"的经验。该作品在各平台推出后，引发了市民群众的热烈讨论："这个小区的自治招法必须推广！"挖掘模范效应的带动作用，推动城市基层治理向纵深发展，正是"一张写了8年的公约"的初衷所在。

初评评语： 该作品主题鲜明、立意深远。以"一张写了8年的公约"为"线"，以社区治理的难点为"珠"，"串珠成链"，把践行全过程人民民主的生动细节有机串联，把话题讲透，将道理亮明，用"身边事"增强代入感和说服力。该作品层次分明、结构清晰。准确把握社区内部细小微妙的治理要素，着眼社区居民关心关切的实际问题，以共建人民向往的美好社区为目标，不断破题差异性和矛盾性的挑战，寻找社区治理的最大公约数。该作品传播广泛、效果良好。通过全国近750家媒体和平台的转载，在城市基层治理创新方面传播了经验、推广了做法，发挥了正向引导的作用。

盐碱地上的新粮仓

范 林 马婉琳 杨壹景

作品请见中国记协网 http://www.zgjx.cn。

（湖南广播电视台 2023 年 10 月 28 日）

申报资料实录

作品简介：按照国家粮食安全战略，到 2030 年要实现新增粮食产能千亿斤以上，但如何开发出更多的耕地资源？科学家们把目光瞄向了在全国占 15 亿亩面积的盐碱地。2021 年 3 月，我国组建以湖南杂交水稻研究中心为牵头单位的国家耐盐碱水稻技术创新中心。湖南的水稻科学家们奔赴新疆，在那里耕种出全国面积最大的耐盐碱水稻示范田。2023 年金秋十月，测产当日，《首发》记者在现场全程记录测产经过，见证了新疆万亩耐盐碱水稻平均产量创造 573.8 公斤新纪录的历史时刻。为了做出更鲜活的报道，记者更以"沉浸式"采访形式，和湖南水稻科学家一起走上白茫茫的盐碱地，亲口品尝盐碱地上的"盐味"，再回顾他们如何克服种种挑战，在盐碱地上建起新粮仓的全过程。最终，成就了一篇鲜活、深入浅出的新闻专题报道。

社会效果：该报道深度剖析盐碱地形成原因，挖掘湖南水稻科研人员如何从水源、品种等方面改善盐碱地，成功种植水稻，从而实现万亩盐碱地上出现"新粮仓"的故事，有力展现了"藏粮于技、藏粮于地"国家战略的成果。报道播出后，获得同时段省级卫视排名第一的高收视。

初评评语：本报道作品题材意义重大，制作精良，内容丰富，特别是将专业的科学报道用通俗易懂的语言和动画特效生动展示出来，逻辑严密，脉络清晰。除科普知识外，亦深挖种粮背后的故事，从一张张鲜活的科学家面孔和他们的亲身实践、亲身经历，展现了湖南科学家打造"天下粮仓"的伟大中国梦，同时也彰显了国家重要发展战略成果。

揭穿视觉贫困谎言

集 体

作品二维码

《揭穿视觉贫困谎言》

（封面新闻客户端 2023 年 02 月 20 日）

申报资料实录

作品简介： 针对互联网上出现的"以贩卖苦难为主题、以摆拍造假为手段、以吸引流量谋取利益为目的"的"视觉贫困"乱象，2023年，封面新闻开设贯穿全年的"揭穿视觉贫困谎言"新闻专题，聚焦"视觉贫困"网络乱象，用真相粉碎谣言。深入新闻现场，用真实新闻击退虚假传闻。一段时间以来，多个虚假呈现凉山区域"苦情"的视频在互联网平台广泛传播，记者深入事件现场，通过挨家逐户走访找到视频中的当事人，还原了某些机构炮制虚假剧情、花钱雇人摆拍卖惨视频并进行所谓爱心带货销售的全过程，用实证批驳了"视觉贫困"的网络乱象，回击了污名化大凉山脱贫攻坚成果的谣言，揭露了其背后的利益链条。全媒立体呈现，引发广泛关注和有效治理。从2023年2月起，封面新闻连续刊发了《云辟谣 | 慈善主播在凉山给老人发钱？老人：发 3000 元

收回 2800 元，还找我借钱摆拍》等 20 余篇深度图文和视频稿件，并通过新闻评论、漫画、海报等多种形式，让报道更加丰富易读。整个专题采访扎实、内容客观，清晰呈现了"视觉贫困"乱象背后的"假剧情、真套路"，在全网引发广泛关注。该专题揭露的凉山"视觉贫困"乱象，取得积极成效。

社会效果：该专题目前集纳相关作品 31 条。相关报道推出后，迅速形成全网热点，新华社和《人民日报》等中央级媒体 22 家、省级媒体 107 家，以及各大网络平台参与报道、转载。该专题在封面新闻矩阵阅读量超过 2 亿，在全网各大平台阅读量超过 5 亿。该专题内的报道，有力回击了污名化大凉山的不实言论，充分保障了广大网民的知情权，打击了以虚假"视觉贫困"为表、行"卖货诈骗"为实的不良违法行为，助力营造风清气正的网络空间。

初评评语：该新闻专题以高度的政治责任感和历史使命感，秉持"传递指间正能量，筑牢谣言防火墙"的信念，承担起激浊扬清、维护良好网络秩序的责任，用专业的新闻报道，让这种网络谣言、违法违规行为无所遁形。专题内容丰富，形式新颖，实用性、服务性强，彰显了传播正能量和铁肩担道义的媒体担当。

跨越世纪的鼓岭声音

刘 学 阮 怡 高 蓉 孙世庆 梁志宇 阮 娜

作品请见中国记协网 http://www.zgjx.cn。

（福建省广播影视集团 2023 年 12 月 01 日）

申报资料实录

作品简介：节点特殊，立意深刻。美国当地时间 2023 年 11 月 15 日，习近平主席在美国旧金山会见了穆言灵等"鼓岭之友"代表。记者抓住这一历史与现实交汇的特殊节点展开采访，意义深远。音响珍贵，人物典型。1992 年加德纳夫人受习近平邀请访问鼓岭，鼓岭故事由此开始广为人知，作品中有加德纳夫人首次在福州接受采访的录音，尤为珍贵。作品还采访了多位见证鼓岭情缘的当事人，包括 1992 年采写加德纳夫人鼓岭故事的记者，他在 31 年后又刚好是这次全国主流媒体采访鼓岭活动的组织者，还有当天习近平主席在美国会见"鼓岭之友"的代表接受越洋电话采访，实属难能可贵。主题重大，传播广泛。习近平主席始终强调"中美关系的根基是由人民浇筑的，中美关系的大门是由人民打开的，中美关系的故事是由人民书写的，中美关系的未来是由人民创造的。"作品通过典型丰富的采访，层层递进讲述延续百年的鼓岭故事和鼓岭情缘，生动呈现重大主题。作品在福建省级广播主频率播出，学习强国、海博 TV、云听、蜻蜓 FM 等网络平台同步直播，作品还在微博、脸书等新媒体端发布。

社会效果：该作品传播覆盖面广。广东、河北、郑州等全国多家主流媒体参加联合采访并刊发报道，福建省内多家市县台在新媒体端刊发该报道，该作品还在"中国福建"脸书账号发布,进一步扩大了报道的国际影响力。

初评评语:这是一篇题材重大,站位高远,制作精良的广播专题佳作。创作团队充分利用31年跟踪报道鼓岭故事积累的珍贵采访录音,让专题内容厚实丰富,既有历史的纵深感,又有现实的深刻性,证明中美两国人民完全可以超越制度、文化、语言的差异,建立起深厚的友谊,"国之交在于民相亲",国与国关系发展的根基在于两国人民。作品以"润物细无声"的方式生动讲好总书记故事,传播好习近平外交思想。

我国空军首批歼-11B
战机女飞行学员顺利单飞

许 毅 赵 健 闫 超 刘笑宇 陈逸松

作品请见中国记协网 http://www.zgjx.cn。

（中央广播电视总台 2023 年 03 月 14 日）

申报资料实录

作品简介：我国首批由飞行院校直接培养的 5 名歼-11B 女飞行学员在空军西安飞行学院顺利完成单飞，她们的平均年龄只有 23 岁，未来可以直接到一线作战部队驾驭大国重器，她们的成功单飞标志着我国女歼击机飞行员培养链条更加成熟，飞行员培养周期同过去相比大幅缩短。我国空军首批歼-11B 战机女飞行学员顺利单飞，是空军探索全新飞行人才培养体系的关键一环。记者在西北大漠进行了长达半个月的跟拍和采访，通过完整全面记录 5 名女飞行学员首次单飞的过程，展现了女性群体在飞行领域的潜力和实力，体现了空军军事人才培养转型建设成就。

社会效果：消息在中央广播电视总台 CCTV-13 新闻频道《共同关注》栏目首发后，分别在《新闻联播》、《新闻直播间》、《新闻 30 分》等多个频道和栏目滚动播出，被全网各新媒体平台多次转发，在全社会引发巨大反响。新闻中塑造的坚韧、专业的女飞行员角色对于广大青年特别是女性群体投身飞行事业、追求梦想给予了巨大的激励和鼓舞，同时彰显了我军军事人才培养转型建设成就。

初评评语：该消息主题重大，报道了我国首批歼-11B 女飞行学员单飞的重要时刻,这是一个具有突破性和历史意义的事件,新闻关注度高。记者通过现场采访和大量的纪实拍摄,使得新闻的现场感更强,新闻中对于飞行技术课目的描述体现了极高的专业水平,生动地展示了女飞行员群体突破自我挑战极限的过程,具有一定的新闻价值和社会价值。

来了！丝路新画卷

马小宁　曹鹏程　孟祥麟　王海林　周　晶　毛文正

作品二维码

《来了！丝路新画卷》

（"人民网+"客户端、人民日报客户端、人民日报英文客户端
2023年10月16日）

申报资料实录

作品简介：2023年是共建"一带一路"倡议提出十周年。人民日报推出《来了！丝路新画卷》多语种（10语种）创意时政新闻专题片，以张骞、郑和、利玛窦等中外文化交流使者的古今"穿越"呈现共建"一带一路"成果。专题片以三维技术搭建厚重历史场景、以微缩景观呈现共建"一带一路"成就，使观众在虚拟与实景之间、历史与当下之间穿行，向世界诠释共建"一带一路"的突出成就与生动实践。"这条路，绵亘万里，延续千年"是视频开篇的镜头，本片以"路"为意向，精选十年来习近平主席见证过的共建"一带一路"项目，以习近平主席的声音统领全片。随着"路"延伸向远方，这条跨越千年的"一带一路"画卷徐徐展开，通过中欧班列、中老铁路、中国菌草等意象及当地普

通民众受益于共建"一带一路"场景的微缩呈现,展示共建"一带一路"倡议实实在在的成果遍布世界各地。人民日报派出百余人采访团队分赴五大洲20多个国家,拍摄记录了大量的独家音视频素材,除了制作该专题片,同时推出"共建'一带一路'·第一现场"专栏文章25篇,通过创意视频加图文报纸版面的新闻专题形式全景式呈现共建"一带一路"成果。

社会效果:该专题片一经发布就被全网置顶推送,人民网首页首屏推荐,"一带一路"等话题词登上社交媒体热搜,中国、美国、巴基斯坦、哈萨克斯坦、意大利等海内外百余家主流媒体平台转发。哈萨克斯坦通讯社主动将该产品译成哈萨克文在其平台推送,全网覆盖受众超4亿人次。该作品以中文、英文、德文、意大利文、法文、阿拉伯文、俄文、希腊文、哈萨克文、泰文等10种语言在海内外传播。除人民系媒体外,国内400余个媒体平台也进行了转载推荐。在海外,人民日报脸书账号、Xi's Moments脸书账号等第一时间进行转发。相关产品被哈萨克斯坦通讯社、老挝《人民报》、巴基斯坦《每日邮报》等海外百余家主流平台主动转载。海内外网友纷纷评价"一带一路,共赴美好""大国风范大国担当"。

初评评语:该作品以"路"为意向,以习近平主席的声音为统领,在宏大叙事背景下精心选取多个具体场景,展示共建"一带一路"倡议十年来取得的伟大成就,生动展现习近平主席的卓越智慧和推动全球互联互通、合作共赢的坚定决心。作品重新梳理历史资料和人物故事,结合对共建国家人物的采访,产出新的叙述方式和信息价值。融合多种新媒体技术,以三维技术重现历史场景,微缩景观连接古今中外,AR场景增强观众代入感,极具视觉冲击力,实现了重大主题的"破圈"传播。

守护"最近的遥远"

沈 艳　廖辛举　洪 伟　唐 乾　周红明　屈 丹

作品请见中国记协网 http://www.zgjx.cn。

（四川广播电视台2023年12月11日）

申报资料实录

作品简介：达古冰川位于四川省阿坝州黑水县，是离城市最近的山地冰川，被作家阿来称为"最近的遥远"。受全球变暖影响，达古冰川在半个世纪内面积缩小了75%。科学家提示：如果不加以保护，达古17号冰川可能在5-10年间彻底消融。本节目从微观切入，用三个人物小故事，呈现了正加速融化的达古冰川现状。节目深入浅出，用大量现场镜头，记录了科研团队第一次在寒冷冬季给达古冰川"盖被子"的艰难实验过程，详细讲解科学实验原理、呈现实验数据、回应网友质疑，希望唤起大众对冰川保护的关注和参与。

社会效果：节目播出后，获得阿坝州冰川管理局和中科院西北生态环境资源研究院的一致好评，被选为北京理工大学生态经济学课程的教学片，通过四川观察、今日头条进行网络传播后，引起了网友广泛关注，纷纷给科学家为冰川"盖被子"点赞。

初评评语：该作品以人物故事切入，从不同角度对四川阿坝达古冰川——离城市最近的山地冰川进行了全面报道，真实记录和呈现冰川消融的现状。用大量现场镜头，记录了科研团队第一次在冬季给达古冰川铺上隔热反光材料"盖被子"的实验过程，深入浅出地详细讲解科学原理，呈现实验数据，回应网民关切，希望唤起大众一起守护"最近的遥远"。作品观点鲜明、选材典型、结构合理、剖析深刻、叙事生动，体现了中国对冰川保护的探索和坚持，对保护环境、低碳生活的倡导。

绿水青山的回响

集 体

作品二维码

《千万工程 20 年纪录片绿水青山的回响》

（新华社客户端 2023 年 06 月 27 日）

申报资料实录

作品简介：本片为"千万工程"实施 20 年之际，新华社推出的 20 分钟重磅报道。该片全景展现实施"千万工程"二十年来，不仅改变了浙江乡村的面貌，也为全面推进乡村振兴探索了新路径。既彰显了久久为功抓落实的力度，也传递出用心用情惠民生的温度，为中国式现代化写下生动注脚。紧扣"回响"主题，印证总书记"千万工程"部署的高瞻远瞩。浙江省农村地区的今昔变化，成为中国农村践行习近平"绿水青山就是金山银山"生态文明建设理念的缩影，以普通人物命运之变，折射绿色发展带来的乡村巨变。本片从大处着眼，小处落笔。摄制组深入湖州、绍兴、金华等多地调研采访，挖掘出精彩故事。如在"两山"理念的发源地安吉县，"千万工程"实践不断迭代，年轻人返乡创业的故事；在德清县开民宿的曹阿婆的故事从六年前开始拍摄，到如今再度捕捉到人物内心的幸福感。这些由外而内焕发光彩的人物,既是一个贫困小村发生蜕变的标识,也是"千万工程"的万千受益者缩影。

社会效果:该片播发后,被中央网信办两次全网置顶推送,腾讯新闻插件推送,新华社客户端置顶展示,全网总浏览量超过3亿次;被央广网、央视网、人民网、中国日报网、光明网、中青网、经济日报等400余家用户采用。

初评评语:纪录片聚焦"千万工程"的生动实践,选题重大、立意高远、节奏明快、感染力强,以二十年为观察视域,充分阐述了习近平总书记亲自谋划和部署的"千万工程"的丰富经验、积极成效和强烈反响。作品深挖故事,突出细节,细腻、形象、生动地展示了村美、人和、共富的和谐美好画卷,更凸显了"千万工程"经验从浙江走向全国,以绿色高质量发展推进乡村振兴、建设美丽中国的示范引领意义。

山区学子的强军梦

王　云　袁杜丹　胡　军　刘雪瑶

作品请见中国记协网 http://www.zgjx.cn。

（安徽广播电视台 2023 年 12 月 29 日）

申报资料实录

作品简介：2023年高考，安徽省潜山野寨中学有20名毕业生被军校录取。秋季开学之际，习近平总书记给该校新考取军校的同学回信，对他们予以亲切勉励。记者循着这一线索，奔赴上海、长沙等地军校，跟拍圆梦军校后学生的学习生活情况。野寨中学位于大别山革命老区，它是一所以守护英烈陵园为目的，依陵而建的中学。长期的爱国主义教育，使得继承先烈精神、保家爱国的观念深入到学生的血脉之中。报道始终围绕习近平总书记的回信精神，从学校因陵建校的独特办学史，说到一代代野寨学子对从军报国思想的传承，再把重点落到师生对习近平强军思想的践行上，脉络清晰，层次分明。为了增强作品的厚重感，记者采访到野寨中学创办人范苑声之子范光陵。报道通过关键人物讲述校史，诠释野寨中学"崇文尚武、热爱国防"的优良传统，充分展现出学子们立志"提高自己的专业水平，更好地服务于人民，服务于军队现代化建设"，献身国防、矢志强军的信念和决心。

社会效果：报道播出后，产生了很强的影响力和号召力，激发了更多青年学生携笔从戎的梦想，野寨学子报考军校的意愿更为强烈。报道被多家网络媒体转发，取得良好的传播效果。

初评评语：报道题材重大，主题突出，构思精巧，采访扎实，人物讲述娓娓动听，真实动人。人物同期声字字句句彰显出个人对时代、对国家的责任感和使命感。

东西岔三年（上下集）

张 洁　安同庆　毕英汉　李向伟　陈 硕　高 帅

作品二维码

《东西岔三年（上集）》

《东西岔三年（下集）》

（央视新闻客户端 2023 年 12 月 07 日）

申报资料实录

作品简介：作品的拍摄从 2020 年 6 月到 2023 年 12 月，长达三年半的时间。开始拍摄时《首都功能核心区控制性详细规划》即将落地。按照这个"规划"不能再拆的老胡同如何焕发新的活力？如何获得可持续发展的动力？作为"规划"落地后开工的第一个项目，北京二环内位于北京历史文化街区的东西岔胡同改造具有标本价值。在从改造伊始到改造完成长达三年多的时间里，摄制组全程记录了胡同更新改造过程中出现的问题、矛盾和解决方案，以专业的方式留下了丰富生动的影像。

社会效果： 节目在央视新闻客户端发布后，受到了业界的广泛好评，认为"生动、专业、深刻"，东西岔居民也认为节目"客观真实"。不少观众认为这是"近年少见的精品"，"彰显了主流媒体的社会责任"。

初评评语： 节目客观生动地记录了位于北京历史文化街区的东西岔胡同改造过程中发生的真实故事。节目时间跨度长达三年多，故事生动而又冷静客观、全面深刻。作者创作态度严肃，记录详实生动，一波三折的故事极具张力，是兼具思想性与艺术性的优秀新闻纪录片作品。

巅峰

集　体

作品二维码

《巅峰》

（人民日报客户端2023年09月22日）

申报资料实录

作品简介：杭州第19届亚运会开幕前夕，中国运动员备战杭州亚运会主题纪录片《巅峰》发布。该片以备战倒计时为逻辑，选取中国国家乒乓球队男子团体、游泳队运动员叶诗文、跳水队双人十米跳台运动员全红婵与陈芋汐、武术队运动员孙培原、龙舟队作为拍摄对象，用23分钟、5个篇章记录他们的备战历程。这其中既有个体项目，又有团体项目；既有奥运会比赛项目，又有亚运会特色项目；既有冲击巅峰的故事，又有捍卫巅峰、重返巅峰等情节，多层次、多方位展现竞技体育的魅力及中国运动员顽强拼搏的精神、为国争光的使命感。强化纪实拍摄，走进幕后，记录真实。该片策划及摄制历时三个多月，克服各类不确定因素辗转五地跟拍，获得大量不同于常规采访的一手素材，用真实陈述打动人心、传递力量。创新视觉呈现，根据不同项目特点，设计诸多特殊视角镜头,如第一人称视角记录运动员动作,水下摄影展现入水瞬间和水下姿态,航拍记录龙舟队员整齐划一的动作等,带来视听冲击。突出创新表达,强化叙事节奏,增强信息密度,全片以高质量旁白串联,以通篇金句为追求,内容取自体育,又超脱于体育,在故事中呈现人文体育精神,聚焦"冠军"等抽象符号背后真实鲜活的人,让用户产生情感共鸣,收获人生感悟。

社会效果:《巅峰》上线后获得广泛好评,评论区成为网友为中国健儿加油助威的广场。在传播效果上,呈现出既有高点又有长时段覆盖,且长尾效果强的特点。该片仅在人民日报新媒体渠道阅读量就超5100万,全网首页首屏重点推荐,入选中央网信办"2023中国正能量网络精品",并被纳入国家体育总局年度重点项目"中华体育精神颂"。

初评评语:《巅峰》是对新媒体语境下纪录片新语态的积极探索,在保持纪录片内容系统、思想深厚的优势之外,更注重新媒体语态创新,打造对用户的实时吸引力。该片通过优化叙事节奏、创新表达语态、把准传播周期,融合大小屏、多渠道的传播能力,整合体育行业、媒体行业以及互联网平台的内外合力,一次产出多轮传播,线上线下广覆盖,增强了传播效果。该片在内容上具有独家性、思想性,获取了大量一手素材,突破封闭备战期间拍摄难度大等不利条件,做到贴近训练和生活,具有很强新闻性和史料价值。该片拍摄和制作精良,镜头表现力强,精心锤炼文本,特别是用大量具体鲜活的细节还原出有血有肉的人物,展示出运动员挑战自我、与自己赛跑的心路历程,传扬体育精神,让"一直向前的日子里,脚下即巅峰"更可感可知,具有很强的思想艺术价值。

二等奖

落坡岭
——受困旅客救援全纪录

集　体

作品请见中国记协网 http://www.zgjx.cn。

（北京广播电视台 2023 年 08 月 26 日）

申报资料实录

作品简介：本片以特大暴雨中落坡岭受困列车旅客的视角回望四天三夜大救援背后的故事，通过当事人的讲述、当事人现场拍摄的视频画面，对海量新闻素材的梳理加工，以多元立体的叙事视角，真实还原了新闻事件的第一现场，全景再现了这一新闻事件的全程全貌，深刻表现了党和政府的关心关怀与果断处置，以及市应急处置决策团队、各路救援部队、落坡岭社区居民等事件当事人的时代群像和精神境界。本片以其独家性、权威性、故事性、追踪感，满足了观众对此新闻事件更加深入的获知期待和信息渴望，收获了社会各界热烈的反响。

社会效果：本片播出后，35 城收视率排名第六，取得了良好的收视效果。节目在北京时间、微信公众号、视频号、微博等平台配发了多篇新媒体产品，共有 170 多家媒体相继转发。

初评评语：本片是在新闻事件发生后，国内首部全景回顾事件历程的新闻纪录片。该片播出后，有评论说，本片多个视角还原惊心动魄的洪水泛滥、上下联动的紧急救援和充满人性的温情互动。与其他媒体关于此事件的报道相比，本片最大的特点是少有豪言壮语和刻意煽情，多是真切、平实的画面和表达，却能产生直抵内心的共鸣，让观者倍感温暖。在现代互联网环境中，如何讲好故事，讲活故事，引领舆论导向，深化大众认知。

"起底美国"舆论斗争系列报道

赵 晖 黄顺达 田 睿 朱瑞卿 丁 宜 柳 丝

无罪之"罪"——西班牙记者起底西方媒体抹黑中国的套路

"西方主流媒体以及一些政府和政客每天都在恐吓我们：中国崛起对世界构成威胁，对西方尤甚。"西班牙资深记者哈维尔·加西亚在他的新书《中国：威胁还是希望》中写道。

加西亚日前在接受新华社记者专访时表示："这纯属无中生有。几千年来，中国一直是崇尚和平的国家，从未试图征服谁，也未将自己的想法强加给谁。"

起底美西方"舆论战"套路

"美国充当全球霸主的时日已经不多了，但它拒绝接受这一现实。于是，美国就像章鱼般伸出触手，在经济、贸易、科技、政治、卫生、媒体、情报等多个领域攻击中国，破坏新疆等地区稳定，支持分裂势力，并利用其军事优势恐吓中国。"加西亚分析道。

加西亚曾在西班牙语世界影响力最大的通讯社埃菲社工作了20多年，常驻过巴勒斯坦、委内瑞拉、德国、中国等地。在他看来，所谓的"中国威胁论"无非是美国政府试图遏制中国和平崛起的"鬼把戏"。

在美国发起的多条对华"战线"中，加西亚对美西方"舆论战"套路最为熟悉。他指出，美国政府与媒体利用其强大的议题设置和主导能力，"引领"着其他西方媒体，在全球范围内发起针对中国的"舆论战"，其做法是"好的一律不报""不好的添油加醋"。

在书中，加西亚历数了西方媒体的"套路"：中国富裕的企业家不是"企业家"而是"寡头"；中国腐败官员不是"被解职"而是"被清洗"；中国对外投资不是"投资"而是"债务陷阱"；中国追踪新冠确诊病例活动轨迹的行为不是"流调"而是"监视"；中国部分城市宣布"封控"不是"防疫需要"而是"侵犯人权"……

当实在找不到"合适"的词汇来诋毁中国时，西方媒体又发明了一种"万能句式"："中国经济在增长，但代价是……""中国加大环保力度，但代价是……""中国城市变得更加智能，但代价是……""北京冬奥会还算成功，但代价是……""中国拉动柬埔寨经济增长，但代价是……"

"美国媒体设置议题后，其他西方媒体很难跳出这一既定框架，导致每天都有成百上千的媒体重复着几十条非常类似的涉华新闻。"加西亚说。

亲历多元、迷人的中国

2018年，加西亚被埃菲社派往中国常驻。这给了他近距离观察中国的机会，让他发现了一个真实的中国，一个不同于西方媒体塑造的中国。他对中国在消除贫困、生态保护、节能减排、共同富裕、科技创新等领域取得的成就非常赞赏。

"到中国后，我尝试抛开所有偏见，保持清醒开放的头脑，客观地观察中国。我惊喜地发现，中国并非是西方媒体所描述的中国，它非常多元，非常迷人。"加西亚说。

在交谈中，加西亚提到了他认识的一位采访对象丁艳（音译）。34岁的丁艳家在西安市，是一名英语翻译。她出生在山东农村，小时候与奶奶、父母和5个兄弟姐妹挤在一个破旧老屋里。上学之余，她还要帮家里干繁重的农活。如今，她的兄弟姐妹和父母也都住进了城里，生活发生了翻天覆地的变化。

洋溢在中国普通人脸上的幸福感，让加西亚深受触动。而一些西方媒体罔顾事实、刻意抹黑中国的做法，则令他生厌。2021年9月，他在推特上连发14条推文，宣布将放弃从事30余年的新闻工作，因为"令人厌烦的反华'信息战'几乎耗光了我的新闻职业理想"。

加西亚说，西方媒体总是宣扬所谓"新闻自由"，但一用到中国报道上，就成了"逢中必反"的套路，他们"只会说一模一样的话""从不脱离既定剧本"。

在下定决心辞职的同时，加西亚也给自己定了一个目标：写一本关于中国的书。"这并不是一件容易的事。西方媒体痴迷于抹黑中国形象，误导西方民众，让人们看不到中国所取得的非凡成就。"

著书反击西方媒体抹黑

为了写好《中国：威胁还是希望》，加西亚到新疆、深圳等地开展了田野调查和深度访谈。他在书中细数了中国开展精准扶贫脱贫的做法和相应成效，阐明中国为全球减贫事业带来的希望和鼓舞；介绍了中国解决贫富差距、实现可持续发展等方面的有益尝试，探讨中国传统文化在共同富裕等理念上的传承和延拓；澄清了西方媒体在涉及中国民主、人权、防治污染等问题上的错误引导，感叹中国在实践中试错并找到最佳解决方案的智慧和高效。

谈及中国的防疫政策，加西亚认为，中国在病毒致病性减弱后优化调整疫情防控措施，是尊重生命的表现。"任何一个政府都应优先保障国民的生命权。从这个意义上来说，中国的防疫政策无疑是成功的。"

在加西亚眼里，中国不仅不是威胁，反而代表着一种希望，因为"中国崇尚多元发展，从不强人所难"，这意味着"中国势不可挡的崛起将成为构建更加公正、和平的全球新秩序的关键性支柱"。

针对一些国家炮制所谓"中国威胁论"、欲将世界拉入"新冷战"陷阱的图谋，加西亚非常不满。在他所憧憬的世界里，所有人都和平相处，所有商品都自由流通，商品、知识和文化交流取代武器和炸弹横飞，有限的资源被用于增加所有人的福祉，而不是仅让少数人致富。

"这正是中国想要的。"加西亚说道。

国际观察｜霸道的"规则"霸权的"秩序"——起底美国所谓"基于规则的国际秩序"

"我们常听到一个说法叫做'基于规则的国际秩序'。这是一个模糊不清的说法，《联合国宪章》里没有，各国领导人在联合国通过的宣言里没有，联大和安理会决议里也没有。我们一直想问，所谓'基于规则的国际秩序'，到底是基于什么样的规则，基于谁制定的规则，这些规则与国际秩序之间是什么关系？"今年年初，中国常驻联合国代表张军在联合国安理会一场公开辩论会上发出这番质问。

美国一些政客如今张口闭口"基于规则的国际秩序"，却从未向世界解释清楚上述关键问题。这并非他们"粗心大意"，而是有意为之：他们不愿清晰定义，也不想解释清楚，因为那会妨碍他们随心所欲地给他国扣帽子，因为他们自己经常玩弄"双重标准"，因为事实真相会戳破其虚伪假面。

就算美国不说，世人也知道：美国口中所谓的"规则"，就是其说一不二的霸道规则；所谓的"秩序"，就是"美国优先"的霸权秩序。

寻找说辞：为自己非法行为穿上合法外衣

"基于规则的国际秩序"并非新说辞。美国芝加哥大学学者保罗·波斯特表示，这一表述从20世纪90年代开始出现，2003年美国入侵伊拉克后越来越多地被美国政府使用，其目的就是为自己违反联合国宪章和国际法的行为寻找说辞。

冷战结束后，美国成为唯一超级大国，获得独霸全球的地位，为摆脱联合国体系和国际法的约束，美国人炮制了"基于规则的国际秩序"这一说辞，用来美化包装霸权主义。伊拉克战争是一个典型例子——美国未获得联合国安理会授权,其军事行动师出无名,就连法国、德国等盟友也强烈反对。

美国哈佛大学国际关系学教授斯蒂芬·沃尔特说,能够随时使用"基于规则的国际秩序"一词,似乎已成为美国政客或官员的一项工作要求。

俄罗斯战略规划与预测研究所所长亚历山大·古谢夫在接受新华社记者采访时指出,美国刻意保持"基于规则的国际秩序"定义的模糊性,因为这些所谓的"规则"越不具体,美国就越能对其随意"装扮"。一旦有国家违背美国的意愿,美国就可指责其"违反规则",就有理由对其进行惩罚。

在伊拉克大学新闻学教授穆罕默德·朱布里看来,这些所谓"规则"在行动上的具体表现就是:政治上,美国奉行强权政治,强迫他国服从;经济上,美国利用美元霸权和对国际货币基金组织等国际组织的控制,掌控他国经济命脉;安全上,美国在全球设置大量军事基地,还对包括盟友在内的各国进行监听;科技上,美国垄断核心技术,不择手段阻碍他国研发,确保自身领先地位;意识形态上,美国把西方价值观鼓吹为"普世价值",向非西方国家强行灌输。

归根结底,在美国看来,顺从它的要求,服从它的意志,就是"遵守规则",否则就是"破坏规则"。用意大利国际问题专家贾恩卡洛·埃利亚·瓦洛里的话说:"'基于规则的国际秩序'实际上就是另一种版本的强权政治。"

双重标准:"必须遵守国际法,除非你是美国"

2018年4月14日凌晨,火光撕破叙利亚首都大马士革夜空。美国、英国、法国对叙利亚发动这次空袭的理由是,叙政府用"化学武器"攻击反对派武装控制区。

时任叙利亚常驻联合国代表巴沙尔·贾法里曾不止一次在联合国会议上痛诉美国等国污蔑叙利亚政府,而美方对此充耳不闻,继续肆意对叙进行制裁和军事打击。曾有一张贾法里坐在联合国总部大楼休息区的照片在网上广为流传:身形高大、西装革履的他低着头,背稍屈,双手交握,身影中透出疲惫。在他身旁的窗外，楼下一座亭子里悬挂着"和平钟"。

国际舆论从这张照片中感受到"弱国外交官"的悲凉与无奈。但反过来看，叙利亚的遭遇更凸显了美国及其盟友对国际法的蔑视。

叙利亚陷入内战后，美国深度介入，频繁进行军事干预，其军事行动未经联合国安理会授权，也未获叙政府同意。美国学者玛戈·帕特森说，在战争问题上，美国一贯表现出国际法只适用于其他国家，而不适用于美国自身。

众所周知，世界上只有一种秩序，就是以国际法为基础的国际秩序；只有一套规则，就是以联合国宪章宗旨和原则为基础的国际关系基本准则。美国宣扬所谓"基于规则的国际秩序"，真实意图是要在现有国际法体系之外另搞一套。当国际法符合美国利益时就强调要遵守国际法，反之就不谈国际法，而强调所谓"基于规则的国际秩序"。其所作所为本质上就是以自我利益为中心，把自己的标准和意志强加于人，为"双重标准""例外主义"大开后门。

中国社会科学院美国研究所研究员魏南枝指出，二战结束后，以联合国、世界银行、国际货币基金组织、关税与贸易总协定（世界贸易组织前身）、联合国教科文组织等为基础的全球性政治、安全、金融、贸易、文化等秩序得以建立。但是，美国对以联合国为核心的国际体系和以国际法为基础的国际秩序始终是合则用、不合则弃。

在政治与安全领域，美国蔑视联合国宪章确立的自决、主权及和平解决争端等概念，自二战结束以来，不断发动战争或策动"颜色革命"，试图推翻50多个外国政府，粗暴干涉至少30个国家的民主选举；在经贸领域，美国频繁对他国发起贸易战，世贸组织明确认定美对华关税战违反全球贸易规则，美国却置之不理，还阻挠世贸组织上诉机构任命新法官；在金融领域，美国不仅利用美元的主要国际储备货币地位向全世界收取"铸币税"，还操纵国际金融组织，在援助他国时要求受援国推行金融自由化、加大金融市场开放，为美国资本渗透和投机减少阻碍；在科技领域，美国时常把自己的"家法帮规"包装成国际规则，比如推出《芯片与科学法》等法案，通过长臂管辖堂而皇之地遏制其他国家科技发展。

哈佛大学国际关系学教授斯蒂芬·沃尔特曾在《外交政策》网站撰文说，美国在认为国际秩序不利于自己时，就按自己的意愿忽略、逃避或改变秩序。即便是美国的盟友也希望美国能遵守自己倡导的秩序。

"必须遵守国际法，除非你是美国。"美国历史学家阿尔弗雷德·麦科伊如此说。

霸权衰落："'基于规则的国际秩序'正在垂死挣扎"

近年来，随着发展中国家群体性崛起，美西方相对实力和国际影响力持续下降。在此背景下，美国越发强调所谓"基于规则的国际秩序"，目的在于维护自身不断衰落的霸权，阻碍国际格局演变和世界多极化潮流。

为体现所谓的"价值观"，美国操弄意识形态工具，给"基于规则的国际秩序"披上"自由""民主"外衣，把美国眼中的"竞争对手"丑化为破坏"自由""民主"的"威权国家"，但这样的花招蒙蔽不了世界。

英国皇家国际事务研究所高级研究员于洁认为，"基于规则的国际秩序"暗含的意思是，世界各国都应当实行西方民主模式。但这套政治制度自身出现很大问题。过去十多年来，发展中国家在国际规则和国际秩序的问题上更加积极地要求提高自身话语权。这种诉求今后会更加强烈。

中国国际问题研究院美国问题学者袁莎指出，这些年来，美国对自身霸权衰落的焦虑感急剧上升，因此想利用"基于规则的国际秩序"这一说辞来对中国等非西方国家进行遏制打压。尤其是拜登政府上台后，积极拉拢盟友伙伴构筑小圈子，建立排他性、阵营化的伪多边体系，以"家法帮规"代替联合国体系下的国际规则，阻碍构建包容、开放的国际秩序。

国际社会的确需要规则和秩序，但它们应该由国际社会共同制定，而不是谁的胳膊粗、气力大谁就说了算，更不能只服务于少数国家、少数群体的利益。

"所谓'基于规则的国际秩序'，实际是不公平的'西方秩序'。"法国前驻美大使热拉尔·阿罗说。

"'基于规则的国际秩序'正在垂死挣扎。"美国麦卡莱斯特学院国际关系学教授安德鲁·莱瑟姆说,而有些人还没有认清这一现实。

说到底,被美国一些政客天天挂在嘴边的"基于规则的国际秩序"不过是一种冠冕堂皇的说辞。其真义,一是"维护霸权",试图延续其颐指气使、高高在上的"例外"地位,一是"逃避现实",力图掩盖其对非西方世界崛起这一世界大势的抗拒心态。

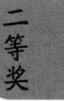

国际观察|"美国想要的不是盟友,而是忠诚的仆从"——起底美国同盟体系

新华社北京5月28日电（记者柳丝）美国总统国家安全事务助理沙利文最近参加活动时发表演讲说："我们将毫无歉意地在国内推行产业战略,但我们明确承诺不会丢下我们的朋友。"对于沙利文这番表态,日本多摩大学规则制定策略中心副主任布拉德·格洛瑟曼评论道,这些"悦耳动听"的话语并不能让美国的伙伴感到安心,因为美国通过制定《通胀削减法》和《芯片与科学法》等法案,让美国公司拥有了比来自盟国的竞争对手更大的优势。

近来,越来越多"盟友"不愿紧跟美国的脚步：法国、德国等国政要呼吁"避免成为美国的附庸"；沙特等中东国家谋求战略自主的步伐加快,中东地区迎来一波"和解潮"；作为北约成员国的土耳其一再拒绝跟随美国对俄罗斯进行制裁；哥伦比亚拒绝美国的提议表示不向乌克兰提供武器……

越来越多的国家日益发现,美国把同盟体系当作维护自身霸权的工具,要求"盟友"服从美国意志,甚至为了美国利益"背后捅刀"。正如德国联邦议院议员塞维姆·达代伦所说："美国想要的不是盟友,而是忠诚的仆从。"

"沉迷于自己首要位置和主导地位"

美国同盟体系始于二战之后,主要标志是1949年北约的成立。此后,美国又建立了美日、美韩、美菲等一系列双边同盟,逐渐构筑起遍布全球的同盟网络。这些同盟关系围绕美国霸权地位形成,最初是为在冷战中应对来自苏联的所谓"安全威胁"而成立,但在冷战结束后并没有寿终正寝,反而继续加强。为巩固自身霸权,美国不断在世界各地挑动国家间矛盾,其"盟友"们不得不依附于美国。

北约东扩就是一个典型例子。在美国主导下,北约以俄罗斯为"假想敌",不断东扩。巴西国际政治经济学家何塞·路易斯·菲奥里指出,美国到处散播"俄罗斯恐惧症"论调,好像不妖魔化外部敌人,西方就无法团结起来。

乌克兰危机升级,欧洲大陆重燃战火,正是源于北约对俄全方位的地缘战略挤压。美国的目的是用战事削弱和拖垮俄罗斯,同时也借机压榨欧洲"盟友",确保对它们的掌控。

近年来,美国将中国定位为"战略竞争对手",频频炒作所谓"中国威胁论",在亚太地区加紧构建三边或多边安全合作体系,包括美日澳合作、美日印澳"四方安全对话"等,谋求构建"亚太版北约",甚至引入域外"盟友",建立美英澳三边安全伙伴关系。这些举动的真正目的就是遏制打压中国,同时借机加强对亚太"盟友"的控制,以维护美国的霸权地位。

拜登政府上台后,打着"重回多边主义"的旗号,大搞"小圈子"和集团政治,以意识形态划界、阵营对抗的方式来割裂世界。最近,美国在这方面的动作越来越密集:与日本、韩国强化三边军事合作,推进情报共享机制,将"核保护伞"触角伸到东北亚地区,把组建美日韩三边军事同盟提上日程;宣称美国与菲律宾共同防御条约第四条适用于南海,还拉日本欲建立新的美日菲"三方联盟";作为美英澳三边安全伙伴关系协议的一部分,美国国防部已经要求国会授权向澳大利亚转让核动力潜艇。

以美国为首的七国集团(G7)最近在日本广岛举行峰会,这一机制是美国同盟体系的重要组成部分,也是美国霸权的重要支撑,因此峰会在美国主导下发表联合声明抹黑攻击中国。埃及埃中商会秘书长迪亚·赫尔米说,美国试图照搬在乌克兰问题上的套路,利用G7峰会在亚太地区挑起冲突。

G7是一个被美国操纵的"政治化团体",以牺牲世界上其他国家的利益为代价,为美国谋取政治和经济利益。

但美国拉帮结派、煽风点火之举并不符合很多"盟友"的根本利益,许多国家不愿跟随美国与中国搞对抗。澳大利亚"对话"网站刊文指出,如果美国要遏制中国,就得领导一个致力于同一目标的联盟,而"美国这种抱负令它的许多盟友越来越不安","在美国的亲密盟友中,似乎没有这种愿望"。澳大利亚前外长鲍勃·卡尔在接受媒体采访时公开表示,堪培拉不需要一个"沉迷于自己首要位置和主导地位"的美国。

"炮火甚至会对准盟友"

"不要再谈论'北溪'了。"美国《华盛顿邮报》今年4月初发表文章指出,西方国家官员并不急于查明"北溪"管道爆炸的真相。用一名欧洲外交官的话说,他们宁可找不到答案,也不想去面对"盟友"是肇事者的可能性。

而这位"名字都不能提"的盟友,就是美国。美国历史学家罗伯特·卡根曾经在谈到美欧关系时这样比喻:美国人负责"做饭",欧洲人负责"洗碗"。从美国同盟体系内部来看,美国与"盟友"之间就是这样一个不平等的主从关系。

美国在盟国驻军,使盟国依赖于美国军事力量的同时,也加强对盟国的控制。美国智库昆西负责任治国研究会2021年的一项研究显示,美国在海外80个国家和地区设有750个军事基地,几乎是美国驻外使领馆和使团数量的3倍。与此同时,美菲共同防御条约、美韩共同防御条约、美日安全保障条约等同盟条约都有免责条款,规定在特定情况下美国可以放弃履行条约义务,以确保华盛顿掌握更多主动权。

当"盟友"与美国立场不一致时,美国就动用各种手段对其施压。今年4月,法国国民议会举行了一场关于外国干涉问题的听证会。法国前经济部长阿诺·蒙特堡细数美国多年来对法国的霸凌行为,比如法国2003年反对美国发动伊拉克战争,因此遭到美国报复,关键武器部件遭禁运,导致法国"戴高乐"号核动力航母正常服役受到影响。"这是号称是法国'朋友'的国家采取的报复行为。这是对我们主权的干涉。这样的干涉已发生多次，未来可能还会重现。"

"盟友"还要长期忍受美国无孔不入的监听。从2013年曝光的代号"棱镜"的秘密监听项目，到2021年媒体爆料美国通过丹麦情报部门监听欧洲盟国领导人，再到最近发生的"泄密门"事件，暴露出美国从未停止对其"盟友"的大规模监控。法国前总理弗朗索瓦·菲永日前在公开听证会上坦言："我确实遇到过外国干涉，大部分时间，这些干涉来自一个友好同盟国家——美国。"

美国为自身利益而对"盟友"背后捅刀的行为不胜枚举：为帮美国企业打压竞争对手，利用"长臂管辖"拆解法国的阿尔斯通公司；为保护美国公司利益，对欧洲企业挥舞关税大棒；因土耳其采购俄罗斯武器而对土实施制裁；疫情期间多次高价抢购、截留"盟友"防疫物资；从法国手中抢走澳大利亚数百亿美元的潜艇订单；推出《通胀削减法》《芯片与科学法》，直接损害欧洲相关产业竞争力……英国《经济学人》周刊文章指出，美国的经济民粹主义威胁着欧盟的长期竞争力，"不仅欧洲大陆的繁荣受到威胁，跨大西洋联盟的健康也受到威胁"。

德国席勒研究所国际问题专家赛巴斯蒂安·佩里莫尼说，美国单极世界的逻辑决定了"美国的炮火甚至会对准盟友"。

"没人愿与霸凌者为伍"

"美国在全球至高无上的地位，是由一个覆盖全球的同盟和联盟所组成的精细体系支撑的。"美国地缘政治学家兹比格纽·布热津斯基曾对美国的全球同盟体系引以为傲。

而如今，不少"盟友"不愿事事紧跟美国，甚至在某些事件上与美国保持距离。"没人愿与霸凌者为伍。美国人将发现自己被世界其他地方孤立。"美国经济教育基金会网站一篇文章这样解读背后的原因。

5月19日，第32届阿拉伯国家联盟首脑理事会会议在沙特阿拉伯吉达举行。叙利亚总统巴沙尔·阿萨德时隔12年重返阿盟峰会，不少国际观察人士将此视为阿拉伯世界重回大团结的一个标志性事件。而美国国务院发言人却谴责阿盟重新接纳叙利亚，称美国不会同巴沙尔政权实现关系正常化，也不支持"盟友"伙伴采取此类行动。

阿盟重新接纳叙利亚一事证明，美国通过挑拨矛盾、煽动对立来操控地区局势的做法不得人心。卡塔尔半岛电视台研究中心在一份题为《中东：从十年冲突到和解时代到来》的报告中指出，拜登政府对阿拉伯"盟友"的关切毫不在意，不征求它们意见便在地区重要问题上作出单方面决定。如今，中东地区力量对比正在发生重大变化，地区秩序不再受美国操纵。

土耳其亚太研究中心主任塞尔丘克·乔拉克奥卢说，美国奉行单边主义，在中东地区不仅频频动用武力，而且滥用单边制裁，这些都是中东民众反美情绪激增的主要原因。华盛顿研究所去年11月进行的民调显示，近六成沙特人和阿联酋人表示，"现在不能指望美国，应该更多地把目光投向俄罗斯或中国"。

中东"盟友"寻求摆脱美国控制的举动并非偶然。在欧洲，"战略自主"再度成为领导人发言时的高频词。法国总统马克龙说，欧洲必须为战略自主而斗争；欧盟外交与安全政策高级代表博雷利说，"没有自治，我们就无法摆脱依赖"；欧盟委员会主席冯德莱恩说，欧洲"能够并且必须打造独特的欧洲方针"。

"美国的主要盟友都喊出'不再做附庸'，这恐怕预示着美国主导地位走向终结的开端。"欧亚时报网站评论说，"我们不再生活在一个军事联盟的世界里……当今世界是多极化的，不结盟可能成为最强大的全球新秩序。"

"美国正在变得孤单。"观察国际格局的走向，美国前财政部长劳伦斯·萨默斯得出这样的结论。

（新华社2023年02月05日－2023年09月06日）

申报资料实录

作品简介："起底美国"系列报道将"议题设置"升级为更具长期性、系统性的"议题运营"，是新华社对美舆论斗争重点创新项目。系列报道通过扎实深入调研，以事实数据说话，有理有据引导国际社会认清美国真面目，在更高维度、更深层次的认知层面实现对美西方的全方位祛魅。这组报道有三方面特点：深入开展调研。深入研究美国历史污点、现实问题，厘清美国抹黑中国套路、霸权主义强盗逻辑、同盟体系不平等本质等，抓住问题根源，深入采访，站稳落脚点，找准切入点，狠批致命点。事实数据说话。借外国政要、学者之口说话，用大量案例数据支撑，凸显客观理性，多角度还原美西方媒体的惯用套路，深入剖析美国肆意操弄所谓"国际规则"挑动地缘政治对抗的深层原因，揭露其控制、压榨盟友的真实嘴脸。文风平实朴实。既有对过去几十年来美国霸权主义历史和同盟体系形成过程的回顾梳理，又有对美西方媒体话术的深入研究，还借助叙利亚外交官的无奈身影等具象化方式来反衬出美国的霸道霸凌，故事鲜活、表达平实、逻辑严密、论证有力，实现了可读性与思想性的统一。

社会效果：系列报道媒体采用合计超过3000家，全网总浏览量超过1亿次，其中多篇稿件获得全网推送，取得较好传播效果。

初评评语：系列报道体现出深厚的国际新闻调研功底和较强的国际采访突破能力，找准美国"七寸"，揭批入木三分，在解构美国话语与国际形象方面见实效，在舆论场上树立起一个舆论斗争新品牌，有效服务我对美工作大局。

花开中国
——百家融媒体"枫桥经验"60周年调研行系列报道

集　体

花开中国·百家融媒体"枫桥经验"60周年调研行③山东寿光

"爱情保卫战"温柔了整个寿光

引导新人填写《婚前问卷调查》，开展婚姻关系评估；为新人举行简朴而有意义的结婚宣誓仪式；动员新人参加婚前知识培训，就夫妻相处模式、家庭关系处理等进行系统学习……7月21日，当我们走进山东省寿光市婚姻家庭辅导中心，不由得被这里的婚姻家庭志愿者们的贴心服务吸引。

近年来，全国各地离婚率普遍升高，寿光却是为数不多的几个"下降"城市之一。寿光市关工委主任王茂兴说："从2017年开始我们引'枫桥经验'进家庭，通过成立辅导中心开展'婚姻家庭保卫战'，取得了很好成效。这7年，接待协议离婚夫妻17024对，其中劝和8031对，为万余名孩子保住了原生家庭。"

婚姻调查结果触目惊心

2016年，寿光市关工委在走访调研中了解到，因离婚带来的社会治安案件显著增多，已严重影响下一代的健康成长。大家商议后，决定先对全市的婚姻状况进行一次调查。

这一查，可谓触目惊心：寿光市2000年结婚7713对，协议离婚174对，

2016年结婚6398对,协议离婚1651对,16年增长了9倍!2016年法院判决离婚300多对,叠加后离婚总数约2000对。离婚的每对夫妻平均有1.5个孩子,由此推算,寿光市每年大约新增3000多个单亲家庭的孩子!

离婚带来一系列的社会问题:离婚夫妻中95%以上的有孩子,且多数为未成年人,他们因父母婚姻矛盾和离婚产生自卑、焦虑、抑郁、敌对、报复等心理问题,他们学习不努力,价值观不正确,进取心、责任心不强,有的走向违法犯罪;离婚妇女生活水平下降,权益受损。离婚后,孩子随女方生活的较多,导致一些女性陷入贫困;更叫人痛心的是,有些离婚家庭因处置矛盾不当,发生严重治安案件。当年寿光110出警案件中,近30%是家庭矛盾纠纷案件和家庭暴力案件,其中有单亲孩子因父母疏于管教走上违法犯罪。

"其实很多夫妻感情尚存,只因家庭琐事、婆媳关系或眼前的经济压力触发矛盾,提出离婚。像这种夫妻,能有个可靠的'中间人'劝导说和,极有可能不会离婚。"王茂兴说,"我们想到了'枫桥经验',觉得应该成立一个群众组织,主动站出来做'和事佬',尽可能多地帮助一些家庭守护婚姻,降低失婚对家庭成员特别是孩子的影响,以此从源头上给下一代成长营造良好环境。"

2017年1月,在市关工委、市妇联、市民政局的努力下,寿光婚姻家庭辅导中心应运而生,寿光的"爱情保卫战"开始了。

做强辅导中心"阻击"离婚

辅导中心立足点是"阻击"离婚,场地就在婚姻登记处,辅导中心下设8个辅导室,主要面向拟协议离婚人员提供婚姻指导、心理疏导、婚姻危机干预、法律咨询等服务。

如此繁复又专业的工作由谁担当呢?社会上招募来的志愿者。他们来自各行各业,没有任何报酬唯有辛苦,但神奇的是队伍一直在壮大,从最初的84人发展到了现在的360多人,大家分20个小组,每天15人,在工作日轮流值班,准点服务。

辅导按"一接、二听、三调、四嘱"流程规范开展。欲协议离婚夫妻到登记处后，先到婚姻辅导办公室领取登记表，再由2名辅导员接待进辅导室帮助填写表格，以大体了解家庭情况、离婚诱因。然后，双方在辅导员面前说说彼此的不满，如果发现某一方有隐情，就分开详细交谈，找准问题症结。然后辅导员再根据掌握的情况，帮助他们分析婚姻存在的问题，厘清离婚的代价。最后，不管是和是离，都给出合理化建议，并提醒做好老人孩子的安置，以防出现社会问题。

辅导坚持一案一议，根据实际，能和就和，该离就离，不盲目追求劝和率。关工委副主任马金涛也是志愿者之一，他说："现在大家都学会了自然归类。对那些长期家暴不认错的，有赌博、出轨等恶习不悔改的，闪婚和被迫结婚确实没有感情基础的，基本建议协议离婚；对因家庭琐事、婆媳关系、经济压力等导致的，则不遗余力进行劝和，毕竟感情没有破裂，很有希望说和。"

调解第一要有耐心。现年67岁的志愿者李俊梅，最多一天曾接待41对夫妻，到下班嗓子都劝哑了，一些当事人为此感动得自责，握手言和回家了。期间也有不理解的当事人，会责怪志愿者"多管闲事"，志愿者们也总是不离不弃进行调解。疫情期间出行受限，志愿者们特意组建"幸福120"服务队，进村入户280多次，化解了150多个家庭的婚姻危机。

为何寿光能亮成一道光

如今，家庭夫妻有矛盾，不论想不想离婚，找辅导员帮忙成了寿光家庭的首选。

辅导中心真正成了"婚姻保卫站"，其先进经验和创新做法被全国多家媒体报道。2018年，山东省以寿光为典型，在全省推出了"幸福护航"行动，打造婚姻家庭辅导品牌。潍坊市，更是参照寿光发布了全省首个婚姻家庭辅导工作地方标准。

盛誉之下，回望来路，为何寿光能在"婚姻保卫战"中亮成一道光？

有一个有力的支持体系。寿光市委、市政府高度重视婚姻家庭辅导工作，每年市财政安排专项资金，解决志愿者值班所需的交通费、餐费问题。市关工委将婚姻辅导作为关心下一代的重要抓手，市妇联将婚姻辅导作为一项重要工作纳入议事日程，机关干部全员参与。市民政局腾空办公房作辅导室，安排专人负责志愿工作衔接。公检法司等部门定期召开联席会议研判社会治安问题，为调解员处理家庭矛盾纠纷提供大数据支持。

有一支高素养的志愿队伍。这几年，寿光志愿者队伍不断扩大。志愿者中既有市人大、政协退下来的老干部，又有妇联、教育、司法、卫生等部门退休和在职干部职工及个体工商业者，他们的身份不同，年龄不一，但目标相同——让有矛盾的夫妻重归于好，让更多孩子有个温暖的家。他们热爱学习，为了提高辅导工作水平，经常请婚姻调解专家授课，请律师说法，建微信群交流学习，从而让调解工作逐步向专业化迈进。

有一份久久为功的为民匠心。7年调解，中心从来没有停下探索和睦家庭，护航幸福的步履。从2018年开始，每年归档工作台账，研判离婚人员年龄结构、所处行业、离婚原因等数据，根据数据指向，将化解婚姻家庭纠纷的关口前移，力求通过婚姻家庭伦理教育、法制宣传避免离婚案件的发生。这几年，系统培训新婚夫妻4000多对。进乡村、工厂、学校举办家庭婚姻法宣讲470场，培训群众5万多人次。组建16支"一家亲"志愿调解队，对城市社区家庭矛盾邻里纠纷进行调解，把护航婚姻的行动扎实到犄角旮旯，久久为功的匠心中社会和谐的根基在一点点稳妥地筑牢。同时，为筑牢婚姻家庭的优秀文化传统根基，中心还优化古代二十四孝为寿光二十四孝，通过《寿光日报》等阵地大力宣传，构筑父慈子孝、夫妻和睦、家庭美满的社会大风景。

见证者说：从田间地头走进菜农心头

寿光市人民法院稻田法庭庭长　燕　华

2017年，我们是奔着"枫桥经验"去的诸暨。在诸暨的学习考察加深了我的理解："枫桥经验"最根本的出发点和落脚点就是人民，特别是进入新时代，我们要把人民对美好生活的向往作为奋斗目标，运用法治思维和法治方式解决涉及群众切身利益的矛盾和问题，努力让人民群众在每一个案件中感受到公平正义。回到寿光，如何在一个全国闻名的"蔬菜之乡"坚持和发展"枫桥经验"，我们能做的也许就是蔬菜产业的发展需求在哪里，司法服务就跟进到哪里，通过"法院服务链"与"蔬菜产业链"双链融合、同频共振，让"寿光蔬菜"走得更远、步履更健。

由此，我们成立了"蔬菜法庭"，通过对涉蔬菜案件的探索整合，针对种苗及农资产品质量、蔬菜买卖、运输合同、大棚建设施工四大类涉蔬菜纠纷开展专业化审判。也就是说，只要是涉及这四类蔬菜的案件，我们就走"绿色通道"，以快调、快立、快审、快执的"四快"原则为蔬菜产业发展护航。具体到审理过程，我们会"第一时间"联系双方当事人进行调解；调解不成，"第一时间"立案、开庭，高质效审判，并督促执行。

说起来，"蔬菜法庭"主要为了方便菜农，所以我们的庭审现场不是田间地头，就是蔬菜市场、蔬菜专业合作社。我们巡回审判，就地以案释法，从田间地头走进了菜农心头，不少菜农还通过这些发生在身边的鲜活案例学会规范合同，规避风险。菜农们都说，这个"蔬菜法庭"是对他们实实在在的帮助。

至今，我们审理涉蔬菜纠纷457件，确权标的1300余万元，为菜农追回菜款400余万元。今年3月，寿光市人民法院专业审判促进"寿光蔬菜"产业发展做法被写入十四届全国人大一次会议最高人民法院工作报告，成为全国特色法庭创建的"寿光样本"。

花开中国·百家融媒体"枫桥经验"60周年调研行 24 浙江余杭

数字赋能"防未病""查疑病""治已病"

余杭区是杭州重点建设的城市新中心，地域广，人口多，经济活跃，产业结构复杂，各类矛盾纠纷众多。面对庞杂的矛盾纠纷，该如何破题？除了"治"，还要"防"。

作为全国数字经济高地，近年来，余杭探索"智慧服务＋数智治理"，将大数据、人工智能等新技术运用到基层社会治理中，开发出"余智护杭"基层智治综合应用平台、"众人议事厅"应用场景等一批极具特色的数智治理品牌，让数据成为发现矛盾、解决矛盾的好手段，走出一条"数智化"基层社会治理新路径，形成了"前端防未病，见之于未萌；中端查疑病，识之于未发；后端治已病，治之于未乱"的新时代"枫桥经验"余杭模式。

众人议事"防未病"

"友情提示：'众人议事厅'有一项议题需要您参与协商！"余杭区径山镇小古城村村民林型首手机上收到了一条短信提醒。对于这样的提醒，他已经习以为常。

"'众人议事厅'是一个线上协商小程序，群众可以通过语音和文字的方式随时发表意见建议，参与村级事务协商，后台自动归纳整理形成协商结果。"林型首一边点开小程序，一边介绍道。

秋高气爽的日子里，露营成了"顶流"。每逢节假日，小古城村苕溪营地吸引成百上千的游客前来露营嬉水、烧烤野餐。停车和交通问题成了村民的心病。"这回村里发动老干部、老党员、组长代表和我们户代表，就是为了商量停车的问题。"林型首点开协商议题说。经过众人的协商，最终提出新增户外停车场、临时车位，农户敞开庭院开辟"共享车位"，专人引导等切实可行的方案。

"村里马上按照确定的方案予以落实，目前已新增车位 200 余个，有效缓解了停车难的问题。"小古城村党委委员林鑫磊说。

"众人的事情由众人商量"是习近平总书记对径山镇小古城村的重要嘱托,也是全过程人民民主在余杭的重要实践。今年8月,余杭正式发布"众人议事厅"应用场景,将"众人的事情由众人商量"议事地点搬到"掌上",打破了传统议事模式时间、空间限制,让群众随时随地即登即议,拓宽民情收集转办渠道,实现人人可爆料、户户可参与,有效改变遇事无人可诉、无人可找、无人可办的局面,将群众诉讼解决在基层,将矛盾化解在源头。

"众人议事厅"应用场景自上线以来,累计开展议事协商317件,参与议事1.72万人次,共收集问题3255条,已办结3067条,办结率94.2%。

除了打造"众人议事厅"这个浙江省首家区域(区县)议事协商平台,近年来,余杭还结合自身村社情况,创新实践"三治融合"积分管理机制,系统梳理自治、法治、德治的积分指标,在坚持"枫桥经验"基础上不断发展,并赋予其新的时代内涵,为众人参与乡村治理注入新动能。

统筹联动"查疑病"

走进位于余杭区政府的数"智"治理中心,工作人员正紧张忙碌着,大屏上"余智护杭"应用全景展示着全区的情况,包括地图、摄像头点位、房屋数量、人口等。余杭将区数"智"中心比喻为"大脑",街道指挥室称作"小脑",警情处置中队为"手脚"。有矛盾纠纷发生时,"大脑"将非警务类警情自动分配至属地镇街的指挥室"小脑",然后指挥室联动处置"手脚",抵达现场处置矛盾纠纷。统筹联动各种资源,第一时间解决,快速而又精准。

基层治理链条高效运行的背后,离不开数字化赋能的加持。余杭通过"余智护杭"基层智治综合应用平台,建立起"统一问题接办、统一业务流程、统一高位协调、统一闭环处置"的管理机制,通过全量信息视图归集"人房企事物"五大要素,推动各类问题早发现、早防范,让余杭拥有了自己的智能"大管家"。

针对排查隐患,余杭还有平安风险预测预警防控应用,可以更好地满足扩大风险监测覆盖面、提升风险预警智能化、强化风险防控协同性的需要。

日前，余杭街道某小区消防通道被占用，被已经接入雪亮工程平台的小区视频监控自动抓拍。平安风险预测预警防控应用自动发起了预警，经过交办流转至"余智护杭"应用，属地镇街当即派出"手脚"队伍进行处理，车辆驶离。"15分钟后，系统会再次核实，如果车辆已开走则自动进行闭环；若车辆仍未开走，则流转至消防救援大队进行执法处罚。后续该处置结果也会同步至平安风险预测预警防控应用进行线上闭环。"余杭区社会治理中心工作人员介绍道。

据统计，平安风险预测预警防控应用自2022年4月上线以来，累计预警风险隐患6.5万余个，其中化解风险0.6万余个，整改隐患5.9万余个，处置效率提升75%以上。

以网调网"治已病"

"就目前的一个情况来看，这是价格乌龙的概率比较大。现在有一个调解方案：商家能否按照当初设置的价格尽快发货？时间也这么久了，尽量通过我们这次调解能把问题解决掉……"在余杭区网络交易纠纷调解处理中心，调解员正通过"网络消费投诉在线调解平台"与消费者、商家展开三方视频在线调解。

前几天，周女士在电商平台上购买了一台冰箱，但是拍下后商家却告知周女士该价格为运营设置错误，需要消费者补差价，否则拒绝发货，周女士无奈投诉。经过线上面对面直接协商沟通，最终双方当事人达成一致意见，调解成功。周女士表示："我觉得有这个平台很方便，我们可以相互举证，公平公正地处理问题，调解速度和效率让我很满意。"

余杭区是平台经济强区，目前共有各类平台企业63家，2022年数字经济核心产业总量分别占了杭州市的1/3和浙江省的1/5。同时，也是阿里巴巴集团总部所在地，集聚以天猫、淘宝为代表的传统电商、直播MCN机构等各类平台主体，平台内经营户超过1000万户。平台经济的高度发达也给余杭带来了来自全国各地的网络消费纠纷，2023年上半年共受理网络消费投诉举报376349件，占全省的1/3。

为此，余杭专门设立网络交易纠纷调解中心，组建了一支融合行政调解、协会调解、人民调解、平台调解各方力量的网络交易纠纷多元调解队伍，形成网络交易纠纷多元化解机制，并开发了全国首个"网络消费投诉在线调解平台"，运用在线调解平台，强化数据分析和标准引领，实现信息互动和数据共享，构建完善"网络消费纠纷化解工作法"。该系统联通了商家、消费者、第三方交易平台以及调解人员，能实时调取平台交易相关数据，具备三方通话和在线视频功能，做到纠纷调解全程在线展开，减少沟通时间成本，提升信息对称性，实现了信息互动和数据共享，有效提高调解效率，降低消费者维权成本。今年上半年，余杭完成网络消费纠纷调解30余万件，普通消费者调解满意率达96%，投诉初查反馈率、投诉按时办结率均为100%。

今年，余杭"网络消费纠纷化解工作法"入选全省新时代"枫桥经验"20大标志性成果，是全省唯一市场监管部门和全市唯一区县单位，该成果将长期入驻全省"枫桥经验"陈列馆。

见证者说：走出新时代"枫桥经验"本地化新路子

闲林街道西溪源村党委书记　郑　立

"枫桥经验"60年来历久弥新。伴随着社会的进步和发展，"枫桥经验"有了更多的内涵，矛盾千变万化，方法层出不穷，但依靠群众、就地化解矛盾的本质没有改变。

我从2020年开始，连续三年都去枫桥考察学习，每次都有新的收获。在我看来，践行"枫桥经验"要充分发挥基层党组织的战斗堡垒作用，推动基层党建与基层治理有机衔接，更要发动和依靠群众，坚持矛盾不上交，就地解决，化解矛盾，维护稳定，促进发展。"枫桥经验"已然成为基层治理的一个样板，我们要认真学习借鉴，同时结合本地实际，深入理解和探索，走出新时代"枫桥经验"本地化的新路子。

近年来,我们西溪源村一直践行着"枫桥经验",努力实现"琐事不出门、小事不出组、烦事不出村"的治理理念。2020年,我村成立了综治中心,设立四个站点,开通了便民热线。最值得一提的,就是借助数智力量,打造了"乡村微脑"治理体系。通过"乡村微脑"大屏,可以将全村的情况一览无余,甚至还可以直接指挥无人机,进行全村巡逻。在此基础上,我们融合"四源治理、四治融合、四站整合",推动各类矛盾纠纷"处置在早、化解在小"。

我们把福利与考核放在一起,在做好自身的同时,还可以获得奖励。村民积极性高了,治理也就更加顺畅。经过多年的探索,我感受到了村里实实在在的变化。上级相关部门、公安、村干部和群众的干群关系距离拉近了,警源、访源、诉源发生率下降了,破解了非紧急、警务警情占用消耗110资源、警务资源的难题,把有限的警力用在刀口上,基本实现把矛盾纠纷在源头上解决,萌芽内处理。

花开中国·百家融媒体"枫桥经验"60周年调研行64 安徽黟县

"退一步"得见黟县样本

近日,国家历史文化名城安徽省黄山市黟县迎来入冬首场降雪,粉墙黛瓦的徽派古民居银装素裹,洁白剔透,宛如一幅淡装素雅的水墨画,静谧祥和。

这座小城,常住人口虽不足10万,但每年接待的游客却近两千万。近年来,随着多条高铁线路的兴建,一时间涌入了倍数于当地居民的建设人潮,原本平静祥和的小县城免不了多了些矛盾,给基层治理带来诸多挑战。

为践行和创新新时代"枫桥经验",从源头上减少矛盾纠纷,黟县充分挖掘徽州优秀传统文化中的善治因子,将"作退一步想"典故蕴含的"崇德向善、谦和礼让"元素注入治理,探索一条契合实际的县域治理之路。日前,"花开中国——百家融媒体'枫桥经验'60周年调研行"采访组来到黟县,探寻新时代"枫桥经验"的黟县样本。

向传统要"方法"

黟县西递镇素有"明清民居博物馆"和"桃花源里人家"之称。走进西递景区,一处名曰"大夫第"的老宅诉说着厚重的历史,只见其侧门墙界后退半米之多,正屋的墙角也被削去三分,门额上有着五个斑驳的篆刻字:作退一步想。

西递镇综合治理中心主任赵岩松介绍,这便是"作退一步想"工作法的底蕴来源。清道光年间,任开封知府、朝列大夫的胡文照在修缮祖居时,为方便路人推车、挑担、行走,主动退让而为,将正屋墙体削去三分、阁楼临街后退一步、巷陌墙角置之护石,意为"裁直为圆、方便他人"。这一举动感化了全村人,后来建房者纷纷仿效退让,久而久之便在村域内形成了一条较为宽阔的通村巷道。

如今,"作退一步想"深深地影响着这方水土,已成为黟县基层社会治理和干部教育管理的工作品牌。2018年,黟县将"作退一步想"融入基层人民调解机制,创新提出"听、理、劝、借、退、和"六步工作法。2022年,"作退一步想"工作法还先后在中央政法委召开的第八次全国市域社会治理现代化试点工作交流会、第六次全国市域社会治理现代化试点创新研讨会进行典型发言、专题片播放。

经过一年多的实践,黟县又进一步拓展阵地,同步在全县8个乡镇、70个村(居)综治中心和部分县直部门建设标准化"作退一步想"工作室,构筑联动调解平台,以六字法则引导当事人退中共进、互惠共赢,将调解窗口前移到群众家门口,开辟矛盾纠纷化解的新渠道。

"退"为"进一步和"

日前,在黟县西递村"作退一步想"工作室,一起矛盾纠纷在此从吵到和。西递村村民章某与汤某比邻而居,因排水沟渠年久淤塞,每逢大雨天气，章某家厨房的污水总会渗到汤某家里。一来二去之间，章、汤两家矛盾激化。

"远亲不如近邻。吵来吵去，不如坐下来议一议。"工作室调解员吴勇第一时间安抚双方情绪，并将两人请进"作退一步想"调解工作室。"彻底解决排水问题，需要改造排水管道。咱们各退一步，章家出钱安装管网，汤家为布管提供方便。"理清事情原委之后，吴勇提出建议。权衡利弊之后，章、汤两家拼上"和合桌"、共举"和气茶"、签订"和合"协议，在满满的仪式感中握手言和。

在纠纷调解的过程中，调解员巧用"作退一步想"工作法，以"听、理、劝、借、退、和"六字法则引导纠纷双方摆事实，讲道理，各退一步，将矛盾最大程度地化解在基层。如今，"作退一步想"工作法已经成为黄山市基层社会治理一面鲜明的旗帜，全市745个村已统一建设标准化"作退一步想"工作室，2022年98.72%的矛盾纠纷在乡镇（街道）以下得到化解。

"一网统管"提效能

日前，在一次日常走动巡逻中，西递村党委书记兼网格长的胡傲立，发现景区内有一处石板开裂，便立刻拍照将这一问题上传至"e"治理平台。"西递景区路面石板开裂已解决，予以办结。"不久后，黟县西递村"e"治理事件调度平台出现这样一则办结消息。

"流动小摊贩怎么管理？""公共基础设施如何尽快修复？""群众参与环境保护情况怎样？"在黟县，这些问题只要点点鼠标，就可以"一网打尽"。这一切都源于一个"e"治理平台，它能满足基层社会治理10大项149个场景需要。

黟县有807名网格员，他们只需在巡查中对发现的问题通过手机"e"治理APP进行上报，便可直接流转到镇级"e"治理平台，调度员在线上对事件进行审核、调度、处置、办结全链条办理。截至目前，平台共受理网格员上报网格事件25575件，办结25110件，办结率98.18%。

此外，为激发群众参与社会治理的内生动力，黟县创新推出"黟家人"

小程序，无论是县域内的市民还是来黟的游客都可以通过小程序"随手拍"功能，将身边存在的问题进行上报，自动流转至"e"治理平台也将作为网格事件进行调度和处置。目前，该小程序已注册用户 29591 人，群众共上报网格事件 1167 件，办结率 99.14%。

近年来，黟县不断思考和探索，通过畅通群众参与社会治理渠道、搭建多样化社会治理平台、汇聚各方资源等途径，落实"e"治理平台"一网统管"的事件处置机制，进一步提升基层社会治理效能。在安徽省最新发布的涉全国考评群众评价指标中，黟县矛盾纠纷化解率程度指数以 96.21% 的高指标，位列全省第一，这便是新时代"枫桥经验"在黟县落地生根、开花结果的最好证明。

见证者说：深化拓展德治品牌应用

黟县县委政法委政治部主任　张兰君

黟县自古文教昌盛，崇尚积德向善、谦和礼让之风，而被世人誉为"最聪明处世之道"的"作退一步想"便是其中精髓之一。

在平安建设实践中，黟县县委充分挖掘徽州优秀传统文化中的善治因子。2018 年以来，黟县聚焦发展新时代"枫桥经验"，全方位打造"作退一步想"德治品牌，采用"德治教化"的方式防范市域矛盾风险，在社会关系修复上发挥自愈功效，维护社会肌体健康。如今，已构筑起以三级综治中心为载体、"两平台两程序"为基础、各类（专）调委会为主体的矛盾纠纷多元化解体系，通过以德促调、以德辅治，将大量矛盾纠纷处置于初始、化解在基层。

"作退一步想"工作法以和解、和谐方式化解纷争，不追求单方面绝对优势，不造成社会撕裂与隔阂，最容易唤起广大群众的认同感，深受当地群众和四方游客喜爱。在纠纷处置中，为了让当事人既解"事结"又除"心结",采用"治未病"中医调理原理防范各类风险,提升社会肌体免疫力,夯实新时代"枫桥经验"工作基础。同时,注重将"作退一步想"文化融入"三庭一户(平安家庭、五好家庭、文明家庭、十星平安文明户)""黟县好人""道德模范"等评选表彰活动,将挖掘整理的家训、家书文化融入市民公约、乡规民约、学生守则、行业规章、团体章程中,全域推开"三治融合"积分制,在全县形成积德向善、谦和礼让的良性乡村文化生态。

(《诸暨日报》2023年08月09日－2023年12月30日)

申报资料实录

作品简介:2023年是毛泽东同志批示学习推广"枫桥经验"60周年暨习近平总书记指示坚持发展"枫桥经验"20周年。作为"枫桥经验"诞生地媒体,诸暨市融媒体中心联合全国100多家县级融媒体中心精心策划、实施"花开中国——百家融媒体'枫桥经验'60周年调研行"新闻行动。2023年8月开始,"花开中国"以县域为单位,以新闻调研的形式,全媒体报道了"枫桥经验"在各地的实践与探索,解开"枫桥经验"历久弥新的密码。北起内蒙古乌兰浩特,南到海南五指山,西至新疆阿瓦提,调研采访组每到一地,都深入基层社区、田间地头、村民家中,与干部群众展开座谈。每则调研报道由经典案例、见证者说、访谈视频、新闻图片等组成,力求作品有分量、有深度、有温度,最终形成全媒体调研成果,总共刊播发布200多篇全媒体报道,其中79篇文稿在《诸暨日报》和相关兄弟媒体同步刊播。

社会效果:"花开中国——百家融媒体'枫桥经验'60周年调研行"扎实践行习近平总书记对新时代"枫桥经验"的指示精神,既宣传推广了"枫桥经验",又收集整理了"枫桥经验"创新发展的第一手宝贵资料,百家融媒体同频共振,营造了良好的传播效应,对新时代"枫桥经验"的创新、发展、推广产生了深远的意义。"花开中国——百家融媒体'枫桥经验'60周年调研行"共推出报纸、电视、新媒体等全媒体系列报道200多篇,在全国20多个省区市的百余家县级融媒体同步刊播,据不完全统计,阅读量超亿人次。新华社、人民网、学习强国及各省市媒体对该活动予以高度肯定和报道。

初评评语:该作品在2023年媒体融合发展十周年之际,由县级媒体第一次策划组织超大规模的新闻行动。活动有上百家县级融媒体中心参与，遍布全国 20 多个省区市，是向媒体融合发展十周年的一次致敬；2023 年是"枫桥经验"发展中一个十分重要的年头，"花开中国"系列报道敏锐地抓住了这一重大新闻事件，参与了这一历史进程；2023 年中央提出大调研要求，"花开中国"系列报道以调研作为重要形式，相关采访扎实，全媒体报道，既有新闻的鲜活，又有调研的厚重，是各地媒体深入基层践行"四力"的成果。

我从山中来

梁　鋆　范　凡　刘晓宇　阳　岌　陶启堂　张鸿飞　邓俊宇

作品请见中国记协网 http://www.zgjx.cn。

（广西广播电视台 2023 年 11 月 03 日 – 2023 年 11 月 07 日）

申报资料实录

作品简介：题材重大，立意高远。脱贫攻坚时期，广西建设了 506 个集中安置点，将 71 万贫困人口搬出穷山沟。习近平总书记"精准扶贫"理念提出十周年之际，该作品聚焦广西易地扶贫搬迁"后半篇"文章，生动展现搬迁群众新生活，通过采访具有"广西特色"的易地搬迁后续帮扶经验、实践成果，探寻广西减贫和振兴密码。角度新颖，故事典型。经前期采访，记者选取马党成等 5 户搬迁群众为报道对象，5 个家庭背后平凡却不普通的奋斗故事，正是广西坚定不移落实习近平总书记"精准扶贫"重要指示批示精神的缩影，是广西乡村振兴、经济发展、民生改善的缩影。调研深入，构思巧妙。记者深入广西南丹、隆安、都安、田阳、贺州等地蹲点采访，走进采访对象生活、工作中，记录他们易地搬迁后拼搏奋斗过程中的探索和实干、思考与困惑，围绕易地扶贫搬迁这一国家脱贫攻坚的"头号工程"，从就业帮扶、社区治理、产业发展、党建引领、文化传承等方面进行多维度调研。作品既反映了我国易地搬迁工作的共性问题，又总结了广西易地搬迁的独特经验。

社会效果：作品以一个个典型故事为观察窗口，通过有温度有深度的录音报道配以记者手记，生动展现广西各级各部门以及易地搬迁群众所付出的努力，具有"广西特色"的易地搬迁后续帮扶经验、实践成果也为我国各地做好易地扶贫搬迁"后半篇"文章提供有益借鉴。除广播播出外，广西广播电视台官方APP广西视听同步推出音视频报道，北部湾在线网站也对作品进行了刊播。全媒体传播效果突出。

初评评语：习近平总书记指出，易地搬迁是解决一方水土养不好一方人、实现贫困群众跨越式发展的根本途径。该作品聚焦易地扶贫搬迁的"广西实践"，以小切口反映时代重大议题，主题鲜明，意义深远，叙事清晰，生动深刻，具有较强的时代意义和新闻价值。

数字时代,如何回应劳动者新期待

卢越 张菁 车辉

代表作一

有的用人单位借助技术手段收集员工网络访问地址、聊天内容,或擅自恢复员工已删除数据……

【数字时代,如何回应劳动者新期待①】智能管员工 手该伸到哪

本报记者 张 菁

今年国庆节后,李丽正式从北京一家互联网企业跳槽到另一家同行业企业。当初在"老东家"时,李丽发现,自己的很多举动已在公司的视线中:入职发放的笔记本电脑中自带监控插件;在公司外工作时,需要登录公司VPN……

随着数字技术的快速发展,在企业的劳动管理过程中,智能化设备和技术的使用越来越普遍,在提升工作和信息安全管理效率的同时,也被质疑可能侵犯员工个人信息。很多劳动者表示,可以接受公司出于安全和效率进行的管理,但若触碰到个人隐私,还是难以接受。

那么,在数字技术被广泛应用的当下,员工个人信息保护和公司劳动管理的边界到底在哪里?记者进行了采访与调查。

有员工信息被智能化精准监控

在一些相关司法判例中，很多劳动者都产生了"公司此举是否侵权"的困惑。

前不久，北京市第二中级人民法院披露了一则涉及侵犯员工个人信息的劳动争议案件。马某与一家环保公司连续两次签订固定期限劳动合同，按法律规定，之后其可签订无固定期限劳动合同，而用人单位利用技术手段，恢复了马某工作电脑上已删除的数据，从中找出所谓马某骗取休假的"违纪证据"。

对此，法院在判决中亮出了鲜明态度：该公司擅自恢复员工已删除数据的行为，构成对马某个人信息的不当使用，也违背了个人信息保护的核心要旨，故对该证据不予采信。

在一些类似案例中，劳动者并没有像马某一样获得胜诉。

修某在一家企业工作期间，公司对其使用的办公电脑安装了一款监控软件，该软件能对修某在办公期间使用的 QQ、微信聊天信息予以记录，并保存在服务器主机上。修某认为这些行为侵犯了其隐私权，遂诉至法院。法院认为，这是企业的自我管理行为，其目的是正当的，不具有窥探员工个人隐私的主观故意，因此并非违法行为，不构成侵犯修某的隐私权。

员工上网用了多少流量、看了哪些网站，同样可能被公司精准掌握。

早前，网上流传出一份某集团的《关于违反员工行为规范的处罚通报》，其中批评了 11 位员工占用公司公共网络资源从事与工作无关事宜，通报还罗列了每名员工的 App 流量使用信息，涉及多个视频、购物、音乐 App。

还有网友在论坛发帖称，自己在公司的上网记录疑似被监控，"刚刚给其他公司投完简历，便收到了公司的'精准裁员'通知"。

数字化管理的边界在哪里

当前，很多企业通过数字网络监控的方式提升管理效率，保护企业信息安全，降低互联网使用风险。这种数字化管理和网络监控是否有相应的依据，又该以何种合规的方式开展？

"根据劳动法的有关规定,企业有权在员工工作期间对劳动行为进行管理。"北京兰台律师事务所高级合伙人谢丽娜介绍,个人信息保护法同样有相关规定,其中第十三条明确,为订立、履行个人作为一方当事人的合同所必需,或者按照依法制定的劳动规章制度和依法签订的集体合同实施人力资源管理所必需的,可以处理个人信息。

"不过,员工的电脑上网访问记录、连接公共无线局域网的用户使用流量信息,以及员工使用软件进行业务操作等可能会涉及一些个人信息,企业需要谨慎处理。"谢丽娜说,当数字化管理涉及使用员工个人信息时,员工对此享有知情权,用人单位应将收集使用的员工个人信息处理目的、处理方式、处理种类等告知员工,并且遵循必要性原则,以劳动用工管理必要为出发点,采取对个人权益影响最小的方式收集使用员工个人信息。

李丽向记者展示了一份她此前在签订劳动合同时一并签署的个人信息收集和使用授权声明,里面包括婚姻、家人、健康状况、肖像、行动轨迹等12个大项、60余个小项的个人信息收集使用类别,并写明"您对《劳动合同》的签署即表明您同意本声明"。

"入职时更多关注的可能还是薪酬待遇等。"李丽说,虽然知道公司有很复杂的数字化管理流程,但是在与公司签订劳动合同时,并没有仔细查阅相关的条款内容,"收集这些信息好像成行业'潜规则'了"。为了能更好地保护自己的隐私,李丽说她和不少同事都不会用个人手机连接公司 WiFi。

劳动者个人信息保护有特殊性

按照个人信息保护法的规定,用人单位收集使用个人信息,应当保障员工的知情权。那么,在劳动用工场景下,劳动者即使被告知,他们会说"不"吗?"知情-同意"规则是否适用于劳动用工中?

"用人单位是生产经营的组织者,要维持这个组织体的正常有序运转,在对劳动者进行配置调度的过程中,必然要接触到他们的个人信息。"上海政法学院教授、上海司法研究所社会法研究中心主任王倩说,只是在数字时代,OA 办公自动化系统、微信群、钉钉考勤系统等的使用,加剧了对信息的"透视"风险。

在劳动者的个人信息保护中，会表现出一些特殊性。"这主要表现在资强劳弱的情况下，'知情－同意'规则可能失灵。"王倩解释说，单个劳动者相对于用人单位来说，在信息、财力、技术等方面均处于弱势地位，劳动者在工作时间、工作地点、工作内容和履行方式等方面都要听从用人单位的安排。这种弱势地位导致劳动者在劳动管理中难以真正自由、自愿地进行选择，应聘者在竞争激烈的就业市场中更不太可能为此放弃工作机会。

在王倩看来，在这种情况下，为劳动者设计特殊的个人信息保护规则显得十分迫切。王倩建议，在劳动法领域设置特别法，可以考虑在劳动基准法的设计中就劳动者个人信息保护进行专门性规定。

谢丽娜认为，虽然企业基于管理必需可以使用员工个人信息，但这种"必需"的标准很难一言概之。企业应实行民主协商程序，制定合法有效的规章制度或集体合同，最大限度保障员工的合法权益。

代表作二
新就业形态劳动者职业伤害保障正在7省市的7家平台企业开展试点——
【数字时代，如何回应劳动者新期待④】按单缴费能否走出职业伤害保障新路子

本报记者　张　菁

前不久，江苏常熟的众包骑手李某拿到了法院的民事判决书，他的确认劳动关系诉讼请求没有获得支持。这样，他此前在送餐途中发生交通事故受伤就无法享受工伤待遇，只能通过商业保险理赔。

近年来，随着互联网平台经济迅速发展，网约配送员数量不断增长。其中的众包骑手能够多平台接单，自主性更强，往往无法与平台确认劳动关

系。如何保障他们的劳动权益成为社会热点和难点问题。

眼下，一种新的保障制度——新就业形态劳动者职业伤害保障正在试点中。这种无须认定劳动关系、"按单缴费"即可享受保障待遇的方式，能否成为众包骑手们的权益保障新出路？

众包骑手的保障困境

2021年3月，李某在某网络科技公司的众包APP上注册成为众包骑手。2022年9月，他在送餐途中发生交通事故。平台不愿为李某申报工伤，又因没有书面劳动合同，李某无法自行申报，遂向法院提出确认劳动关系的请求。

法院认为，李某的工作地点、时间不受平台安排，是否上线、接受配送任务由其自行决定，认定双方存在劳动关系依据不足。

当前，网约配送行业用工模式多样化，导致争议案件裁判难度增大。苏州市中级人民法院的一份关于涉新就业形态纠纷案件审理情况的调研报告显示，在816件一审案件中，涉外卖骑手群体的案件占比最高，纠纷类型前三位为侵权类纠纷、确认劳动关系纠纷和工伤保险待遇纠纷。

今年5月，人社部、最高法联合发布的一起新就业形态劳动争议典型案例中，徐某于2019年7月注册成为众包骑手。2020年1月，徐某向平台提出订立劳动合同、缴纳社会保险费等要求被拒绝。案例分析中指出，虽然公司通过平台对徐某进行了一定的劳动管理，但其程度不足以认定劳动关系。

"上面两个案例中的众包骑手都属于比较典型的不完全符合确立劳动关系条件的情形。当前，可以多平台接单的外卖送餐员、网约车司机等绝大多数属于这种情形。"中国政法大学教授娄宇分析，虽然典型案例的裁判都以"事实优先"为劳动关系认定原则，但目前众包骑手与平台的从属性仍相对较弱，认定劳动关系存在困难，"由于没有明确的用工方来承担雇主责任，目前劳动法律中的很多劳动者权益他们无法享受"。

一种新的保障形式

在新就业形态劳动者"付出劳动就应享受相应保障"的期待下,一种新的权益保障方式正在试点中。

"骑手的就医费用,只要是在工伤保险诊疗和药品目录中的项目都会全额报销。"11月10日,美团职业伤害保障理赔经办人员赵山山对记者介绍一个理赔案例时说。

6月10日晚,狂风夹杂着暴雨和冰雹袭击南京,雨花台区某路段一棵大树被风刮倒,将高压线压断。晚上10时,外卖送餐员郭某在送餐途中经过此处摔倒,在起身扶电动车时被高压电击倒。经住院治疗4个多月,郭某出院回家休养。

由于平台为骑手缴纳了新就业形态劳动者职业伤害保障费,事故发生后,在当地政府和站点人员的协助下,郭某家属第一时间提交了理赔申请材料。6月21日,经雨花台区人社部门审核确定,该案符合职业伤害情形,相关医疗费用将由职业伤害保障基金全额报销。

记者了解到,截至出院时,郭某产生的医疗费用约50万元。目前,费用处于待支付状态,待医院出具医疗发票及费用清单后即可提供给人社部门进行报销。

"需要提供的材料主要是出警记录、骑手的订单记录和医院的就医材料。"赵山山说,申请流程并不复杂,郭某在美团众包APP上提交理赔申请材料即可。

据介绍,平台为骑手缴纳的保费为每单0.06元。经办人员还提醒郭某去做劳动能力鉴定,若其符合伤残待遇发放条件,后期还可以享受伤残待遇等。

新就业形态劳动者职业伤害保障试点于去年7月启动实施。在人社部2023年三季度新闻发布会上,相关负责人介绍说,试点在北京、上海、江苏等7省市的美团、闪送、货拉拉、快狗打车等7家平台企业开展。截至9月末,累计有668万人被纳入保障范围,已有3.2万人次获得职业伤害保障待遇4.9亿元。

按单缴费能否成新路子

"职业伤害保障是建立和完善平台从业人员社会保障制度体系的积极探索。"中国人民大学教授、中国社会保障学会秘书长鲁全说，政策精准回应了平台从业人员目前面临的最大职业风险——职业伤害，能够有效维护平台从业人员劳动权益。

"职业伤害保障最大的亮点是不用确认劳动关系，强制平台承担缴费责任。"娄宇认为，这为保障平台从业人员权益提供了有力抓手。

记者在《广东省新就业形态就业人员职业伤害保障试点政策的通知》中看到，平台企业应按月为新就业形态劳动者实名参加职业伤害保障，各行业类型每单缴费标准为出行、外卖、即时配送、同城货运分别按每单0.04元、0.06元、0.04元、0.2元执行。

鲁全指出，职业伤害保障在缴费方式上实现了突破，"按单定额缴费"很好地适应了数字时代以完成任务单为主要劳动形式背景下的保障需求。

"平台工作的特点是将完整的工作任务分解成一个个订单，'按单缴费'符合平台工作特征，是个值得推广的做法。"娄宇认为，在未来的实践中可以逐步扩大试点范围，首先向试点地区同行业的其他企业及其他行业拓展，惠及更多劳动者。

记者注意到，上述广东的文件中提出，适用《工伤保险条例》规定的劳动者，平台企业应当依法为其参加工伤保险，不适用本办法。"这也就是说，职业伤害保障为劳动者提供的是一种兜底保障，符合确认劳动关系情形的，平台仍应承担雇主责任。"娄宇说。

"当然，作为一项试点中的制度，职业伤害保障的效果还有很多有待观察之处。"鲁全说。他提示，平台经济是一种新兴的、发展中的经济形态，对于平台劳动者的保护不能"竭泽而渔"，需要兼顾多方利益，兼顾就业与劳动者权益保障等多重目标。

代表作三
数字技术的发展给劳动法治和劳动者权益保障带来新的
机遇与挑战。专家建议——
【数字时代，如何回应劳动者新期待⑥】
以数字化监管应对数字化用工

本报记者 卢 越

公司在网络主播离职后，未征得其同意而继续使用该主播出镜带货的短视频，引发纠纷。日前，浙江省舟山市中级人民法院审结了这起肖像权侵权纠纷案，判决公司承担侵权责任。

网络主播跳槽后，能否拿回"我的脸"；下了班还得微信办公算不算加班；多平台接单的外卖骑手受伤后找谁负责；"机器换人"之下绩效考核标准怎么定……数字技术的发展为人们生产生活带来极大便利，与此同时，劳动用工领域的新现象、新问题不断涌现，需要从立法、执法、企业用工管理等方面找到与之相适配的新路子。

劳动者权益保障面临新挑战

"数字化对劳动者权利的影响，包括对传统权利的挑战和对新型权利的需求。"辽宁大学法学院教授王素芬说。

王素芬进一步解释，从对传统权利的挑战上来说，"算法黑箱"可能对劳动者休息休假权、获得劳动安全卫生保护的权利、平等就业权产生影响，职场大量使用电子设备等可能对劳动者隐私权产生影响。

近年来，"设定上厕所限时"、数字化远程打卡、智能坐垫监控上班是否"摸鱼"……此类社会热点新闻频出。数字化技术参与劳动用工管理的场景越来越广泛，围绕企业用工管理自主权和劳动者权益保障的边界在哪里，屡屡引发讨论。

王素芬表示，在数据的巨大价值面前，一些用人单位存在过度收集与滥用劳动者个人数据的倾向，劳动者的个人数据权益和隐私权益保障面临威胁。

"数字时代下,在劳动者个人信息权益、离线权等新型权利保障上出现了新需求。"王素芬说。

针对近段时间引发关注的"下班也得紧盯微信算不算加班"问题,有专家提出完善法律体系,将数字时代的个人信息权益和离线权等新型权利纳入其中。在平台用工中,劳动者与平台的法律关系也一直是近年来理论和实务界争论的焦点问题。

"数字技术运用带来平台用工方式的勃兴,这种用工方式有着去劳动关系化的倾向,导致传统的以劳动关系为前提的保护制度无法覆盖大量平台劳动者。"中国劳动关系学院法学院学术委员会主任沈建峰认为,这些劳动者的多种劳动权益可能面临保护不足的问题。

以网约配送员普遍关心的受伤后如何理赔为例。众包骑手能够在多个平台自由接单,但由于不能确认劳动关系,发生事故后往往无法获得工伤保险理赔。值得一提的是,目前,7省市的7家平台企业正在开展按单缴费的职业伤害保障试点,其最大的亮点是不用确认劳动关系,强制平台承担缴费责任。这被认为是为保障平台从业人员权益提供了有力抓手。

"技术的应用使得用人单位对劳动者权益的侵害越来越隐蔽化、扩张化。这一点值得关注。"首都经济贸易大学劳动经济学院教授范围说,"此外,APP上往往集成多个'单位',导致谁是最终的用人单位、谁来承担责任变得模糊,劳动者维权追责面临困难。"

有针对性地完善劳动法律

针对数字时代下的新型劳动用工问题,多位专家表示,完善劳动法律,塑造数字时代的法治秩序,调和多元的社会关系,更好地保障劳动者权益。

沈建峰表示,对于不完全符合劳动关系情形的用工,该如何进行法律制度设计和法律适用,当前并无统一的意见。

"即使是有劳动关系的平台用工,因为其组织方式的特别之处,以及按件提成的计件工资制模式,导致传统的工时、休假、工资、社会保险等制度在适用时也存在障碍,需要进行针对性的完善。"沈建峰说。

王素芬建议，应完善劳动基准法律。"平台用工的特征是灵活性，从业者可以随时开始或停止工作，也可以在极短时间内转换到另一个平台工作，还可以根据自身状态增加或减少工作频次。"她说，"在此情况下，从业者何种劳动状态是正常劳动、完成多少订单符合劳动定额的标准并无明确结论。现行劳动基准规范和政策规定无法有效适用于平台用工。"

关于线上办公、远程办公等数字时代新型工作方式中的劳动法律问题，沈建峰表示，数字时代劳动者人格权益和数据性权益变得更加重要，但是传统劳动立法对这些问题并无涉及。

"遇到这类问题只能适用一般民事法律的规定，而一般民事法律解决的是平等关系双方的交往规则，不能顾及劳动关系中劳动者与用人单位力量失衡的特殊性。"沈建峰说。

"现行劳动法整体上仍然能够适应数字时代，但是在部分地方可能在配套机制上需要作出相应的调整。"范围表示，要根据数字时代的特点，对劳动者的权益予以明确和完善，尤其是数字时代的新兴权利应该通过立法予以明确。

执法监管应顺应数字时代发展趋势

"数字时代，劳动者的人格权益保护和数字权益保护的制度应加快完善。"沈建峰表示，"还应加快社保领域的制度革新，医疗、养老等保障制度也需要面向未来早设计、早安排。"

"随着数字技术的发展，企业用工管理会不断创新。"沈建峰表示，"在此过程中，用工管理应充分发挥数字技术在进行人力资源配置等方面的技术优势，促进人力资源配置优化。"

沈建峰进一步解释："数字时代用工方式的优势不是不建立劳动关系、不存在劳动保护、不缴纳社会保险等，而是其组合资源的优势。用工管理创新一定要有正确的目标。"

当前，劳动保障监察的监管措施和平台用工方式之间还存在一定鸿沟。多位专家提到，执法监管也应顺应数字时代的发展趋势，以数字化监管应对数字化用工。

范围建议构建数字劳动的监管平台。"目前，多平台用工使得在劳动基准上的执法面临挑战，应该建立统一的数字劳动的监管平台，实现跨平台执法。"他说。

王素芬也持相同观点。她认为，劳动监察部门应着力构建数字化线上监管模式，提高自身执法水平。"应将对平台企业的监管重心转移到线上。"王素芬说，"比如，给平台从业者建立电子信息档案。加强对平台企业数据的监管，推动实现企业与政府的后台数据共享，共享数据的范围包括劳动者的工时、工资等。"

（《工人日报》2023年10月26日－2023年11月30日）

申报资料实录

作品简介：数字技术发展为人们生产生活带来极大的便利，同时，在线隐形加班、个人信息保护、算法歧视等劳动用工领域的新现象、新问题也不断涌现。下班后能不能有"离线权"？用人单位智能化监管与劳动者隐私保护的边界在哪里？数字化用工下，劳动定额标准如何确定……数字技术的发展给劳动法治和劳动者权益保障带来新的机遇与挑战，呼唤法律与时俱进，更好地保障劳动者权益。《数字时代，如何回应劳动者新期待》系列报道正是针对这一现实热点，聚焦新情况、新变化、新问题，力求探寻数字时代劳动者权益保障"新解法"。系列报道通过采访劳动法领域专家学者、业内人士，通过专业人士之口提出，面对数字时代背景下劳动用工领域的新现象、新问题，需要从立法、执法、企业用工管理等方面找到与之相适配的新路子。

社会效果：系列报道结合大量当下新近发生的、引发社会关注的司法判例和热点事例，采访多位劳动法领域专家学者，触碰热点，直面问题，积极回应了当前数字时代下，劳动用工过程中劳动者心中的疑问和社会公众的关切。报道通过专业人士之口提出，塑造数字时代的法治秩序，调和多元的社会关系，从推动新业态健康发展和保障劳动者体面有尊严、促进社会和谐的高度，尽快跟上时代发展的步伐，完善劳动法律、创新监管方式，系统性地解决其权益保障问题，引发学界关注。系列报道在法治框架下为化解现实难题、维护劳动者权益、促进新业态、新技术健康发展提供更宽视角、有用参考、有益帮助。工人日报客户端开设该系列报道专题,并同步在百家号、学习强国平台推送,全网阅读总量超过 458.29 万次。

初评评语:该系列报道聚焦数字时代下劳动权益保障面临的新情况、新变化、新问题,探寻劳动者权益保障"新解法"。秉持理性立场,凝聚社会共识,在追问新闻事实的同时,以现实问题的解决为导向,推动价值选择、制度构建契合时代的要求,具有鲜明的时代性、当下性和贴近性,也体现出新闻媒体推动构建和谐劳动关系的政策法治环境和社会环境不断优化的责任和担当。

微光·小店

刘天绪　刘　洁　原　睿　曹媛媛　黄雅洁　秦静云　周诗柔

作品请见中国记协网 http://www.zgjx.cn。

（陕西都市广播2023年04月14日－2023年06月29日）

申报资料实录

作品简介： 十集系列报道《微光·小店》为消费复苏、提振市场信心发出温暖人心的"好声音"。系列报道中的"宝藏"小店装满了烟火、人情味，映照着时代前进的脚步，点点微光折射出了一个生机勃勃的中国。2023年2、3月间，主创人员敏锐捕捉到家门口的小店从"门可罗雀"到"人满为患"，仿佛一夜之间"春风吹又生。"系列报道在全网征集、线下踩点的基础上，精心遴选出"有灵气、有活力，善于迎难而上、自强不息"的十个特色小店蹲点采访。报道中，主创人员在体验式、参与式采访中贴近生活、深入挖掘，真实、生动呈现了小店店主们在手艺传承中创新求变，在拥抱互联网中奋力求生，在诚信经营中"破冬迎春"。他们扎根城市、用辛勤劳动创造价值，既脚踏实地，又仰望星空。他们是千千万万个中国小家庭的缩影，更是我国经济发展中不可或缺的重要力量。

社会效果： 作品处处体现真实、鲜活、暖心、感人的基调，故事性强，关注度高。整组报道音频精品与融媒特色兼具，在传统广播平台、"起点新闻"APP、"听陕西"融媒矩阵定制化分发，获得不俗的传播量。2023年10月《微光·小店》被国家广电总局评选为二季度优秀广播电视新闻作品；2023年9

月《微光·小店》还获得中国广播电视社会组织联合会颁发的第十八届"东方畅想"广播创新活动"畅想新声 播客作品"荣誉称号。

初评评语：该作品聚焦小微经营主体的生存现状，记录城市烟火，塑造城市印象，助力城市发展。代表作真实生动、架构合理；声音里听到的"烟火气"饱含情感和温度，触动人心、引发共鸣。报道通过小店店主们一代人甚至几代人对手艺的传承和创新、在顾客心里留下的难以磨灭的印象，以及店主和顾客在"双向奔赴"中产生的信任和牵挂等等，展现出故事的力量，传递出人间温暖和奋斗信心。主创人员践行"四力"、深入挖掘、精心制作，将记者的敬业精神与小店店主的"工匠精神"融为一体，在平凡温暖的人物故事中展现向上的力量。

"入境游问题调查"系列报道

孟 飞 张 雪 曾诗阳 崔国强 马春阳 黄 鑫

（代表作之一）
国内旅游服务环境待改善——入境游问题调查之一

本报记者 张 雪

编者按 11月24日，我国宣布对法国、德国、意大利、荷兰、西班牙、马来西亚6个国家持普通护照人员试行单方面免签。消息一经公布，入境旅游相关搜索猛增。有关部门表示，今后还将进一步加大政策出台力度，推动行业加快复苏。

今年以来，与国内游、出境游的快速复苏、持续火爆相比，入境游复苏相对缓慢。入境游被普遍认为是旅游市场增量机会所在，也是旅游业均衡发展的关键。针对当前入境游市场存在的堵点和短板，本报即日起推出"入境游问题调查"系列报道。

11月17日，文化和旅游部举行中国入境旅游政策发布会，介绍近期采取的优化签证和提高入境旅游便利化政策措施。此时，距离3月份我国宣布恢复开放来华旅游签证已过去大半年。

在这段时间里，入境游虽已重启，但复苏速度远不及国内游。据文化和旅游部统计，上半年全国旅行社入境游接待人次为47.78万，而2019年上半年该数据为856.16万人次，巨大的数据落差折射出了行业复苏乏力。与此同时，从业者在接待外国游客时也遇到了意想不到的状况：抢不到景区门票，酒店会说英语的服务员少了，外国人买东西"不会"结账……

人们不禁要问：入境游难题怎么破解？

难抢的门票

"客人到北京，约不上故宫门票，只能拿国子监代替；到陕西，又约不上兵马俑门票，只能拿碑林代替。"桂林唐朝国际旅行社有限责任公司总经理周晓光说，门票是横在游客面前的一只"拦路虎"。

张维立来自马来西亚，今年10月份，在结束北京公务行程后，给自己留了几天自由活动时间。"来了才知道，现在去景区要预约，各个景区都有自己的预约程序和界面，麻烦不说，有的还找不到针对外国护照的预约选项。"

"十一"假期，上海虹桥一家旅行社导游李莉带着外国游客到哈尔滨，也遇到了尴尬事。"我们预约了门票，但到景区门口后，工作人员仍让每名客人扫码填写姓名、护照号，逐一核对后才放行。"李莉说。

长期从事入境游研究的北京联合大学旅游学院教授孙梦阳发现，景区门票预约问题困扰着从业者。"入境游的计划性强，国外组团社上架的旅游产品通常在一年前就确定了线路，但现在国内景区预约周期通常在3天到一周，这会造成之前确定的点位有可能因为约不到门票而去不了。"孙梦阳说，这种情形下，国外组团社担心违约，自然会慎重考虑上架中国的旅游产品。

断裂的服务

贺菲是桂林一家旅行社的英语导游。她告诉记者，原来桂林的四星级、五星级酒店都有具备英语交流能力的服务人员，疫情3年中很多人转行了，客人有问题都来找导游翻译。她还发现，西式菜肴、外币兑换等过去酒店提供的服务也基本消失了。

孙梦阳表示，这几年旅游市场经历了剧烈变化，国内游需求爆发，很多酒店更愿意接待预订"灵活度"更高的内宾，对外国游客的服务因为种种原因"萎缩"。

张维立此行非常想体验一下民宿,"我在国外的预订网站上看到几家不错的民宿,不知道是商家信息存在偏差还是其他原因,打电话询问,对方却告诉我,他们不具备接待外国人的资质"。

住宿和餐饮是入境游链条上的重要环节,亟需重塑与整合。孙梦阳建议,入境游企业可集中客户需求,寻找长期酒店战略供应商或考虑与在线旅游平台开展合作。同时,政策应给予民宿行业和国际青年旅社更多支持,进一步开放涉外接待,更好契合入境游散客化、个性化和年轻化的住宿需求。

中国是美食大国,越来越多的外国游客期待到中国体验"饕餮之旅"。"国内大部分餐厅还没有针对外国游客进行国际化升级,提供双语菜单、培训员工英语、准备西式餐具,这些便利外国人的举措,更能让他们有宾至如归之感。"孙梦阳说。

待破的壁垒

"入境游的计划周期长,去年海外客源地只有少数甚至没有中国的旅游产品在售,所以现在很难见到大规模外国旅游团。"中青旅控股股份有限公司首席品牌官徐晓磊表示。除去客观因素,现在真正应该引起重视的问题是:我们的旅游环境有没有足够吸引力?这种吸引力体现在很多细节之中,笼统地说,是旅游服务的便利化程度。

张维立说,他在中国乘坐高铁,体验很好,美中不足的是使用护照只能到人工窗口排队取票,并且不能直接刷票进闸机,必须通过人工检票、验护照。"闸机上明明贴有护照标识,但不明白为何外国游客不能像中国乘客一样通过机器核验乘车。"张维立说,他在大街上看到了共享单车,很想体验,"但扫码后发现需要实名认证,就操作不下去了。"

孙梦阳看到了两个"壁垒":其一,我国互联网发展迅速,移动支付、网络订票、共享单车等,给国人带来很多便利。但这种便利与外国游客之间存在"壁垒",如何让入境游客也体验到互联网服务的便利,需要加以解决。其二,打通国际和国内交通的所有环节,让外国游客享受到出行的便利与快捷，也是入境游产业链重构的重要一环。

"种草"的启示

周晓光开始忙碌起来，主要是去国外参展，推介中国旅游目的地和产品。他把这称作重振旗鼓的必要铺垫。中青旅近期也把"走出去"列为重点工作，到海外市场积极营销。

"'走出去'主动展示中国旅游的丰富多彩和翻天覆地的变化，是入境游要采取的首要市场战略。"孙梦阳认为，除了"走出去"，还要"请进来"。海外旅游批发商、媒体只有亲自体验中国的旅游产品，才能提高推广和售卖中国线路的信心。

"中国旅游资源丰富程度是很多国家无法比拟的，这一点我们绝对自信。"周晓光说，过去外国人对中国旅游目的地的认知有限，现在网络为他们打开了更广阔的视野。

周晓光和外国同行交流时，提到了两件小事：一是前几年发生在云南的大象迁徙事件，意外获得了日本网友的广泛关注，提升了云南的知名度；二是近来关于重庆的英文搜索热度攀升，关键词为"火锅""洪崖洞"这些非常具象的词汇，这是由于一些推广重庆的短视频给网友"种了草"。周晓光深刻体会到，开展互联网营销势在必行：外国年轻人也很喜欢刷短视频，旅游推介要改变方式方法，用外国人感兴趣的角度和喜欢的语言给他们"种草"。

解题的方案

回顾我国入境游发展历程，改革开放之初，和国内游、出境游相比，入境游占据"龙头"地位，对整个旅游产业体系的构建起到了带动作用。时过境迁，入境游因为种种原因步入了瓶颈期，过去3年更是陷入低谷。

在当前的国际国内环境下，要重新认识入境游的作用。北京交通大学现代旅游研究院院长张辉说，入境游不仅是推进服务贸易发展的重要抓手，更是展示大国形象、改善国际发展环境的重要手段，应该得到国家层面更多的重视。

不久前，国务院办公厅印发《关于释放旅游消费潜力推动旅游业高质量发展的若干措施》，其中专门就加强入境游工作提出6条具体措施，直指入境游的痛点。

政策有待落实，信心有待重振。"目前，入境游市场存在的很多问题靠企业自身解决不了，需要政府'有形之手'加以引导。"孙梦阳认为，在宏观战略的指引下，相关部门要形成合力，真正从入境游客的角度出发，深入调研、系统梳理，逐一找到令游客感到不便的痛点，并寻找务实的解决方案。

（代表作之二）
跨好第一道门槛——入境游问题调查之二

本报记者　曾诗阳

"来中国的外国游客较疫情前少了。"这是当前国内旅游从业人员的直观感受。

今年以来，我国接连出台鼓励入境旅游的利好政策，但市场表现未及预期。国家移民管理局数据显示，一季度、二季度共有1.68亿人次出入境，是2019年同期的48.8%，第三季度出入境人数大幅上升，达到1.23亿人次，也只有2019年同期的七成左右。

签证是外国游客来华的第一道门槛。促进入境游市场复苏，还有不少签证环节尚需进一步优化。

客源恢复相对滞后

眼下，北京六人游国际旅行社股份有限公司正加快开拓入境游业务。"跟着政策走，跟着市场走，时机正好。"公司创始人兼CEO贾建强表示，从市场端看，随着中国的全球影响力提升，入境游市场增长是大趋势；从政策端看，入境程序不断优化，免签范围持续扩大，支持信号已很明显。

今年 3 月 15 日，驻外签证机关恢复审发外国人各类赴华签证；3 月 31 日，全国旅行社及在线旅游企业经营外国人入境团队旅游和"机票 + 酒店"业务恢复。

此时距离 2020 年 3 月"暂停外国人持目前有效来华签证和居留许可入境"已过 3 年。期间，国家移民管理局等主管部门一直在对入境政策进行动态优化，从允许持 APEC 商务旅行卡人员入境，到恢复口岸签证签发，再到恢复执行过境免签政策，外国人来华政策目前已全面恢复至疫情前水平。

然而，入境游回暖的速度并未跟上政策放宽的步伐。4 月 1 日至 10 月 31 日，全国边检机关共查验入境人员 1.34 亿人次，仅为 2019 年同期的 67.76%。

"来华的欧洲团队游几乎停止。"上海众信国际旅行社有限公司与意大利一家旅行社合作推出了航班产品，每周往返于南京与米兰。公司总经理韩丽告诉记者，以前去意大利的中国人和来中国的意大利人都很多，航班往返均能保持 70% 至 80% 的客座率，但现在来中国的人员多为回国旅客，很少有意大利人。

来华外国人员中，不少人是商务出行。"团队游方面，主要是受邀参加庆祝活动或商务洽谈的境外人士，纯旅游团队基本没有，长线散客也还没恢复。"中青旅国际旅游有限公司副总经理宋炜介绍。

签证办理仍需优化

作为外国游客来华的第一道门槛，签证办理便利与否，极大影响游客出行意愿。多位旅游从业人士表示，目前入境中国手续相对复杂，办理签证存在办理点少、等候期长、资料填写复杂、费用较高等问题。

签证手续复杂，是一些外国游客另择他地的重要原因。"对欧洲游客来说，日本、泰国等中国周边旅游目的地签证手续相对简单，更具吸引力。这方面我们的竞争力不足，难以抢占客源先机。"韩丽说，"欧洲当地旅行社也更愿意推荐签证好办的目的地，而到中国的旅游线路数量不多。"

实际上，来华签证办理和通关流程的简化工作一直在推进。今年 8 月份，中国驻日本大使馆发布通知称，8月11日起至12月31日，申请一次或两次入境的商务、旅游等类别来华签证申请人，可免采指纹。中国驻德国大使馆、驻法国大使馆等也发布了类似通知。

针对反映较多的"签证办理预约难"问题，外交部领事司有关负责人日前表示，目前已有近100个驻外使领馆实现"随到随办"，年底前将基本实现全球驻外使领馆全部取消签证申请预约。

业内人士认为，免采指纹、取消预约切实给游客带来便利，释放了中国热情迎客的信号。"能免签就免签，能简化就简化，如果能进一步提高网上申请和审发信息化水平、扩大电子签证覆盖率，那就更方便了，游客、旅行社都能减轻很大压力。"贾建强说。

发挥免签吸引作用

12月1日，中国对法国、德国、意大利、荷兰、西班牙、马来西亚6国持普通护照人员实施免签入境政策首日，相关国家人员共有2029人次通过免签入境中国。当日，上述6国入境中国人员较前一日增长12.54%。

口岸签证、过境免签及区域性入境免签等政策对入境游回暖的积极作用正逐步显现。韩丽介绍，意大利旅游团体入境南京可办理口岸签证，由旅行社提前递交入境人员名单等材料并预约即可，整个流程较为简单。

"团体旅游签证有利于外国旅游团降低成本，直接享受旅游目的地提供的服务便利。"国家移民管理局有关负责人介绍，旅游团申请口岸签证不限定适用国家，最长可停留30日。截至目前，我国在国际航线较多、外国人入境量较大的口岸均已开展口岸签证业务，覆盖72个城市99个对外开放口岸。

"今年广交会期间，144小时过境免签政策吸引了许多商务旅客观光旅游。"广州保利洲际酒店市场销售部行政助理经理张腾告诉记者，广州市4月份、10月份展会集中，入住酒店的外籍人士明显增多，已恢复到2019年同期的96%左右。

11月17日起，我国对挪威公民实施72/144小时过境免签政策。至此，72/144 小时过境免签政策适用国家范围增至 54 国。特别是苏浙沪和京津冀 144 小时过境免签政策联动的先后实施，使外国游客可从联动区域内任一过境免签口岸入境，在整个联动区域内停留，从联动区域内任一口岸出境。

"比如，外国人可从北京首都国际机场入境，在北京、天津和河北 3 省（市）行政区域内停留 144 小时。"国家移民管理局有关负责人表示，过境免签政策具有适用人群多样、在华活动情境丰富等特点，目前已有超 50 万人次外国人免签过境中国。

专家指出，相关政策对因公务、商务来华的外国旅客更具吸引力。多位旅游业人士建议，应进一步扩大免签政策适用城市范围或延长停留时间。

期待服务提档升级

《关于释放旅游消费潜力推动旅游业高质量发展的若干措施》提出，提升外籍游客和港澳台居民持有效证件预订景区门票、购买车（船）票、在旅馆办理住宿登记的便利化水平。

今年 10 月 9 日起，国家移民管理局政务服务平台开通在华外籍人士签证证件网上预约查询等 8 项功能，进一步便利在华外籍人士和经营主体办证办事。

"现在外国旅客持护照办理酒店入住很方便，我们查看签证并上传资料，整个过程和国内旅客办理入住的时间相差无几。"张腾说，"很高兴见到各类支持政策出台，吸引更多外国旅客来华，这样我们才有增量市场。"

不过，宋炜表示，一些地区外国人护照身份识别系统尚未普及，外籍人士进入景区等还需要人工录入身份信息，耗时较长，影响了游客体验。

政策利好不断，但入境游市场复苏并非一蹴而就。目前，国内经营主体纷纷做足准备，了解最新政策，储备专业人才，与全球合作商密切联络。"我们正加紧研发入境游的签约、付款、营销等系统，并设立国外办事处。"贾建强说，"希望能吸引更多外国人来旅游，让我们有更多机会讲好中国故事。"

（代表作之三）
合力推动入境游加快复苏

本报评论员

今年以来，国内旅游市场供需两旺、稳步回暖，但相较而言，入境旅游整体恢复较慢。鉴于此，重新梳理和认识入境游的定位和意义，多方探寻破解之道，多措并举推动入境游加快复苏，具有重要现实意义。

入境游向来受到重视，因其有利于扩大服务贸易，对塑造国家形象也有重要作用。境外游客来华，可以亲眼目睹中国的飞速发展和美好前景，亲身体验中国的风土人情和传统文化，有利于国际社会更加客观地了解真实、立体、全面的中国。大力发展入境游，搭建中国与世界交往的平台，有助于国际社会加深对中国真实情况的了解，提升中国的国际影响力。

入境游也是发展旅游产业的重要抓手。我国入境游的发展与改革开放基本同步。改革开放初期，入境游产业在政策鼓励下率先发展，在构建现代旅游接待体系、提升旅游服务水平、推动旅游产业持续开放等方面发挥了重要作用，培育了旅游业大发展大繁荣的整体格局。入境游已成为国家旅游竞争力的重要组成部分，发展入境游对推动我国旅游业高质量发展、促进国内消费和增加就业具有重要意义。

入境游作用显而易见，但复苏并非一蹴而就。受新冠疫情影响，入境游受到严重冲击。虽然相关政策陆续出台，但面对国际航班价高频次低、企业人才流失较多、产业链重构过程较慢、海外游客出游意愿下降等综合因素影响，入境游复苏难度不小。

推动入境游加快恢复是系统工程，需要多部门通力协作，探索建立联席会议制度和省际合作机制，在有序恢复和扩大落地签、免签政策，加大支付、离境退税等便利服务方面形成政策合力。此外，推动入境游加快恢复还离不开优质的产品和服务。旅游企业、在线旅游平台、推广机构、地方政府部门还应联手合作，针对入境游客的兴趣偏好和消费习惯，推出一批国际化定制旅游产品和个性化服务项目，不断丰富产品供给，增强配套服务水平，进一步提升服务质量。

入境游具有较大发展潜力与提升空间，相关管理部门应在已扎实开展工作的基础上，进一步做好顶层设计，加大对经营主体的扶持力度，提升政策匹配性。同时，从业者也要增强自身创新能力，积极适应市场需求变化，抓住机遇，乘势而上，努力把政策红利转化为发展成效。

（《经济日报》2023年12月06日－2023年12月11日）

申报资料实录

作品简介： 2023年疫情防控平稳转段后，跨境人员流动加速恢复，但入境游复苏速度不及预期。经济日报为此组建采访组，从国内旅游服务环境、入境手续、航班恢复、电信服务等方面入手，针对入境游市场存在的堵点和短板，全面深入调查了行业企业、出入境口岸、旅游景点，与旅游领域专家学者、行业从业人员、境外来华旅游者进行深入沟通，并提出一系列促进市场发展建议。该系列报道共6篇，包括5篇通讯及1篇评论，自2023年12月6日起在经济日报要闻版连续刊发，同时在新媒体平台重点推出。

社会效果： 该作品获得社会广泛关注，全网总传播量过亿，被人民网、光明网等数十家媒体转发，读者转发、留言、互动踊跃，并为后续相关政策的出台提供了参考。作品提出的优化入境支付手续、持续扩大免签范围、加快恢复国际航班等建议在相关部门后续的政策举措中得以体现。

初评评语： 作品是中央媒体中率先聚焦入境游问题的深度报道，紧扣入境游市场难点，提出相关政策建议，体现了鲜明的问题意识和政策前瞻性，有分量有力度，有效引导了舆论。

一线调研·经营主体看活力

白之羽 杨文明 林琳 姚雪青 程焕 沈寅

代表作一
今年元旦以来,这家民宿几乎天天客满,透过这个小小院落,我们看见——丽江旅游,火热再出发

本报记者 白之羽 杨文明

一段时间以来,政策效应逐步显现,市场需求日渐回暖,经营主体迎来生机勃勃的春天。

经营主体是市场经济的细胞,它们既是经济景气的"信号灯",又是经济增长的"发动机"。即日起,本版推出"一线调研·经营主体看活力"系列报道,记者深入民宿、餐饮、物流等行业,从观察微观经营主体出发,探寻中国经济的韧性和活力所在。

——编者

炭火上的水壶发出"咕噜咕噜"的声音。缪立伟将普洱茶和陈皮放入壶中,安静地看着热气从壶口蒸腾而出,融入满院的阳光之中。

缪立伟是云南丽江一家民宿的负责人。上午10时许,民宿中的客人大多已经外出游玩,院中迎来了一段短暂而安静的时间。元旦以来的几个月间,民宿几乎天天客满,让缪立伟既感到兴奋也有些许疲惫。这个温州商

人，自2008年就来到丽江开设客栈，如今已是当地民宿业的资深从业者。

带着对诗和远方的期待，无数游客曾在这个院子里进进出出。如今，这个小小的民宿院落，也是观察丽江旅游业起伏的窗口。

走过不平凡的3年，这里见证了旅游市场的低位运行。如今，这里也见证了消费活力的重新奔涌。

人气不减的旅游淡季

4月是丽江的旅游淡季。若在往年，缪立伟的民宿房价会在春节假期后下调到平常的价格。可是今年，在经历了两次下调后，如今每间房的价格依然比往年同期高上150元。价格虽高，房间却少见空置。

预约好的出租车停在院门口，民宿管家银河将行李装进后备箱，为两位准备返回上海的游客关好车门。银河一边目送汽车远去，一边掏出震动着的手机。

"银河，中午我们想尝一尝纳西族火锅，晚上想去酒吧街转一转，请帮我们安排一下吧。"

"好的，我预订好餐厅后会把确认信息发送到您的手机。晚上等您回来，我带您去酒吧街。有一家酒吧的鸡尾酒很有特色，您可以尝一尝。"

这样忙碌的状态已经持续了几个月。从疫情期间平均每天服务3间客房的客人，到如今每天服务9间客房的客人，从每月只能拿3000元的保底工资，到如今每月9000元，银河很满意现在的状态。

同一时刻，赶来民宿上班的主播李雨潼，被密集的人群延缓了脚步。6辆旅游大巴临时停靠在路旁，让本就不算宽的道路更加拥堵，车上下来的人流缓缓涌向古城地标大水车，让宁静的古城热闹起来。

从旅游管理专业本科毕业后，辽宁大连姑娘李雨潼在中国地图上画出一条长长的线，第一次来到丽江并留了下来。没想到，新冠肺炎疫情暴发，让初入职场的她有些手足无措。

做过民宿管家，做过旅游产品设计师，2022年9月，李雨潼加入缪立伟的新媒体团队，成为一名带货主播，推销自家民宿。每天5个小时的直播时间里，她有 3 个小时走在古城的大街小巷，2 个小时介绍民宿的房间设施。活泼的小姑娘，让更多人对丽江古城更了解，对民宿更熟悉，对下一次出行更期待。

很多人对远方的期待如今变成现实。经初步测算，1—3 月份，丽江共接待旅游人数 1838 万人次，同比增长 86.71%；旅游总收入达 268 亿元，同比增长 117.89%。

淡季的丽江旅游市场，已是热热闹闹。

苦练内功的困境时刻

相比疫情期间每天一条的更新速度，最近缪立伟在微信朋友圈的更新速度迅速下降。"经营困难的时候，总要经常冒个头，让大家知道民宿没倒啊。"缪立伟苦笑。

其实，在疫情刚刚发生时，每个人心里都在打鼓。"没有消息就是好消息。大家都在想，疫情或许会扩散，但不一定影响到丽江吧。"缪立伟说。

随着疫情防控形势变化，丽江古城暂停接待游客。已经在丽江的游客们收拾好行李，迅速离开。民宿工作人员则纷纷拿起手机，电话通知提前预订房间的客人退房。

"之前生意好的时候太忙，顾不过来琢磨新媒体。客人一下子少了，反倒有了安静的时间思考。"缪立伟说，从学习模仿开始，到形成独特的拍摄思路，自己做了很多尝试——拍摄特色美食，观众几乎能感受到飘出屏幕的香气；记录民俗风情，发掘古城的文化底蕴；展示自然风光，镜头中的玉龙雪山和泸沽湖，成了很多人心目中的诗和远方。

"疫情不会一直持续，民宿行业发展也一定会迎来转机。"缪立伟坚信，咬牙扛过这个阶段，旅游市场的复苏只是时间问题。有着同样判断的员工们，与缪立伟一同坚守。那个时候，员工们轮流到岗，只拿保底工资，却没人离开。

慢慢地，新媒体传播的效果逐渐显现：从粉丝只有几万，涨到 100 多万；从直播间只有几个人观看，到峰值时有上万观众；从降价房券卖不出去，到去年两个月预售出近 3 万间房……民宿终于找到了经营的突破口。

发展的种子被悄悄埋下，静待破土的一刻。

超出预期的消费复苏

去年 11 月，李雨潼突然发现，直播间里观众的问题变了。从"丽江在哪里""丽江有哪些知名景点"，变成了"丽江现在防疫形势怎么样""你们的民宿有没有无线网络"。李雨潼一一作答，却不知道这些人会在什么时候来、会不会真的来。

不久后的 11 月 15 日，文旅部发布通知，优化跨省旅游的管理政策，跨省旅游经营活动不再与风险区实施联动管理。"虽然过去一段时间民宿经营非常困难，但是大家都相信，随着疫情防控形势不断变化，管理手段会更加精准有效，为旅游业的全面复苏铺平道路。"缪立伟说。

2022 年 12 月 7 日，《关于进一步优化落实新冠肺炎疫情防控措施的通知》印发。时刻关注政策变化的缪立伟，第一时间将信息发到了同行们所在的微信群，群内一片沸腾。

很快，丽江的旅游业重整旗鼓，缪立伟的民宿也迎来了第一拨客人。

直播间里一直留言的观众，来了；

之前来过的年轻人，陪着父亲母亲，又来了；

本打算只待 5 天的顾客，续房了；

……

2023 年元旦，古城的街头巷尾，再度热闹起来。

尽管有一些前期准备，但人流的密集程度还是超出了从业者和管理者的预期。"客栈的住宿接待量短期内激增，导致部分商家基础设施配套不足、人员配置不够等问题出现。"丽江古城保护管理局副局长木晟说，面对出现的一些情况，管理部门加大了巡查和联络强度，与诸多商家积极沟通解决，努力提升游客的出行体验。

在一个接近 500 人的微信工作群中，即使在非工作时间，也会有商户提出疑惑或困难。群里的政府工作人员会迅速回应解答，不仅如此，其他一些商户也会积极补充回答，很多问题都会在提出不久后得到解决。

在大家的共同努力下，旅游市场的复苏迎来更多确定性。

信心更足的发展步伐

最近，民宿的 4 名管家先后向缪立伟提出辞职，看到市场复苏以来的发展前景，他们想去开设自己的客栈。对于员工这样的决定，缪立伟既有些舍不得，也很是欣慰。

"本地一直流传一句话，'铁打的丽江，流水的客栈'。最近几年，尽管丽江的旅游业发展出现波动，但还是有不少年轻人来到丽江，留在丽江。"在缪立伟看来，年轻人的加入，带来更多新的经营思路和服务理念，为丽江旅游市场的复苏和繁荣注入更多活力。

比如旅拍摄影师陈清国，从火起来的直播带货中受到了启发。"不少来丽江的游客都愿意体验旅拍，但大多是到了本地才联系摄影师，双方沟通时间短，不利于拍摄。"陈清国说，在缪立伟的建议下，他在短视频平台加强了与网友的互动，不到一年粉丝涨了几十万，越来越多的顾客慕名而来。

银河的干劲也更足了。"这一家甘肃来的客人，临时打算续住，房源这么紧张，我得赶紧协调好。"指着手机里一条接一条的提醒事项，银河安排得井井有条。"明天还有两拨客人等着安排接机，我得给司机发航班确认信息；店里有一家三口客人后天要去玉龙雪山，上山用的防寒服得催回来。"这个湖南来的小伙子，找到了努力的方向，"将来想开一家属于自己的客栈。"

缪立伟自己也在盘算着扩大经营。"游客的关注点一直在变，消费需求也在不断调整。开设新店，能够重新构思规划，让产品和服务更好契合市场需求。"在他的脑海中，新的客栈里要有民谣馆、酒水吧，要有民俗展区，要让客人能够足不出院拥有更多体验。

在每个从业者都满怀憧憬之时，源源不断的客流，让他们信心更足。

丽江古城，会在上午 10 点醒来，喧闹将持续到午夜之后；

玉龙雪山，上山索道满负荷运转，《印象·丽江》上座率保持高位；

泸沽湖畔，旅拍人群会在最佳拍摄点等位，身旁是络绎不绝的车流；

……

每一天,越来越多的人从天南海北来到这里。

欢声笑语,灯影摇曳。丽江旅游,火热再出发。

代表作二
一天卖出几百碗,日销量比 2019 年同期多两成,在江苏南京明瓦廊美食街的面馆里——
一碗面,见证餐饮业回暖

本报记者 林 琳 姚雪青

餐饮业是促消费、惠民生、稳就业的重点领域,也是经济复苏的"晴雨表"。促进餐饮业高质量发展,对于扩大内需、推动形成强大国内市场、服务构建新发展格局具有重要意义。

当前,餐饮业呈现复苏势头。最新统计数据显示,今年一季度,餐饮收入增长 13.9%,餐饮消费市场加快恢复向好。在江苏南京,特色餐饮店众多,中小微企业占比高达 97%。记者选择在周末客流高峰,围绕一家特色面馆深入走访,呈现餐饮业逐步回暖的态势。

——编者

早晨 6 点:菜摊经营户梁家贺来送菜——
今年每天进货量比去年增长 40% 左右,有的餐馆一天还要补送一两次货

深夜零点,夜色正浓,南京城悄然入睡。

此刻,位于江宁区东山街道的农副产品物流中心(众彩市场)热闹非凡。作为华东地区最大的"菜篮子"之一,一辆辆进货车从周边赶来,载着新鲜瓜菜疾驶而去。

"青菜、西红柿、平菇、大白菜……都各来几箱。"菜摊经营户梁家贺停好小货车,来到熟识的摊位,麻利地挑选了十来种蔬菜。"今年行情不错,每天进货量比去年增长了40%左右,有的餐馆一天还要补送一两次货。"梁家贺告诉记者。

"送菜啦!"早晨6点,天边泛起鱼肚白。秦淮区明瓦廊美食街西侧,路灯映照下,进完货稍事休息的梁家贺,已经骑着满载蔬菜的电动车,来到易记皮肚面的门口。

4包青菜、2箱平菇、1箱西红柿……店里的伙计接过梁家贺和其他商户陆续送来的食材,趁着新鲜抓紧收拾。

"今天除了菜市场摊位的菜,还有5家餐馆要送。去年这个时候,好多餐馆没怎么开张,哪有这么忙啊!"梁家贺说完匆匆上车,赶回去接着取菜、送菜。

红帽子,粉口罩,蓝底花外套,银灰色斜挎小皮包……早晨6点20分,面店负责人、年过七旬的易慧萍掀开透明门帘,走了进来。

"你们这么早就来了?"易慧萍一边招呼记者,一边顺手从桌肚里掏出小凳子坐下择菜。

"您也很早,吃早饭了吗?"记者问。

"今天周末,忙得很,哪有时间吃早饭啊。去年这时候应该是有的,生意不多嘛。"易慧萍俏皮地说。

说话间,店里的10个伙计都已到位,煎荷包蛋等配料的,切皮肚的,称面的,洗菜的,忙而有序。"现在每天销量已经比2019年同期多了两成,周末人更多,得抓紧准备。"易慧萍说。

果然,7点过后,开始有食客进店点餐。7点40分左右,已经要排号了。

中午11点多:面条师傅王子勤迎来"午高峰"——
大概50秒做一碗面,最近生意多得再次把手磨出茧子

中午11点刚过,进店的客人多了不少。点餐的、排号的、找位置的,不算小的店面一下子拥挤起来。

"今天过来吃啦！""小姑娘，现在人多，你和他俩拼一下桌好不好？"易慧萍一边招呼着熟识的老客，一边帮年轻客人找位置。

此刻，厨房的操作间里，面条师傅王子勤正在忙活。

只见他面戴蓝色口罩，身着白色厨师服，面前一大一小两口锅。左侧锅开，右手执长筷，香肠、猪腰、青菜、木耳、平菇、皮肚等食材如大珠小珠落玉盘，次第入水。右侧面滚，左手抓起大勺加汤、漏勺抄面。行云流水间，各色食材齐聚于左侧小锅中翻滚，顷刻热气升腾，香气扑鼻。

"大概50秒做一碗面，既保证口感，也不会让客人等太久。"王子勤告诉记者，"今年的情况相比去年真是好太多了。"记者注意到他右手虎口处泛黄凸起的老茧，他羞涩一笑："最近生意多得再次把手磨出了茧子。今年过年回家时还没有呢。"

"疫情期间，店里有没有放过假？"记者问。

"过去几年，只要疫情防控形势允许，店基本是开着的。我来店里28年了，其他伙计也来店里好多年了，早就处成了家人一样。老板怕关了店，我们生活没了着落，而且老食客多了，总有人爱吃这一口，店开着也算留点念想吧。"王子勤边说边忙着手里的活儿。

客人越来越多，又一位面条师傅走进来，点着了另一侧的两口锅，操作间里火力全开，热闹加倍。

在皮肚面的咸香和氤氲的热气中，客人们边吃边聊，各得其乐。易慧萍和伙计们则迎来了繁忙的"午高峰"。

下午2点多：面店负责人易慧萍吃上午饭——
虽然不是饭点，店里也有三成客人

下午2点多，客人渐少，易慧萍和伙计们轮流换班吃了午饭——店里的面条。

"我年纪不小咯，平时在店里帮着照看照看。"吃完，易慧萍挑了个面朝门口的座位坐下，一边和记者聊着，一边招呼着零散进出的食客。

"从1981年在路对面搭棚子卖鸭血鸭肠汤，到盘下这个店铺卖面条，我做餐饮40多年了。"易慧萍打开了话匣子,"3年疫情,亏了不少钱,还跟亲戚们借了些钱周转。去年最难的时候,一天只能卖出几十碗面,连基本开支都不够。"说到这儿,易慧萍眉头一蹙。

"想过关店吗?"记者问。

"首先自己不能放弃,你说是不是?政府部门一直在支持,给我们个体商户免了3年的定额税。房东也减了一些房租。另外,他们协会也帮着组织了不少活动。"易慧萍说着,拍了拍一旁的崔洁。

一头利落短发、快人快语的崔洁,是秦淮区朝天宫商户自治协会的执行秘书长。"过去几年,餐饮行业受影响很大。2021年9月,我们协会成立,主要就是为了带动商户抱团取暖。只要疫情防控形势允许,协会就带着商户一起做促销活动。去年4月、9月,我们联合100多家会员单位办消费节,粗略估算,帮沿街商户提升了30%以上的客流量。"

"今年元旦是个转折点,人气渐渐旺了起来,过完年以后情况更好了。现在店里从一早开始营业到晚上8点半,到了饭点总会排队,你看现在人也不少呢。"易慧萍指指四周。

虽然不是饭点,店里也坐了大概三成客人。"本地人爱吃皮肚面,外地游客也爱来打卡,现在不愁生意了。"易慧萍说。

晚上6点:店里排起长长一队人——
一天卖出几百碗面,比去年同期翻了好多倍

晚上6点,天色渐暗,华灯初上,明瓦廊人流如织,更入佳境。

饭团、麻团、梅花糕……三五结伴的路人,手拿当地特色小吃,边走边尝,怡然自得。隔着面条店的大玻璃窗再往里看,已经排了长长一队人。

"皮肚面里加些什么好吃?"一个小伙子来到前台点餐。"加点木耳、平菇、西红柿……"还没等店伙计回答,坐在附近的老食客张先生,一回头娴熟地报出一串推荐搭配,大家会心一笑。"在这里吃了几十年了,几天不吃还真是想。"张先生告诉记者。

和张先生不同,大学生小李则是被一家社交平台"种草"而来。"疫情

期间，不方便出门吃饭，现在几乎每个周末都要约上朋友，一起去特色餐馆打卡。"

"现在慕名而来的年轻人挺多，有的说只有面没有饭不过瘾，我们还新开了盖浇饭的档口。"易慧萍指着店面北侧的小档口说。

眼看着厨房的面条不太够了，易慧萍来到店面南侧一角的桌子旁称面。红色的桌面上，一张笸，一杆秤，一个不锈钢面盘。老人右手从笸里抓起一小把面放到秤盘上，左手带着几根再做添补，称足后两手一卷一握，小心码在面盘里。"一碗面称三两，几十年下来了，少了可不行。"易慧萍边说边称。

"现在一天能卖出几百碗面，比去年同期翻了好多倍。今年准备再招点人，今天上午就来了一个先试用。店里有3位面条师傅，我一直在培养他们，等我哪天干不动了，希望他们能接上，再出去开几家分店。"想想未来，易慧萍很是欣慰。

晚上快8点，看着客人不那么多了，身板硬朗的易慧萍出了店门，大步往家赶去。老伴已在家中做好晚饭，这是她忙碌一天之余的正餐。

深夜11点多，万籁俱寂。梁家贺从家出发，再次奔赴众彩市场。此刻，那里正是瓜菜上新、人声鼎沸之际。

明瓦廊，从明代起成为经营明瓦的场所，商铺更迭，600多年烟火不绝，繁华之气绵延至今。"饭总要吃的，风雨过后总会天晴。"易慧萍的话犹在耳畔。

代表作三
老主顾们活跃起来了，约车电话一个接一个，贵州遵义的一支货运车队——车子跑起来，订单多起来

本报记者　程　焕

现代物流是经济的"经脉"，一头连着生产、一头连着消费。今年以

来，物流供需加快恢复，运行向好基础有效巩固。监测数据显示，4月10日—16日，全国高速公路货车累计通行5406.4万辆，环比增长13.96%。

春江水暖，物流先行。在贵州遵义，有一支货运车队正在亲身感受当下的恢复势头。跑施工现场，跑企业厂房，跑田间地头……随着订单量大幅增加，"在路上"成为车队成员的常态。一辆辆穿梭忙碌的货车，成为这个春天的生动注脚。

——编者

每天早晨7点，贵州省遵义市红城车队负责人张压总会准时打开车队值班室的门，打扫屋子、烧好开水，等待队友们的到来。

最近，遵义市红花岗区东联络线旁的这间活动板房，总是热闹一阵，又马上归于平静。屋外，货车引擎的轰鸣声此起彼伏，随着声响远去，公路旁就会空出一个又一个停车位。从去年年底开始，随着订单的增加，张压和他的队友在路上的时间越来越多，闲在屋里的时间越来越少。

眼下的贵州，山花烂漫，草长莺飞。对张压和队友们来说，感受春暖花开最直接的方式，莫过于开着自己的货车四处送货。"车子动了起来，订单多了起来，有奔头！"

目前车队整体订单比去年底增长三成

东联络线，遵义市区一条连接南北的主干道，车来车往十分繁忙。中间一段数百米长的停车区，轻型卡车在路两边排起了长龙，这里是红城车队的大本营。

一双运动鞋、一件蓝色防风外套，和其他司机风格一样，张压衣着简单休闲。打理好值班室后，张压习惯沿着停车区溜达，一圈走下来，基本对当天的出车情况有了底。"去年年底以来，大家闲下来的时间越来越少，空车位越来越多。"张压告诉记者，半年前还整天凑在一起的队友，如今见面的频率不断降低，甚至一连好几天都打不上照面。

当然，车队事务并不是张压的全部工作，一线跑车才是他的主要收入来源。

离值班室不远的路边停车位上,一辆白色货车看起来略显沧桑。这是张压的车,每次外出前,他先要拿根撬棍绕车一周,在轮胎等部位敲敲打打,确定车况没有问题后,再进入驾驶室发动引擎。最近几个月,这辆车有2/3以上的时间在送货,活动范围多为遵义市内及周边区域。

从一辆二手小货车起家,11年来,这已经是张压上手的第三辆车。2017年,他和几位车友一合计,组建了红城车队。短短两年内,车队就吸引了当地120多位车主加入。

在和记者交谈的几个小时里,张压的手机一直没闲着。前些年联系寥寥的老主顾们又活跃起来了,工地的建筑设备、企业的生产物资、商铺的各类货品等,约车电话一个接一个。"有段时间没有感受过忙碌了,目前车队整体订单起码比去年底增长三成。"张压说,车跑起来,人都变精神了。

红城车队生意的逐渐恢复,是从去年冬天开始的。那会儿,车队只剩下50多辆车,不少人已经转行。早在去年上半年,老队友李成伟就卖掉自己的货车,在遵义市区开起了出租车。"老本行干起来最顺手,相信日子会越来越好!"今年春节前,张压在车队值班室又见到了李成伟,这次他带来了一辆全新轻卡。

李成伟的判断没有错,过完春节,订单一下子多了起来,他的新车整整跑了两个多月。随着行业回暖,一些离开的队友又回来了,红城车队的货车逐步恢复到70辆。

等待着,摸索着,车队迎来了转机

等货源、等装载、等卸货……跑省内短途货运,真正在路上的时间并不算长,司机们更多是在等待中度过。

张压早就适应了这种工作节奏。等待时,他会打开车货匹配应用软件,将周边货源挨个点开查询一遍。从2020年初至今,这个习惯已经保持了3年多。

不同于企业化经营,红城车队更像一个自发组织,货源主要靠车主自己寻找。在2020年前,大家都有一些固定客户,平时各跑各的业务。后来,受到疫情影响,车队不少人面临客户流失、无单可接的情况。慢慢地,一些人离开车队另谋生路,剩下的人也开始思考应对办法。看到经常有人通过线上接单抢到货源,张压想起自己曾经也注册过账号,便尝试着去碰碰运气。"平台上,货主报价普遍偏低,即便这样还是得碰运气。"线上的情况也不容乐观,张压感到有些沮丧。

有一次接到送货去贵阳市开阳县的订单后,张压随手点开线上平台,发现正好有要从开阳县发回的货源。"100公里的活儿,通常情况下我们要价700元,可那次不到500元我也抢单了,至少回程不会放空了。"此后,张压每接到一单生意,总会再到平台找一单回程的货,油钱和过路费就有了着落。

张压的接单模式,是车队大部分人的思路。当然,也有人另辟蹊径。

杨均洪是车队的另一位负责人,他把目光盯上了同城货运。"拉零散货肯定干不过微型车,拉大件才是我们的优势所在。"杨均洪成立了一家搬家公司,并在多个平台开设账号,甚至不惜花钱做推广,让有需求的客户登录平台就能轻松找到自己。

杨均洪的办法很快奏效了,搬家业务比货运业务要丰富不少,至少不会让车辆闲下来。通过一段时间摸索,他发现一些公司搬家时,常常会处理大量废旧物品,不经意间他又找到了新商机。"花些钱把人家不要的东西包圆,往废品回收站一送,还能赚到一些。"忙不过来时,杨均洪常常请队友们来帮忙,相互扶持。

就这样等待着,摸索着,车队迎来了转机,也迎来了温暖的春天。

乡村货主成为车队新的客户群体

生意慢慢回暖,登录线上平台浏览货源信息,仍然是张压的日常习惯。司机可以选择通过不同途径找货源,货主也有很多方式找车。张压心里很清楚,必须在寻找货源上实现突破,往后的生意才能更有保障。

在张压的客户中,遵义市正安县一家养殖户让他印象深刻。最近一段时间,这家货主的用车次数明显多了起来。"养殖场在深山里,把车开进去不容易,要开出来就更难了,拐个弯都得出身汗。"就在前不久,张压和队友一起去给这家养殖场拉饲料时，他们的车还差点陷进山沟里。

除了这家养殖场，张压发现，车队近期拉的货物里，农产品和农业物资占了很大一部分。粮食、饲料和农机设备等，都是他们最常运输的货物。"地方偏远，路况复杂，平台上的外地车一般不愿意接这种单，难怪货主要找我们本地司机。"虽然比在市区接单辛苦很多，张压和队友们也还是痛快地接下来。

"乡村货主能不能成为车队新的客户群体？"一个想法冒出来，但张压和队友们也不知道该如何开发更多的这类客户。

当红城车队意识到发展机遇时，对市场动向敏感的平台企业也已经行动起来。深耕互联网货运领域多年，贵州本土科技企业满帮集团发现，随着乡村振兴战略深入实施，特色农业产业遍地开花，但由于农村货运车辆少，农产品运输往往面临"找车难"瓶颈。从去年开始，满帮集团陆续与贵州部分地方开展合作，为农户、合作社、农产品加工企业搭建运输通道，推动农产品更加便捷地进入市场。

红城车队也收到了平台的邀约，要不要接受？张压和队友有些拿不定主意。

今年2月，张压参加了贵州省交通部门与相关平台企业联合组织的座谈会，与全省同行一起探讨如何助力"黔货出山"。3月，他又去实地考察产业项目，想弄清当地农村的货源情况。"看了遵义市湄潭县一个菌菇基地，人家的确做成了规模，以后肯定需要大量运力。"考察回来，张压迫不及待地和队友们分析形势。未来何去何从，车队还没有做最后决定，但新的方向也让司机们倍感兴奋。

傍晚时分，一辆辆货车陆续归来，依次停好。填完台账，锁好值班室门窗，张压准备回家。落日余晖斜照在脸上，他觉得十分惬意，"明天应该又是一个大晴天。"

（《人民日报》2023年04月18日－2023年04月21日）

申报资料实录

作品简介：2023年是全面贯彻党的二十大精神的开局之年。2023年第一季度的经济活力情况如何，关乎全年经济企稳回升态势。针对网上一部分唱衰中国经济的论调，人民日报推出"一线调研·经营主体看活力"系列报道，唱响中国经济光明论。采访前，采编团队把报道对象聚焦于受疫情影响较大的行业，在大量访谈和前期调研的基础上，筛选出有代表性的民宿、餐饮、物流等行业，用这些经营主体的经营状况反映经济的恢复情况。采访中，采编团队深入到民宿客栈、小面馆、运输车队等，蹲点深入采访客栈老板、面馆厨师、货车司机等，采撷最感人的细节、最打动人心的故事，挖掘到了真实鲜活的第一手材料。稿件形成后，编辑精心打磨，精心设计，并配发记者手记，对一线见闻和感受进行提炼总结，刊发当日在人民网同步推送人民映像视频产品。

社会效果：本组系列报道用小切口反映大主题，深度调研微观经营主体运营情况，生动可感地呈现中国经济的韧性和活力，平实客观地传递出中国经济恢复向好的良好势头。报道获评人民日报社2023年度精品奖。稿件及相关融媒体发布后，社会反响热烈，人民日报客户端、人民网、新华网、搜狐、海外网、环球网等网站在头条或显要位置推送转载。3条视频产品在人民网发布，实现了多渠道高效传播，形成了报道气势，扩大了系列报道的影响力。

初评评语：该系列报道是中央媒体先人一步、内容扎实、辨识度高、传播广泛，既"有意义"又"接地气"，深度调研微观经营主体运营情况，力求用小切口、微视角、新动态，讲生动中国经济高水平开发开放的火热场景、讲清楚中国经济高质量发展阔步向前的强劲势头、讲明白中国经济亮眼成绩背后的鲜活故事，体现了鲜明的时代性、当下性和贴近性，有分量有力度，有效发挥了央媒在经济领域的舆论引导中"定音鼓""风向标"作用，是2023年涉中国经济活力报道中一组分量、质量、流量都很突出的作品。

中国"枫景"系列微视频

集　体

作品二维码

《中国"枫景"系列微视频》

《中国"枫景"德为民》

《中国"枫景"齐为民》

《中国"枫景"以和为贵》

（法治网、法治网微信公众号2023年06月22日－2023年11月05日）

申报资料实录

作品简介：《中国"枫景"》系列微视频是法治网在毛泽东同志批示学习推广"枫桥经验"60周年暨习近平总书记指示坚持发展"枫桥经验"20周年之际策划的融媒体报道。记者沿着总书记考察调研足迹，从武陵山区到坝上草原，从松嫩腹地到神京门户，4路采访小分队历时60余天，深入52个县（市、区）的田间地头、农家小院、社区家庭、调解现场，采访100余家基层法庭、司法所、派出所，接触上百名工作人员和有关当事人。在几百万字文献资料扎实沉淀基础上，会同专家顾问筛选、挖掘、提炼具有地域特色、时代特色的创新做法，选取以"党的领导""群众路线""依法治理""调解先行"为主题的典型事例制作微视频，不仅提升读者对治理变化的可见可感，又深挖一锹为各地参考借鉴寻策探路，与新时代"枫桥经验"的实践要求不谋而合。

社会效果：《中国"枫景"》系列微视频在法治网全媒体首发后，被中央网信办全网首页首屏重点推送。新华网、光明网等中央重点新闻网站在首页重要位置展示，大河网、安徽网等近百家地方重点新闻网站，百度、新浪、搜狐、头条等上百家商业网站在首页要闻区第五条重点展示；最高人民法院、司法部等上百家各级政法新媒体账号转发推送，全网总浏览量超过1亿次。《中国"枫景"》系列微视频获选中央网信办主办的2023中国正能量网络精品"网络正能量音视频"。

初评评语：跨越一甲子，"枫桥经验"在新时代伟大实践中丰富发展。作品立足法治特色、专业优势，走进政法机关、走进基层一线、走到群众中去，以小切口、新故事展现"枫桥经验"在服务群众、化解矛盾等工作中发挥出的更大效能，见人见事有说服力，进一步增强全民法治观念，取得良好的政治效果、法律效果和社会效果。

文学里的村庄

杨又华　曹　辉　易禹琳　杨　丹　龙文泱　廖慧文　陈普庄

代表作一
穿行在鲁迅的"故园"

船工摇动木桨，搅碎了水面少年青涩的面庞与天空。1898年春天，17岁的周樟寿从绍兴城的周家新台门出发，乘船前往南京的江南水师学堂求学。他戴着瓜皮帽，留着长辫，目光沉郁而坚毅。他怀揣母亲好不容易筹措到的八元川资，要逃离萧瑟、阴冷、压抑的故乡，到外面的世界去寻一个出路。

多年后，樟寿的长辫早已变成如剑似戟的短发，上唇也有了浓黑如墨的胡须。他以另一个响亮的名字为世人所熟知：鲁迅。

鲁迅是带着决绝的心情离开故乡的，然而那一方水土却成了他文学创作的不竭源泉和厚土。时间犹如酵母，多年以后，他青少年时代所经见的故乡的种种景象、故事和人情况味，被他淬炼成了浓酽如酒的文字，变成了一个个不朽的篇章：《从百草园到三味书屋》《祝福》《故乡》《孔乙己》《阿Q正传》……中国现代乡土文学也正式从他的笔底发端。

历经百年沧桑，鲁迅笔下的鲁镇、未庄变得怎么样了？"镇上"和"村里"的人们还好么？盛夏时节，我们带着一种文学爱好者朝圣般的心情，从湖南长沙来到了浙江绍兴。

1　摇啊摇，摇到外婆桥

名人故居游人纷至是寻常景象，一年迎客好几万的名人外婆家却令人称奇。一篇《社戏》，让这一处的"外婆家"成了知名景点。

煮熟的罗汉豆香味飘散在夜气中，不远处的戏台上唱着热热闹闹的社戏，宽阔的河面漂着乌篷船白篷船……小说《社戏》中，迅哥儿外婆家所在的村子叫平桥村。它的原型，是绍兴市越城区孙端街道的安桥头村。

鲁迅的家人曾抱怨绍兴的夏天太潮湿，连大人也要长上一身的痱子，且蚊子众多。但我们想，鲁迅是爱安桥头的夏天的。

每年夏天，少年鲁迅会跟母亲到外婆家消夏，和乡间的小伙伴一起掘蚯蚓、钓虾、放牛，去赵庄看社戏。外婆家以及他常去走动的附近的村庄，为少年鲁迅打开了一个广大的天地。他见识了不同的风景，认识了底层社会形形色色的人们，了解了绍兴地方丰富多彩的民风民俗，这为他以后的创作积累了丰厚的素材。而在外婆家结识的那群天真烂漫的少年和朴实憨厚的农民，成为了小说《社戏》的主角。"临河的小村庄"里的外婆家的生活，以一抹难得的亮色融进了他的作品。

在少年鲁迅眼里，外婆家极偏僻。那时，绍兴水网密布，人们出门必走水路。少年鲁迅从城中坐乌篷船去外婆家，需5个多小时。现在，搭乘鲁迅故里至鲁迅外婆家的公交专线，只要1个多小时，驾车则只需半个多小时。

一条水平如镜的小河，笔直、明亮，映着蓝天与绿树，来去似乎都没有尽头。河中卧着一座石砌平桥，不知是否是小说里平桥村的由来？桥旁就是朝北台门——鲁迅外婆家。北宋末年，金兵南侵，在乱世中逃难的鲁、丁两家相扶相惜，在此安家，开枝散叶。

黑瓦、白墙、深棕门窗，两进三开间的朝北台门模样朴素。但外墙底三层石板垒成的"三板石萧墙"，彰显着这是一户官宦人家。鲁迅的外曾祖父鲁思卿是清嘉庆年间的进士，外祖父鲁希曾则考中举人，他俩都曾做过京官。

如今，朝北台门已成为浙江省打造的乡村博物馆之一，向世人展现鲁迅作品中绍兴的风土人情和令他回味的快乐童年。会客厅里的大屏幕上，演着小说《祝福》里的年终大典；墙上、案头的小喇叭，用绍兴话讲着鲁迅儿时听的故事；餐桌上，摆满了少年鲁迅常吃的酿面筋、津菜鱼松、慈姑腊肉等"菜肴"。

因为鲁迅和他的文字，在众多江南村庄中，安桥头村闪动着令人愉悦的明朗，散发着浓浓的文学与艺术味道，让外来的人们生出许多幽思与遐想。

"绍兴人对鲁迅的情感是刻在骨子里的。"袍江交警大队孙端中队的马菊芳是土生土长的绍兴人。她说，自己的二女儿在读幼儿园，老师常带孩子们到鲁迅故居、鲁迅外婆家等景点参观游览，讲述鲁迅的故事。

结合浙江省的"千万工程"（千村示范、万村整治），安桥头深挖"鲁迅外婆家"文化内涵，整修、建造了朝北台门、梦回平桥公园、"猹与小鸟雀"竹猹广场、鲁迅小说故事群雕等文旅景点、设施，迅哥儿菜园、江苏大众书局等品牌入驻；清华大学乡村振兴工作站落户在此。渐渐地，村里的游客多了，外来人口多了。安桥头村党总支书记宣明德说，村里目前有纺织、文教、机械等各类工厂17家，店面30家，民宿2家。2022年，村集体收入达120万元。

村民的文化生活也丰富起来。从前的很多年里，他们忙着耕种、捕鱼维持生计，几乎家家户户都酿黄酒补贴家用。现在，电视、电脑、智能手机早已走入了他们的生活。祝福广场的戏台上，演员村民同乐。除了寒冬和酷暑，"文化赋能乡村振兴"双休剧场每个周末都有演出。

祝福广场旁的"敏实共同富裕乡村学堂"里，77岁的鲁阿良常来练习书法。他说，老年学校里有多种公益课程可供选择。鲁阿良的爷爷鲁远海与鲁迅是堂表兄弟，鲁阿良爷爷的爷爷便是《祝福》中鲁四老爷的原型。因此，现在村里举办祝福节等活动，都会请他扮演鲁四老爷。这样的传统民俗活动，每每吸引不少游人前来。

村里花木蓊郁、文气流转的优美环境，让鲁迅长孙、鲁迅文化基金会会长周令飞"落叶归根"的愿望更强烈了。他在此设立了工作室，引进了鲁迅美术学院在此设立美术馆和动漫基地。他策划的"大师对话"活动请来了雨果、托尔斯泰、泰戈尔等大文豪的后人与研究者，以鲁迅为桥梁，关联绍兴与世界。

周令飞还策划了热闹非凡的2022绍兴首届"水乡社戏"活动，举办地是安桥头村和皇甫庄村。皇甫庄村与安桥头村相距七八公里，这里有一座包公殿，殿前有一块地坪，坪前水域宽广，碧波连天，演员在前坪演戏，人们坐在河中的船里看戏。这与《社戏》里的场景很相似。

2 "鲁镇"，走过百年沧桑

这不是我们想象中的"鲁镇"。

在鲁迅的小说《祝福》里，鲁镇的色调如"灰白色的沉重的晚云"。在小说《故乡》里，它"萧索""没有一些活气"，让前来接母亲离乡的"我"觉得十分悲凉。

可眼前的鲁镇，满眼都是澄碧的湖河，灵秀的小桥与凉亭，茂盛浓绿的植物掩映着黑瓦白墙的江南民居，石板路的两旁店铺林立。成群结队的游人漫步其间，兴味盎然。

其实，绍兴本没有一个叫鲁镇的小镇，它是鲁迅作品中虚构的地名。鲁迅把儿时记忆中的绍兴城和皇甫庄等糅合在一起，变为了笔下的鲁镇。

鲁迅赋予鲁镇沉重、萧瑟、阴郁与凄凉的色调，既源于他家道中落备受屈辱的身世之感，更源于他对社会靡弱、民生艰困的那份深挚的黍离之悲、家国之痛。绍兴市文史研究馆专职副馆长杨水土介绍，清末民初的绍兴，是一个典型的旧中国传统小城，人们守旧落后，城乡民生凋敝，文教愚暗。

鲁迅是中国乡土文学的开创者，在观察和书写故乡时有自己独特的思考。杨水土认为："几乎每个作家都会写自己的故乡，但大多是抒发离情别愁，关注的是个人的成长经历和情感。而鲁迅则把深沉的家国情怀与思想融入了文字，因而他作品里的故乡自然更具深刻性。"

天翻地覆慨而慷。新时代的阳光早已将笼罩在"鲁镇"上空的阴霾一扫而空。一座古意盎然的村镇凭"空"而起，成为人们缅怀鲁迅、玩味鲁迅笔下人物和风土人情的最佳所在。

现在的鲁镇，是柯岩风景区的一部分。它复原了鲁迅笔下鲁镇的景象，仿佛百年前浓缩的绍兴。穿着长衫的孔乙己、戴着乌毡帽的阿Q、一脸愁苦的祥林嫂……镇上的"居民"们，以雕像和演员表演的方式出现在鲁镇的街头巷尾，讲述文学里的故事。酒楼和特产店里，地道绍兴菜和黄酒、腐乳、乌干菜、乌毡帽等，让游客更接近鲁镇人。当然，也有星巴克、肯德基、寻宝记等餐饮品牌，以及研究黄酒多种喝法的绘璟轩、沉浸式剧本换装体验馆等时髦店铺，为游客提供多种选择。

这里也有一场"社戏"，叫《鲁镇社戏》，是外来游客必看的节目，一天至少演出一场，场场爆满。

它是一台影画剧，用小学生读课文时恍然穿越进百年前的鲁镇为主线，串联起鲁迅的代表作及其中代表人物，展现了五四运动前后绍兴城乡的万千世相——那也是当时中国社会的人生百态，透着震撼人心的浓重悲剧色彩。这部剧开创了绍兴高科技影画表演的先河，填补了绍兴大型旅游演艺的空白。

结尾处尤为动人心魄。深情的音乐中，目光深邃的鲁迅先生不同时期的头像，那些寄慨深沉的文字片段，不断从暗处劈空而下，撞击你的眼帘。末了，一束光亮穿透舞台中央，仿佛人生希望的出口。一个洪亮的声音响起："观众朋友们，让我们一起穿越舞台，出路就在前方！"顺着光亮，穿过舞台，你不免会眼含热泪地想起一段话："我想：希望是本无所谓有，无所谓无的。这正如地上的路；其实地上本没有路，走的人多了，也便成了路。"

据鲁镇景区负责人介绍，2019年，鲁镇接待游客120.28万人次。度过了疫情三年的冷淡期后，今年1月至10月上旬，游客已经突破88万人次。景区的保安保洁等岗位，90%以上由附近的中老年居民担任。

今年，景区开始在文创上下功夫。开"热风"咖啡店，卖"野草"T恤、"朝花夕拾"笔记本、"鲁迅"陶瓷杯……感兴趣的年轻人不少。

作为浙江省首批省级夜间文化和旅游消费集聚区，"夜鲁镇"也很受欢迎，夜间游船、"夜鲁镇·市集"、中秋长街宴、水乡光影艺术节等活动丰富多彩。不用担心玩得太晚，9间民宿任君选择。

今天的"鲁镇"，这样生机勃勃。

3 "未庄"，梦想照进现实

受尽侮辱和损害，靠"精神胜利法"无聊赖活着的可怜的阿Q，不会想到，他曾混迹其间的"未庄"能这样好。

绍兴市柯桥区的柯桥大道，西边是鲁镇，东边是新未庄。

宽阔平整的街道和水光潋滟的河道，串联起471幢粉墙黛瓦的江南民居，几步一景，如同江南园林。

旁人难以想象，这竟是一个由4个村合并而成的拆迁安置社区。20多年前，这里还是一大片农田。2001年，社区开始建设，绍兴县（今柯桥区）投资2亿多元建起了美丽的新社区。2002年2月，村民们统一入住，从农民变为市民，开始了新生活。他们曾经的居住地，变成了如今柯岩风景区的鲁镇。

社区命名时，人们颇费了一番功夫。想起鲁迅在《阿Q正传》中虚拟了一个叫未庄的村庄，便借鉴了先生的创意，冠上"新"字叫新未庄，意在新生和永恒，并在成立之初就定下了"打造乡村城市化、新农村建设典范"的目标。

在小说《故乡》的结尾，鲁迅借他笔下的主人公，道出了他心中深长的热望：后代不要如自己般辛苦辗转，也不要如闰土般辛苦麻木，"他们应该有新的生活，为我们所未经生活过的"。

新未庄里没有阿Q和土谷祠，人们用鲁迅文化广场、鲁迅文学群雕、百草墙怀念着先生，用实际行动完成着先生的期盼。

初心使命馆和未庄蝶变馆，展现了新未庄的成长路径。习近平同志担任浙江省委书记时，曾于2003年和2005年先后两次到新未庄社区调研指导工作。他在老年活动室与居民亲切交谈，和居民潘海祥等切磋乒乓球技；走进居民朱国强家中，深入了解他们的生活。回想起当初的情景，51岁的朱国强心里仍然暖洋洋的。朱国强原来住在柯岩村，拆迁后分到了现在的两层小楼。

多年来，社区在建设社会主义新农村的征途上进行了一系列成功探索。

柯桥区有"国际纺都"美誉，拥有"从丝到布到衣"的完备纺织产业链，目前全区有经营主体15万余家，贸易覆盖全球190多个国家和地区。朱国强夫妻俩做纺织生意，一年有几十万元收入，早就在城里买了房。

但他们还是喜欢住在新未庄。这里条件不比城里差，幼儿园、卫生保健站、休闲广场、饭馆、商铺等配套设施齐全。便民服务中心为居民提供社会保障、技能培训服务，智慧助老为有需要的老人提供居家养老、助餐、助医疗、护理等服务。环境则像景区一样，美丽而整洁。社区请了40多位社区居民负责清运垃圾、修剪绿化、维护秩序，居民有收入，更具责任心。

说到收入，新未庄社区党总支书记薛忠兴颇为自豪："社区有2个经济合作社，2022年的集体收入约1100万元，居民平均年收入约6万元。"

口袋富裕，精神丰盈。2013年，为了满足群众日益增长的精神文化需求，柯桥区启动农村文化礼堂建设。1600平方米的新未庄社区文化礼堂围绕"和"主题，设置了和邻里、和善家、和爱童、和阅者、和健客、和讲堂等功能厅，集托幼、阅读、公益培训、非遗传承、健身等多种功能为一体。

"乡村治理说到底是治理人心，文化是打开村民心门的钥匙。"薛忠兴说，要通过建设文化礼堂把村民的心凝聚起来，让大家的精力集中在发展上。

在文化礼堂中，悬挂着先锋榜、能人榜、道德榜、学子榜四大榜单，还有好村民、好媳妇、好公婆、好邻居、好儿女等评选。新未庄社区以榜育德，定期评选先进，涵养道德风尚，推动社区共建共治共享。

内外皆美的新未庄，被评为浙江省级全面建设小康新农村、省级文明村、省级绿化示范村、首批省级3A景区村庄。

"我在蒙胧中，看见一个好的故事……许多美的人和美的事，错综起来像一天云锦……"在散文诗《好的故事》里，鲁迅描述了一个昏沉夜里的美好梦境。

梦想已照进现实。今天的浙江，是全国唯一的共同富裕示范省。景美人和的新未庄，比"好的故事"还要好。故事未完待续，新未庄们还在不停地发展、向前，正如鲁迅所期望的那样：永是生动，永是展开。

（配稿）【文学原乡】

时候既然是深冬；渐近故乡时，天气又阴晦了，冷风吹进船舱中，呜呜的响，从篷隙向外一望，苍黄的天底下，远远横着几个萧索的荒村，没有一些活气。我的心禁不住悲凉起来了。

阿！这不是我二十年来时时记得的故乡？

——摘自鲁迅小说《故乡》

旧历的年底毕竟最像年底，村镇上不必说，就在天空中也显出将到新年的气象来。灰白色的沉重的晚云中间时时发出闪光，接着一声钝响，是送灶的爆竹；近处燃放的可就更强烈了，震耳的大音还没有息，空气里已经散满了幽微的火药香。我是正在这一夜回到我的故乡鲁镇的。

——摘自鲁迅小说《祝福》

【记者手记】沉重与轻松

在花树映发、风景如画、游人熙攘的绍兴街巷，不时"邂逅"鲁迅小说里的人物，是一种奇妙的体验。

他们是一个个、一组组惟妙惟肖的雕像：臂挎竹篮、身形佝偻，悲苦羞怯的祥林嫂；头戴破毡帽、弯腰驼背，拘谨麻木的老年闰土；身着破长衫，一脸落魄迂执的身形高大的孔乙己；表情张狂，愚憨狡黠无赖的阿Q阿D们……

每次猝然相遇，总会让人出神良久。那一刻，你会情不自禁地想起小说里的那些场景，那些故事。而每一想起这些被侮辱被损害的人物的命运，心底便会隐隐产生一种沉重感。

在一次次的出神与回味里，你也会不断感念鲁迅先生的伟大。感念他用如椽巨笔，透过这一个个永恒的人物典型，记录下了"风雨如磐暗故园"的那个时代的影像，写下了另一种"无韵之离骚"。

深刻的现实主义艺术是穿透时空的。百年过去，在他的故乡，鲁迅文学的魅力化为了游客的别样体验——既有回望过往的感叹唏嘘，又有乐赏今时的轻松惬意。这种抚今追昔、逸兴遄飞的丰厚沉潜的旅游体验感，或许是别处难得有的。

对于今天的绍兴文旅来说，鲁迅无疑是最大的IP。穿行于处处充满鲁迅文学元素的景区景点，有些游客或许不免会在心里发出疑问：如果今天鲁迅先生重返故里，他会是什么表情？是那个横眉冷目的战士，还是文创商店里那个眉开眼笑的"萌萌哒"的老头？——这，确实是一个有趣的话题。

代表作二
贾家庄，故事蓬勃生长

将落地了。飞机缓缓降了高度，青黄交错的大地逼近眼前。这是山西，最早的"中国"。

"人说山西好风光，地肥水美五谷香。左手一指太行山，右手一指是吕梁……"依这首脍炙人口的《人说山西好风光》来辨认山川，却发现不对——词作者乔羽南下，我们是北上，左右手该交换。

左手的吕梁山。一排排山体、一道道梁，如一条大龙的脊骨，隆起在黄土高原上。吕梁山，逶迤八百里，一山断秦晋。汾河与黄河映带山之两翼，它们由北奔流而来，再滔滔南去。

英雄的吕梁山。革命战争时期，它是红军东征主战场、晋绥边区首府和中共中央后方委员会机关所在地。抗日战争时期，整个山西几近与日军肉搏。因地跨晋西南、晋西北，连接陕北、山西，吕梁成为连接各敌后抗日根据地的重要枢纽、通往延安的"钢铁走廊"。

血与火的土地，催生传奇。抗战中后期，兴起了以旧通俗小说创作"新英雄传奇"的潮流，《晋绥大众报》20岁出头的年轻编辑马烽、西戎将一批战士事迹写成章回体小说在报纸上连载。于是，《吕梁英雄传》诞生，起头是这山："吕梁山的一条支脉，向东伸展……"

我们为马烽而来。马烽（1922—2004），吕梁孝义市人，16岁参加八路军，1940年先后在延安鲁艺部队艺术干部培训班和部队艺术学校学习，开始了文学创作。写书，是要"尽一个革命战士所应尽的天职"。新中国成立后，他在吕梁山下选定了一片村庄，这成为他以笔为犁精耕细作的写作

"根据地"。住下来后,《我们村里的年轻人》《三年早知道》《我的第一个上级》……名篇不断。他从革命文学写到二十世纪八十年代的改革文学,从"小马"写成"老马",跨越中国文学现代史与当代史,写成"山药蛋派"的代表作家。

落地。吕梁横亘天边,巍峨亦温厚。

我们奔向这山,这村庄。吕梁东麓,汾河西岸,汾阳贾家庄。

1 幸福不会从天降

7月底,几场阵雨后,空气清爽。格局疏朗、建筑簇新的贾家庄,嵌在高粱地里。好高粱,织成密密的青纱帐。好黄土,那么深厚、肥沃、平坦。这地方真不错!

贾家庄人不多言,把我们往贾家庄展览馆带,见见当年的"恓惶"——这是山西方言,意为穷困潦倒。新中国成立前,因地势低洼,贾家庄是"烂塌滩、沤麻坑",全村的盐碱滩占总耕地面积的70%。

盐碱滩什么样?雨天见涝,晴天结壳,一片白茫茫,不长粮食长稀草。荒年时,一些村民只能逃荒乞讨、捡垃圾、卖儿鬻女求生存。

当历史循环被打破,贾家庄拥有了新的力量。1953年,26岁的贾家庄村团支部书记武士雄在村里的座谈会上,第一次见到马烽。这位见过世面的作家告诉他们,治碱要先治水。"水排走了,地才能晾出来。""治碱不是一家人能干的事,要组织起来。"于是,青壮年们被编为互助组,采用开渠截流、沟洫台田、起高垫低、浅浇洗碱、铺沙压碱、碱土搬家、增施肥料等方法治碱……地捉住苗了,"人就闹不死了"。

"我在北京待了将近七年,深深感到住在北京城里写山西农村生活,不是个办法。"抛下这句话,1956年春,马烽从北京回到山西,挂职汾阳县委副书记,第三次来到贾家庄村。当时,改水治碱初见成效,让马烽耳目一新。1958年,马烽在贾家庄村完成了《我们村里的年轻人》剧本初稿;1959年,电影上映。时隔四年,《我们村里的年轻人》又拍摄了续集。这次,马烽邀请乔羽来采风,乔羽欣然写下那首被人戏称为"山西省歌"的

《人说山西好风光》。

电影讲的是在世代缺水的村庄里，年轻人主持凿山造渠引水的故事——贾家庄村改水治碱故事的变体。观众立刻被一种创造无限可能的青春活力鼓舞了——初生的共和国的希望被隐性地诉诸青年的行动力和满腔热情之中，激情与壮丽的未来向着古老的土地开放。

提及马烽，96岁的武士雄嗓子很亮："哎呀，那可是个好人……他成天跟着我们，喜欢讲笑话，可逗了，我哪知道他是在搞创作？后来他女儿告诉我，我是（电影主角）高占武的原型。"武士雄88岁的妻子张凤英记得，马烽爱拿个大口烟嘴子，"动员"大家过来"抽一口"："他不像个书记，他最普通。"当时，国家在宣传新《婚姻法》，号召自由恋爱，废除包办婚姻。马烽就多了个保媒拉纤的爱好。武士雄和张凤英，也是由马烽介绍撮合的。

改水治碱改良了土壤，也将土地改造成了适合机械耕作和具备水利灌溉设施的平平整整大农田。1965年，贾家庄村粮食亩产达408公斤，一跃成为北方第一个粮食产量"跨过长江"的村庄。改水治碱持续了23年，村民由此叹服集体的力量，这成为贾家庄坚定不移走集体化的源动力。

我们见到了邢利民。1976年，年轻的邢利民被正式推选为贾家庄村党支部书记。他回忆，上世纪八十年代初期推广的家庭联产承包责任制是极大的考验。当时汾阳全县318个村几乎都"土地下户"，邢利民主持召开村民大会征求意见，不愿分田的村民占大多数。国家的政策该如何落实？站在这沾满祖辈血泪、浸满父辈汗水的田野上，他不安："如把这大田再分成一块块，怎搞机械化？"

就是那个夏天，邢利民登门拜访马烽。马烽看到，党的十一届三中全会后农村很快大变样，一部分人富了起来；但不少缺乏劳力或致富无门的农民，解决口粮后仍贫困。群众反映，过去干部下来访贫问苦，而今只找冒尖富户。这引起马烽深思，他认为，中央提倡一部分人先富起来，对打破"大锅饭"体制确有必要，但让一部分人先富起来的终极目标是实现共同富裕。

两人深入探讨国家政策精神，最终决定"不能搞一刀切，也不能只切一刀"。顶着外界质疑，邢利民领衔推行统分结合的家庭联产承包责任制，创造性地实行"三田到户,一集中,五统一"的统分结合法,形成土地公有、分户承包、责权明确、联合服务的双层经营模式,对一家一户难办的排灌、收割等作业项目,仍实行统一耕作,充分发挥集体优越性和个体积极性。

"马烽有见识、有文化、有思想,给贾家庄村指明发展道路。他的话大家都信。"邢利民说,共同富裕一直是贾家庄人的信仰。

"不当百万富翁,要建亿万富村。"1986年,邢利民带头捐赠个人企业给集体,在他的号召下,贾家庄村一口气创办建材、机械加工等多种企业,实现了由农业经济为主向工业经济为主的转变。

2007年,邢利民之子、已是成功商人的邢万里带着新的经营理念回村,接受贾家庄村党委、村委的聘请任命,发展刚刚兴起的乡村旅游产业和光伏发电等项目。2017年,邢万里接任新一届村党委书记。如今,四星级酒店、汾州民俗文化园建成,水泥厂成为工业文化创意园……多种产业齐头并进,截至去年底,全村经营性集体固定资产达12.2亿元。

富了,集体为村民建居民住宅楼,拓宽道路,天然气入户,统一供暖;扩建中心小学、幼儿园;修建图书苑、卫生院、老年人日间照料中心……

"幸福不会从天降",《我们村里的年轻人》里,女主角孔淑贞唱着这首歌走来。村口,先辈们手握镢头战天斗地的创业雕塑附近,这句话,也在。

2 长满故事的土地

汾阳出汾酒。"借问酒家何处有,牧童遥指杏花村。"今人至,不必"借问",杏花村外贾家庄,处处见酒铺。

马烽住哪儿?得"借问"。上了年纪的村民们不假思索地抬手,凌空一指——"老马家?那儿!"从二十世纪五十年代到九十年代,马烽在贾家庄的一座二进院落断断续续住了40来年。

马烽家现为马烽纪念馆。进门,迎面是老年马烽的塑像。跨进房,窗台下一张青黑大炕。炕上有小桌,摆放着他的书本和眼镜。墙上的一张张照片上,他和"山药蛋派"的文学战友们,走在一座座村庄里。

马烽常去下地干活,也去村民家吃饭,一进门就上炕,聊天,活络得很。村民任彦雄吃过马烽家的饭。是什么？我们问。他答，面条嘛。蝉声嚷起来了。任彦雄说，这个时节，马烽不在炕上写作，是去阁楼呢。

乡村的生活日常里，能长出故事。《三年早知道》《饲养员赵大叔》等一系列短篇小说，反映随着时代潮流变化的乡村生活，更注重老百姓"喜闻乐见"的传统、习俗、民间形式的运用，开掘出生活语言内的艺术表现力。邢利民说，马烽的小说里都是汾阳话，他们读着亲切。

"嗨，我早就知道啦！"在村里，提起《三年早知道》，人们都要调侃着说出这句话。《三年早知道》是以村民宋玉良为原型写出的一部短篇小说。宋玉良人品好，就是爱吹牛、好逞能。别人说句什么，他常说："我早三年就知道了！""知道就这么回事！"马烽抓住了这个特征。村民们一看，直笑。宋玉良有点儿生闷气，后来自得："我提供的素材呢！"

宋玉良、宋玉柱、孙汝槐……村里的一代人走出了时间，但他们的影子在书里。中国社会科学院文学研究所研究员何吉贤曾概括，马烽的小说以"爱抚的幽默与宽厚的讽嘲"，塑造出一系列形象鲜明、令人印象深刻的农民形象。

穿过人声鼎沸、汇聚小吃和手工艺品商店的贾街，望见6座仿建的老式洋房掩映在葱茏花木里。这是贾家庄的"村中村"——作家村。洋房被唤作焕章别墅、徽音水坊、正清金屋……以纪念二十世纪三十年代在汾阳生活工作过的冯玉祥、林徽因、梁思成、费正清等多位历史文化名人。徽音水坊门口，放大了一幅梁思成在汾阳拍摄的老照片。年轻的林徽因仰首细观，右手轻抚着露天盘坐、低垂眷顾的明代铁佛，两厢凝视，仿佛交流。

这阵子，中国报告文学学会副会长、报告文学作家王宏甲住在作家村采风。2016年在中央电视台大型纪录片《长征》中担任电视总撰稿，2019年出版《中国天眼：南仁东传》……王宏甲很忙碌。但近5年来，他每年都要来贾家庄，短则一周，长则二十来天。"贾家庄的水是从十公里以外引来的。你们进村时瞧见那水塔了吗……"他在当下日常中，发掘着贾家庄发展道路的样本意义。2021年《人民政协报》整版发表了他的调研稿《贾家庄乡村振兴启示录》。他说，正酝酿着以贾家庄为主角写一部长篇纪实文学。

3　再次从乡村出发

贾家庄夜色温柔。道旁的柳树把枝丫举得很高，柳条如瀑，半轮月挂在枝叶间，朗朗地亮着。

中国第六代导演领军人物贾樟柯在专著中写北京："这座过于喧闹的城市，无法迎接幽冷的月光。"他想念故乡山西，"那里城池千年，一定明月高挂。"

汾阳是贾樟柯的出生地。好几年前开始，贾樟柯常会到贾家庄住上一阵，白天吃饭、聊天、打牌，晚上创作。2016年，他在贾街上开了一家餐厅，以他的一部电影为名——"山河故人"。

我们遇上回乡的贾樟柯。他告诉我们，他的父亲第一次围观拍的电影，叫《我们村里的年轻人》。而他的第一次，则是马烽编剧的电影《泪痕》。贾樟柯的不少电影，也在汾阳、在贾家庄取景。"文化是很奇特的一种缘分，不知道以何种形式在影响着人。"他说，"大概是在六七年前，邢万里说希望我能回来做一些事儿。要延续这个文脉，我能做的就是把电影引入。"

在贾樟柯策划下，贾家庄利用旧的车间厂房建起了贾樟柯艺术中心、种子影院、新浪潮书店、山西电影学院汾阳教学实训基地。村内挂着多幅第七届"86358贾家庄短片周"的海报，它已逐渐成长为国内电影短片展（周）的重要平台之一。

2019年5月，贾家庄成功举办首届吕梁文学季。莫言、苏童、余华等60多位文学大家齐聚贾家庄，出席颁发"吕梁文学奖"和"马烽文学奖"，讨论"从乡村出发的写作"。这个讨论主题，非常"贾樟柯"——在他的电影里，离去和归来是永恒潜在的主题。

贾樟柯阐释："村庄和文学有着天然的衔接。马烽几乎所有的重要作品背景都在这个地方。我们要寻找文学的根脉，所以决定在这儿举办文学季。乡村也是中国最广阔的生活场景，但是它在当代文化里面出席太少。我们希望重新唤起人们对于我们最广阔的生活场景以及在这个空间里存在的生活情况、问题的凝视和回望。"

文学季后，贾樟柯制作了纪录片《一直游到海水变蓝》。马烽的女儿段慧芳与作家贾平凹、余华、梁鸿一起，回顾时代变迁中的个人与家庭，讲述文学与人生道路。这暗含着中国乡村的巨变史和中国人的心灵史。贾樟柯透露，文学季因为疫情停了三年，现在正在筹备下一季。

"来贾家庄，是共同的回乡。"在文学季的讨论中，作家苏童说，"这次回乡我们是来创造生灵的。"

如何"创造生灵"？如何变革、开辟新的乡村未来？这是"乡土中国"抛向每一代作家的问题。60多年前的贾家庄里，马烽把行动主体赋予了"我们村里的年轻人"——中国第一代有文化的农民。

60多年后，这个问题面临更复杂的变量——巨大的城市化浪潮。

但有人相信，贾家庄的村史本身就指涉了一种未来。环顾这座村庄，诗人欧阳江河说："贾家庄是一个地道的乡村，但又是一个带有城市花园性质的风景很好的乡村……我觉得中国的农村如果按照这个方向发展，它不光是对中国自己的一个启示，也是对全人类的农耕文明怎么和城市文明互相转换、互相结合的一个启示。"

（配稿）【文学原乡】

在去甄家庄的路上，我脑子里不断地胡猜乱想：离开这村里已经有四年了，这些年来村里有没有什么新的变化？那些熟人们是否还认识我？饲养员赵大叔如今还健在吗？……

秋收又近尾声，田野里一片深秋的景色。我也顾不得欣赏沿途的风景，只是飞快地蹬着自行车赶路，恨不得一下子能飞到甄家庄。

过了红豆庄，只见前边出现了一条新修的大水渠，远远看见渠堰旁有三四个人，忙忙碌碌不知在干什么。

——摘自马烽小说《三年早知道》

【记者手记】走近"作家中的实干家"

初听马烽的名字，是在文学史里。"山药蛋派"，冒着泥土气息的名称下，他被放在那里。再听到，是在电影《一直游到海水变蓝》，他的故事第一个出场。

马烽的面貌还是模糊的。直到我在他家的屋檐下蹲了蹲、坐了坐，才感到靠近了他一点儿。

作为"人民作家"，马烽的生活底子是扎实的，他的作品被誉为"中国乡村40年发展的晴雨表"。而更难能可贵的是，他不仅是中国乡村的写作者、观察者，还是乡村改造与发展的参与者。从"改水治碱"奋战到"包产到户"浪潮下的道路抉择，他帮助了一个村庄在历史变革中完成转身。我愿称他为"作家中的实干家"。

优秀的作家是社会的智者。因此，现任村党委书记邢万里说："希望作家、艺术家介入乡村，给我们启发。"这是经验之谈。

一片土地被文艺成功诠释后，也被赋予更丰厚的意蕴。采访中，武士雄说："有个五六十岁的丹东人来找我，一来就问马烽的事。"新浪潮书店里，我偶遇了云南青年李永生，他到太原出差，特地赶来贾家庄逛逛。

我望向莫言题字的"种子影院"。"文化是很奇特的一种缘分……"我又想起了贾樟柯的话。马烽拍电影，给一个围观的汾阳孩子埋下了电影的种子。这个叫贾樟柯的孩子以回望故乡的姿态走向了世界，又带着他的世界回到故乡。

贾樟柯对我们说："既然我们那样被影响过，那么，我们可能也会影响到一些人。"

他身边，站着一个汾阳小伙，主管着"86358贾家庄短片周"。

我问，你是不是贾家庄人。

他笑，我是贾家庄的荣誉村民。

代表作三
"边城"山水 百年诗情

我们要去湘西，沈从文的湘西。

越雪峰、逆沅水，钻入武陵的莽莽群山。

这群山，与从山中发源的汹涌激流，让身处中国腹地的这一隅成为了与华夏互动上千年却依旧坚挺难移的边缘地带，成为了一条沟通着云贵高原与江汉平原、洞庭湖平原的多民族接触交流的艰险走廊。

千百年来，这里"百蛮风古洞民多"，他们"饮食言语，迥殊华风"。直到20世纪初叶，这里仍然不通公路与铁路，与外部世界的沟通主要依靠沅水及其各支流。

路上遇得一场暴雨。墨云罡风，呼啸奔来。可我们终究是在车内好好坐着，干燥，安全的。高速公路开山度岭、穿云越雨，我们毫无意外地在小半日光景中，走完了沈从文89年前返乡探亲时花了12天才走完的路。

别一个国度

云住雨收。挽着薄云的青山，夹住一条豆绿的沱江。依着山和水，湘西土家族苗族自治州西南角的凤凰古城里，生长出万家灯火。

站在南华大桥上，古城尽收眼底。"3、2、1……"临近晚上7时，人们倒数，按下手机和相机的录影键，古城的彩灯同步亮起，又一阵欢呼。古城里，数不尽的餐厅、酒吧和客栈，人潮汹涌，各种方言和欢笑声声入耳。旅拍的人们多选苗族服饰，一路轻跑着过江的时候，银饰叮当。

远处的青山腰上，一辆凤凰磁浮观光快线列车沿着半空的轨道，悠然地穿梭。这条中国首条旅游观光磁浮线路，一头连接着张吉怀高速铁路，一头连接着凤凰古城。宽大的车窗玻璃后，游客们一路张望，峡谷、沱江、古城不断映入眼帘。不到30分钟，他们便从高铁站抵达古城入口。

几重山外，高速公路、高铁、飞机还在源源不断地向这里输送游客。路边一条标语说，湘西正在打造"国内外享有盛名的旅游目的地"。

繁华喧嚣，这是沈从文的凤凰吗——那个仅安顿着三五千人口的，被广漠山地围拢的"边疆僻地的孤城"？

沱江为台，古城为幕，几束白色射灯亮起，唯美的翠翠竹排表演、壮阔的黄永玉百米画卷、浪漫的沈从文情诗水幕，一场"湘见·沱江"沉浸式艺术游船光影秀在沱江上开演。江中的一个小小竹筏上，一位红衣盛装的女郎，摆手欲舞。两岸的游客们互递消息："那是翠翠！"翠翠，沈从文最负盛名的小说《边城》里的主角。

我们想起，8月18日9时52分，从北京大兴机场起飞的JD5323次航班，平稳降落在湘西边城机场，湘西从此迈入航空时代。这座让湘西走向世界的机场，被誉为"湖南海拔最高、自然风景最美、民族特色最浓、设施最实用"的国内旅游支线机场。它的名字，也来自《边城》。

——这是文学与现实的切实牵绊。

这确是沈从文的凤凰，是他构建的湘西世界的一部分。他生于湘西，长于湘西，他与他笔下的事体，早已成为这片土地场域精神的一部分。

于是避开人潮，踏着青石板，去找沈从文故居。

小巷里安静，故居闭了门，几盏黄色路灯幽幽地照出故居高高的马头墙轮廓。1902年12月28日，沈从文（原名沈岳焕）出生在这里的一户军官之家。

童年时期的沈从文，少有忧愁。他时常逃课，和同伴们泅水、赶场、摘果子、比赛爬树，习读凤凰城内外由自然和人事写成的那本"大书"。近15岁时，沈从文走了"本地青年唯一的一条出路"，成为一名小兵，在沅水流域辗转。在这派清波边，沈从文接触五光十色的生活，了解不同形态的人生哀乐，感受到世道的动荡。

五四运动爆发将近三年以后，厌倦于军旅中无意义杀伐的沈从文终于受到了五四余波的影响。他大概知道了，山外的山外另有一个同一日头照耀的世界，那里正有许多人燃烧着对理想新社会的冀望。

为了"寻找理想、读点书"，1922年，沈从文决定离开湘西。沿着河流险滩，走出重重山峦，他从常德乘船，越过八百里洞庭湖，经武汉，到达郑州。因黄河涨水受阻，遂转徐州，经天津，在离开保靖19天后，沈从文终于抵达北京。

离开故乡，沈从文却一直生活在对故乡的印象里。他重新认识了那个庄严、敦厚、有着至美牧歌情调的封闭地区。以此印象为基础，他构建了生命、自然与自由的"别一个国度",那里生活着山湾溪水一样清澈的少女翠翠、三三,纯洁健美的少年傩送、龙朱……

他笔下的美,如今依然唤起人们的无限向往。

2023年1月至9月,凤凰县累计接待游客1555.94万人次。他们大多为这"别一个国度"而来。

他们无需辗转流连,就能品赏这份曾经养在深闺的美。

他们沉浸在大型实景剧《边城》里,看民族歌舞融合声、光、水、电等特效还原展示的诗意《边城》。

他们陶醉在中国首创室内实景互动演艺、大型民俗篝火狂欢体验秀《凤凰样子》中,体验苗鼓、毛古斯、哭嫁等湘西非遗文化。

他们漫步在沈从文故居、熊希龄故居、东门城楼、杨家祠堂、万寿宫、古城博物馆……

文化——凤凰的底色,成就着这些响当当的"文旅IP"。凤凰县文化旅游广电局负责人告诉我们,凤凰正在统筹进一步打造历史文化名城、名村,保护和利用文物遗迹、历史建筑街区、名人故居,继续传承凤凰文脉。

"喵……"沈从文故居旁,小猫跳上小店"边城邮差"的柜台。老板李大姐,来自湖北武汉,中学时就读沈从文的作品,在这里开店8年,和沈从文做"邻居"。

顾客拿下《边城》《湘行散记》,走向柜台付款。李大姐翻开扉页,为他留言。

"我明白你会来,所以我等。"沈从文在短篇小说《雨后》中亦如是说。

再续牧歌

阳光热烈,距凤凰城约20公里外,我们站在被誉为"南方长城"的边墙下,看成群的游客向高处爬去。

绵延于青山之上的边墙背后,是一段历代王朝对"蛮族"的征服往事。明朝万历年间,官府修筑"边墙"将苗族分为"生苗""熟苗",援剿"生苗",同化"熟苗"。美学家朱光潜说,《边城》涌动着拥有苗族血统的沈从文的深层悲哀和痛苦。

苗疆边墙下的凤凰县山江镇，藏着一座目前全国规模最大、展品最多的民营苗族博物馆——"中国苗族博物馆"。

门额上挂着沈从文题的字；馆里，"普通农舍""古代居所""殷实人家""武士之家""服饰掠影""绣女之家"等9个展馆、万余件文物，带领我们穿越时空，看苗族同胞在数千年岁月演递中绘就的绚丽多姿的苗画长卷。

83岁的老馆长龙文玉回忆，1981年，他还是吉首市民族中学的老师，他发表的论文《屈原族别初探》被沈从文读到了。第二年，龙文玉见到了回乡的沈从文。

"干脆搞个民族博物馆出来。"见面后，沈从文同他投入地聊了两个多小时的苗族文化。"回北京后，沈老给我写了一封9页的长信，指导博物馆要'能看到一部苗族简史的轮廓，见到一个苗族社会的缩影，保留下一批苗族文化遗产，成为民族文化交流的窗口，为中华民族大家庭作贡献。'这份嘱托，我终于在2002年完成了。"龙文玉说。

看到一套精巧的银饰，陪同我们的本地苗族姑娘黄玉芳轻敲展柜："我结婚时候戴的那套，就和这个差不多呢！"她不无遗憾地告诉我们，我们错过了就在不远的寨子里举办的苗族"赶秋节"。这是湘西苗族同胞欢庆丰收的节日。可曾经的这里，一方山水养不活一方人。

凤凰穷，最穷腊尔山。即使到了10多年前，凤凰县的腊尔山片区贫困发生率仍接近50%，这里缺水、缺电。党的十八大以来，精准扶贫让生活有了变化。易地扶贫搬迁，成了当地政府和群众的共同选择。

我们抵达腊尔山片区禾库镇易地扶贫安置区，一座座楼房鳞次栉比、错落有致，依偎在水岸旁，俨然一幅"千户苗寨"的盛景。

2018年，凤凰县在禾库镇建起756栋楼房，集中安置禾库镇及周边乡镇有搬迁意愿的建档立卡贫困户。安置点周边，还配套了学校、幼儿园、医院、农贸市场等。此后，900多户苗族贫困群众，陆续搬迁到这里，服装厂、酒厂、纺织厂、箱包厂、制鞋厂等也陆续进来了。

一家箱包厂的车间里，龙菊珍大姐正麻利地用缝纫机制作手袋。她家曾是建档立卡贫困户，住在偏远的科甲村，爱人身体不好，只有她一个劳动力。

龙大姐笑着说："我们像是从乡里搬到了城里，新家外观美，住着舒服。现在，全家成功摘掉了穷帽子，腰包越来越鼓。"

不远处的凤凰县廖家桥镇菖蒲塘村里，秋正在成熟一切。猕猴桃园、柚子园里的果子下了枝，村民就在路边摆出果子，赤着脚、打着蒲扇拉家常，等络绎不绝的游客驻足挑选。

曾经的菖蒲塘村，缺地、少水，是附近有名的穷沟沟。2013 年 11 月 3 日，习近平总书记来到菖蒲塘村考察，鼓励大家"依靠科技，开拓市场，做大做优水果产业，加快脱贫致富步伐"。

"当时总书记主动帮忙摘了两个柚子。我们要送柚子给总书记，总书记笑着说'就拿一个'。"那天的事，村民王邦喜记得清楚。"要是现在总书记再来，就能尝尝菖蒲塘新种的红心蜜柚、橙柚，更甜、更水润，好剥皮。"他感叹。

2016 年，菖蒲塘村脱贫出列。如今，这个土家族、苗族杂居的山村，已成为远近闻名的"富裕村"。2022 年，全村人均可支配收入超过 3 万元。

苗寨光华

"由四川过湖南去，靠东有一条官路。这官路将近湘西边境到了一个地方名为'茶峒'的小山城时，有一小溪，溪边有座白色小塔，塔下住了一户单独的人家。这人家只一个老人，一个女孩子，一只黄狗。"

茶峒，才是流出《边城》的"边城"。它位于湘西花垣县，与重庆市秀山县、贵州省松桃县隔河相望，紧紧相连。

1922 年，小兵沈从文随部队换防。途经茶峒时，悲哀的杜鹃声，给他留下了深刻印象。后来创作《边城》时，他便把故事放到了这里。《边城》让茶峒名声大噪。2005 年，当地政府将茶峒更名为边城。2012 年 3 月，武陵山脉腹地，德夯大峡谷之上，矮寨大桥飞架云端，贯通了湖南、重庆、贵州等省市的几大高速公路网，天堑变通途。曾经要走 30 多分钟的盘山公路，才能抵达峡谷的另一端，如今只需要 1 分钟。边城茶峒有了被看见、被打开的便捷通道。2021年6月，边城茶峒文旅小镇开工建设。如今，边城已然不"边"。

清水江在喀斯特小山中蜿蜒，我们到边城时正值饭点，河边饭店里人声鼎沸，四面而来的游客们争先恐后地品尝着将湘、黔、渝三省市的风味复合于一锅的名菜"一锅煮三省"——腌菜豆腐鱼。

河边小山上，白塔经了风雨，长出一点青苔。小说《边城》里，白塔下住着主人公翠翠和她的爷爷，还有一只黄狗。翠翠爷爷在这里撑渡船撑了50年，凡有人来往河岸两边皆由他渡送。

河岸两边，包茂高速、319国道上汽车飞驰，不远处的矮寨大桥、湘西边城机场让时间飞逝，但居民和游客们依然喜欢清水江上那慢悠悠的拉拉渡。

拉拉渡上，拉船的不是"爷爷"，是个嗓音洪亮的小伙子。几分钟时间，船横过了江，人就从湖南到了重庆境内。"重庆到了！"小伙子喊。"过于隆重了！"船上人哄笑。

行走边城，沈从文的书籍、小说人物雕塑、经典语句刻录，比比皆是。河中沙洲翠翠岛上，塑像上的翠翠还在等待，一卷厚厚的《边城》书本样的雕塑卧在岛上，等着人们去解读。

凝望着它们，我们想起，几十年来，诺贝尔文学奖获得者莫言、少数民族作家阿来、90后福建作家陈春成……很多作家、学者、读者都如我们这般，追随着沈从文的文字行走。

沈从文成为两代湘西乡土作家心中的"大山"，涵养了当代湘西文学的源流，孙健忠、黄永玉、石太瑞、凌宇、蔡测海、田耳等优秀作家接连涌现。

这颗文学的种子也在湘西孩子们的心中生长。

花垣县十八洞村，距离边城不过40分钟车程。

村里的筑梦书屋里，每个周末20多个孩子来到这里写诗、朗诵。"我走在宽广的田野上／我走在细长的河边／你就是我的光华……"8岁的石彦阳小朋友写着苗寨的光华时刻。

最近，孩子们最爱写的主题是旅游——有的孩子已在15公里外的边城机场体验了坐飞机。"今日妈妈带我去北京旅游，我有一点点小激动……"10 岁的龙鸿涛用稚嫩的字体，记录下这一难忘的时刻。北京，那是青年沈从文曾经历尽艰辛才留下足迹的远方。而如今小鸿涛飞越群山，150 分钟就能直达。

10 年前，习近平总书记来到十八洞村考察，首次提出精准扶贫重要理念。如今，这个村寨里，处处都是生机和希望。

香甜四溢的蜂场里，十八洞村竹子寨村民龙先兰和妻子吴满金对着蜂巢轻轻一割，金灿灿的蜂蜜源源不断地流出，两口子笑得合不拢嘴。曾经有名的"醉汉""懒汉"龙先兰，已经成了养蜂产业带头人，带领村民用勤劳的双手酿造甜蜜生活。

小伙施康大学毕业后，放弃城市高薪的工作，和施林娇等几位 90 后小伙伴一起返乡创业，搭建了十八洞村第一个直播间，展示苗族特色风俗和苗寨风光，还帮助村民把十八洞特产卖到了五湖四海。现在，施康已成为十八洞村团支部书记，继续探索吸引青年返乡创业，做大做强集体经济，带动乡村发展的路子。

秋色愈加浓烈了，山间的柿子好似盏盏橘红的灯笼，金黄色的苞谷、红艳艳的辣椒挂满了一座座苗寨的屋檐，热烈的苗鼓声、银饰的叮当声与浪漫的笑声，在山间欢腾。

群山之间的山寨，以四通八达的道路相连，把住寨门的，不再是刀枪与狼烟，而是一碗碗清甜的糯米酒与直白热情的苗歌。

这里，还是湘西。它依旧有着沈从文所书写的"纯净之美"，有着人类善良、诚实、热情与爱的本性。

但，它已不是百余年前沈从文记忆里那个令人心痛的、美而"古怪"的地方。

如今的湘西，是首倡之地展现首倡之为的湘西，是享有"矮寨不矮、时代标高"美誉的湘西。它不再偏于一隅，而是与世界同跳动，与时代共呼吸。

（配稿）【文学原乡】

黄昏来时翠翠坐在家中屋后白塔下，看天空被夕阳烘成桃花色的薄云，十四中寨逢场，城中生意人过中寨收买山货的很多，过渡人也特别多，祖父在溪中渡船上忙个不息。天已快夜，别的雀子似乎都要休息了，只杜鹃叫个不息。石头泥土为白日晒了一整天，草木为白日晒了一整天，到这时节皆放散一种热气。空气中有泥土气味，有草木气味，且有甲虫类气味。翠翠看着天上的红云，听着渡口飘乡生意人的杂乱声音，心中有些儿薄薄的凄凉。

——摘自沈从文小说《边城》

一个好事的人，若从百年前某种较旧一点的地图上寻找，一定可在黔北、川东、湘西一处极偏僻的角隅上，发现了一个名为"镇筸"的小点。那里同别的小点一样，事实上应有一个小小城市，在那城市中，安顿下三五千人口的。

——摘自沈从文散文《凤凰》

【记者手记】与沈从文的目光相触

采访一开始，我们就约定，此行尽可能效仿沈从文的行迹，多坐船。于是在浦市古镇登船，游沅江。这一片水面开阔，水流平缓，河中的绿洲里，藏着几朵白——是白鹭。

"绿洲照我乡下人解释，是河中生草的沙堆子。"想起沈从文写下的句子，不禁一笑。

沈从文常说，自己为乡下人身份而感动。他为中国文学树立了"乡下人"这一典型形象——"保守，顽固，爱土地，也不缺少机警，却不懂诡诈"。同时，"乡下人"却也是处境尴尬、生活辛劳的弱者。他们是童养媳三三，是彻底无产的水手柏子，是眼看着妻子做船妓的丈夫……他们只能全然接受自己的"苦"，把一切归因于命运的无常。

我们的船缓缓移动，两岸风物入眼。在水的哺育下，生命依然生生不息地绵延。水浅处摸螺蛳的人、岸边吆喝着渡船的人、提着晒匾的人；两岸的村落、橘林……相较沈从文的时代，这片天地已然换了人间，安全、平静、富足……更重要的是，如今的乡下人，是自己命运的持有者。一路行来，我们听太多人分享过自己对美好生活的向往与未来的打算。因为，未来朝他们开放。

凝望着沅江的清波,思索着人的"命运",我仿佛感到,与沈从文的目光相触了。

他写一条河,是写河边生存的平凡人。在沈从文看来,恰恰是普通人的生存和命运,才构成"真的历史"。于是,他讲述乡土人伦秩序之"常"中蕴含的美,在战祸年代重拾对古老中国的信心。

沈从文离去已35载。但那束宽容、人性、浪漫、深邃的目光,仍在这条长河之上驻留,为后来者提供一种含情的视角,也在为人类的"爱"字作恰如其分的说明。

(《湖南日报》2023年10月23日－2023年11月03日)

申报资料实录

作品简介:在习近平文化思想首次提出之年、精准扶贫重要理念在湘西提出10周年之际、全面推进乡村振兴之年,湖南日报精选鲁迅、周立波、马烽、路遥、莫言、沈从文等10位文学名家笔下的故乡重磅推出《文学里的村庄》大型融媒体系列报道。在采编过程中,记者编辑牢记新时代党媒文化主战场的神圣使命,注重用百姓喜闻乐见的方式宣传习近平文化思想。推出的报道用生动的笔触反映了新中国成立之后尤其是党的十八大以来给乡村带来的历史巨变。做好产品的同时,湖南日报也关注在新时代有效传播的重要性。一方面,全力强化视图文融合生产这一创新点,按步骤推出了10个连版图文报道、1篇湘江周刊封面文章、20篇评论文章、10篇湘遇文章、1篇湘伴文章和10期中视频、40多个短视频、10期海报、6期双语视频等新媒体产品;另一方面,主动寻求与兄弟媒体和相关单位的联动,最终产生了良好的连锁反应。

社会效果:整组系列报道被学习强国、人民日报客户端、人民网、新华网、湖南省人民政府门户网站和数十家省级党媒进行了全程推介与转载,在百度、微博、抖音、今日头条等第三方平台破圈传播。

初评评语:乡土文学是中国千年文脉的重要基石,是文化自信自强的精神原点,乡村振兴是中华民族伟大复兴征途上的又一伟大实践。《文学里的村庄》系列报道立意高远、主题鲜明、注重融合创新，把贯彻落实习近平文化思想作为主线，紧扣文学助力乡村振兴主题，采用了视图文融合的创新报道方式。报道中既有对文学原乡的记忆回溯，同时也准确把握了乡村振兴的科学内涵。报道中的视图文结合构建了一场丰富多元的文学接力，各有侧重的多种形态的产品根据时间节点推出，形成了密集的话题效应和宣传声势。

暴雨中转移群众

朱燕林

七月二十二日,湖北省咸宁市突降暴雨,部分地区出现内涝。图为咸宁市消防救援人员在转移被困群众。

(《中国应急管理报》2023年07月24日)

申报资料实录

作品简介：2023年防汛关键期，习近平总书记对防汛救灾工作作出重要指示，要求切实把保障人民生命财产安全放到第一位。应急管理系统迅速贯彻落实习近平总书记重要指示精神，全力战洪峰、保安全、护稳定。本报派出记者赴一线采访的同时，还向各地发出约稿需求，通过多篇图文报道，及时展现各地防汛救灾的生动实践。7月22日8时，湖北省咸宁市部分地区因暴雨引发内涝。救援中，咸宁市消防救援支队金桂路特勤站消防员发现，一辆中小型卡车内有3名群众被困。由于水位过深，车门无法正常打开。消防员伸出双手紧紧抓住车门，用肩膀搭起"人梯"，让被困群众踩着自己从车窗爬出来，并将其成功转移至安全地带。作者当天与消防员同行，用相机及时记录了救援过程，抓取到了消防员背着受灾群众，从深水区游向安全地带的惊险、动人一幕。

社会效果：照片刊发后，本报新媒体、融媒体及时转发。在社会上引起关注度。读者反映，这张照片让他们进一步加深了对广大应急人的信任和敬佩之情，让人民群众看到希望、充满信心。诸多相关单位在报道宣传2023年防汛救灾工作时，纷纷引用这一照片，用暖新闻汇聚起防汛救灾的强大正能量。

初评评语：中国应急管理报立足专业报纸定位，派出记者赴一线采访的同时，还向各地应急管理部门和消防救援队伍发出约稿需求，通过多篇图文报道，及时展现各地防汛救灾的生动实践。这张照片人物主体突出，冲击感十足。

候鸟栖息地竟"长"出连片捕鸟网

董天健

作品二维码

《候鸟栖息地竟"长"出连片捕鸟网》

（南方 PLUS 2023 年 11 月 13 日）

申报资料实录

作品简介： 为调查核实候鸟捕猎交易等不法行为，记者根据相关线索前往汕尾陆丰多处湿地蹲守十余日，扎实走访当地数十个村落，并最终抓到候鸟交易现场。记者克服艰难险阻与当地违法猎人、鸟贩斡旋，扎实取证换来核心现场与事件完整证据画面。记者在完成采访拍摄后，制作精美海报与文字报道一同刊出。该报道推动当地公安机关打击查处违法捕鸟、贩鸟产业链，抓捕违法捕鸟人员，有效推动了候鸟保护工作。

社会效果： 候鸟捕猎调查报道刊发后，广东各级单位高度重视，均在报道后立刻进行专项会议，并组织力量前往汕尾当地对捕鸟行为严肃打击，抓捕违法人员，开展专项整顿，加大对候鸟保护的宣传力度，斩断候鸟交易链条，提升全民护鸟爱鸟意识。报道在南方+客户端内阅读量超10W+，在全网传播量超千万，有效推动当地候鸟保护工作，展现了南方日报、南方+作为全国主流媒体的传播力和影响力。

初评评语：报道以兼具新闻性与艺术性的影像表达进行建设性舆论监督，这组照片揭露了广东汕尾潭西镇捕杀野生鸟类的问题，是一个用新闻照片进行舆论监督的生动案例。作者通过一组8幅新闻照片，形象、细致、翔实地披露了野生鸟类在汕尾潭西镇被捕杀的事实。作品中有被捕杀的野生鸟类冻品，有被捕获的野生鸟类，有被网缠住的可怜的扇尾沙锥，有诱捕鸟类的"鸟媒"外放器，有令人震撼的捕鸟巨网，甚至有被捕鸟网缠绕致死的鸟类尸体，当然也有执法人员将发现的捕鸟巨网拆除的画面。作品不仅揭露了捕杀野生鸟类的可耻行径，也展示了保护鸟类、制止犯罪的正义之举。照片画面生动，新闻事实交代清晰，较为完美地讲述了捕杀与拯救的故事。

成都成就梦想

魏晓旻

该作品为组照，请见中国记协网 http://www.zgjx.cn。

(《中国日报》2023年08月08日)

申报资料实录

作品简介：2023年8月4日，在成都举行的第31届世界大学生夏季运动会田径项目女子100米栏决赛中，中国选手吴艳妮夺得亚军。凭借12秒76的职业生涯最好成绩，吴燕妮获得了直通巴黎奥运会的资格，也是第一位获得奥运会该项目参赛资格的亚洲选手。记者在大运会田径场紧张的摄影位置中找到了独特视角，记录下了典型场景中的瞬间，用镜头语言展现体育运动之美，点题"成都成就梦想"。

社会效果：该幅作品记录下了这一载入史册的重要时刻，在《中国日报》7版刊发，并通过中国日报中文网站、英文网站、海媒X（原Twitter）、视频号进行全媒体传播。图片凭借成都大运会官方英文会刊的海内外传播，引发中外读者的广泛关注和积极反响，先后被新华社、《人民画报》、《人民摄影报》、网易、搜狐等主流媒体和门户网站纷纷转载，并入选中国日报2023年度国际传播图片，起到了良好的影像传播效果。

初评评语：作品整体运用了三分法构图，上部展现开放包容的赛场氛围，下部体现追逐梦想的影像动感，在观众与赛场的呼应间，巧妙地突出强调了本届大运会的口号"成都成就梦想"。跨栏形成的纵向围框式构图，在二维平面中营造出三维空间，将观者的视线潜移默化地引至画面的影像主体，使得作品更具吸引力和冲击力。

海中寻"碳"

张 茂

作品二维码

《海中寻"碳"》

（无锡新传媒网 2023 年 09 月 08 日）

申报资料实录

作品简介：2023 年 4 月，近海海洋环境科学国家重点实验室"蓝碳"项目团队，来到海南陵水，开展海中寻"碳"之旅。记者敏锐地关注到，这是一个意义重大的科技题材，虽然拍摄难度较大，但依然并通过多方联系获得宝贵的采访机会，跟踪拍摄。记者做足案头工作，深入思考，力争做到"事件故事化，故事人物化，人物细节化，细节画面化"。在现场，记者细致观察，认真琢磨，精准找到影像表达的切入点与突破口。"风速监测、标记海草生长、数据采集……"功夫不负有心人，长时间的蹲点式拍摄，精彩瞬间被一一捕捉，经后期精心编辑，图片专题逐步成型。该作品中，记者以新闻性为题材底色，在画面中巧妙运用摄影语言，强化图片之间的紧密逻辑性。

社会效果：该作品在国家一类新闻网站无锡新传媒网刊发后，在传播中产生广泛影响。先后在《中国青年报》《南方周末》《南方人物周刊》《海南日报》等主流媒体整版刊发，并获得多家国内外媒体的客户端等新媒体平台发布传播，引发众多读者关注点赞并转发。据不完全统计，该作品全网累计浏览量达到 200 万+。

初评评语：用数张照片讲述一个故事，不仅需要在构图、景别、光影等摄影语言上，精心琢磨，体现丰富性与差异性，同时还要在主题表现、节奏把握、逻辑关联等方面，进行完整呈现，这些都对作者提出了更高的专业性要求。这组作品走出室内实验的传统画面，深入野外科考现场，主题明确、画面丰富、细节生动，故事连贯，鲜活而不生涩。有大场景有小细节，有故事性有逻辑线，既报道"蓝碳"这一新生事物，又直观呈现科研工作，画面具象却不失主题深度。

同爱同在　情动亚运

集　体

作品二维码

《同爱同在　情动亚运》

（浙江在线新闻网站 2023 年 10 月 09 日）

申报资料实录

作品简介： 始于秋分终于寒露，近 20 天的杭州亚运赛期里，记者的足迹遍布杭州亚运会多个赛区的近百场热门赛事。在亚运赛场内外，记者用镜头捕捉到了比金牌更让人记忆深刻的动情瞬间。这些瞬间成为杭州亚运会的经典。走心动情的画面，更蕴含着本届盛会带给全世界的丰富内涵和深厚能量，闪耀着催人奋进、动人心弦的精神光芒，让人们在大赛之后获得更为珍贵的精神启示。

社会效果： 该组图片以情动人，在竞技体育中得到了大众情感的共鸣，其中的精彩抓拍被众多国内外媒体采用、转载。像张雨霏和池江璃花子在泳池边的催泪一抱，48 岁的丘索维金娜体操场上的奋力一跳等精彩瞬间，感动了千千万万中外网民。这些见证了亚运赛场内外的很多高光瞬间和温情时刻的摄影作品，有力地弘扬了亚运精神。

初评评语：在本组图片中，那些饱含激动、温情、友谊的动人瞬间，被记者敏锐地用镜头永久定格。在杭州亚运会上，亚洲健儿奋勇拼搏，实现了众多历史突破，更留下了许多令人难忘的情感记忆。对手间的相惜、夺冠时的激动、与家人的恩爱、老将的坚持、离别时分的回望……这些都是从运动中体现出来的高贵精神。这组照片建立起一条情感主线，串起不同场景、不同故事、不同角度的多个瞬间，展示了超越国家、超越比赛的体育精神，引起读者情感共鸣。

末路

罗 杰

(《中国日报》2023年12月27日)

申报资料实录

作品简介：此漫画发表于中国日报纸媒、中国日报网、中国新闻漫画网、中国日报客户端等平台，其中中国新闻漫画网阅读数7031，点赞数12。后被新华社客户端等平台持续转发。

社会效果：此漫画转载至海外Twitter平台，浏览量5883，点赞数29，转推数13，评论数5，转载至海外Facebook平台，点赞数74，评论数2条，分享数5，取得了良好的海外传播落地效果。

初评评语：2023年，美国怂恿西方国家不断援助乌克兰，致使俄乌战争难以停息；与此同时中东乱局又现，巴以战争异常惨烈，手无寸铁的平民伤亡无数。事实证明，通过搅乱地区局势，从而依武谋财，依战谋财，最终会被战争引发的混乱反噬：美国不是陷入俄乌战争损耗的无底洞，就是陷入巴以战争中被舆论道义谴责的旋涡。作者用直观形象的漫画语言揭露了这一事实：依战谋财必将自取灭亡，这列火车终要走上断头路，视角犀利，创意巧妙，讽刺辛辣，艺术与思想深度兼具。

准备直播

鲁 楠

(《湄洲日报》2023年04月20日)

申报资料实录

作品简介：如今，网络直播司空见惯，甚至成为人们生活的一部分，但网络空间良莠不齐、真假混杂，成为社会诟病话题。网络直播中，美颜软件大量存在，为吸引眼球、增加流量，几乎成为网红"标配"。以假乱真，虚拟形象与现实形象严重脱节，导致一系列问题，如网络欺诈、信任危机等。作者敏锐抓住直播时代社会热点，创作了《准备直播》。作品通过人们熟悉的老鼠、米老鼠动漫形象的反差，形成鲜明对比，以别具一格的"喜感"讽刺，会意一笑间，引人深思，发人深省。

社会效果：作品敏锐抓住当下社会关注的热点，直击网络"怪象"，切口小、构思巧、富新意，叠加网络题材，拓展传播链，产生良好效果。

初评评语：作品紧扣当下空间良莠不齐、真假混杂、以次充好、美颜欺诈、流量出位等社会诟病的热点"怪象"，通过人们熟悉的老鼠、米老鼠动漫形象的反差对比，巧妙运用漫画的讽刺与幽默元素，以诙谐的方式描绘社会生活和人性的缺陷，会意一笑间引人深思、发人深省，充分体现了漫画作品切口小、构思巧、富新意的表达手法。

秦岭为媒，长江黄河"牵手"

魏 伟 赵杨博 高振博

汉江水来了！

2023年7月16日10时55分，随着周至县黄池沟配水枢纽分水池闸门缓缓开启，一股股源自长江最大支流汉江的清澈水流，通过黑河供水连通洞，进入黑河金盆水库西安供水管线，流向古城西安的千家万户。

这一股股清水，从秦岭南麓的三河口水利枢纽出发，自流涌入近百公里长的秦岭输水隧洞，歌唱着，欢笑着，激荡洞壁，你追我赶，一路向北奔来。

这秀美汉水，历经12小时的长途"跋涉"，以秦岭为媒，与黄河"长子"渭河在陕西关中深情"牵手"。

引汉济渭工程，这是为汉江之水北上渭河流域打造的一条调水生命线，是同舟共济、患难与共、济危以安的博爱行动，何其壮美！

这是承载着汉中、安康、西安三市四县近万名工程移民隆情厚谊的大爱之水，何其感人！

这是从秦岭"地心"深处奔涌而来的勇敢之水，"天下大阻"化为深情流水通道，何其豪迈！

这种非同一般的壮美、感人和豪迈，蕴含着一种气势，贯穿着一种理念，折射着一种精神，波澜壮阔，无坚不摧，汇入中国式现代化建设的洪流之中！

引汉济渭调水工程是"十三五"期间国务院确定的172项重大水利工程之一。工程建成后，将解决西安、咸阳、渭南、杨凌等4个重点城市，西咸新区5个新城，渭河两岸11个县城以及渭北工业园区生活与工业用水需求，受益人口1411万人，可支撑1.1万亿元GDP，新增500万人口规模的城市用水。

引汉济渭工程，拉开了陕西现代水网骨架，为陕西水网和国家水网纵向画出关键一笔。中国工程院院士王浩说："引汉济渭工程，是破解陕西水资源瓶颈、实现水资源配置空间均衡的一项全局性、基础性、公益性、战略性的重大水利基础设施建设项目，是国家南水北调工程的重要补充，更是国家水网建设的重要一环，对建设南北调配、东西互济的国家水网格局，扭转东西南北发展不平衡问题具有重大战略意义。"

在工程建设中，140多家参建单位、1.5万余人，贡献中国智慧、中国方案，彰显中国力量、中国速度，豪情满怀地建设综合难度世界罕见的大国工程，创造多项纪录，开展科技攻关项目130多项——

人类首次从底部横穿世界十大山脉之一的秦岭；

建设者聚焦关键核心技术，攻克隧洞超硬岩掘进、强岩爆预测防治、超长距离通风与贯通测量等难题；

攻克大坝混凝土温控防裂、洪水预警预报、高扬程大流量离心泵选型等技术难关；

……

一笔笔描绘宏伟蓝图，一寸寸建造大国工程，引汉济渭可媲美都江堰、郑国渠，昭示着中华民族无限的创造力，彰显了我国强大的科技和经济硬实力。

关中"水荒"

对老一辈西安人而言，20世纪八九十年代的西安城区夏季"水荒"，是很多人抹不去的记忆。

"住楼，住楼，用水发愁！"人们半夜起来排队接水；职工下班带水回家做饭；高价水沿街叫卖；水龙头拿铁盒子一锁，配把钥匙，生怕别人用……尤其是1995年春夏之交，陕西发生60年一遇的罕见旱灾，西安市严重"水荒"，导致部分学校放假，不少企业停产，农业也因此严重减产。

西安长期超采地下水，诱发地面沉降与地裂缝：钟楼下沉，大雁塔变成"斜塔"，西安东郊一带出现11条地裂缝。

缺水的记忆逐渐淡去。如今在这个千万人口大都市生活的年轻人，很难想象他们身处的仍是一座缺水之都。这源于居民生活用水始终排在水安全线第一位，而工业用水和农业用水指标不断被压缩挤占。

西咸新区是秦创原创新驱动平台总窗口。城市高质量发展背后，供水压力却日甚一日。

在沣西新城应急水厂，本为"应急"的地下水源，近些年却常态化供应沣西新城85%以上的区域。水厂生产运行部部长陈佳佳，盘算着逐年攀升的"水账"："我们急迫建设的第四水厂，就是为及时对接引汉济渭的来水。"

同样的焦虑也困扰着陕西第二人口大市——渭南。渭南市区日消耗水的一半属地下水。作为地下水超采区，渭南翘首企盼引汉济渭工程三期管线通水，逐步替代地下水源，加快补上区域农业和生态用水的欠账。

陕北国家级能源化工基地，工业耗水量大。陕西延长中煤榆林能源化工股份有限公司技术人员刘起飞说："我们公司在废水近'零'排放的基础上，每年耗水2000万立方米。引汉济渭工程后续可通过水权置换，为陕北从黄河干流取水争取更多用水指标，解决企业用水后顾之忧。"

文明之舟自古依水而行。石器时代的蓝田人、半坡人，周秦汉唐的绝代风华，无不受渭河一脉清流的滋养。

随着工业化和城镇化发展，西安、宝鸡、咸阳、铜川、渭南等大中城市沿关中渭河流域走廊"串珠"式排列，渭河水资源过度承压。

尤其是西安，承载着建设国家中心城市、西北地区龙头城市和关中平原城市群核心城市的重大使命，但人均水资源占有量仅为全省和全国平均水平的1/4、1/7。

中国工程院院士张建民说："在'以水定城、以水定地、以水定人、以水定产'的时代，水资源无疑是未来城市发展的重要支撑。对于拥有千万级人口的西安来说，引汉济渭工程将成为大西安走向未来的关键之一。"

关中"水荒"如此严重，而陕西七成水资源又分布在陕南，破解瓶颈，出路何在？就得树立系统化思维，从空间均衡上想办法。

早在20世纪80年代，陕西水利人就未雨绸缪，开启省内南水北调的探索。那时，陕西老一辈水利专家王德让、席思贤先后提出从陕南跨流域调水的设想。

"1993年，我们对嘉陵江、汉江及其主要支流进行了全面普查，最终形成《陕西省南水北调查勘报告》，拟定多条调水线路，引汉济渭仅作为远景设想。"84岁的席思贤老人，头发斑白，讲话轻缓，思路清晰，"1996年下半年，我和王德让等10多人组成考察组，翻山越岭，深入水源腹地，又专题查勘了引嘉入汉、引汉济渭这两个调水工程。"

到2003年，经过一系列前期查勘和线路比对，《陕西省南水北调总体规划》出炉。其中，骨干线路引汉济渭的前期整体设计工作，落到时任陕西省水利电力勘测设计研究院总工程师刘斌肩上。

"汉江能调多少水入关中，要根据国家汉江、黄河调水的大盘子来算账，要考虑国家南水北调中线工程、下游湖北不受影响、预留生态用水……可调水量分析需反复概算。"刘斌说，"此外，整个工程还要考虑地质情况、工程总体布局、环境影响、工程移民、工程建成后调度运行……"

这是个多目标统筹、多条件求解的复杂系统工程，足以激发一名水利工程师的雄心，考验其智慧和毅力。从构想到设计，该院先后有三四代工程师、200余人参与其中。

秦岭输水隧洞设计这个"硬骨头"，由中铁第一勘察设计院的青年工程师李凌志担纲。在秦岭无人区碰到过狗熊、野猪，在暴雨中抢救存储珍贵数据的电脑主机……5年时间里，他和团队成员以秦岭为家，调研比对15个路线方案，选出最佳。

"从1993年陕西启动省内南水北调工程查勘，到2011年国家发展改革委正式批复引汉济渭工程项目建议书，到2014年国家发展改革委批复工程可行性研究报告，再到2015年水利部批复工程初步设计报告，前后经过了20多年。"原陕西省引汉济渭工程协调领导小组办公室主任蒋建军感慨万千，"陕西人终于可以放开手脚、全力以赴建设了！"

汉水北去

伟大时代呼唤伟大的工程，伟大人民建设伟大的工程。

三千里汉江发源于汉中市宁强县，一路向东，浩浩汤汤，行至洋县黄金峡，两岸青山高耸连绵，水流收束顿时波涛滚滚。

引汉济渭工程分为调水工程和输配水工程。调水工程由黄金峡水利枢纽、三河口水利枢纽和秦岭输水隧洞组成。输配水工程由黄池沟配水枢纽、南北干线及支线组成。

黄金峡水利枢纽是引汉济渭工程的"龙头"水源工程，从汉江干流取水。在黄金峡水利枢纽东北约 24 公里，子午河的 3 条支流椒溪河、蒲河、汶水河的汇流处，矗立着三河口水利枢纽。两大水源工程通过水源丰枯调度，共同完成年均调水 15 亿立方米的供水宏愿。

早在 1952 年 7 月，家住洋县汉江边的年轻文化教员黄世荣，就大胆提出在汉江黄金峡段建设水力发电站的设想。他写信将设计草案递交水利部，得到了时任水利部部长傅作义及副部长张含英的回信肯定。

71 年过去了，黄金峡水利枢纽于今年 7 月正式下闸蓄水。黄世荣老人的梦想成真了！他的水利情一直激励着黄金峡水利枢纽建设者，打造百年工程、千年工程！

黄金峡地处秦岭南坡的暴雨集中区，每年 5 月到 10 月都是汛期。自 2015 年 9 月黄金峡水利枢纽开工以来，建设者们每年都要和洪水赛跑。

2019 年 4 月，当年汛期马上就到，又收到上游要泄洪的消息，陕西省引汉济渭工程建设有限公司黄金峡分公司总经理张鹏利压力巨大：务必赶在汛期前将大坝的纵向混凝土围堰浇筑到安全度汛高度，否则总工期就可能推后一年。

大家都觉得工程量太大，不可能完成，想打退堂鼓。张鹏利跟工人们奋战在一线，鼓励大家：不到最后，绝不放弃！

工程一线各部门联合办公，全体工人加班加点，机械配件提前到位，无论白天黑夜、刮风下雨，一车车混凝土持续不断浇向围堰。

4 月 30 日，这项"不可能"的任务奇迹般完成了。就在几天后，超标

2倍的洪水袭来。他们，靠不眠不休的死磕，挺过了洪水！

这种争分夺秒、时不我待的紧迫感和打造"遗产工程"的使命感，同样体现在三河口水利枢纽的建设中。

100多万立方米混凝土浇筑是大坝建设的关键环节。

山区早晚、冬夏温差大，温度控制不当，会导致混凝土开裂、强度降低。2018年盛夏，三河口水利枢纽施工现场地面温度高达39℃，但坝体温度必须控制在23℃。

工人加冰加冷水，对骨料提前预冷，拌好后选最近的线路迅速运去浇筑。仓面上，工人架设了喷雾机，尽量降温增湿。大坝上，高压旋转喷雾系统配合人工喷雾水管，喷出雾化冰水。坝体内，埋设的蛇形冷却水管不间断地将混凝土热量导出坝体。

冬季则要战严寒，给碾压混凝土盖上保温棉被。

施工一线，产学研用深度融合，解决科技难题。

无人驾驶碾压混凝土智能筑坝技术、无人驾驶智能摊铺技术、三河口大坝施工智能化管理系统……一年又一年，科研人员与飞鸟为伴，与山石相视，与孤寂为伍，把论文写在崇山峻岭上，把新技术应用到项目中，为水利枢纽建设质量可控保驾护航。

2019年10月，工程人员取出一根25.2米长的碾压混凝土芯样。这根世界上已知最长的碾压混凝土芯样，表面光滑密实，骨料分布均匀，无空隙，层间结合良好，有力证明了三河口水利枢纽碾压混凝土施工质量和工艺达到国内领先水平。

与大山河流互动，也守护它们安宁。

引汉济渭工程地处秦岭腹地，涉及汉中朱鹮保护区、陕西天华山保护区等3个国家级、1个省级自然保护区。

建设者们牢记"国之大者"，坚持生态优先，建设与保护并重，当好秦岭生态卫士，打造经得起时间考验的生态文明工程。

废水循环利用系统实现"零"排放，综合改造让滑坡体"变"成水保示范区，废渣回填"造地"，"天眼"环保监控……一系列创新举措，最大程度降低了水利开发对生态环境的影响。

黄金峡水利枢纽大坝左岸建设了1908米过坝鱼道，帮助鱼类洄游产卵。三河口水利枢纽大坝设置了10米高的拦鱼电栅，防止鱼类受到损害。

黄金峡水利枢纽大坝上游，建有被誉为"亚洲最高标准"的鱼类增殖站。技术负责人陈凡刚像母亲呵护孩子一样，照料着小鱼苗。两年来，他相继在黄金峡和三河口两个库区上游放流46.5万尾鱼苗，为滚滚汉江带来生机。

这种对生灵的珍视，也体现在秦岭输水隧洞选线上。宁愿更改方案，也要尽可能避开"秦岭四宝"活动区域！"我们把岭南段一处1500米深的竖井方案改为长达5800米的斜井方案，工程量大大增加，但避开了大熊猫栖息地，把对野生动物的影响降到了最低。"李凌志说。

洞穿秦岭

巍巍秦岭，中华民族的"父亲山"，中国大地的脊梁。

千百年来，无人可以"洞察"秦岭之"心"。今朝，引汉济渭人，在秦岭"地心"深处掘出一条三秦南水北调生命线。

隧洞进口位于黄金峡水利枢纽坝后左岸，出口位于西安市周至县黑河右岸支流黄池沟内，连通调水区和受水区，沿线共布置14条施工支洞。

秦岭南北宽约100至200千米。从秦岭底部横穿98.3千米，最大埋深2012米，是设计团队殚精竭虑擘画的距离最短、投资最省、环境影响最小的工程建设方案。

秦岭输水隧洞工程到底有多难？

中国工程院院士王浩带领他的团队，在仔细比对全球350多项调水工程资料后断言：隧洞施工难度堪称世界之最。

是呀，高围岩强度、高石英含量、高地应力、强岩爆、强涌水、长距离通风，多项施工参数突破世界工程纪录，也超越了现有设计规范，既无工程实例可参考，更无相关标准可遵循。

但引汉济渭人敢为天下先，坚持科技创新驱动，联合清华大学、中国水利水电科学研究院等高校和科研院所，聚集陈祖煜、何满潮、王浩、张建民、李术才等院士专家团队，潜心科研攻关。他们开展了以微震监测为重点的岩爆预测预警工作，采用激发极化法、瞬变电磁法、三维地震波法等综合方法，对掌子面前方断层、溶洞、破碎带等进行超前探测。这项工作就像给前方山体做CT、做心电图一样，最大限度降低了岩爆、突涌水等灾害风险。他们创立了完整的超长隧洞TBM法和钻爆法新的施工通风成套技术体系，破解了超长距离施工通风的世界难题。

隧洞采取人工钻爆法施工63.3千米，而穿越秦岭主脊段的35千米，则引进两台国际最先进的TBM，从岭南、岭北双向掘进。

TBM，全断面敞开式硬岩隧道掘进机，俗称"穿山甲"，能对付比钢板还硬的岩石，但有时"特别慢"。

慢到什么程度？岭南TBM曾日均进尺五六米，遇见岩爆、涌水、塌方，有时两三天也推进不了1米，甚至索性"撂挑子"。

岭南TBM段岩石以石英岩和花岗岩为主，最大的特点就是"硬"，岩爆频发，曾3天监测到98次微震事件。岩爆最严重时，岩石像子弹一样弹射出来，非常危险。施工人员必须头戴钢盔、身穿防弹衣才能作业。

2020年春节期间，在岭南宁陕县，TBM上百吨主机头被弹起来16厘米高，相当于1.6级地震，让人观之色变。

岭北的岩石主要由变砂岩、破碎岩、断层泥砾构成，松散不成结构，卡机、变形、突涌水等多发。

2016年5月31日，岭北TBM掘进，突遇大断层导致刀盘和护盾被卡，随后又突遇大塌方，再次导致刀盘被卡，被迫停机。而后又遇到断层破碎带……

在国外，TBM被"吞掉"，有的就地放弃掩埋。对于引汉济渭建设者来说，一台机器2亿多元，这是宝贵的国家资产，岂能放弃！

卡机期间，狭窄的工作面如同水帘洞，无法使用机械施工。建设者们冒着随时塌方的风险，从侧面挖猫耳洞一次又一次进去，愣是抢救了濒临"淹死"的TBM。

"川娃子"严天全是中铁十八局集团岭北段TBM喷锚组组长。他白白净净，机智干练，是个"拼命三郎"。换刀片时，水涨到腰以上，只能靠经验在黑暗中摸索更换，刀盘最低温度50℃，他一不留神把屁股烫了。谈及此事，他哈哈大笑说："没办法，只有拼搏！"水里漂着黄油，他和工友们周身都被黄油腻着。热极了，累极了，他们直接躺到污水里降温。

秦岭"地心"深处，常年温度超过40℃，相对湿度高达90%。进洞施工，工友们的标配是每人一个1.5升的大杯子，每天"牛饮"五六大杯水。仅仅站在里面不动，也会很快汗流如瀑。衣服，根本穿不住，一条小短裤，是在隧洞面前最后的倔强。眼睛，在咸湿的汗水中泡着，红得像兔子的眼。

这里没有四季更迭，不分白昼黑夜，每天走进隧洞，都可能是一次惊心动魄的历险。工人们用饱满的激情迎接心理和生理的极限挑战。

岭北段TBM支护组组长王余良，51岁，商洛丹凤人，高高的个儿，透红的脸庞，像秦岭里的一棵大树，挺拔而敦厚。在隧洞里，他一干就是10年。2019年11月的一天，他刚立完拱架，要去救生舱休息，岩爆突袭，一块巨石直接砸到腿上，还没回过神来，第二块石头又掉下来，砸飞了安全帽，头也受伤了。

妻子劝他别干了，可王余良认死理，一根筋："陕西人给陕西人干活儿，不能临阵脱逃！"

在"地心"深处，威风凛凛的机器都吃不消，血肉之躯的引汉济渭人却挺住了。

他们明白：沮丧、恐惧，最是无用；气馁、退缩，也无济于事。在这里，看技术，拼耐心，比斗志，比拗劲儿，唯有勇敢进取，才是出路。"我们直面黑暗，是为了早一天让更多人拥有光明。"岭北段TBM皮带班班长王超说。

一年365天，建设者们与工友、师傅朝夕相处，把对父母、爱人、子女的思念留在手机屏幕。每天，王余良都要与家人通话，虽只三言两语，"无非就是报个平安"。

严天全工作7年，春节没有回过一次家。"我妈一打电话就哭，今天也说回，明天也说回，每年都不回。"作为小组长，他得担起责任，腾不开身。

幽暗的隧洞中，建设者们光着脊背，淌着汗珠，孔武有力的身体忙碌着，蚂蚁啃骨头般，一寸寸打上前去，舞动着最原始的力量，高歌着胜利的号角，如点点微光照亮无边长夜。

引汉济渭人，创造了"中国速度"——2022年2月22日，随着TBM刀盘破岩而出，秦岭输水隧洞全线贯通！

98.3千米，只用了12年！

长距离硬岩掘进，长距离施工通风，长距离精准贯通！隧洞通了，很多人身上却留下了黑疤。

这累累伤疤，是英雄的勋章！是对劳动者的礼赞！

引汉济渭是拼出来、干出来、奋斗出来的！

岭南岭北的隧洞严丝合缝，那一刻，很多人激动得泪流满面。不知谁起了个头儿，大伙儿欢声高唱《我和我的祖国》……

"岂忘济物情，审见人与己。"

这项世界级难度的工程，全国各地，前赴后继，勇士不绝。夫妻档、父子兵、全家总动员、几代人接力……多少人舍小家为大家，甘洒热血铸丰碑！多少人把奋斗镌刻在坚硬的岩石上，把芳华留在了莽莽秦岭中！

大山静默，江水低吟，时光不语。

引汉济渭不会忘记他们，陕西人民不会忘记他们，光辉青史不会忘记他们！

假如需要立纪念碑，98.3千米的隧洞就是纪念碑，她记录了这群勇士敢于战天斗地的气魄。

让我们铭记这群勇敢开拓秦岭"地心"新世界的钢铁战士，铭记这群勇于挑战人类极限、虽九死其犹未悔的凡人英雄。他们的名字是：王余良、王超、严天全、李源泉、文斌、王红艳、邬宗清、王琪、阳中伦……

人类的勇气、坚毅与智慧，将永刻于秦岭之下！

老树新枝

不管三河口村村民搬迁到哪里，虎踞村口的那株老麻柳树，始终扎根在村民的记忆里。

佛坪县大河坝镇三河口村，曾是关中连接蜀地的子午道的要冲，宋朝在这里设下雄伟的三河关。明朝派兵驻守，守兵怀乡思亲，种下一棵麻柳树，数百年来荫蔽三河口的儿女。

树脚下的土地水田富饶，村民一年两收，一代一代过着恬静悠然的日子。

直到2007年，一个20多人的调查队来到村里，说省里要建引汉济渭工程，这里将成为库区。

"这不是真的吧？""这么大工程估计干不成！""哪能说搬就搬？"……爆炸性的消息在村民中传开。

勘查，丈量土地，政府进村入户沟通……这一天还是来了。2014年9月，三河口村接到通知，要在国庆期间完成整村搬迁。

"一楼的农家乐每年挣十来万元，拆了喝西北风去！"张金明的家人吹胡子瞪眼，就是不愿拆。

当时，村子里最美的院落就是张金明家前后2栋三层小楼，花费了上百万元。一楼农家乐客流不断，是家里的经济支柱。张金明彼时是三河口村村支书，动员村民搬迁。

"你家里三层小楼，咋能狠下心拆掉？"村民观望着，暗自盯着张金明，"我们都看你怎么办！"

张金明也不知在暗地里抹了多少次泪，也希望这事还有回旋余地。眼泪流干后，这个坚强的汉子毅然决定：带头拆！

故土难离，他留恋一砖一瓦，但他是一名共产党员，更是村支书："这是国家的工程，把汉江水供给关中人民，要支持！"

2014年9月20日一大早，百十人聚在张金明家门口，挖掘机的铲斗一次次挥向屋顶。张金明和家里人不由得背过身去，村民有的瞪大眼睛，有的竟蹲下痛哭起来。

"这么好的房子，村支书都拆了，那我们还有啥说的。"村民们拾掇衣服被子锅碗瓢盆，一一搬上三轮车。接下来的日子，整个村子开始告别。有的村民带上老人的寿材；有的跪在祖先坟前，掬一把土，默默洒泪……

麻柳树被安置迁移到椒溪河西岸，西汉高速佛坪引线蚂蝗咀隧道口。村民曾担心这棵老树会寿终正寝。冬去春来，老树却抽出新枝，舒展嫩叶，身姿挺拔。

三河口村的移民也在新环境中逐渐创造新生活。

大河坝镇三河口移民新村，一栋栋白墙灰瓦的徽派建筑排列整齐，上书"三河雄关"的石制牌坊立在村口，水电路信便捷通畅。

搬得出，更要稳得住、能致富。

三河口村整村搬迁后，村上归集村民110余亩土地，建设"陌上花开生态农庄"项目，探索农旅融合发展。温室大棚里种西瓜、圣女果、草莓，种植园栽桃、杏、李。四季有花赏，果子甜又鲜，吸引不少游客前来。2022年，该项目就收入40万元。

引汉济渭一期调水工程移民涉及洋县、佛坪、宁陕、周至4个县9800余人。他们顾大局、舍小家、为国家，在16个农村集中安置移民点、4个集镇迁建移民安置点乐业安居。

建设一项工程，造福一方百姓。

汉中市水利局局长王学忠说："引汉济渭工程库区移民搬迁安置历时17年。汉中历届市委、市政府高度重视，站在全省发展大局，全力做好移民搬迁和环境保障工作。在搬迁选址时，本着靠近城区、邻近工业园区的原则，让移民群众有工作可干、有产业可兴，获得感、幸福感不断提升。"

"引汉济渭给我们办了好事！"杨正森是宁陕县梅子镇首期搬迁户，他掰扯着如今的好日子，"现在住上200多平方米的房子，上学、看病也方便了，大家都有了产业，种天麻、种魔芋、做生意，生活有保障，精神状态好。我们移民群众要守护好这里的青山绿水，把家园建设好，把日子过好。"

随着水位逐渐抬升，原先村落的记忆一点一点没入水下。一个个连绵的山头静静矗立水中，山间云雾缭绕，似在默默诉说着过往、感悟着当下。

关中人民饮用汉江清水，游人欣赏水库风光时，当不忘引汉济渭工程移民的奉献与牺牲。

7月16日，引汉济渭先期通水现场，近百名围观通水的群众和建设者欢呼雀跃！三秦大地父老乡亲奔走相告……

这是一曲新时代秦人治水的铿锵战歌。建设者们发扬"特别能吃苦、特别能战斗、特别能奉献"精神，创造了中国乃至世界水利史上的奇迹，展现了中国人民治山治水的伟大精神。

这是全省一盘棋的辉煌战果——统一思想、意志、行动，几代人一代接着一代干，低调务实不张扬，埋头苦干不懈怠，终将纸上设想变成现实。

这是贯彻落实习近平总书记"节水优先、空间均衡、系统治理、两手发力"治水方针的陕西担当，是三秦儿女以勇立潮头、争当时代弄潮儿的志向和气魄，奋力谱写中国式现代化建设的陕西新篇章的生动实践。

源远流长汉江水，执子之手润秦川。

"大型水利工程从谋划到实施，动辄几代人。真没想到有生之年能见证引汉济渭这样的大工程通水。对我们水利人而言真的是天大的喜讯！"席思贤激动地说。

"好啊！好啊！关中人喝上汉江水了！"张金明喜不自胜，望向北方，青山绵延，视线尽头，正是关中的方向。

三河口水利枢纽上游，十亩地移民安置点入口处，记载村落变迁的雄浑景观石，似乎亦慷慨起歌：

椒溪流水玉带长，山开莲花散芬芳；

引汉济渭逢盛世，恩泽三秦万古长。

(《陕西日报》2023年07月17日)

申报资料实录

作品简介：作为大国工程，引汉济渭创造出中国乃至世界水利史上的奇迹。从谋划报道到正式刊出，报告文学用时逾16个月。其间，采访团队克服新冠肺炎疫情影响，昼夜兼程，深入践行"四力"，采访对象达40多人。经常白天采访、晚上整理，"死磕"各类工程资料，力求写作既有人文关怀，又不失科学严谨。作品以引汉济渭工程为载体，浓墨重彩勾勒其从构想到先期通水近40年的波澜壮阔史，以小见大，充分记录和展示中国式现代化建设的陕西实践,生动诠释新发展理念如何在大国工程中落地生根,讴歌三秦人特别能吃苦、特别能战斗、特别能奉献的"拧劲",更映射共产党人坚持发展为了人民、发展依靠人民、发展成果由人民共享的初心使命。

社会效果:这篇报告文学展现的努力拼搏、敢于超越,功成不必在我、功成必定有我的引汉济渭工程精神,是激励广大党员干部在新时代砥砺奋进的生动教材。群众新闻客户端累计浏览量41万余次。新华网、人民网、学习强国等多家媒体和平台转发,读者反响强烈。

初评评语:《秦岭为媒,长江黄河"牵手"》全景式浓墨重彩展现国家重大水利工程、陕西有史以来最大的水利工程——引汉济渭工程造福当代、泽被后世的丰功伟绩,热情讴歌工程建设者们的辛劳付出,尤其是聚焦库区移民群体的奉献和牺牲,深入采访挖掘他们当中的感人细节和大爱事迹。文字简练质朴,纪实性强,可读性强。该作品调查研究扎实,以小视角折射大时代、反映大主题,文笔细腻生动又大气磅礴。

山泉村的"大儿子"
——一位乡村振兴"探路者"的15年

薛颖旦　冯圆芳

按照江阴农村虚岁过寿的习俗，11月19日这一天，是江阴市周庄镇山泉村党委书记、村委会主任李全兴的六十岁生日。

当晚，吃完老母亲为他张罗的生日宴，凝视着镜子中两鬓斑白的自己，他突然有些动情，深深地朝自己鞠了一躬，说：谢谢你，李全兴！

这一声谢谢，是给15年前自己的毅然奔赴和15年里的执着坚守。

15年前，应村民的强烈要求，也因身为山泉人的不服气、不认输，在外办企业做得风生水起的李全兴回村参加村干部选举。在他的带领下，15年间，山泉村从一个负债4700万元的问题村、落后村，到2022年实现村级收入8300万元、村集体净资产6.17亿元，村民年人均收入超9万元，一幅产业兴旺、生态宜居、乡风文明、治理有效、生活富裕的乡村振兴大美画卷在这里徐徐展开。

一个身家过亿的企业家，回到村子里当个小小的村主任，有人笑他"戆头"（江阴方言"傻瓜"），也有人嘲他"想当官想疯了"。只有李全兴心里明白，这15年来，他投身的是一项伟大的事业，他想带领山泉村闯出一条中国特色社会主义乡村振兴之路，以一个乡村为样本对"以中国式现代化推进共同富裕"进行实践和探索。

就在生日前几天，他收到了一份意外的礼物：11月12日，因"10余年带领村民致富，打造城乡文明建设样板村庄"，他获得敬业奉献"中国好人"的荣誉称号。

这里只有公仆没有干部

在山泉村,村干部开着私家车载我们在村里"兜风"。自2009年初李全兴回村工作,村里的两部公车就拍卖掉了一部,遇到接待任务,村干部都习惯了"私车公用",做司机不说,还倒贴油费。

"山泉村只有公仆,没有干部!"这句掷地有声的话,是李全兴回村时的宣言,也是15年来他带领村"两委"不懈奋斗的真实写照。

这个一米八的江阴大汉,说话声如洪钟,走路脚底生风,身上还常常"带刺"。他放下自己一手创办的万事兴集团时,公司正处于上升期。突然放下雄厚家业,去接手一个"烂摊子",这个"戆头"到底怎么想的?

"李全兴我了解他,从小就是个不服气、不认输的人。在外做生意做得很成功,但他毕竟还是山泉村村民,当这个村委会主任,就是怀着一份争强好胜心,不甘山泉村落后啊!"在山泉村老年文体活动中心,我们遇到了这里的"管家"、77岁的退休干部江同贤。

一度,山泉村和周边的向阳村、三房巷村、华西村旗鼓相当,后因班子风气不正,山泉村直接垫底,成了低洼地。"女孩子都不愿嫁到山泉村来,村委会平时找不到人,一些村干部中午去企业'蹭饭',下午搓几轮麻将,一天就打发过去了,群众愤愤地称他们为'那群畜生'。"江同贤说。

村级管理混乱,干部威信丧失,村民人心涣散,村容村貌落后。从凋敝到振兴,从何处起笔,去改变这个深陷泥潭的落后乡村?

在今年12月6日召开的全省第三批"百名示范"村(社区)书记座谈会上,李全兴也这样发问,让奋斗在乡村振兴战场上的同仁们竖起了耳朵。

李全兴诚恳地回答:山泉村振兴靠的就是党组织的凝聚力和向心力。回顾山泉村这十几年来的奋进历程,正好印证了总书记"办好农村的事,实现乡村振兴,关键在党"这一重要思想。

李全兴的第一把火,"烧"向了村务公开。公开村级资产信息,村委的重大决策、重要事项的落实、重点项目的进展,96位村民代表随时监督村委会的工作执行情况，探索一个公开透明的常态化、长效化机制。换句话说，就是要让村委"在乡亲们的眼皮子底下开展工作"。

"我每个月要拿10条烟的。"刚上任时，一位以前的村干部来找他。李全兴眉毛一竖，旋即缓下脸色，说："村里的每一分钱都是公开的，我没权力动，我自己这里有两条烟，你先拿去抽吧。"碰了软钉子，那位干部再也不登三宝殿了。

第二把火，"烧"出求真务实的党风。村民有什么急难愁盼，可直接到"党员中心户"家里去反映。村民一个电话，干部随叫随到，甚至村干部年终奖金拿多少，也要和村民的综合评价"挂上钩"。李全兴说："村干部服务态度好不好，要看村民满不满意；服务质量高不高，要看村民认不认可。"

年底总结会上，村干部拿着满是村民签名的"工作台账"，满面红光，他们的人均收入比往年增加了25%。李全兴说，"我们的奖金是村集体经济收入的一部分，是村民一张张票投出来的。现在，全体起立，把掌声献给村民，我们要感谢他们！"

第三把火，"烧"掉铺张浪费、特权享乐的坏习气，树立廉洁奉公、甘为人民公仆的干部作风。

李全兴首次召开村"两委"会议，就提出重新讨论上届村"两委"定下的1300万元新建村委会办公楼项目。他说，花这么一笔巨资，山泉村的财力不允许，老百姓过的日子不允许。他提议对现有办公楼进行修缮，费用控制在300万元以内。表决时，李全兴第一个举手，接下来，空气凝固了，大家你看看我，我看看你。第二个举手的，高富兴；第三个，江和平……最后，全票通过。

在山泉村干部心中，"白衬衫"的嘱托力重千钧。当年，请同村的李富荣"出山"担任村污水处理厂负责人时，李全兴反复叮咛："富荣叔，今天你是穿着白衬衫进厂的，走的时候衬衫一定还要是雪白的，千万不能被污染了。"

李全兴带来的清新作风，就像江南的春风温柔地拂过村落。

"对上级，李书记从不拍马奉承，腰杆笔直笔直的；但对乡亲百姓，他的腰始终是弯的。"村民交口称赞。

"心中有了人民才去干啊,不是干给领导看的。"李全兴常这么说。

无数次,李全兴想起投票时村民的一双双眼睛,"那眼神火辣辣的"。复杂的眼神里,有对村庄现状的不满,有不甘和迷茫,也有对未来的期盼。

李全兴始终记得他面对党旗宣誓时的情景,他告诉自己:我是握着拳头答应的,我要说到做到!

"这帮人还是可以干干的!"回村6个月后,村民们的这句评价,让李全兴湿了眼眶。他对村干部们说,"我们当了6个月的'畜生',现在老百姓把我们当'人'了,从人到好人,这是我们的目标。"

中国共产党百年华诞前夕,山泉村党委被中共中央授予"全国先进基层党组织"称号。

前往北京领奖的路上,李全兴又一次想起了母亲的嘱托:"既然决定回去了,那就'做做像',干个样子出来!"

在"领头羊"李全兴的率领下,山泉村越过一坎又一坎,在乡村振兴路上大踏步地进发。

共同富裕有了"工笔细描"

山泉村福德楼服务员李瑞婷,前几年从外地嫁到邻村,她打心眼里羡慕山泉村村民实实在在的幸福感。

"现在的山泉村,变化真的是太大了。福利更是让人'眼红',上次村党委捧回一个大奖状,还给村民每人发了一万块钱。"她指着窗外的彩虹跑道羡慕地说,"这片地原先破破烂烂的,现在,村里人一有空就来跳广场舞,沿着跑道遛弯,她们脸上那开心啊,藏也藏不住。"

周庄实验小学的沙紫涵,在作文里花式夸赞家乡好:"走进山泉村,一排排宽敞大气的别墅、朴实敦厚的老年公寓欢迎着人们,各式各样的房屋更好地满足了村民的需求。安静宜人的图书馆、百变多样的便利店、活力满满的运动场……山泉村真是大变样啊。"

这一幅接地气、细节满、质感足的振兴画卷,和"农民思想家"李全兴长期的思考息息相关。

"你告诉我,什么是乡村振兴?什么叫共同富裕和中国式现代化?"李全兴又和来访者"杠"了起来。他总是希望,山泉村迎接的每位客人不只是为了完成考察、采访任务,而是能够和他一道,为乡村振兴的时代答卷提供更多的解法。

李全兴心中,始终有一条清晰的逻辑链条,指引着他把脑海中的蓝图变成现实,那就是——永葆共产党的为民情怀,通过乡村振兴,实现共同富裕的中国式现代化。最沉甸甸的是"共同富裕"几个大字。这是前无古人、没有路径可依,只有中国共产党为之奔赴的艰巨伟业。

走进山泉村,人们发现,共同富裕的"大写意"已在这里变身"工笔细描"——

幼有善育,山泉村建成了省级示范幼儿园,幼儿园对面建有一栋三层楼的老年文体活动中心,一老一小,方便接送;

学有优教,山泉村的学生读书有校车接送,村里一年级到初三学生的学杂费等由村委承担,考上大学发放奖学金3000元,考上研究生发放奖学金5000元,村里大屏幕滚动播放祝贺喜报;

劳有厚得,村中有70多家企业为村民提供就业岗位,2022年,山泉村人均可支配收入达到9万元;

病有良医,村里建有600平方米的山泉村卫生室,不仅能看病就诊,还能实现远程诊疗、专家定期义诊,每个村民都建有健康档案,年年有体检;

住有宜居,总投资3.8亿元建山泉新村,邀请苏州设计院做小区规划,共享中心、书场、服务站、卫生室、幼儿园、图书馆、老年活动中心等配套设施一应俱全;

老有颐养,山泉新村规划时就将居家养老体系融入其中,在一楼建有300套老年公寓,60岁以上老人可低租金申请,75岁以上老人免费。李全兴说,将子女住房就近安排在楼上,既让双方有了独立的生活空间,减少了不必要的家庭矛盾,也方便家人彼此照顾,让老人与儿女只有"一碗汤的距离"。

弱有众扶,2010年起,村内企业家捐资成立200万元慈善基金会,帮扶特殊群体,大病重病帮扶5000元、8000元……

在山泉村，普通村民也能够生活得有尊严感。今年55岁的高秀娟阿姨，每想起当年拿到新房钥匙的喜悦，就念叨起李书记的好。家中老房已经住了二三十年，一到雨天就漏，还经常闹鼠患。李书记抓住江阴市开展"三置换"试点的机遇，鼓励村民"以房换房"，将分布在几个村落的农村住宅集体置换到山泉新村来。不仅改变了村庄原先混乱的生产、生活布局，也大大提升了土地利用效率。高阿姨家只花了十万块，就搬进了180平方米的宽敞新居，儿子的婚房也有了着落。

"十万块完全负担得起呀，新房住着多么舒心畅快啊。"高阿姨脸上流露出满足。如今，她每月还能领到一千元的失地农民养老保险，周边村民转而羡慕起了山泉。

一杯清茶，一盏温馨的灯火，面对记者，李全兴陷入了回忆。

上学时，因家境贫寒交不起书费，李全兴和同班的姐姐被老师点名，恨不得找个地缝钻进去。成年后，因为买不起一辆凤凰牌自行车，女友离他而去。那段贫穷屈辱的岁月，让后来走出黑暗的李全兴，内心"长"出了更多光亮。一个细节，让我们对眼前的这位汉子肃然起敬：万事兴集团21年来为全镇考上大学的贫困学生设立奖学金，李全兴从不请媒体报道，除了金钱，他想给孩子们的还有尊严。

李全兴向往的共同富裕，是让所有人都能公平地享受到经济发展带来的好处。你有亿万身家也好，你是普通村民也罢，在山泉村，不是有钱有势才有尊严，不是拍马求人才能办事，山泉村要把幸福的光亮洒到每个人身上，实现全村域、全形态、全体系、全要素、全生命周期的乡村振兴。李全兴相信，这就是社会主义该有的模样。

15年前和李全兴一起做生意的小兄弟，如今企业已经上市了，李全兴不是没有失落，但他内心更有一份骄傲，"我，李全兴，我把我的家乡建设起来了！"

因着李全兴的这份担当，村民们亲切地把他唤作"山泉村的大儿子"。

"形""魂"兼备的新乡村

2020年,山泉村入选"第六届全国文明村镇"。

追求人的现代化,让山泉村有了一种独特的气质。走在宽阔整洁的村道上,我们总忍不住想透过那一张张幸福友善的笑脸、焕然一新的村容村貌,穿越村庄靓丽的外表,走进她的精神深处。

由"塑形"到"铸魂"的脱胎换骨,到底是怎么发生的?走进山泉老年文体活动中心,寂寥的冬日忽然温暖喧腾。

原来,村里老人都在这儿"猫冬"呢。吉他、二胡、报纸书刊、健身器材应有尽有,墙上一幅幅遒劲有力、水准不俗的"农民书法",让我们对"诗意地栖居"有了落地的想象。评弹书场是山泉村的一大特色。每月1日至15日,评弹团的演员会按时到村里来演出。山泉村化用评弹,推动乡风文明建设的故事,早已传为美谈。

数年前的那场评弹演出,至今刻在村庄的记忆里。

"话说江苏江阴有周庄,虽比不上昆山周庄名声响,却也是——舟车之会襟带之邦。相传2450年前,孔子弟子言偃来周庄,见此地——民众勤劳、节俭、规矩又善良,于是乎,在此定居施教名声扬,从此后,这里村风纯正得褒奖。"

听到演员夸赞山泉村,村民心里乐呵呵、美滋滋的。台上忽然话锋一转:"我几次来到咱村庄,每每看到有人小便在路旁,常常听到粗话脏话在飞扬,还有是——烟头乱丢在地上,垃圾乱倒不入箱。更不该——龌龊拖把河里洗浆,清澈河水不再清爽。你们说——这些行为像不像样?大家讲——村民同志要不要提高素养?"

人活一张脸,树活一张皮,在座的村民们霎时脸红了,尴尬得面面相觑。其实,台上唱的是评弹演员,幕后的导演却是李全兴。他请演员在插科打诨时,把乡村的不文明现象"点一点",乡村治理的大文章、一块块"难啃"的"硬骨头",就这么被他巧妙地融化在了吴侬软语的评弹中。

李全兴理解的乡村善治,不是动辄曝光罚款,而是更具柔性和人性的文明哺育。有一位老太太找到他说:"李书记,我也想为村里作贡献,但我年纪大了，做不了什么事。"李全兴说："你可以的，就从一个微笑开始。别人经过你家门口，你朝别人笑一笑，打个招呼，就能让人家心情舒畅，感到温暖，这就是文明。"

山泉村至今没有物业，可道路干干净净，小河清澈欢快地流淌。

还会有人在景观河里洗涮拖把吗？我们向江同贤打探。

"早就没有啦！"江同贤说，"村里多少年来都是村民自管，绿化队一个月来一次。大家都很自觉的。"

"环境好了以后，自己也不忍心扔啊，环境反过来也会影响人的。"在山泉村新时代文明实践站工作的本村小伙华国飞，笑眯眯地说。

1989年出生的华国飞，瘦瘦高高，脸上总挂着满足的笑容。问他大学毕业后为啥愿意回村，他嘿嘿笑道：娘老子还在这里嘛。2008年离开村子上大学时，家里住的还是老破瓦房，2012年毕业回村时，家里早已搬进了180平方米的大平层，和城市有什么分别？还有公交车直接通到村口呢。

在山泉村新文明实践站工作了一年，华国飞越干越有劲。这里有江苏省五星级农家书屋，下一步要引进咖啡店等业态，吸引年轻人常来。每月一次的读书活动，华国飞会精心设计不同的主题，趁机请大伙凑到一块，唠唠家常、叙叙乡情。把民俗非遗放进实践站，以乡土文化为文明传承的载体，是华国飞的金点子。每到重阳、中秋等传统节日，实践站的磨盘、炉灶前就围满了村民老少，大伙说，村庄从前的"味道"又回来了。

道德讲堂是山泉村移风易俗的策源地。华国飞觉得，李书记的点子真不错，让小孩子去讲道德故事，老老小小都容易听得进。

"你也去讲讲李书记的故事嘛，讲讲我们'山泉村的大儿子'。"周庄镇宣传委员马列笑着说道。

新征程上再出发

扎根新时代沃土，振兴路上的山泉村还会生长出怎样的风景？我们一路寻觅。

机器轰鸣的工地上，脚手架与吊臂勾勒出工业风十足的天际线。我们

脚踩江南微润的土膏，抬头仰望，想象周庄绿色生态智创园破土而出的模样。智改数转、减排降碳、建设集约绿岛，未来，这里将是江阴印染产业转型升级、集约集聚和高质量发展的先行示范区。

"项目明年完工，到时，整个周庄镇的印染产业都会搬到山泉村。"李全兴语气里透着骄傲，"我们瞄准的是绿色、生态、智能，让传统的产业加快向新经济转型。"

智创园将利用物联网、人工智能、大数据等新技术对印染产业进行全方位、全链条的升级改造；对一般固废、印染污泥，利用专项技术进行无害化、资源化闭环处置；还将规划建设具有智能化功能的标准厂房，搭载污水处理、仓储物流、集中供应水电气热等相关配套设施，招纳符合产业发展方向的企业"拎包入住"。

在生产区和生活区之外，以"特色田园综合体"为定位的生态区，正在山泉村萌发茁壮的"新芽"。

规划生态区时，李全兴就对村中的这片空地有很多想象。未来，特色田园综合体不仅可以发展生态旅游，还可以满足村民侍弄庄稼的耕作需求，实现乡村农耕文化的传承和发展。李全兴说，中国自古以来就是农业大国，农耕文化绵延几千年，里面有我们中华民族的特有基因，有老祖宗的大智慧。乡村再怎么向前走，也要让我们的下一代了解农业的基础知识，比如二十四节气，和基本农作物的播种与收获的时节，留住乡村的根与魂。

我们"追"着李全兴问：接下来，山泉村还会有什么新动作？

李全兴想了想，说，村里即将建成红事馆和白事馆，倡导节俭文明的婚葬新风。村民多重视丧葬嫁娶、人情往来，但时常造成铺张浪费，也破坏了乡村原有的静谧。红白事馆的建成，将推动乡村移风易俗，也给村民以表达喜悦和传承孝道的场域。孝，也是文明啊。

我们恍悟，李书记是在用"绣花功夫"治理乡村啊。

到明年1月3日，李全兴回村工作刚好整整15年。光阴呼啸而过，白了鬓角，也写就了大地上最美的诗行。

回眸十五载光阴，他曾带领村"两委"全力奔跑！因为心中有信仰，所以前进有方向；因为心中有村民，所以振兴有作为；因为心中有责任，所以奋斗有力量。

退休后想干什么？记者问。

"想买辆越野车，背上行囊、穿上牛仔裤，踏遍名山大川，访遍乡野美景，寻找另一个名叫'李全兴'的自我。"他相信，山泉村的"一域之光"，将继续为乡村振兴的全局添彩。

"钱是工具，人生要拥有的是财富。"李全兴笑言自己已经实现了"私心"，用15年成为一名"中国好人"。他说，这就是我的财富，我的"为己"。

（《新华日报》2023年12月29日）

申报资料实录

作品简介：当代乡村面临的主要问题是什么？如何在乡村振兴中实现共同富裕？一个苏南民营企业家怀着对这个问题的思考与求索，放下亿万身家的企业回乡竞选村委会主任。15年来，李全兴带领一个负债4700万元的"问题村"奔向振兴之路，2022年村级年收入超过8300万元，村集体净资产超6亿元。记者敏锐抓住这一有故事的人物，通过深入采访，挖掘李全兴和山泉村振兴的时代价值，以具有典型意义的样本切片，展现"以中国式现代化推进共同富裕"的重大主题。记者在村里进行蹲点采访，走村入户，与村民群众、乡村干部深入交流，获得大量第一手素材，围绕新时代干群关系、共同富裕、乡村塑形铸魂等方面，既"深描"山泉村从落后到振兴的转变历程，也成功展现出一位心系百姓、敢想敢为，有想法、有做法、有个性、甘奉献的乡村振兴"探路者"和基层党员干部形象。作品文字清新质朴，充满文学质感，人物形象栩栩如生。记者巧妙运用当地方言土语，尤擅捕捉凸显人物个性和境界的语言，"这里只有公仆没有干部""心中有了人民才去干的，不是干给领导看的"等，生动"立"住了主人公形象。文章结构清晰、逻辑严谨，话题层层深入，结尾自然隽永，"点"出了一名优秀村干部独特的价值观、人生观。

社会效果：作品在新华日报"记录"版整版刊出后引发强烈反响，学习强国、上观新闻等全国主流媒体平台纷纷转载，收到了良好的传播效果。报告文学界认为，这件作品既呈现了乡村振兴背后"人"的关键性作用，更折射了波澜壮阔的伟大历史进程，作品"见人见事见精神"，以小切口映照大时代，充分发挥报告文学作为"轻骑兵"的功能，为历史赋形，为时代画像。

初评评语：这是一篇看似大巧不工，实则别具匠心的作品。其最妙之处在于，没有把典型人物的故事以传统模式来铺展，而是融入对乡村振兴中诸多问题的思考，把一位共富"领头羊"，还原为乡村振兴"探路者""农民思想家"，使得读者在感动之外，若有所思，该作品因此与众不同。此外，作品文字清新质朴，内容饱满有质感。

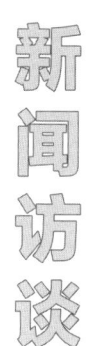

大国人物志 | 张雨霏的冠军之路

李姝莛　周　欣　杲均丰　李　涛　梅元龙

作品二维码

《大国人物志｜张雨霏的冠军之路》

（新华社 2023 年 09 月 28 日）

申报资料实录

作品简介：该节目是新华社在杭州亚运会这一重大新闻节点独家、首发的新闻人物访谈。全片紧扣新闻性、时效性、独家性和创新性展开，在张雨霏成为亚运会首个斩获四金的选手之时，第一时间播发，登上热榜、热搜，获得刷屏之效。全片以张雨霏比赛当天训练和与教练相处的独家镜头切入，时间延展到亚运会赛前备战，用丰富的影像语言讲述她成长为奥运冠军的曲折经历，同时展现以她为代表的我国新一代体育健儿拼搏奋斗的精神风貌。在采访拍摄过程中，因运动员训练和战术部署具有一定保密性，采访团队提前制定方案，采访前多次与张雨霏沟通，保障多机位拍摄、移动摄影、延时摄影高效顺畅进行。丰富的对话场景打破传统访谈节目范式，与大量纪录片式纪实拍摄有机融合,体现出节目的创新性。画面效果上,张雨霏面对的仿佛是一位老朋友,始终呈现愉悦、放松的状态,情感自然流露,对话佳句频出,展现出不为外人所熟知的另一面。体现出《大国人物志》"纪录时代中的个人 描摹个人眼中的时代"的报道宗旨。

社会效果:2023年9月27日晚,张雨霏夺冠后制作团队第一时间以拼抢新闻的速度将夺冠相关素材融入全片,使稿件具有极强的时效性和视觉冲击力。稿件播发后即刻引爆互联网,话题#游泳世界冠军的榜样力量##原来你是这样的张雨霏!##张雨霏希望中国游泳打破美澳垄断#等多个因稿件引发讨论的热词登上热搜;访谈切条的多条短视频登上抖音热榜Top2,并持续70多个小时停留在热榜;新华社微信公众号转发后不到半小时浏览量10万+,视频号突破双10万+。经各头部媒体转发转载不断发酵,该片全网总浏览量超过1.3亿。

初评评语:该作品是杭州亚运会期间涌现出的优质新媒体作品。一方面,新闻性强,抢抓中国选手张雨霏夺得杭州亚运会游泳女子100米蝶泳和男女4x100米混合泳接力金牌的时点,赢得报道先机。另一方面,有独家"内容"。访谈作品对张雨霏赛前训练视频的独家披露,有助于延展访谈深度。同时,出镜记者善于贴近采访对象,层层推进,把张雨霏走上冠军之路背后故事和细节抽丝剥茧挖掘出来、鲜活表现出来,人物塑造比较饱满。

蔡英文"过境"窜美 "倚美谋独"解放军亮剑 统一大势不可逆！

饶轶男 李钦帅 李梦媛 王柯鑫 徐 帝 李 想 张紫璇

作品请见中国记协网 http://www.zgjx.cn。

（中央广播电视总台 2023 年 04 月 09 日）

申报资料实录

作品简介：2023 年 3 月 29 日至 4 月 7 日，民进党当局领导人蔡英文窜访危地马拉和伯利兹，途中"过境"窜美。中国人民解放军高度戒备，东部战区展开环台岛战备警巡和"联合利剑"演习，对"台独"分子起到慑压效果。栏目邀请军内权威专家进行舆论反制，有力揭批了民进党当局为谋取政治私利，甘做霸权仆从，造成台海局势动荡紧张的卑劣行径，展示了中国人民解放军维护国家统一的决心和能力。

社会效果：节目播出收视率达到 0.21%，位于频道前列，被中国军网、澎湃新闻等媒体转载，引起网络热议，网友好评如潮，取得良好的传播效果。

初评评语：该节目紧扣时事热点，及时反应并做出权威分析，在重大议题上及时引导舆论，体现了主流媒体的责任担当。节目注重细节与深度，邀请权威专家进行点评，并综合运用多种视觉表达手段和丰富的资料，实现对新闻事件的多角度观察，取得了良好的传播效果。

李东宪：我怕台湾人忘记回家的路

赖 晗　李 丞　吴俊锋　胡 静
裴 雯　姚高山　尹 丁　叶育民

作品二维码

《李东宪：我怕台湾人忘记回家的路》

（海博 TV 客户端 2023 年 05 月 30 日）

申报资料实录

作品简介：2023 年 5 月，中国台湾运动员李东宪在韩国赛场领奖时举起五星红旗，引发两岸强烈关注。记者敏锐捕捉热点，对李东宪进行深度专访。逻辑缜密，感染力强。记者层层递进，深入挖掘李东宪举起国旗背后的感人故事。情至深处，李东宪眼含泪花地说："我怕台湾人忘了历史，忘了回家的路。"立场明确，引领性强。李东宪在访谈中明确表示，对"两岸同属一个中国"的认同感不会改变，在海峡两岸引发广泛共鸣。

社会效果：该访谈在海博 TV 客户端、福建电视台综合频道播出，被国家广电总局评为 2023 年第二季度优秀广播电视新闻作品。相关内容还通过系列短视频的形式广泛传播，被人民日报微信公众号、央视新闻视频号、中央广电总台中国之声微信公众号等账号转发，境内外总播放量达 1.1 亿次，海峡两岸超500万名网友点赞，在台湾岛内引发强烈反响。

初评评语：该作品通过敏锐捕捉赛场上的热点凸显了时效性，通过层层递进的访谈，一方面传递了正能量，展现了台湾同胞对祖国完全统一的期盼，有效传播了"两岸一家亲"的理念。另一方面通过挖掘李东宪多次举起国旗背后的感人故事，补充了信息量。作品整体流畅，自然，通过话题的设置引导，使受访者轻松进入话题，并引发共鸣，使作品得到广泛的传播，达到好的传播效果。

二等奖

章金媛：心跳不停止 永远不退休

邓丽青 袁 权 徐 婧 张 帆 张云霄 彭 侃 付忆静

作品请见中国记协网 http://www.zgjx.cn。

（江西广播电视台 2023 年 12 月 05 日）

申报资料实录

作品简介：2023 年"国际成就奖"获得者章金媛是志愿者中的典型代表。"国际成就奖"是全球护理界及健康领域最负盛名的奖项之一，每两年颁发一次，每次评选出一名获奖者。94 岁的章金媛是奖项设立 20 多年来，第一位中国获奖者。"全中国注册护士总量有 520 多万，全国实名志愿者总数超过 2.34 亿人。章金媛为什么能够成为首位中国获奖者呢？"带着好奇与疑问，记者以这一新闻热点为由头，对章金媛进行了近半年的跟踪拍摄和独家专访。她为梦想不懈努力的人生故事，正是总书记所说"每个人都是追梦人"的生动体现。带着感动与敬意，记者精心制作了 30 分钟新闻访谈，并在 2023 年国际志愿者日当天播出，真实展现了一个有血有肉、有笑有泪的章金媛。

社会效果：节目播出后，在社会各界引起热烈反响，相关视频累计播放量 3000 多万。网络上，"向章老师学习""致敬志愿者"等留言不断刷屏。

初评评语：节目以章金媛获得 2023 年"国际成就奖"这一新闻热点为由头，以点带面，以情动人，多角度展示了立体的章金媛，镜头设计精心，画面编辑精细。特别是节目记录扎实，细节丰富，全面展现了章金媛对护理服务严格要求，与患者亲如一家的感人故事，真实展现了一个有血有肉、有笑有泪的章金媛。整个节目制作精良、细节生动、内容鲜活。

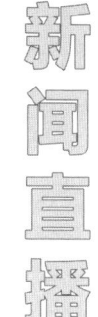

大江奔流，千年回响
——湖北、浙江、四川三省交通广播探源长江文明特别直播

集　体

作品请见中国记协网 http://www.zgjx.cn。

（湖北广播电视台、浙江广播电视集团、四川广播电视台
2023年11月14日）

申报资料实录

作品简介：2023年11月14日是习近平总书记提出保护传承弘扬长江文化三周年。湖北交通广播联合浙江交通之声、四川交通广播，共同推出探源长江文明特别直播《大江奔流，千年回响》。十多路记者带领听众网友走进长江沿岸的三个史诗级文化遗址——良渚、石家河和三星堆，亲临考古现场，发布最新考古成果，感受考古黑科技和丰富多彩的文旅体验，与专家一同探源长江文明，生动呈现各地文化保护传承与繁荣发展的丰硕成果。同步进行的网络视频直播，在完整呈现广播直播内容的同时，还专门制作了视频素材，通过画面和短片的精心编排和切换，增强了直播的现场感和视觉冲击力。

社会效果：《大江奔流，千年回响》在长江云新闻客户端、北高峰客户端、九头鸟FM客户端、天门融媒多个新媒体平台，进行广播和网络视频直播，综合收听观看量达到5000万+，是一次让普通人了解中国文化、读懂中国精神、油然而生文化自信的生动传播。直播受到专业人士和社会各界好评。

初评评语：节目立意深远，呈现中华文明的源远流长；设计巧妙，通过三地代表性考古遗址（良渚、石家河和三星堆）来感知长江文化、读懂中国精神；内容丰富，涉及长江早期文明的孕育、诞生与发展的重要内容；专业权威，专业内容专家解读，记者亲临考古现场，严谨又不失生动。

中国高铁"出海"刷新纪录
直击雅万高铁正式启用

集 体

作品请见中国记协网 http://www.zgjx.cn。

（江苏省广播电视总台、浙江广播电视集团、山东广播电视台
2023年10月02日）

申报资料实录

作品简介：2023年是共建"一带一路"倡议提出十周年，雅万高铁是"一带一路"标志性项目。本次直播以雅万高铁正式启用这一新闻事件为切入点，通过现场访谈、记者登上列车体验连线、录音报道等多种方式进行呈现，主创团队历时近半年时间，前往山东、四川、江苏、浙江、北京、天津等省市，深入中铁国际、中车四方、中国电建、中国通号、攀钢集团等央企国企，雷尔伟、康尼机电等"隐形冠军"企业及西南交通大学等相关高校，记录雅万高铁背后的故事；采访印尼官员、民众二十多人，记录雅万高铁为印尼交通设施、旅游出行、人口就业等带来的变化。作品完整记录首列正式启用的雅万高铁运行旅程，回顾这一中国高铁首次全系统、全要素、全产业链"出海"的重大项目设计、建设的重要时刻，凸显深入推动共建"一带一路"倡议的重大意义。

社会效果：该现场直播被全国交通广播积极转播。北京交广等30家省级交通广播，深圳交广等74家地市级交通广播共同转播，104家交通广播共享报道资源，形成传播矩阵。江苏广电荔枝新闻、大蓝鲸等客户端设立"雅万高铁正式启用"专栏，全国104家交通广播官方微博、视频号、抖音号及北京广电

听听 FM 等多家省市广电客户端同步直播。经统计，本次广播端总覆盖人群达 3.1 亿，互联网端总播放量达 7544 万，累计覆盖超 3.8 亿听众、网友。

初评评语：2023 年是共建"一带一路"倡议提出十周年。在此背景下，极具标志性的雅万高铁的正式启用，关注度高且意义重大，主创团队抓准这一重要节点，挖掘放大新闻价值，以生动的事件载体展现"一带一路"倡议的丰硕成果，说服力强、传播效果好，凸显了深入推动共建"一带一路"倡议的重大意义。尤其是多家媒体的"集体联动"，大大拓展了节目的视角多元性、艺术表现性和传播渗透性，使该直播报道具有了强大的传播力、引导力、影响力和公信力，是讲好中国故事、传播好中国声音的有效实践。

100 小时不间断直播 直击台风"苏拉"

刘 彪 岳 阳 顾 铭 钟 央 方 力
陈咏珂 翁曦阳 刘 婕 吴洪波 陈宏佳

作品二维码

《100 小时不间断直播 直击台风"苏拉"》

（触电新闻 APP 2023 年 09 月 01 日）

申报资料实录

作品简介：今年第 9 号台风"苏拉"先后两次登陆广东，广东广播电视台电视融媒中心提早谋划，联动深圳、珠海、汕头、湛江等多个记者站，从 8 月 30 日 12 点至 9 月 3 日 16 点，推出全省联动融媒直播《100 小时不间断直播 直击台风"苏拉"》。其中在台风"苏拉"登陆珠海前后，推出了三档时长近 4 个小时的特别直播节目《台风"苏拉"来袭广东严阵以待》和四档在广东卫视及广东新闻频道同步播出的特别报道。此次送评的是 9 月 1 日 17:30 开始的第一档特别直播节目，该档直播时长近 120 分钟，在节目中，多路记者在广东省气象台、惠州惠东县巽寮湾、揭阳惠来芦园小学、揭阳惠来神泉港、汕尾城区马宫街道、深圳大鹏新区、深圳大梅沙、珠海拱北口岸、广州天字码头等地，直击台风"苏拉"最新路径及各地迎战"苏拉"最新消息，传递党和政府声音。

其间邀请气象专家出镜,对台风发展趋势进行权威解读,还特别邀请广东蓝天救援队的专家进入融媒演播室,就受众关心的台风来袭市民该如何避险等话题进行访谈。直播在触电新闻客户端首播,广东广播电视台旗下各新媒体平台同步直播,央视新闻客户端等也进行了慢直播引流,全网观看量超过3500万。

社会效果:该直播时长100小时,共有13路记者分布在广州、揭阳、汕尾、惠州、深圳、珠海、江门、阳江、湛江等地,是广东广播电视台电视近年来动用人力、物力最大的一次,也是直播持续时间最长的一次。该直播通过全新的"云+端"架构体系实现了边制作边分发,多路信号经云端以"频道"形式进行编排播出,形成了一种全新的融媒直播模式。直播中首次引用了AI主播滚动播报,直播内容在多个客户端进行二次短视频分发,并在电视大屏端播出,实现"一源多屏"的全媒体直播与报道。直播中通过走马字幕发布预警信息,制作台风防御指南短视频;多路记者直播连线宣传党员干部和人民群众众志成城、共同防御的一线故事和先进事迹,受到社会各界广泛好评。

初评评语:作品能够有效发挥融媒直播的系统集成优势,通过"云+端"架构,多路信号经云端以"频道"形式进行编排播出,打造全新的融媒直播模式。同时,调度全省多个记者站联动出击,有效增强了直播对全省境内台风动态的实时更新和持续追踪,结合气象专家和蓝天救援队的权威解读,进一步丰富了民生类的服务资讯,具有较好的新闻性、饱满的现场感和丰富的新闻信息量,体现出了新闻直播的核心价值。

经济日报2023年1月6日8版

王 智 胡文鹏 李 瞳

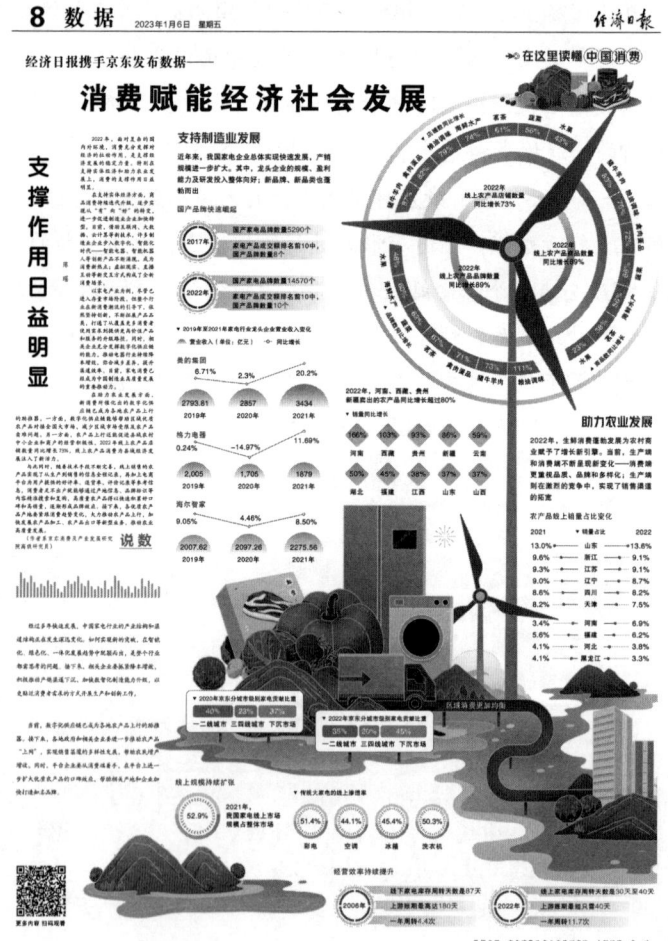

(《经济日报》2023年11月14日)

申报资料实录

作品简介：这一期数据版是围绕2022年中国消费市场高质量发展精心设计的可视化版面，主创人员提前策划选题、搜集数据、设计版面，经过多轮协调沟通，最后确定了设计方案。该版面以"消费赋能经济社会发展"为主题，以农业、制造业、能源等手绘图案为主图元素，精心绘制了一幅极具视觉冲击力的消费图景，成为版面一大亮点。在数据内容上，突出了消费对制造业和农业的推动作用，版面立意鲜明，可读性强。

社会效果：版面刊出后受到各界读者广泛关注，全网各媒体平台转载次数近百次，取得了较好的传播效果和舆论影响，凸显了经济特色。经济日报推出消费数据报道，既是报纸版面数据可视化工作的有益尝试，也是经济日报探索报纸版面高质量发展的重要创新尝试。经过精心编排设计，一线平台数据与新闻报道紧密结合、相辅相成，实现了报纸版面的内容形式创新。

初评评语：《经济日报》的这幅版面比较好地实现了数据新闻这两方面的功能，同时也通过标题提炼和言论设置，弥补了单纯数据呈现所易产生的理解困难。在呈现中，版面编辑并没有采用西方时兴的热力图等风格，而是坚持采用更易被中国读者理解的经典数据图形，因此在信息传输上更为直接，朴实而有效。

2023年7月23日《新闻晚高峰》纪念抗美援朝战争胜利70周年特别节目

集　体

作品请见中国记协网 http://www.zgjx.cn。

（江苏省广播电视总台2023年07月27日）

申报资料实录

作品简介：为铭记抗美援朝战争的艰辛历程和伟大胜利，江苏新闻广播在《朝鲜停战协定》签署70周年纪念日当天推出特别节目《如愿》。整期节目内容丰富形式多样，既有现场连线、录音报道、嘉宾访谈、主播短评等传统新闻报道形式，也有声音集锦片花、网友线上参与等新型内容传播方式，全新讲述江苏籍抗美援朝英雄的群像故事。节目还以"如愿盛世、盛世如愿"为主脉络，带着多位抗美援朝老战士的心愿，走访了抗美援朝出征地丹东、抗美援朝纪念馆、沈阳抗美援朝烈士陵园、志愿军烈士杨根思故乡等地，重温保家卫国之战的历史荣光，缅怀志愿军浴血奋战的慷慨激昂。节目播出过程中，始终保持活跃的网络互动，参与度创同期新高，不断有听众和网友在实时刷新的留言板诉说心声，向抗美援朝英雄致敬，表达在新时代奋进的决心。

社会效果：节目筹备周期长，工作量大，走访了省内外多处研究馆、纪念地、烈士陵园，集合了基层工作人员、部队官兵、志愿者团队和研究专家等众多采访对象，特别是采访了省内健在的老志愿军战士，为研究和传承抗美援朝精神，留存了珍贵的声音档案。线上线下同步互动，内容更新速度快、传播面广，社会参与度高，大大增强了传播效果。直播节目占据同时段收听率第

一、碎片化产品在网络端引发广泛关注和转载。

初评评语：节目全新讲述江苏籍抗美援朝英雄的群像故事，向抗美援朝英雄致敬，重申了伟大抗美援朝精神的时代意义，同时表达出新时代奋进的决心。节目以"如愿"为线贯穿全篇，连接历史与现在，节目内容丰富形式多样，既有现场连线、录音报道、嘉宾访谈、主播短评等传统新闻报道形式，也有声音集锦片花，更可贵的是线上线下同步互动，社会参与度高，大大增强了传播效果。

大众日报 2023年6月5日 4-5版

梁旭日　姚广宽　巩晓蕾

(《大众日报》2023年06月05日)

申报资料实录

作品简介：2023年六五环境日国家主场活动在济南举行。为创新做好相关报道，大众日报及客户端特别策划推出"美丽山东'推荐官'"全媒体报道，通过珍稀鸟儿的故事，展现山东深入贯彻习近平生态文明思想的生动实践。报纸从珍稀鸟类这一小切口做文章，重点推出"世界环境日，这些'稀客'向你推荐美丽山东"通版版面。版面设计以山东地图为基本坐标，合理布局、精美呈现，刊发文字报道、鸟儿自述、手绘图示等内容。同时，导读链接客户端推出的系列鸟儿故事，丰富版面内容，延长传播链条。该版面还探索尝试"AR新闻"功能，读者打开大众日报客户端，点击搜索栏的"AR"标识，扫描报纸版面的"鸟儿"，在纸面上即可观看珍稀鸟类的短视频报道。

社会效果：这一报道不是单一的报纸版面，背后是包括系列鸟儿故事、短视频、海报等生动丰富产品的"美丽山东'推荐官'"全媒体报道。报道刊发后，被人民日报客户端、新华网、腾讯新闻、搜狐网、上观新闻、齐鲁壹点等主流平台账号广泛转载；一些爱鸟人士也主动转发，并联系记者，提供珍贵素材，报道取得良好传播效果和社会影响。

初评评语：大众日报世界环境日版面以珍稀鸟类为题材，以山东地图为基本坐标，主题鲜明、设计精美，文字报道、鸟儿自述、手绘图示相结合，通过珍稀鸟儿的故事，展现山东深入贯彻习近平生态文明思想的生动实践。手绘设计，疏朗大气，呈现出一幅幅意趣盎然的生态场景。技术支撑，纸媒新媒联动，通过"AR新闻"功能，让读者在报纸纸面上，即可观看珍稀鸟儿的短视频，版面"动"起来"活"起来。总体看，颇具的新闻性、准确性、艺术性、创新性和传播力。

江南都市报 2023 年 12 月 27 日
T01-04

集 体

(《江南都市报》2023年12月27日)

申报资料实录

作品简介：为深入贯彻习近平生态文明思想和落实习近平总书记关于"打造长江国际黄金旅游带"的重要指示精神，该八连版手绘长卷聚焦昌景黄高铁开通这一新闻事件，生动展现了高铁沿线地区深厚的历史文化底蕴、丰富的生态文明资源和高质量发展的生动实践，深刻阐释昌景黄高铁的开通，不仅使江西成为全国首个市市通时速350公里高铁的省份，而且加速推进了赣皖两省融入长江经济带发展战略和促进长江中下游地区文化交流、人文交往、文明交融，加快打造长江国际黄金旅游带。作品打破报纸固有样式，通过正反4个横版连成一体，长度近1.6米，以青绿色为主色调，以自然风光、人文景观为主要元素，以清新自然的国潮画风，绘制了近50个地域元素，8句古诗词盈生一派诗意江南，全方位聚焦高铁沿线"名城、名镇、名湖、名山"等丰富文旅资源和深厚的历史文化底蕴。作品在报纸上印制二维码，扫码即可通过微信、网络专题、H5、融媒海报、视频等形式观赏长卷，可动态欣赏滕王阁、瓷都古窑、黄山等绝美风景，还可聆听鄱阳湖畔万鸟齐飞的鸣叫声、高亢婉转沁人心脾的赣剧唱腔等，给人沉浸式体验。

社会效果：2023年12月27日，昌景黄高铁开通运营当天，该八连版手绘长卷绑上红丝带登上首趟列车，作为一份特色伴手礼送给旅客，受到广大旅客的点赞好评。众多读者表示，长卷通过细腻的笔触、丰富的色彩、诗意的呈现，打动人心，让人在欣赏画卷时，感受到长江流域高质量的生态环境，激发出对这条世界级黄金旅游线的赞叹与好奇，促进文旅融合和刺激文旅消费。受到省内、省外媒体及单位的关注、转载和热评，全网浏览量突破千万人次。

初评评语：该版面聚焦昌景黄高铁开通这一新闻事件，主题重大，立意深远。版面以八连版手绘长卷的形式，生动展现了高铁沿线地区深厚的历史文化底蕴、丰富的生态文明资源和高质量发展的生动实践，深刻阐释了昌景黄高铁的开通对于江西省社会经济文化发展的重要意义。版面呈现精美新颖，艺术表达形式丰富，富有文化含量和创新价值，实现了思想性、新闻性、艺术性的统一。

共情，新闻评论的流量密码

刘文宁

共情，在心理学家看来，是理解他人特有的经历并相应做出回应的能力，是"那种能看透别人的内心和灵魂、知道他们的想法、感受他们的情绪的能力"①。它是跨越人与人之间鸿沟的一座桥梁。

强化与受众的共情，努力与受众达成情绪、情感及心理的共鸣，进入"我们在一起"的情景，引导受众在感同身受中自然而然地认同评论的主张，这种做法越来越成为提升新闻评论影响力的有效途径。强化共情的力量，在方法论层面某种程度地影响着新闻评论的运作模式，成为媒体深度融合发展进程中新闻评论寻求突破的一条可期路径。

一、由"媒体认为重要"到"受众认为重要"

"我是来看评论的"，这是不少人在朋友圈转发热点新闻时加注的一句话。移动互联网时代，越来越多的人尤其是年轻人通过社交平台了解外部世界的信息，同时参与意见表达。网友的围观、跟帖会反映部分受众的立场与态度，有时甚至会推动事件的后续发展，引发后续新一波舆情。在某种程度上，网友在社交平台的围观及转评赞，构成了与新闻事件本身价值不相上下

---

① [美]亚瑟·乔拉米卡利，[美]凯瑟琳·柯茜.共情的力量[M].王春光译，北京：中国致公出版社，2019:6-7.

的舆情价值。因此，与网友置身同一个舆论场、同一个互动频道，同频共振，已经成为移动互联网时代新闻评论吸引受众、提升影响力的一个前提。

（一）"海量"与"分量"的平衡

从选题开始，评论作者即与网友置身同一舆论现场，在热搜榜的新闻、朋友圈刷屏的事件中，寻找网友关心的热点，提升"受众认为重要"的选题权重，即选题由以往侧重"媒体认为重要"向侧重"受众认为重要"转变。这种权重的转变不是单纯迎合网络民意，不是将新闻评论选题的主动权完全交给网络热搜榜、一味被网络声音牵着走，而是在坚守主流媒体新闻价值判断原则的前提下，参照新闻热搜榜，综合研判新闻的重大性、现实性、突发性、冲突性等做出的选择。这是在互联网时代大数据等技术不断发展的现实语境下，致力于贴近实际、贴近生活、贴近受众的选题思路的调整与转变。

包括各类八卦的明星新闻事件往往在舆论场上热度很高，作为主流媒体的工人日报所做的评论偶尔也涉及明星新闻，但都与明星八卦事件无关。比如，针对2022年5月同一天罗大佑和孙燕姿两场线上演唱会受歌迷追捧，评论《听罗大佑还是孙燕姿？这不是个问题》梳理了歌迷对心仪偶像的情感，分析了经典歌曲收纳着大众的美好记忆，"那些击中我们心弦的旋律，不会老。所谓岁月如歌，歌中其实亦有岁月"。评论针对演艺界新闻事件，着力探讨文化层面的时代记忆，讨论新闻背后相关问题的现实意义，这与主流媒体的气质与定位相宜相称。

这里有"海量"与"分量"的平衡。所谓"海量"是指网民的关注度、新闻的热度，"分量"是指新闻事件的价值分量。好的选题应兼顾受众的关注度与新闻本身的重要性，尤其对网友热议的看似鸡毛蒜皮之事，能否剖析出深层现实意义，决定着评论选题是否有足够的含金量。

（二）"源于网友而不止于网友"

借用"艺术源于生活而高于生活"，主流媒体的新闻评论可以"源于网友而不止于网友"。与七嘴八舌的网友跟帖相比，媒体评论应该少些情绪上的宣泄，多些直击要害的剖析；少些攻其一点不及其余的钻牛角尖，多些眼观六路、耳听八方的视野与情怀；少些"你一拳我一脚"的近身肉搏，多些站在高位、着眼全局的洞悉与提示。

获得第32届中国新闻奖的经济日报评论《不要过度解读甚至误读储存一定生活必需品》，说的是2021年11月2日一条"鼓励家庭根据需要储存一定数量的生活必需品"的新闻刷屏，引发网民各种猜测和负面舆情。当天经济日报新媒体推出快评《不要过度解读甚至误读储存一定生活必需品》，先解释通知的初衷，"通知的本意就是怕疫情散点突发让人们措手不及……主要是针对疫情防控，部分小区临时封控，可能造成生活不便。从长期看，也是倡导居民提高应急管理意识，增加必要家庭应急商品储备，作为国家应急体系的必要补充。"然后，站在百姓居家过日子的立场，以理解大家的焦虑以及特殊时期的不便的口吻，安抚公众情绪，"对照现实生活，由于现代生活的便捷性，让无储备家庭成为常态。不过，这段时间疫情散发，大家多少为此做些准备，自是情理之中。毕竟，一些小区封控以后，很多人发现家里米和菜都没有，快递也不让进，完全靠社区工作人员紧急救助，给大家造成的压力山大。如果家中稍有储备，缓上一两天，也是与人方便与己方便，何乐而不为呢？"此文被各方转发，较好引导热点舆论。

2022年5月下旬，"建议专家不要建议"话题几天内两度冲上微博热搜榜，工人日报推出评论《"建议专家不要建议"，是希望专家好好说话》，作者置身舆论现场，在梳理网友主张的基础上，分析网友"建议专家不要建议"的原因，总结和归纳出公众反感的与喜欢的专家建议的类型，表达了对专家好好说话的期待。百度百科上"建议专家不要建议"词条的"引申含义"和"社会评价"中，引用了此文大段原话，从源头给出了关于专家建议问题的全面客观分析，一定程度上起到了正本清源、引导舆论的作用。

（三）强化价值理念的认同与族群情感的凝聚

如果说新闻与评论满足的是受众对信息及延伸价值的需求，那么，有一类新闻评论更着力于满足受众对于情感共鸣、群体归属、价值认同的需要，这就是涉及重大庆典、表彰、纪念日等有象征与节点意义的新闻评论。

在尽可能广泛的受众中寻求价值共识、达成理想的价值建构，即寻求传播的"最大公约数"，仪式化传播理念为时下新闻评论多层面的拓展提供了有益的启示。与强调信息的送达不同，仪式化传播强调传播的核心是召唤，即"把公众召唤到各种仪式活动之中，在共同的仪式中获取信息、分享意义、建构认同，因而形成了一种以仪式活动为媒介的聚合模式。"②

这种召唤往往要借助某个特殊的标志性符号，如名人纪念日、重要节日、庆典等，梳理这类符号所承载的特定时空背景下的民众情感，让拥有共同时代记忆的群体在回味过往岁月时，找到共同的"文化基因"及群体归属感。比如，工人日报评论《故宫600岁了，却从未像今天这样年轻》《今天，让我们一起怀念金庸》《登顶珠峰：来自时光深处的信念和勇气》。无疑，这类评论对于凝聚共识有着重要作用。

二、以代入感营造情感上的同频共振

随着社交媒体的普及，越来越多的网友参与到对公共事务的评判，这对媒体新闻评论提出了更专业的要求。比谁说话"够狠""够损"，不是主流媒体新闻评论赢得受众的可期路径。站在当事人立场，设身处地理解不同人群的诉求与立场，以代入感营造不动声色的感染力，在越来越多的新闻评论中有所体现，有效提升着新闻评论的影响力。

（一）唤起"事关你我"的同理心

以"这事很可能也会发生在我身上""这说的不就是我吗"的代入感，调动受众身临其境之感，在感同身受中，引导受众融入所讨论问题的现实场景，与作者一同面对困惑、思考原因、寻求出路。其中，作者要捕捉到受众"心中有又说不清"的朦胧情绪或复杂情感，拉开遮挡在受众眼前的帘幕，给受众原来如此的恍然大悟，从而引发共鸣。

---

② 张淑芳. 社会主义核心价值观仪式化传播研究 [M]. 北京：中国社会科学出版社，2018:7.

2022年10月底,河南某中学的一位教师上完网课后猝死。家属表示,上网课时遭遇"网课爆破手"入侵课堂实施网络暴力,是导致其心梗发作的原因。"网课爆破"迅速冲上各社交平台热搜榜。11月3日,工人日报推出评论《"网课爆破"的本质,就是一种网络暴力》,其中"我们可能正在遭受网暴,也可能是网暴的施害者;我们可能是潜在的被网暴者,也可能是潜在的施害者"等戳中网友内心的文字,被网友转发时复制粘贴。评论发布一天内,在微博平台收获数百万阅读量。事有巧合,11月,中央网信办《关于切实加强网络暴力治理的通知》发布,提出要建立健全网暴预警预防机制、强化被网暴当事人保护、严防网暴信息传播扩散、依法从严处置处罚。这也说明治理网暴是公众强烈关注的热点问题。

公众深恶痛绝的、"不能忍"的问题,尤其是突破法治红线、人伦底线及行业底线的事件,往往是含金量高的评论选题。比如,涉及以暴力伤害弱者的《"唐山烧烤店打人事件"打伤的是公众安全感》,涉及患者隐私的《医生直播妇科手术,远不止是一场事故》,这两篇评论都抓住了"事关你我"的新闻事件,唤起受众强烈的同理心,收到较好的传播效果。

(二)以沉浸式写作拢住受众情绪

2021年2月,长沙一女士通过货拉拉平台预约搬家服务,后在跟车搬家途中坠车身亡。获得第32届中国新闻奖的工人日报评论《货拉拉道歉:每次改进都用生命来换,代价太惨痛!》中,作者带着受众一同探讨"我们如何摆脱类似恐惧"。"换作是我,会不会有同样遭遇"成为文中吸引受众的一条重要心理线索,将受众拉进可能置身的同一场景,一同追问,一同找出路。评论指出,平台企业应承担起更多不可推卸的责任,希望下一次的改进不再用生命来换。此文得到网友广泛认同。

以沉浸式写作手法将受众带入特定环境去思考和追问,要求作者在落笔之前能细致、敏锐地把握受众的复杂情绪与感受,以文章要论证的论点为统领,将真实、饱满的情感注入字里行间,带着受众一起"看看这件事、说说这个理"。同时,需要注重情绪的克制,尤其是针对某些激起公众强烈愤怒的事件，能否以克制的情感表达理性的声音，也是对媒体新闻评论水准的检验。

其中，涉及灾难的新闻事件，评论应在情绪的把控上格外谨慎，避免与悲痛、缅怀、同情等情绪格格不入的表达，避免对当事人造成二次伤害。比如，2022年3月21日，由昆明飞往广州的航班发生空难，事关上百人生死。次日，工人日报推出评论《面对空难，不打扰也是一种体谅》，文章开头"MU5735，从昨天下午到现在，很多人在为它心神不宁，为机上人员默默祈祷。'愿平安！''愿有奇迹发生！'类似的话在网上刷屏"，先把公众悲伤的情绪铺垫出来，接下来文章针对有人把空难当成营销工具，有媒体记者追问家属"此刻感受"等，提出"博眼球、赚流量、搞营销，是要有底线的"。标题鲜明表达出作者的立场，即围观者应体谅遇难者家属的痛苦，不能借机消费灾难。

三、以讲故事的手法提升受众的阅读体验

讲故事，正在成为增强新闻评论感染力的有效方式。

故事是公众生活与情感的普遍载体，"科学研究证明，比起其他形式，大多数人更善于理解叙事，叙事可以向广大读者传达清晰的信息，读者也对叙事青睐有加。"③

新闻报道的讲故事，多指新闻报道中要有具体事件、人物、细节，使报道更加鲜活、生动。评论中的讲故事，可以是以故事化处理的陈述吸引受众进入阅读情境，以经典故事增强评论的暖色调与亲和力，以起承转合的节奏让评论一气呵成，从而赢得受众的情感认同与价值认同。

（一）吸引受众轻松进入阅读情境

借用经典文学作品让评论的阅读更为轻松，给受众提供更多文学艺术层

---

③ [美]杰克·哈特：故事技巧—叙事性非虚构文学写作指南[M].叶青、曾轶峰译，北京：中国人民大学出版社,2012:4.

面的审美享受，同时也有助于引导受众进入更宽泛层面的思考。

2023年3月1日，人民日报评论专栏"睡前聊一会儿"推出《说还是不说，不该成为怀孕职工的隐忧》。新闻说的是浙江杭州一家企业一名职场女性隐孕的事。评论第一段并未直接进入新闻，而是将文学作品中的女强人形象与现实中的职场妈妈承受双重压力放在一起，呈现一种反差。文章的开头说，"画家安东尼·布朗在绘本《我妈妈》中，描述了美丽温柔而又像犀牛一样强悍的'超人妈妈'……但现实中，不少妈妈左手奶瓶、右手鼠标，在家庭和职场的双重压力下辗转腾挪、疲于应付。"这样的文学化、故事化开头，减缓了评论在公众印象中的"庄重感""庄严感"，让受众带着轻松愉快的心情进入特定的阅读情境。

（二）用经典故事提升评论的亲和力

以历史及现实中的经典事件做论据，是优秀新闻评论的一贯做法。它有益于评论超越一事一议的层面，用特定时空、具体场景中的真实人物故事，给评论注入几缕人情味，增加几分暖色调和亲和力。

获得第31届中国新闻奖的新华日报评论《警惕"精致的形式主义"》，剖析了只重形式不重内容、只重过程不重结果、只看表面热闹不看实际效果，披着精美外衣的"精致的形式主义"的危害。在论及形式主义由来已久时，文章引用了《资治通鉴》记载的细节，隋朝大业六年（公元610年），各蕃部落酋长齐聚洛阳，炀帝杨广命令集市内用丝绸缠树、店铺内必须挂设帷帐、酋长到餐馆吃饭店主必须免费，连卖菜的人也要用龙须席铺地。这种做法连一些酋长都"看不下去"。这一故事的引用，给文字评论增加了如同观看影视剧般的镜头感，借用还原历史场景中的人物故事，让时政评论多了几许文史气息与阅读快感。

（三）以起承转合的节奏让评论一气呵成

说到行文节奏的重要，苏联作家康·帕乌斯托夫斯基在《金蔷薇》一书中有一段精彩论述："作家必须使读者经常处于一种全神贯注的状态，亦步亦趋地跟在自己后面。作家不应让作品中有晦涩的或者无节奏感的句段,免得读者一看到这里就不得要领,从而摆脱作者的主宰,逃之夭夭。"④ 其中道理对于评论写作也有借鉴意义。

  2023年7月,两条新闻接连发生:一是南京一位小学老师引导班里热衷"玩梗"的孩子们不可盲从"网络烂梗";另一新闻是在热映的动画片《长安三万里》现场,小观众们齐声朗诵片中唐诗,声浪迭起。7月18日,工人日报推出评论《让网络烂梗离孩子们远一点》,结合两条新闻,解析不同的语言表达蕴含着迥然有别的精神品质、美学意境和民族情怀。丝滑的行文层层推进,一气呵成。文章先借动画片中的一句话引出作者的主张,"语言文字是时代精神风貌的标志,是镌刻在民族血液中的基因密码",然后分析,在庸俗、低俗、媚俗的"网络烂梗"中,孩子们会"放弃自我表达的能力,不再品味字里行间的意蕴,也不再表达内心深处的感情",这是"网络烂梗"对孩子们的危害,同时,还有对公众言语表达空间的危害,"一个个高度同质化的表达占据了汉语的天空,挤占了那些灵动的、充满才思的、饱含深情的词语生发空间"。接下来,作者承认网络造词是不可阻挡的趋势。对此,文章认为,我们不能任其野蛮生长,而应让"更壮阔、更华美、更灵动的语言成为我们这个时代的注解",因为语言体系背后藏着的是人们对母语的审美体验以及对文明的认知。最后文章明确:"不能让流量中的泥沙冲垮孩子们还没形成的语言体系",且颇有现实意义地提示"我们这些成年人不要被某些恶趣味带跑偏,不要去制造和跟风'烂梗'"。

  文章从热点新闻切入,以温文尔雅、颇有大家风度的语气,剖析所谓时尚中的弊端,如同一位大家闺秀站在风景如画的庭院里,深情款款地讲述着一则经典故事。整篇评论文气贯通,温和且有质感,尤其是其轻盈、顺滑的节奏让文章拥有一种特殊的打动人的力量。

  恰当运用共情在新闻评论中的作用,并不是炫耀某种写作技巧,它对于我们更大的意义,应该是在提升新闻评论的影响力上,经过不断的实践与创新,我们有信心能够找到更多有价值、有成效的策略与办法。

(《中国记者》2023年09月15日)

---

④ [苏]康·帕乌斯托夫斯基.金蔷薇[M].戴骢译,上海:上海文化出版社,2019:406.

申报资料实录

作品简介：文章结合多篇近年获中国新闻奖的评论作品及媒体实践，系统阐述了共情对于提升新闻评论影响力的重要作用及表现，归纳出调动共情力量的路径：在选题上由"媒体认为重要"向"受众认为重要"转变，源于网友而不止于网友，强化价值理念的认同与族群情感的凝聚；在行文上，以代入感营造与受众在情感上的同频共振，以沉浸式写作手法将受众带入特定环境中思考；在技巧上，以讲故事的手法提升受众的阅读体验。

社会效果：文章被知网、维普等中文社科期刊平台收录，被不少高校师生的新闻论文引用。《中国记者》微信公众号推送的《新闻评论的流量密码？就一点！》，被人民网研究院微博、北京日报客户端等平台转发。在新闻业界及新闻研究领域有着良好的传播效果。

初评评语：结合国内外传播学、心理学理论，敏锐捕捉到时下新闻评论回应移动传播需要而正在积极调整。是实践结合理论之作，既不单纯就概念谈概念，也不仅仅就实践谈实践，而是基于多年主流媒体新闻评论一线实践，结合传播学、心理学相关理论，对媒体融合发展进程中受众心理、传播规律的变化等给出精准判断与分析。文中借助传播学理论论及的涉及重大庆典、表彰、纪念日等有象征与节点意义的新闻评论有助于"强化价值理念的认同与族群情感的凝聚"等观点，对新闻宣传工作有着重要的启示意义。此文注重分析的分寸感和平衡感，在论述评论选题应有共情意识时，强调选题不能一味被网络声音牵着走，而要综合研判新闻的重大性、现实性、突发性、冲突性等。

主流媒体"账号化"发展现状、挑战与对策

邵晓晖　王永连

摘要：面对新的媒介环境，主流媒体推动主力军全面挺进主战场，"平台化"发展和"账号化"发展成为主流媒体融合发展的"双路径"。应统筹发展和安全、"账号化"发展和"平台化"发展，处理好底线与高线、个人与组织、借力商业平台与建设自有平台的关系，加强源头把控、过程监管、退出管理，高质量推进"账号化"发展。

关键词："账号化"发展；"平台化"发展；媒体账号

随着智能手机的广泛普及和 5G 网络的相继覆盖，以移动客户端为载体的社交平台、资讯平台、短视频+直播平台等新型传播业态深入、全面重塑媒介格局，移动客户端成为连接用户、内容、消费三方通道以及自媒体内容创业的平台，账号成为网上内容传播和商业运营的全新媒介。媒体融合发展十年来，主流媒体推动主力军全面挺进主战场，普遍采用了"双路径"，即在全力"造船出海"，打造自有新媒体平台的同时，纷纷借力移动端大流量商业平台"借船出海"，即开办新媒体账号（以下简称"媒体账号"），提升传播力和影响力。

但囿于多重因素制约，主流媒体还在探索"造船出海"即"平台化"发展的路径，很多媒体已形成"借船出海"即"账号化"发展的路径依赖——在自建平台收效不彰的情况下，媒体账号成为主流媒体推进媒体融

合的现实必然选择。主流媒体乃至主管部门也将媒体账号的粉丝规模、发稿量、点击量等，作为检验、考量融合绩效的主要指标。媒体账号一方面得到空前发展，一方面伴生新的问题。

"账号化"发展的成因

主流媒体在商业平台开办的媒体账号，主要是以单位法人身份注册、内设部门运营的媒体机构号（以下简称"媒体号"）和媒体员工个人注册的具有媒体属性和舆论动员功能的个人账号（以下简称"媒体人号"）。媒体账号的发展与各大商业平台的发展相伴相生，经历了数量上从少到多、角色上由边缘到主流的嬗变过程。

平台政策拉动。平台补贴是早期媒体账号大量涌现的直接动因。商业平台优势是技术和资本，短板是内容。经过初创期之后，平台进入规范发展期，迫切需要优质内容构建自身内容生态，需要大事件、全民话题来彰显主流影响，而这方面主流媒体天然具有优势。2016年至2018年，各大商业平台纷纷实行内容补贴争夺优质内容创作者，特别是对媒体号（蓝V认证）、媒体人号（黄V认证）给予内容支持、流量扶持、商业化赋能等政策。其中，代表性的有字节跳动全年约400亿流量扶持的"千人百万粉计划"、腾讯12亿元的企鹅号"芒种计划2.0"、阿里巴巴20亿元的"大鱼计划"、快手的"媒体号快up计划"等。随着短视频、直播的发展，MCN（多频道网络）成为各大短视频平台构建自身内容生态的重要渠道。在平台的大力扶持下，媒体MCN成为批量孵化运营媒体号与媒体人号的重要推手，据不完全统计，仅快手平台就入驻了一万多个媒体号。

生存压力驱动。开办媒体账号是当下主流媒体求生存、谋发展的内在需要。2012年以来，在移动互联网快速发展的冲击下，主流媒体发展面临新挑战。新形势下，企业客户更加注重品效销合一，如果没有媒体号的相关推送，几乎不再单独向传统端投放广告。以媒体号为载体，基于大流量商业平台，打通渠道与内容生产、线上与线下、传统端与新媒体端，开展融合传播与整合营销，成为现阶段主流媒体能够找到的较为有效的市场运营模式之一。

员工创业冲动。短视频与直播的兴起助推了媒体人入"场"创业。在技术加持下，视频制作与移动直播的专业门槛被大幅降低，平台去中心化的算法让普通人通过数条爆款短视频迅速走红成为可能。各类达人、网红如雨后春笋般出现在各大短视频平台，他们有着标签化"人设"，通过打赏、电商、广告、卖课等方式，助推了全民内容创业风潮。在经济利益的激发下，不少知名媒体人尤其是自带流量的播音员、主持人、出镜记者纷纷入驻平台开设个人账号，或签约MCN公司。在平台的流量扶持下，媒体人号迅速成为媒体账号的重要部分。

"账号化"发展的积极作用

主流媒体依托商业平台发展媒体账号矩阵，客观上成为主流媒体进军互联网主阵地的标签，也确实成为推进媒体融合改革发展的重要撬动点和支撑点，可谓有了效果、成了现象。

促进了用户连接重建。平台的垂直化、社交化加剧了用户的圈层化与社群化。主流媒体将优质内容通过媒体号矩阵式传播、传统端与新媒体端互动共振，尽可能实现入圈、破圈传播，精准触达目标人群，有效地拓展了内容传播力，扩大了媒体影响力。

促进了产品样态更新。平台流量、算法倒逼主流媒体调整心态，转变语态，创新形态，以用户视角专业化制作年轻用户愿意点击和主动分享的新媒体作品，丰富了主流媒体内容产品样态。

促进了采编流程重组。新媒体内容生产与传播的移动化、社交化、视频化，倒逼主流媒体重组内容策采编审发评流程，促成一体策划、一体采集、多种生成、多端传播的全媒体工作机制。

促进了经营模式重构。运用平台规则，媒体号可采用原生广告、电商卖货、知识付费、版权输出等多元营收模式，可打通线上与线下、传统端与新媒体端，为客户提供全媒体渠道与内容的整合营销服务，推动主流媒体从"做内容、卖广告"的传统模式向"聚用户、做服务"的新型模式转变。

促进了媒体人才重塑。开办媒体账号有助于主流媒体从业人员渐进把握移动互联网时代的用户特征和传播逻辑，在实践中提升新媒体内容策划、写作、拍摄、制作、运营等综合技能，通过运用新媒体来驾驭新媒体，培养融合转型急需的"一专多能"全媒体人才。

"账号化"发展存在的问题

虽然开办媒体账号已经成为当下主流媒体融合转型的重要实现路径，发挥了一定的积极作用，但也必须看到，不少主流媒体乃至主管部门没有厘清"账号化≠融合化"的认识，片面地把"账号化"发展等同于媒体融合发展，在开办媒体账号"借船出海"与打造自有平台"造船出海"的关系上处不好、摆不正，造成融合发展"散光"失焦。

从长远看，过度依赖商业平台在网端分发内容，发展受制于商业平台，无法实现用户沉淀、获得用户数据等，加上由此造成主导控制能力的削弱、资源力量配置的离散、团队目标注意力的多向，必然影响自有平台的打造，进一步抑制"平台化"发展。由于商业平台众多、媒体账号点多面广，加之新媒体传播具有全天候、跨时空、多样化、互动性等特点，新媒体账号的安全风险大于传统端，日常监管的难度也远远大于传统端。从管理的角度分析，媒体账号主要存在四个方面的风险问题。

内容导向安全风险。有的账号未获互联网新闻信息服务许可，为博流量、蹭热点，渲染炒作时政新闻、社会事件，甚至翻炒旧闻，发布"标题党"作品，造成越位发稿。有的账号为博眼球，宣扬有害信息与不良信息，形成负面集纳。有的将媒体号日常内容运营业务外包给无新闻信息采编发布服务资质的社会公司（非公资本），且对账号的内容发布缺少有效的日常监管，易带来内容安全隐患。

个人廉洁风险。有的媒体员工个人未经单位审批擅自在个人账号名称、头像、简介等注册信息以及认证信息中体现职务身份或发布职务内容。有的员工将媒体内容、品牌、设备等软硬件资源用于做个人账号。有的员工将媒体号运营权私自转让或低价转包给社会机构或个人以媒体名义继续运营，可能造成国有资产流失。

投诉信访风险。有的账号为了博平台流量扶持，以媒体已停办停播甚至并不存在的栏目节目来命名，造成用户误解。此外，还有社会机构或个人假冒、仿冒、捏造媒体相关组织机构名称、标识、媒体人身份等开办账号，以此欺骗公众、谋取利益。

管理风险。有的账号开办未经所在媒体审批或备案，开设后、更名后未到单位管理部门登记留档，逃脱监管。有的账号一直未在单位管理部门登记备案，所在部门又疏于管理，负责人离职后带走继续运营，或调换部门后张冠李戴继续运营。有的账号擅借所在媒体其他部门、栏目节目名头注册认证。有的账号内容发布少、粉丝量少、无人力运营仍不注销，成为在办"僵尸"号；还有的账号因机构变更、节目栏目停办、人员离职等原因未及时注销或无法注销，成为历史"僵尸"号。

高质量推进"账号化"发展的对策

"平台化"发展和"账号化"发展，作为主流媒体融合发展的"双路径"，要科学统筹处理好"造船出海"和"借船出海"的关系，毫不动摇地做到两手抓、两手硬。就"账号化"发展而言，其积极作用与问题挑战并存，既不能因噎废食、一禁了之，也不能放任不管、听之任之，应当立足实际，在守牢安全底线的前提下，坚持高水平管理与高质量发展并重，不断创新手段和方法，营造健康有序的发展环境，避免"一收就死、一放就乱"，实现收放自如、趋利避害，为我所用、用就用好。

推进全生命周期、闭环式管理。造成媒体账号各种问题的原因十分复杂，既有主流媒体早期经历过一个万马奔腾的"开号"阶段，加之管理政策法规滞后、时间久远机构人员变化大，造成基数比较大、底数不清楚的历史原因。也有网络平台规则复杂多变、账号真实信息隐蔽性强等外部原因，更有账号管理能力滞后于"账号化"发展的自身原因，应着眼账号发展全流程抓好全过程管理。

在加强源头把控时做好加法。应细化账号审批及备案制度，明晰账号审批规则及流程，从严把关。同时注意根据运营需要做加法，及时弥补有传播需求、市场前景的垂类空缺，及时入驻新兴平台布局账号矩阵。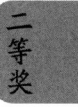

在加强过程监管时做好乘法和除法。明确各部门过程管理责任。如账号运营部门要切实落实好主管主办和属地管理责任，将媒体号与媒体人号全面纳入日常管理；管理部门则要借助大数据工具开展账号注册信息与认证信息的动态监测、敏感内容的日常预警、传播数据的深度分析，排查发现账号存在的具体问题，制定针对性整治措施，持之以恒开展问题整治，力争问题账号动态清零。要对在册账号进行分类管理做除法，孵化、培育主要垂类账号矩阵。对重点账号扶持做乘法，让正能量账号、成长性好的垂类账号、高效益的头部大号的优势长板更长。

在加强退出管理时做好减法。有必要制定账号强制退出制度，依托日常数据监测以及专项整治行动的开展，果断清理风险隐患大的问题账号，及时关闭"僵尸"号等。鼓励并推动人力、资源不足的同质同类账号合并整合，优化资源配置，集中力量做强头部。

处理好三对关系。问题是矛盾的表现形式。做到统筹发展，还需厘清并处理好底线与高线、个人与组织、借力商业平台与建设自有平台三对关系，让前述闭环式管理得以真正落地见效。

处理好底线与高线的关系，让正能量成为大流量。媒体账号出现越位发稿、负面集纳、"标题党"等问题的背后是对流量的追逐，实质是没有处理好坚守导向底线与追求发展高线的关系。流量是互联网时代检验传播实效的重要标尺，但也是一把"双刃剑"。如一味追求所谓的浏览量、点击量，陷入唯流量的怪圈中不能自拔，久而久之必然削减和贬损主流媒体的公信力与权威性。

在管理上，要牢牢树立账号内容发布的底线思维，按照新媒体端与传统端同一标准、媒体人号与媒体号同一标准的原则，严格执行三级审稿、重发重审、"第一读者"等制度，切实做到内容发布管理无遗漏、无死角。在发展上，通过对账号的分类管理拉高"双效"上线。新闻属性强的账号应以做强正面宣传、扩大传播声量为主要任务，侧重社会效益，不宜开展纯商业带货，但可依托账号影响力，拓展符合定位的"新闻+政务服务商务"业务，通过助力打造地方特色名片，开展旅游、助农等公益性活动，获得一定经营收益。健康、养生、美食、教育、旅游、母婴等非新闻属性垂类账号，可以走专业化、市场化、产业化运营路线，侧重经济效益，有条件的应纳入媒体MCN统一管理运营，提升经营水平和变现能力。媒体管理部门和商业平台也要为主流媒体统筹处理好底线与高线的关系创造有利和必要的条件。

处理好个人与组织的关系，推动主力军全面挺进主战场。媒体号虽有公信力强的优势，但也普遍存在垂直属性不强、"人设"模糊、发展受平台限制等问题；而媒体人号附加媒体标签或自带媒体光环，打造的是个人IP，"人设"鲜明，粉丝归属感强，在平台政策扶持下，更易走通平台补贴、知识付费、广告、电商等变现路径，光环和收益大都归了个人，一旦出现舆情等问题，单位却要承担管理责任。

互联网时代，组织与个人之间"赋能"与"支撑"的关系更加突显。离开媒体组织的品牌、内容、团队等资源赋能，媒体人的发展行之不远；离开核心人才支撑，媒体融合发展也将是无源之水、无本之木。主流媒体应以全局的眼光、包容的心态、改革的举措，充分挖掘激活名编辑记者、名播音员主持人、名评论员、名导演等这些独特的人才资源为我所用。通过设计好知名媒体人IP孵化路径以及"新网红"培养机制，规范管理媒体人号运营，协议明确单位与个人之间的责权利，来激发人才的创新创造活力，反哺主流媒体融合发展。如安徽广播电视台允许创办个人融媒体工作室，试行个人与组织"分账"模式；浙江城市之声打造主持人个人IP——"新闻姐"，但由部门负责运营，产权归单位所有，实现了个人与组织的双赢。

商业平台作为掌握规则制定权、具有强势话语权的一方，要站位大局、立足长远，摒弃"零和"思维，优化相关激励政策，与主流媒体一起打造合作共赢的新生态，实现可持续发展。一方面支持媒体号做大做强、易变现有效益，实行非限制性积极政策，消除各种隐性显性壁垒；另一方面与主流媒体同向合力，加强对开设媒体人号的正面引导，以平台与组织的管理协同性来促进个人与组织的管理协同性。

处理好借力商业平台与建设自有平台之间的关系，赋能新型主流媒体打造。借力大流量商业平台开办媒体账号是实现快速圈粉、快速出圈的捷径，但在平台算法主导、"内容找人"的移动传播时代，没有平台推荐的内容连用户都找不到，而没有用户的媒体就谈不上影响力，打造具有强大传播力和影响力的新型传播平台才是建成新型主流媒体的标志。

从这个意义上说，建设自有新媒体平台是长期性、系统性、根本性的战略工程，发展媒体账号则是阶段性、策略性、从属性的战术机动。但自有平台打造必备的资金、人才、技术、机制门槛很高，需要作为"一把手"工程来推动，聚合各方资源、形成全员合力，久久为功，善作善成，同时还需要管理部门真正营造"一个标准、一把尺子、一条底线"对待各类平台的发展环境。特别要注重利用"账号化"发展的积极作用，形成与"平台化"发展的一体联动、相互支撑。如"四川观察"，就以"一端多号"在这方面做了有益探索。

（《新闻战线》2023年12月25日）

申报资料实录

作品简介："造船出海"即"平台化"发展和"借船出海"即"账号化"发展是主流媒体融合发展的"双路径"。由于"平台化"发展相形见绌，"账号化"发展成为当下推进媒体融合改革发展的重要撬动点和支撑点，不少主流媒体乃至主管部门甚至形成了对"账号化"发展的路径依赖。"账号化"发展带来一系列积极作用，也伴生诸多问题。但相对于"平台化"发展，对"账号化"发展的研究成果并不多。本文基于对媒体融合发展路径特别是新媒体账号发展管理的持续深度全面思考和创新实践，历时两年打磨成稿，对主流媒体"账号化"发展成因、积极作用、存在问题进行了全向度分析，提出了高质量推进"账号化"发展的标本兼治之策。

社会效果：本文系统全面、深度聚焦研究主流媒体"账号化"发展，在大起底、拉网式梳理新媒体账号发展风险问题的基础上，提出全生命周期、闭环式管理解决方案，并进一步对处理好底线与高线、个人与组织、借力商业平台与建设自有平台这三对长期困扰业界的矛盾关系作出了辩证应答，在道与术上为主流媒体推进"双路径"融合发展特别是"账号化"发展提供了对策。《新闻战线》及其微信公众号全文刊发,中国知网全文收录。

初评评语:深度聚焦当前媒体融合发展中"造船出海"(平台化)和"借船出海"(账号化)两种模式,以及各自的利弊,抓住当前媒体深度融合发展过程中存在的深层次问题,凝练了作者深入观察和思考,对地方主流媒体借力商业平台与建设自有平台这对矛盾关系作出了辩证应答,提出主流媒体"账号化"发展必须加强和推进全生命周期、闭环式管理,努力保障"借船出海"模式行稳致远。

媒体融合背景下"广电 + 文旅"创新发展路径研究
——宁夏广播电视台探索与实践

张仁汉

摘要： 广电行业以媒体深度融合为契机，积极探索"广电 +"模式，加快广电行业与其他行业的跨界融合。近年来，文旅融合的媒介效应日渐显著，"广电 + 文旅"已然成为推动广电媒体转型和文旅深度融合的热门路径。宁夏广播电视台主动作为、提前布局、多点发力，持续推动广电行业与文旅行业双向赋能。通过把握大宣传理念、大系统工程、大发展格局三大方位，锚定全域旅游记录者、文旅融合传播者、宁夏形象推广者三个目标，探索出坚持政治导向与融媒创新有机结合、注重深耕本地与优化服务双向提升、促进融媒生产与文旅场景多元适配、追求社会效益与经济效益双赢双收四条路径，为广电媒体助推文旅融合和广电高质量发展提供了实践参照。

关键词： 媒体融合；广电 + 文旅；宁夏实践；路径

2023 年，是习近平总书记作出"加快传统媒体和新兴媒体融合发展"重要指示十周年，也是媒体融合发展作为国家战略整体推进的第十年。随着媒体融合不断深入，作为媒体融合主力军的广电行业积极迎变、主动求变、敏锐应变，取得一系列成效。新技术手段的更新迭代和媒介消费行为的深刻变化，正在促使广电与相关行业的边界加速消融。在这一背景下，"广电 +"或将成为媒体融合的新方向、新趋势和新形态，为广电行业高质量发展"加"出广度、深度、力度和温度，为广电改革和媒体融合创新带来无限可能。"广电＋文旅"这一发展思路和转型路径，成为近年来最有潜力的跨界融合模式之一。

一、媒体融合赋予"广电＋"的双重意涵

面对媒体深度融合的战略命题以及媒介与社会深度互嵌的趋势性特征，广电行业通过各种融合传播形式，探寻媒体深度融合的有效路径。"广电＋"模式推动了广电媒体与社会各行业的交融互动，为实现广电媒体的整体转型与长远发展提供了新的路径选择。

（一）什么是"广电＋"

媒体融合视角为充分理解"广电＋"的深层内涵提供了方向指引。其一，"广电＋"是一个系统发展理念。实现媒体深度融合，需要将"广电＋"视为一个整体，充分认识广电行业与其他领域之间的相互作用和依赖关系，以实现整体协同效应。其二，"广电＋"是一种融合发展模式。推动广电媒体融合发展，并非简单地"合并同类项"，须避免"加"而不"融"、"融"而不"合"、"合"而无"效"。其三，"广电＋"是一条转型升级路径。国家广播电视总局《关于加快推进广播电视媒体深度融合发展的意见》提出了"深度融合、整体转型"的目标导向。"广电＋"是一种战略性的改革和转型，意味着广电媒体需要突破平台、内容、技术、管理、人才等单一发展路径，以更高站位、更大格局、更深层次、更新理念推动广电媒体的融合发展与转型升级。

综上所述，"广电＋"是指广电行业要充分发挥主流媒体具有强大传播力、引导力、影响力、公信力的优势，以媒体深度融合发展为突破口，大力推动与各行各业的跨界合作，为相关领域事业和产业发展插上融合传播"翅膀"，提升发展水平和综合价值，最终推动实现广电与其他行业双向赋能。

（二）为何要"广电+"

首先，"广电+"是推动媒体深度融合的应有之义。媒体融合就是要推动传统媒体和新兴媒体从"你是你，我是我"转化成"你中有我，我中有你"，最后演变成"你就是我，我就是你"，真正融合为"不分你我"。除了要把新技术、新模式、新理念等作为发展的增量，广电行业还应主动拥抱其他行业，协同发力，做到能融则融、应融尽融，从"可见"到"可及"，成为媒体深度融合的推动者和领跑者。

其次，"广电+"是应对复杂传媒生态的求变之举。媒体内容的多元化、传播渠道的多样性、用户受众的差异性等使得媒体运营和管理变得更具复杂性。广电行业应以"广电+"融入、开拓和创造新的赛道，更好地适应和引领媒体行业的发展变化。相加是为了更好地相融。媒体融合的本来逻辑就是以媒介的连接性为基础逻辑的跨行业"宽融合"。[①] 从广电的实际情况来看，这种"宽融合"能够帮助广电媒体突破传统业务的局限，实现业务的创新和拓展。

再次，"广电+"是实现广电高质量发展的长远之策。党的二十大报告指出："高质量发展是全面建设社会主义现代化国家的首要任务。"[②] 广电行业在这个首要任务中不可缺席，也不能缺席。如果把广电高质量发展看作一盘棋，那么，"广电+"有可能成为"一子落而满盘活"的战略之举，为推动媒体融合向纵深发展提供一条可行的突围路径。从实践来看，目前已形成"广电+互联网""广电+教育""广电+农业""广电+文旅"等多种有效模式。其中尤为值得关注的是，"广电+文旅"模式结合了广电媒体的传播力和文旅品牌的吸引力，利用先进的技术为用户提供丰富的体验，满足公众多元化的文旅需求，表现出巨大的发展潜力。

---

① 喻国明：《媒体融合是一场革命：三个关键问题的思考》，《传媒》2023年第12期。

② 习近平：《高举中国特色社会主义伟大旗帜 为全面建设社会主义现代化国家而团结奋斗——在中国共产党第二十次全国代表大会上的报告》，《人民日报》2022年10月26日。

二、"广电+文旅"融合发展的双重逻辑

（一）现实逻辑：各级广电媒体推进"广电+文旅"的经验启示

从中央台到以上海、湖南、浙江、山东、河南、贵州等为代表的地方台，已初步探索出了一条"广电+文旅"的深度融合发展之路。比如，由中央广播电视总台与文化和旅游部联合摄制的大型文化节目《非遗里的中国》，通过节目带动既让非遗文化"活"起来，又让旅游市场热起来，并通过海外传播进一步扩大了中华文化影响力；又如，上海广播电视台利用自身拥有东方明珠电视塔、东方绿舟等旅游产业景点优势，不断地创制各类内容IP，用来呈现或融入文旅场景，实现了"以文塑旅"优势叠加、"广电+文旅"双生共赢；再如，湖南广播影视集团（湖南广播电视台）已将"媒体与文旅的深度融合"上升为集团发展战略，浙江广播电视集团、江苏省广播电视总台在"广电+文旅"统筹推进上提档升级，从综艺节目、文创产业等多维度促进了合作地区文旅产业的蓬勃发展。此外，山东广播电视台联合沿黄九省（区）文旅部门和电视台制作黄河文化溯源节目《馆长来了》，河南广播电视台"中国节日"系列节目联动各地文旅部门打造传统文化大IP，贵州广播电视台推出互联网体验式厨房烹饪美食节目《詹姆士的厨房》，也为融媒体时代推进"广电+文旅"提供了有益借鉴与经验启示。

（二）发展逻辑：内在契合、外在融通是广电和文旅深度融合的主要动因

首先，二者需求相通、发展相融，具有改革协同性。广电是文旅传播的主要渠道，文旅亦是广电宣传报道的重要内容。人民群众的精神文化需求日益增长，对于高品质的媒体内容和旅游体验的渴求更为强烈。"广电+文旅"的跨界联动，是将这两种需求精彩交融的有效路径。特别是随着国家文化数字化战略的实施，广电与文旅之间的数据信息壁垒或将打通，智慧广电生态体系与智慧文旅服务平台有望实现系统对接。"广电+文旅"的探索实践正好推动二者持续优化资源嫁接，朝着"纵向贯通、横向打通、平台

联通、业务融通"的方向不断发展。

其次,二者资源相接、服务相促,体现高度适配性。深度的媒体融合是媒体以自身的品牌和在地性资源为基础,来链接更多的社会资源、商业资源、生活资源,促成它们的对接。③ 系统梳理广电和文旅资源及其相互关系,促进双方资源整合和有效对接联动,不仅可实现资源的共享和优化,还可在内容生产、产品创新、交叉营销和品牌建设等方面共同创造新的商业机会和社会价值。与此同时,广电和文旅在服务上的相互促进也是实现二者深度融合的关键环节,由此,将会实现各自的价值提升和服务优化。

三、"广电+文旅"深度融合的宁夏实践

"广电+文旅"融合发展,是广电媒体立足新发展阶段、贯彻新发展理念,借机借势、主动破局,不断拓展"广电+"边界的积极探索。"广电+文旅"模式日渐成型,且已然成为当下广电视听平台创新探索的热门路径,在全国涌现出一批先行者和领跑者。宁夏广播电视台发挥区域文旅资源禀赋互补性强的优势,注重突出特色化定位、差异化价值和融合化实践,通过抓机遇、搭平台、强联动、促发展,探索出一条符合自身定位的特色发展新路,以三大方位、三个目标、四条路径实现了在"广电+文旅"新赛道上提速、提质、提效,为助力媒体深度融合发展提供了参考性案例,也为推动广电高质量发展贡献了"宁夏智慧"和"宁夏方案"。

(一)把握三大方位,赋能"广电+文旅"的迭代升级

一是积极倡导大宣传理念。2023年是媒体融合发展十周年,也是宁夏广电行业着力倡导大宣传理念、提升大宣传水平的十年。宁夏广播电视台在思想上时刻绷紧意识形态之弦,强化对意识形态阵地的管理,坚持正确舆论导向,把握好宣传主基调。在业务上始终坚持"导向为先,内容为王",积极构建和践行大宣传理念,不断促进引导力、策划力、营销力、制作力、传播

---

③ 喻国明:《媒体融合是一场革命:三个关键问题的思考》,《传媒》2023年第12期。

力"五力并进",探索"广电+文旅"的创新路径,推进融合形态迭代升级。

二是全面建设大系统工程。"广电+文旅"是一个复杂的大系统工程,行业、市场和社会相关资源需要进行重新整合和激活。在这个大背景下,宁夏广电行业不断思考如何为文旅产业赋能,宁夏文旅行业同样也在思考如何通过"文旅+传媒"实现跨界融合。面对发展新课题,宁夏广播电视台整合台属各大平台,宁夏文化和旅游厅集聚相关资源,双方多次调研协商,于2021年达成战略合作协议,协同建设"广电+文旅"的"五个一"工程:制定一项五年行动计划;打造一个省级电视文旅频道;开通一个互联网文旅频道;构建一个"八位一体"文旅宣传矩阵;倡导成立一个全国广电文旅宣传合作联盟。

三是致力推动大发展格局。"广电+文旅"是一种整体联动关系,若以零碎化布局则难以形成整体发展态势,需通过各自差异化的功能定位及资源优势形成整体竞争力和影响力。其关键突破点在于"跳出文旅看文旅",将文化旅游融入经济社会发展各个层面,推动宁夏文旅资源优势转化为经济社会发展优势。基于此,宁夏广播电视台致力于成为推动大发展格局的"增效器",着力构建"广电+文旅"宣传推广体系,以创造力和创新力充分激活文旅的拉动、融合、催化、集成等功能,依托精品内容输出,拓展不同触达渠道,以使传播效果最大化、传播效应最优化,助力宁夏文旅事业产业融入经济社会发展全局。

(二)锚定三个目标,放大"广电+文旅"的乘数效应

一是精准定位,当好全域旅游的记录者。2016年7月,习近平总书记在宁夏考察时作出"发展全域旅游,路子是对的,要坚持走下去"④的重要指示。2016年9月,经原国家旅游局批准,宁夏成为继海南之后全国第二个省级全域旅游示范区创建单位。2017年9月,在全域旅游示范区创建启动一周年之际,宁夏广播电视台与原宁夏旅游发展委员会达成"广电+旅

---

④ 《首批国家全域旅游示范区名单正式公布》,https://www.gov.cn/fuwu/2019-09/27/content_5433799.htm

游"全面战略合作协议,将原宁夏广播电视台都市广播更名为宁夏广播电视台旅游广播,该频率成为推动宁夏全域旅游发展、宣传宁夏旅游品牌形象的崭新窗口。此外,宁夏广播电视台黄河云融媒体中心还联动宁夏全域旅游智慧管理服务平台,在"黄河云视"移动客户端打造全域旅游专区,把旅游达人的真实体验,通过话题、攻略、社群、榜单等方式分享出来,让内容借助大数据"出圈",让热点流动以扩大传播面,让游客感知体验"指尖上"的宁夏旅游。

二是精心谋划,当好文旅融合的传播者。《宁夏回族自治区文化和旅游"十四五"规划》提出,加快推进文旅融合,全力把宁夏打造成为大西北旅游目的地。宁夏广播电视台联合宁夏广播电视局、宁夏文化和旅游厅,以此为契机开展调研,借鉴其他省区有关经验并结合宁夏实际,以媒体深度融合发展为突破口,成功争取到国家广播电视总局批复同意,将濒临关停的原宁夏广播电视台影视频道更名为宁夏广播电视台文旅频道。作为全国第四家、西北首家省级电视文旅频道,该频道聚焦红色文化、黄河文化等特色地域文化,联合《中国文化报》《中国旅游报》共同打造"现象级"文旅产品和流量IP,不断促进"广电+文旅"从理念向实践转化。国家广播电视总局《广电视听评论》发文点评肯定了该频道以优质内容助力文旅产业高质量发展的成效。美兰德视频融合传播监测与研究数据库显示,宁夏广播电视台文旅频道开播至今,综合影响力整体呈有序增长趋势。

——宁夏广播电视台探索与实践

三是精品引领,当好宁夏形象的推广者。广电与文旅通过跨界"破圈"联动,不仅拓展了广电节目落地空间,也巧妙助力文旅产业发展,成为宁夏形象推介和展示的重要载体。具体实践成效集中体现在两个方面。一是打造主题节目与创新融媒内容相结合,为用户打开新"视"界。通过广播剧《闽宁镇》到电视剧《山海情》的联动播出,闽宁镇逐步为大众所知,如今已是全国知名旅游打卡点;访谈节目《解码一带一路》和纪录片《宁夏明长城》的系列传播,让宁夏故事传得更远、宁夏声音叫得更响;体验式真人秀节目《这里是宁夏》和大型系列直播节目《飞越先行区》的陆续诞生,让黄河文化弘扬和传承得以更加自觉；旅游新闻资讯节目《旅游风向标》和《天天文旅荟》的融媒宣传，让宁夏文旅形象得以提质升华。二是整合和激活广电和文旅的优势资源，共同推出新形式的文旅品牌项目。比如，通过广电和文旅彼此赋能，衍生出"长城博物馆""星星的故乡""葡萄酒之都"等文旅新 IP，特别是"星星的故乡"在全国一度触发"破圈"效应。

（三）探索四条路径，形成"广电＋文旅"的有效方案

一是坚持政治导向与融媒创新有机结合。宁夏广播电视台始终坚持在把握好政治导向的基础上，提升融合创新的工作力度。例如，2022 年 7 月，由宁夏广播电视台发起，全国 20 多家省级电视文旅频道或相关频道负责人齐聚贺兰山，在宁夏广播电视台文旅频道开播当日，共同签订省级广电媒体"广电＋文旅"战略合作协议，并就"广电＋文旅"如何助力"稳保促"发出"贺兰山倡议"。参与合作的各方还将联动策划实施"秦岭宣言""泰山夜话""漓江有约"等一系列文旅主题活动，以高质量文化传播助力文化强国建设。又如，宁夏广播电视台连续三季策划推出大型 4K 纪实精品专题节目《黄河谣》，以黄河流域生态保护和高质量发展先行区建设中的文旅发展为突破口，通过记者行进式、互动式采访等深入宣传先行区建设中的"文旅名片"。2023 年，该节目被国家广播电视总局列为"中华文化广播电视传播工程"重点项目予以扶持。

二是注重深耕本地与优化服务双向提升。媒体发展到场景时代，服务起到关键作用。⑤宁夏广播电视台多年深耕本地，通过挖掘和发展本地资源、文化和特色，坚持将精品创作放在首位，注重广泛撬动社会资源提供精准服务，塑造出独特的宁夏文旅品牌形象。尤其是为助力宁夏全力打造黄河文化传承彰显区和大西北旅游目的地，宁夏广播电视台对内聚力、对外借力，依托品牌综艺节目，推动宁夏文旅从"入圈"到"出圈"、从"破圈"到"融圈"。比如，特邀浙江卫视《奔跑吧》栏目组来宁夏选址拍摄，凭借"三个一流"的融合实践实现了精诚合作，即通过"一流的节目团队＋一

---

⑤ 胡正荣：《传统媒体与新兴媒体融合的关键与路径》，《新闻与写作》2015 年第 5 期。

流的文旅资源+一流的地接服务"成功推出《奔跑吧·黄河篇》首期精品节目,努力讲好黄河故事,有效传播中华文化。再如,湖南卫视《亲爱的客栈》选址宁夏中卫讲述黄河故事,也因其与"三个一流"理念不谋而和。节目播出后,一批批游客纷至沓来,叫响了"让我们去宁夏,给心灵放个假"的旅游口号。

三是促进融媒生产与文旅场景多元适配。融媒体与文旅场景的多元适配是一个系统性的跨领域议题,其实践成效主要通过"广电+文旅"构建消费新场景、提升文旅新体验、开发文旅IP新价值。2020年6月,习近平总书记在宁夏考察时强调,"随着人民生活水平不断提高,葡萄酒产业大有前景",要"增加文化内涵,加强宣传推介,打造自己的知名品牌"。⑥在近120公里的贺兰山东麓葡萄长廊中,宁夏广播电视台、宁夏文化和旅游厅连续三年在知名酒庄以朗读、诗会等形式开展葡萄酒文旅活动,打造了不同时间节点且有一定差异的文旅IP。比如,每年世界读书日,邀请中广联合会播音主持委员会、有声阅读委员会多位会员,在位于长廊北部的贺东庄园策划开展"百年老藤"系列主题活动;每年9月,联合浙江广播电视集团,在位于长廊中部的源石酒庄共同举办"星空朗读"文艺晚会;每年中国(宁夏)国际葡萄酒文化旅游博览会期间,邀约多位酒庄庄主,在位于长廊中南部的西鸽酒庄创意推出"瓶封的诗篇"主题诗会。以上品牌活动搭建了三个可听、可看、可感知的文化场景,以"广电+文旅"之力串联起贺兰山东麓葡萄长廊的文旅链、消费链、价值链,正在持续擦亮"葡萄酒之都"的标识。

四是追求社会效益与经济效益双赢双收。媒体融合的市场价值属性必须服从于媒体的社会价值属性。⑦"广电+文旅"需立足整个经济发展、社会转型和国家治理过程中,坚守媒体初心,发出主流声音,用专业能力创造长期价值,以实现社会效益和经济效益的双赢双收。近年来,宁夏广播电

---

⑥ 《习近平在宁夏考察时强调 决胜全面建成小康社会决战脱贫攻坚 继续建设经济繁荣民族团结环境优美人民富裕的美丽新宁夏》,《人民日报》2020年6月11日。

⑦ 陆地、高菲:《媒体融合的模式和媒介融合的趋势》,《中国广播电视学刊》2019年第7期。

视台倡议发起并连续三届承办了宁夏"两晒一促"（晒文旅、晒优品、促消费）大型文旅推介活动；作为主办单位之一，开展了闽宁两省区首届"山水连心·大红闽宁"文旅宣介活动、"云游中国·慢享生活"全国首次十省联动大型文旅直播活动等一系列首创活动，以大量图文、短视频以及互动直播的矩阵式宣推模式，获得巨大传播量。其中，"两晒一促"活动通过全媒体联动、融媒体传播取得较好的推广效果，为宁夏广播电视台累计创收超1000万元。该活动由宁夏卫视首播，联动中央主流媒体多平台同步宣传，并在视频号、抖音、今日头条、百度、快手、新浪等平台同步直播，累计传播流量超45亿次，提升了宁夏文旅品牌美誉度，扩大了宁夏"广电＋文旅"深度融合模式在全国业界的影响力。

四、结语

在推进媒体深度融合发展的新征程中，广电媒体责任重大、使命光荣。媒体融合是大势所趋，融则多利，合则共赢。广电行业应聚势而上、乘势自强，在媒体深度融合发展中旗帜鲜明、守正创新，在探索"广电＋文旅"实践中统筹推进、协同发力。当然，如何借好广电与文旅融合的东风，撬动广电媒体的各方增量，注入行业"自我造血"新动力，既蕴含机遇，也充满挑战。"广电＋文旅"体现了宁夏广电转型升级的发展方向。鲜活的宁夏经验见证了新时代以文旅小窗口讲好宁夏故事、传播好宁夏声音的"可行性"和"可及性"，宁夏"广电＋文旅"正逐步形成一盘棋的整体发展格局。宁夏广播电视台将一如既往立足宁夏、辐射西北、面向全国、走向国际，充分发挥独特优势，为推动广电行业高质量发展积蓄动能，为促进广电行业与文旅行业的共同发展全面布阵，也为坚定文化自信自强注入源源动力。

（《中国广播电视学刊》2023 年 12 月 01 日）

申报资料实录

作品简介：2023 年，是习近平总书记作出"加快传统媒体和新兴媒体融合发展"重要指示十周年，也是媒体融合发展作为国家战略整体推进的第十年。作者以此为契机，围绕总书记重要指示，结合宁夏广播电视台案例，从理论和实践两个维度，深度剖析"广电＋文旅"的宁夏现象，立体展示媒体融合背景下"广电＋文旅"创新发展路径。本文提出了媒体融合赋予"广电＋"的双重意涵，阐释了"广电＋文旅"融合发展的双重逻辑，论述了宁夏广播电视台如何发挥行业优势、聚焦地方特色，通过把握"大宣传理念、大系统工程、大发展格局"三大方位，锚定"全域旅游记录者、文旅融合传播者、宁夏形象推广者"三个目标，探索出了坚持政治导向与融媒创新有机结合、注重深耕本地与优化服务双向提升、促进融媒生产与文旅场景多元适配、追求社会效益与经济效益双赢双收等四条路径。该成果为广电媒体助推文旅融合和广电高质量发展提供实践参照，也为打破广电"特困行业"标签探寻一个突破方向。

社会效果：文章刊发后，被《光明日报》客户端全文转载，被湖南广播电视台"电台工厂"等业界新媒体平台转发传播，被中国知网、维普等学术平台收录，其中中国知网平台下载量已达 141 次（自 2024 年 1 月中旬收录至 3 月 23 日）。截至目前，全国已有数十家省市广电单位赴宁夏广播电视台调研考察，开展"广电＋文旅"项目合作。

初评评语：此文视角独特，聚焦当前广电行业跨界创新探索中的"广电＋文旅"热点领域，具有一定的前瞻性、引领性和实效性。理论观点新。首次在新闻传播领域的学术刊物上全面阐释了何为"广电＋"、为何"广电＋"等鲜明观点，系统论述了"广电＋文旅"融合发展的现实逻辑和发展逻辑，总结提炼了宁夏"广电＋文旅"创新发展的四条有效路径；实践效应强。以现实经验回应广电行业高质量发展的迫切需求，推动宁夏广电和文旅彼此赋能，推出的一系列文旅节目、项目品牌和口号等在全国获得破圈效应；以前瞻视野探索媒体深度融合发展的未来走向，展现出宁夏通过"广电＋文旅"提升主流媒体传播力、影响力、感染力进行的有益探索；以具有可操作性的路径举措着力推动"广电＋文旅"从理念向实践转化，为推动媒体融合向纵深发展提供了一条可行的突围路径。

聚焦"六个维度",推动党报事业高质量发展

李 伟

2020年3月24日,习近平总书记对陕西日报创刊80周年作出重要指示,"希望陕西日报弘扬延安精神、紧跟时代步伐,坚持守正创新,推进融合发展,不断提升传播力、引导力、影响力、公信力,为宣传阐释党的理论和路线方针政策,为组织群众、宣传群众、凝聚群众、服务群众作出新的更大的贡献"。陕西日报社以习近平总书记的重要指示为根本遵循,坚持稳中求进,坚持改革创新,把"建设一流新型主流媒体"作为发展目标,深入实施"以报立社、人才兴社、产业强社"的发展战略,着力在新闻宣传、融合传播、人才队伍、群众路线、涉报产业、风险防范等六个维度深化改革,全力构建全媒体传播体系,提升现代传媒治理能力,推动党报事业各领域建设焕发新风貌,取得新成效。

做好精品传播内容的"生产者":深度发掘党报内容生产优势,巩固壮大奋进新时代的主流思想舆论

2016年2月19日,习近平总书记在党的新闻舆论工作座谈会上指出:"内容永远是根本,融合发展必须坚持内容为王,以内容优势赢得发展优势。"精品内容生产是传统媒体的一大优势。陕西日报社坚持"以报立社",把全面统筹、深度策划、融合传播作为采编工作原则,持续强化议题设置,提高全体采编人员的精品意识,推动优质内容生产和传播不断取得新突破。

2018年以来,陕西日报共有16件作品获得中国新闻奖,稳居全国省级党报第一方阵。

坚持"党报姓党""政治家办报"原则,把学习宣传贯彻习近平新时代中国特色社会主义思想作为首要政治任务。作为党的新闻宣传主力军,陕报人深刻领悟"两个确立"的决定性意义,忠实履行新闻舆论工作的职责使命,以实际行动推动党的创新理论飞入寻常百姓家,推动当代中国马克思主义、二十一世纪马克思主义深入人心、落地生根。报社持续推出"深入学习贯彻习近平新时代中国特色社会主义思想"理论专版,开设"在习近平新时代中国特色社会主义思想指引下"等专题专栏,全面深入宣传阐释习近平新时代中国特色社会主义思想的真理力量和实践伟力,通过《让母亲河在绿意葱茏中流淌》等一系列有温度、有深度、有力度的优质稿件,让党中央的声音在三秦大地传得更开更广更深入。

心怀"国之大者",围绕中心、服务大局,为奋力谱写中国式现代化建设的陕西新篇章凝聚强大力量。党的十八大以来,习近平总书记多次来到陕西考察调研、出席重大活动,特别是2023年两次亲临陕西,赋予陕西"奋力谱写中国式现代化建设的陕西新篇章""在西部地区发挥示范作用"的战略使命。陕西日报社深切体悟期望之重、责任之重、使命之重,聚焦习近平总书记历次来陕考察精心策划,及时刊发评论、回访、反响、特稿等重点报道。2023年4月至5月,以图文、视频、H5等多种形式,推出29篇"温暖的回响"系列全媒体报道与"沿着总书记足迹看变化悟思想"重点报道。10月,策划"高质量发展看陕西·汉中"全国主流媒体汉中生态调研活动,来自全国20家省级主流媒体的60余名全媒体记者齐集汉中,深入调研生态文明建设经验,讲好中国故事的生态篇章。

构建统筹内宣外宣的全媒体传播格局,不断提高新闻宣传水平。2023年是共建"一带一路"倡议提出10周年。陕西是古丝绸之路的起点和"一带一路"的重要节点,如何创新方式讲好丝路故事是摆在我们面前的一道考题。5月,在习近平总书记亲自主持下,中国—中亚峰会在西安成功举行,这是我国对外交往史上浓墨重彩的新篇章。我们聚焦峰会,每日刊发"一带一路上的陕西故事"栏目稿件，连续推出"喜迎中国—中亚峰会"等特刊，策划《来吧，一起进入西安时间》等原创新媒体产品，并与哈萨克斯坦BAQ通讯社合作，两地同时刊发《我的大半辈子在边境度过》《并肩架"桥"联通东西》等报道。8月，报社联合省内外数十家媒体和文旅单位，启动"丝路花开 大道同行"大型融媒体采访行活动，南路经南阳、景德镇抵"海上丝绸之路"起点泉州，西路从"陆上丝绸之路"起点西安出发，经兰州、嘉峪关至敦煌，跨越7省、跋涉4000余公里，通过行进式报道，立体描绘了共建"一带一路"的发展画卷。

做好意识形态安全的"守卫者"：防范化解风险挑战，守牢建强意识形态工作的前沿阵地

作为意识形态工作的前沿阵地，陕西日报社全面落实意识形态工作责任制，抓头版立头条强评论，把准政治方向，把稳舆论导向，把好价值取向，当好主力军、守牢主阵地、挺进主战场，一丝不苟做好"为国家立心、为民族立魂"的工作。群众新闻网端评论品牌"秦平"，连续多年获评全国优秀网评栏目，并入选中央网信办"地评线"项目，是陕西省级新闻网站中唯一入选的网评栏目。

树立"质量就是生命"观念，坚决杜绝"低级红""高级黑"现象。"出错就是出丑"，任何一个差错或疏漏，都会使党报形象和声誉受损。早在2017年，报社就召开了质量管理动员大会，并在头版刊发"本报声明"，发动广大读者为报纸纠错，掀起了一场报纸上的"自我革命"。2020年以来，我们不断完善并严格执行质量管理奖惩办法，严格落实"三审三校"制度，把好政治关、采访关、组稿关、审核关、发稿关，推动编校质量连续多年位居全国党报前列，使"质量就是生命"成为全体陕报人的行动自觉。同时，进一步强化全平台质量管控，坚持"一把尺子量到底"，全面规范报社所属报网端微及个人账号，切实保障出版安全。

树立"民声就是民生"观念，共同把民生实事办好办扎实。现代传媒治理体系和治理能力建设，不仅要做到任务落实不马虎、阵地管理不懈怠、责任追究不含糊,还要发挥媒体平台作用,及时回应社会关切,从源头防范化解风险。2020年以来,在做好权威信息发布、增强报道服务性的同时,报社聚焦民生领域一批能解决、应解决而未解决的问题,推出《停车收费1分钟何以等于1小时?》《同样的农业保险,咋就赔的不一样?》等深度报道,有力推动相关问题得到妥善解决。2021年至今,群众新闻网端"民声"栏目收集反映群众急难愁盼问题有效线索4986条,回复率达91.46%;"群众我来帮"品牌栏目,累计点击量超1000万。与此同时,创新成立舆情中心,建立常态化舆情应对工作机制,依托党报全媒体平台,开展监测预警、分析研判等多方面服务。

树立"文风就是作风"观念,深入践行"无采访不新闻"原则。回顾发展历程,从边区群众报到群众日报,再到陕西日报的八十三载岁月,就是一部弘扬延安精神、传承优良作风的光荣历史。这些年来,我们通过实行采编经营"两分开",加大优秀新闻作品的奖励力度,推动采编人员树立正确的事业观和价值取向;通过建立"无采访不新闻"的采编工作制度刚性约束,锲而不舍纠治"软散懒赖"等不良作风,引导编辑记者大力弘扬老报人的优良传统。《"秦岭小慢车"书香伴成长》《杨叔的脱贫日记》《一个村会计的"账本"》《"外婆"的礼物》等多篇获得中国新闻奖的鲜活作品背后,正是新闻记者深入一线、扎根基层,锤炼脚力、眼力、脑力、笔力,加强传播手段和话语方式创新的生动实践。

做好融合传播平台的"打造者":收回"自留地"、打破"玻璃门",积极构建全媒体传播体系

党的二十大报告提出,加强全媒体传播体系建设,塑造主流舆论新格局。这一战略部署,既为加强和改进新闻舆论工作指明了方向,也为新形势下推动媒体融合向纵深发展提供了遵循。这些年来,陕西日报社聚焦传统业务条块分割、"自留地"现象严重,与新媒体业务存在"玻璃门"现象等深层次问题,坚持守正创新,推进融合发展,从组织架构、平台建设等多方面入手,建立以内容建设为根本、先进技术为支撑、创新管理为保障的全媒体传播体系。

重塑工作机制、再造业务流程，建构符合融合发展要求的采编工作体系。针对采编部门设置问题，陕报成立全媒体指挥中心，把采编部门从14个压缩至7个，建立适应全媒体生产传播的组织架构，提升新闻资源共享和品牌维护水平。针对采编流程设计方面问题，出台并及时调整相关工作规则，编辑出版中心统筹编排所有新闻版面，"一次采集、多端发布、数据汇集"，提高新闻生产质效。同时，制定《陕西日报社守正创新融合发展"十四五"规划》，在考核指标设置上增加新媒体权重，常态化召开季度、年度新闻作品诊断会，进一步扬优势补短板强弱项，推动全媒体传播能力不断提升。

整合社内外资源、打造全媒体平台，推动主力军全面挺进主战场。2020年以来，针对平台资源分散、网端影响力不足等突出问题，报社明确群众新闻网端作为报社融合发展战略突破口和融合传播主阵地的定位，推动全社内容、技术、人才、资金等优质资源向移动端聚集，举全社之力建设"网端陕西日报"。截至2023年11月，群众新闻客户端下载量超1350万。不仅是群众新闻网端，我们与陕西省纪委监委合作成立党风与廉政杂志社，联手打造《党风与廉政》、"秦风网"、"秦风网"客户端、"陕西纪检监察"公众号"四位一体"融合发展的纪检监察融媒体平台；与西北大学丝绸之路考古合作研究中心共同搭建"丝路考古网"，设有中、英、俄3语种版本，成为全国首个以多语种呈现的考古类学术网站。2022年底，报社取得国家《信息网络传播视听节目许可证》，成为10年来全国唯一一家获批此证的省级党报，真正从"一张报纸"发展成为全媒体矩阵。

聚焦应用技术、发挥媒体优势，探索融合发展的新生态新空间。一方面，我们在内部治理上加强数字化建设，实现全媒体平台治理"技术服务团队统一、技术解决方案统一、技术应用标准统一"，建立历史资料、新闻稿件、新闻图片、人力资源、经营管理等"五大数据库"，为拓展技术服务提供了基础。另一方面，从"媒体人更懂媒体需求"的角度，与北京启明星辰信息安全技术有限公司合资成立陕西日报星辰传媒信息技术有限公司，并与其他地市党报、融媒体中心等13家单位签署战略合作协议，努力在媒体技术应用研究与推广上先行一步，优化媒体应用技术的深度服务，加快推进传媒领域的数字化发展。

做好全媒体专业人才的"培育者"：坚持人才立社，打造政治强业务精作风正的主力军队伍

培育人才、建强队伍是一项关键性基础性工程。2020年以来，陕西日报社深化人事和分配制度改革，按照自身发展规律和特点，全方位加强人才培养和队伍建设，营造人才公平有序发展、良性健康成长的体制环境，让陕报成为青年人才成长的摇篮、干事者实现价值的舞台。

深化人事分配制度改革，打破体制内外"身份壁垒"。这是传统媒体改革大棋局中"牵一发而动全身"的环节，对于推动党报事业高质量发展具有至关重要的作用。报社按照统一身份管理、统一薪酬体系、统一社保缴纳标准的"三统一"目标，全面推行人事管理职员制和薪酬分配职级工资制度。2020年至今，实施一系列举措，实现了三年三大步的改革目标，解决了人员同岗不同责、同工不同酬等长期存在的问题，统一了合同制人员与事业编制人员医疗保险、工伤保险、失业保险、养老保险及缴纳标准，实现了所有陕报人在待遇、身份、地位上的一视同仁，营造了尊重劳动、尊重知识、尊重人才、尊重创造的发展氛围。

科学构建评价体系，充分发挥"指挥棒"作用。考核是管理的核心，关乎报社发展质量、事业兴衰。报社从月度绩效考核、年度目标责任考核和聘期考核等方面入手，按照"责权利对等""分层治理、分级负责"等现代管理理念，建立了目标管理与过程管理相结合的考核机制，形成了一整套客观公正、科学合理、激励约束并重的评价体系，有效提高了运行效率，激发了人才活力。考核工作中，我们坚持政治是第一标准，既从工作业绩上、急难险重任务面前看担当看能力，更从社会反响、群众评价中看口碑，不断提高了知事识人的精准度，达到了以考促干、以考促改、以考促优的综合效果。

打开格局选育人才，提升融合传播的综合素养。建设全媒体传播体系

关键在人才，重点在育人理念。报社把人才"专业性"培育放在重要位置，制定全媒体人才职业培养规划，"把老师请进来""让队伍走出去""把高手推上去"，全面加强马克思主义新闻观教育和全媒体业务培训。2020年以来，陕报累计开展业务大讲堂、专题讲座等各类培训184场。同时，放眼全省各行业各领域选育全媒体人才，推出"通讯员学习园地"等线上专题培训栏目，做到编辑记者和通讯员队伍一体培育、共同成长。2020年6月以来，全省各地各行业通讯员参加线上线下培训超5000人次，网上"精品小课堂"累计点击量达37万，有效提升了全媒体人才队伍的政治素养和业务水平。

做好党报群众工作的"践行者"：弘扬"开门办报"优良传统，扎实走好全媒体时代的群众路线

"开门办报""群众办报"是陕西日报社的宝贵精神财富，也是党报长远发展的创新优势。新时代，陕西日报社不断创新党报群众工作、基层工作方式，着眼中央和省市县（市、区）四级媒体联动工作机制建设，积极发挥联系党委、政府和人民群众的桥梁纽带作用。2020年以来，在全国率先实现通讯员与记者同稿同酬，在全省率先实现107个县（市、区）融媒体中心全覆盖。

打通融合传播渠道，解决融媒联动中梗阻问题。2020年以来，报社坚持每年召开践行群众路线推进融合发展工作会议，举办省市党报负责人座谈会。在此基础上加强协作、优化协同，建立陕西日报与基层融媒体中心互派人员挂职锻炼长效机制，形成《陕西日报省市县三级媒体新闻宣传联动工作机制》，全面提升党报党刊党网党端的宣传效果和社会影响。2023年，陕西农村报社承办全国农民报社长总编调研采访活动，全国20多家涉农媒体的社长、总编、记者进乡村下地头，进一步推动了四级媒体的有效联动，共同讲好新时代的"三农"故事。

聚合各领域各行业资源，建设通讯员"第二主力军"队伍。通讯员队伍始终是党报事业发展的重要力量。在信息化高度发展的今天，我们成立通讯员联络部，建设现代化的通讯员发稿系统，打造了覆盖全省各行各业和107个县（市、区）的通讯员协调协作工作网络。自2020年6月报社通讯员管理办法实施以来，报社通讯员数据库共纳入5378名通讯员信息，陕西日报共刊发12025篇通讯员稿件，有效调动了通讯员队伍参与党报事业发展的热情和动力。2023年5月28日，省市县三级媒体联动稿件《管好土地能生金》在陕报头版头条位置刊发，获得多家省内外媒体关注转发。

打造"全媒体行动"创新品牌，提高新闻传播的精准度和实效性。自2018年创建全媒体行动调研采访活动品牌以来，报社累计开展60多场全媒体行动调研采访活动，足迹遍及全省各地市、高校、园区等，覆盖至甘肃、宁夏、青海、四川、山东等地，实现了领导干部大调研、编辑记者大采访、融合传播大效果。特别是2021年以来，我们在整合全社报网端微的基础上，邀请各市党报、市县级融媒体中心加盟，使全媒体行动更具创新性和影响力，为陕西高质量发展、现代化建设提供了澎湃动能。2023年6月19日，组织全社报网端微30名编辑记者深入开展"创新驱动发展看秦创原"全媒体调研采访行动，推出《一图读懂｜秦创原："原"上风正劲》等全媒体报道，生动展示了陕西经济社会高质量发展成就。

做好守正创新融合发展的"探索者"：增强市场竞争意识和能力，推动事业产业深度融合、跨越式发展

涉报产业发展是建设一流新型主流媒体的题中应有之义，是深度融合发展的又一个突破口和着力点。2020年9月，中共中央办公厅、国务院办公厅印发《关于加快推进媒体深度融合发展的意见》，提出要增强主流媒体的市场竞争意识和能力，"围绕主业、紧贴市场、关注民生，探索建立'新闻+政务服务商务'的运营模式，增强自我造血机能"。陕西日报社积极把握传媒业发展趋势，解放思想更新观念，围绕事业链部署产业链、围绕产业链布局事业链，加强涉报产业发展的规范管理和系统布局，加快现代法人治理体系建设步伐，推进事业产业互为依托、相互赋能。

从传媒业发展全局谋划涉报产业发展。经过调研，报社提出"围绕主

责主业、培育壮大涉报产业、繁荣发展党报事业"总体思路，从完善内部治理入手，以改革创新破局，彻底规范广告经营活动，成立集团运管中心，健全集团层面决策运行机制和运营管理架构，最大限度赋予子报刊网子公司发展自主权，出台《陕西日报社关于对子报刊网产业发展战略的指导意见》《陕西日报传媒集团2022—2023产业发展规划》，引导涉报产业走上健康、可持续的发展轨道。

加强传统产业和新兴产业"顶层设计"。在媒体融合发展的大格局中，我们优化事业产业协同发展战略，加快推动涉报产业高效化、专业化、规模化、集约化、品牌化发展，初步形成了覆盖广告传媒、商务印刷、物业管理、地产置业、国际会展等多个领域的传媒产业集群，努力闯出一条省级主流媒体深度融合新路。报社所属国际会展公司立足会展业这一网络时代催生的新兴阵地，依托《当代会展》，提高会展产业的专业化发展水平，实现了产业发展的"弯道超车"和宣传阵地的有效拓展，达到了社会效益与经济效益的"双效统一"。

"合纵连横"开启"小手拉大手"的战略合作。2022年9月以来，报社与陕西交控集团合作成立陕西日报交控文化传媒有限公司，在共建媒体平台、推动产业发展等方面取得了积极成果，提高了服务全省高质量发展、现代化建设的能力水平。2023年8月3日，由西部法制报社策划摄制的陕西首组律师题材系列微电影《陕西律师故事》在西影TIME正式发布，生动讲述了平安陕西、法治陕西建设中的感人故事。这些年来，报社坚持"新闻+政务+服务"发展理念，牵手党政机关和国有企业，高效释放主流媒体资源优势，进一步加快平台渠道多元化布局、内容生产高质量创新、融媒团队专业化打造，初步实现了新闻事业和涉报产业的双向赋能，全面提升了服务基层、服务群众、服务高质量发展的覆盖面和影响力，为奋力谱写中国式现代化建设的陕西新篇章作出了党报贡献。

结语

牢记嘱托担使命，聚力改革开新局。党的十八大以来，陕西日报社着力更新思想观念，深化体制机制改革，推进融合发展，提高治理效能，在建设新型主流媒体的发展道路上积累了一些经验，取得了一些成效。但对比走在前面的兄弟省区市党报，我们的发展速度、发展质量依然落后，融合传播实力不强、现代传媒治理水平不高、专业人才素养不齐等问题依然突出。

当前，媒体融合大潮愈发澎湃，技术更新迭代越来越快，在孕育创新创造、推动转型升级的同时，也带来一些新问题新挑战。

2023年10月，习近平总书记对宣传思想文化工作作出重要指示，强调"宣传思想文化工作事关党的前途命运，事关国家长治久安，事关民族凝聚力和向心力，是一项极端重要的工作"。新时代新征程上，陕西日报社将沿着习近平总书记和党中央指引的方向，深入学习贯彻习近平文化思想，一以贯之加强现代传媒治理体系和治理能力建设，立足谱写陕西新篇、担起西部示范的新定位新使命，力争早日建成一流新型主流媒体，推动党报事业实现高质量发展，为不断开创新时代宣传思想文化工作新局面作出新的更大的贡献。

（《新闻战线》2023年12月01日）

申报资料实录

作品简介：本文从深度发掘党报内容生产优势，巩固壮大奋进新时代的主流思想舆论，做好精品传播内容的"生产者"；防范化解风险挑战，守牢建强意识形态工作的前沿阵地，做好意识形态安全的"守卫者"；收回"自留地"、打破"玻璃门"，积极构建全媒体传播体系，做好融合传播平台的"打造者"；坚持人才立社，打造政治强、业务精、作风正的主力军队伍，做好全媒体专业人才的"培育者"；弘扬"开门办报"优良传统，扎实走好全媒体时代的群众路线，做好党报群众工作的"践行者"；增强市场竞争意识和能力，推动事业产业深度融合、跨越式发展，做好守正创新融合发展的"探索者"等六个维度，详细阐释了陕西日报这一拥有84年光荣历史的省级党报，深入实施"以报立社、人才兴社、产业强社"发展战略，全力构建全媒体传播体系，提升现代传媒治理能力的积极探索与实践感悟。

社会效果： 稿件刊发后被新闻战线公众号第一时间推送，并被广泛转载，全网总浏览量超 20 万次。文章既有对习近平总书记关于新闻舆论工作重要论述的理解与思考，也有以习近平总书记对陕西日报创刊 80 周年重要指示为根本遵循，全力构建全媒体传播体系，提升现代传媒治理能力的探索与经验，通过展现陕西日报一系列改革举措，党报高质量发展提供生动案例。

初评评语： 文章既有对习近平总书记关于新闻舆论工作重要论述的深入理解与思考，也充分展示了陕西日报贯彻落实习近平总书记对陕西日报创刊 80 周年重要指示，全力构建全媒体传播体系，提升现代传媒治理能力，推动党报事业高质量发展的探索与经验。文章架构立体，层次清晰，内容充实，做到了既有理论指导下的实践探索，也有在实践创新中对理论的深入理解和认识。

携手"出圈","小屏"挑大梁

胡信松　孟姣燕

摘要：围绕建党百年、党的二十大、全国两会等重大主题报道，各省级党报主动设置议题，拓展媒体"朋友圈"，从单打独斗到协同作战，从联动破题到携手"出圈"，打造出一批具有地方特色的原创优质全媒体产品，有效提升了重大主题报道的传播力和影响力。

关键词：地方媒体省级党报主题报道联动发声

重大主题报道是围绕党和国家的重大战略部署、重要决策，分专题、分领域开展的集中深入的宣传报道，时间长、容量大，注重声势和规模，是巩固壮大主流思想舆论的重要方式。党的十八大以来，各级主流媒体围绕党的创新理论、党中央重大战略部署、党和国家重大会议活动等，精心策划重大主题宣传，唱响主旋律、弘扬正能量，发挥了统一思想、凝聚力量的积极作用。

近年来，各地媒体主动策划、互联互通，围绕建党百年、党的二十大、全国两会等重大主题报道，主动设置议题，积极拓展媒体"朋友圈"，不断创新报道方式，从单打独斗到协同作战，从破题到"出圈"，积极壮大主流舆论，有效提升了重大主题报道的传播力和影响力。

从独唱到互联，主动设置议题

2023年媒体融合持续向纵深推进，各省级党报以"全国视野，地方特色"为总基调展开策划，锐意创新、全媒发力，携手提升报道的广度和深度。今年全国两会，各省级党报突出移动优先，聚合技术手段，联动省内外，精心策划打造出一批具有地方特色的原创优质全媒体产品，手机"小屏"在主流舆论场勇挑大梁。

湖南日报推出"省级党报朋友圈"专栏，联动22家兄弟省级党报及客户端，围绕高质量发展、乡村振兴、"一带一路"倡议、文旅融合等主题，推出系列融媒体报道，展示湖南形象、放大两会声量，全网阅读量超1.8亿。其中，联合浙江、贵州、四川等兄弟省份媒体推出的《一片"叶子"的旅程》融媒体报道，讲述承载着习近平总书记温暖关怀的"白叶一号"助力共同富裕的故事。同步推出手绘动图产品，让受众沉浸式体验一片"叶子"的所见所闻，相关话题登上微博热搜，话题总阅读量超3500万。

大众日报联合河北日报、河南日报等，策划推出《党媒联动｜一省一首歌，乡村振兴串烧MV》，记者出镜演唱各省民歌，配以各地乡村美景，奏响乡村振兴"协奏曲"。大众日报联动黄河沿线各省级党报，策划黄河"接力赛"活动，设计9张创意海报，展现沿黄河各省份高质量发展亮点和秀美风光，组成九宫格海报，并制作相关视频产品。

重大主题宣传是一个系统工程，要提高政治站位，提前策划，明确宣传方向和重点，策划伊始就要确立大格局、高标准。2022年10月，在党的二十大宣传报道中，湖南日报围绕"生态环境保护与高质量发展""追寻红色足迹、传承长征精神""乡村振兴""粮食安全"等重大主题和国家战略，与多家省级党报党端开展联动报道，推出《初心辉映红飘带 接续奋斗新征程》《大江奔流共发展 一衣带水话保护》等重磅稿件，收获良好社会反响。

2023年4月，新华日报社联合长江经济带11省（市）省级党报、黄河流域省级党报及新闻客户端媒体代表齐聚江苏，开启"与江共生'绿'满新征程——长江经济带及黄河流域省级党报全媒体行"，10多家主流媒体联动发力，组织采编团队奔赴沿江各地，看美丽岸线、进工厂企业、去科研机构，探寻当地的核心产业、主导产业、未来产业，领略长江经济带高质量发展的"绿色画卷"。报道通过鲜活的新闻故事、生动的新媒体作品，在各省级党报及新闻客户端上联动传播，全方位展现了沿江干部群众奋力推进长江经济带成为我国生态优先绿色发展主战场、引领经济高质量发展主力军的新作为。

2022年9月，内蒙古日报社牵头组织万里茶道沿线福建、江西、安徽、湖南、湖北、河南、山西、河北等省份的省级党报，联合打造"古今万里茶道"全媒体联动传播活动，共设置开篇、故事篇、发展篇、形象篇、对话篇、尾篇等6个篇章。全程重磅推出9个故事、9篇深度文章、专家解读联版及一系列新媒体产品，全方位、多角度、立体化展现万里茶道的前世今生。

从报端到深融，创新报道方式

科技创新不断推进媒体变革，数字化、视频化、智能化逐渐成为媒体内容生产的方向，各种新技术的交互融合，也在推动传播手段的创新。各媒体强化新技术的融合应用，创新内容生产传播方式，综合运用AI访谈、网上展览馆、电子相册、数据等形态，提升融媒传播力。

今年全国两会期间，湖南日报社同浙江大学计算机辅助设计与图形学国家重点实验室合作，推出"AI两会：中国式现代化的湖南探索"栏目，打造数字主持人"小楠"，综合运用绿幕拍摄、抠像合成、屏中屏、视频连线等技术手段，为两会报道注入科技"创新力"。

湖南日报社还联合湖南大学制作《青声说两会》系列短视频，邀请高校大学生对话留学生推出《青春对谈》系列视频；联合县级融媒体中心推出《小镇新青年·我来读报告》主题短视频，以青春视角，看奋进湖南激扬中国，登上人民日报客户端两会热文排行榜；3D微动漫《叮咚！你的"幸福驿站"上新了》，运用3D动漫电影方式，通过百姓收取幸福快递的情节，传递民生好消息。

全媒体时代，随着移动互联网技术的升级和智能终端设备的大量普及，受众从报纸、广播、电视转换到PC端和移动端，形成了新的信息接收趋势。一个能"出圈"的新闻产品，必须形式创新和内容创新并举。

今年是毛泽东等老一辈革命家为雷锋同志题词60周年，习近平总书记作出重要指示强调，新征程上，要深刻把握雷锋精神的时代内涵，更好发挥党员、干部模范带头作用，加强志愿服务保障和支持，不断发展壮大学雷锋志愿服务队伍，让学雷锋在人民群众特别是青少年中蔚然成风。

为此，湖南日报社策划推出《追"锋"少年》大型全媒体报道，组织雷锋家乡望城"雷小锋"中队的7名少先队员跨越2000多公里，追寻雷锋足迹，感悟雷锋精神，续写新时代的"雷小锋"故事，推出系列Vlog《追"锋"记》和3集微纪录片《追"锋"少年》，以"2个整版图片+文字报道"，多侧面、多角度、多形式报道，多介质传播，在广大青少年中营造学雷锋、做先锋的浓厚氛围。

长沙望城是雷锋的故乡，是他树立初心理想的地方；辽宁抚顺是雷锋的第二故乡，是他经受淬炼成长的地方。两地因雷锋而结缘。这次大型全媒体采访活动，既是两地追"锋"少年的双向奔赴，也是两省媒体追"锋"的双向奔赴。

2月23日，湖南日报社采访团率领追"锋"少年在抚顺开启追"锋"之旅，辽宁日报90后记者组成的采访团队也在同一天到达长沙。来到湖南，辽宁日报新媒体记者说："我们把雷锋的前半段故事续上了""以前在课本里看到、读到的少年雷锋成长故事，在长沙、在望城都变得鲜活了起来。"来到辽宁，湖南日报记者感慨："越了解雷锋，越感到他的伟大，虽然雷锋只是一名普通的士兵，但他永远活在人们的心中，雷锋精神是永恒的！"两省党媒同步报道追"锋"活动，在湖南和辽宁掀起了一场追"锋"热潮。《追"锋"少年》全网总点击量达1.7亿，社会反响热烈，尤其在广大中小学生中产生了广泛影响。

从破题到"出圈"，壮大主流舆论

移动互联网时代，提升媒体产品在全网的传播力和影响力，是地方媒体必须重点发力的方向。在全国经济社会发展"一盘棋"的背景下，聚焦热点话题，联动兄弟省级媒体进行互动，是将传统精品栏目从报端延展到

"指尖"、提升影响力的有效手段。

2023年4月,第十二届丁玲文学奖颁奖活动在湖南常德举行,来自全国的100多名嘉宾参加活动。丁玲文学奖评选是湖南文化界的一项重要活动,更是全国文学界的盛会。湖南日报社通过上下联动、横向互动,统筹自有平台和外部平台,联动省内外,合力策划融媒体传播,扩大颁奖活动的影响力。

湖南日报提前与省内乃至全国文学界有影响力的文学大咖、获奖作家进行深入沟通,策划推出《文学大咖谈"丁玲"》《获奖者谈"丁玲"》等11个系列短视频作品,为颁奖活动预热造势。新湖南客户端推出的报道同步推送给新浪微博、抖音、今日头条、湖南微政务等第三方平台。颁奖典礼现场直播,通过新湖南客户端与红网、常德融媒、常德全媒联动直播,累计280多万网民观看直播。福建东南网、哈尔滨新闻网、凤凰网等联动报道,网民纷纷在新湖南客户端评论留言。

媒体联动探索出了一种媒体深度融合的新模式,打破了传统媒体的地域限制,有效扩大了主题报道的传播力、影响力。

湖南益阳清溪村和黑龙江省尚志市元宝村是湘籍著名作家周立波小说《山乡巨变》和《暴风骤雨》的创作原型村。清溪村因而有"山乡巨变第一村"之称,元宝村则被誉为"中国土改文化第一村"。周立波与他的作品,为这两个相隔几千里的村庄,注入了共同的红色文化元素和发展的精神资源,也给这两个村庄牵起了一条亲情"红线"。2008年,周立波诞辰100周年纪念活动举办,两村相互"走了一回亲",元宝村老支书张宝金就是当年到访周立波故里的代表之一。

2022年1月,清溪村党总支书记贺志昂远赴东北,完成一桩多年的心愿。湖南日报与黑龙江日报联合策划,经过深入采访,推出文图报道《跨越2800余公里的"拥抱"——湖南清溪村与黑龙江元宝村"走亲"记》及滚动播出的7条轻量化短视频,除在湖南和黑龙江两省主流媒体发布外,还引起了部分央媒和其他省级主流媒体以及商业平台关注。这组以"亲情"贯穿始终,时效强、含义深、表达实的报道,由于题材好、策划新、形式活,激发起读者传承红色文化的热忱,获得传播实效。湖南省委主要领导给予高度评价:"文章情真意切,五千里走亲、拥抱,走出了山乡巨变的新时代风采,抱出了乡村振兴的新征程豪情。"这组报道首篇稿件被"学习强国"学习平台在首页推荐,12小时内点击点赞量就超过70万;人民日报客户端、新华网、央视网等数十家新媒体同步转发,总点击量逾1200万。当天还有12家省级党报新媒体转发上述文图报道及视频,总点击量达670万。这些数据说明,只要把准时代脉搏、真正回应现实之问,重大主题宣传报道就能做得出新出彩,传遍五湖四海、进入千家万户。

(《新闻战线》2023年07月10日)

申报资料实录

作品简介:地方主流媒体在做重大主题报道时如何破题"出圈"?本文从主动设置议题、创新报道方式、联动互动壮大舆论三个层面,提出省级党报应积极拓展媒体"朋友圈",从单打独斗到协同作战,从联动破题到携手"出圈",打造具有地方特色的原创优质全媒体产品,有效提升重大主题报道的传播力和影响力。既有理论的深刻阐释,又有实践的总结提炼,有创意,落点实,具有较高的学术水准和实践指导价值,取得良好社会反响。

社会效果:作品发表后,引发较高关注,并被中国知网收录。该文不仅是经验的分享,更提供了可资借鉴的操作方法。

初评评语:论文观点新颖独特,论证严谨充分,结构清晰、逻辑严密、言简意赅,相关观点和实践举措,可复制、易推广,具有较高的启发借鉴价值。

《求是》杂志学习贯彻习近平新时代中国特色社会主义思想主题教育系列评论

集 体

作品请见中国记协网 http://www.zgjx.cn。

（《求是》杂志、求是网 2023 年 04 月 05 日）

申报资料实录

作品简介：求是杂志牢牢把握党中央机关刊的政治定位和政治站位，紧紧围绕学习宣传阐释习近平新时代中国特色社会主义思想，特别是习近平总书记关于主题教育的系列重要讲话精神，突出理论特色，统筹网上网下，加强选题策划，推出系列精品力作。突出理论阐释，撰写刊发阐释习近平总书记重要文章的本刊编辑部文章《开展学习贯彻习近平新时代中国特色社会主义思想主题教育的根本遵循》《把学习贯彻习近平新时代中国特色社会主义思想不断引向深入》；突出理论评论，持续推出《为强国建设、民族复兴凝心聚力》《牢牢把握主题教育的总要求》《紧紧锚定主题教育的目标任务》《在强化理论学习中推动主题教育走深走实》等 8 篇系列本刊评论员文章。突出思想性、把握时效性，在求是网第一时间策划推出《以学铸魂 以学增智 以学正风 以学促干》《为奋进新征程凝心聚力》等系列求是网评论员文章，为全党开展学习贯彻习近平新时代中国特色社会主义思想主题教育营造了良好的舆论氛围。

社会效果：该作品是深入宣传阐释习近平总书记主题教育系列重要讲话精神和相关时政报道，被中央网信办全网推荐、置顶推荐，被广大党员干部广泛关注、广为好评，为全党深入开展学习贯彻习近平新时代中国特色社会主思想主题教育提供了有力的理论支持。其中，2篇阐释总书记重要文章的本刊编辑部文章，篇均转载量450余家，累计阅读量超过3300万；8篇系列本刊评论员文章，篇均转载量130余家，累计阅读量超过5600万；40余篇系列求是网评论员文章篇均转载量106家，累计阅读量达到3.2亿。

初评评语：该作品紧跟习近平总书记主题教育系列重要讲话精神和相关时政报道，紧扣在全党开展主题教育的重大意义、目标要求、根本任务和部署安排，理论阐释和时政评论相结合，深刻性与大众化相结合，网上与网下相结合，体现了较强的权威性、理论性、可读性、指导性，大量文章被中央网信办全网推荐、置顶推荐，被广大党员干部广泛关注。

奔腾之路
——"一带一路"大型全媒体报道

集　体

作品二维码

《奔腾之路——"一带一路"大型 全媒体报道》

《代表作1：奔腾之路·筑梦丨海边的"新疆巴郎"》

《代表作2：奔腾之路·行吟丨在冼星海大道上听中哈友谊的故事》

《代表作3：奔腾之路·行吟丨中国新能源汽车加速奔向中亚》

（石榴云客户端2023年08月08日-2023年10月18日）

申报资料实录

作品简介：2023年是共建"一带一路"倡议提出十周年的重要历史节点，积极发挥东联西出优势，重磅推出"奔腾之路——'一带一路'大型全媒体报道"。7支采访队伍、31名全媒体记者，历时58天，从连云港出发一路西行，穿越中亚抵达欧洲，采访16座城市，以汉、维、哈、蒙、英、俄6种语言进行报道，推出23期特刊，生产317件全媒体新闻产品，其中系列报道200多篇。主题报道以组合式产品呈现，分为"筑梦""行吟""对谈""洞见""映象"5个系列，包含个体故事、行进见闻、深度解析、高端访谈、外文播报等多种报道形式，涵盖文字、图集、视频、H5等多种产品样态，实现了多元互补叙事方式的创新。

社会效果："奔腾之路"主题报道的百余件新闻产品被中央和地方各级媒体网站转发转载，十余篇报道在境外媒体落地，全网总阅读量破2亿次，其中仅新浪微博话题阅读量就超2000万，一度登上全国要闻榜前十。今日哈萨克斯坦通讯社、哈萨克斯坦时代网、吉尔吉斯斯坦《丝路新观察》等境外媒体转发了《海边的"新疆巴郎"》《孔子学院架起一座"桥"》等稿件。全媒体产品还通过海外推特账号实现更大范围的传播。吉尔吉斯斯坦《丝路新观察》报相关负责人称："这是中国媒体在积极落实中国—中亚峰会成果清单，特别是对'加强中国—中亚大众传媒交流合作'共识的积极努力。"

初评评语：主题重大。"奔腾之路"主题报道是共建"一带一路"十周年重大历史节点推出的大型全媒体报道行动，倾情讲述了共建"一带一路"中的生动故事，见证了"一带一路"共建国家和地区的合作共赢，展现出"一带一路"共建国家的澎湃活力与无穷机遇，体现了人类命运共同体的宏大主题。视野宏阔。此次报道格局开阔，从宏观、中观、微观等不同视角，充分展现共建

"一带一路"作为构建人类命运共同体的重要实践平台,十年来取得的丰硕成果。从政治站位、内容视野、产品类型、国际传播等方面来看,在众多"一带一路"报道行动中可谓脱颖而出。节奏跌宕。此次报道注重把握节奏,将每日鲜活报道与每周特刊报道相衔接,将行进式报道与重要报道相呼应,不断拓展全媒体报道的经纬度。思维开放。此次报道坚持开放式思维,注重与采访路上省级媒体和共建国家媒体的深度合作,联合生产传播,实现"同题共答"。

中国共产党为什么能始终代表最广大人民的根本利益？

戴 凡　杨 丹　李虹霖　孙婉露　许汝艺　辛栋强　孙 菁

作品二维码

《中国共产党为什么能始终代表最广大人民的根本利益？》

《什么是中国人的"根本利益"？》

《在中国，人民是如何当家作主的？》

《中国共产党是怎么来的？》

（中国网 2023 年 10 月 18 日）

申报资料实录

作品简介：党的二十大召开后，为向海外受众宣传阐释党的二十大精神，回应西方社会对中国共产党的质疑，中国网策划了系列节目《中国共产党为什么能始终代表最广大人民的根本利益？》，以"时势""文化""民愿""信念""实践"这五个关键词为统领，制作5集节目，从不同维度向受众深刻诠释党的人民观和中国的民主实践。主创人员前期阅读了大量理论书籍和学术论文，并对若干位专家进行了沟通采访。在创作上，主创人员跳出"以我为核心"的单一视角，在议题设置上将"一党执政""橡皮图章"等海外最受争议的敏感议题整合进来；立足中华五千年文明土壤，从历史渊源、传统文化、当代实践等不同切面深挖鲜活故事，结合马克思主义理论，诠释中国共产党和中国制度的"底色"与特质；同时创新视听语言，通过新颖的运镜和光影变化来增加内容传达上的沉浸感。

社会效果：该系列5集节目通过脸书、X（推特）、YouTube等海外社交平台，以及中国网网页、中国网APP、腾讯微视、爱奇艺、今日头条、B站、快手、喜马拉雅FM等国内音视频平台进行推广。海外传播效果上，该系列节目被美国最大的新闻通讯社美联社、雅虎、福克斯广播公司旗下FOX-8、新加坡著名门户网站"亚洲第一站"等373家外媒转载，覆盖海外受众数量2.1亿；在海外脸书、X（推特）等社交媒体平台浏览量超过20万，收获海外网友积极反响。国内传播效果上，该系列播放量超过246万。其中第一集被爱奇艺APP和PC端资讯首页头图推荐；第三集被网信办指令全网通发；第四集位列快手热搜榜第四名，被平台选用创建话题，话题浏览量超过1050万；第五集位列优酷热搜榜第一名，发布一小时点击量超过9.2万。

初评评语：政党议题是海外关注中国的重要议题，也是媒体实践中难度最大的课题。该系列节目从中国共产党诞生的历史、中国的"民本思想"传统、中国人眼中的"根本利益"、"以人民为中心"思想和全过程人民民主等五个维度深入阐释了中国共产党的人民观，在叙事策略、视听语言和符号运用等方面都进行了大胆创新。该系列节目主动关注西方话语体系中的叙事内容和叙事观点，并将其与"我"的故事、"我"的观点结合起来，重新建构叙事逻辑，一定程度上摆脱了传统政治宣传"自说自话"的窠臼；通过平和、理性、善意地讲述中国共产党的故事，同时挖掘不同文明价值共通点，有效引导了海外舆论。此外，该系列节目坚持"第二个结合"，立足中华优秀传统文化，展现中国道路背后的文脉和逻辑，展现马克思主义同中华优秀传统文化的"契合"与结合，是一次用中国理论阐释中国实践、"自塑"中国共产党国际形象的有益尝试。

人不负青山，青山定不负人

王世琪　　沈晶晶　　严粒粒

余村，4.86平方公里的村域面积，在960万平方公里国土之上，实在微不足道。在浙江1.9万多个村中，她也是普通的一员。但余村却又是中国发展历史中，不平凡的存在。

2005年，时任浙江省委书记习近平入村调研，首次提出"绿水青山就是金山银山"理念，深刻阐释了生态环境保护和经济发展辩证统一的关系。

2020年，习近平总书记再访时指出，"绿水青山就是金山银山"理念已经成为全党全社会的共识和行动，成为新发展理念的重要组成部分。

十八年来，这一理念指引着余村蝶变——

仿佛是一种巧合：余村本就有座山，名为青山，藏着金矿，只不过成色太差，村里"开青山、挖金矿"的路没走通。

但是，真理伟力让余村圆了梦。

沿着习近平总书记指引的道路，上下求索，余村的环境在变、产业结构在变、人的命运也在变，青山真的成了金山！

小小村庄，恰是浙江生态文明建设的缩影，也是中国式现代化浪潮中的一朵夺目的浪花。

在首个全国生态日前夕，我们深入余村蹲点一个月，回望其走过的路，从一次次徘徊路口、一次次坚定方向的探索历程中，看到一个村庄的巨变，也感悟到真理指引之下一个国家的选择、一个民族的希望。

（一）山茫茫，前路何处寻

秀丽的天目山脉，蜿蜒西南，其间孕育了实证中华五千年文明史的良渚文化；延伸东北，余脉收尾处就在湖州市安吉县的余村。

故事从这里开始。

20世纪末至21世纪初，中国经济社会结构发生深刻变化，处于高速发展阶段的浙江率先感受到"成长的烦恼"，日益突出的环境污染问题成为症结所在。

1996年，国务院向江苏、浙江、上海下达了限期治理太湖流域水污染任务；次年，"零点行动"方案确立，要求至1999年1月1日零点，太湖流域工业企业污水必须达标排放。其后，国家环保政策越来越严。

2002年，习近平同志一来到浙江就特别重视生态环境保护。他在主持省委十一届二次全会时提出，积极实施可持续发展战略，以建设"绿色浙江"为目标，以建设生态省为主要载体，努力保持人口、资源、环境与经济社会的协调发展。不久后，习近平同志提出实施"八八战略"，其中一条就是"进一步发挥浙江的生态优势，创建生态省，打造'绿色浙江'"。

时代潮涌推动之江大地的巨变，涟漪泛进了小小的村庄。

那是2003年夏天的一个早上。

狭小的村委会会议室，里一圈外一圈挤着20多个人，村民代表会议正在召开。大家的脸色半明半暗，有人愤慨，有人疲惫，有人惆怅。

议题大家心知肚明：关于一个水泥厂和三座矿山的去留。这件事不知道被拿出来讨论了多少遍，却总是没个定论。

改革开放以来，全社会跳动着发展经济的欢快音符，中国进入创富好时节。穷到做梦都梦见"地上泥变成米"的余村人，发现家门口的山石是天然建材。石头烧成灰，能做砖头、水泥。

一时间，靠着石头，村民富了，余村也从"贫困村"变成"富裕村"。村民终于喝上了自来水、接上了电话线，还竖起了全县第一口卫星电视"大铁锅"。

但是青山秃了，绿水黑了，漫天开出的都是黑白渐层的"烟雾玫瑰"，成片的竹林浸染的是枯草的黄，路上的人从身上到脸上都灰扑扑的……

谁不知道绿色好！但厂子要是关了，老百姓怎么办？一年几百万元的村集体收入，岂不"啪"一下没了？蒸蒸日上的生活还能维系吗？

"整个浙江都在讲生态、讲绿色，我们村哪里沾得上边？"村党支部书记鲍新民脸型瘦削，一副书生面相，但语气坚决。

他站起身，攥紧的拳头抵在桌上，犀利的目光扫过全场，"今天必须把问题解决！"

推动余村改变的不仅是时代的浪潮，还有那无法回避的切肤之痛。

"富裕村"余村的另一个别名，叫"残疾村"。每天，矿上大大小小炸几百炮。山下老人是无法安享晚年的。他们的心，半颗牵着矿上上班的儿女，半颗挂着好动想跑出去玩耍的孙儿。炸飞的石头，从来不长眼。压断了腿的，撞断了手的，还有被炸山炸死的、被石头压死的……噩耗隔三差五传来。

比石头更难躲的是石灰。它溜进鼻腔和咽喉，滑过气管，直抵肺部。人们刚开始不觉，后来会咳嗽、咯血、呼吸困难。诊断书上三个字：尘肺病。医生解释：石灰一层层黏在气管和肺里，遇到水汽，就凝固成了水泥，肺里灌了水泥可不得把人憋死？人们大惊失色，大把的钱撒进医院。

"要钱还是要命？"村委会主任胡加仁接过话，抬起胳膊，蜈蚣一样的疤痕格外扎眼。这是被炸飞的矿石划伤的。

心一横、脚一跺，大家终于决定：当年关停水泥厂；2005年，矿山承包一到期就关停。

厂关停了，然后呢？学着隔壁村搞搞小饭馆？仗着竹林搞竹制品工厂？还是出去打工？

会议在一个个"问号"中散场。

不过，村干部还是得挨家挨户传达决定，动员村民另谋生路，告诉他们方法总比困难多，告诉他们留得青山在不怕没柴烧。

那些日子，村干部得到了不少支持和肯定。但是，不理解、不支持的村民也不在少数，有村民还拿着碗筷在村委会办公楼前敲得"咣当咣当"响……当然，更多时候，他们面对的是一双双眼睛，闪烁着无助、迷茫、期待……

一个最直观的数据：2004年，村集体收入从300万元直线下滑至20万元。

好几次，胡加仁都会去村里那棵百年老银杏树下，看着枝丫上新发的嫩芽，默默地发问：你说我们的路到底怎么走啊？

发展的道路，从来都不是笔直的。人类在历史的每一个关键时刻，常会站上十字路口。

银杏树不会作答。

勇敢的探路人，需要一束能击破迷雾的光。

（二）一席话，顿使天地宽

又是一个夏日。2005年8月15日，时任浙江省委书记习近平到余村调研民主法治村建设。

就在两年前开村民代表会议的那个会议室里，习近平同志问得多，村干部答得也多。话题很自然地转到了生态保护上。

面对省委书记，鲍新民有些紧张，一紧张，普通话就更说不好了，干脆脱稿。"我们通过民主决策，关了矿山和污染企业。"汇报到这里，他的声音低了下去，底气不足。

在那个习惯把GDP作为判定工作好坏标准的时期，到底该走怎样的发展道路，发展又是为了什么？寻求这些问题答案的，不只是余村，更是整个浙江，甚至整个中国……

"你们关矿停厂，是高明之举！"

习近平同志面带笑容，果断明了地说，"过去我们讲既要绿水青山，又要金山银山，其实绿水青山就是金山银山，本身，它有含金量。"

他还讲了一个新鲜词——"逆城市化"。"安吉是宝地，离上海、苏州和杭州，都只有一两个小时的车程。经济发展到一定程度时，逆城市化现象就会更加明显，一定要抓好度假旅游这件事。"

这就是那束击破迷雾的光啊！

一字一句，口口相传，进了村民的耳朵。

一则以喜——

"省里领导说我们矿山关得对！"

"还说绿水青山是宝贝，能变金山银山。"

一则以疑——

"城里人真愿意来村里吗？"

此时，绿色的种子已然埋进余村人的心里。

但走通这条路并不容易。

矿关了，但生态还没完全恢复。把"绿水青山"变成"金山银山"，首先得让村庄变美——

曾被运输车碾得坑坑洼洼的村道修整一新；因挖矿被破坏的山体得到生态修复；曾经枯黄的竹林长出新笋，成了林业观光园区……

与生态环境整治同步，村民也自发开始了对生态产业的探索。

"喏，你们听听，省委书记都说度假旅游好，我就不信我干不成！"潘春林食指敲得木头桌子梆梆响。

不到一米七的个子，薄薄的身板，眼里迸出亮光。从身材长相到经商头脑，他都是个典型的浙江汉子。矿山关停后，他拒绝堂哥合伙开竹制品加工厂的邀请，和妻子掏出60万元家底，又向银行贷了一大笔钱，开出农家乐——春林山庄。

"逆城市化"。这四个字，潘春林牢牢记住了。

2005年9月开始，每隔一段时间他就去上海"开源"，专跑中高档小区、老年人多的广场，分发自己制作的传单，一去就是三四天。

一天，发完传单的潘春林回到旅馆房间歇歇脚。桌子上放了上海畅销的《新民晚报》，一整版的分类广告黏住了他的目光。招工的、招商的，大大小小、密密麻麻，像极了丰收的水稻田。

按着提示，他打去电话："喂，我想做广告……600元一期吗……好，我买我买！"

大概3年时间，《新民晚报》上，不定期会出现一块"豆腐干"——

只有简单几个信息：春林山庄，每人100元，3天2晚，包吃包住，电话xxx。每次广告至少能招来大半个月的客源。

余村里，这"山庄"、那"山庄"，像春笋一样往外冒，吸引城里人来吃农家饭、摘农家果、捞农家鱼、戏农家水，体验一把"采菊东篱下，悠然见南山"的生活。

绿水青山回来了，人来人往多了，金山银山也有眉目了。

真理之光照亮余村，人们越来越深切地体会到"绿水青山就是金山银山"的真正含义，生态环境保护和经济发展不是矛盾对立的关系，而是辩证统一的关系，把生态保护好，生态就会有所回馈，更加坚定地走上了绿色发展之路。

如今，整个中国开辟了一条又一条由"绿水青山"通向"金山银山"的大道——

同在安吉的鲁家村，将闲置山林等生态资源变为资本，入股进村项目，撬动了数亿元社会投资；

浙江遂昌大田村，发布了全国首份村级GEP（生态系统生产总值）核算报告，让生态产品有了清晰价格；

内蒙古大兴安岭的北岸林场，围绕"林"字做活"绿文章"，发展森林旅游，实现了"不砍树照样能致富"；

福建三明常口村，生态公益林可折算成碳减排量进行交易，村民不砍一棵树，靠卖碳票就能挣到钱；

……

思路一变天地宽。以余村为起点，"点绿成金"的新奇迹在全国各个角落上演。

（三）日日行，骐骥终一跃

在"绿水青山就是金山银山"理念指引下，余村的美丽画卷徐徐展开。但时代总是给探路人提出新要求，余村人的认识还在不断深化，路径还在不断升级，把绿水青山建得更美，把金山银山做得更大。

2008年，安吉吹响"中国美丽乡村"建设号角。前行中的余村，却遇胡青法和妻子李庆，离开宁波，回到余村，办起民宿，又开辟出两间房，一间当茶室，一间做咖啡吧；

……

指引一个时代的，必然有饱满的闪闪发光的思想。一切的变化，都始于2005年的那个夏天。

一块镌刻着"绿水青山就是金山银山"的石碑，立在了余村，这里曾是村里最后一批工厂所在地。

那是余村人不断掌握规律、实践真理的信念，也是继续超越自我、追求幸福的理想。

（四）东风吹，绿意满江南

2019年10月1日，庆祝新中国成立70周年大会在天安门广场隆重举行，人声鼎沸，彩旗飘扬。

群众游行阶段，85后汪玉成站上了其中一辆巡游彩车，名为"希望田野"。

3个月前，他初来乍到，在余村担任村党支部书记。此前，他在安吉多个乡镇工作过，回到老家铆足劲想干出点名堂，却碰上了余村发展的"天花板"：土地基本开发完成，落新项目、干新产业的空间捉襟见肘。

同时，全国乡村都将热切的目光投向余村：乡村振兴写入党的十九大报告后，大家都想看看余村如何继续探路。

干什么？怎么干？耀眼的光环、时代的责任、空间的窘迫，考验着余村人，考验着汪玉成。

浪潮之中，余村再次站上十字路口。

余村再次迎来了总书记。

这天，一辆车从满眼绿意中驶来。2020年3月30日，时隔15年，习近平总书记再访余村。

当年逼仄的村道已难觅踪影，取而代之的是平坦宽阔的绿道。习近平总书记沿着这条绿道察看村容村貌和农作物长势。走进村子，他顺道来到了春林山庄。

潘春林一家人正做着青团。"没想到真把您给盼来了！"见到总书记，他难以抑制内心的激动。这十几年来，潘春林一家沿着总书记指引的道路谋发展，不仅农家乐稳定经营，还开起了公司，拥有了自家的旅游车队。

在春林山庄院子里，总书记亲切嘱托，要在推动乡村全面振兴上下更大功夫，推动乡村经济、乡村法治、乡村文化、乡村治理、乡村生态、乡村党建全面强起来，让乡亲们的生活芝麻开花节节高。

临别时，总书记不忘给大家再鼓鼓劲："这里的发展后劲潜力很大，希望再接再厉，乘势而为、乘胜前进。"

总书记走后，潘春林的小院里热闹不减。

"15年前，总书记的话我还听不太懂，但现在绿水青山真的成了金山银山，上海人、江苏人真的来到我家住，这就是逆城市化吧。"潘春林感叹。

"总书记说我们有潜力，我们要继续加油干啊！"村民们你一言我一语，说着说着把目光转向汪玉成。

春日的阳光洒在汪玉成身上。35岁的他到余村不足一年，本就稀疏的头发又少了，成了别人口中的"光头老书记"。总书记的再访、殷切的嘱托，让汪玉成的精气神又回来了。

余村有了个新概念——"1+1+4"——以余村为核心，天荒坪镇镇区及周边山河、银坑、马吉、横路等四村统筹发展。

"余村的潜力不仅仅在村内，我们要想办法跳出余村，拓展发展空间。"汪玉成说。

一件改变余村发展格局的大事，正在酝酿。

初入余村，我们颇为疑惑：余村游客中心为何建在村外？后来得知，上一任村党支部书记任职期间，曾确定要将其建在村口。为了余村再上台阶，镇里重新考虑，决定把游客中心移到山河村和横路村的交界处，即天荒坪镇五村的中心位置。

但是，村民能理解吗？

2020年，夏日的夜晚，村委会办公楼二楼会议室还亮着灯。汪玉成告诉村民，游客中心要挪到村外了，原计划用地将被复垦为农田。

"游客中心建在村里,我们做做生意方便,搬到外面还是余村的吗?"

"你怎么胳膊肘往外拐?"

质疑声与蝉鸣蛙鼓此起彼伏。一石激起千层浪,游客中心选址问题引发了对余村未来发展的大讨论。

"总书记让我们再接再厉,乘势而为、乘胜前进,我们不能只守着自己村的土地啊!这也是为了更好地把绿水青山转化为金山银山!"汪玉成毫无保留地讲出心中所想。

余村面积不大,不足半日便可游遍,游客很少在村里多作停留。游客中心建在村外,拉长旅游路线,既能吸引游客留宿,还能让周边村的游客拐到余村看看,旅游收入只增不减。

村口那片地复垦完,可以种五彩水稻,既是一道风景,也能更好保护生态,让农村有农村的味道。

质疑声小了。晚上9时许,村民陆续回家。汪玉成带着村干部,披着月色,挨家挨户上门请村民签字,一刻也不耽搁。

如期建成的游客中心,像一枚楔子,打开余村故事新篇章。

随着余村与周边四村的物理空间进一步打通,旅游线路日益丰富,越来越多的游客选择住上一晚,夜经济也有了苗头。村民开始意识到:跳出余村,才能真正发展余村。

隔壁山河村,游客也多了。村党支部书记邵林峰一问,大多是从余村来的。但可惜,到了山河没地儿玩也没地儿住。

邵林峰的思路活了。半年时间,山河村不仅办起了特色民宿,还发展起露营、研学等体育休闲产业。

相邻的银坑村是《夜宴》等知名电影的取景地,本就不缺风光,就差一个"引爆点"。眼下,余村带来了机会和热度,影视产业蒸蒸日上。

新建的环山绿道,蜿蜒迂回,连起了余村、银坑、山河、横路,所到之处皆是绿水青山。踏绿前行,我们真切感受到余村就像一颗"绿核",向着四周散发能量。

习近平总书记再访余村,让早已走向全国的"绿水青山就是金山银山"

理念孕育出新的内涵。

跳出余村发展余村！余村又一次跨过发展的十字路口，等待她的是乡村振兴的星辰大海，是共同富裕的新征途……

（五）新征程，来了年轻人

2021年6月10日，《中共中央 国务院关于支持浙江高质量发展建设共同富裕示范区的意见》正式发布。这一以习近平同志为核心的党中央作出的重大战略部署，是一场深刻的社会变革，是一次任重道远的伟大征程。

这是过去二十年，余村一直追求的，也是当下正在努力的。

天目余脉之下，余村如同一颗耀眼的明珠，天荒坪镇、上墅乡、山川乡连成一条绿色回廊环绕着她。面对共同富裕的新要求，统筹发展范围很自然地延伸到周边两个乡。

5个村，16个村，24个村，余村越来越"大"！

"天山上"（天荒坪镇、山川乡、上墅乡）一体化发展，更大范围内的资源配置开始了。"大余村"，却有了新挑战。

同质化，是乡村产业发展到一定阶段的通病。农家乐、民宿、现代农业、文旅融合……能做的就这些，全国各地或快或慢都跳不开，走在全国前列的安吉，也率先遇到了业态不够丰富、同质竞争等问题。仅"天山上"就有许多个"民宿村"。

绿水青山转化为金山银山，关键在人，关键在思路。

这次，余村看准了年轻人。

短上衣、阔腿裤、一顶做旧的棒球帽压得低低的，这个时尚女孩看起来与村庄气质不搭。她叫李然，上海90后资深创业者。2022年底，她在网上刷到"余村全球合伙人"招募消息。

所谓"余村全球合伙人"计划，就是安吉结合产业发展实际，围绕研学教育、乡村旅游、文化创意、农林产业、数字经济、绿色金融、零碳科技、健康医疗等8个类型，向全球发出的一份共建未来乡村样本的"英雄帖"。

经历疫情，李然对乡村生活更加向往。她带着小伙伴在余村村道旁租下一栋平房,办起"青年在村"生活灵感便利店,集咖啡店、文创店于一体,一开出便成了"网红"打卡点。

在村里小半年,李然咖啡不离手,也常请村民喝咖啡,从"生面孔"变成了"老熟人"。大家都知道她是个热心肠。

这天,她一头扎进胡青法、李庆夫妇的茶室,手里还拿着几张设计图。上次,胡青法向她推介自家茶叶,她觉得老胡的包装差点意思。

"你们是夫妻店,logo 我就按这个意思做了。"

"茶叶的冲泡提示也建议加上,你得让别人知道怎么泡最好喝。"李然一一说明,夫妻俩连连点头。

现在的余村,给我们留下最深刻印象的,就是忙忙碌碌的年轻人:

曾经的水泥厂摇身一变成为乡村图书馆。陈喆租下地下一层,开起国漫主题文创店,把上海美术电影制片厂的 IP 引入余村;

陈镇宇和黄斌在余村开了第一家酒馆"乡音"。每晚,这里人头攒动,不少周边游客、居民会专程到这喝一杯、聊聊天;

为了吸引青年,天荒坪镇还整合利用 10 万平方米闲置资源,打造出了青年专属的创业空间"青年理想集结地"。目前,这里已经入驻了 18 家企业,引进 620 余名青年。

对"绿水青山就是金山银山",年轻人有自己的理解。他们将这些理解具象化,创造出全新的文化符号。

李然用简单的线条勾勒出"绿水先生"和"金山先生",做成贴纸,赠送给游客。

陈喆为余村量身打造了"山神"形象,放在店门口,憨态可掬,是人们争相合影的"大明星"。

"我们就像鲶鱼。"李然笑着告诉我们,他们从五湖四海集聚到绿水青山间,丰富了余村的业态,激发了乡村的活力,成为这里不可或缺的部分。

更大的余村、更年轻的余村,越来越多人在"绿水青山就是金山银山"的实践中奔赴未来。

夜色沉了,乡音酒馆热闹了起来。

新一期"余村夜话"开场。年轻人聚集在这里,讨论两个话题:余村的梦想如何走向所有乡村的梦想?乡村的魅力如何吸引更多青年?

正如"青年理想集结地"入口巨大的"∞"符号雕塑所寓意的:年轻人,将为乡村带来无限可能。他们共同谱写余村的未来,谱写中国乡村的未来;谱写美丽乡村的未来,谱写美丽中国的未来!

20年前,着墨于余村这个小小坐标点的绿意,如今已在中国的地理版图上蔓延,影响着一个又一个村、影响着一代又一代人。

在中国式现代化的道路上,乡村,无数人的故乡,在真理的指引下,一定也会如余村这般,越来越美,越来越好……

(六)小乡村,启迪大时代

举目回望,同一座天目山脉。

五千年前,古老的良渚人依山而筑,临水而居,耕稼陶渔,繁衍生息,吟唱人与自然和谐共生的史诗。五千年后,余村,以"绿水青山就是金山银山"理念为指引,谱写绿色发展的时代新韵。

文明的弦歌不绝。入村蹲点一个月,我们看到了一个更加真实的余村。

我们看到,一个小山村十八年间发生了翻天覆地的变化。从2005年到2022年,余村村集体经济收入从91万元上升到1305万元,人均收入从8732元上升到64863元。

这是真理的力量!"绿水青山就是金山银山"理念从这里走向全国、走向世界,为建设美丽中国提供了科学指引,也为共建人类命运共同体贡献了中国智慧。"绿水青山就是金山银山"改变中国,影响世界。

这是对人民的赤诚情怀!"绿水青山就是金山银山"倾注着造福人民的浓厚情感,正因如此,才能引领人民、团结人民,让绿色发展成为共同的信念、共同的自觉、共同的行动。

我们看到,在真理指引下,人民群众积极投身实践。余村的生态旅游、上墅乡的先进竹产业、山川乡的山地休闲运动产业……"大余村"里,各地因地制宜,探索着生态优势向经济优势转化的特色路径。

这是久久为功的执着！历史的发展是螺旋式上升的。只有沿着真理的方向不断实践，走过曲折道路，才能抵达光明未来。

这是面向未来的指引！余村的蝶变打开了绿色发展的窗口，引领了绿色发展的潮流。在新征程上，我们仍要把"绿水青山就是金山银山"这面旗帜高高举起，沿着这条路子坚定不移走下去。

2005年8月15日，习近平同志在余村首提"绿水青山就是金山银山"理念。如今，2023年8月15日，首个全国生态日主场活动将在湖州举办。

人不负青山，青山定不负人。在"绿水青山就是金山银山"理念指引下，无数余村的故事在中国式现代化的道路上将不断上演，收获更加精彩的未来……

(《浙江日报》2023年08月14日)

申报资料实录

作品简介：首个全国生态日前夕，记者前往"绿水青山就是金山银山"理念诞生地、习近平生态文明思想的践行典型浙江安吉余村，蹲点采写一个多月，完成长篇通讯。采访过程中，记者从省市县村层面，采访了从21世纪初开始至今的多任干部、新老村民，几乎走进每一位村民家中详细了解情况，掌握了余村发展20年来的历史沿革和生动细节，文章视野宏阔，思想性强，凸显了中国所处的大时代，充分体现了习近平总书记"绿水青山就是金山银山"理念的前瞻之处。以地方实践阐释理论，典型性强，通过系统梳理习近平生态文明思想在各个阶段对余村发展的影响，成功挖掘出老典型的新故事，将习近平总书记思想与地方实践与巧妙、深度融合。采访和写作深入扎实，创新性强，在体现习近平总书记思想高度、深度的前提下，兼具生动性、故事性。

社会效果：稿件刊发后引发强烈反响，受到社会各界关注并广受好评。稿件获中央网信办全网推送，新华社、人民网、央视网等央媒及近300家地方媒体转载。48小时内，全网传播超千万。

初评评语：稿件题材重大，思想性、典型性、创新性强，社会影响力大。一方面深刻阐述了"绿水青山就是金山银山"理念对余村、浙江乃至中国的影响和改变，在首个全国生态日来临之际刊发具有典型意义，有效促进了习近平生态文明思想的传播和当地的实际发展；另一方面，记者经过长期蹲点、采访挖掘出老典型的新故事，是践行"四力"的生动实践。

新时代首都发展巡礼·生态治理

集 体

作品二维码

《新时代首都发展巡礼·生态治理》

《泉眼复涌,河道复苏,水润京华,首都水环境"底"气更足》

《煤烟谢幕 蓝天登场》

《我的6283家"邻居"的同城生活》

（听听FM 2023年04月17日）

申报资料实录

作品简介：2023年是全面贯彻落实二十大精神的开局之年。北京广播电视台推出大型全媒体报道《新时代首都发展巡礼·生态治理》，详实报道习近平生态文明思想在京华大地上的生动实践。作品聚焦首都生态环境治理不同侧面。报道贯穿"讲故事、讲经验、讲道理"三个层面，通过一个个生态治理的鲜活故事讲述"北京生态建设经验"，通过百姓获得感、幸福感讲透"共建生态文明"大道理。报道在广播端为15集录音新闻＋短评、3期新闻访谈。新媒体产品包括微信图文报道、H5《小雨燕带你看大北京》、融入SVG技术的《北京生态海拔图鉴》和《AI绘画新北京》等。其中《小雨燕带你看大北京》运用H5动画技术，以北京雨燕为视觉向导，网友跟随小雨燕翱翔京华大地，感受生态之变，效果直观，体验新奇。

社会效果：本次报道采取融合报道模式。广播端在北京新闻广播早间黄金时段的重点栏目《北京新闻》和《主播在线》中播出，新媒体产品在北京广播电视台新媒体矩阵同步推送，微博、微信、视频号等多个平台都有呈现。报道传播力广，覆盖了线下听众群和线上网友群。新媒体传播效果较好。在新浪微博设置的《新时代首都发展巡礼·生态治理》报道主话题＃书写生态治理的北京答卷＃，在报道推出的4月17日至28日，阅读量达2.1亿，登上全国热搜第7位，讨论次数达1.1万次。此外，仅北京新闻广播的微博就有92个分话题登上同城热搜，＃20年种植922万亩林海拒风沙＃等3个话题冲上全国要闻热搜。最终所有报道作品全网阅读量突破4亿。

初评评语：报道全景式回顾了党的十八大以来，北京作为大国首都的生态治理奇迹。报道将宏观叙事与微观故事有机融合，从"北京经验"讲到"习近平生态文明思想"的道理，层层深入，立体化展现了首都北京在新时代

二等奖

发展中交出的新答卷，也为开启新征程提供实践经验。报道风格和叙事方式从政府视角向平民视角转型，从讲好百姓故事入手，不讲空话套话，多讲百姓体会，从他们的获得感出发，体现北京生态环境十年改善的成效。记者们足迹踏遍了北京的大街小巷、偏远山区、河岸水库……努力寻找"沾泥土、带露珠、冒热气"的生态治理好故事，写作风格质朴自然，可听性、可读性强。作品打破传统广播媒体以声音为介质的单一传播方式，实现音频、文字、视频、图片以及多种新媒体手段的全媒体覆盖。特别是《小雨燕带你看大北京》等新媒体产品，将音频文字化、可视化，延展了传播链条，尝试创新融媒体时代广电传媒打造重大主题报道的新范式。

大型互动融媒产品｜我们向前 中国向上

集　　体

作品二维码

《大型互动融媒产品｜我们向前 中国向上》

（交汇点新闻 2023 年 12 月 31 日）

申报资料实录

　　作品简介：作品在新华日报社开展 10 年跟踪调研中国式现代化基层观察点行动的背景下，生动展现江苏"向前"新实践，以史诗般笔触记录一个高质量发展的"向上"中国。作品以创意翻纸动画为开篇，以向上的电梯为隐喻，构建"习声·广回响""观察·微镜头""探路·新图景"三大板块，融入 2023 年度与总书记"面对面"的江苏大 IP 人物专访、全民拍客、基层调研点"微"观察、高质量发展融媒行动等大量原创内容，新闻性、厚重感兼具。作品包含约 20 万字，以及视（音）频、手绘（新闻）图，运用虚幻引擎打造 3D 场景、C4D 动态特效设计、Blender 动作绑定、UV 照明、裸眼 3D、AI 绘景、SVG 互动等新技术手段，强化互动参与，取得巨大社会宣传效应。

　　社会效果：作品精心设置的多处互动环节中，先后有 300 多万用户进行弹幕留言、上传拍客视频等融媒互动。作品在交汇点新闻客户端发布后，新华报业网、学习强国、全国党媒云平台、人民网、今日头条等全国近百个重点平台进行了广泛转载，全网累计传播量突破4.1亿次。

初评评语：作品主题重大，内容丰富，结构完整，形式创新，技术先进，传播效果好。作品中，有最真情最深远的习声回响，有来自中国式现代化基层观察点的一线镜头，还有为全国发展探路的崭新图景（请详见作品《思维导图》）。一域之光，服务全局，"走在前、做示范"的江苏样本的意义与价值绝不局限于江苏，而对全国各地具有重要借鉴、示范意义。新闻见证、资政建言、融媒呈现，作品有力、生动地回答了"何以中国、是以中国"的世界之问、时代之问、人民之问，铺展出一幅中华大地高质量发展的恢弘画卷，激发广大人民群众积极投身中国式现代化建设热潮。

苏皖两个相邻山村的岁月嬗变
——关于乡村振兴的调研

集　体

编者按　苏皖边界两个相邻的小山村,自然条件相似,千百年来,山民同饮一溪水,共砍一山柴,过着差不多的日子。

40多年前,那场影响中国前途命运的"大包干",极大地释放了农村生产力,也引发了"山两边"的嬗变:山还是那座山,水还是那溪水,然而,两村发展状况却判若霄壤。

1995年和1998年,记者曾先后两次来这里调研,撰写了调查报告《山这边,山那边……》《三年再访山两边》,探寻两个村庄发展差异背后的动因。

又是25年过去了,两个村庄各自的状况如何?村民们经历了哪些奋斗的艰辛?收获了哪些成功的喜悦?他们又面临着怎样的困惑?有着怎样的期盼?日前,本报调研组冒着酷暑,再次走进山这边山那边,试图通过探寻两村几十年发展的路径,解析新时代乡村振兴的密码。

"近乡情更怯!"记者就是怀着这样的心情,再次来到了伍员山。

竹海茶山、草陂池塘、田园屋舍、枕水人家……江南的风光,总是那么明艳!

记者努力将眼前的一切,与脑海中的记忆相印证,似曾相识却又恍如隔世,不由得发出沧海桑田的慨叹。

伍员山,是江南丘陵中寻常可见的一座小山包,因春秋吴国名将伍子胥过昭关途经此地而得名。山的西边,是安徽省郎溪县凌笪镇下吴村;山的东边,是江苏省溧阳市社渚镇洑家村。

两村田畴交错,屋舍紧傍,溪水共饮,鸡犬之声相闻。

因为山的阻隔、路的崎岖、田的稀缺,年年岁岁,村民勤扒苦挣,却一直走不出贫困的循环。

"前世福浅,生在伍员!"一辈又一辈当地人无奈地发出这样的幽怨。

一样的山水,不一样的光景

28年前,也是这个时节,记者第一次走进伍员山。

当时,一条新闻线索引起了记者关注:

受益于较早推行家庭联产承包责任制,山这边的下吴村率先解决了吃饭问题。这让山那边的洑家村好生羡慕,妹子们纷纷往下吴村嫁。

但是,"够吃够穿蛮安耽,喝口老酒享清闲",这种小富即安的观念,羁绊住了下吴人前进的步履。

而原本每年要向下吴村借三四万公斤粮食才能填饱肚子的洑家村,"穷则思变",村党支部一班人舍小家顾大家,并在制度上进行了创新,请来专家开发温泉资源,采用股份制改造荒山秃岭,原本汩汩漫涌的温泉靠养殖淌出了"真金白银",荒山秃岭靠植药材、种茶叶变成了"聚宝盆"……几年下来,反而把下吴村甩在了后面,成为远近闻名的"富裕村"。

反观下吴村,同样有温泉流淌,但记者采访时看到,村民仍用来洗衣服、涮马桶;尽管拥有8000多亩林地,却无人组织开发,任由山上稀稀落落的马尾松和齐腰深的蒿草自生自灭……

问题出在哪里?

记者调研得出的结论是:"农村生产力的每一次重大解放,更新观念是前提。""固步自封,躲在山沟里打转转不行;怨天尤人,面对困境长吁短叹也无益。"

记者将在"山两边"的采访写成报道《山这边,山那边……》,并配发了短评《观念生"金"》。

报道，引起了安徽省委省政府的高度重视！时任安徽省委书记卢荣景批示："两村条件基本相同，而经济发展差距拉得越来越大。经济发展差距实际是思想观念上的差距，领导工作上的差距。"他建议，在全省开展一场"思想解放大发动、大讨论"。时任安徽省省长回良玉也要求"在思想解放上来一次再发动"。时任安徽省常务副省长汪洋批示："切中时弊方能引起共鸣，敢于亮丑方能催人'愤'进，如此大讨论才能解放思想。"

3年后的1998年，记者再次来到"山两边"。两村的变化，却让记者很是意外——

曾经"不思进取"的下吴村，知耻而后勇，村里配强了"两委"班子，厘清了发展思路，"对照洑家找差距，憋足劲头赶洑家"……

记者看到，下吴村面貌大变：坑坑洼洼、荒草漫膝的乡间小道被平整的砂石路取代；不少村民拆掉土房，建起了小楼，院子里果树成荫，门前清清的池塘里，鸭鹅悠闲地嬉水……

可令人遗憾的是，被当成"学习榜样"的洑家村，此时却陷入了困局：因财务纠纷，村里干群关系严重对立。公益事业没人管，曾经红红火火的果园、茶场全都荒废了，"茶叶基地、水产繁育基地的巨大标牌，也已字迹斑驳，孤零零歪斜在村头"，甚至出现了村民哄抢集体财产的尴尬场面……

记者百感交集，把所见所闻写成报道《三年再访山两边》。文中指出："改革也好，解放思想也罢，是一个不断完善、深化的过程，不可能一蹴而就。"

……

光阴荏苒。改革开放40多年后的今天，中国农村已发生了翻天覆地的变化，乡村振兴成为新的时代课题。

下吴村、洑家村，如今又是怎样一番模样？

在这次全党大兴调查研究之际，记者决定再次探访"山两边"。不只是回望来路，更希望透过苏皖这两个相邻山村几十年的岁月嬗变，触摸新时代中国乡村振兴的脉搏。

那山那水那人,全然换了模样

山这边山那边,一直摽着劲呢

在洑家村山坡上的茶田里找到了老支书王海清。

刚刚下过一阵豪雨,一缕缕丝带般的白云在山间飘来荡去,躲在白云后面的太阳若隐若现,茶树碧绿的叶片上便镀了一层银灰。从银灰中走来的王海清,让记者眼眶有些湿润。

"一晃眼,二十多年没见面喽!"跨出田埂的王海清,显然也很激动,一把攥住了记者的手,棱峥的骨节还是那么有劲儿。他的裤管、鞋上沾满了泥土。

第一次见王海清时,他还是个精壮的中年汉子,说话瓮声瓮气,眼睛炯炯有神。而今,已是满头银霜,背也不复当年那么挺拔。不过,说起村里的发展变化,他的思路还同当年一样清晰明畅。

伍员山如果有记忆的话,一定会记住这个汉子跋涉的每一个脚印。当年,洑家村赶超下吴村,时任党支部书记王海清功不可没。是他,从上海水产研究所请来专家繁殖成功了罗氏沼虾。又是他,在开发荒山遇到资金难题时,带头将自己准备盖房的钱拿了出来,搞起了股份合作制。

如同一个稚童珍爱自己心心念念的玩具一样,原本内向的王海清,此时话稠得刹不住,说着这些年村里的根根梢梢,眼神又像当年一样明亮。

讲完了想讲的一切,他意犹未尽,执意要带记者到村子的角角落落实地看上一看。

印象中的砂石路,已经被柏油路取代。村头那片满是野气的荒坡、山溪,被打理成了绿油油的草坪和精致的鹅卵石观赏河。岸边,一丛丛鸢尾花、蓝菖蒲开得正艳呢……

"认不出了吧?这是新建的露营休闲区。能停房车、能搭帐篷、还能采摘瓜果。一到节假日,坡上坡下满满当当都是人。前不久,一对东北老夫妻开着房车在这里一下子住了十多天。"

沿着山坡上行,一栋栋土黄色小楼映入眼帘。

"这'土'房子，像不像当年采访时住过的那间？不过，这可不是当年的夯土墙喽，是用真石漆仿制的，就为了留住浃家屋舍的老味道。旧皮新瓤，屋里面的陈设，城里有的我们都有。往那边看，家家门口都停着小汽车。有印象吧，当年的村道，可是连自行车都骑不成嘞。"王海清边走边说，两眼灼灼放光。

记者发现，每家的停车位都做了规划，巷尾有垃圾投放点，街头有小花园，家家房前屋后种满了鲜花……

确实，居住环境，一点不比城里逊色。

"下吴又是怎样的状况？"记者急切想知道。

"这些年，山这边山那边，一直摽着劲呢！人家那边的发展，一点也不比这边差。"王海清很坦率。

他带着记者立马来到了山对面。

"走的是黄土路，晴天浑身土，雨天烂泥汪；住的是土坯房，冬天不挡风，夏天不遮阳！"这是记者1995年第一次造访下吴村时了解到的情况。

这次重访下吴村，记者被中国农民身上蕴藏着的巨大创造力深深震撼了。

很难想象，这就是记者曾经到过的下吴村。整洁的村道——无论大街还是小巷，均是高等级柏油路，不仅不见垃圾，连落叶也清扫得干干净净。依山势错落有致地分布着粉墙黛瓦的徽式民居；每栋房屋的侧墙上，都画着与村子有关的民间故事，每一幅彩绘都是那样栩栩如生。一下子，我们便踏入了两千多年的下吴村的过往……

绕过一弯清清的池塘，眼前几座漂亮的楼房比肩而立。楼房的倒影扎进了水里，水里便长出了一排楼房。几只调皮的鸭子"嘎嘎"叫着划水而过，于是，水中的楼房颤颤悠悠跳起了舞蹈。

家家户户敞开着大门，门前都有一个别致的花坛，月季、栀子花一朵比一朵笑得欢。院落里，或是一丛修竹，或是一排香柚，或是几株蜡梅，均枝叶繁茂，泼泼辣辣的生机透过绿篱大大咧咧向院外挥洒。

记者信步跨入其中一家。

客厅足有40多平方米，屋顶一盏枝形吊灯颇为气派。屋主人正在厨房里忙活。锅里的炖肉香味扑鼻而来,案板上,放着一把嫩嫩的香葱和两条新鲜的大板鲫。

说明来意,主人段奇胜热情地和记者拉呱起来:"我本来在外面做电机生意,一年怎么说也有个几十万块收入。这些年,村里环境越来越好,生活越来越方便,诱得我一跺脚便回村定居了。"

最让他称道的是,和谐的邻里关系。他指着门口的一堆玩具说:"我家大门从早到晚就没有关过,孩子的玩具都是放在门口,从来不会丢。邻居家孩子拿去玩了,还会洗干净放回原处。"

离段奇胜家不远,是村医孙裕志的诊所。她是土生土长的下吴人。她结合自己的工作,谈起了身边的变化:"以前,村民来看病,可麻烦了。山区嘛,交通不便,遇到了急症,能把人急死。再就是,文化程度参差不齐,诊病问半天也讲不明白。现在,交通情况你都看到了,就是到郎溪县城也是一眨眼工夫。诊病也方便多了——瞧,病人的情况全在这里边呢。"孙裕志顺手拿出平板电脑展示给记者看,"村里每个人的健康状况和慢性病情况都有详细记录。"

听说记者来调研,下吴村党总支书记蒋福金赶了过来。这位40多岁的汉子热切地对记者讲:"《山这边、山那边……》发表时,我还是个年轻后生,当时就憋着一股子劲儿,下吴一定要干出一些名堂来,让记者再来看看。终于把你们盼来了!这些年,下吴、洑家,都发生了翻天覆地的变化,要替我们好好说道说道哟!"

其实,眼前的事实已说明了一切:今天的"山两边",已全然换了模样!

那么,变化的动因何在?

接下来的一周,记者在村里"安营扎寨",往返穿梭于"山两边"。

山这边山那边,一直携着手呢

一丛丛蒹葭、蒲苇将一汪不大的水塘勾勒出了诗意。浅水处,一只白鹭单腿站立着,对着自己的倒影若有所思。水塘边,几棵硕大的银杏树蓬蓬勃勃织出了一片清凉。

洑家村村民组长吴士明的家，正对着这口池塘。坐在他家门口的树荫下，轻风拂过，草的清芬和花的幽香丝丝缕缕沁入心脾。

"你猜那是做啥用的？"吴士明指着树下几张半米多高、三米来长的凳子问记者。

"那是我当年养蚕用的脚凳！"不待记者回答，吴士明自己说出了答案，"当年最多的时候，我家养了三'纸'蚕，分匾时，把三间屋子铺得满满当当！蚕吃桑叶的声音，就像下雨一样'沙沙沙'……"忆起往事，吴士明不由得眯起了眼睛。

"那年记者在文章里说，'观念生金'，'调整结构要随着市场变化不断变化'。洑家能有今天，就是'变'出来的。最早只知道埋头种粮，后来用温泉水养罗氏沼虾，开发荒山种板栗、养蚕桑。再后来呢，蚕丝掉价，我们就挖掉桑树种茶，绿茶不行种白茶，白茶降价就种黄金茶……你看，变来变去，把我这脚凳变成'老古董'喽！"

"变"，不单单是洑家村。这些年，下吴村一步不落瞄着山对面呢！

吴定义，是下吴村的种茶大户。当年，看到山那边种绿茶前景好，便在村里包了茶园。第一年，荷包就塞得鼓鼓囊囊。后来，从洑家村那边传来消息：绿茶很快会被市场淘汰——人家已经开始种白茶了。

"悄悄打听发现：乖乖呀，绿茶白茶，一字之差，收益可就差得大了！那边一亩地比我们多赚5000多块呢！"吴定义果断挖掉茶树，从浙江安吉引进白茶和黄茶，之后又引进了效益更高的奶白茶。"普通成品绿茶一斤也就卖200多块，而奶白茶的鲜叶，就能卖到400多块。"

如今，政府打造"美丽乡村"，这让老吴又看到了商机。他果断买下村里一家废弃的老茶厂，密锣紧鼓开起了民宿。

"以前，说绿水青山就是金山银山，大家可能体会不深。现在越来越明白了，好环境好生态，真的能大把大把赚到钞票呢！"望着窗外的木栈道、石板路和湖边悠闲啃着青草的山羊，吴定义悠笃笃地说，"我的民宿，周末节假日早早就订光了。养的鸡、种的萝卜，城里人稀罕得很嘞。茶叶也跟着卖出了好价……"

"现在，经常会有山那边的同行来找我取经。"吴定义很得意。

宣城市委书记李中碰巧也在下吴村调研。这个颇有书卷气的干部很接地气，无论是下吴村还是洑家村的情况，都了如指掌。他谈了对"山两边"发展路径的认识："这些年，山这边山那边，不但摽着劲儿，也一直携着手呢！经历了比学赶帮超、肩并肩、共富裕的历程。两村的实践，让我们明白了这样一个道理——农业要改变弱质化，必须切实在提高'质'上下功夫。不但要生产优质的产品，还要培育优质的加工体系、优质的市场体系。如此，好产品才能有好收益，好山水才会有好回报。"

在下吴村茶市场，往来穿梭的快递车令人目不暇接。接单、打包、装车一气呵成，一箱箱茶叶从这里发往全国各地。我们还没走进销售门店，便听见穿牖而出的询价声、欢笑声、噼噼啪啪的键盘敲击声。

"春茶一天一个价。以前，鲜叶下来，我们要到县城'蹲市场'。那要靠撞大运了，有时候跑断腿、磨破嘴也拉不到几单生意。现在，政府在村里建起了茶市场，'千里买卖一线牵，买家卖家鼠标连'！"店里的那位大姐穿得很时尚说话也很风趣，满嘴都是嗑儿，"现在，开网店、拍视频、做直播也成了农民重要的'劳作'方式，'新农具'就是这手机、电脑……"

下吴村建起了茶叶市场，统一管理货源、质检、品牌、营销；山那边洑家村也不甘落后，正在建茶产业溯源平台，防止鱼目混珠，保护茶农利益……

山这边山那边，人人争做"技术流"

忙完了一天的活计，傍晚，洑家村的几位村民坐在村头的凉亭里摇着蒲扇聊大天。一抹晚霞铺在天际，空中好像着了火，村民的话题也很"火"。记者参加了进去。

"听说今年枇杷果子小，卖价降了一成多？"

"可不是嘛！我刚从批发市场回来，确实降了。"

"我想改种蓝莓，不知道行不？"

"听说种蓝莓得用腐叶土，酸碱度不好调。"

"这倒不怕，有老曹呢！"

……

在乡亲们口中，这位姓曹的农业技术员神着呢，似乎无所不能。

在村民指点下，记者来到了老曹家。

老曹，大名曹帮清，黑黝黝的脸庞，精瘦精瘦，搭眼一看，就是常年在泥土里摸爬滚打的汉子。

他把自己的一身本事，归功于当年的村党支部。

洑家村刚开发茶园时，见不到收益。经邻村一位农技员一点拨，转过年，收益就翻了番。这让洑家村党支部认识到：村里的问题，表面上是缺"财"，根本上是缺"才"！

于是，党支部出面，聘请6位有高、中级职称的技术员来村里当顾问，同时，派出183人次到外地接受农业技术培训……曹帮清就是其中一员。

他从徐州农校学成归来后，一出手，就让农民尝到了知识的甜头：村里的荒山上长满了野生板栗，这种板栗个头小，口感也不好。他带着村民搞嫁接，1000多亩板栗树，一棵一棵"过堂"。

嫁接当年，板栗就卖出了好价钱！曹帮清一下子火了，成了村民争抢的"活财神"。

论"才"，山这边下吴村邱君烈的名头，一点也不比洑家村曹帮清差。在下吴村，一提邱君烈，村民们都会脱口而出："哇！那可是茶专家。"

"我是村里较早种茶的那一批。一开始，啥也不懂，两眼一抹黑，只能跟在承包下吴茶园的外地茶农后面偷着学。偷艺，哪儿有那么容易！人家留了一手呢。后来，村里为我们开了培训班，请技术员手把手教，这才上了道……"

"师傅领进门，修行在个人。"凭着刻苦钻研，邱君烈很快成了种茶好把式。

"'一块石头垒不成山。'为了大家都能过上好日子，我成立了'山这边山那边茶叶种植专业合作社'，把自己的种茶经验，与大家分享。"邱君烈向记者展示了他手机上的"绿茶之乡茶业交流群"。

群里每天都会在"云端"召开经验总结会、信息分享会、技术研讨会……近 200 户茶农聚在这里切磋种植技艺。作为群主,邱君烈定期为大家义务讲授茶叶病虫害防治技术。茶农遇到难题,只要在微信群里说一声,邱君烈马上赶到帮着解决问题。

在曹帮清、邱君烈这些乡村技术达人的带领下,山这边山那边,人人争做"技术流":养虾,求教"青虾研究院";育茶,依托"生态科技园";种菜,背靠"高端野生蔬菜培育基地"……有"技术"加持,农民增收犹如顺坡推碌碡——快上加快。

不满足于巧借力,乡亲们还苦练内功学发力——不少农民考取了新型职业农民资格证。

山这边山那边,涵育乡风有妙招

下吴村的村史馆,名字叫"山这边"。陈列室里,那面笑脸墙很是引人注目。照片的主人公都是下吴的村民,或开怀大笑,或扬眉朗笑,或吟吟微笑……张张笑脸透着真诚,神怿气愉发自内心。

"相比洑家,我们村的人均收入还有一定差距。可村民的幸福感、获得感,一点也不输对方!"站在笑脸墙前,蒋福金这样向记者介绍。

村民王科的话,佐证了蒋福金的观点:"你看我们下吴,很少有围墙。乡风好得很呢!这些年,不但没出过治安事件,连口角都很少很少。"

王科经营着一爿小店,收购散户茶农的茶叶。一篮一篮收,费力不挣钱,但王科并不厌烦:"来交茶叶的,都是村里的老年人。去外面卖鲜叶往往要走很远的路,我就替他们收了。乡里乡亲的,不能只看钱,还要有人情味儿。这才是农村该有的味道!"

"农村该有的味道",并非与生俱来,需要涵养。

"'勺子难免碰锅沿。'邻里之间有点小摩擦,在所难免。怎么化解这些矛盾?村里设有'新风堂',谁心里有疙瘩,就到'新风堂'里念叨念叨。村干部或村里的长辈,掏心掏肺帮着调解、化解。力争'心里不存病,矛盾不出村'。"蒋福金拉着记者去看"新风堂"。

这是一栋茶田拥裹的二层建筑。二楼是个亮堂堂的大开间,干净整洁,一两百人都坐得下。四围的玻璃窗把满坡的茶田妥妥地"装"了进来,一坐下来,顿觉安适宁静。

"'新风堂',不光是解疙瘩化矛盾的地方,村民们婚丧嫁娶也都在这儿办。有村民编了顺口溜'新风堂里树新风,邻里矛盾无影踪;婚丧嫁娶攀比少,老少爷们兴冲冲'。"蒋福金说。

涵养"味道",下吴村多管齐下。

在下吴村,做好事,有奖励呢。

在村"生态美超市",记者看到,货架上摆满了日常用品。墙两边都写满了字——

一边写着"回收物兑换标准":50个一次性塑料袋1分、5节废电池1分、1斤废地膜1分……

另一边写着"商品价目表":食用盐2分、百洁布4分、洗衣粉7分、香皂8分……

工作人员胡新建翻开记录本,上面密密麻麻记录的,都是村民做好事兑换商品的情况。胡新建一项一项向我们介绍:"捡垃圾、讲信用、孝亲睦邻、支持'两委'工作,都会被量化计分。兑换的东西,都是些日常用品,不算贵重,却是对大家热心公益事业的肯定。潜移默化中,美好乡风就这样渐渐形成了。"

培育优良乡风,山那边的洑家村也不示弱。

洑家村涵育乡风的地方,叫"百姓议事堂"。

"邻里纠纷、发展事项、宅基地有偿退出这样的事,都在这里商议。我们是'五大员':村民纠纷的'调解员'、方针政策法规的'宣传员'、两委与村民之间的'协调员'、参与重大决策事项审议的'监督员'、富民强村的'引导员'……"

说这话的老者,叫许建平。老许,穿着整齐,头发一丝不乱,一看就是一个有涵养的文化人。他是位乡村退休教师,现在的身份是洑家村"百姓议事堂"成员。

"大家对我们都很信任,遇到大事小情,总是先和我们打招呼。我会找村民小组长、村里的老党员,与当事方坐在一起商量解决。有商有量,心情舒畅。"老许给记者讲了一个刚调解的案例:"两位村民之间有笔借款,因为是隔代债务,在款项认定时发生了纠纷。我们用'有一说一'机制,确认了债款金额;接着召开'有事好商量'专题会,说服债主宽限几个月;宽限期结束后,如果事情还没有解决,就得上'板凳法庭'了⋯⋯"

老许说:"从多年的经验看,只要调解员持论公允、有理有据,绝大多数村民都会遵守决议,'板凳法庭'根本用不着。乡里乡亲的,谁会厚着脸皮硬拗?"

"表面看,'百姓议事堂'是议事的地方,实际上是密切党群干群关系的'连心桥'、反映社情民意的'晴雨表'、基层民主法治的'阳光房'。通过这个平台,一方面传达了党的政策,另一方面广泛听取了民意。由此,净化了社会风气,凝聚了人心。"这是溧阳市委书记叶明华对"百姓议事堂"的理解。

除了"百姓议事堂",洑家村还制定了村规民约,对婚丧嫁娶、邻里相处都作了详细规定。这些规定,是广泛听取村民意见形成的。因为是大伙意见的集中体现,所以很有权威性。

"就拿村里最常见的红白喜事来说吧。过去,婚丧嫁娶请客之风不绝,碰上'好'日子,有的家庭几口人得分赴几家赶场子。贺礼的价码也噌噌往上升。这些现象,现在都不见了。""百姓议事堂"的一位工作人员告诉记者。

山这边山那边,两家成了一家人

下吴村村民夏宗英给记者讲了这样一段往事:

夏宗英的母亲,是从洑家村嫁到下吴村的。"当年,我姥爷让母亲嫁到下吴的原因只有一个:山这边,有饭吃!"

那时候,下吴村这边"大包干"动手早,率先解决了温饱的下吴人惦记着山那边呢!她还清晰地记得,当年父辈们推着吱吱响的"鸡公车"往山对面送粮的场景。

在夏宗英的口中，远亲不如近邻，两个村能有今天的好光景，与互相帮衬着分不开。现在，合作的劲儿比以前更足了。"用时下的话说，叫'苏皖合作'。'山两边'真的成了一家人！"

山里人好客。调研期间，无论碰到下吴人还是洑家人，都会热情地向我们打招呼，两村村民的话如出一辙："侬好哇！欢迎来到'山两边'！"

得益于"长三角一体化"国家战略，"山两边"几乎成为一家人。下吴村的白茶产业基地，江苏天目湖生态农业有限公司参股合作。洑家村天目湖景观大道，平坦的柏油路修到了下吴村村头。

的确，"长三角一体化"，给两地合作提供了广阔空间：2016年，苏皖两省签署共建"苏皖合作示范区"框架协议，"山两边"成了"示范区"中的"先行区"。

清晨七点半，14岁的蒋振振准时在下吴村口等着接自己的校车。目的地，是溧阳市社渚初级中学。"去社渚上学，比我去郎溪县城近一半的路。"

早在2017年，溧阳市与郎溪县就成立了苏皖"胥河情"教育联盟，"山两边"相继出台了教育资源共建共享实施办法。目前，在社渚就读的安徽籍中小学生就有400多人。

在两村穿梭采访，记者不时能看到写有"苏皖合作"字样的垃圾清运车。

郎溪县凌笪镇党委书记史铁军告诉记者："以前下吴、洑家垃圾处理各管各。现在，变成了统一处理。单这一项，每年能省下20多万元。苏皖两省越来越多行政区隔被打破——人才市场一体化、供电网络一体化、跨省看病可异地结算……"

山这边，山那边，本属一座山；下吴的水，洑家的水，同是一溪水。家乡的山水，家乡的桑麻，时时让家乡儿女萦心牵挂。

2020年3月，天目湖发生过一次水污染事件。专家调查发现，是洑家村和下吴村在上游养青虾所致。

获悉情况后，两地的干部和群众都揪起了心锁紧了眉。不用上面动员，大家做出了一个共同决定：退养青虾！

洑家村800多亩虾塘，很快悉数退出！不到一个月，下吴村所有的虾塘全部种上了生态水稻。

"那时,我养了70多亩青虾,说实话,正是见效的时候啊。说不心疼?那是假的!"下吴村村民赵明发说,"可是,这山这水,是大家共同的家园。把洑家那边污染了,下吴又能好到哪儿去?这笔账,可不能糊涂!"

清晨的村庄恬静安适,空气甘甜清冽,草叶上挂着晶莹的露珠,山峦、茶园、屋舍被朝霞涂上一层淡淡的胭脂。

"下吴和洑家,阡陌互通、山水相依,山水旅游有很强的互补性!瞧,那是正在建设的'山两边'旅游环线。这条5公里长的道路,可把两村的文化旅游资源串联起来,大大拓展了彼此的旅游空间。"在洑家村的原野上,溧阳市社渚镇党委书记宋斌与记者踏着露珠边走边聊。

眼前出现了一片水杉林。可能是人走近的缘故吧,霎时间,栖息在树上的一群群白鹭鸣叫着朝天宇飞去,宁静的原野一下子被唤醒了,碧空里留下了一个个曼妙的姿影。

"这是我们的'苏皖共建林'。年年我们都要建一片这样的林子。共建、共护、共享、共富,是我们共同的目标。"

"游过了名山大川,住腻了都市高楼,人们会把目光投向广袤的乡村原野。伍员山的'山'、天目湖的'水',绝配!'山两边'的合作,不只是打'亲情牌',更是一种双向奔赴!溧阳市场发达、资金充裕,需要开拓投资渠道;郎溪资源丰富、优惠政策多,产业发展空间大。双方携手,可谓相得益彰。"宋斌手指着晨曦中生机勃勃的原野,憧憬着"山两边"无限美好的未来。

乡村全面振兴,就在前方,路也还长……

这次深度调研,我们分享了"山两边"村民致富路上取得的巨大成功,聆听了他们对富足生活的由衷赞叹和对美好前景的热切期盼,也体悟到了他们在求索路上的一道道坎坷、一场场艰辛、一次次阵痛……

由他们的苦、他们的乐、他们的忧、他们的盼,我们触摸到了中国农村改革几十年来的脉搏律动!

调研期间,我们走访了200多位村民,召开了8场座谈会,邀请当地基层干部及农口专家就调研中遇到的问题展开探讨。大家各抒己见，或颔首相和，或相互印证，但在有些问题上，也有争论，甚至意见相左。归纳下来，大致集中在以下几个方面：

党的建设须臾不能放松

在洑家村调研时，正逢新一届党支部成立。几位支委，既有海外留学归来的高材生，也有返乡创业的退伍军人，还有在企业打拼多年的管理能手……

对于今次成立的新班子，村民们充满了期待。

镇党委书记宋斌说："乡村发展，基层党的建设非常重要。它决定着乡村的命运走向。基层组织战斗堡垒作用发挥得好，村子就能大发展；基层组织软弱涣散，发展就会受影响。"

他的这番感悟，是从洑家村这些年的经验教训中得来的。1995年前后，洑家村能走在前面，与当时有一个一心为民的强有力的党支部很有关系。后来，洑家村一度发展受困，也因党支部涣散而起……

我们同老支书王海清作了一次深谈。

"当年，村民一度对村党支部很有意见，你认为问题到底出在哪里？"记者问。

王海清没有回避："取得一些成绩后，确实有点被胜利冲昏了头，步子迈得过大了，有些项目回报周期长，却不顾现实情况，把钱一股脑投了进去。我个人能力方面也存在一些缺陷，对财务管理不够重视，账面上的事没能及时向群众讲清楚，有些决策没有经过全体村民同意就匆匆上马……现在想想，不能怪村民。"

村民们从另外一个角度回答了这个问题。

一位年长的村民告诉记者："本意来说，村干部是想为大家干些事，可是心急了点。就说融资吧，村办企业的钱很多都是私人借款，利息很高。'没钱靠借贷，还钱等下届'……"

另一位中年村民说："当村干部，确实不容易。都是碰头打脸的乡亲，哪怕是芝麻粒儿大的官，谁不想留个好名声？！完不成上级的指标，达不到群众的要求，会落埋怨；可干冒了，经营亏了，加重了群众负担，大家又不答应……"

对基层组织的作用，下吴人也有着同样的感受。

"《山这边，山那边……》那篇文章刊出时，我是村支书。看到文章，臊得不行啊！确实，我这个带头人工作没有做好！那时候，田都分了，又开始搞市场经济，就觉得，大家都去找市场了，我这村支书就往后躲躲吧。所以，村上的事也就不那么热心了……"时任下吴村党支部书记向领兵回忆起往事很是懊恼。

"'鼓打千锤，不如雷轰一声'！报纸出来后，领导找我谈心，乡亲们也指指点点——是啊，我给老少爷们丢脸了。我一下子醒了！那些天，我随身带着个小包，里面就揣着这张报纸，走到哪里带到哪里。心里憋着一口气，都是'一碗酱油一碗醋'，人家能，我们为啥不能？！没啥可说的，憋足了劲，干呗！"

"干呗！"不仅仅是向领兵此后的座右铭，他还把这种精神"传帮带"了下来。

20多年来，下吴村经历了向领兵、李德胜、蒋福金三任党支部书记。蒋福金这样评价他的两位前任："这些年村里的工作，两位老书记功不可没！他们把担子交到我手里后，并没有撒手不管。村里修路、改厕、排污……遇到难题，不用我吭声，他们就主动挨家挨户帮着做工作。两位老书记教我们做人做事的道理，给党支部的年轻人树立了榜样。"

"空心化"仍是个大问题

暮色四合，坐在洑家村头，记者和几位年长的村民聊天。天空，一弯上弦月被点点繁星围绕；不远处的村舍中，灯光透过户户窗棂洒出束束柔波；眼前的池塘里，青蛙高一声低一声唱着小夜曲。

乡村的夜晚，总是那么富有诗意。

"青蛙叫，对你们城里人来说，很惬意吧！我听着，心里空落落的。年轻人都在外面打工，村里就剩下我们这些老年人喽……"一定是猜出了此时我们的心境，一位老者有意无意给我们泼了一瓢凉水。

聊起原因，陪我们来的一位村干部解释："溧阳电梯业发达，前些年，村里那些头脑活络的年轻人四处闯荡装电梯，有的攒够了家底，当上了老板。于是，更多的年轻人前去投奔。这些年，我们也一直想办法吸引他们回来创业，可是……"

类似的问题，下吴村同样存在。

下吴村一位干部告诉记者，村里半数以上青壮年劳动力都在宣城市区或是"苏锡常"一带务工。现在集体想做些事儿，确实缺人手……

记者在和郎溪、溧阳的农业专家们座谈时，大家表达了同样的担忧：农村"空心化"早已不是个新问题。随着常住人口减少，公共服务萎缩，这种现象还在不断加剧。

有专家将目前农村"空心化"造成的困境总结为"三资外流"和"五人增多"。"三资外流"即资产、资源、资本外流；"五人增多"即老人、小人、穷人、懒人、病人增多。"如果任由乡村资源单向流向城市，农村就会长期处于贫血、失血状态。如果村里只剩下'三八六一九九部队'（农村留守的妇女、儿童、老人），乡村振兴就会打折扣！"

"如何吸引乡村劳动力回流？"

座谈中，"山两边"的青年给出了一个共同的答案："首先得让我们有事做、有钱赚！"

溧阳市农业农村局局长孙斌说：这些年，各地都在想方设法搭建平台，"引凤归巢"。但是，总体来看，给年轻人施展才干的天地，还是狭窄了一点。如果"还巢"之后无枝可栖，凤凰早晚还得飞走。

郎溪县农业农村局局长吴晓对这一观点予以补充："引凤归巢"，没有产业不行，但只有产业，恐怕还不够——必须要有与产业相适应的现代生活条件。这些年，农村的基础设施有了很大改进，但是，与城里比，公共服务还差很远。电影院、图书馆、网吧、球场、咖啡馆，是现代城市年轻人的生活"标配"，可大部分乡村还没有。买瓶矿泉水，也得走大半天，这哪几行呢!

如何解决这个问题?

宣城市委常委、宣传部长郭金友试着开出自己的药方:政府可以先精准解决一批投资额不大的生活设施。譬如,电商提货点、充电桩、小型体育场等,再通过适量补贴的形式引导社会资本承建一些小型工程项目。同时,增加流动电影院、流动图书馆、流动音乐厅、流动医院等各种灵活供给手段。

郭金友的结论是:"解决农村'空心化'问题,必须要让村里的产业吸引人、生活满足人、环境留住人!而想'留住人',政府既不能放手不管,也不能大包大揽,多管齐下,才能大见成效。"

培育"新农人"迫在眉睫

在调研中,有不少村民问我们:"你们走南闯北见多识广,能不能告诉我们种什么最赚钱?"

之所以提出这样的问题,是因为大家都被遭遇的一次又一次"烂市"吓怕了。

洑家村的罗氏沼虾曾是一家独大,但后来,附近许多村子都照着养,市场就那么大,结果可想而知——最惨的年份,活蹦乱跳的鲜虾连三分之一都卖不出去;下吴村一度将本村主业定为"蚕品",但大家伙一哄而上,随着一筐又一筐白花花的蚕茧涌入市场,蚕市愣是像黄瓜棚抽掉了芦秆——眼看着往下塌。

在洑家村一块苗木地里,一位村民正对着满园的苗木发愁。他告诉记者:"前几年,见种香樟的发了财,一棵树能卖到上万块,这不,我自己也种了一园子的香樟。可现在,城里绿化改了树种,香樟树跌到几百块都没人要。"

在调研中,记者了解到,为解决农产品"烂市"问题,"山两边"都使尽了浑身解数,想方设法打通"产、供、销"各个环节。譬如,引进优质品种,引导种植特色农产品,建立专业合作社,打造供销网络,举办各种展销会……

但就客观效果看，问题并没有从根本上得到解决。一位干部坦言："市场需求，波谲云诡。完全解决'烂市'，难呐！政府既无法在价格上为农民'兜底'，也不能在经营上越俎代庖。农民呢，一直在'贵了，一哄而上种；贱了，一拥而上砍'的怪圈里徘徊、徘徊、徘徊……"

"这个顽瘴痼疾难道就没办法解决了吗？"记者替农民着急。

常州市农业农村局局长李昙云说："市易时易，种植亦易。而要'易'，就需要不断更新观念，需要高素质的人。因此，当务之急是要培养更多懂技术、爱农业、会管理的新型职业农民，让农民成为具有专业技能的'绿领'。培养'新农人'迫在眉睫！"

洑家村的吴士明对这个观点翘了大拇哥。他清楚记得，从养蚕、种板栗到养青虾、种茶叶，洑家村每一次"人无我有，人有我转"的跨越，背后都是农技员起到了关键作用。

"村里有个'新农人'，胜过一个活财神。"调研中，无论洑家村还是下吴村，都有这样的共识。

下吴村的吴定义讲述了自己对"新农人"的理解：操作新农机需要"新农人"，掌握新农艺需要"新农人"，整合产业模式需要"新农人"，扩大规模经营也需要"新农人"，规范领办合作社还是离不开"新农人"……靠旧式农民实现乡村振兴，是不现实的。

"'新农人'，不局限在懂农业技术这一个层面上。还应该懂得经营管理——这一点，难度并不比掌握农业技术低。乡村产业要有大发展，这一关，早晚都要过！只有过了这一关，农村的发展，才算迈上了新台阶。"郎溪县农技服务中心主任汪浩说。

规模经营贵在适度

农村改革发展至今天，已迈入了新的阶段。乡村振兴时代，需要怎样的农业组织方式？

调研中，我们了解到：随着农业生产方式的改变，无论洑家村还是下吴村都意识到，过去分散、粗放的经营方式，已难以适应现代农业发展的要求，规模经营势在必行。为此，两村正在加大力度推行土地流转机制，把农田集中起来，实行连片开发。

那么，集中到什么程度为宜？

对这个问题，在座谈会上，两位基层干部的观点出现了分歧：

一位年轻的副乡长说："农业，有规模才有效益。规模宜大不宜小。只有尽可能把田集中在种植大户手里，采用先进的机械耕作，效益才能大大提高。"

另一位农业农村局的调研员则表达了担忧："规模也不是越大越好。毕竟，我们的机械化水平还不像发达国家那么高。土地太多，未必'吃'得下。'吃'不下，一旦碰上极端天气，就会出现庄稼来不及收烂在地里这种情况。再说，我们的就业岗位也还有限，没了田，那么多农民干什么？"

一位种茶大户也有这种担忧："我自己的茶园，农忙的时候要招几十号人来采茶，村里的劳力不够用，只得从外地招工。但过了采茶季，大家伙儿又闲着没事可干。"

还有一位村民私下向记者抱怨："真后悔把土地流转出去，大户们哗哗数钞票，我们只能拿那点可怜的流转费。图个啥？"

一位不愿意透露姓名的县干部想得更深远：这些年，国内外经济发展不稳定因素增多。一旦碰到像2008年那样的全球性金融危机、或是前几年那样的新冠疫情，企业经营遇到困难不得不减人，农民在外无工可打，回来又无地可种，就会对社会稳定造成影响。

溧阳市农业农村局局长孙斌认为："土地流转，贵在'适度'。流转规模要与农村劳动力转移情况、技术能力和社会化服务水平相适应，不追求一个模式、一个标准。应依据不同的农业资源禀赋，采取不同的措施。譬如，引导发展土地入股、土地托管、统一服务等多种形式，提高集约化水平。同时还要处理好大户与村民之间的利益分配问题，绝不能'富了老板、丢了老乡'。"

幸福感，要从多维度衡量

调研中，"山两边"不论干部还是村民，都有一个共识：日子过得好不好，不能光看赚了多少钞票，还要看居住环境美不美、社会秩序是否井然、乡风民俗是否淳朴、干部作风是否清正、邻里关系是否和谐、精神生活是否富有……

其实，两地都吃过一味追求 GDP 的亏。当年，开矿山、养青虾，曾让青山遍布"癫痫"、溪水污浊不堪。因为污染，让常来买茶的老主顾打起了退堂鼓，让一些村民得了肺矽病、胆结石……

痛定思痛，洑家村下定决心改造人居环境，转型山水旅游。下吴村也定下一条铁律：不招污染企业，不上有害项目！

我们做了一个田野调查："你认为的好日子是什么样的？""山两边"村民的答案中，前 5 位高频词是：生活富足、环境优美、舒适宜居、和谐融洽、精神愉快。

郎溪县委书记嵇文认为："必须走出经济数据决定一切的误区。乡村振兴的落脚点是什么？由里往外美，让老百姓有实实在在的幸福感！富口袋，还要富环境、富乡风、富精神、富心灵……'暧暧远人村，依依墟里烟。狗吠深巷中，鸡鸣桑树颠'，这种黄发垂髫怡然乐、宁静和谐乡味浓的诗意图景，又何尝不是我们农村工作的追求？"

涵育乡风，打造精神家园，"山两边"均做了很多工作，但他们认为，还有更多的工作等着他们。

溧阳市文明办主任陈家敬总结了目前乡风文明建设的几个瓶颈：活动"有"而不"活"；基层"进"而不"深"；服务"送"而不"需"……

"乡村振兴，既要塑形，也要铸魂。文化氛围的形成，个体素养的提升，是个长期的、系统的'浸润'过程。要做好这个系统工程，不仅要以政府为主导，还要运用各种辅助方式。譬如：吸纳社会资金向农村文化产业投资、建立城市对农村的文化援助机制、鼓励农民自建文化设施等等。农村文化建设，是一种基于对农村和农民的理解、尊重之上的引领。既要'送文化'也要'种文化'。只有在潜移默化的熏陶中，农民的思想境界才能一步步高尚起来。"常州市委常委、宣传部部长陈志良这样认为。

郎溪县委常委、宣传部部长杨娟也有着自己的理解："文化是感情的纽带，乡风文明做好了，村民就会更加眷恋脚下这块大地。丰富农民的文化生活，不仅提升其生活质量，也开阔其眼界，提振其精气神，增强其幸福感——这是振兴乡村的动力源。有了这个动力源，他们就会扑下身子为改造这块乡土释放出更多潜能。"

乡村治理最怕"一刀切"

"想的是提高收入，怕的是摊派任务，盼的是自己做主，要的是精准服务！"在和村民座谈中，有人对乡村治理提出了这样的期盼。

在座谈中，村民普遍反映，当前，国家的宏观政策和指导方向很得民心，大家都很赞成。但对某些政策"落地"精准度，仍"心里没底"，特别是对有些地方在基层治理过程中存在的"一刀切"现象，尤为反感。

一位在上海闯荡多年，刚刚回乡创业的农民说："确保十八亿亩耕地的重要性，谁都明白！但是各地的情况不一样，绝对不能一刀切！听说，有些地方强令农户把种茶的坡地改种粮食。更有过分的，在绿化带里种庄稼……这种事儿，国家得管一管呀！"

对农村基层管理，哪些该管哪些不该管，不少村民也提出了自己的看法："听说，有些地方连怎样种庄稼、怎样收割都要管。甚至农民自家杀头猪，也要一级一级'跑证明'，这样弄下去，农民哪还有经营自主权？"

有的农民对禁烧秸秆表示不解："烧秸秆，真会污染环境吗？祖祖辈辈挖土刨梢，只知道烧秸秆可以肥田、可以杀虫害。不让焚烧，不是加重了病虫害吗？"

也有农民支持禁烧："烧秸秆，对环境的污染可不敢小看。听说连农业很发达的国家都不提倡烧呢。人家鼓励农民通过秸秆堆肥还田开展资源循环利用。"

还有农民取了一个中间态度："秸秆焚烧既不能'一禁了之'，也不能'一放了之'，应该'禁疏结合'。'深处种菱浅种稻，不深不浅种荷花'，凡事都应该因地制宜嘛。"

走进群众中，这些意见令我们深思……

下吴村、洑家村，只是中国广袤大地上的两个普通村落。两个村落发生的故事，算不上惊天动地。但是，一定会镌刻在中国山乡巨变的史册中！

就历史长河来看，几十年，只是短暂的一瞬。但是，我们追踪的这几十年，绝不会像流星一样倏然而逝。它会在中国农村改革发展史上，如铁划银钩般留下浓重一痕！

故事还在继续。

章节该如何丰富？

史册又该怎样续写？

你我都在期待着……

（《光明日报》2023 年 07 月 24 日）

申报资料实录

作品简介：这是基于一场追踪近30年的调研写就的报道。1995年，记者在江苏常州采访，一条新闻线索引起他的关注：苏皖边界的伍员山两边分置着两个小山村，两村自然条件完全相同，发展光景却判若霄壤。为何有如此大的差异？记者展开深入调研，并在1995年和1998年发表《山这边，山那边……》《三年再访山两边》两篇。2023年4月，记者再次走进山两边，展开蹲点式调研。调研团队切实强化脚力，坚持挨家挨户实地走访、听村干部总结得失、组织专家座谈讲问题根源；努力增强眼力，收集"山两边"户籍、集体财产与分红账目等经济数据，系统了解了两座村庄经济运行、社会网络、居住格局、宗族关系等情况，取得第一手宝贵素材；不断调动脑力，在纷繁复杂的问题中，定位"党的建设""农村空心化""培育新农人""规模经营""幸福感""乡村治理"6个代表性问题；努力提升笔力，善用群众语言、善讲生动故事、善展书卷气韵，用散文化表达，把"硬道理"变成了"软表达"，实现了"润物细无声"的效果。

社会效果：作品刊发后，两省主要新闻媒体均在重要时段和版面予以转播转载，全国超过100家媒体转发报道。该文在全网点击量超过1.6亿。助推了当地经济社会发展和乡村风尚转变。

初评评语：作品聚焦"乡村振兴"重大主题报道，响应中央大兴调查研究号召。视角独特,具有极强的新闻敏锐性,成为对比式新闻的典范。追踪近30年,在新闻界非常罕见,具有极强的新闻深度。文章实事求是,不回避短板,提出影响乡村振兴的6个代表性问题,引起全国强烈共鸣。文笔优美,大量使用散文笔法,"用小角度讲大道理,用妙故事化硬题目,用好文笔活泛题材",是改进文风、提升新闻表达的上乘之作。

"数说两会"融媒体报道

赵子忠　张曙红　姜　范　熊　丽　潘笑天

作品二维码

《"数说两会"融媒体报道》

（经济日报新闻客户端，经济日报抖音、快手、视频号，《经济日报》
2023年03月05日）

申报资料实录

作品简介：2023年是全面贯彻党的二十大精神的开局之年，社会各界对我国经济发展目标予以高度关注。全国两会期间，经济日报精心策划推出"数说两会"融媒体报道，以"原创短视频＋报纸专栏"的形式，由专业记者出镜和撰文，对GDP增长预期目标、物价控制指标、新增就业目标、粮食产量目标以及城镇化率、研发投入、消费市场等重要经济指标进行了深入浅出的解读。3月5日，2023年GDP增长预期目标公布后，"数说两会"抢抓第一落点，当日在经济日报新闻客户端及短视频各平台播发首期视频《GDP增长预期目标为什么是5%左右》，对数据进行理性解读、客观分析，次日在经济日报两会特刊推出文章《为什么说5%左右增速符合实际》。短视频与文章围绕同一主题，探索不同表达，发挥各自优势，形成了"1+1>2"的效果。2023年全国两会期间，"数说两会"融媒体报道连续播发7条短视频、7篇稿件。

社会效果："数说两会"融媒体报道在经济日报新媒体平台和报纸推出后，经济日报微博同步转发，开设#数说两会#话题，引导网友积极参与讨论，经济日报海外账号也针对海外网友兴趣进行精准推送，形成传播合力，取得积极社会反响。据不完全统计，全国两会期间，系列短视频播放量超过3700万，微博话题阅读量超过2.1亿。作品被主要新闻网站和学习强国、今日头条等平台广泛转发。

初评评语："数说两会"融媒体报道是中央媒体对重大主题宣传进行轻量化表达的一次积极探索。经济日报发挥内容资源优势、创新传播方式，成功地让宏观经济数据"活起来""动起来"，帮助广大网友更好读懂重要经济数据、更好把握经济发展大势。作品解读客观理性，表达鲜活生动，有网感有特色，有高度有新意，发挥了凝聚社会共识、稳定市场预期、增强发展信心的作用，彰显了中央党报、经济大报的传播力引导力影响力公信力。

吉林开年建设农业强省一线观察系列报道

新华社吉林分社　郎秋红

薛钦峰吉林日报社　张力军　赵宝忠　孙翠翠　王　伟

代表作一

早春时节，白山松水仍覆盖着皑皑白雪，但广袤的黑土地上已然澎湃着勇挑重担、奋发前行的滚滚热潮。

日前发布的中央一号文件释放重农强农强烈信号，农业大省吉林全面发力，抢抓吉林机遇。

全面实施"千亿斤粮食"产能建设工程、推动"秸秆变肉"暨千万头肉牛建设工程上规模、建设"十大产业"集群、发展乡村旅游、推进乡村建设行动……

坚决扛起习近平总书记赋予的"争当农业现代化排头兵"重任，率先建设农业强省。吉林，从春天出发，一刻都不停步。

为国家守好"黑土粮仓"等不得慢不得

育苗大棚里紧张忙碌，农资市场里人来人往。平整土地，疏浚沟渠，选种购肥，整修农机……眼下的松辽平原，从南到北，从东到西，一幅备春耕、忙发展的动人画卷正在希望的田野上徐徐展开。

"中央一号文件下发后，吉林省迅速制定省委一号文件，从粮食安全、重要农产品稳产保供、黑土地保护等方面深化配套措施，全面推进顶层设计、政策谋划和工作落实。"吉林省副省长韩福春说。

开年就开跑,起步即冲刺。春节刚过,全省接续召开多个农村工作会议,省委主要负责人密集到农村、农业科研院所深入调研,对全省"三农"工作进行部署。在省政府主要负责人参加的座谈会上,中国工程院院士李玉等11位专家学者围绕盐碱地高效治理与利用、保护性耕作技术、农业科技创新等方面提出意见建议。

加快建设农业强省,吉林力度不减,步伐不停。"敢为、敢闯、敢干、敢首创",传递出吉林要走在前、开新路、作示范,率先在全国建设农业强省的信心和决心。

筑牢大国粮仓,加强供给保障是关键。全省今年粮食播种面积力争达到9000万亩,总产稳定在800亿斤以上。

保障粮食安全,耕地保护是抓手。全省新建高标准农田378万亩,保护性耕作面积3500万亩。

粮食生产,命脉在水利。大中型灌区等重点工程概算总投资1200亿元以上。

农村要富裕,产业需振兴。推动"秸秆变肉"暨千万头肉牛工程上规模上水平,全年肉牛饲养量发展到770万头。

……

从农业大省向农业强省迈进,等不得慢不得坐不住,全省各地拉满弓张满弦,奋力抢抓新机遇,干出新气象。

投资100亿元,引入4个院士团队,与中科院等15个单位建立合作关系,签订重点项目6个……坐落在公主岭市的吉林长春国家农业高新技术产业示范区(以下简称"长春农高区")获批不到一年,国家现代农业产业园、肉牛良种繁育融合示范产业园、食品产业园等已具雏形。

"省里全力支持长春农高区开展首创性探索和实验,我们以专班专线机制推进,超常规运转。"长春农高区专班成员王海成说,现在几十个项目在谈,每天都有新进展。

实行一线"赛马"机制,倒排工期,挂图作战。全省各产粮大县你追我赶。

"1月份种子入库率已经超过50%，化肥超过30%。"榆树市农业农村局副局长郎晓峰说。榆树被誉为"天下第一粮仓"，去年粮食产量达62.2亿斤。

今年除完成上级下达的高标准农田建设任务27万亩，榆树还投入1.29亿元建设3万亩高标准农田示范区。"中央一号文件提出要加强农业基础设施建设，榆树要抓住机遇，走在全省前列。"郎晓峰说。

企业看准了就要甩开膀子干

机器轰鸣，传送带穿梭。刚建成不久的吉林省鸿翔种业有限公司制种车间里，生产热火朝天。

种子是农业的"芯片"。得益于吉林6个方面19条政策支持，鸿翔种业快速发展，已闯入全国玉米种子销售前五强。今年中央一号文件提出深入实施种业振兴行动，吉林省提出发挥生物育种联盟作用，开展联合攻关和联合选育，鸿翔种业发展信心更足。

企业负责人贺伟说，今年不仅要扩大育种面积，再上一条生产线，还要建立种子研发中心、科研实验站。"我们要打造中国玉米种业'硅谷'。"

放开手脚，让一切有利于"三农"的活水涌流。记者在吉林大地采访，一个突出感受是企业家信心更足，胆子更大。

"今年要对接大型涉农企业开展技术合作，力争改造盐碱地5万至10万亩。"中科佰澳格霖农业发展有限公司董事长潘修强说。

近年来，吉林省深挖耕地后备资源，大力引导新型农业经营主体、工商资本等参与西部土地整治项目，昔日的不毛之地正成为新的粮食增长极。

"政府奖补资金加上水稻的产出，可实现12%到15%的收益。"潘修强说。今年是他在大安市投资改良盐碱地的第7年，去年他干脆把户口迁到了大安。

看准了就要甩开膀子干。"以前光种粮，今年要转变思路。"在乾安县大遐畜牧场，除副场长赵君留守，3位主要负责人分赴山东、上海等地洽谈项目。

吉林粮食生产优势突出，但一二三产关联度融合度不高，产业链集聚力整合力不强。今年省委提出强龙头补链条，做好"粮头食尾""农头工尾""畜头肉尾"增值大文章。在政府引导下，大遇畜牧场今年开始谋划增加鲜食玉米种植及加工业，升级产业链，由一产向三产融合转型。

让群众的激情充分迸发

这几天，长春晨晖农机合作社负责人刘臣正忙着制作PPT课件。他又研制出一款新式条耕机，正急着去各个合作社演示讲解。

吉林省近年来大力推广黑土地保护耕作技术，但农机不配套始终是一个掣肘的因素。"我想自己研制农机具。"刘臣萌生了一个大胆的想法。

吉林省有2375万人口，农民有870万。避免"政府干，农民看"，就要尊重农民主体地位，激发群众智慧，大胆干、勇敢闯。

省市农机站大力支持，不少技术员下来帮忙。新机具边使用边改进，受到越来越多的庄稼人认可。现在，"刘臣牌"条耕机已卖出2000多台。

离春耕开始还有2个多月，在全国产粮大县农安，乾溢农业发展专业合作社联合社负责人徐国臣忙得"脚打后脑勺儿"。从提供先进耕作技术、农资团购到组建财务团队理清账目……联合社管理越来越规范，服务也不断升级。

为破解土地分散、小农户难以对接大市场等问题，近年来吉林省持续开展新型农业经营主体提升行动，9方面36条措施，支持新型农业经营主体发展。目前，吉林全省社会化服务组织已发展到3万个，全省农业生产托管服务6300万亩。

"中央一号文件提出大力发展代耕代种、代管代收、全程托管等社会化服务，给我们联合社吃了'定心丸'。"徐国臣说，今年成员社又增加了100多个，达到370余家，仅托管土地就达1万多公顷。

2月的东北，吉林省农业科学院的试验田还是雪盖冰封，坐落在海南的农科院南繁育种基地，玉米、水稻已经抽穗灌浆。

"这边正是育种加代的关键期。"吉林省农业科学院副院长郭中校一边通过视频向记者展示试验田，一边兴奋地告诉记者，"本院那边，加快科研体制改革的方案也已经进入了审批阶段。"

"突破前进路上的各种障碍，大胆地试，勇敢地闯，吉林省一定会迎来大丰收的又一个春天。"郭中校说。

代表作二

强国必先强农，农强方能国强。

吉林，国之粮仓。

作为产粮大省，吉林省全面贯彻落实党的二十大精神和中央农村工作会议部署，坚决扛起习近平总书记赋予吉林"争当农业现代化排头兵"的重任，率先在全国建设农业强省，努力在建设农业强国战略全局中走在前、开新路、作示范。

2022年吉林省粮食总产量816.16亿斤，比上年增产8.32亿斤，再创历史新高。粮食产量连续10年超过700亿斤，吉林再次交出一份重若千钧的答卷！

2023年伊始，党的二十大胜利召开后首个指导"三农"工作的中央一号文件隆重发布，对加快建设农业强国进行战略部署。

吉林省迅速行动，坚决扛稳维护国家粮食安全重任，保障重要农产品稳定安全供给，守好"三农"基本盘，以破竹之势，全面推进农业强省建设。

再创高产纪录背后的新"粮策"

年味儿未散，长春市九台区德强种植业家庭农场负责人潘丙国已经开始备春耕。

应接不暇的农资电话，进进出出的运输货车以及老潘说话时遮掩不住的兴奋，将种地人的种粮信心展现得淋漓尽致。

"从国家到省、市、县,政策越来越好,社会化服务有补贴,黑土地保护有资金,种子、化肥虽然涨价了,政府对农民有补贴,我们得趁着这股春风大干一番,今年我们保护性耕作服务面积由原来的260公顷一下就增加到1000公顷……"老潘说。

农民种粮能赚钱,国家粮食才安全。中央一号文件从价格、补贴、保险等方面健全种粮农民收益保障机制,让种粮农民有账算、有钱挣、得实惠,老潘种好粮的心气儿更高了。

农民种粮底气与信心的背后,是吉林省扛稳国家粮食安全政治责任,为国家守好"黑土粮仓",建设农业强省的坚定决心和生动实践。

2022年,吉林省启动实施"千亿斤粮食"产能建设工程,以产粮大县为依托、重大工程为抓手、农业科技为支撑,以"四良一智"促生产、提产能,规划通过5到10年时间,粮食产能突破1000亿斤。

同样是这一年,吉林省黑土地保护利用迈出新步伐,累计建设高标准农田4330万亩,黑土地保护性耕作面积扩大到3283万亩,居全国第一位。

无人机悄然盘旋,自动化、物联网将更精准的数据从大地传入电脑。广袤的黑土地上,智慧化、数字化、无人化的耕种模式,正孕育着另一场新丰收。

梨树县梨树镇宏旺农机农民专业合作社,一台台智慧化农机整齐待发。

"未来,我们的农田作业就像打游戏一样,不用下地,坐在办公室里动动手指头就把活儿干了。"合作社理事长张文镝说,中央持续释放重农强农强烈信号,吉林省利好"三农"的新政策越来越多,在吉林省深耕农业一定大有作为。

解决吃饭问题,根本出路在科技。中央一号文件提出,强化农业科技和装备支撑。

洮南市洮府乡南郊村南郊一社农户刘学军采用西部玉米水肥一体化产效双增技术,去年实现每公顷增产20%以上。

这项技术是吉林省农业科学院王立春科研团队用了10年时间攻关创新的,在吉林西部地区大面积推广应用。平均每公顷增产5400至6000斤,水分利用效率提高43.0%，肥料利用率提高30.0%，每公顷综合收入增加4800元以上。

2022年吉林省主推58项技术、主导品种120个，推广水肥一体化技术298万亩，绿色高质高效行动示范县实现产粮大县全覆盖，线上线下开展科技培训127.9万人次。

农业科技，正为再创粮食产量新高夯实力量。

大食物观里"生"出新产业链

农安县巴吉垒镇绿色循环肉牛产业示范园内，粮食种植、饲料生产、肉牛养殖、粪肥加工的绿色循环系统，让育肥牛们生活得格外惬意。

"绿色循环养殖，让粮食变肉，丰富了餐桌，也拉长了产业链。"示范园负责人徐鹤说。

党的二十大报告提出，要树立大食物观，构建多元化食物供给体系，多途径开发食物来源。

跳出粮食看粮食，粮食和肉牛统筹推进，实施"秸秆变肉"暨千万头肉牛建设工程，通过种养结合，实现粮食、肉类食品生产、加工、物流等全产业链发展，构建多元化的食物供给体系，正是吉林省扎实落实大食物观的有力举措。

数据显示，2022年，吉林省肉牛饲养量达到652.6万头，同比增长12.4%，增幅领跑东北，位居全国前列。

在吉林省新牧科技有限公司，一批批冻精经过分装后装罐保存，这家企业年产优质冻精230万剂，产能不仅能保障吉林，产品还销往全国各地。

目前，吉林省依托科研院所建立"肉牛遗传育种重点实验室"等多个科研创新平台，为种源保护与良种培育提供了保障。

"肉盘子"要托稳，"菜篮子"更得丰盛。

因地制宜践行大食物观，探索多元供给，吉林蹄疾步稳。

走进梨树县喇嘛甸镇盛园蔬菜种植养殖专业合作社蔬菜大棚，蔬菜秧苗吐绿含英。

"合作社有52栋温室,每天能产4000余斤蔬菜。这几年政策好,市场也打开了,合作社还打算进一步扩大规模。"合作社理事长王彦告诉记者。

近年来,吉林省大力调整农业结构,发展现代设施农业,启动实施"百万亩棚室建设工程"。2022年,新建棚室2.99万亩,冬季地产新鲜蔬菜自给率突破12%。

"米袋子"更充足,"肉盘子"更沉实,"菜篮子"更丰富,吉林农产品生产从"有没有"转向"好不好",从旧动能转成新动能,构建大食物观的磅礴文章,正细腻起笔。

叫响"吉字号"引领农业高质量发展

"世界人参看中国,中国人参看吉林。"抚松县万良镇醒目的标牌背后,是"吉字号"的底气和信心。

万良镇是因人参而兴起的省级特色产业小镇,人参的种植加工有450多年历史。

近年来,吉林举全省之力集中培育创建"长白山人参"产业集群。2022年,吉林省人参全产业链总产值达642.5亿元,领跑全省乡村特色产业发展,成为吉林东部山区产业兴旺的重要标志。

万良镇借势而起,建成了世界最大的人参交易市场——国家级长白山人参市场,特色小镇里呈现出"家家是企业,处处是工厂"的繁荣景象。

打造提升农业品牌是建设农业强省和全面推进乡村振兴的重要途径。

吉林省全面实施品牌强农战略,发挥品牌效应,成功打造了吉林大米、吉林玉米、吉林杂粮杂豆、吉林长白山人参、吉林长白山黑木耳、吉林优质畜产品、吉林梅花鹿七大"吉字号"农业品牌,为建设农业强省、全面推进乡村振兴提供了支撑。

农历兔年新春,吉林鲜食玉米走俏年货市场。位于永吉县中新食品区内的吉林嘉美食品有限公司鲜食玉米线上线下销售火爆。

"因为品牌响了,销量也上去了,市场倒逼生产,产业链越拉越长,产品附加值不断提升。"吉林嘉美食品有限公司生产负责人王文峰说,借助吉林省打造农业品牌大势，企业不断发展壮大，公司产业链上游拥有鲜食玉米基地种植，中游拥有雄厚的鲜食玉米精深加工、科研实力，下游拥有电商、OEM、出口等流通销售渠道，年生产加工真空包装鲜食玉米能力达到3000万穗。

树起一个品牌，激活一片市场，提升整个行业。

从"筚路蓝缕"到"群芳争艳"，从"自无至有"到"自有至优"，吉林省农业品牌建设一路高歌猛进，推动农业现代化建设跑出"加速度"。

必须在扛稳国家粮食安全上再立新功，必须在率先实现农业现代化上实现新突破。建设供给保障强、科技装备强、经营体系强、产业韧性强、竞争能力强的农业强国，吉林铆足干劲，勇站排头。

和美乡村绘新卷

——吉林开年建设农业强省一线观察之三

吉林日报记者 赵宝忠 王伟 新华社记者 郎秋红 薛钦峰

集体经营性建设用地入市改革试水，村集体经济壮大破冰，特色产业发展兴涛弄潮，和美乡村建设逐浪扬波……

东北的初春，乍暖还寒，皑皑白雪之上，农业大省吉林，全面对标对表习近平总书记重要指示精神，以中央一号文件为遵循，坚定航向、开足马力，全面推进乡村产业、人才、文化、生态、组织振兴，为建设宜居宜业和美乡村而不懈奋斗。

格局更大——

从"三权分置"到壮大新型村集体经济

走进长春市九台区合悦听湖创意农场，农业现代化气息扑面而来。田园艺术民宿、自动化阳光果蔬棚、阳光音乐花房、植物迷宫、宠物乐园、共享家庭农场，流水潺潺、温馨惬意。

占地面积如此广阔的田园综合体项目如何落地？项目用地从何而来？

"我们这个项目2018年选址并启动，能有这样的建设规模，主要得益于集体经营性建设用地入市改革，为农场发展提供了用地保障。"合悦听湖创意农场董事长臧贵臣说，今年的中央一号文件对推动乡村产业高质量发展作出了明确部署，吉林省不仅配套了一系列扶持政策，还进行了各种探索和改革，农业企业迎来了发展和腾飞的最佳机遇。

对于肩负国家粮食安全重任的吉林来说，守住耕地红线与项目用地保障一直是招商引资、项目落地、推动乡村产业高质量发展的一道难题。

如何破题？

一场集体经营性建设用地入市的改革试水，在长春市九台区率先展开。

农村集体经营性建设用地入市改革、农村土地征收制度改革、农村宅基地制度改革，九台区坚守"土地公有制性质不改变、耕地红线不突破、农民利益不受损"的三条底线，推进"三块地"改革，实现了三项改革任务的纵深推进、深度融合、全域覆盖，成功破解项目落地和企业发展用地困难的难题。

集体经营性建设用地入市改革，仅仅是吉林省深化改革、推动乡村产业高质量发展的一个缩影。

近年来，吉林省始终把改革作为解决"三农"问题的重要法宝，贯穿农业强省建设全过程，围绕处理好农民和土地关系这条主线，把强化集体所有制根基、保障和实现农民集体成员权利同激活资源要素统一起来，让广大农民分享更多改革成果。

深化农村"三变"改革，活化农村集体"三资"，加快构建产权关系明晰、治理架构科学、经营方式稳健、收益分配合理的运行机制，巩固扩大农村承包地"三权分置"改革成果，持续激活主体要素。牢牢把握适度规模经营这一现代农业发展方向，加快健全农业社会化服务体系，构建新型农业经营体系。

土地集约化经营是现代农业发展的必经之路。吉林基层干部群众积极实践和探索拓宽农民增收致富渠道的脚步从未停止。

2016年，松原市大洼镇民乐村党支部书记张志峰带头由村集体成立农民合作社，集中小部分土地进行农业技术示范。合作社实行统一购买农资、播种、田间管理、秋收、卖粮，收益分配。村集体负责合作社经营的日常监督工作。几年后，合作社的经营收益越来越高，越来越多的村民主动把土地交给合作社经营。

"今年得到分红 4.1 万元，比去年多了 6400 元，加上我在村里蔬菜合作社承包的两栋大棚，年收入已达到 9 万元。"村民张志华说。

2020 年以来，松原市总结基层经验，将村党支部领办合作社作为推进乡村振兴的重要载体，推进现代农业、发展壮大村集体经济的有力抓手。目前，松原市 1000 多个行政村发展党支部领办合作社已达到 40.9%，2022 年实现 127 个村分红总（金）额 2.43 亿元。

松原市的探索，正是对中央一号文件所提出的"要拓宽农民增收致富渠道"的生动实践。

路子更广——

从"资源洼地"到发展要素奔涌而来

钱从哪来？人才从哪来？

这是一道难题，却是建设宜居宜业和美乡村的必答题。

吉林省敢为、敢闯，补短板、强弱项、健机制，以项目吸引资金，以政策吸引人才，促进更多要素资源向乡村聚集。

春节后上班第一天，通榆县天意农产品经贸有限责任公司董事长于海娟就带着各部门负责人研究辣椒产品出口订单。

作为当地最大的辣椒深加工企业，2022 年，天意公司出口产品 8 万吨，出口额突破 2 亿元人民币。

"我们企业运转资金充沛、人才充足，得益于通榆县委、县政府对特色农业产业化发展的持续投入。"于海娟告诉记者，通榆县不断加大对当地产业和企业的扶持力度，出台各种利好政策，不仅让她这样的企业掌舵人更有信心不断增加投资、扩大产能，也让全国农业人才敢于落户通榆。

2022 年，吉林省在大安市建立"万亩全域土地综合整治示范区"，华清农业开发有限公司、河北硅谷肥业有限公司等 11 家科研单位与企业先后入驻，在大安市的盐碱地里展开技术"大比武"。

随着企业先后落地，高端人才源源不断地涌来，为大安市盐碱地治理注入了绵绵不绝的新动力，曾经的不毛之地成了今日的米粮仓。

"今年中央一号文件释放了更多重农强农信号，吉林省关于盐碱地改良也出台了更多好政策，我们抓住发展机遇，在大安市扩建了厂房，加盖了职工宿舍……"河北硅谷肥业有限公司相关负责人董要东说，今年公司在大安市投入了更多的资金，也调派了更多的人才。

路子广了，思路宽了。一股干事创业的火热激情在白山松水间激荡。

代表作三

获得感更强——
从"守住防线"到宜居宜业和美乡村

整洁的柏油马路如一条黑色丝带蜿蜒穿过双辽市的10个村屯，沿线的一马树森林公园、八一湖等景点相互呼应补充，成为小有名气的"金秀旅游精品线路"，为村民致富拓宽渠道。

东辽县安石镇朝阳村，一二三产融合发展，凭借"农业+产业+旅游"的思路，实现从特困村向"首富村"成功"逆袭"。

通榆县"小积分"激活大德治，让移风易俗在城乡处处有新风。

公主岭市大岭镇黄花村，农民巧用网络直播，让村里的君子兰产业火了起来。

宜居宜业和美乡村正在吉林大地如花绽放。

何以除旧布新、改天换地？

近年来，吉林省坚持稳中求进总基调，围绕"五大振兴"要求，锚定加快农业强省建设目标，聚焦"守底线、抓发展、促振兴"，全面促进脱贫群众持续稳定增收，全面守牢不发生规模性返贫底线，全面加快宜居宜业和美乡村建设。

2022年吉林省脱贫群众收入实现新增长，人均达到13805元，14.5%的增速高于全国平均水平；

产业就业帮扶取得新突破，全省产业帮扶项目带动人数、脱贫群众及监测对象就业、帮扶车间数量、新增脱贫人口小额信贷均较大幅度增长；

防返贫监测帮扶得到新加强，农户手机申报小程序、村组专兼职防返贫监测员和中省直部门厅际沟通协调机制作用充分发挥，牢牢守住不发生规模性返贫底线；

乡村建设行动再上新台阶，在全国率先建立由吉林省委、省政府分管领导任总召集人的省级议事协调机制，创新形成以"1+16"方案体系为支撑、"一引领三提升一示范"为抓手的乡村建设行动升级版；

重点边境村建设迈出新步伐，全省实施产业项目99个、基础设施建设项目196个，村集体年收入10万元以上的村达到197个，聚集人气效应明显。

这是一年来吉林省持续推进巩固拓展脱贫攻坚成果上台阶、全面推进乡村振兴开新局的最直接体现。

一切过往，皆为序章。新的起点，吉林人民再次以奋发有为的姿态，咬定青山不放松、脚踏实地加油干。以更有力的举措、汇聚更强大的力量，促进农业高质高效、乡村宜居宜业、农民富裕富足。

（《吉林日报》《新华每日电讯》2023年02月19日－2023年02月22日）

申报资料实录

作品简介：这是一组历时近2个月策划、采访的调研稿件。党的二十大胜利召开后，加快建设农业强国引发社会广泛讨论。吉林日报和新华社吉林分社打破单位壁垒，组成联合调研组，提前策划、精心组织，并开展多次研讨。在2023年开年之际，多组记者组成小分队顶风冒雪深入产粮大省吉林十余个全国产粮大县，走农户、进企业，与干部群众深入交流，从基层干部、企业、农民等视角，充分采访基层在建设农业强国的一线场景、所思所想，历时一个多月时间完成调研采访。这组稿件从一线干部群众在建设农业强国中的担当作为、全力保障粮食安全、建设美丽乡村三个视角呈现，写作上接"天气"，下接"地气"，生动鲜活，写出了基层干部群众的干事创业热情，使重大主题报道实现高度、深度双提升。稿件在2023年"中央一号"文件向社会公布的第一时间刊发，在社会各界掀起关注农业强国建设的热潮，形成良好影响和传播声势。

社会效果：稿件刊发后，在新华每日电讯报连续三天头版展示，人民网、今日头条、中国经济网等1400家媒体采用、转载，新华社客户端浏览量超千万次。相关报道在微博平台引发广泛点赞，形成"央媒看吉林"等多个热点话题，其中"吉林开年建设农业强省"阅读量超百万。

初评评语：这组稿件主题重大、刊发时机精准，集中反映了"黑土粮仓"如何迅速落实党的二十大精神，及时回应了总书记关切。稿件紧扣全方位夯实粮食安全根基，聚焦地方敢为、敢闯、敢干、敢首创的精神，采访扎实、基调昂扬，生动展现粮食主产区抢抓机遇建设农业强国的新气象、新作为，读后令人振奋。

台籍火车司机：深知离别苦 方晓团圆甜

龙 敏

"厦门海沧站，调机 HXN5B-133 机车整备完毕，具备作业条件。"今年是火车司机何志刚退休前的最后一个春运，他依然坚守工作岗位。

1968年1月出生的何志刚，祖籍台湾花莲，是中国铁路南昌局集团福州机务段的一名内燃机车司机。距离退休只有一个月了，他原本只被安排备班，却闲不住，听说春运物资运输比较忙碌，就特意申请跨区域支援位于厦门海沧的铁路货场。

20日，中新社记者跟随何志刚体验了这位台籍火车司机的繁忙春运。家住漳州市区的何志刚当天一大早出发，驱车60余公里，于7时前抵达位于厦门海沧的铁路货场交接班，开启长达12个小时的调车作业。

自1996年成为一名火车司机以来，从时速50公里的蒸汽机车到时速100多公里的内燃机车，何志刚驾驶火车里程已达100多万公里。

"大陆铁路运输发生了翻天覆地的变化。"何志刚感叹道，刚当司机时，开的是烧煤的蒸汽机车，上一个班下来，往往一身汗、一脸煤；现在，驾驶的内燃机车烧柴油，冬天有暖气，夏天有冷气，工作环境特别舒适。

厦门海沧站是福建沿海重要的物资运输枢纽。今年春运，何志刚负责货场装运以及短途的调车运输工作，"站好最后一班岗，安全操作标准一点也不能降低，这样才能保证行车安全。"

"身为一名铁路工人，让我们格外懂得团圆的意义。"参加工作以来，何志刚的春节都是在工作岗位上度过,"无论处于什么岗位,春节都是铁路工人最忙碌的时刻,客运列车运送旅客回家团圆,货运列车则运输电煤、南方水果等物资,确保千家万户安心过年。"

"不能陪伴家人,令我特别愧疚。"何志刚说,每当除夕夜,看到远方烟花璀璨,特别想念家人。

埋藏于何志刚心底的,还有另外一层的离别与团圆。他的父亲何云卿是台湾花莲县吉安乡人,1927年8月出生,1944年到大陆生活工作并安享晚年。

"父亲生前饱受思乡之苦。"何志刚向记者追述道,父亲经常带他们去漳州龙海的海边,朝着台湾方向默默眺望。"他对家乡的思念也倾注在孙辈身上,我女儿的名字叫瑞莲,莲就是花莲的莲。"

1992年,何云卿时隔40多年后回到台湾花莲家乡寻亲祭祖,并与其唯一的妹妹取得联系。"爷爷奶奶未曾等到父亲的归来,父亲为未曾尽孝抱憾不已。"何志刚说。

此后,何云卿与花莲家乡亲人保持着频繁的书信联系,"两岸家书"诉说着离别之苦和团圆之甜。何志刚回忆道,在深夜,父亲常常独自一人反复读着台湾亲人的来信,"估计是怕我们看到他流泪的样子。"

1997年发生的台湾地震再度让何云卿与花莲亲人失去联系。何志刚说,直至父亲去世前,再也未曾取得与花莲亲人的联系。"父亲的去世很突然,未曾留下只言片语,但我们懂得,他希望我们回花莲去团圆。"

作为漳州市台湾同胞联谊会常务理事,何志刚也曾随团去过花莲。令他记忆犹新的,不仅是七星潭、清水断崖的美景,更有"近乡情怯"的乡愁。让他特别遗憾的,是行程安排得满满当当,没能回到吉安乡找寻亲人。

"团圆是两岸同胞共同的期待。"在父亲去世后,何志刚时常翻阅父亲留下的"两岸家书",字里行间充满了对团圆的渴望。表哥给父亲的一封来信中写道:"阿舅,你的证件办理得如何,本地好多人都办理证件,返台探亲,家庭团圆的情景好叫人感动,又欢喜。"

除夕将至,何志刚心中那份对团圆的企盼更加热切。他说,"姑姑一家还生活在花莲，退休后将有更多的空闲时间去寻亲，回花莲老家团圆。"

（中国新闻社 2023 年 01 月 20 日）

申报资料实录

作品简介：祖籍台湾花莲的何志刚，是中国铁路南昌局集团有限公司福州机务段的一名内燃机车司机，2023 年是他退休前的最后一个春运。中新社记者多年来一直关注何志刚，在 2023 年农历兔年除夕前一日，跟随他清晨出发，驱车 60 余公里从其居住的漳州市区抵达厦门海沧铁路货场，实地体验、现场记录这位台籍火车司机的繁忙春运。同时，稿件从他本人在春运中的离别与团圆过渡到其亲人跨越海峡的离别与团圆，凸显"两岸一家亲"的主题。

社会效果：《（新春见闻）台籍火车司机：深知离别苦 方晓团圆甜》播发后，获澳门日报、台湾导报等境外媒体转载，并引发诸多媒体后续跟进报道。中新社记者深入一线的"新春走基层"报道，为媒体同行发现了一位有典型意义的新闻人物。

初评评语：在 2023 年"新春走基层"活动中，记者践行"四力"，精心策划，深入基层采访。《（新春见闻）台籍火车司机：深知离别苦 方晓团圆甜》以一位台籍火车司机的小故事反映中国发生的翻天覆地的变化，以个人春运的离别与团圆反映海峡两岸要和平、要发展、要团圆的大主题，视角独到、主题突出、内容丰富、语言生动，新闻性、现场感强，用鲜活故事打动人，在平实叙述中寓真情，亲和力和实效性突出，富有感染力和传播力。

新马可·波罗游记

黄　宇　易　华　宋　卫　姜音子　郭于浩
吴太亮　李春雪　谭苏菲

作品二维码

《新马可·波罗游记》

（华龙网首页、客户端2023年10月19日）

申报资料实录

作品简介：作品在第三届"一带一路"国际合作高峰论坛期间推出，紧扣总书记重要论述，将"一带一路"倡议与讲好东西方文明交往和中国传统文化的新时代故事有机融合，做到立意高、表达新、传播广。作品以"东西方文化交流先行者"马可·波罗传奇经历为原点，萌生了"在新时代中国，马可·波罗将有哪些奇遇"这一创意，立足重庆在"一带一路"陆海联动发展中的独特作用，并基于原著中马可波罗到过的地方，精选典型事件、场景、故事，设置"东南西北"四向开放通道为游览主线。在主人公的全新游历中，新时代中国伟大成就如一幅幅"工笔画"依次展示，进而写就《新马可·波罗游记》，成就中国故事、国际倡议的"大写意"。作品在融媒常用的技术手段之上再钻研，全面对标行业前沿梳理学习，破边界、融机制，引入AIGC生成式动画及人脸融合、实景复刻等多项最新技术作为支撑，并根据作品调性调试取舍，迭代优化100多个版本，最终精彩呈现。

社会效果：作品使用AIGC生成式动画及人脸融合等多项最新技术，鲜活地展现在新时代中国，马可·波罗的奇遇，让新闻内容通过技术手段得以充分表达，增强了与网友的互动。作品在华龙网全媒体平台发布后，社会反响强烈。在各媒体平台上，网友们纷纷点赞、转发和评论，对该作品的创意呈现和技术水平给予了高度评价。

初评评语：作品充分发挥了地方媒体在重大主题报道题材媒体融合创新上的效能和水平，有助于行业整体水准跃升，是一次匠心独具的创新探索。技术上，大胆引入AIGC等新技术，紧盯行业前沿，反复学习钻研，为作品得以精彩呈现、流畅交互提供了坚实基座；制作上，既有高屋建瓴的宏大叙事，又有严谨深入的细节表达，时空感、新闻性、体验度均"拉满"；传播上，紧扣时代脉搏、凸显文化价值、激发情感共振，达到了破圈裂变传播的目的和效果。

"千万工程"系列报道

集 体

作品请见中国记协网 http://www.zgjx.cn。

（捷克《文学报》、巴基斯坦《战斗报》、泰国《沙炎叻日报》、塞尔维亚《政治报》、埃及《消息报》、希腊《每日报》、埃塞俄比亚《亚的斯泽门报》，光明网，光明日报 TikTok、Facebook、Twitter 账号，塞尔维亚政治报网站，泰国沙炎叻报网站 2023 年 06 月 14 日－2023 年 09 月 26 日）

申报资料实录

作品简介："千万工程"实施二十周年是 2023 年国际传播工作重大选题。光明日报社采访组走访了浙江省湖州市安吉县、德清县，杭州市余杭区、临安区，衢州市柯城区、龙游县、衢江区等 13 个示范乡村，接触了不同群体代表性人物共计百余人，为展现富裕、文明、宜居的浙江美丽乡村图景，讲述"千万工程"给农民生活、乡村发展带来的深刻改变，搜集了大量丰富、生动、鲜活的报道素材。采编人员在创作过程中，紧紧抓住每个村庄的特点，讲好各个村庄环境整治、经济振兴的生动故事，在埃及、泰国、希腊、塞尔维亚、巴基斯坦、埃塞俄比亚、捷克等国主流媒体推出"千万工程"系列专版专刊。除纸媒传播之外，本报还同步加强"千万工程"的网络传播，将国际传播、社交化表达和 Z 世代作为本次赴浙调研报道网络传播的关键词，在泰国、埃及和塞尔维亚等国主流媒体网站，多个海外社交媒体平台，光明网英语频道推出"千万工程"系列新媒体报道。

国际传播效果："千万工程"主题专版专刊境外发行量合计超过 255 万份

（册），新媒体报道海外阅读量超过1389万次，互动量超过15.9万次。"千万工程"主题TikTok帖文实现"Z世代"圈层传播，海外青年受众占比超76%，平均浏览量超35万/条，乡村咖啡馆、数字游民社区及民宿集群等新业态引发近百名网友好评。"业兴、景美、人和"的新时代乡村生活图景引起海外"Z世代"的好奇、认同、向往。

初评评语："千万工程"系列报道展现了卓越的新闻性、创新性和传播力。该报道深入挖掘浙江美丽乡村建设的丰富内涵，生动展现了乡村发展的新貌和农民生活的变迁，充分体现了新闻的真实性和时效性。同时，报道通过写实的手法娓娓道来讲述各村庄环境整治、经济振兴的小切口故事，引导读者思考乡村振兴的重要性和路径。在传播力方面，该报道通过多渠道、多平台的传播方式，实现了广泛的覆盖和深入的影响，不仅在国内产生了积极反响，也在海外获得了广泛关注和好评。此外，报道还注重创新，通过新媒体形式吸引年轻受众，提升了国际传播效果。

沿着运河看中国

集 体

作品请见中国记协网 http://www.zgjx.cn。

（美国国家地理、江苏省广播电视总台2023年09月30日）

申报资料实录

作品简介：中美合拍纪录片《沿着运河看中国》链接古与今、中与外，全片跟着美国历史学者费家炯开启一趟独特的中国大运河之旅，以行进式体验、沉浸式互动、跨文化解读，串联起大运河沿线正在发生的故事。讲好运河故事就是向世界讲好中国的故事，费家炯在80年代就曾坐船游历运河，而这一趟全新的中国大运河之旅，既有历史纵深感又有时代鲜明感，是在新时代背景下的一次全新创作。全片从黄金水道、绿色廊道、理水智慧、文化融合四个维度解读中国大运河，中美合拍团队跨越"文化折扣"，以费家炯的独特视角探索，用他与一个个生活在运河沿线的中国人的互动，来讲述跨越时间和空间的运河故事。创作团队足迹遍布运河沿线的30多个城镇，拣选出符合国际传播需求的人物，让他们以自信的语态，向世界讲述新时代的运河故事。以富有细节及现场感的记录，让国际观众感知大运河历史与当代的连接、中国和世界的连接，更发现中华文明所蕴含的生态理念和发展智慧。

国际传播效果：该片于9月30日起在美国国家地理海外播出，覆盖包括日本、韩国、澳大利亚、新西兰、新加坡等20多个国家和地区，收视观众超1.7亿，相较同时段对比全年龄层收视排名第一；在江苏卫视播出收视率同时段排名全国前三。中国外文局旗下唯一的国家级英文画报《中国画报》（China Pictorial）在其"中国大运河"专刊中，对该片进行了大篇幅专版报道，扩大了该片在海内外的传播力和影响力。同时，美联社、美国福克斯新闻、亚洲第一站等国际知名新闻媒体都对该片刊发相关报道，获得超过550家外媒转载，覆盖北美、欧洲、澳洲、东南亚等区域，累积覆盖人群约3亿，并被Google、Yahoo和Bing等知名搜索引擎收入。相关短视频在YouTube、Facebook和X等海外社交媒体实现内容曝光超百万次，互动量上万次。在Facebook及X上发起的"#我与家乡运河共影"的社区活动中，多国网友积极参与，分享他们生活中与运河有关的风景、故事与回忆，在海外社媒平台形成运河话题的讨论热度，让中国大运河真正走进海外受众。

初评评语：选题重大有高度。由运河切入进行国家叙事：通过大运河沿线正在发生的中国故事，向全世界展现中国的当代发展和文化传承，让国际观众认知中国历久弥新的发展智慧。角度新颖有准度。实现古今纵横交融：从黄金水道、绿色廊道、理水智慧、文化融合四个维度解读中国大运河，事事关联运河的同时，向世界描绘一幅写实与写意结合的中国画卷。制作精良有温度。注重人的呈现和建构：以生活在运河边的普通中国人的故事，着眼于人类共同关注的发展话题，让国际观众感受到共通的情感和价值。讲述平实有力量。强调"他者"视角的自我表达：通过一位在中国生活20余年、深谙中国历史的美国学者的深度走访，以其个人化的表达，进行不同文化语境下的"他者"视角对于"中国故事"的话语解读。国际传播有突破。掀起全球"中国大运河热"：该片在美国国家地理等国际主流传播平台播出，覆盖20多个国家和地区的近2亿受众；相关新媒体产品在国际社交媒体上超百万的转发和互动，掀起中国大运河话题讨论热度。

探宝觅踪
——寻找湾区民间文化力量

集 体

作品二维码

《探宝觅踪——寻找湾区民间文化力量》

（N 视频客户端 2023 年 05 月 18 日－2023 年 06 月 12 日）

申报资料实录

作品简介：2023 年，南方都市报、N 视频依托全媒体矩阵，向全球重磅发布了《探宝觅踪——寻找湾区民间文化力量》系列第一季"民间博物馆篇"，共 8 集纪录片，这是媒体＋文化＋外宣的全新探索。该系列将星罗棋布的民间博物馆珍宝，以创新的形式通过线上线下多渠道呈现，为境内外受众带来一场场文化视听盛宴。该系列在 8 集纪录片之外，还搭配了先导片、"数智人"短片和图文报道等。8 集纪录片一经推出，全球触达受众突破 2 亿人次，超过 100 家媒体、网站转发了"探宝觅踪"词条下的相关内容。《探宝觅踪——寻找湾区民间文化力量》第一季"民间博物馆篇"，邀请来自书画、戏曲、建筑等领域的八位大咖，以"湾区民间文化探寻官"的身份，先后走访了 30 多家民间博物馆，最终生成 8 集融合传统元素、创新表达和跨文化传播的优质纪录片。同时，制作团队通过举办线上短视频征集赛、组织线下游学团等形式，累计发动超过 500 名高校学生及在湾区就读的留学生，探访湾区百余家民间博物馆。他们生产了 300 多条周边打卡短视频，向海内外传递出人文湾区的精神和力量。

国际传播效果：《探宝觅踪——寻找湾区民间文化力量》第一季的 8 集制作发布后，得到 100 多家海内外媒体、网站转发，尤其在海外，《探宝觅踪》被 We TV 等纪录片频道转发，被瑞典《北欧时报》、希腊《中希时报》等一批有影响力的外媒转载，同时在 Facebook、YouTube、X 等海外主流社交平台上，得到了一批海外忠实网络粉丝的关注、点赞。系列报道充分发挥多语种传播优势，积极联动境外媒体进行转发。截至目前，已获得瑞典《北欧时报》、希腊《中希时报》、新西兰格局新闻网、委内瑞拉华文报刊《委国侨报》等海外媒体，以及大公文汇、橙新闻、点新闻、香港商报、澳门商报等港澳媒体的广泛转载，通过多语种、广覆盖、多形态，让海内外受众感受湾区民间文化魅力。

初评评语：该作品寻访了大湾区 30 多家民间博物馆，对民间琳琅珍宝的故事进行了挖掘展示，是对中华优秀传统文化的传承和传播。有质感的画面、有流量的大咖、有温度的叙事，线上线下多渠道呈现，为境内外受众带来一场场文化视听盛宴，让湾区文化"破圈出海"，"青年外宣＋湾区文化＋全球覆盖"，立体传播，提升了国际传播效能。

PLA in Every Minute（时刻·中国军队）

董兆辉　李　玮　王昕娟　李佳垚　李伟超　陈　卓

作品二维码

《PLA in Every Minute（时刻·中国军队）》

（中国军网 2023 年 11 月 06 日 – 2023 年 12 月 29 日）

申报资料实录

作品简介： 在全面贯彻落实党的二十大精神的开局之年，解放军新闻传播中心着力加强军事国际传播，推出《PLA in Every Minute（时刻·中国军队）》系列外宣视频短片。为贴合练兵备战实际，主创团队反复研讨主题立意，形成文字资料数十万字，先后奔赴三省六地，深入一线部队调研，并邀请军委机关、军事院校专家和一线部队人员对情节的合理性、法理性进行专业指导。项目历时 8 个月，以空军航空兵某旅、海军某驱逐舰支队、陆军某部一线接敌的斗争经历和练兵备战的精彩故事为原型，先后完成策划、前采、拍摄、剪辑等环节，推出《More Than Brave（不止勇气）》《Always Ready（枕戈击楫）》《March Forward（一往无前）》《PLA in Every Minute（时刻·中国军队）》4 集中英双语视频短片，展示了人民军队捍卫国家主权和领土完整的坚定决心和全时待战、敢打必胜的精神风貌。

国际传播效果：该系列外宣视频短片在海内外均取得了良好传播效果。一经发布，即被人民日报、中国网、南海战略态势感知等媒体机构及诸多自媒体发布在海外社交平台，并被美国防务镜报网（Defense Mirror）、美国海军研究学会新闻网（USNI News）等境外新闻网站广泛转发报道和关注。国内人民日报、新华社、中央电视台、光明网、共青团中央和香港无线新闻台、台湾中天电视台等100余家军地媒体及我驻外使领馆竞相报道转发。境内外全媒体平台当日播放量累计突破1.2亿，海内外网友对该系列短片好评如潮。

初评评语：系列视频作品《PLA in Every Minute》是一部专注形象塑造的作品。对比世界各国外军外宣采取过的战略威慑、战略隐藏等手段，本作品是通过故事展现我军捍卫国家主权、安全、发展利益的决心、信心和能力，凸显我军应对外敌挑衅的规范性、法理性和正义性。采用"3+1"的方式，在明快的镜头切换中，立体化展现解放军风貌。

出海游戏遇上三星堆

集 体

作品二维码

《出海游戏遇上三星堆》

（四川国际传播中心油管 (sharing sichuan)、推特（X）@sichuandaily、脸书 (center.culture)、三星堆考古官网、三星堆文化油管 @sanxingdui、推特（X）@sanxingduiC、四川国际传播中心微信视频号、四川国际传播官网 Center.top 2023 年 02 月 17 日－2023 年 12 月 31 日）

申报资料实录

作品简介： 为吸引更多海外"Z世代"，持续探索创新国际传播渠道路径，突破海外社交平台对中国官方媒体的限制与围剿。2023年初，四川国际传播中心启动"中华文化＋出海游戏"项目，以三星堆为依托，利用《Minecraft》《原神》等在海外影响力巨大的游戏，以活动征集、游戏内容植入、联合推广等方式，面向海外"Z世代"讲好中国故事。持续推出三星堆博物馆与《原神》游戏联动的原创宣传视频，通过故事性的叙述向全球观众展示三星堆的历史与文化；联合推出多语种文物动画视频，以日语、英语等多语种的游戏人物讲解文物视频，吸引不同国家的年轻受众。本次联动报道创新地拓展《原神》端内APP、《原神》海外社交平台账号等为发布渠道，同时利用四川国际传播中心自有三星堆海外垂类账号进行补充报道，利用社群运营吸引"自来水"网友，打造国际传播多元主体大合唱。

国际传播效果："三星堆原神联动"系列报道海外流量突破3亿，覆盖《原神》手游端内超过2897万海外"Z世代"用户，全网曝光量超10亿。"我的三星堆世界"活动进入展播的作品共19件，海外游戏大V"Riverman"等账号进行了点赞和转发，活动作品登上CGTN大屏，全网传播量破3000万。熟练运用社交媒体，系列报道吸引众多海外网友成为三星堆宣传"自来水"，通过UGC（用户生成内容）生产数千件作品，二创内容主要覆盖文化解读视频、reaction（反应视频）、手绘、cosplay仿妆、泛娱乐短视频等多种类型，UGC内容线上总播放量超过1073万，互动量超67万，真正让海外网友玩起来、自发成为"中华文化"的推荐官。

初评评语：该作品创新性地将传统文化传播植入游戏，将出海游戏拓展为国际传播载体，并结合海外社交平台，利用多模态、多主体、多体裁的形式进行系列报道，精准抵达海外"Z时代"，成功实现了让更多海外年轻人成为中华文化传播的积极参与者和推广者。

回家 SAVING DOLPHIN CHESS

黄 丹　叶 微　吴 凤　何开仁　李莹莹　黄艳博

作品请见中国记协网 http://www.zgjx.cn。

（三沙卫视 2023 年 06 月 08 日）

申报资料实录

作品简介：《回家 SAVING DOLPHIN CHESS》是三沙卫视历时一年，跟踪拍摄的一部反映海洋生态保护的微纪录片。一只海豚在海南昌江棋子湾搁浅，由此引发了来自社会多方历时 300 多天的接力救治，最终回归大海。搁浅海豚的救治从来是世界性的难题，《回家 SAVING DOLPHIN CHESS》的影像纪录，通过几位当事人的交叉讲述、现场还原、即时跟拍、字幕、动画等丰富的表现手段展现了一场与时间赛跑的惊心动魄的救援行动，记录了一个生命的逆袭与奇迹。为了在制作上打造《回家 SAVING DOLPHIN CHESS》国际化的审美和理解，使纪录片的制作方法能够满足不同传播平台的需求，该片的表现形式采用创新与传统并行，贴切与多样的表现手法使得节目即使不用解说也能感受到故事的盎然趣味和所传递的生态保护理念，生动揭示我们与世界人民的共同价值，努力塑造一个可信、可爱、可敬的热爱海洋、保护海洋的中国形象。

国际传播效果： 2023 年 6 月 8 日世界海洋日，《回家 SAVING DOLPHIN CHESS》由三沙卫视全媒体平台及 TikTok 账号，联动 CGTN 纪录片频道、CGTN 官网、APP、YouTube、Facebook、Twitter、微博、视频号、B 站、西瓜视频和中国日报（China Daily）YouTube、Facebook 等国际传播平台进行了同步推出，并共享到亚洲新闻网的23家国际媒体平台。在48小时内，亚洲新闻联盟官网、星空传媒、孟加拉国《每日星报》、文莱《婆罗洲公报》、尼泊尔《加德满都邮报》、泰国第二大英文报纸《The Nation 国家报》脸书账号等多国际平台的同时推广让该片国际传播声量达到顶峰。截至48小时内，该片长视频全网总浏览量超过200万，其中仅CGTN脸书浏览量已破70w。该片系列小视频在三沙卫视TikTok账号小海龟丽莎（littleturtlelisa）平台总点击量逾110万。来自中国南海海洋生态保护的呼吁也通过影像的方式在国际跨地域、跨文化声场中持续有效传递。

初评评语：精美的画面，清晰的叙事，生动的表现形式，为我们呈现了一个引人入胜的故事，向世界传达了中国人爱护自然、保护生物的理念。在国际传播中，通过这样的故事能够很好地连接世界，引发共鸣。正像当年云南大象北迁，沿途受到各方人士善待与呵护，感动世界的故事一样，海南对搁浅海豚的救援行动通过纪录片的讲述为世人关注，展现了可信、可爱、可敬的中国形象。

"我们找到在鼓岭的根"

林 丹 吴 维 张 晶 张先明 王 萍 高慧峰 邹 立

作品二维码

《"我们找到在鼓岭的根"》

（华人头条 2023 年 09 月 11 日）

申报资料实录

作品简介：位于福建省福州市东郊的鼓岭，在 20 世纪初，曾旅居过一大批来华外国人，他们因为种种机缘来到福州工作、生活，其中就包括美国侨民穆蔼仁。穆蔼仁的儿子穆彼得随父母在福州鼓岭度过了美好的童年时光，这里是他最美好的童年回忆。1948 年，穆蔼仁在鼓岭上买了一座当地人的老房子，准备重新修复。然而由于历史的原因，他们仓促地离开福州，那座未入住的老房子却一直"住"在他们的心里，成为他们在中国的家的记忆。多年后，穆彼得的妻子——热心的"鼓岭之友"穆言灵帮助许多外国友人找到了他们祖辈曾在鼓岭的"家"，直到 2023 年 7 月 13 日，她又在许多福州人的帮助下，找到了自己的"家"。穆言灵找到"家"的位置后，和远在美国的穆彼得视频通话的场景，中美两国人民自然生发和流露的深厚友情，被记者全程记录下来，感人至深。

国际传播效果：《"我们找到在鼓岭的根"》从发现"家"的核心场景为原点，短短几分钟时间浓缩了一大段历史及其背后的故事。节目一气呵成，播出后形成了长尾效应。片中穆家两代人与福州鼓岭的情缘、寻找"家"的故事、百年间两次的鼓岭聚餐和一场场"鼓岭缘"民间友好论坛活动等，都让人认识到"国之交在于民相亲"的深刻内涵。《"我们找到在鼓岭的根"》通过华人头条向世界80多个国家150多个站点同步传播，尤其在美国华盛顿、芝加哥等大城市定向传播，总点击量累计超过350万次。

初评评语：《"我们找到在鼓岭的根"》忠实记录了一段中美民间友好的情缘。生动叙述了习近平主席当年在福建工作时，亲力亲为接续的"鼓岭缘"中美民间友好树苗，到今天不断开枝散叶的故事。作品以中国领导人帮助美国老人圆梦为根系，以美国学者穆言灵的鼓岭研究为枝干，以中美人民携手共助美国侨民后代寻根为花果，使用白描手法，定格欢聚瞬间，自然流露出"山川依旧，友谊长青"这样的朴素话语。润物细无声，跨国传播的"共情"效果满满。

黑脸琵鹭

孙　晖　杨丰鸣　刘钦铁　薛　颖　修长明　钟永强　于　海

作品请见中国记协网 http://www.zgjx.cn。

（"文化之旅"Youtube 账号（英文版）2023 年 12 月 21 日）

申报资料实录

作品简介：全片从"人与自然和谐共生"这一中国式现代化重要论述出发，通过往返迁徙于祖国大陆和宝岛台湾之间的黑脸琵鹭繁殖栖息的故事，展现了自然界不为人知的独特生态，讲述了生命的繁衍和生存，并以独特的中国题材进行了具有国际传播力的中国式叙事。创作团队驻岛 105 天并历时近一年跟踪拍摄，行程遍及辽东半岛及福建沿海，辗转海岛、湿地和丛林，记录下 20 多种候鸟并拍摄到若干珍贵镜头。全片在纪实性的现场中展现了诸多起伏跌宕的自然故事，多视角映射了共生、共存的生态世界，艺术性地表达了浓郁的乡土情怀和家国情怀。

国际传播效果：本片俄文版经 MC 俄语卫星电视频道通过 Eutelsat 卫星开路播出，信号覆盖欧洲全境、亚洲部分国家和非洲撒哈拉沙漠北部国家，频道面向欧洲 7 个、亚洲 8 个共 15 个俄语区国家，覆盖人口约 2 亿；本片英文版通过印尼电信 IPTV 播出，主要面向印尼及东南亚，覆盖人口超 2 亿，印尼电信是东南亚最大的电影电视运营商。本片开机及播出前后，Facebook、TikTok、YouTube、VK 等境外社交媒体进行消息发布和视频播放，新华社、中新社、《辽宁日报》、"中广电国际"、"辽宁广电"、"辽宁文艺"、"辽宁视协"、《大连日报》、《大连晚报》、"北斗融媒"、"新闻大连"等给予连续关注。辽宁省政府新闻办将该片作为 2023 年辽宁省广播电视和网络视听创新创优工作成果给予发布，辽宁国际传播中心将该片列为辽宁省 2023 年国际传播十件大事之一。央视总台 CGTN 西语频道于 2024 年 25 日 -27 日，面向西班牙、中美洲及南美洲区域播出。

初评评语：真实完整的记录，精彩的细节呈现以及众多珍贵镜头带来的惊喜，使得该作品具有较强可看性，展现了人与自然和谐共生的深远意义。特别是创作者从黑脸琵鹭辽东半岛、福建沿海到台湾的迁徙路线中，提炼出海峡两岸血脉相连的亲情主题，使整个作品得到进一步升华。

我在敦煌做研究

集　体

作品二维码

《我在敦煌做研究》

（新甘肃客户端、HiGasnu 视频号、Facebook 2023 年 09 月 04 日）

申报资料实录

作品简介：在第六届敦煌文博会来临之际，甘肃国际传播中心将镜头对准敦煌研究院全职外国研究员史瀚文，通过讲述他与敦煌之间的故事，展现敦煌文化的传承、交流、发展。该作品通过外国学者的第三视角，沉浸式走访观察记录敦煌莫高窟的十年变迁、文化内涵，全片始终贯穿着敦煌莫高窟与外国学者"史瀚文"温暖触碰，跨越了民族和语言，以人文视角从共情处发力，在海内外引发强烈反响，反映了中国传统文化跨越国界、引发共鸣的魅力，为厚重的中华文化不断注入新鲜活力。

国际传播效果：该作品采取内外联动、融合矩阵式传播，通过外国学者史瀚文视角，沉浸式走访、观察、记录敦煌莫高窟的十年变迁、文化内涵，作品中自然流露出外国学者史瀚文对敦煌与敦煌文化的向往和敬仰，诠释了敦煌及敦煌文化的博大精深。产品在Facebook、新甘肃APP、HiGansu视频号等海内外平台推出，在敦煌文博会期间获得良好的传播效果，其中，被人民日报新媒体、中国日报新媒体等海外账号选用推送，实现全球传播，触达用户上百万。

初评评语：该作品主题鲜明、对象典型、立意新颖、采访深入、制作精良、感染力强。通过美国学者史瀚文的平实讲述，带领广大观众沉浸式感受敦煌莫高窟的十年变迁和文化内涵。作品自然流露出外国学者史瀚文对敦煌与敦煌文化的向往和敬仰，跨越了民族和语言，以人文视角，寻觅共情，诠释了敦煌及敦煌文化的博大精深，展现了以学相知、万里为亲的文化交融新图景。

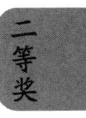
二等奖

京之轴 Beijing Central Axis- The Legend of A Line

严 崴　沈鹏飞　左 博　王嫄朝　李晓芳　许广亮

作品请见中国记协网 http://www.zgjx.cn。

（CGTN 2023 年 07 月 03 日 – 2023 年 07 月 05 日）

申报资料实录

作品简介：纪录片《京之轴》秉持放眼全球思路，立足国际传播，力求以通俗易懂的语言、丰富而精美的画面讲好一个北京中轴线的故事。该片不仅将北京中轴线上所有的核心建筑囊括其中，更是将镜头延伸到胡同深处，对准20多位工作、生活在中轴线或与这条轴线相关的中外人物，通过客观真实的记录去探寻中轴线百年以来生生不息的文明积淀，去感受中轴线包容友好、互助和谐的人间烟火和温暖本色。该片共三集，每集30分钟。第一集《永恒》从中国人天人合一的宇宙观念，来讲述北京中轴线的由来；第二集《时光》以十二时辰为线索，展现一幅中轴线上的衣、食、住、行、娱的百景图；第三集《融合》见证中轴线作为纽带，连接着来自世界各地、天南地北的新老北京人共同营造的美好生活。

国际传播效果：纪录片《京之轴》从中华文化传承、中外城市发展、国际交流交往等多个维度，全景展示了北京中轴线这个"活态遗产"的核心意义，以中轴线为载体，为国际观众打开一扇了解北京、爱上北京中轴线的窗口，让他们感受到中外人民相交、相知、相亲的深厚情感。2023 年 6 月该片英文版在中国国际电视台（CGTN）播出，同年 12 月在西班牙马德里电视台播出。

CGTN新媒体部全平台共发布"可爱的中国－京之轴"相关报道12条，累计获得全球阅读量205万，独立用户访问量累计198万，视频观看量6.1万，引发海外观众强烈共鸣。

初评评语：该纪录片秉持放眼全球思路，立足国际传播，以通俗易懂的语言、丰富而精美的画面，讲好北京中轴线的故事。作品以故事化的叙事策略，用世界语言为全球观众讲好多彩中国故事，实现了多元文化的深度交流和国际共鸣。

演出之后

杨川源　杨　柯　谢熙瑶　王　西　周家齐　张　诚　宋　成

作品二维码

《演出之后》

（中国蓝新闻客户端2023年12月28日）

申报资料实录

作品简介：在杭州第4届亚残运会开幕式上，来自杭州市上城区弯湾托管中心的25名心智障碍青年以"向阳花开"为题，表演了排练三年的团体排舞，吸引了全世界的目光。作品以"弯湾"为典型，通过三个多月跟踪采访，持续记录了在他们演出结束之后，社会关注的热度渐渐退去之时，政府、社会、家庭如何以体育为突破口，打破固有的格局与方法，联合社会各方力量，帮助残疾人促进健康、展现自我、融入社会的典型做法，实现助残爱残的能力之变、视角之变、社会之变。充分挖掘和展示了"弯湾"典型做法的典型价值和示范作用。展现了在习近平新时代中国特色社会主义思想指引下，中国残疾人基本服务体系的全面发展。让残疾人有志向、有能力为社会做出更大贡献，活出精彩人生。

社会效果： 该作品在中国蓝新闻客户端首发后，推进大小屏全矩阵融合传播。短视频、新媒体专栏和电视报道相结合，推进传播创新，多视角、多维度、多平台传播。短视频和相关新媒体产品被亚组委、浙江省残联、浙江省市县三级融媒体平台、中央媒体新媒体平台和新浪、头条等重点商业平台转发推送，全网转载阅读量破千万，引发了公众对如何帮助社会特殊群体的再认识与再思考。

初评评语： 杭州第4届亚残运会是全社会关注的热点。该作品以"演出之后"切入，对推进中国式现代化新征程上，如何关爱特殊群体及其家庭，更好保障残疾人基本民生、改善残疾人生活品质、促进残疾人全面发展等问题，及时深入地进行了观察与探讨。作品通过大量细节，记录和展现了"弯湾"在社会支撑下，以"帮助他们减少帮助"的理念，带动心智障碍青年强能力、强信心的典型做法，并以此激发全社会进一步形成包容、平等、互助的社会氛围。人生不只是一次"演出"，记者着力挖掘"演出之后"的"改变"，展现了残疾人群体和家庭与命运抗争的不屈精神，新时代中国向上向善的社会风貌。以"融合传播"回应"时代诉求"。该作品坚持传播力先行，在新媒体端首发，浙江卫视重点栏目紧随其后，并持续推送新媒体专栏《一瞬间》，设置专项话题，充分联动大小屏，放大传播声量。

大国重器
——北大荒打造"中国饭碗""农业航母"记

集 体

（一）中国粮食！中国饭碗！

建三江，我国最早迎接太阳的垦区，秋天的早上，4 点多天就亮了。在北大荒智慧农业农机中心，温煦的阳光洒在一尊 3 米多高的汉白玉雕塑上。

这是一只盛满粮食的饭碗。油润的大米泛着晶莹的光泽，空气中仿佛弥漫着缕缕饭香。基座四周，稻穗饱满低垂，中间拱卫着"中国粮食中国饭碗"八个鲜红大字。

5 年前的 9 月 25 日下午，首个中国农民丰收节刚过，习近平总书记就来到这里。在中心大厅农产品展台前，总书记双手捧起一碗大米，意味深长地说："中国粮食！中国饭碗！"

简短八个字，字字千钧，寓意深重。这岂是一碗普通的中国粮食！又岂是一尊简单的中国饭碗！它浓缩了华夏民族的历史记忆，也蕴藏了中华文明不辍之密码，又是支撑大国复兴之基石。

中国粮食！中国饭碗！以此为新的历史起点，5 年来，北大荒人沿着习近平总书记擘画的宏阔蓝图，开启了新的创业、新的征程。

（二）何谓北大荒？

猗猗嘉禾，今盈我仓。秋日的北大荒，金灿灿的粮食又一次铺展在广袤黑土地上。

放眼世界，米价飙升。全球"抢米"，中国何以不慌？因为田有稻，仓有粮！金秋时节，神州大地，从北大荒到珠江口，都是稻浪滚滚，一派丰收景象。

距雕塑不远的建三江七星农场万亩大地号，稻浪奔涌，直铺天际。秋风过处，拂起金波千重；稻香漫开，令人心旷神怡、神清气爽。这片1.43万亩、足有21个天安门广场那么大的田块，沉甸甸的稻穗"笑"弯了腰，用当地人的说法，叫"压圈"。克服强降雨天气影响，北大荒4600多万亩的粮田，今年又是一个丰收年！

何谓北大荒？在加快建设农业强国新征程上，在不确定性增多的全球环境下，人们的目光再一次投向这里。

5年前，习近平总书记在此考察时指出，北大荒建设到这一步不容易。当年这里是"棒打狍子瓢舀鱼，野鸡飞到饭锅里"。共和国把这里作为战略基地、把农业作为战略产业发展起来。半个多世纪过去了，发生了沧桑巨变，机械化、信息化、智能化发展很了不起，令人感慨。北大荒为中国人真正解决温饱问题发挥了大作用。

"不容易""了不起""大作用"，为什么是北大荒？又何谓北大荒？

时至今日，在中国的农业版图上，北大荒早已是不容忽视的存在；在人们的认知中，北大荒也早已变成"北大仓"，再也不是原始、苦寒、荒蛮的代名词。但在76年前，这里近乎与粮食无缘。

让我们打开中国地图，看看北大荒之"北"。它位于东北边陲，是"报晓雄鸡"头部的一片广袤土地。这里冬季漫长，天寒地冻，极端低温可达零下40摄氏度。

北大荒有多"大"？今天的北大荒农垦集团总面积5.54万平方公里，约相当于1.5个海南省，几乎分布在黑龙江省的所有地市。在当年人迹罕至的荒原上，北大荒人一寸一寸"开垦"出耕地、建起城镇。

以当下的视角看，北大荒是得天独厚的宝地。广阔的面积蕴含着大量宝贵的自然资源，作为世界三大黑土带之一，土壤"肥得流油"；在地形多山、平原面积仅占12%的中国，北大荒不仅有大片河谷平原，还有万分之己短板。还牵头成立全国农业企业发展联盟,致力于打造适应中国特色现代农业发展需要、具有国际影响力竞争力的农业企业航母"战斗群"。

"不同于四大粮商以控制全球粮食流通形成垄断为目的,北大荒的'新型'在于,是通过抓牢粮食生产、做强粮食产业链,来增强我国粮食安全的抗风险能力。"北大荒集团原总经理助理、中国农垦经济研究会副理事长向世华今年61岁了,大学毕业时他毅然从湖北来到北大荒,把最美好的年华都献给了北大荒。

具有乐观主义气质的他笑言:"当然,追赶是个长期的过程,但北大荒人不怕,我们有的是青春活力和韧性。76年都一代一代走过来了!"

北国有粮商,其名为大荒;中国北大荒,世界大粮商。这应该不是太遥远的梦想!

(五)改革,改革,还是改革

锚定"三大一航母"战略目标,首要之举是什么?改革,唯有改革,必须改革。

旧机制不活、政企不分、权力集中、管理粗放,怎能轻装上阵、到国际市场去搏击风浪?必须坚持垦区集团化、农场企业化的改革方向!必须强化国有农场市场主体地位的改革目标!如此,才能重构企业运行机制,确保农业航母"舰队"快速组建、同向行驶。

76年间,北大荒不乏改革,仅名称就几经变化。这一次改革有何不同?"这次改革完全不同于以往以扩大产能、提高产量为目标的改革,也不是简单的行政管理职能移交。"回首改革,北大荒集团党委书记、董事长王守聪思考透彻,"而是适应市场经济新形势、适应北大荒战略定位新变化,把政府的权力交出去,把社会职能逐步交出去,使北大荒集团彻底回归企业属性,让行政人员变成企业家,真正从思想上摘下'官帽'。"

这是垦区史上最为深刻、最大规模的改革,是脱胎换骨式的体制重塑,被称为"脖子以上的改革"、"钢牙啃硬骨头"的改革、从根本上解决农垦何去何从的改革。

2018年12月16日，经国务院同意，财政部代表国务院对黑龙江北大荒农垦集团总公司履行出资人职责，总公司挂牌成立。这也意味着黑龙江农垦改革走向深水区。

直至2020年12月，29622项农垦系统政府行政职能全面移交，原农垦9个管理局整体改制为集团分（子）公司，原农（牧）场全部改制为农（牧）场有限公司，黑龙江垦区集团化、农场企业化改革主体工程全面完成，实现了政企分开、事企分开、社企分开的目标。

"瘦身减负"之后，要做的就是"强筋健骨"。北大荒集团推动直属企业聚焦主业，从"卖原粮"到"卖产品"再到"卖品牌"，从"大粮仓"迈向"大厨房""大工厂""大市场"。米、面、油、肉、乳、薯、种七大支柱加工产业初具规模，越来越多"北大荒"牌优质农产品成为百姓放心的舌尖美味。2022年，北大荒集团各企业在全国布局销售渠道34.7万个，实现销售农副产品总收入1154.13亿元。

一批头部企业在全国范围内形成了更强影响力：北大荒薯业集团淀粉产量居全国第一；九三粮油工业集团大豆加工量国内排名第三；"完达山"乳业品牌连年入围亚洲品牌500强……

改革减掉了沉疴痼疾和沉重包袱，增添了企业闯市场的活力和动力。建三江分公司打造糯稻品牌，成为"五芳斋"粽子的原料供应地，成立"糯稻产业联盟"，着力掌控糯稻价格话语权；北安分公司研发出7大类、近百种有机农产品，"亲民有机"食品进入盒马、麦德龙、沃尔玛等大型超市；齐齐哈尔分公司整合区域内民营米厂，抱团抢占广东潮汕地区粥米市场，市场占有份额大幅上涨……

集团化、企业化改革打通了航母出海的堵点，北大荒集团保障"中国饭碗"的能力进一步提高。"北大荒"品牌价值增加至2018.59亿元，2022年农场职工家庭人均可支配收入达32234元，是全国农村居民人均可支配收入的1.6倍。

如今的北大荒集团，强有力的航母"战斗群"日渐成形。

（六）种地"课代表"底气何在？

看到北大荒越来越逼近"天花板"的好成绩，也有人提出疑问，堪称种地"课代表"的北大荒，还有提升空间吗？

行走黑土沃野，记者发现，对于北大荒而言，学无止境，从"会种地"到"慧种地"再到"惠种地"，远无止境！怎样让"种地"更系统化、更精细化、更绿色化、更信息化、更智能化，以及更省事、更省钱，"种好地"的空间大着呢！

习近平总书记5年前的谆谆嘱托言犹在耳，句句直指要害，"农业要振兴，就要插上科技的翅膀""绿色发展要有可持续性，农业生产不能竭泽而渔""农业科技大有潜力、大有可为，希望你们再接再厉、不断提高"，激发出了北大荒人的无穷动能。

"我这些玉米都是经过'健身'的，扛过两次台风、一次强降雨都没事。"极端天气下，八五四农场种植户隋桂霞的2300亩玉米高产示范田，今年依然丰产在望。秘诀何在？记者看到，地里的玉米只有一米多高，玉米穗的位置比普通玉米矮了近20厘米，根系却格外粗壮，像八爪鱼一样紧紧抓牢土地，用手摇晃，纹丝不动。

隋桂霞告诉记者，这些玉米都经过拔节期矮化作业，营养能更多供给果穗而不是玉米秆，还更抗旱、抗倒伏，就像"健身"一样。

正是这样一块块高产稳产的粮田，让北大荒这个"中国饭碗"更加稳固坚实。其背后，是5年来的全面升级。

向科技精准"滴灌"升级。种地有标准体系，以同步变量侧深施肥、水稻旱平免提浆等20余项先进适用技术为核心，建立完善的农业生产全程操作规程，主要农作物标准化覆盖率达100%。技术推广有完整体系，"百亩田""千亩方""万亩片"层层引领，让专家产量、典型产量转化为农户产量、大田产量。

向守护黑土地"健康"升级。对北大荒人来说，黑土地是"饭碗"、是命脉。怎样守好这片沃土，让黑土地更给力？实施"六个替代"和"六个全覆盖"，大力推广大垄栽培模式和秸秆还田、深松整地等保护性耕作，每年4000多万亩耕地全部实现"黑色越冬"。这套能落地、接地气、稳定有效的黑土地保护模式，让耕地通透性越来越好，土壤有机质平均含量5年来提高3个百分点。

向大食物观指引下的高质量供给升级。根据不同农场特点，"一场一业""一场一特"规划建设高端大米、酒用高粱、寒地果蔬生产保供等基地。2022年，集团粮食总产量达451.3亿斤，比2017年增长了32.5亿斤，相当于新增一座千万人口级别城市的全年口粮供应能力，同时累计生产食用油210万吨，够全国14亿多人足足吃上21天。

向做强种业"芯片"升级。5年来，北大荒垦丰种业开展种源"卡脖子"技术攻关，成为唯一承担水稻强优势和玉米、大豆补短板3项任务的国家农作物种业阵型企业，优质新品种"龙垦2021"水稻、"龙垦3092"大豆更是快速获得市场认可。

一次次农业升级，让北大荒的核心竞争力始终位列世界第一阵营。而从传统农业到智慧农业的代际进化，给北大荒带来的则是整体发展升维。

5年前，习近平总书记在七星农场稻田边和几位农机手亲切交谈。"我是当时几名农机手中最年轻的一个，现在总书记的话依然印在我的心里。"今年35岁的陆向导是七星农场有限公司第三管理区的农机副主任，他参与和见证了北大荒的智能化升级，"现在耕种管收全程智能机械化，农机可以自动避障，田间转移作业可以全自动，什么时候种、什么时候收，也都依据智能决策。"

从"看天吃饭"到"知天而作"，千万亩水稻生产用"6个10天"就能高标准完成，浸种催芽、秧田播种、搅浆整地、机械插秧、收获、秋整地6个生产环节都只用10天。

"大数据、物联网、云计算、5G通讯，我们把这些高精尖的技术都应用到农业上来，力求打造一个智慧农业大脑，建立精准的农机作业模型。"北大荒智慧农业农机中心主任孟庆山说起农机，话匣子就停不住："不仅要让驾驶员从车上下来，还要能离开现场，不仅要一部手机能种地，还要一个人能远程管控一个作业机群。"

5年来,北大荒先后启动建设两批共 20 个数字农场,核心示范总面积 30.4 万亩,辐射带动面积 236 万亩。通过线上平台,垦区作物分布、施肥处方、水利设施可以"一图观家底",农地、农贷、农险等 11 项服务功能可以远程操作,农户用农机也有了"滴滴打车",可以在线上的信息化平台调度。精密复杂的系统,创造出了一个"云上北大荒"。

从升级到升维,发挥集团化作战组织优势、科技到位率和集成度高优势,北大荒现代农业发展仍"大有潜力、大有可为"。

金秋时节,在乌苏里江和挠力河交汇处,八五九农场被温柔环抱。稻梦乌苏农乐园里,占地 13.3 万平方米的"福稻八五九",是今年全国单体最大的一幅稻田画。画面中,童话中的马良挥动"神笔"绘制北大荒沃野千里的壮美画卷,正如画外的智慧农业对北大荒"会种地"的一笔点睛。

(七)当"种地"变成服务

"统"和"分",是中国式农业农村现代化绕不开的一个关键问题。作为中国现代农业建设的骨干,北大荒有必要率先回答好这个问题。

为此,在集团化、企业化改革中,北大荒集团组建了子公司农服集团,构建"集团+区域农服中心+农户"的新型农业社会化服务模式,力求在"分"的基础上做好"统"的文章。

由此而带来的深刻变化,八五一〇农场的农机手王德生有着直观的感受。50 多岁的王德生种了一辈子地,自己搞过流转,也曾出国种地,但他怎么也想不到,种地还能成为生意,种自己家的地,还能再赚一份服务费。

变化源于八五一〇农场推行的模拟股份制经营模式。2020 年起,农场将一些分散经营的土地试点为股份田,由农场技术人员统一经营,农户自愿参股、利益共享。王德生既是首批"股东"之一,又是其中一块股份制田块的机耕组组长,除了入股田地的分红外,自己做农机服务还能再赚一笔服务费:"2020 年每个人分红 7000 多元,2022 年就增加到了 1.5 万元。除了分红,去年我自己做农机服务还赚了 6 万多元。"

与模拟股份制相比,八五六农场探索的规模家庭农场更像是一种"升级版"。

"每个规模家庭农场都有一位场长，生产经营由场长决策，但各环节要进行公示，同时由家庭农场的监督小组进行监督。管理区配合调配农资机车，不直接参与规模家庭农场的生产经营活动。"吕向民就是其中一个规模家庭农场的场长。1996年从吉林舒兰来到北大荒种地的他，早就以技术好而小有名气。今年虽然是规模家庭农场成立第一年，但吕向民很有底气，因为1700多亩优质粳稻早就签了订单，每斤收购价1.75元，再加上节约的人工机械等成本，预计每亩可实现综合增效515元。

通过新型农业服务业的"统"，北大荒还有许多"王德生"被从土地上解放出来，组合成现代农业的"作业编队"；有许多"吕向民"登上更广阔的舞台，给土地和种植户带来更高的效益，让"谁来种地"的问题有了答案。

"作业编队"之外，北大荒还有一支"专家编队"，为"作业编队"提供全方位的服务。这种服务不只有从种到收的技术支撑，还包括土地承包合同签订、粮食销售等10项内容，涵盖了种植户在全产业链上的各种需求。

建三江国家农业科技园区党支部书记杨坤就是"专家编队"的一员。她向记者展示了一张水稻测土配方施肥建议卡："每年我们都会到田间采集土壤，通过10多个项目的检测，给每块地出一张建议卡，农户只需'照卡施肥'。"科技园区、科技服务中心……北大荒几乎每个农场都有这样的"专家编队"，成为"作业编队"的强力支撑。

除了生产方式上的"统"与"分"，北大荒还在产业链上下游发挥"统"的聚合效应。

每年，北大荒4000多万亩耕地都需要大量农资，生产出大量农产品。但过去小农户的"零敲碎打"在市场上往往处于弱势，如今通过集团统一供应、统一经营，数量成为话语权，让更多农户能优价用上优质肥。

"2022年初，国内肥料市场供不应求、价格大幅上涨，但我们的肥料都已早早地足量发到农户手里。"北大荒集团农业社会化服务办公室专员刘再奇说，2019年以来，农业投入品集团化运营累计为农户节约成本3.2亿元，切实保障了集团农业投入品的充足稳定供应，充分发挥了肥料"蓄水池"和价格"稳定器"的作用。

（八）走出北大荒

如果说，北大荒人曾用半个多世纪走出荒凉、走向富庶，实现了"一次创业"；今天，北大荒人正从空间上第二次走出北大荒，以新型社会化服务带动更多区域"种好地"，奔赴"二次创业"征程。

中国只有一个北大荒，但北大荒不只是自己的北大荒。要打造农业航母，北大荒不只要做好自己的"统"和"分"，还要帮助更多地方解决好"统"和"分"的问题，把千家万户的小生产整合为农业航母"战斗群"。

2016年5月，习近平总书记到黑龙江考察调研时就强调，要发扬北大荒精神，加强垦地合作，增强对周边区域的辐射带动能力。走出去，是国家战略的考量，也是农业的现实需要，那就必然是北大荒的责任所系。

无论是"双控一服务"，还是规模家庭农场、模拟股份制，都可以视为北大荒在内部小范围的试水，当一个个"北大荒模式"成熟后，就可以复制平移到更多地方。

当然，也有人担心，这种大规模大面积上"长"出来的种地能力，在其他地区适用吗？

事实证明，大有大的种法，小有小的技术。

在2000多公里外的安徽小岗村，从700亩地开始，北大荒人拿出格田改造方法，改造后田块面积平均达到27亩，最大46.8亩，让小岗村也能实现无人驾驶插秧；在中国农垦事业发源地陕西延安南泥湾，北大荒人示范种植水稻400亩，选用"基础设施改造升级、先进农技措施引进、优质水稻品种因地试验"的种植方案，在盐碱地成功种出优质稻，让南泥湾水稻实现"三连丰"，最高亩产达1240斤。

几年下来，"北大荒标准"已经成了品牌。据测算，按照"北大荒标准"全程托管的土地，与农民自种土地相比，黑龙江省内，大豆、玉米、水稻亩增产分别为50斤、200斤、120斤；黑龙江省外，小麦、玉米亩增产均在100斤以上，水稻、青稞亩增产均在120斤以上，亩效益提高200-

300 元。

从小岗村到南泥湾，从黑龙江到陕甘宁、云贵川直至西藏，26 家区域农服中心由点到面，农业社会化服务面积从最初的 1080 万亩次逐年增加到 5270 万亩次、7800 万亩次，带动小农户 350 万户，实现粮食增产 21.52 亿斤，按年人均口粮消费 150 公斤计算，可满足 717 万人一年的口粮。增收 25.83 亿元，降低生产成本 1.1 亿元，节本增效 26.93 亿元，每户增收 770 元。

其中，北安分公司区域农业综合服务中心，是北大荒在全国成立的第一家区域农服中心。目前已开展农业社会化服务 460 万亩，实现大豆亩增产 90 斤、玉米亩增产 200 斤的好成绩。

"服务"，是北大荒集团组建区域农服中心的职能定位。不与政府抢资源、不与大户争地、不与农民争利、带动不代替，要为更多小农户做好服务，为端牢"中国饭碗"做好服务。帮助种不了、种不好、自己种地不合算的农民种好地，实现土地增产、农民增收、企业增效、国家增粮。

北大荒走出北大荒，带来的制度和技术的正外部性还在持续显现。在王守聪看来，走出北大荒，开展农业社会化服务，这是集团打造农业航母、发挥在农业强国建设中战略作用的重要方向，"现代化农业服务业是小农户和现代农业的连接器、小生产和大市场的转换器，通过北大荒强大的农业服务和科技体系，能充分释放国有经济、集体经济、合作经济'统'的功能，又让农民种地更省事、更赚钱、全面参与决策和监督，是一把破解'大国小农'难题的金钥匙。"

（九）国家关键时刻抓得住、用得上的重要力量

1947 年 6 月 13 日，当 18 位垦荒战士来到北大荒，点燃"第一把火"、拉动"第一把犁"、建设第一批农场时，他们不会想到，这竟会成为一道分水岭，分隔开了北大荒的前世与今生，分割出了"大荒"与"大仓"。他们更不会想到，这个苦寒蛮荒之地，有朝一日会成为"中国饭碗"的缩影。

但他们清楚地知道，要为祖国多打粮食，这是使命，是他们的"天职"。于是，在桀骜凶险的黑土地上，他们开荒播种，向一切不可能之地要

一切可能。为国种地，为国打粮，为国建仓，这是刻在北大荒人基因里的执念。

"粮食"，是北大荒开发史上最密集的关键词。"向荒原要粮！""在北满创办一个粮食工厂""在这里办农场，为国家多生产些粮食！""新中国的荒地都包给我干吧！""以后要母鸡下蛋，越办越多！""一定要让北大荒彻底变个样！""要出粮食、出经验、出人才"……百万垦荒大军从四面八方奔赴北大荒，创造了人类垦荒史上的一个又一个奇迹。

开发建设之初，作为拓荒者，北大荒响亮回答了"如何通过兴办'粮食工厂'来建立巩固的东北根据地"的历史之问。大规模开发建设时期，作为探路者，饮冰卧雪、人拉肩扛向亘古荒原进军，响亮回答了"社会主义新中国能不能建成大型国有农场"的人民之问。改革开放以来，作为改革者，北大荒"分得彻底、统得到位"，成为独具特色的"世界农都"，响亮回答了"谁来养活中国人"的世界之问。

北大荒人响亮回答了历史之问、人民之问、世界之问。不仅产得出、供得上，更是国家关键时刻抓得住、用得上的重要力量。在最困难时期，北大荒人宁可自己挨饿，也要节衣缩食，把最好的粮食交给国家、支援灾区。

在烟波浩渺、横无际涯的兴凯湖畔，坐落着北大荒开发建设纪念馆。遵照王震将军生前心系为国种粮、死后还要为国站岗的遗愿，他的部分骨灰被埋在这里。纪念馆里，记载着八五三农场一名普通粮食保管员孔德喜的故事。1960年，孔德喜日夜看管着山一样的粮堆，自己一粒没动，结果饿晕在粮堆旁。三年自然灾害时期，北大荒人共向国家交售粮豆56.59万吨。

每当国家发生重特大灾害时，在灾区人民亟待救援的关键时刻，北大荒人总是识大体、顾大局，迅速为灾区输送粮食，提供最安心实在的支援。2003年，北大荒米业48条生产线全线启动，支援北京市民抗击"非典"；2008年汶川地震，北大荒火速驰援，48小时加工发运2400吨大米；2010年，西南五省区大旱，北大荒向灾区紧急调运大米2400吨；2020年，新冠肺炎疫情突如其来，一辆辆粮食专列从东北驶向武汉；2022年驰援北京、吉林、上海等地，有效平抑了粮油市场波动。

一切为了中国粮食,一切为了中国饭碗。76年来,北大荒累计生产粮食10022亿斤,商品粮累计达到8545亿斤。

作为一支体现国家意志、服务国家需求、代表国家水平的"国家队""王牌军",北大荒因粮而生,因粮而兴,亮点是粮食,核心是粮食,发展是粮食,政策是粮食,地位是粮食,出发点是粮食,落脚点还是粮食。

一部北大荒史,就是一个"中国粮食,中国饭碗"的生动注脚。

(十)是什么缔造了北大荒奇迹?

时隔5年后,习近平总书记近日再次到黑龙江考察。他强调,黑龙江要当好国家粮食安全"压舱石",并再一次针对现代农业、黑土地保护和发展农业科技作出一系列重要指示。牢记总书记的殷殷嘱托,北大荒人在稳粮强农之路上不断奔跑、不断超越、不断创造。

76年来,北大荒除了生产物质食粮,还创造出北大荒精神、北大荒标准、北大荒品牌、北大荒范式等一系列非物质产品,缔造了"中国粮食""中国饭碗"最坚实的板块。我们不禁要问:是什么造就了"北大荒奇迹"乃至"中国农业奇迹"?北大荒贡献了什么?

历史和事实一再证明,北国荒原悠悠千万年的沉寂,只有在一个以人民为初心的政党坚强领导下,背靠一个稳定强大的国家,汇聚各类人力资源集团化作战,才能被打破、被唤醒、被激活,迸发出无穷力量。试想一下,如果不是坚强的政治优势、强大的组织和动员能力,北大荒今天会是什么样?

某种程度上,北大荒发展史就是一部改革史。处理好"统"与"分"、国有经济与集体经济、政府与市场、中央与地方的关系是其改革创新的精髓。

首先是"统"与"分"的结合。改革开放之初,黑龙江垦区在人均耕地资源、人均劳动生产率、农业机械化水平上均居全国首位,这与农村地区大为不同。在这样的基础上,北大荒新经营体制创建不可谓不艰难。到底什么样的体制更适合垦区?"过河"的"桥"或"船"在哪里?1983年至1996年的十余年间,北大荒的改革异常痛苦,直到新经营体制正确处理了农民与土地的关系,充分体现集中与分散,充分调动了大农场和小农场的两个积极性，垦区才迎来了跨越式发展。

其次是国有经济与集体经济结合。深化现代农业制度改革，创建国有经济、农村集体经济、农民合作经济、农户家庭经济"四位一体"经营共同体，更好发挥国有经济主体的组织引领作用，带动更多农民增收。第三是政府与市场结合。垦区集团化、农场企业化改革，通过政企、事企、社企分开，使农垦真正成为市场主体，从而更好专注于自己的主业，铸造大国重器。第四是中央与地方结合。通过厘清中央和地方职责，北大荒建设国家农业航母的体制更加顺畅。

除了改革利器，科技是另一把利器。在北大荒发展的各个历史阶段，垦区都将科技引领放在第一位，与最先进的农业科技及农机装备保持同步。北大荒开发的起始点，也是我国农业现代化和机械化的起始点；而北大荒发展到今天，既充分集成和利用最前沿农业科技成果，又为全国乃至全世界最先进农业科技及装备提供着丰富的应用场景。

让这两把利器发挥出最大功效的，正是宝贵的精神财富和可爱的北大荒人。从1947年开始，14万复转官兵、20万内地支边青年、10万大中专院校毕业生和地方干部、54万城市知识青年组成的拓荒大军，用汗水、泪水，乃至鲜血和生命，建成了"北大仓"，培育和锻造了北大荒精神。而今，北大荒依然拥有丰富的、高质量的人力资源，并源源不断吸引来各类专门人才，组成了一支特别有战斗力、充满生机活力的生力军。

其实，对于几乎所有北大荒人来说，北大荒原本都是异乡。而最终，北大荒却成了人们"离不开""葬我身"的家乡，成了"献了青春献终身，献了终身献子孙"的故乡。

在北大荒采访，记者发现，不管走到哪里，不管遇见哪位北大荒人，他们身上都洋溢出一种由内而外的自豪感和自信心。潜台词里都是，"我可以""我们能""我们行"！76年来，他们一步步把看似不可能变成了一个个可能，把一个个困难变成了最后的胜利、最终的奇迹。

从更大层面而言，"北大荒奇迹"正是"中国农业奇迹"的突出代表。北大荒用实践检验并证明了社会主义制度具有无与伦比的优越性，用事实论证了中国能够很好地把政府与市场、集中与分散有机结合起来，用数据为"中国碗装满中国粮"提供了底气、支撑和自信，并为未来中国稳粮强农之路提供了"北大荒范式"。

"啊，北大荒我的北大荒，我把一切都献给了你。你的果实里有我的生命，你的江河里有我的血液。即使明朝啊我逝去，也要长眠在你的怀抱里。"这首被北大荒人称为"垦歌"的《北大荒人的歌》，如同从历史深处传递的精神火炬，多年来一直在黑土地上传唱。爱国爱垦爱场，成为北大荒人的精神标识。

这是一片神奇的黑土地。黑龙江一泻千里，松花江九曲回环，乌苏里江温婉恬静，丰沛的江河水在平原深处幽然相会，滋润着良田万顷，养育着亿万国人。穿越时空，那个声音仿佛在北大荒人心头回响，仿佛在历史的天空回荡——

"中国粮食！中国饭碗！"

北大荒农业航母启航！

（《农民日报》2023年09月25日）

申报资料实录

作品简介： 记者敏锐捕捉到，北大荒贯彻落实习近平总书记重要指示精神的稳粮强农之路，是端牢"中国饭碗"过往努力的缩影，也是中国式农业现代化的一种生动预演。尤其在全球粮价飙升、外部环境不确定性增多的背景下，报道北大荒打造现代化"农业航母"的创新实践，有利于增强发展信心和底气，唱响中国经济光明论。为此，在总书记考察北大荒5周年之际，农民日报提前精心策划，派出采访组深入北大荒采访调研。记者用一周时间深入北大荒多个农场采访，获取了大量最新一手素材和北大荒70多年来的历史资料，几易其稿完成报道。2023年9月25日是习近平总书记考察北大荒5周年的日子，农民日报在当天头版头条位置，重磅推出北大荒端牢"中国饭碗"、打造"农业航母"的创新实践报道。稿件在历史与现实交错中系统展现北大荒的稳粮强农之路，对其他主产区推进农业现代化、更好端牢中国饭碗具有很强的借鉴意义。

社会效果：该报道在农民日报头版头条刊发，作为本报重磅栏目"落实习近平总书记指示要求·调研记"文章，深情讲述了北大荒70多年来在发展生产、支援国家建设、保障国家粮食安全方面的卓著贡献，深刻总结了北大荒人破解"谁来种地"问题、处理好"统"与"分"关系、推进农业农村现代化的创新经验，在全球粮食市场大幅波动的背景下，为各地贯彻落实中央重农抓粮战略发挥了积极作用，增强了全社会对粮食安全的重视和信心。习近平总书记考察北大荒5周年的日子，也是中国农民丰收节和秋粮丰收的重要时间节点，报道在农民日报官网、官微、客户端等全媒体平台同步推出，引发广泛关注，中央网信办在全网进行置顶推送，一百多家媒体平台转发转载。

初评评语：报道站位高远，立意深刻，策划及时精准，不仅全面深入报道了北大荒在稳粮强农和改革创新方面的经验，为其他粮食主产区提供重要经验借鉴，也从侧面生动展现出中国粮食自信，在全球粮价飙升背景下，为稳大局强信心发挥了积极作用。这篇《大国重器》巧妙选取角度，紧紧围绕习近平总书记考察北大荒提出的重要指示，主要报道这5年来北大荒贯彻落实总书记指示精神的改革举措，同时将其放在70多年种地史和全球粮食市场竞争中去分析，增强了典型报道的时代感和厚重感。内容创新与形式创新相结合，传统写法与新媒体表达相结合，历史穿透与现实聚焦相结合。从大标题到小标题都贯穿短小精悍、平实浅白风格，小段落、短句子，干净利落的小场景、小细节，伴以小论述、小思绪，给人一唱三叹、回味绵绵之感，让人如身临北大荒、北大仓，在感叹感佩感怀中进一步领悟习近平总书记"中国饭碗"论述的深远思考，进一步坚定端稳中国饭碗的信心底气。

黎明师傅闯关记

集 体

作品二维码

《黎明师傅闯关记》

（津云客户端2023年12月19日）

申报资料实录

作品简介：新能源汽车走进千家万户，但老旧社区"充电难"的问题依旧未能解决。党的二十大代表、"时代楷模""改革先锋""最美奋斗者"张黎明，在党代表通道上做出"研发移动共享充电桩"的承诺。作品以"承诺"为切入点，主创团队对张黎明进行了为期一年的跟踪拍摄，通过记录张黎明与一线电力工人、社区书记、广大居民的沟通细节，掌握大量鲜活素材，真实呈现了张黎明从萌生灵感到落地安装，以及在研发升级中不断"闯关"的故事。作品深度剖析张黎明如何用科技小发明解决治理大难题，表现人物时不刻意拔高，不过度美化，着重把人情味讲出来，把故事的感染力传出去，与受众的情感同频共振。纪实拍摄中，频出的金句、鲜活的镜头以及偶尔出现的因百姓不理解产生的"小意外"，真实、立体地还原了张黎明面对百姓"急难愁盼"时迎难而上的党员形象。作品结构清晰,"闯关"二字,切中要害。用"创意关""实践关""革新关"作为主线索,利用3D动画效果,将"闯关"沉浸式感受融入其中。技术方面,大量运用多边形建模、光线追踪渲染等特效,将移动共享充电桩研发与使用的景象逼真呈现。

社会效果:在庆祝改革开放45周年之际,津云新媒体推出该作品。通过学习强国、津云客户端、北方网等平台播出后获得大量好评。凭借真情实感接地气的报道,作品全网累计播放量突破百万,成为爆款产品。该作品的广泛传播,令广大网友感受到张黎明为改革开放贡献的工人智慧和工人力量。

初评评语:随着新能源汽车数量的快速增长,一"桩"难求已然成为社区治理的瓶颈之一,居民满怀期待。该作品立足现实,用上接天线、下接地气的语言描述和镜头表达,展现了一名共产党员利用发明创造破解难题、全心全意为人民服务的精神。作品不刻意拔高形象,把人物事迹真真切切地摆在那里,充分反映了一线工人与基层百姓的"双向奔赴"。该作品社会效果良好,为推动基层治理提供了可借鉴的经验。

穿越千年的陶阳里

郑文娟　王小平　徐　倩　饶　力　万光逸

作品请见中国记协网 http://www.zgjx.cn。

（江西广播电视台2023年12月31日）

申报资料实录

作品简介：2023年10月11日，习近平总书记来到景德镇陶阳里历史文化街区考察，他指出，陶阳里历史文化街区严格遵循保护第一、修旧如旧的要求，实现了陶瓷文化保护与文旅产业发展的良性互动。陶阳里的发展模式为什么能够获得总书记的点赞？记者第一时间深入陶阳里历史文化街区蹲点调研，探寻陶阳里穿越千年、传承焕新的故事，挖掘出历史文化遗产保护传承的"陶阳里模式"。党的十八大以来，习近平总书记多次强调要保护传承好历史文化遗产，在陶阳里视察时更是动情的说："中华优秀传统文化自古至今从未断流，陶瓷是中国瑰宝，是中华文明的重要名片"。该作品既探寻了当地政府为实现历史文化遗产可持续发展的创新举措，更为全国各地历史文化遗传的保护传承、活化利用提供了可借鉴的"陶阳里模式"，用典型经验回应总书记点赞。是难得的历史文化遗产活化传承的典型案例，更是全国各地探索历史文化遗产与文旅产业良性互动的典型教材。

社会效果：该典型报道聚焦时代热话题，刻画热事件，引发了全国各地网友对于历史文化遗传保护的热议，为陶阳里留住历史文脉、传承焕新的做法点赞。报道加速了全国各地强化历史文化遗产的活化保护利用，多地文旅部门将此报道作为历史文化遗产保护与文旅产业良性互动发展的视频教材，有效推动了"陶阳里模式"的推广，增强了城市历史文化遗产在保护中发展、在发展中保护的内生动力。为探索历史文化遗产与文旅产业良性互动作出了典型示范，彰显了主流媒体在重大国家战略推进中的推动力和引领力。播出后得到央视频、学习强国、抖音等头部视频平台，以及江西省内市县区等政务平台的转发，全网累计播放超千万次。

初评评语：主题重大，通过记录陶阳里从破败到就地保护，再到活化利用焕发新生的故事，彰显了在习近平总书记关于历史文化遗产保护的重要论述和重要指示批示精神的指引下，当地探索历史文化遗产与文旅产业良性互动的生动实践。结构精巧，以"衰败""保护""理念冲突""活化传承"巧妙布局，把陶阳里历史文化街区"破败—保护—创新—活化"的路径展现得淋漓尽致，其中，"创新"、"活化"更是生动探寻了陶阳里历史文化街区的保护和发展为什么能够获得习近平总书记肯定的秘诀。采访扎实、语言朴素、细节感人，挖掘出历史文化遗产保护传承的"陶阳里模式"，是一篇践行"四力"的佳作。

六问：河南南阳收割机为何无法下高速？

汪 宁　余京津　刘保奇

作品二维码

《六问：河南南阳收割机为何无法下高速？》

（央广网 2023 年 05 月 30 日）

申报资料实录

作品简介：2023 年 5 月底，网传"南阳上百台收割机无法下高速"引起社会广泛关注，且大量自媒体信息鱼龙混杂，引发众多网友的质疑谩骂。尽管南阳官方及时回应，网上仍是质疑不断，以致当地政府陷入舆论漩涡，引发不良社会影响，对政府公信力造成损害。对此，记者及时深入一线进行深入调查并快速发声，采访到农业部门、交通部门、乡镇官员、基层干部等相关政府部门，以及涉事收割机司机、农民、行业人士等近 30 人，对事件真相和细节进行调查披露、多层次呈现，客观全面还原事实真相。此外，秉持"建设性监督"原则，记者对该事件进行思考和观察，对"无法下高速"相关涉及问题由浅入深层层剖析，对粮食抢收和基层应对自然灾害所存在短板问题进行延伸，不但及时化解了社会矛盾，并提出富有建设性意见。在写作中，记者立足大局，聚焦人民群众的急难愁盼，澄清事实真相化解矛盾，由点及面、由浅入深、字斟句酌，呈现出了一篇时效性强、真实性强、社会价值高、意义深远的优质深度报道。该稿件既有广度、深度、力度，又引领舆论关注、推动舆论走向。

社会效果： 稿件刊发后引发极大社会反响，受到网友广泛赞誉和好评。通过采访报道及时澄清事实，做好舆论引导，促进问题的及时、妥善解决。稿件采写扎实，"问题由表及里，层层深入""采访涉事各方，客观平衡""咨询专家，提出对策"等。央视网、农民日报等百余家媒体转载、跟评。

初评评语： 作者不回避当时社会关注的焦点问题，看问题全面，问题抓得很准，构思巧妙，采访深入，写作层次分明，剥丝抽茧，一气呵成。作品不是简单地作谁对谁错的归因判断和批评指责，而是对利益相关方进行全面深入采访，分别采访了农机手、政府主管部门工作人员、收费站一线管理人员、专家、种粮大户、乡镇工作人员等人员，多方求证，交代事件的来龙去脉，通过全景视角还原事实真相，以建设性的姿态进行理性探讨，回应社会关注，探讨相关问题的多方协调、合理合法解决之道，并澄清当地一些地方小麦发芽与收割机未能及时下高速没有关联，实事求是，报道分寸把握恰到好处，央广网的采编人员在此次事件当中发挥了很好的沟通桥梁作用和舆论引导作用。

山东莱荣高铁被举报：偷工减料暗藏重大安全隐患

王文志

路基是高铁线路的重要组成部分，其稳定性直接关系线路质量、列车正常运行及安全。近日，山东莱荣高铁三标段劳务分包商、河南省三捷实业有限公司（以下简称"三捷公司"）实名举报称，工程施工总承包单位中国建筑第八工程局有限公司（以下简称"中建八局"）涉嫌偷工减料，莱荣高铁部分路基段螺纹桩施工存在质量问题，该段大部分螺纹桩的施工桩长不满足设计要求，存在重大安全隐患。

在三捷公司负责人现场指认基础上，《经济参考报》记者在专业人士的配合下，大量查阅莱荣高铁相关路基段地质勘察图、施工设计图、分包工程量确认单、混凝土用量结算单，以及结合实际混凝土用量进行工程实物量推算，结果与举报人反映的偷工减料问题基本相符。

此外，另有莱荣高铁三标段其他劳务分包负责人反映，在他们施工的路基段打桩施工过程中也存在类似问题。

部分路基段半数以上螺纹桩长度严重缩水

莱荣高铁是山东省重大项目，线路西起青岛莱西市，东至威海荣成市，全长193公里，总投资297亿元，设计时速350公里，于2020年11月开工建设，预计2023年10月底具备开通运营条件。该高铁三标段工程施工总承包单位为中建八局，三捷公司是该标段劳务分包商之一，负责部分路基段地基桩钻孔施工作业。

三捷公司负责人肖卫国向记者透露,其承担的莱荣高铁DK 128+700—128+925路基段螺纹桩工程(设计桩长为14.5米或15.5米),未能按图施工,实际施工桩长大多在10米至13米,90%以上的螺纹桩成桩未达到设计长度;该公司在莱荣高铁南海站(DK 147+412—DK 147+950)铁轨路基施工中,大部分螺纹桩也没有达到设计桩长。

据相关专家介绍,螺纹桩施工工艺是钻孔深度达到设计要求后停钻,然后提钻泵送灌注混凝土。多位曾参与现场施工的人员对记者表示,螺纹桩实际施工长度低于设计桩长,可省掉相当一部分混凝土,总承包单位中建八局由此减少了一大笔开支。

相关专家介绍,桩基长度是工程设计中非常重要的参数,如果达不到设计要求,其承载力一般难以达标,后续一系列施工的质量难以得到保障。《经济参考报》记者和业内专家通过三捷公司在上述两个路段螺纹桩施工混凝土用量数据,推算得出其实际桩长普遍缩水,平均长度低于设计桩长的20%左右。

记者从莱荣高铁三标段另外两个劳务分包商的施工人员处获悉,他们在施工过程中,半数以上螺纹桩也未达到设计桩长,部分实际施工桩长甚至不到设计桩长的50%。

总承包方:"能干就干,不能干滚蛋"

三捷公司负责现场施工的朱琦向《经济参考报》记者透露,螺纹桩作业是按设计图纸开始施工打桩,还没打到设计深度时,遇到较硬地质打不动了,他们向中建八局现场人员反映情况,对方根本不予理会,并在施工桩长未达设计深度的情况下,指令灌注混凝土成桩。

"我们签署过工程质量终身责任承诺书,如果不按工程设计图纸和施工技术规范施工,一旦出现工程质量事故会被终身追责。"三捷公司负责人肖卫国表示,他多次向中建八局项目部负责人和现场人员反映施工桩长不够问题,得到的答复是:"能干就干,不能干滚蛋"。

肖卫国说，因为反映桩长不够问题，加上其它一些原因，三捷公司中途被"赶出"莱荣高铁三标段。

根据桩基作业分包协议，劳务分包商只负责钻桩成孔，混凝土进料和使用由总承包方现场人员负责调度指挥。在正常情况下，劳务分包商打桩达到设计深度后，经总承包方现场人员和现场监理人员确认合格后方可浇注混凝土，桩长不符合设计要求严禁进入下道工序。朱琦表示，这些规则在三捷公司承接段面螺纹桩施工中，成为一纸空文。

多位曾经参与莱荣高铁三标段桩基施工的人员对记者说，在他们施工的路基段打桩施工过程中，也存在类似问题。

施工过程中，施工方应该严格按照设计图纸和施工规范操作，除非设计单位、建设单位等会商后做过设计变更，否则施工过程中不得随意更改。

7月17日，山东莱荣高速铁路有限公司监事刘杰对《经济参考报》记者表示，记者提到的莱荣高铁上述路基段螺纹桩桩长未做过设计变更。

专家忧虑基础失稳威胁行车安全

《建设工程质量管理条例》（国务院令第279号）第二十八条规定，施工单位必须按照工程设计图纸和施工技术标准施工，不得擅自修改工程设计，不得偷工减料。

三捷公司认为，中建八局作为三标段工程施工总承包单位，是工程施工的组织者、直接管控者，是工程质量控制最核心、最关键的主体，本应在防止工程建设偷工减料上发挥主导作用，却在该标段桩基工程质量管控上"失控"。

有参与该路基段螺纹桩工程现场施工的人员向记者表示，一开始成孔时深度未达到设计要求，现场监理人员也提出过异议，但中建八局现场人员明示施工人员去"协调"驻地监理工程师，通过"做工作"，让监理人员对减小桩长睁一只眼、闭一只眼。上述人员直言：这样弄不好工程质量会出大问题。

北京交通大学一位从事铁道工程研究的专家对记者说，如果桩长过短将达不到"把荷载传递到地基土深层、减少工后沉降"的目的，可能引起基础失稳，进而造成永久性病害及安全隐患，威胁行车安全。

就三捷公司举报的问题，记者联系中建八局时任莱荣高铁三标段项目经理党国超，他表示正在参加培训，没时间跟记者交流。

7月18日，记者从山东莱荣高速铁路有限公司了解到，针对三标段地基桩长不符合设计要求等问题，该公司已派出调查组到项目现场开展调查。

(《经济参考报》2023年07月20日)

申报资料实录

作品简介： 我国高速铁路建设进入高速发展阶段，工程质量管理成为重中之重。本文抓住莱荣高铁部分标段路基段桩基施工被举报偷工减料这一突出典型，揭开其隐蔽在地下的"缩水桩"真面目。工程分包商站出来实名举报，其行可嘉，但举报信息真伪待考。记者在专业人士的配合下，大量查阅莱荣高铁相关路基段地质勘察图、施工设计图、分包工程量确认单、混凝土用量结算单，以及结合实际混凝土用量进行工程实物量推算，通过审慎研判直逼问题核心。为了挖掘事实真相，记者冒着炎热与举报人在现场多个施工点指认、求证、还原工程偷工减料场景。经过大量核实和证伪，最终使得事实证据链完整、闭合，并运用照片、视频、录音等手段使之相互证明、相互支持，更加接近法律真实。

社会效果： 报道超过500家机构媒体网站转载，权威新闻、门户网站均在首页显著位置推出。新华网舆情在线监测系统统计数据显示，该稿位居当天最热新闻事件第一名，多家权威媒体刊发评论。上海铁路监督管理局、山东省交通运输厅组成联合调查组，调查情况通报认定莱荣高铁部分标段存在螺纹桩施工桩长未达设计要求，未办理设计变更手续，存在质量隐患等问题。上海铁路监督管理局对相关责任单位及7名责任人依法作出行政处罚，对施工单位、监理单位、设计单位和建设单位10名责任人作出处分。随后国家铁路局组织开展铁路工程建设领域"三项整治"动员部署会，专题部署开展隐蔽工程、隧道工程、施工图设计文件审查等专项整治督导检查工作。

初评评语： 该报道成为当前大规模、高标准的高速铁路建设背景下，一个具有标本价值的观察样本，为该领域速度与质量失衡苗头敲响警钟、提供镜鉴。

3·15特别报道·江西—江苏—山东：养殖虾当成野生卖？消费者质疑网络主播带货"虚假宣传"

刘嘉伟　杨　卿　余　宽　何子怡　蔡玲玲　涂　霁　李耀宇

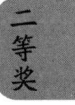

作品请见中国记协网 http://www.zgjx.cn。

（江西广播电视台 2023 年 03 月 14 日 – 2023 年 03 月 14 日）

申报资料实录

作品简介：2023 年 3·15 前夕，江西都市频道新闻热线收到多位消费者投诉，反映在"东方甄选"平台买到的野生大虾疑似为养殖虾。两路记者乔装打扮，以"采购商"、"消费者"等身份先后赶赴江苏、山东等地展开调查取证，总行程 3000 多公里。寒冬腊月，记者连续多日在凌晨深入当地多家批发市场，走访百家水产档口，通过一个多月的暗访调查，坐实"东方甄选"涉嫌虚假宣传，并把一条将养殖虾包装成野生虾的灰色供销链条连根拔起。

社会效果：该作品通过大屏播出、小屏分发，在 3·15 期间频频出圈，冲上全国热搜榜前三，引发全国各省市百余家媒体争相转发。据不完全统计，仅该报道的综合点击量就突破 3 亿人次。

初评评语：网络直播带货作为新兴行业，在快速发展的同时，也存在监管的缺失和执法的盲区。该报道追求新闻的真实性，用事实说话，记者远赴千里，抽丝剥茧，层层揭露，针砭时弊，令人信服。报道播出后，涉事企业认错整改，法院判决举一反三，有力震慑了违法违规直播带货平台，有效推动了行业自律，让更多平台商家引以为戒，守法经营，提振了社会公众的消费信心，也再次让人们认识到舆论监督的重要性。

一束照进生命的光

董瀚文　李桢楠　苏璐萍　李　杨

作品二维码

《一束照进生命的光》

（石榴云客户端 2023 年 11 月 14 日）

申报资料实录

作品简介：在美西方污蔑抹黑中国新疆人权状况的复杂背景下，挖掘维吾尔族女医生玛依努尔·尼牙孜的成长故事，新疆日报社（集团）紧扣人物名字"玛依努尔"中"光"的意味，从人物成长经历的海量信息中提炼出四个最能代表人物优秀品质、性格特点与成长经历的关键意象，集手绘、动画制作等优势力量，采用"新默片"风格，在动画作品中创新使用"胶片感"，用时半月，精心打磨，用一个有分量的手绘短视频承载了这个有分量的故事。

社会效果：作品一经推出，迅速被新华社客户端、人民日报视频客户端、光明日报客户端、新华网等主流媒体平台转发，仅新华社客户端发布当日浏览量就达 22.6 万次，几个主要客户端阅读量就超过百万次。该作品在玛依努尔先进事迹巡回宣讲报告会上不断播放。有网友评论：眼眶湿润，直抵人心，照亮玛依努尔人生的，是正处于最好发展阶段的新时代的中国。

初评评语：用四篇章手绘漫画表现维吾尔族女医生玛依努尔·尼牙孜的感人事迹，表达流畅简洁又不乏细节，在相对较短的篇幅内展现了人物多方面的高光点。在画面制作上将黑白色调画面与彩色画面交叉使用，突出了关键信息与情绪高潮，手法细腻，画面、文字、音乐配合默契，创新语态，堪称用心用情之作。

沉浸式交互 H5| 深海之锤

集 体

作品二维码

《沉浸式交互 H5| 深海之锤》

（津云客户端 2023 年 12 月 15 日）

申报资料实录

作品简介：2023 年，由我国历时 3 年自主研制的 2500 米级超深水打桩锤完成海试，并获得原则性批准证书，填补了我国超深水打桩核心装备的技术空白，以新质生产力推动深海油气勘探取得重大突破。为全面展现"大国重器"的研发历程，津云新媒体派出多路记者历时近 5 个月在天津、江苏、四川及南海蹲点采访数十位科研骨干，挖掘出"0.1 毫米的误差解决了漏油难题""创新应用过盈配合实现锤杆锤芯'一锤定音'""编写 10 万行代码实现 2% 控制精度误差"等科研故事，拍摄制作 14 部短视频。为让观众有更直观的了解，津云新媒体运用 14 部短视频，再融合音频、图片、文字、游戏等多媒体手段，创作了这部沉浸式的、有交互体验的 H5 作品。其中，打桩锤锤体组装的互动游戏，超深水打桩锤的锤击操作及在 2500 米水深处采集到的超深水打桩锤的真实锤击声，都让观众有亲临现场的感受。

社会效果：中国网、光明网、北青网、大洋网等央级、省市级媒体，今日头条、新浪网、搜狐网等商业平台，全国超过700家媒体或平台转发该作品。传播过程中，作品精心设计的互动环节也吸引大量网友参与，并得到广泛好评。在海外，美国亚省时报、美国新闻网、德国热线、欧洲新闻网、加拿大加中在线、西班牙联合时报、中希时报、菲中电视台、迪拜新闻网、捷华通讯、日本中文导报、日中商报、阿根廷华人网、埃及中国周报、葡华报、尼日利亚西非华人报等超过40家海外华文媒体对该H5作品进行报道，在全球产生广泛影响。

初评评语：聚焦深海油气开发核心装备的研发，展现中国自主创新的综合实力。记者通过长期跟踪采访，深入挖掘、记录鲜活的一线故事，通过H5形式将这些生动的视频与深海场景巧妙结合，增强用户在模拟场景中的沉浸感，并通过组装、操作等互动使用户获得了更强的参与感。

送你一张机票！

曾 晗　曹曦晴　吴博军　李　昕
邱　收　闫　珣　艾雪旸　周　鑫

作品二维码

《送你一张机票！》

（长江云客户端 2023 年 09 月 19 日）

申报资料实录

作品简介： 2023年9月18日，武汉与台北之间的直飞航班时隔三年正式复航。此次复航为促进两岸人员往来，推动鄂台两地经贸文化交流合作发挥着积极作用。湖北广播电视台国际传播中心及时跟进，第一时间赶赴机场进行采访拍摄，并推出创意融合报道类产品《送你一张机票！》，以小见大，见证这一重大事件。主创人员巧妙地寻找到汉字"湖北"的笔画是17画，"台湾"的笔画也是17画，正在举办的湖北·武汉－台湾周又是第17届这条线，设计了17张精美的创意互动海报，并配以诗意文案，将值得纪念的武汉台北复航机票，与湖北、台湾的自然风光、美食和人文等相结合，跨越山海，双向奔赴。机票上座位号为99A，寓意长长久久永永远远。条形码数字设计为520520520，谐音"我爱你"。通过创意遥相呼应，不仅拉近了两岸的距离，更拉近了民心的距离。

社会效果：作品发布后，被不少媒体转发，获得大量网友点赞转发，被称赞："这种融合太巧妙了""亲密无间"。作品为媒体之间牵手合作，推动两岸交流，做出贡献。专访视频在海外媒体发布后，阅读量超过100万+，点赞超过1万+，受到海内外网友，广泛好评。

初评评语：富有创意，以一张机票为切入点，定格了武汉与台北直飞航班时隔三年正式复航的重要历史瞬间，一张小小的机票跨越山海，拉近了海峡两岸的距离，诸多创意体现了融媒时代的传播特色，具有较强的传播力和感染力。

甲骨文申请上两会

集 体

作品二维码

《甲骨文申请上两会》

（映象网 2023 年 03 月 02 日）

申报资料实录

作品简介：该作品紧紧围绕总书记指示精神，以全国两会为契机，结合二十大报告成绩单，借甲骨文见证"国之大者"的牵挂，用拟人化的甲骨文展现社会发展、触摸时代脉搏，实现宏大主题的轻巧落地，生动活泼又厚重有余。片子从文案撰写、动漫设计等多方面探索创新，精心选取"仓、火、车、民、森"五个甲骨文，通过新技术赋能，借助元宇宙数字还原技术，设计出甲骨文的数字化虚拟形象。用拟人态的手法，结合戏精式的文案内容，讲述粮食、经济、创新、民生、环保方面的发展，展示古老文明与新时代发展的浪漫奇遇。该片推出后，被省内外多家媒体转载，全网阅读量破 1.5 亿。

社会效果：《甲骨文申请上两会》一经推出，广受好评。先后被人民日报客户端、学习强国、今日头条等首页推荐。

初评评语：依托故事化场景，借助拟人化的"仓、火、车、民、森"五个甲骨文的对话，巧妙串联起粮食、经济、创新、民生、环保五个话题，以具体数据展示我国多领域的建设成就，实现了硬话题的软着陆。作品融合了技术潮流与时事热点，体现出一定的文化内涵。

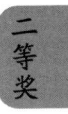

"破四唯""立新标"有多难?

孙金行 陈海波 齐 芳 詹 媛
杨 舒 卢 璐 金振娅 张 蕾

作品二维码

《"破四唯""立新标"有多难?》

(光明日报客户端2023年05月10日)

申报资料实录

作品简介:光明日报聚焦我国科研评价体系重大改革议题,推出融合报道作品,用科普形式年轻化表达深度调研成果。在全党大兴调查研究之际,调研组深入全国20余个省区市、近百所高校和科研院所,得到大量迎难、破难和解难的案例、问题和建议,以视频形式与受众共商共讨,探寻出路。作品采取记者担当"科技博主"的讲解形式,语言通俗流畅,极具感染力。采用AE、Animate、PR等专业软件制作MG动画,C4D制作三维和粒子效果,配合达芬奇调色,画面更具动感,叙述更具张力。作品观点深刻透彻。调研既是一场呈现,也是一场反思。视频以客观公正的态度,系统化引据立证,揭示我国科研体制改革面临的痛点难点,也传达出对未来科研生态积极向好的坚定信念,进一步增强了社会各界对科技创新的共识、对人才的高度认同与保护。

社会效果：《"破四唯""立新标"有多难？》一经发布，即引发各界关注。作品在光明日报客户端、光明网等自有平台首页、开机屏刊出，触达总量超 1.3 亿次，播放量超过 3103.7 万次，被人民网、央广网、中工网等多家媒体和机构账号转载。

初评评语：以深入调研为基础，通过"科技博主"讲解的形式，将专业性与可视性巧妙融合，让复杂内容变得通俗易懂。作品运用高科技质感的动画，结合光影效果带来强烈视觉冲击，传达深刻观点，揭示了科研体制改革的痛点，展现对未来科研生态的积极期待。作品不仅精准描绘了科研领域的时代变革，还推动了公众对科研评价体系改革的关注与支持，展现了较高的新闻价值和社会影响力。

我家住在长三角

郑晓敏　耿　磊　程玉涵　姚逸群　虞结志　李轶晗　孔德富

作品二维码

《我家住在长三角》

（中安新闻客户端 2023 年 12 月 15 日）

申报资料实录

作品简介：安徽新媒体集团中安新闻客户端找准重大主题与人民生活、大众感受的连接点，精心策划、推出融媒体作品《我家住在长三角》。该作品融入了动画视频、手绘、互动游戏、新闻采访音视频等多种形式的新媒体元素，以安徽省鸟灰喜鹊的卡通形象作为引导者，带领网友沉浸式体验长三角一体化发展战略给三省一市百姓带来的在交通、政务、医疗和文旅等方面的喜人变化。该作品是安徽新媒体集团自主策划的重大选题，集团领导高度重视，亲自部署，中安新闻客户端全部门力量投入，反复打磨，深入一线挖掘采访。作品积极创新主题宣传，转宏观叙事为微观表达，转"硬说教"为"软对话"，注重轻量化、代入感、科技感。

社会效果：该作品主题突出、内容丰富，游戏打卡的呈现形式极具创意又颇有网感，通过中安新闻客户端、中安在线、安徽手机报以及安徽新媒体集团旗下微博微信等渠道进行融合立体传播，发出后得到网友的一致好评，获得全网超百万的浏览量。作品被省内外众多主流新闻媒体和政务官微转载推荐，取得很好的传播效果、积极的社会影响和正向的舆论引导力，成为社交媒体上的刷屏"爆款"。

初评评语：报道生动展现了"长三角一体化"国家战略实施以来，长三角地区三省一市持续分类推进各领域公共服务便利共享，协力描绘民生福祉最大同心圆的幸福画卷。作品构思精巧、制作精良、画风精美，兼具艺术性与新闻性，是主流媒体创新表达方式和技术手段，为正能量主题宣传赋能的作品。

全国首个少先队员劳动教育实践网上平台
——红领巾劳动吧

集 体

作品二维码

《全国首个少先队员劳动教育实践网上平台——红领巾劳动吧》

（交汇点新闻客户端 2023 年 03 月 16 日）

申报资料实录

作品简介： 新闻性强，社会意义大：平台第一时间响应与跟进国家重大教育改革政策。2022 年秋季学期开始，劳动课作为一门独立课程正式进入全国中小学课堂。2023 年 3 月起，交汇点新闻第一时间谋划布局，推出全国首个少先队员劳动教育实践网上平台——红领巾劳动吧。特色鲜明，"传媒+"再升级，具有重大创新度：平台聚焦"青少年劳动教育"这一独特而重大的主题，具有特色化、差异化的显著特点。内容丰富，形式多样。线上线下联动，服务性、互动性强：平台彰显主流媒体担当的精神，取得了"新闻+服务"的实际成效。以平台建设为依托，每日推出原创资讯，组织有热度的互动交流；近 1 年时间内还开展了"特色劳动课""劳动技能大比拼""'劳动伴成长'征文""劳模工匠进课堂""非遗传承人进校园"等 110 多场线上线下品牌活动，取得巨大的社会辐射效应,受到孩子和家长们的高度好评。

社会效果:知识与技能兼顾、学习与互动融合、线上线下联动,功能强大,学习实践效果好。用户参与平台学习、互动,可获主管部门颁发的少先队"特色章",助力少先队员劳动知识与技能提升。技术创新,系统稳定,项目具有长期性、可持续性。平台搭建利用基于 VUE 的 VANT 组件库,实现大数据、流媒体等信息持久化存储,优化代码体积,提升前后端交互速度。目前已覆盖 300 万用户,影响力与日俱增。

初评评语:围绕中小学生劳动课程打造线上实践平台,很好地体现了该应用的目标群体和应用特色。通过丰富的板块设计,既有一定的新闻性,又开展线上线下交流,实现"传媒+教育+服务"功能,协助学校和家长组织开展中小学生劳动实践活动,产生良好社会效益。覆盖用户广泛,除本省用户,还辐射到周边省份。自主搭建的平台可持续性强,可供其他省份学习,有示范性。

"星城"移动服务

彭 勇 潘开政 何 超 周虎踞
齐 波 雷艳飞 崔希芳 舒 鑫

作品二维码

《"星城"移动服务》

("我的长沙"客户端2023年01月23日)

申报资料实录

作品简介："星城"移动服务是长沙市广播电视台"我的长沙"客户端打造的一款基于大数据技术底座，集资讯浏览、社交分享、意见收集、办事服务、舆论监督于一体的应用创新服务产品。平台积极拓展"新闻＋政务＋服务"功能，为市民提供个性、精准、智能化服务，在满足公众需求、提供公共服务、参与社会治理方面发挥积极作用。其主要功能模块有：新闻信息采集开放平台。平台开发"热点话题"板块，与长沙市广播电视台新闻中心联动，产出新闻内容，回应市民关切。2023年，"热点话题"创建话题407个，用户发布动态内容超8000条，总点击量超2200万次。平台上线"我要找记者"、"我要找律师"、"噪音污染举报"等模块，市民维权、问政更加便捷。政务服务平台。平台联合长沙市公安局、司法局、卫健委等部门为市民提供全流程"掌上办"服务。民生服务平台。平台打造交通出行、健康医疗、住在长沙等15个特色专区，提供便民服务。数据中台。平台采集用户属性和行为方面的海量数据，构建较为完善的用户标签体系，目前共有三级用户标签7356个，标签数据量达2.11亿条，初步实现新闻和城市信息的本地化精准分发，大幅提升主流媒体的传播效率。

社会效果："星城"移动服务将人工智能和大数据技术与主流媒体优势和城市服务功能紧密结合，实现媒体功能的优化、拓展和传播效能的提升，促进城市治理水平的提升。提升新闻生产效能。通过"服务带资讯，资讯带服务"，提高采编部门采集编发能力。提升政务服务效能。平台打通122个市直部门单位，汇集热门服务2381项，实现全流程"掌上办"，累计服务市民6.4亿人次。提升平台传播效能。通过数据分析，平台分群推送信息的平均点击量为全量推送的15倍，联动卫健等部门向"老弱病孕"群体精准提供"送药上门"服务8900多份，用户点赞留言上万条。

初评评语：基于大数据技术底座，集资讯浏览、社交分享、意见收集、办事服务、舆论监督于一体，牢牢抓住城市服务功能及其大数据资源，以数据和智能技术驱动，通过融媒体与智慧城市应用的融合创新，重建主流媒体的用户连接，提升传播效能，以"数字蝶变"加速"城市蝶变"，助力城市更聪明、生活更美好、发展更强劲。这种媒体融合创新模式，积极拓展"新闻+政务+服务"功能，对于推进政府决策科学化、社会治理精准化、公共服务高效化。

附录一

第34届中国新闻奖、
第18届长江韬奋奖评选结果揭晓

由中华全国新闻工作者协会主办的第34届中国新闻奖、第18届长江韬奋奖评选结果2024年11月7日揭晓。来自全国各级各类媒体的373件作品获中国新闻奖，其中，特别奖4件、一等奖75件、二等奖109件、三等奖185件。同时揭晓的还有长江韬奋奖，长江、韬奋系列各10位获奖者。

本次评选中，新华社消息《Xi Jinping unanimously elected Chinesepresident, PRC CMC chairman(习近平全票当选中国国家主席、中央军委主席)》、人民日报社评论《增强实现中华民族伟大复兴的精神力量》、中央广播电视总台新闻直播《选举新一届国家机构领导人》和解放军新闻传播中心消息《东部战区组织环台岛战备警巡和"联合利剑"演习》4件作品得到与会评委高度认同，被评为特别奖。

多件着眼2023年重点工作、重大典型、重要活动的优秀新闻作品获得高等级奖项，涌现出央视新闻客户端《经济随笔 | 中央经济工作会议精神的深层逻辑》、上观新闻《<百姓话思想>第三季》、河北日报《"不拘一格地选拔人才"——习近平同志在河北正定工作期间推出"人才九条"的实践与启示》等创新宣传习近平新时代中国特色社会主义思想的精品力作。贵州、上海、北京、湖南、浙江、江苏广播电视台联合创作的《万桥飞架——山水间的人类奇迹》等多件作品，生动记录了新时代新征程的伟大成就。中国新闻网《东西问》、新湖南客户端《出海记·走进非洲》等多件

国际传播效果显著的新闻佳作获奖。

第 18 届长江韬奋奖长江系列 10 位获奖者是（以姓氏笔画为序）：福建省广播影视集团邓金木、天津津云新媒体集团闫征、农民日报社江娜、新华社孙承斌、大众报业集团李海燕、北京广播电视台邵晶、浙江广播电视集团杨川源、辽宁日报社高爽、西藏广播电视台尉朝阳、内蒙古广播电视台雷蒙。韬奋系列 10 位获奖者是（以姓氏笔画为序）：中央纪委国家监委新闻传播中心王霞、河南广播电视台王仁海、中央广播电视总台申勇、中国日报社孙尚武、江西日报社李滇敏、解放军新闻传播中心周奔、黑龙江广播电视台段君凯、中国青年报社高山、人民日报社袁新文、重庆广播电视台管洪。他们坚持"四向四做"，不断增强"四力"，敬业奉献，业绩突出，为巩固壮大党的主流思想舆论作出了积极贡献。

第 34 届中国新闻奖获奖作品目录

奖次	项目	作品标题	发布端/账号/媒体名称	作者/主创	编辑	原创单位	报送单位/初评单位
特别奖	消息	Xi Jinping unanimously elected Chinese president, PRC CMC chairman（习近平全票当选中国国家主席、中央军委主席）	新华社	集体	集体	新华社	新华社
特别奖	评论	增强实现中华民族伟大复兴的精神力量	人民日报	集体	集体	人民日报社	人民日报社
特别奖	新闻直播	选举新一届国家机构领导人	中央广播电视总台	集体	集体	中央广播电视总台	中国广播电视社会组织联合会
特别奖	消息	东部战区组织环台岛战备警巡和"联合利剑"演习	解放军报客户端	樊斌、陈利	王通化、魏兵、孔鹏鹏	解放军新闻传播中心	解放军新闻传播中心
一等奖	消息	习近平同美国总统举行中美元首会晤	中央广播电视总台	集体	李洁、张嘉冀	中央广播电视总台	中央广播电视总台
一等奖	消息	首次发现"野外灭绝"的长江鲟在野外产卵出苗	四川广播电视台	集体	鄂文松、郑艺、肖宇洁	四川广播电视台	四川记协
一等奖	消息	江苏发出第1000万户个体工商户营业执照 成为全国首个在册个体工商户总量破千万省份	新华日报	杭春燕、许海燕	顾新东	新华日报	江苏记协
一等奖	消息	这一步走了73年 马英九回湖南祭祖寻根	湖南广播电视台	魏波、鲁超、郑晓	李特生、陈帅、王楠	湖南广播电视台	湖南记协
一等奖	消息	中美乐团上演"茉莉香飘《茉莉花》"	中国青年报	李超、徐蕾、朱智红	惠滢、李立红	中国青年报社	中国青年报社
一等奖	消息	"江西造"在沙特点亮中国品牌之光	江西日报	朱彦、林雍、宋思嘉	罗云羽、蒋少征	江西日报	江西记协
一等奖	评论	钟华论：民族复兴的领路人 亿万人民的主心骨	新华社	集体	孙承斌、李忠发	新华社	新华社

奖次	项目	作品标题	发布端/账号/媒体名称	作者/主创	编辑	原创单位	报送单位/初评单位
一等奖	评论	让大地赋我们无穷力量——写在全党大兴调查研究之际	光明日报	集体	张淼、包晗	光明日报	光明日报社
		年轻干部既要德配其位也要才配其位	学习时报	何忠国	毛强、王翠娟、吴青	学习时报	学习时报社
		经济随笔｜中央经济工作会议精神的深层逻辑	央视新闻客户端	集体	集体	中央广播电视总台	中央广播电视总台
		再造一个新广东	南方日报	丁建庭、王庆峰	黄常开、金强	南方日报社	广东记协
		筑牢"大国粮仓"端稳"中国饭碗"	黑龙江广播电视台（黑龙江省全媒体中心）	高攀、关瀚	牟维宁、杨程	黑龙江广播电视台（黑龙江省全媒体中心）	黑龙江记协
	通讯	两名基层干部的"鸡毛信"	人民日报	张武军、张佳莹	集体	人民日报社	人民日报社
		瞭望·治国理政纪事｜建设牢不可破的北疆绿色长城	《瞭望》新闻周刊	刘紫凌、何晨阳、马丽娟	史湘洲、杨琳	新华社	新华社
		高陂抗击台风攻坚战：惊心动魄的五天五夜	南方PLUS客户端	祁雷、李赫、徐林、陈泽铭、骆骁骅	曹斯、田一鸣	南方报业传媒集团	广东记协
		外卖小哥一通电话，北京这个小区154个单元楼装上新号牌	北京日报客户端	孙宏阳、邓伟	集体	北京日报社	北京记协
		防止脱实向虚	经济日报	集体	乔申颖、温宝臣、周剑	经济日报社	经济日报社
	新闻专题	习近平的"艾奥瓦老友记"	深圳广播电影电视集团	丘倩怡、张洪硕、戚昊、李汶思、黄俊强、程茜	肖鹏、秦建文、李文涛	深圳广播电影电视集团	广东记协
		从延安到红旗渠	大象新闻客户端	集体	集体	河南广播电视台	河南记协
		四天三夜，被困门头沟列车乘客大救援	北京广播电视台	集体	集体	北京广播电视台	北京记协
		独家：50部朝鲜战争电影揭露美国意图	央视频客户端	张勤、王潇怡、张绮薇、张雅琦、周婧琳、程金典、周心怡	集体	中央广播电视总台	中央广播电视总台
		诺言	新华社客户端	集体	集体	新华社	自荐他荐

奖次	项目	作品标题	发布端/账号/媒体名称	作者/主创	编辑	原创单位	报送单位/初评单位
一等奖	新闻纪录片	《通向繁荣之路》第一集 大道同行	中央广播电视总台	集体	集体	中央广播电视总台	中央广播电视总台
		白鹤之约	江西广播电视台	周东、余超、王艳、徐庆元、赵洪潭、龚珏、余宽	袁进涛、金石明、许文兵	江西广播电视台	江西记协
	系列报道	"了不起的青春小店"系列报道	中国青年报	集体	集体	中国青年报社	中国青年报社
		隐形冠军	中央广播电视总台	集体	王磊、张棉棉	中央广播电视总台	中央广播电视总台
		《总书记的回信》第二季	河南广播电视台	集体	张斌、符军、杨亮	河南广播电视台	河南记协
		提奥的天鹅地图	山东广播电视台	李伟、崔潇、孔毅、方锡铭、赵雪、卢怡婷	原宝国、李献刚、翁平亚	山东广播电视台	山东记协
		《百姓话思想》第三季	上观新闻	卢芳明、赵明亮、叶宇、李创、王力、黄海华、张杨	集体	解放日报社	上海记协
	新闻摄影	特写:"您认识这位年轻人吗?"	新华社	李学仁	集体	新华通讯社	中国新闻摄影学会
		(杭州亚运会)男子个人花剑:中国队陈海威晋级决赛	中国新闻社	杜洋	张茵、张炜、毛建军	中国新闻社	中国新闻摄影学会
	新闻漫画	丝路行旅图,带你穿越千年	人民日报微信公众号	集体	集体	人民日报社	中国新闻漫画研究会
	副刊作品	歌声起太行	人民日报社	张健	集体	人民日报社	中国报纸副刊研究会
	新闻访谈	鲁健访谈｜对话《流浪地球2》(上下集)	中央广播电视总台	集体	集体	中央广播电视总台	中国广播电视社会组织联合会
		中国好儿女	黑龙江广播电视台(黑龙江省全媒体中心)	于硕、柳春迪、关丽珠、孙玉多、陈强、袁静	袁静	黑龙江广播电视台(黑龙江省全媒体中心)	中国广播电视社会组织联合会
	新闻直播	杭州第19届亚运会开幕式直播	中央广播电视总台	集体	集体	中央广播电视总台	中国广播电视社会组织联合会
		Live: Latest developments in Palestinian-Israeli conflict on day eight (第一现场火线直击:关注巴以冲突现场报道)	CGTN	张施磊、李萌、李响、闫俐、田楚吟、张冰心、金柳、宋晓明、臧诗洁、纳迪姆·迪亚布	集体	中央广播电视总台	中国广播电视社会组织联合会

奖次	项目	作品标题	发布端/账号/媒体名称	作者/主创	编辑	原创单位	报送单位/初评单位
一等奖	新闻编排	（亚洲共此时）2023年9月23日《浙江新闻联播》	浙江广播电视集团	集体	集体	浙江广播电视集团浙江卫视	中国广播电视社会组织联合会
		陕西日报2023年5月20日4-5版	陕西日报	龚凌燕、辛刚	王睿、陈丹	陕西日报	中国新闻漫画研究会
		解放日报2023年11月30日2版要闻	解放日报	周扬清、范志睿、张看	倪佳	解放日报	中国新闻漫画研究会
	新闻专栏	第一观察	新华社客户端	集体	集体	新华社	中国记协新媒体专业委员会
		学习小组	人民日报海外网	申孟哲、姜忠奇、龚文静、张少鹏、张贺铭	龚雯、杨凯、张远晴	人民日报海外版	中国记协新媒体专业委员会
		World Watch（世界观察）	中国日报社	纪涛、陈智明、安百杰、宋平、王林艳	文综铎、苏强、王晓东	中国日报社	中国报纸副刊研究会
		金视角	经济日报社	集体	集体	经济日报社	中国报纸副刊研究会
		玉渊谭天	央视网	集体	张勤、吴龙海、郑天皓	中央广播电视总台	中国记协新媒体专业委员会
		向前一步	北京广播电视台	集体	集体	北京广播电视台	中国广播电视社会组织联合会
		今晚	上海广播电视台	集体	集体	上海广播电视台	中国广播电视社会组织联合会
		新华时论	新华日报	集体	双传学	新华日报	中国报纸副刊研究会
		亲历	浙江日报	集体	集体	浙江日报	中国报纸副刊研究会
		第一眼	大武汉客户端	集体	王其恒、刘慧、张颖	长江日报社	中国记协新媒体专业委员会
	新闻业务研究	"爆款长红"的探索与思考	新闻战线	董阳	陈利云	人民日报社	人民日报社
		主力军全面挺进主战场 构建媒体深度融合新生态	传媒杂志社	集体	陈琦	江西广播电视台	江西记协
	重大主题报道	人民的选择——写在习近平同志全票当选国家主席、中央军委主席之际	人民日报	杜尚泽、李建广、王昊男	集体	人民日报	人民日报社
		人民江山	新华社	集体	集体	新华社	新华社

奖次	项目	作品标题	发布端/账号/媒体名称	作者/主创	编辑	原创单位	报送单位/初评单位
一等奖	重大主题报道	以中国式现代化全面推进中华民族伟大复兴——习近平总书记今年以来治国理政纪实	中央广播电视总台	申勇、龚雪辉、马立飞、郭晗光	集体	中央广播电视总台	中央广播电视总台
		"全面深入学习贯彻习近平强军思想"系列评论员文章	解放军报	集体	辛士红、桑林峰、孙阳	解放军新闻传播中心	解放军新闻传播中心
		万桥飞架——山水间的人类奇迹	贵州广播电视台、上海广播电视台、北京广播电视台、湖南广播电视台、浙江广播电视集团、江苏省广播电视总台	朱宏、施索、陈亦楠、敖雪、牟行芳、王静雯、张茂杰	哈思挺、刘敬源、陈曦	贵州广播电视台、上海文化广播影视集团有限公司	贵州记协
		互动视频丨跨越35年的"双向奔赴"	福建发布微信公众号	高容峰、郑少炜、余晋雨、邓怡虹、林健、易鑫荣、王波、陈昕玫	郑建武、郑澈、罗亨钦	福建省广播影视集团、三明市融媒体中心、将乐县融媒体中心	福建记协
	国际传播	A decade of BRI: From vision to reality ("一带一路"十周年:从"大写意"到"工笔画")	人民日报英文客户端	王恬、倪涛、梁培钰、张健	集体	人民日报社	中国记协评奖办
		东西问	中国新闻网	集体	集体	中国新闻社	中国记协评奖办
		"新华社五论中美关系"系列评论	新华社	叶书宏、谢彬彬、郝薇薇、杜白羽、高文成、李蓉	集体	新华通讯社	中国记协评奖办
		Nation's export curbs on key semiconductor materials seen as fair(中国对关键半导体材料的出口限制符合公平、公正原则)	中国日报国际版	马思	刘巍枫、安百杰	中国日报社	中国记协评奖办
		出海记·走进非洲	新湖南客户端	集体	李伟锋、周月桂、刘建光	湖南日报社	中国记协评奖办

奖次	项目	作品标题	发布端/账号/媒体名称	作者/主创	编辑	原创单位	报送单位/初评单位
一等奖	国际传播	ISRAEL-PALESTINE CONFLICT（战地纪实：巴以一线报道）	中央广播电视总台	刘聪、沈小蒙、李响、Noor Harazeen、黄越、周迦昕、郑松武、冯懿磊	集体	中央广播电视总台	中国记协评奖办
	典型报道	伊莎白——我的选择是中国	中央广播电视总台、四川广播电视台	高松、王红芯、彭阳洋、薛怀刚、殷继超	高松、张政、杜春雨	四川广播电视台	四川记协
		先生	中央广播电视总台	集体	樊新征、张棉棉	中央广播电视总台	自荐他荐
		丝路上的中国医生	湖南广播电视台	集体	集体	湖南广播电视台	湖南记协
		"候鸟教授"团队：攥牢"红莲稻"种心怀农业"中国芯"	长江云新闻客户端	张俊、张云华、田程、程勋、蔡亭、马步云、张文君	集体	湖北广播电视台	湖北记协
	舆论监督报道	"部分中小学生课间10分钟被约束现象调查"系列报道	新华社	集体	集体	新华社	新华社
		填坑？挖坑！	中央广播电视总台	席鸣、付鹏、崔辛雨、余仁山、刘宁、喻晓轩	孙杰、王惠莉	中央广播电视总台	中央广播电视总台
		一颗老鼠头为何要省级调查组才能查清？	侠客岛微博账号	集体	集体	人民日报社	人民日报社
	融合报道	风雨落坡岭	人民日报客户端	徐丹、陈相如、刘畅、李建广、林渊、刘镇杰	集体	人民日报社	中国记协新媒体专业委员会
		顶级实验室｜在地下700米捕捉宇宙中的"幽灵粒子"	央视新闻客户端	集体	丁沂、张娴、吴涛	中央广播电视总台	中国记协新媒体专业委员会
		看!《我们亚洲》，雄风更劲!	新华社客户端	徐壮志、王清颖、饶力文、沈楠、姬烨、黄奋越、方思贤、郜新鑫	集体	新华社	中国记协新媒体专业委员会
	应用创新	"福通五洲"出入境信息服务平台	海博TV客户端	曹智鹏、高佳丽、何玉钦、赵明鸣、郑周波、陈林惠、许昭兰、陈泓亮	刘伟程、沈秋菊、黄芸	福建省广播影视集团	中国记协新媒体专业委员会

奖次	项目	作品标题	发布端/账号/媒体名称	作者/主创	编辑	原创单位	报送单位/初评单位
二等奖	消息	人来了，外地考的证却不认	工人日报	北梦原、刘小燕	甘暂、程莉莉	工人日报社	工人日报社
		国际性自行车赛走进古城拉萨 百余名骑手竞逐雪域高原	西藏卫视	集体	集体	西藏广播电视台	西藏记协
		从孤羽七只到万鸟竞翔 濒危朱鹮保护创造生态奇迹	陕西广播电视台	视台	王冬、李阳、况元媛、黄璞、王萱	况元媛	陕西广电融媒体集团（陕西广播电视台）
		吉林粮食连续三年超800亿斤 盐碱地成重要增长极	吉林广播电视台	滕树华、毛元翰、严磊、王子军、李永飞	毛元翰	吉林广播电视台	吉林记协
		全国首个GDP破5000亿元县级市诞生	苏州日报	朱新国、占长孙	张晓亮	苏州日报社	自荐他荐
		台湾品牌首次拿到大陆"老字号"	厦门晚报	吴佳、林润	查本恩、林玉蓉	厦门晚报社	中国晚报工作者协会
		大桥西移四十米，为崖沙燕留个"家"	河北日报	周洁、霍晓丽	张文君、安人和、蔡计锁	河北日报	河北记协
		Nation unveils plan on crewed moon mission（中国披露载人登月任务方案）	中国日报	赵磊	雷蕾	中国日报社	中国日报社
		"智能石头"保安澜 黄河"进"电脑更近一步	河南广播电视台	朱圣宇、付天喜、付艳波、夏清	程冰冰、张新昊、王艺枫	河南广播电视台	河南记协
		"我的人生因共建'一带一路'而精彩"	人民日报	黄培昭	马小宁、王佳可	人民日报社	人民日报社
		重磅！国产首艘大型邮轮命名交付	中国船舶报社微信公众号	何宝新、刘志良	钱平	中国船舶报社	中国国防科技工业新闻工作者协会
	评论	支持民营企业从还欠账做起	重庆日报	单士兵	臧博、王瑞琳、张燕	重庆日报	重庆记协
		"第二个结合"是又一次的思想解放	人民日报	集体	无	人民日报社	人民日报社
		"网红"干部"出圈"更要"出彩"	河北共产党员网	魏春生	姚越华、李文亮	河北共产党员杂志社	中国期刊协会
		白鹤恋农田，生态真的好吗？	江西广播电视台	赵洪潭、欧阳敏、王师娥	龚小娟、卢洁华、黄燕	江西广播电视台	江西记协
		把调查研究的"自行车"骑到基层一线	河北日报	贾梦宇、张博	吴宏爱	河北日报	河北记协

奖次	项目	作品标题	发布端/账号/媒体名称	作者/主创	编辑	原创单位	报送单位/初评单位
二等奖	评论	唱衰中国经济者注定失望	经济日报	金观平（熊丽）	集体	经济日报社	经济日报社
		乡村体育火爆：是乐子，更是路子	新华社	余孝忠、王丽、李丽	丁文娴、沈楠、王楚捷	新华社	中国体育新闻工作者协会
	通讯	"不拘一格地选拔人才"——习近平同志在河北正定工作期间推出"人才九条"的实践与启示	河北日报	集体	霍晓丽、刘荣荣、周洁	河北日报	河北记协
		榆柳巷里，一场主人缺席的中秋家宴	新疆日报	肖春飞、魏永贵、热依达	冯永芳、李茜	新疆日报社（集团）	新疆大学
		"我们看不见，就让更多人看见我们"——盲人全国人大代表王永澄履职记	新福建客户端	张永定、肖春道	吴倩、谢婷、戴艳梅	福建日报	福建记协
		训时甘苦与共 战时生死与共	解放军报	刘建伟、宋子洵、陈利	周奔、张科进	解放军新闻传播中心	解放军新闻传播中心
		"千万工程"20年实践激发世界回响	参考消息	何玲玲、方问禹、张晓洁	集体	参考消息报社	中国行业报协会
		清退362个工作群为基层干部"松绑"	苏州日报	杨溢、陈梦娇	杨天笑	苏州日报社	江苏记协
		为了机匣不再"卡脖子"	科技日报	付毅飞	刘莉、陈瑜	科技日报社	科技日报社
		山上种树 心底开花	甘肃日报	谢志娟	邱暄美、李欣瑶、崔亚明	甘肃日报	甘肃记协
		从"第一滴水"开始——西藏用心呵护长江源	西藏日报社	赵书彬、曲珍	集体	西藏日报社	西藏记协
	新闻专题	一张写了8年的公约	津云客户端	刘雁军、闫征、李晓丹、吴兴军、边志强	李晓丹、吴兴、王长郭琦	津云新媒体	天津记协
		盐碱地上的新粮仓	湖南广播电视台	范林、马婉琳、杨壹景	魏笑凡、韩勇、向星华	湖南广播电视台	湖南记协
		揭穿视觉贫困谎言	封面新闻客户端	集体	集体	封面新闻	兰州大学
		跨越世纪的鼓岭声音	福建省广播影视集团	刘学、阮怡、高蓉、孙世庆、梁志宇、阮娜	赵林、李连申、冯媛媛	福建省广播影视集团	福建记协

附录

813

奖次	项目	作品标题	发布端/账号/媒体名称	作者/主创	编辑	原创单位	报送单位/初评单位
二等奖	新闻专题	我国空军首批歼-11B战机女飞行学员顺利单飞	中央广播电视总台	许毅、赵健、闫超、刘笑宇、陈逸松	刘笑宇、苏洲、陈逸松	空军政治工作部宣传文化中心	军委政治工作部宣传局
		来了！丝路新画卷	"人民网+"客户端、人民日报客户端、人民日报英文客户端	马小宁、曹鹏程、孟祥麟、王海林、周晶、毛文正	集体	人民日报社	自荐他荐
		守护"最近的遥远"	四川广播电视台	沈滟、廖辛举、洪伟、唐乾、周红明、屈丹	王俊、徐英伦	四川广播电视台	自荐他荐
		绿水青山的回响	新华社客户端	集体	集体	新华通讯社	南开大学
		山区学子的强军梦	安徽广播电视台	王云、袁杜丹、胡军、刘雪瑶	刘飞、王鹏飞、孙景超	安徽广播电视台	安徽记协
	新闻纪录片	东西岔三年（上下集）	央视新闻客户端	张洁、安同庆、毕英汉、李向伟、陈硕、高帅	集体	中央广播电视总台	中央广播电视总台
		巅峰	人民日报客户端	集体	集体	人民日报社	人民日报社
		落坡岭——受困旅客救援全纪录	北京广播电视台	集体	集体	北京广播电视台	天津师范大学
	系列报道	"起底美国"舆论斗争系列报道	新华社	赵晖、黄顺达、田睿、朱瑞卿、丁宜、柳丝	集体	新华社	新华社
		花开中国——百家融媒体"枫桥经验"60周年调研行系列报道	诸暨日报	集体	集体	浙江省诸暨市融媒体中心等全国80家县级融媒体中心	中国县市报研究会
		我从山中来	广西广播电视台	梁銎、范凡、刘晓宇、阳炎、陶启堂、张鸿飞、邓俊宇	谭妍薇、吴霞、李卓茜	广西广播电视台	广西记协
		数字时代，如何回应劳动者新期待	工人日报	卢越、张菁、车辉	兰海燕、张伟杰、卢越	工人日报社	工人日报社
		微光·小店	陕西广电融媒体集团（陕西广播电视台）	刘天绪、刘洁、原睿、曹媛媛、黄雅洁、秦静云、周诗柔	杨晨、张卓琳、徐文秀	陕西广电融媒体集团（陕西广播电视台）	陕西记协

奖次	项目	作品标题	发布端/账号/媒体名称	作者/主创	编辑	原创单位	报送单位/初评单位
二等奖	系列报道	"入境游问题调查"系列报道	经济日报	孟飞、张雪、曾诗阳、崔国强、马春阳、黄鑫	集体	经济日报社	经济日报社
		一线调研·经营主体看活力	人民日报	白之羽、杨文明、林琳、姚雪青、程焕、沈寅	吕钟正、韩春瑶、林子夜	人民日报社	吉林大学
		中国"枫景"系列微视频	法治网，法治网微信公众号	集体	集体	法治网	法治日报社
		文学里的村庄	湖南日报	杨又华、曹辉、易禹琳、杨丹、龙文泱、廖慧文、陈普庄	集体	湖南日报社	北京大学
	新闻摄影	暴雨中转移群众	中国应急管理报	朱燕林	虞政、魏毓临	中国应急管理报	中国新闻摄影学会
		候鸟栖息地竟"长"出连片捕鸟网	南方PLUS客户端	董天健	徐勉、万稳龙、谭唯	南方日报社	中国新闻摄影学会
		成都成就梦想	中国日报	魏晓昊	徐小丹、耿菲菲、朱锋	中国日报	中国新闻摄影学会
		海中寻"碳"	无锡新传媒网	张茂	朱吉鹏、顾泉敏	海南日报、无锡日报	中国新闻摄影学会
		同爱同在 情动亚运	浙江在线	集体	李震宇、叶海	浙江日报报业集团	中国新闻摄影学会
	新闻漫画	末路	中国日报	罗杰	李洋、徐小丹	中国日报	中国新闻漫画研究会
		准备直播	湄洲日报	鲁楠	集体	莆田市湄洲日报社	中国新闻漫画研究会
	副刊作品	秦岭为媒，长江黄河"牵手"	陕西日报	魏伟、赵杨博、高振博	曹莉	陕西日报社	北京大学
		山泉村的"大儿子"——一位乡村振兴"探路者"的15年	新华日报	薛颖旦、冯圆芳	赵霞	新华日报	中国报纸副刊研究会
	新闻访谈	大国人物志丨张雨霏的冠军之路	新华社	李姝莛、周欣、吴均丰、李涛、梅元龙	刘浩、吴炜玲、刘春晖	新华社	中国广播电视社会组织联合会
		蔡英文"过境"窜美"倚美谋独"解放军亮剑 统一大势不可逆！	中央广播电视总台	饶轶男、李钦帅、李梦媛、王柯鑫、徐帝、李想、张紫璇	王紫思鸣	解放军新闻传播中心	中国广播电视社会组织联合会

奖次	项目	作品标题	发布端/账号/媒体名称	作者/主创	编辑	原创单位	报送单位/初评单位
二等奖	新闻访谈	李东宪：我怕台湾人忘记回家的路	海博TV客户端	赖晗、李丞、吴俊锋、胡静、裴雯、姚高山、尹丁、叶育民	唐征宇、高容峰、金言	福建省广播影视集团	中国广播电视社会组织联合会
		章金媛：心跳不停止 永远不退休	江西广播电视台	邓丽青、袁权、徐婧、张帆、张云霄、彭侃、付忆静	张小辉、王清平、刘敏	江西广播电视台	中国广播电视社会组织联合会
	新闻直播	大江奔流，千年回响——湖北、浙江、四川三省交通广播探源长江文明特别直播	湖北广播电视台、浙江广播电视集团、四川广播电视台	集体	集体	湖北广播电视台、浙江广播电视集团、四川广播电视台	中国广播电视社会组织联合会
		中国高铁"出海"刷新纪录 直击雅万高铁正式启用	江苏省广播电视总台、浙江广播电视集团、山东广播电视台	集体	集体	江苏省广播电视总台、浙江广播电视集团、山东广播电视台	中国广播电视社会组织联合会
		100小时不间断直播 直击台风"苏拉"	触电新闻客户端	刘彪、岳阳、顾铭、钟央、方力、陈咏珂、翁曦阳、刘婕、吴洪波、陈宏佳	王瑜、许锡铭、谢晓琦	广东广播电视台	中国广播电视社会组织联合会
	新闻编排	经济日报2023年1月6日8版	经济日报	王智鹏、胡文、李瞳	孟飞、朱双健	经济日报	中国新闻漫画研究会
		2023年7月23日《新闻晚高峰》纪念抗美援朝战争胜利70周年特别节目	江苏省广播电视总台	集体	田甜、方曦、美文（王敏）	江苏省广播电视总台	中国广播电视社会组织联合会
		大众日报2023年6月5日4-5版	大众日报	梁旭日、姚广宽、巩晓蕾	徐超超、李洪翠	大众日报	中国新闻漫画研究会
		江南都市报2023年12月27日T01-04	江南都市报	集体	集体	江南都市报	中国新闻漫画研究会
	新闻业务研究	共情，新闻评论的流量密码	中国记者	刘文宁	梁益畅	工人日报社	工人日报社
		主流媒体"账号化"发展现状、挑战与对策	新闻战线	邵晓晖、王永连	王月	安徽广播电视台	自荐他荐
		媒体融合背景下"广电+文旅"创新发展路径研究——宁夏广播电视台探索与实践	中国广播电视学刊	张仁汉	樊丽萍	宁夏广播电视台	宁夏记协

奖次	项目	作品标题	发布端/账号/媒体名称	作者/主创	编辑	原创单位	报送单位/初评单位
二等奖	新闻业务研究	聚焦"六个维度",推动党报事业高质量发展	新闻战线	李伟	武艳珍	陕西日报社	陕西记协
		携手"出圈","小屏"挑大梁	新闻战线	胡信松、孟姣燕	陈利云	湖南日报社	湖南记协
	重大主题报道	《求是》杂志学习贯彻习近平新时代中国特色社会主义思想主题教育系列评论	《求是》杂志、求是网	集体	集体	求是杂志社	求是杂志社
		奔腾之路——"一带一路"大型全媒体报道	石榴云客户端	集体	集体	新疆日报社	新疆记协
		中国共产党为什么能始终代表最广大人民的根本利益?	中国网	戴凡、杨丹、李虹霖、孙婉露、许汝艺、辛栋强、孙菁	孙婉露	中国网	中国外文出版发行事业局
		人不负青山,青山定不负人	浙江日报	王世琪、沈晶晶、严粒粒	集体	浙江日报	浙江记协
		新时代首都发展巡礼·生态治理	听听FM	集体	集体	北京广播电视台	北京记协
		大型互动融媒产品丨我们向前 中国向上	交汇点新闻	集体	潘青松、杜雪艳、朱威	新华日报社	江苏记协
		苏皖两个相邻山村的岁月嬗变——关于乡村振兴的调研	光明日报	集体	集体	光明日报	光明日报社
		"数说两会"融媒体报道	经济日报新闻客户端,经济日报抖音、快手、视频号,经济日报	赵子忠、张曙红、姜范、熊丽、潘笑天	集体	经济日报社	经济日报社
		吉林开年建设农业强省一线观察系列报道	吉林日报、新华每日电讯	新华社吉林分社:郎秋红、薛钦峰 吉林日报社:张力军、赵宝忠、孙翠翠、王伟	集体	吉林日报社、新华社吉林分社	吉林记协
		台籍火车司机:深知离别苦 方晓团圆甜	中国新闻社	龙敏	集体	中国新闻社	中国新闻社
		新马可·波罗游记	华龙网首页、客户端	黄宇、易华、宋卫、姜子子、郭于浩、吴太亮、李春雪、谭苏菲	康延芳、余振芳、李裕锟	重庆华龙网集团股份有限公司	重庆记协

附录

817

奖次	项目	作品标题	发布端/账号/媒体名称	作者/主创	编辑	原创单位	报送单位/初评单位
二等奖	国际传播	"千万工程"系列报道	捷克《文学报》、巴基斯坦《战斗报》、泰国《沙炎叻日报》、塞尔维亚《政治报》、埃及《消息报》、希腊《每日报》、埃塞俄比亚《亚的斯泽门报》，光明网，光明日报TikTok、Facebook、Twitter账号，塞尔维亚政治报网站，泰国沙炎叻报网站	集体	薄洁萍、谈莉敏、刘家铭	光明日报	中国记协评奖办
		沿着运河看中国	美国国家地理、江苏省广播电视总台	集体	集体	江苏省广播电视总台	南京大学
		探宝觅踪——寻找湾区民间文化力量	N视频客户端	集体	戎明昌、刘江涛、王佳	南方报业传媒集团	中国记协评奖办
		PLA in Every Minute（时刻·中国军队）	中国军网	董兆辉、李玮、王昕娟、李佳垚、李伟超、陈卓	集体	解放军新闻传播中心	中国记协评奖办
		出海游戏遇上三星堆	四川国际传播中心油管、推特、脸书等账号，四川国际传播中心微信视频号、四川国际传播中心官网	集体	汤晨、戈丹、谢秀丽	四川国际传播中心	中国记协评奖办
		回家SAVING DOLPHIN CHESS	三沙卫视	黄丹、叶微、吴凤、何开仁、李莹莹、黄艳博	邢蔓、陈秀	三沙卫视	中国记协评奖办
		"我们找到在鼓岭的根"	华人头条客户端	林丹、吴维、张晶、张先明、王萍、高慧峰、邹立	林硕峰、何艳娟、郑喆炜	福建省广播影视集团	中国记协评奖办

附录

奖次	项目	作品标题	发布端/账号/媒体名称	作者/主创	编辑	原创单位	报送单位/初评单位
二等奖	国际传播	黑脸琵鹭	"文化之旅"YouTube账号（英文版）	孙晖、杨丰鸣、刘钦铁、薛颖、修长明、钟永强、于海	王会军、张田收、于庆华	大连新闻传媒集团	中国记协评奖办
		我在敦煌做研究	新甘肃客户端、HiGansu视频号、Facebook	集体	杨方铭、祁晴、蒋蕊	新甘肃客户端	中国记协评奖办
		京之轴 Beijing Central Axis–The Legend of A Line	CGTN	严葳、沈鹏飞、左博、王嫄朝、李晓芳、许广亮	韩莉、王丹英	北京广播电视台	中国记协评奖办
	典型报道	演出之后	中国蓝新闻客户端	杨川源、杨柯、谢熙瑶、王西、周家齐、张诚、宋成	程波、吕梦佳、闾高桥	浙江广播电视集团	浙江记协
		大国重器——北大荒打造"中国饭碗""农业航母"记	农民日报	集体	周泉涌、赵宇恒、王一晴	农民日报社	农民日报社
		黎明师傅闯关记	津云客户端	集体	集体	津云新媒体	天津记协
		穿越千年的陶阳里	江西广播电视台	郑文娟、王小平、徐倩、饶力、万光逸	张小辉、刘在胜、高笑	江西广播电视台	江西记协
	舆论监督报道	六问：河南南阳收割机为何无法下高速？	央广网	汪宁、余京津、刘保奇	张军、于锋、王藏	央广网	吉林大学
		山东莱荣高铁被举报：偷工减料暗藏重大安全隐患	经济参考报	王文志	祁蓉、陈东、刘超	《经济参考报》社	中国行业报协会
		3·15特别报道·江西—江苏—山东：养殖虾当成野生卖？消费者质疑网络主播带货"虚假宣传"	江西广播电视台	刘嘉伟、杨卿、余宽、何子怡、蔡玲玲、涂霖、李耀宇	刘凌、李彬、王甜	江西广播电视台	西藏民族大学
	融合报道	一束照进生命的光	石榴云客户端	董瀚文、李桢楠、苏璐萍、李杨	晁瑾、方云静、杰文津	新疆日报社（集团）	中国记协新媒体专业委员会
		沉浸式交互H5丨深海之锤	津云客户端	集体	集体	津云新媒体	中国记协新媒体专业委员会

819

奖次	项目	作品标题	发布端/账号/媒体名称	作者/主创	编辑	原创单位	报送单位/初评单位
二等奖	融合报道	送你一张机票!	长江云客户端	曾晗、曹曦晴、吴博军、李昕、邱收、闫珣、艾雪旸、周鑫	滕益艺、刘云鹏、郭金华	湖北广播电视台	中国记协新媒体专业委员会
		甲骨文申请上两会	映象网	集体	梁德宝、杨肖宁、曹源	映象网	中国记协新媒体专业委员会
		"破四唯""立新标"有多难?	光明日报客户端	孙金行、陈海波、齐芳、詹媛、杨舒、卢璐、金振娅、张蕾	常戎、蔡侗辰、丰捷	光明日报	中国记协新媒体专业委员会
		我家住在长三角	中安新闻客户端	郑晓敏、耿磊、程玉涵、姚逸群、虞结志、李轶晗、孔德富	程玉涵	安徽新媒体集团	中国记协新媒体专业委员会
	应用创新	全国首个少先队员劳动教育实践网上平台——红领巾劳动吧	交汇点新闻客户端	集体	潘青松、高伟、唐澄	新华日报社	中国记协新媒体专业委员会
		"星城"移动服务	我的长沙客户端	彭勇、潘开政、何超、周虎踞、齐波、雷艳飞、崔希芳、舒鑫	魏梦冬、吴奕锋、杨明亮	长沙市广播电视台	中国记协新媒体专业委员会
三等奖	消息	【大国重器生态文明实践】"算大账"高峡出平湖"凭鱼跃"碧水双通道	广西广播电视台	朱秋萤、许荣华、黄华强、李洋名、覃均	刘红明、李莉、唐昕妍	广西广播电视台	广西记协
		辽宁为1806名受到不实举报的党员干部澄清正名	辽宁日报	王坤	集体	辽宁日报社	辽宁记协
		墨子巡天望远镜正式投入观测并发布仙女座星系照片	青海广播电视台	刘尚仑、马占元、杨统鹏	李晓辉	青海广播电视台	青海记协
		西海固"水故事"讲到联合国	宁夏日报	裴云云	连小芳、宗时风、马骏	宁夏日报报业集团	宁夏记协
		揭示葡萄起源驯化之谜突破葡萄种业难题	云南日报	陈怡希	徐保祥	云南日报	云南记协
		兵团高端采棉机打破西方技术垄断	兵团日报	马军权、都满龙	牛永刚、孙卫东、尹辉	兵团日报社	新疆兵团记协

奖次	项目	作品标题	发布端/账号/媒体名称	作者/主创	编辑	原创单位	报送单位/初评单位
三等奖	消息	铭记这一刻！昆明禄劝"红军洞"21名烈士遗骸入土为安	云南广播电视台	汪灏、张希熙、王溪、李腾飞	云南广播电视台	云南记协
		断航26年后，古老小清河获新生	大众日报	集体	蒋兴坤、王彤彤、梁旭日	大众日报	山东记协
		河南在全国率先建成"米"字形高铁网	河南广播电视台	梁德宝、郑辉、李玥、段伊博、刘栋		河南广播电视台	河南记协
		全国首份！四川崇州法院发出"保障妇女隐私和个人信息"人身安全保护令	中国妇女报	任然	赵梓涵、孔一涵	中国妇女报社（全国妇联网络信息传播中心）	中国妇女报社
		全国首份盲文版建议答复递交盲人代表	海博TV客户端	许瑞添、陈晏、张晓慧、程艳军、陈榕	林信心、吴孟春、侯宇欣	福建省广播影视集团	自荐他荐
		"小雪"回家	江西广播电视台	王小平、郑文娟、黄羚	刘守洪、徐倩、胡瑾琼	江西广播电视台	西北大学
		响应时间从数小时缩至8分钟 我国卫星遥感实现重大突破	湖北广播电视台	王俊健、夏威、刘阳、董先满	夏威	湖北广播电视台	自荐他荐
		泪别龚全珍 这个奶奶不一样	今视频	郑粤佳、张梦露、陈言、肖泽晨、范军	刘崇智、蒋建敏、黄珊	江西广播电视台	江西记协
		（特别策划·潮涌东方）全球首创"数实融合" 杭州亚运主火炬"浙"样点燃	浙江广播电视集团	张云洁、赵冠杰、马思远、金超、尹延志	邵一平、陈婕、虞婷	浙江广播电视集团	浙江记协
		我国新能源汽车产量跃上二千万辆	经济日报	杨忠阳	周雷、郭存举、包元凯	经济日报社	经济日报社
		总统亲自提车！1000辆"山东造"客车出口吉尔吉斯斯坦	山东广播电视台	李娇阳、王文龙、高昌洁、王晶、焦阳	高昌洁、王晶、焦阳	山东广播电视台	山东记协
		浙江"蓝色循环"项目荣获"地球卫士奖"	浙江日报	胡静漪、吉文磊	裘一佼、李鹤琳	浙江日报报业集团	浙江大学

奖次	项目	作品标题	发布端/账号/媒体名称	作者/主创	编辑	原创单位	报送单位/初评单位
三等奖	消息	"网暴"必须整治，戾气肆虐伤害的是每一个人	中国妇女报官方微博、微信公众号	周志飞、杨一帆、颜昱晔	孙钱斌、陈晓冰、杨辉	中国妇女报社（全国妇联网络信息传播中心）	中国妇女报社
		别让痕迹管理成了"痕迹主义"	中国纪检监察报	李许坚	集体	中央纪委国家监委新闻传播中心	中央纪委国家监委新闻传播中心
		忧心年轻人上香，不如关心他们在求什么	北京日报客户端	田闻之（汤华臻）	毛颖颖、张砥、王飞雁	北京日报社	北京记协
		报忧也是担当	宝鸡日报	孙海涛	徐红斌、邓亚金	宝鸡日报社	陕西记协
		没有底线的流量就是流毒	河南日报客户端	于晴	陈鑫	河南日报社	河南记协
		真唱是职业道德更是入行门槛	工人日报客户端	苏墨	刘文宁、吴迪	工人日报社	工人日报社
		基层不是"机"层 "指尖调研"应休矣	锦观新闻客户端	张婷婷、李影	吴喆	成都日报社	四川大学
		消费"伪苦难"，是对农民的多重伤害	农民日报	施维	郭少雅、李竟涵、赵宇恒	农民日报社	农民日报社
	通讯	会员"一充再充"也看不了想看的内容，为什么看电视越来越复杂？	红星新闻	杨佩雯、俞瑶	袁野、余冬梅、王禾	成都商报社	华中科技大学
		为了2700多名旅客的平安	《人民铁道》报	李蓉、王召杰、柴娜	井芳、谢津双	《人民铁道》报业有限公司	四川大学
		在泥土里寻找夏朝	中国新闻周刊	倪伟	王晨波、周锐、杨时旸	《中国新闻周刊》杂志社	中国期刊协会
		"顶流"之下，看人工智能喜与忧	科技日报	张佳欣、刘园园、陈曦	集体	科技日报社	科技日报社
		"信义老农"陈廷海风雨践诺17年	湖北日报	李墨、金凌云、吴坚	卢平、陈会君、黎海滨	湖北日报	湖北记协
		一条铁路，连接两个"世界第一"	宁波日报	集体	易鹤、冯瑄、金晓东	宁波日报报业集团	浙江记协
		"千眼天珠"里的95个手印	中国科学报	倪思洁	李芸、许悦	中国科学报社	中国科技新闻学会
		特稿｜196位村民，一个都没少！	华龙网	连肖、王旭睿、张质	康延芳、李茜、王梅	华龙网	广西大学
		再宿建德江	新华每日电讯	邬焕庆、商意盈、马剑	刘学奎、李洪磊	新华社浙江分社	浙江大学

奖次	项目	作品标题	发布端/账号/媒体名称	作者/主创	编辑	原创单位	报送单位/初评单位
三等奖	通讯	"小哥"高温津贴勿变"冲单奖励"	工人日报	卢越	卢越、张伟杰、兰海燕	工人日报社	工人日报社
		苍穹之上,点亮"东方慧眼"	湖北日报	胡汉昌、方琳、刘振雄	集体	湖北日报	武汉大学
		杨贵林的"山水生意经"	陕西日报	张辰	肖杨	陕西日报社	陕西记协
		"我在缅北做电诈"——一群犯法者的审讯供述	新华报业网	林惠虹、王宏伟	于英杰	新华报业传媒集团	自荐他荐
		"群聊"一年,相当于开了五次全会	中国青年报	张国	陈卓、张蕾、李沛然	中国青年报社	中国青年报社
		刊登在头版头条的读者来信	羊城晚报	谭洁文	杨逸芸	羊城晚报	中国晚报工作者协会
		光明重机重见"光明"	湖南日报	李永亮、张咪	孙振华、苏原平	湖南日报社	湖南记协
		"大侠"朋友圈	金华晚报	李艳	方青云、黄敏、袁丁	金华市新闻传媒中心	中国晚报工作者协会
		跨越6000公里的"重逢"	牛咔视频客户端	张宏亮、杨卓琦、周心诚、王双达	集体	南京广播电视台	江苏记协
		决定生死的57分钟通话	内蒙古广播电视台	董云静、张思铭、何豆豆、于立波	董云静、张思铭、何豆豆	内蒙古广播电视台	内蒙古大学
		微视频|看雄安·水下白洋淀	冀云客户端	张国锋、张梦琳、刘志成、李全	曹朝阳、骨文燕、张晓鹏	长城新媒体集团	河北记协
		我们在西藏	西藏广播电视台	石玉、朱洪英	石玉	西藏广播电视台	西藏记协
	新闻专题	巨无霸"镖师":我们要成为那个"别人"	荔枝网	王芳、许宵鹏、俞铭义、谢健、张心宇、马英、张英昊	季建南、周明、庄学香	江苏省广播电视总台	江苏记协
		总书记打卡的土特产①|"大有前途"的延安苹果	农民日报客户端	江娜、李朝民、王岩、高雅、梁冰清	集体	农民日报社	农民日报社
		"空箱堆港"的背后	浙江广播电视集团	沈泽南、邵大望	程波、邵一平、陈婕	浙江广播电视集团	中国政法大学
		千年瓷 万里路	江西广播电视台	周东、苏霓、徐庆元、谢莉芳、王奕欣、熊梦龙、徐浩	王艳、汤晶晶、李彬	江西广播电视台	自荐他荐

奖次	项目	作品标题	发布端/账号/媒体名称	作者/主创	编辑	原创单位	报送单位/初评单位
三等奖	新闻专题	"争气钢"这样炼成	湖北广播电视台	柳芳、华磊、向昊、王旭、张君妍、李悦	杨康、梁延	湖北广播电视台	湖北记协
		【大道薪传】中国的民主党派：民进篇	中国新闻网	俞岚、宋哲、王玉平、程宇、李晨、曹艳培、李硕行	齐彬、李鹏、曾鼐	中国新闻社	中国新闻社
		维也纳唱响山里的歌	沈阳发布客户端	程谟刚、兰宝刚、詹德华、浴辉、刘子建、徐小凌	伏桂明、刘新阳	沈阳日报社	辽宁记协
		突破察尔汗	山东广播电视台	于潇、庞峰、邓杰、韩信、刘仁超、李普桢、戴萌	韩信、刘仁超、戴萌	山东广播电视台	山东记协
		大咖扎堆 外资加码 中国是必选	经济日报新闻客户端，经济日报抖音、快手、视频号	姜范、潘笑天、李勐、朱文娟、李丹丹、樊楚楚	集体	经济日报社	经济日报社
		"盛世中华 何以中国"山西主题日	山西新闻网、山西日报客户端	集体	张云、李清伟	山西新闻网	山西记协
		叶胜春：三十九年"光影人生" 助力乡村文化振兴	互助县融媒体中心	李义霞、白有霞、牟泉、丹增卓玛	牟泉	互助县融媒体中心	青海记协
	新闻纪录片	"郧县人"3号	湖北广播电视台	集体	集体	湖北广播电视台、中央广播电视总台央视	湖北记协
		风里雨里 我在嘎什根等你	吉林广播电视台	集体	集体	吉林广播电视台	吉林记协
		天山	中央广播电视总台	集体	谭敏、石峰、王敦	新疆广播电视台	新疆记协
		鲵娃归来	宜春市融媒体中心	简胜萍、陈鑫、邹柯玮、李欣阳、钟晴、何宇兴、孙琦	张敏、柳永军、黎向农	宜春市融媒体中心	江西记协
		《七三一真相》第四集《被实验的"马路大"》	中央广播电视总台	杨德新、张春林、曲宏宇、高宏飞	陈方平	中央广播电视总台、黑龙江广播电视台（黑龙江省全媒体中心）	黑龙江记协

奖次	项目	作品标题	发布端/账号/媒体名称	作者/主创	编辑	原创单位	报送单位/初评单位
三等奖	系列报道	棉花的故事	云上兵团客户端、兵团在线网站、团炬客户端	邓丽慧、陈兰	蒋革	新疆生产建设兵团广播电视台	新疆兵团记协
		"丝路花正开·'一带一路'十周年全球调研行"系列报道	四川日报	集体	集体	四川日报社	四川记协
		强军有我	中国军网	集体	李鹏、赵燕飞、王玉	解放军新闻传播中心	解放军新闻传播中心
		探访甘肃湿地	甘肃省广播电视总台	王银军、马梅、王亚龙、戴懿、魏建建、童笔奇、李周勤、杜艳	后寿青、魏建建、杜艳	甘肃省广播电视总台	甘肃记协
		独家记忆——《东北日报》和辽宁71本地方志中的抗美援朝	辽宁日报	集体	胡欣、高爽、王钢	辽宁日报社	辽宁记协
		"村超"全民星	贵州广播电视台	集体	王丹、苏姝、余跃	贵州广播电视台	重庆工商大学
		"科技文明探源"系列报道	科技日报	孙明源、崔爽、沈唯、张晔、金凤、许志龙、陈磊	翟冬冬、陈萌、徐玢	科技日报社	科技日报社
		"福建有种"系列报道	福建日报	张辉、张颖、林蔚	方金春、林淑霞、关永辉	福建日报	福建记协
		文物里的北京	北京广播电视台	集体	李哲勇、吴勇、梁和芝	北京广播电视台	北京记协
		"共富争先·微故事"系列融媒报道	紫牛新闻客户端	沈春宁、黄凤、马燕、朱信智、杨恒国、徐兢、唐嘉钰、范晓林	王文坚、李军、孙庆	扬子晚报	河北大学
		"跪地求水"系列报道	安徽网	孙召军、余康生	陶娜、许大鹏、王翠	安徽网	安徽大学
		筑梦丝路	浙江广播电视集团	集体	集体	浙江广播电视集团	厦门大学
		盛世修文	湖南广播电视台	集体	集体	湖南广播电视台	湖南记协

奖次	项目	作品标题	发布端/账号/媒体名称	作者/主创	编辑	原创单位	报送单位/初评单位
三等奖	系列报道	解码深圳新质生产力	深圳广播电影电视集团	李天南、杨烨、陈晓星、刘韦彤	朱明、刘兴意、钟鹏超	深圳广播电影电视集团	广东记协
	新闻摄影	鹅喉羚"安居"新疆油田	嗨克拉玛依客户端	闵勇、赵兰生	邓皓洋	克拉玛依市融媒体中心	中国新闻摄影学会
		罕见！江苏火烈鸟与麋鹿同框	扬子晚报	宋峤	时力强	扬子晚报	中国新闻摄影学会
		第十批在韩中国人民志愿军烈士遗骸回国	新华社	曹灿	集体	新华通讯社	中国新闻摄影学会
		保护古籍 赓续文脉	人民日报	陈斌	蒋雨师	人民日报社	中国新闻摄影学会
		感受"中国速度"！东南亚首条高铁雅万高铁开通运行	中安在线	刘玉才	王少峰	安徽新媒体集团	中国新闻摄影学会
		夹金山上"斗"牛 一个藏乡少年的成人礼	封面新闻客户端	杨涛	徐亚岚	四川日报业集团	中国新闻摄影学会
		测天山 探昆仑 我为祖国找油气	光明日报	刘宇航	马列、郭冠东	光明日报社	中国新闻摄影学会
	新闻漫画	苍穹之下，长三角"治太"图景志	无锡观察新闻客户端	陈锡初、高萌	张军、薛中卿	无锡日报业集团	中国新闻漫画研究会
		3D图说 浩荡长江	重庆日报客户端、视频号等	何庆渝、唐琳、谭珩玥、夏婧	付爱农、李媛媛、何维	重庆日报	中国新闻漫画研究会
		潮起亚运绘丨杭州亚运会30个感动瞬间	潮新闻客户端	集体	黄昕、徐洁	浙报集团潮新闻客户端	中国新闻漫画研究会
	副刊作品	找到那个头破血流的年轻人	中国青年报社	杜佳冰、陈卓	陈卓、李沛然	中国青年报社	中国报纸副刊研究会
		"今天通知明天要，只能是假报告"	北京日报社	于言锋（鲍南）	毛颖颖、张砥、汤华臻	北京日报社	中国报纸副刊研究会
		我的湖山我的家	浙江日报	陈宁、周林怡	竺大文、蒋蕴	浙江日报	中国报纸副刊研究会
	新闻访谈	科学痴人的沙漠狂想——从0到1，中国科学家为"地球癌症"开出力学良方	华龙网、华龙网客户端	张一叶（张勇）、康延芳、黄宇、易华、杨洋、李裕锟、翟浩宇、郭于浩	李春燕、周秋含、宋煦	重庆华龙网集团股份有限公司	中国广播电视社会组织联合会
		来自4860的信号	四川广播电视台	集体	邱博、孙哲、张加沐	四川广播电视台	中国广播电视社会组织联合会

奖次	项目	作品标题	发布端/账号/媒体名称	作者/主创	编辑	原创单位	报送单位/初评单位
三等奖	新闻访谈	师道绵延（上、下）	宁夏广播电视台、福建省广播影视集团	陈志远、石向果、陈良君、项晖、丁半农、王韬、王恒、郝众淼	田宝贵、张仁汉、章晓清	宁夏广播电视台、福建省广播影视集团	中国广播电视社会组织联合会
		人生需要这首歌——对话盲人特教教师张晨	安徽广播电视台	刘飞、江源、任良韵	程晨、陈猛	安徽广播电视台	中国广播电视社会组织联合会
		"思想的力量"网络公开课，开讲啦！	人民日报微信公众号	张垚、余荣华、曹磊、刘学、杨丽娟、郑琪、刘杰、方梓祎	集体	人民日报社	中国广播电视社会组织联合会
		爱国，从书本本到心窝窝——对话梁衡	中吴网	黄江、李华、张婧、唐晴、李均、刘思远、陈华兴	伊宏辉、周渊、杨洋	常州市广播电视台	中国广播电视社会组织联合会
	新闻直播	甘肃临夏州积石山发生6.2级地震 西海全媒体记者奔赴民和循化等地区现场直播	西海都市报客户端	彭娜、海朝亮、马智尧、张继婷、朱西全、冶永刚	史永寿、范启蒙、何文帮	西海都市报社	中国广播电视社会组织联合会
		大国治沙	奔腾融媒客户端	集体	集体	内蒙古广播电视台	中国广播电视社会组织联合会
		大一女生突发罕见脑瘤危及生命 西安北京千里接力大营救	陕西都市快报官方微博	王寰、花宝、徐娇、郭雄、瞿羽、高晓华、李凌凤、薛楠、张依、魏冬	景诗贻、谢炜、尹艺琳	陕西广电融媒体集团（陕西广播电视台）	中国广播电视社会组织联合会
	新闻编排	河南日报2023年3月29日特刊06—07版	河南日报	集体	集体	河南日报	中国新闻漫画研究会
		2023年7月28日《夜航新闻号》2023成都大运会开幕式特别节目	四川广播电视台	集体	孙哲、漆江、张加沐	四川广播电视台	中国广播电视社会组织联合会
		《环球时报》英文版2023年11月11日S8—9版	环球时报	集体	集体	环球时报	中国新闻漫画研究会
	新闻业务研究	体育盛会传播如何吸引Z世代	新闻战线	吴湘韩	喻瑾	新闻战线	中国青年报社
		国际传播中如何打造"元软实力"	上海广播电视研究	王文佳	吴琳	新民晚报社	中国晚报工作者协会

奖次	项目	作品标题	发布端/账号/媒体名称	作者/主创	编辑	原创单位	报送单位/初评单位
三等奖	新闻业务研究	行文五千，必蹲七天——大众日报经济调研报道的探索与思考	中国记者	李海燕、娄和军	梁益畅	大众日报	山东记协
		数字经济时代传统媒体融合发展路径分析	传媒	刘翠敏	左志新、陈琦	河北日报报业集团	河北记协
		融媒体背景下，时政新闻报道的创新路径	新闻战线	罗清锐	陈利云	海南日报社	海南记协
		"理响青年"：理论宣传的视频化创新	新闻战线	刘长发、侯金亮	喻瑾、朱涛、王贵江	重庆日报	重庆记协
		都市类媒体深度融合的策略选择	新闻战线	王文坚	武艳珍	扬子晚报	中国晚报工作者协会
		发挥媒体智库作用，讲好新时代中国经济发展故事	新闻战线	徐向梅	杨芳秀	经济日报社	经济日报社
	重大主题报道	"中国空间站全面建成"专题报道	中国航天报	集体	集体	中国航天报社有限责任公司	中国行业报协会
		跨越太平洋的两地"飞书"	上饶市广播电视台	王炜、黄旭斌、张洋、罗芸、洪儒元	谢永芳、王琍	上饶市融媒体中心	湖南大学
		"中华文明突出特性看河南"系列报道	河南日报	集体	集体	河南日报社	河南记协
		延安苹果挑起乡村振兴"金扁担"	陕西日报	陈艳、王姿颐	方敬尧	陕西日报社	陕西记协
		现代化 中国"画"	广州日报	集体	集体	广州日报社	广东记协
		2023年，"鼓岭之友"穆言灵时间都用在了中美友谊上	东南网	许上福、卢金福、李贤斌、王祥楠	金婷、周冬、阙文龙	东南网	中国传媒大学
		Fiona 的"大运"中国行	四川广播电视台	贾晶云、彭泓铭、刘竹、陈军、屈丹、张耀春、王茂羽	杨艳、唐佳	四川广播电视台	四川记协
		七里海的"三笔账"	天津日报	汪伟、张立平	刘雅坤、胡晓伟	天津海河传媒中心 天津日报	天津记协
		大道同行 丝路共鸣	广西广播电视台	集体	集体	广西广播电视台	广西记协
		"中国式现代化·乡村十记"大型融媒体蹲点报道	南太湖号客户端	吴建勋、王炜丽、徐斌姬、徐震、张璐、宁杰、王悦	集体	湖州市新闻传媒中心	浙江记协

奖次	项目	作品标题	发布端/账号/媒体名称	作者/主创	编辑	原创单位	报送单位/初评单位
三等奖	重大主题报道	潮涌长三角	安徽广播电视台	韩德良、张俊楠、丁晓明、周柯亚、王世伟	聂宗权、楼建坤	安徽广播电视台	安徽记协
		竹乐冲亚	爱安吉客户端	章韬、赵栢唯、常军、唐路凯	叶暾、祝青、朱怀康	浙江省安吉县融媒体中心	中国县市报研究会
		遥感地图上的乡村振兴答卷	大众网、海报新闻客户端	田连锋、樊思思、姜洋、张一帆、毕胜	集体	大众网	山东记协
		"千万工程"二十年记	农民日报	何兰生、江娜、施维、孟德才、朱海洋	集体	农民日报社	农民日报社
		《学习时间》系列报道	中国纪检监察报	集体	集体	中央纪委国家监委新闻传播中心	中央纪委国家监委新闻传播中心
		在"黑灯工厂"探寻"智造"之光	工人日报	集体	王群、丁军杰	工人日报社	工人日报社
		大国治沙	黄河Plus客户端	集体	集体	山西网络广播电视台	山西记协
		全国省级党报大型融媒联动——自豪中国接力晒	黑龙江日报微信公众号、抖音号	陈长辛、孙佳薇、孙达、杨晔、张宇、王悦、于海军	陈思雨、苏涤、刘雨婷	黑龙江日报报业集团	黑龙江记协
		我家有条"鸡蛋路"	江西广播电视台	邓丽青、刘敏、郝士芳、郁康新、蔡梦思	张小辉、彭侃、王清平	江西广播电视台	天津师范大学
		农田"变形记":"三块田"巧解"三个谁"难题	长江云新闻客户端	邓海、王小红、李艳、肖鹏、仇红月、杨新波、李江	孟深广、涂丹、黄嘉梦	湖北广播电视台	湖北记协
	国际传播	【人权行动看中国】探访世界海拔最高行政村推瓦村"云端"生活	中国新闻网	让宝奎、邢一、贡确、白玛玉珍	齐彬、曹梦雅、岳子岩	中国新闻社	南开大学
		Adventure along the Silk Road(丝路奇旅)	天山网	余荣华、熊捷、朱田恬、余秋雨、朱瑛琪、石锋、池骋、成立	孙天仁、张健、樊飞飞	新疆日报社(集团)	中国记协评奖办
		医锦还乡	中阿卫视	冯晓莺、马莉、牛嵩琳、王越、马倩、韩帅、金威	张泉慧、王东、陈志远	宁夏广播电视台	中国记协评奖办

奖次	项目	作品标题	发布端/账号/媒体名称	作者/主创	编辑	原创单位	报送单位/初评单位
三等奖	国际传播	丹尼尔：把中国唱给你听	今视频客户端	袁进涛、雷晴、周东、杨汉青、刘海繁、肖樱、陈言	龚丹、谢华、徐婷	江西广播电视台	中国记协评奖办
		"新丝路"上的"玫瑰"故事	中国蓝新闻客户端	集体	集体	浙江广播电视集团浙江卫视	中国记协评奖办
		寻踪晋商	山西广播电视台、中央广播电视总台CGTN、中国广播电视网络集团、凤凰卫视	集体	集体	山西广播电视台	中国记协评奖办
		和平之手	中国日报	王敬	徐小丹、耿菲菲、朱锋	中国日报	中国新闻摄影学会
		走过世纪	美国《亚省时报》	宋林轩、路树强、周相宜、李昂、吴晓倩、宁书翼、尹顺意	宋林轩、李昂、童玮	天津海河传媒中心	中国记协评奖办
		《雄安奇遇记》系列短视频	河北日报客户端、加利福尼亚州KSBT-LD地面数字电视台等	王洪峰、贾伟、刘成群、郭欢叶、赵红、高维佳、赵小博	闫锐、刘燕、卢国玲	河北日报	中国记协评奖办
		三江源国家公园内百余只白唇鹿横渡黄河	《青海新闻联播》抖音号、视频号	任龙祥、倪燕、祁海峰、陈居才	曹亚琳、李文慧	青海广播电视台 广播电视新闻中心	中国记协评奖办
		国道巡航	芒果TV客户端、芒果TV国际客户端	梁德平、郑华平、孙一楠、陈方、周一凡、盘剑、刘慧、王彬人	李春迪、何茂鑫、孙璐	芒果TV	中国记协评奖办
		星条旗下的枪"殇"	中央广播电视总台	集体	集体	中央广播电视总台	自荐他荐
		野生黄羊为啥喜爱结伴"中国游"？	内蒙古日报微信公众号，蒙古国problem网	李霞、张慧玲、吉玲、高敏娜、赖志强、王佑凯、阿日滨塔拉	集体	内蒙古日报社	中国记协评奖办

奖次	项目	作品标题	发布端/账号/媒体名称	作者/主创	编辑	原创单位	报送单位/初评单位
三等奖	国际传播	你好，俄罗斯（第726期）	黑龙江广播电视台（黑龙江省全媒体中心）	马月、王政、陈岩	马月、王政、陈岩	黑龙江广播电视台（黑龙江省全媒体中心）	中国记协评奖办
		近观	新华社Facebook、Twitter、YouTube（New China TV）账号，新华社客户端等	集体	集体	新华社	郑州大学
		《永远的行走：与中国相遇》（第二季）第一集《岷江邂逅》	美国国家地理频道、上海广播电视台	朱晓茜、王向韬、王芳、林蒂娟、马天珺、江宁、马嘉诚	王立俊、朱晓茜	上海广播电视台纪录片中心/美国国家地理	中国记协评奖办
		麦吾兰江的"心"事	河南国际传播中心官网	集体	殷海涛、沈剑奇、童林	河南日报	中国记协评奖办
		Chongqing: The BRI Gateway（一带一路十周年特别策划：山海互济共未来）	iChongqing英文网站、公众号、视频号、YouTube、Facebook、Twitter等账号	Alex Reportfy、张高伟、袁萱祺	陈冬艳、陈玉玲、陈畅	西部国际传播中心	中国记协评奖办
		阿内，我们都是你的家人	《百姓关注》微信视频号	石昌晗、李忠仝、邹洪霜、张巍瀚、杨阳	孙志丹、李芸、胡玥	贵州广播电视台	中国记协评奖办
		你好，汉语桥	云南广播电视台	集体	集体	云南广播电视台	中国记协评奖办
		Special journey for 'C. Ronaldo of Yushu' and his 39 friends（玉树少年的北京旅行日记）	中国新闻网	集体	集体	中国新闻社	中国记协评奖办
		独家专访：中国台湾跆拳道选手李东宪领奖时高举五星红旗	海峡导报视频号	方艳艳、叶新航、吕涵、石聆枫	林靖东、薛洋	海峡导报社	中国记协评奖办
	典型报道	因暴雨滞留30小时！内蒙古列车员这一举动让旅客泪目……	奔腾融媒微信公众号	王玉甫、云航、吴永丽、张鑫宇	包蕊、张明、阿璐斯	内蒙古广播电视台	内蒙古记协
		老潘的"三十六计"	宁波晚报	杨静雅	高凯	宁波日报报业集团	中国地市报研究会

奖次	项目	作品标题	发布端/账号/媒体名称	作者/主创	编辑	原创单位	报送单位/初评单位
三等奖	典型报道	"陈祥榕,到!"——来自喀喇昆仑的回响	宁德市广播电视台	林徽、黄陈耿、李波、汤寒枫、李明刚	林徽、柯婉萍、施晓斌	宁德市广播电视台	福建记协
		马文军:一碗面一片林一生情	西藏广播电视台	周丽娜、格桑平措、罗顿、乃东台	黄金发	西藏广播电视台	西藏记协
		跳桥救人小哥彭清林系列报道	潮新闻客户端	集体	集体	浙江日报报业集团	浙江记协
		一颗大连大樱桃的现代化跋涉	大连发布微信公众号	耿聆、常华、孙广洋、殷洁、李冰、张月、张雍哲、吕莉	集体	大连新闻传媒集团	辽宁记协
		怕苦就不要当共产党员	大象新闻客户端	关新耀、李莉芸、刘大彬	赵丹、刘园园、贺强	河南广播电视台	河南记协
		"板凳男孩"方宇翔:心有所向 无惧路长	湖北日报客户端	集体	集体	湖北日报、远安县融媒体中心	湖北记协
		赵亚夫的丰收"答卷"	江苏省广播电视总台	集体	季建南、姜超楠、唐颖	江苏省广播电视总台	江苏记协
	舆论监督报道	350亿元氢能项目假国企系列调查	每日经济新闻	张怀水、周逸斐、潘婷	蒲付强、陈星	每日经济新闻	四川记协
		食安西宁,你点我检	西宁都市生活广播抖音号、视频号	王涛、哈晓静、刘洋、武佳妮	哈晓静、刘洋、武佳妮	西宁市广播电视台	青海记协
		记者调查:12320卫生热线为何变了味	长沙市广播电视台	李波、刘维、李越强、鲍新文、欧阳平章	罗薇薇	长沙市广播电视台	自荐他荐
		成都一外卖平台商家12张营业执照10张为假	工人日报、工人日报客户端、中工网等	李娜	杨召奎、刘津农	工人日报社	工人日报社
		公交专用道为何在双休日空荡荡	北京日报	孙宏阳、胡子傲	赵中鹏、侯莎莎、佟志革	北京日报社	北京记协
		记者调查:研学之乱	中国教育电视台	宋宇齐、肖星驰	集体	中国教育电视台	中国教育电视协会
		紫晶存储造假调查:蓝光数据存储项目背后疑云重重	中国证券报	张冬晴	熊永红、吴杰、郭宏	中国证券报	中国行业报协会
		虚假的处罚决定书	湖南广播电视台	刘学波、周梦虎、王涛	王涛	湖南广播电视台	南昌大学

奖次	项目	作品标题	发布端/账号/媒体名称	作者/主创	编辑	原创单位	报送单位/初评单位
三等奖	舆论监督报道	《"卖画大师"速成记》系列报道	新华社客户端	李俊、周宁、高洁、李鲲、冯松龄、王晖	集体	新华社	自荐他荐
	融合报道	蜀道翠云 两千年见树如面｜XR沉浸式新闻情景短剧	封面新闻客户端	集体	集体	封面新闻	中国记协新媒体专业委员会
		3285个铁路车站的回信	人民铁道微信公众号	任丽媛、周逸豪、周后盛、杨龙	林飞翼	《人民铁道》报业有限公司	中国记协新媒体专业委员会
		从神山到石门——江西乡村振兴微观察	江西日报、江西新闻客户端	胡萍、陈化先、邵平、齐美煜、钟珊珊、刘婧媛、方曦	集体	江西日报社	中国记协新媒体专业委员会
		互动视频｜当AI被拉进华溪村群聊	华龙网客户端	易华、姜音子、宋卫、郭于浩、李春雪、李裕锟、孙亮亮	张一叶（张勇）、康延芳、孙柯	重庆华龙网集团股份有限公司	中国记协新媒体专业委员会
		今天,我们写下"中国"	北京日报微信公众号	刘昊、张力、李俊瑶、问欣	钱绯璠、何蕊、任敏	北京日报社	中国记协新媒体专业委员会
		AI世界 来"湘"见	芒果TV客户端	梁德平、郑华平、方菲、陈超、温寒、陈莹、李佳、李思	黄周乐、刘紫璇、薛澂	湖南广播电视台芒果TV	中国记协新媒体专业委员会
		为全世界造车 中国新能源车的"硬核"输出	科技日报微博账号	侯萌、王婷婷、何沛苁、孙莹、张爽、朱丽	赵卫华、杨凯、李忠明	科技日报社	中国记协新媒体专业委员会
		蛟龙行动	中国军号微博	颜军、琚振华、李一叶、孙婉宁、李唐、莫小亮、张懋瑄、魏然	洪文军、范海光、解学锋	中国军号、海军政治工作部宣传局	中国记协新媒体专业委员会
		在世界最高峰寻找气候密码	澎湃新闻	陈兴王、邹桥、廖艳、王选辉、薛莎莎、朱轩、胥辉、季国亮	集体	澎湃新闻	中国记协新媒体专业委员会

奖次	项目	作品标题	发布端/账号/媒体名称	作者/主创	编辑	原创单位	报送单位/初评单位
三等奖	融合报道	一条"中国走廊"的日与夜	读嘉新闻客户端	朱胜伟、黄烨、谭罗敏、樊成友、张恬怡、张幼青、闫拥洲、谢震宇	沈炳忠、杨志勇、聂海峰	嘉兴市新闻传媒中心	中国记协新媒体专业委员会
		【绘梦丝路丨风动篇】追风逐日，绿色发展点亮万家灯火	中国新闻网	集体	吴庆才、彭大伟	中国新闻社	中国记协新媒体专业委员会
		探路先行——从长三角看改革开放45周年	荔枝新闻客户端	集体	王智勇、倪志新、刘娟	江苏省广播电视总台	中国记协新媒体专业委员会
	应用创新	"天眼问政"融合应用	天眼新闻APP	王璐瑶、田儒森、高琴、冷赛楠、陈龙、孙远铭、王颖、吴兵	刘丹、韦一茜、赵飞羽	贵州日报报刊社	中国记协新媒体专业委员会
		"果盘子"上新啦	乡村振兴新农人微信公众号	阳华、甘尚念、汤麦伦、韦厚基、杨柳、黄珂彬、农昆、林子淇	集体	广西广播电视台	中国记协新媒体专业委员会
		中青报·中青网"大思政课"云平台	中国青年报·中国青年网	集体	集体	中国青年报·中国青年网	自荐他荐

中国新闻奖、长江韬奋奖评选细则

(第 34 届中国新闻奖、第 18 届长江韬奋奖评选委员会
2024 年 8 月 25 日审议通过)

根据《中国新闻奖评选办法》《长江韬奋奖评选办法》(以下简称《评选办法》),结合本届评选会实际,制定本评选细则。

一、评选宗旨

中国新闻奖、长江韬奋奖评选坚持以习近平新时代中国特色社会主义思想为指导,深入学习贯彻习近平文化思想,坚持正确的政治方向、舆论导向、价值取向,坚持马克思主义新闻观,发挥优秀新闻作品和新闻工作者的示范引领作用,推动新闻战线开展增强"四力"教育实践,努力提高新闻舆论传播力、引导力、影响力、公信力,引导新闻战线深刻领悟"两个确立"的决定性意义,增强"四个意识"、坚定"四个自信"、做到"两个维护",把握"国之大者",做好新时代新闻舆论工作,多出精品、多出人才,为全面建设社会主义现代化国家提供有力舆论支持。

二、评选原则

一. 坚持评选标准。中国新闻奖评选应坚持导向正确,内容真实,新闻性强,社会效果好。尊重新闻传播规律和新媒体发展规律,统筹兼顾新闻作品和应用服务类新闻产品,适应全媒体发展新要求。在同等条件下,优先考虑短、实、新作品。长江韬奋奖评选在参评人员各项条件相同的情况下,鼓

励在推进主流媒体系统性变革和提升国际传播效能中有突出贡献的人才。

二．严格评选程序。在认真全面审看（听）所有参评材料、充分讨论评议的基础上，以实名打分和无记名投票相结合的方式评选。

三．坚持公开、公平、公正。统筹兼顾中央媒体与地方媒体，发达地区与欠发达地区的参评作品和人员。中国新闻奖评选要关注少数民族语言文字作品，鼓励内容呈现方式创新和技术应用创新的作品，各项目要统筹好报刊、广播电视和新媒体作品。长江韬奋奖评选要关注基层一线的优秀新闻工作者。

四．坚持专业评选与社会参与相结合，评选时参考参评材料公示后社会公众的评议意见。

五．对同一事件的同体裁作品，同等条件下首发在前的优先。

三、总体要求

一．实到评委超过全体评委人数2/3，方可召开评选会。

二．评选会由评委会主任或主任委托的副主任主持。

三．评委中途离会不能参加投票的，按实到评委投票。离会评委不能委托其他评委代为投票。

四．按设奖数额投票，可少投，不能多投；中国新闻奖选票如有多投的，则该选票上多投的项目作废；长江韬奋奖选票如有多投的，则该选票计为废票。每轮投票结束，在规定得票范围内，按得票数从高到低依次取齐规定数额的参评作品和人员。

五．评委在小组评选会和评委会全体会议讨论时，除评选会主持人要求解释清楚的问题外，不得宣传、介绍、点评本推荐（报送）单位推荐（报送）的参评作品和人员。如有违反，主持人要及时制止并予以纠正。

六．从所在单位没有参评作品和人员的评委中产生监票人，负责监督评委投票和工作人员计票工作。

四、奖项设置

（一）中国新闻奖

1. 共设 20 个评选项目，设奖总额不超过 380 个。其中，一等奖不超过 75 个，二等奖 115 个左右，三等奖 190 个左右。各评选项目的设奖数额，由评委会根据当届参评作品情况确定。新闻专栏中，中央媒体和地方媒体各占 50%。

特殊情况下（各项评选条件都很优秀，只是因硬性规定所限），经评委会决定，可设不超过 5 个特别奖（与一等奖同等待遇），其中报刊、通讯社、广播电视、网站和移动端作品各不超过 1 个。

2. 按《评选办法》规定的标准评选各项目获奖作品。对存在差错的作品实行获奖等级限制。

存在以下情形的作品，不得获一等奖：错字、标点符号误用造成语法错误或影响文意；多字、落字，主持人、记者表达有误；成语使用不规范，词语使用或搭配不当、缩略不当，生造词语；指代不统一、数量单位缺失，前后表述不一致；除对重大突发新闻事件的报道外，音视频作品的现场音响、画面质量存在明显缺陷。

存在以下情形的作品，不得获一、二等奖：表述有歧义；词序错乱、成分缺失、指代不明、语句杂糅、归类有误等。

存在以下情形的作品，不得获奖：事实性错误，或事实交代不清，表述存在重大歧义的；同一件作品中出现 3 次（个）以上不同类型差错。

（二）长江韬奋奖

设 20 个获奖名额，其中长江系列 10 个，韬奋系列 10 个。可以缺额，不能超额。

五、中国新闻奖评选程序

（一）审议参评资格

评委会听取并审议中国记协评奖办公室关于参评作品的公示核查处理情况报告；听取审核委员会关于参评作品的审核情况报告，确认参评作品资格。

（二）实名打分

1. 全体评委审看（听）全部参评作品申报材料。

2. 分5个组对参评作品打分。每件作品的平均分将作为评委筛选作品和提名候选建议作品的参考。

（三）无记名投票推荐候选作品

评委分10个小组推荐各项目候选作品。各小组指定所在单位没有参评作品的评委担任监票人，负责监督小组评委投票和工作人员计票。

1. 各小组参考审核意见和作品平均分，充分讨论、评议后，投票选出入围作品，淘汰各项目不超过20%的参评作品。

入围作品按简单多数筛选，如最后1个名额出现2件并列作品，则2件作品都进入下一轮评选程序；如最后1个名额出现并列作品超过2件，则对这些并列作品进行最多两轮票决，得票多的作品入选，如票决后仍出现并列，则全部入选。

2. 召开评委会主任会议，统筹协调各小组作品筛选情况，确定需要统筹协调的原则和要求。

3. 各小组按照评委会主任会议精神，确认并审看（听）入围作品，在充分讨论、评议的基础上，按规定数额推荐出一、二、三等奖候选建议作品。

各项目（不含新闻专栏）一等奖候选建议作品数按不超过设奖数额的200%掌握；二等奖候选建议作品数按不超过设奖数额的120%掌握；三等奖候选建议作品数按不超过设奖数额掌握。

如某项参评作品数额达不到候选建议作品数，可不受该比例限制，按照评选标准评出不超过设奖数额的作品。评不出的，可以空缺。全体评委评选获奖作品时，如遇同类情况，按此规定执行。

特别奖候选建议作品由小组提名，经评委会主任会议统筹后，由小组投票产生。票数须达到小组实到评委2/3赞成票。

一等奖候选建议作品须达到小组实到评委2/3赞成票，二、三等奖候选建议作品须超过小组实到评委 1/2 赞成票。

如达到规定票数的作品多于该项目该等级候选建议作品数，按得票顺序从高向低依次取齐。如最后 1 个名额出现并列作品（达到规定票数且票数相同，下同），则对这些并列作品再进行票决，得票多者入选。如票决后达到规定票数的作品仍出现并列，则全部入选。

如达到规定票数的作品少于该项目该等级候选建议作品数的 90%，则按缺额数加 1 的数量（"1"是指补齐缺额数后，排在其后的首位落选作品，下同），从该项目该等级落选作品中按得票顺序从高向低依次取齐后（如"缺额数加 1"出现并列作品，则全部进入票决，下同），对选取的作品再票决，达到规定票数者入选。如此轮票决后，达到规定票数的作品数仍少于该项目该等级设定的候选建议作品数额，空缺数额不补。

各项目一、二、三等奖候选建议作品名单按投票轮次、得票数从高到低排序。如出现因票数相同并列的情况，追溯上一环节票数情况确定先后顺序；票数仍相同的，投票决定先后顺序。

4. 召开评委会主任会议，统筹协调各小组推荐的一、二、三等奖候选建议作品，确定候选作品或处理原则。

（四）无记名投票评选获奖作品

1. 全体评委听取各小组报告本小组候选作品情况，审看（听）候选作品，并进行充分讨论评议。

2. 评选获奖作品。一等奖（包括特别奖）须达到实到评委 2/3 赞成票，二、三等奖须超过实到评委 1/2 赞成票。一、二等奖空缺数额计入下一等次该项目设奖数额。最多进行三轮投票，如三轮投票后，达到规定票数的作品数仍少于设奖数额，其缺额不补。

如投票后达到规定获奖票数，只是由于数额等限制而落选的一、二等奖候选作品，可自动成为下一等级获奖作品并排在获奖作品前列。未达到规定票数而落选的一、二等奖候选作品，分别自动列入二、三等奖候选作品并排在候选作品前列。其中落选作品多于 1 件的，按得票数从高到低排序。

3. 各项目按设奖数额评选。如因评选特别奖而突破设奖总额，则减少相关获奖作品所在项目相应设奖数额。如达到规定获奖票数的各项目各等级作品多于该项目该等级设奖数额，按得票顺序从高向低依次取齐。如最后1个获奖名额出现并列，须经全体评委对这些并列作品再票决，过半数的获奖。

如各项目各等级获奖作品数少于该项目该等级设奖数额的90%（如有小数点则四舍五入），可按该项目该等级设奖数缺额加1的数量，在该项目该等级落选作品中按得票顺序从高向低依次取齐后，对选取的作品再票决。

4.为调动更多新闻单位的积极性，每个刊播单位(发布端、账号)的作品在消息、评论、通讯、新闻专题、系列报道5个评选项目中，获一等奖不超过1个。广播、电视机构合并的单位按两类分别统计，中央广播电视总台按原三台分别统计。如同一刊播单位有2个（含2个）以上一等奖候选作品达到规定票数，取得票多的1个；如得票相同则需再票决，得票多者入选，落选的可自动进入二等奖并排在获奖作品前列。由此产生的一等奖缺额，取该项目一等奖落选作品中排在第一的作品再票决，达到实到评委2/3赞成票即入选，如未达到规定票数，则缺额不补。

每个报送单位的参评作品在融合报道和应用创新奖项中，获一等奖不超过2个（含2个）、获奖总数不超过3个（含3个），对自荐作品按其刊发平台所属报送单位计。

5.各项目一、二、三等奖获奖作品名单按投票轮次、得票数从高到低排序。

六、长江韬奋奖评选程序

长江韬奋奖由评委会全体会议直接评选。

（一）审议参评者资格

评委会听取并审议中国记协评奖办公室关于长江韬奋奖参评人员相关申报材料的公示核查处理情况报告，确认参评人员资格。

（二）预投候选人

全体评委审阅参评人员材料，进行充分讨论评议，然后以无记名投票方式预投产生长江、韬奋两个系列各13名候选人。长江、韬奋两个系列分两张票同时投，每位评委各投不超过10名。其中，担任新闻单位领导职务的副局级以上人员，长江系列不超过2名，韬奋系列不超过4名，多投为废票。评委会按得票数从高向低，各取前13名为候选人。如最后1个名额出现并列，则对这些并列人员进行最多两轮票决，得票多者入选；如两轮票决后，最后1个名额仍出现并列，则并列者全部落选，其缺额不补。

在13名候选人中，担任新闻单位领导职务的副局级以上人员，长江系列不超过3名，韬奋系列不超过5名。如得票前13名人员中，担任新闻单位领导职务的副局级以上人员超过规定数额，按得票顺序，长江系列取前3名，韬奋系列取前5名。如最后1个名额出现并列，则对这些并列的人员进行最多两轮票决，得票多者入选；如两轮票决后，最后1个名额仍出现并列，则并列者全部落选，其空出的名额由得票排在其后的非此类别候选人递补。

（三）正式评选

1. 在对长江韬奋奖两个系列的候选人进行充分讨论评议的基础上，以无记名投票方式选出获奖者。长江、韬奋两个系列分两张票同时投，每位评委各投不超过10名。其中，新闻单位领导职务的副局级以上人员，长江系列不超过2名，韬奋系列不超过4名，多投为废票。

2. 获奖者须达到实到评委半数赞成票。如达到规定票数者多于设奖数额，按得票数从高向低依次取齐；如最后1个名额出现并列，则对这些并列的人员进行最多两轮票决，得票多者获选；如两轮票决后，最后1个名额仍出现并列，则并列者全部落选，其缺额不补。

如达到规定票数者少于设奖数额，则按缺额数加1的数量，在落选者中按得票数从高向低依次取齐，然后再进行投票，达到规定票数者获奖。如此轮投票后，达到规定票数者仍少于设奖数额，其缺额不补。

3. 如达到规定票数的人员中，担任新闻单位领导职务副局级以上人员，长江系列超过2名，按得票数从高向低，取前2名，如少于2名，缺额不补；韬奋系列如超过4名，按得票数从高向低，取前4名，如少于4名，缺额不补。如最后 1 个名额出现并列，则最多进行两轮票决，得票多者获选；如两轮票决后，仍出现并列，则并列者全部落选，其缺额由达到规定票数且得票排在其后的非此类别候选人递补。

七、后续工作

一．评选结束后，评选结果同《评选细则》、评委名单一并在中国记协微信公众号、中国记协网上公示。公示时间不少于 5 天。

二．评奖办公室对公示期间收到的事实性举报进行核查，并按照《评选办法》规定提出处理意见，报告评委会主任会议研究决定。评议意见转相关推荐单位工作参考。

三．评选结果将在公示及相关工作结束，报经中宣部审定后揭晓。

四．评委和工作人员严格履行所签署的《中国新闻奖、长江韬奋奖评选工作保密协议》，在评选结果揭晓前，未经中国记协评奖办公室授权，不得泄露有关评选工作信息。如违反，撤销评委资格并通报所在单位；评委存在接受推荐（报送）单位和参评人员宴请、财物等行为的，撤销评委资格并通报其所在单位，撤销所涉人员、作品的参评或获奖资格，相关人员今后不得参加中国新闻奖、长江韬奋奖评选活动；涉嫌违纪违法行为的，报纪检监察部门。

八、本《评选细则》经第 34 届中国新闻奖、第 18 届长江韬奋奖评选委员会研究通过后施行。《评选细则》未尽事宜，委托评委会主任会议讨论决定。

第 34 届中国新闻奖、第 18 届长江韬奋奖评委名单

主　任

何　平　　中国记协主席

副主任

刘思扬　　中国记协党组书记
牛一兵　　中央网信办副主任
董　昕　　国家广播电视总局副局长
崔士鑫　　人民日报社副总编辑
任卫东　　新华社副总编辑
邢　博　　中央广播电视总台副台长
王雷鸣　　中宣部新闻局局长
毕　斌　　中央军委政治工作部宣传局副局长

委　员

田玉红　　中国记协书记处书记
吴　兢　　中国记协书记处书记
吴　旭　　中国记协书记处书记
殷陆君　　中国记协书记处书记
张庆华　　中宣部新闻局副局长
曹焕荣　　中宣部新闻阅评小组组长
温　革　　中宣部国际传播局副局长
范卫平　　中国广播电视社会组织联合会会长
田　进　　中国广播电视社会组织联合会副会长

李文阁	求是杂志社副总编辑
雷　雨	解放军新闻传播中心网络部总编室高级编辑
陈品高	光明日报社副总编辑
唐卫彬	经济日报社副总编辑
朱宝霞	中国日报社副社长
赵英淑	科技日报社地方记者部主任
李寅峰	人民政协报社统战新闻部负责人
尹　健	中央纪委国家监委新闻传播中心评论部主任
张明新	中国新闻社总编辑
许宝健	学习时报社高级编辑
郭　强	工人日报社编委
马明洁	中国青年报社编委
金　勇	中国妇女报社副总编辑
杨志华	农民日报社副总编辑
陈东升	法治日报社浙江记者站站长
李　军	中国期刊协会副会长
张超文	中国行业报协会会长
丁以绣	中国报纸副刊研究会副会长
兰红光	中国新闻摄影学会会长
郑华卫	中国新闻漫画研究会会长
赵靖云	北京日报社社长
韩颖新	天津津云新媒体集团董事长
桑献凯	河北省记协主席
张　羽	山西省记协主席
山　丹	内蒙古记协副主席
丁宗皓	辽宁省记协主席
谢　荣	吉林省记协主席
邢　喆	黑龙江广播电视台台长

郑逸文	文汇报社社长
周跃敏	江苏省记协主席
姜　军	浙江省记协主席
吴文胜	安徽广播电视台台长
蔡小伟	福建省记协主席
郭建晖	江西省记协主席
赵念民	山东省记协主席
顾海红	河南省记协副主席
向培凤	湖北省记协主席
卿立新	湖南省记协主席
刘启宇	南方报业传媒集团社长
郭志民	海南省记协主席
庞　通	广西广播电视台党委副书记
崔　健	重庆日报报业集团产业有限公司副总经理
刘成安	四川省记协主席
吴　斌	贵州广播电视台副台长
何祖坤	云南省记协主席
张先群	西藏记协副主席
张连业	陕西记协新媒体专业委员会副主任
周尚业	甘肃日报社副总编辑
张晓巍	青海广播电视台副总编辑
赵海虹	宁夏日报报业集团副社长
成立新	新疆记协主席
郭惠婷	新疆生产建设兵团广播电视台新闻中心主任
张冬萍	北京晚报总编辑
弓春伟	内蒙古广播电视台融媒体传播中心主任
赵英敏	吉林广播电视台新闻综合广播主编
郭　庆	浙江广播电视集团副总编辑

章理中	安徽新媒体集团董事长
兰　锋	福建日报社副总编辑
荆　成	大众报业集团副总编辑
郭士飞	河南广播电视台副总编辑
龚政文	湖南广播影视集团台长
王　玲	海南广播电视总台副总编辑
陈　麟	多彩贵州网有限责任公司董事长
廖嘉兴	西藏日报社总编辑
骞　军	陕西广播电视融媒体集团总编辑
霍延敏	新疆广播电视台副台长
唐绪军	中国社会科学院新闻与传播研究所研究员
董建勤	新闻战线副总编辑
周　勇	中国人民大学新闻学院院长
隋　岩	中国传媒大学新闻学院院长
李秀云	天津师范大学新闻传播学院教授
杨状振	河北大学新闻传播学院教授
程丽红	辽宁大学新闻与传播学院院长
刘学义	吉林大学网络与新媒体教研室主任
李　庚	黑龙江大学新闻传播学院教授
邢云文	上海交通大学马克思主义学院院长
徐　慨	南京大学新闻传播学院教授
迟月利	厦门大学新闻传播学院高级工程师
王卫明	南昌大学新闻与传播学院教授
郑达威	郑州大学新闻与传播学院副院长
李卫东	华中科技大学新闻与信息传播学院教授
徐　琼	湖南大学新闻与传播学院新闻系主任
谷　虹	暨南大学新闻与传播学院网络与新媒体系主任
王仕勇	广西大学新闻与传播学院院长

邓若伊	重庆工商大学传媒发展中心执行主任
侯　洪	四川大学文学与新闻学院教授
黎　藜	云南大学新闻学院副教授
金玉萍	新疆大学新闻与传播学院院长

第 34 届中国新闻奖审核委员名单

主　任

唐绪军　　　中国社会科学院新闻与传播研究所研究员

副主任

曹焕荣　　　中宣部新闻阅评小组组长
贾奋勇　　　新华社全媒编辑中心副主任
杨　华　　　中央广播电视总台创新发展中心负责人
王同英　　　中国记协国内部主任

委　员

杨立新　　　人民日报总编室校检二室主任
王　京　　　人民网研究院研究员
冷　梅　　　新闻战线原副总编辑
华　明　　　新华网编委
姬　斌　　　瞭望周刊社原总编辑
李天娇　　　中央广播电视总台新闻中心午间节目部主任
陈俊杰　　　中央广播电视总台新闻中心广播节目协调部副主任
张　哲　　　中央广播电视总台新闻中心环球资讯广播部副主任
刘桂林　　　中央广播电视总台新闻中心高级编辑
王　阳　　　中央广播电视总台新闻中心高级编辑
李　锦　　　中央广播电视总台新闻中心高级编辑
黄　廓　　　中央广播电视总台 CGTN 文化节目部主编
许宝健　　　学习时报社高级编辑

张晓辉	解放军新闻传播中心时政部原政委
赵洪波	光明日报技术与视听部编务统筹
杨国民	经济日报财经新闻部原主任
朱启文	中国日报社国际部副主任
罗　冰	科技日报社原融媒体编辑中心主任
刘舒凌	中国新闻社港澳台部副主任
赵　琛	工人日报社融媒体中心编辑
唐　轶	中青在线副总编辑
李光明	法治日报安徽记者站站长
孙福会	中国行业报协会副会长
李学梅	北京日报社副总编辑
侯津淼	天津津云新媒体集团总编辑
杨正犁	河北日报社高级编辑
蔺建秀	山西广播电视台编委
陈小伟	辽宁广播电视台编审中心主任
关　中	黑龙江广播电视台原副台长
王　勇	上海文汇报副总编辑
乔争月	上海日报 Qiao Shanghai 融媒工作室负责人
徐龙砂	浙江广播电视集团高级记者
宋　艺	安徽新媒体集团融媒体中心副主任
朱海华	福建日报社记者通联部副主任
上官海宾	江西广播电视台北京节目部主任
时舜英	河南广播电视台大象新闻采访中心总监
赵　欢	湖北广播电视台总编室宣传科主管
吕　雁	湖南广播电视台高级编辑
孙爱群	羊城晚报社副总编辑
邓　瑜	海南日报报业集团新闻研究所副所长
夏海澄	广西日报社高级编辑

杨光毅	重庆日报报业集团内参部主任
张　正	云南日报报业集团云南网副总编辑
张　晶	云南广播电视台国际频道总监
石克刚	陕西广播电视台总编室副主任
张富强	新疆生产建设兵团宣传部副部长
钱莲生	中国社会科学院新闻与传播研究所编审
黄楚新	中国社会科学院新媒体研究中心秘书长
向　芬	中国社会科学院新闻与传播研究所新闻学研究室主任
田维钢	中国传媒大学电视学院教授
张宏伟	中国政法大学传播学研究所副所长
吴冬艳	北京师范大学新闻传播学院教师
郑一卉	北京外国语大学国际新闻与传播学院教授
张洪伟	天津师范大学新闻传播学院教授
严　俊	吉林大学新闻与传播学院新闻学系主任
徐江善	黑龙江大学新闻传播学院院长
陈　虹	华东师范大学战略传播研究中心主任
庄永志	南京大学新闻传播学院副教授
葛明驷	安徽大学新闻传播学院副院长
熊　慧	厦门大学新闻传播学院教授
刘宪阁	郑州大学新闻与传播学院教授
王文利	湖南师范大学新闻与传播学院教授
余　苗	暨南大学新闻与传播学院副教授
龚新琼	海南师范大学新闻传播与影视学院教授
刘海明	重庆大学新闻学院广播电视学专业负责人
韩　隽	西北大学新闻传播学院教授
李世举	宁夏大学新闻传播学院执行院长
金玉萍	新疆大学新闻与传播学院院长

附录六

第34届中国新闻奖、第18届长江韬奋奖评选会工作人员名单

王同英	中国记协国内部主任
方新建	中国记协机关纪委书记
王　佳	中国记协国内部副主任
柳婷婷	中国记协国内部二级巡视员
贾　贺	中国记协国内部综合处处长
李　莹	中国记协国内部业务学术处处长
高　淼	中国记协国内部业务学术处副处长
桂清萍	中国记协国内部行业自律处副处长
骆青新	中国记协国内部业务学术处干部
刘　一	中国记协国内部业务学术处干部
朱京京	中国记协国内部权益保障处干部
谷泰运	中国记协国内部内刊处干部
冷　静	中国记协国内部业务学术处干部
袁　媛	中国记协国内部业务学术处干部
霍　焰	中国记协国内部业务学术处干部
王理瑞	中国记协国内部业务学术处干部
王玮玲	中国记协国内部业务学术处干部
童云斐	中国记协国内部业务学术处干部
黄　勇	中国政法大学新闻与传播专业学生
宋荣俊	中国政法大学新闻与传播专业学生
王申玥	中国政法大学新闻学专业学生
徐　爽	中国政法大学新闻学专业学生